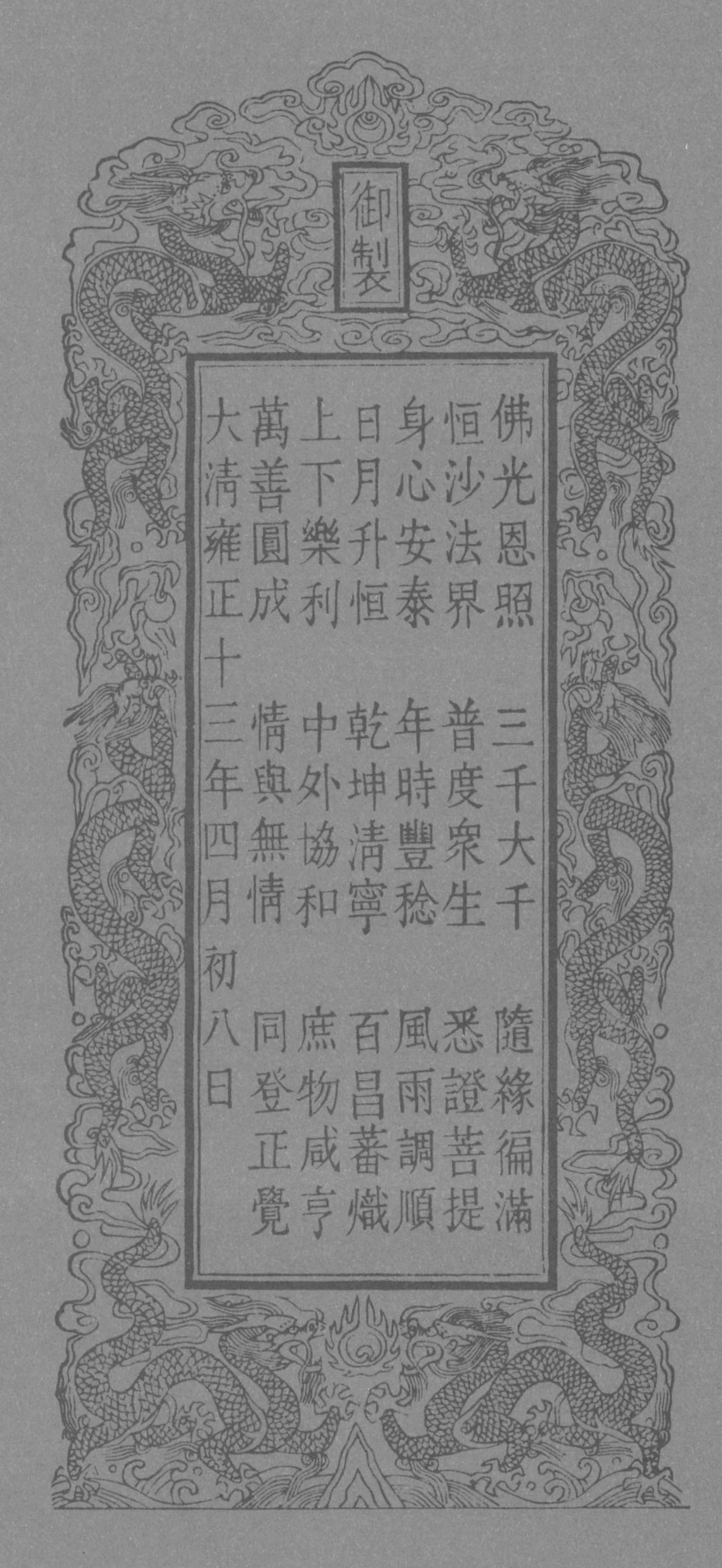
御製
佛光恩照　三千大千　隨緣徧滿
恒沙法界　普度衆生　悉證菩提
身心安泰　年時豐稔　風雨調順
日月升恒　乾坤清寧　百昌蕃熾
上下樂利　中外協和　庶物咸亨
萬善圓成　情與無情　同登正覺
大清雍正十三年四月初八日

第一六五册　此土著述（五五）

妙法蓮華經授手　四〇卷

清楚衡雲峰沙門智祥集……一

妙法蓮華經授手

清楚衡雲峯沙門智祥集

清刻龍藏佛說法變相圖

法華授手序

能使億萬衆生屏一切聲聞而見一切法擘拳竪拂舞毬張弓當下承應便犁然有得於心即如來且饒舌恥又况後之賢豪輩出議論風生恥乃者下士聞道等於夢魘屈伸欠呵不知所以於是乎佛不得已而有言諸名宿復不得已而有詮解註述後之有心者因而網羅群言伐毛取髓彌縫其闕蓋怵心蒿目而出之以勤斯事覺斯人也嗚呼可不謂盛與妙法蓮華經者囊括三世統攝十方諸佛之所以出世入世度世於是具在流傳既久故屢刦以來諸蒲團上人能以六時心力闡西方奧蘊者且逮數家譬如測天周髀宣夜渾儀諸術星官臺史家按法以求終不能無累黍之爽者以其各不相謀未嘗舉而通

之也頻師捨宅自幼事獅峯浮公已更一笠一鉢萬水萬山探珠驪領解鈴虎項所謂精心妙慧非與浮翁於法華全疏既以悲憫苦衷發爲願力頻師又了未了之公案著有成書佛言則海會也諸家之詮解註述則百川也頻師萃集衆響裁以特識則導百川而東之於海枝柱廓清委委源源使無沾濡汨沒之患也爲佛也子者報佛恩爲師也弟者承師訓皷吹先烈津梁後進事半古人功則倍之眞本色道人之爲也解既成予從而竊觀焉因歎學者展卷瞭然即從此有省貫諸說而歸於一從一說而循其本庶幾見如來色身亦見如來法身也則浮翁逮頻師之一瓣香終勿爂爐也

時

康熙乙丑孟秋月

賜進士第内閣中書廖聯翼沭手敬撰

妙法蓮華經授手緣起

授手何爲而作也起於獅峯浮木先老人之一囑也老人以生知妙慧出荆紫學和尚門達百丈瑞師翁別傳之旨徧叅烟水所謂一人半人乃至無人靡不經涉緣導荆紫遺意以一舌撩空掀翻敎海每得古人龍驤虎驟之機不禁稱之寶之色爲之愉手爲之舞有如指珠當下活弄生拈是以即席語下豁然者指不勝屈至久依鎚鍊如太華西院大悲高原文殊東山輩皆奮大手眼各震宏音間有淵嘿靈機光韜彩攝者難爲枚舉即不肖祥恨生也晚乙未秋始覲慈顏受切磋於陶冶間有年矣一夕老人與祥及巨澤中彝奇之坤載蒼舟天放諸兄弟坐火爐頭談及法華乃愴然曰予於是經痛無全疏以惠後學意欲彙諸名解合爲一解苦勷事者乏人也爾輩肯放下身心以千日爲期全先賢之未全發後學之未發俱在此舉祥等時亦唯唯此甲辰冬月講期中商訂語也不意時勢滄桑諸同門咸散居異地祥亦以雲峯院事日拖踏泥水中迨丁巳春老人化緣告畢賫志往矣且比年來不肖更荷雲巖擔子枷杻重添時亦累預斯席每不禁泪墮思老人上爲法憂下爲生慮我輩遂忘火爐頭諄諄口喻耶繼述之心愈踖踖然若不可過但以慧輕責重幾退幾興幾興幾退自受命迄今奄奄忽忽殆十有七稔庚申春忽憶古著述佛經者多誓求冥應乃浣心滌念禱三世佛誦普門經九十日中投誠之念不爲不切而所謂冥應杳然也於是加虔懇禮大悲懺二七日

忽雨中假寐間見大辯和尚同耆宿五人形儀皆奇偉尊嚴使二力士舁大箱造祥室辯指箱謂曰此先王府所寄物今特授子當珍藏之可足予願也拜受之下隨即細檢惟蠹書蠱字斷画殘文而已復檢得一破册字皆錦織鳥篆蠱文無可多識唯中有兩大金字曰瑞白光朗朗射人眉宇愚竊念此吾先弁山師翁字也胡爲識是且頗怔彫殘似無足傳者偶一居士從傍語曰但存之勿慮修補人也愚顧視咲諾再檢之得象牙手長尺餘此苦欣欣然喜所得即袖之亟入寢室乃寤時起坐沉吟因思如來於此經放白毫光現種種端今册授瑞白尚非寘驗耶即盥漱焚香而造端於是日乃四月八也然窮山僻嶺苦無疏解家藏惟科註直指二種乃不五日有僧持要解知音至翌日僧又持大窾至於是五解不謀而聚始晃焉悟夢中五耆宿也辯師雖無註疏於此經流通之願亦苦矣由此通身汗下心手愈篤不知有寒不知有暑不知有月夜霜鐘呼人就夢積日成月積月成歲不四年而稿就得力翁夢錫二居士爲之較訂名曰授手然非敢强出隻手夫固有授之者也是解也雖無所長句櫛字比初學便也分門列科展卷明也微言精義體用備也用是登諸棗梨以布四方使有指是經而謂之曰獅峯浮木和尚火爐頭十餘年積逋今始得雲峯兒完卻是愚報老人之日矣是愚報老人之日矣

皆

康熙癸亥夏六月十日楚衡雲峯沙門頻吉

智祥識

凡例

一是經以妙法蓮華名非創自本師釋迦也本經所載威音王佛大通智勝日月燈明以至過去諸佛皆說妙法華經夫妙法而喻以蓮華豈人世之所謂蓮華者可同日語哉諸家所釋各有主見惟一雨潤師似得其旨雖得其旨然猶着於蓮華致境量弗忘不敢盡取

一各品題下皆宗憨山大師品節然亦不盡同者增減隨錄達意而止間有諸家所常亦折衷參訂焉稍或未透出愚見補之

一是經從來解亦甚夥陳隋間有天台智者大師悟法華三昧獲旋陀羅尼居江陵時演玄義十卷釋題文句十卷解經至唐荊溪尊者有釋籤十卷妙樂十卷迨元之慧愚谷師依天台文句作註解後天竺一葊如師亦依天台擴註解爲科註七卷其他諸疏不勝枚舉今解以科註爲宗而實祖天台

一是疏所引要解乃宋溫陵環師所著知音明允朴愚師所著大竅明一雨潤師所著直指清且拙訥師所著祥愧僻處窮陬見聞無幾古今珍寶未免挂一漏十之嘆

一所立科名雖意本科註然繁者刪之欠者補之總欲與經相胳合如流通大科餘不繁引

一記科次第皆依交光師用干支字以便尋討但今疏各有品例不便載本品下故此另立科文

一引援諸註下間有不盡同原本者或雜異

珍或出愚見以參差不便標名非敢掩人長也

一諸師所釋每於經文題處槩畧之愚則詳釋焉使知經語原無淺邇凡愚所言以△方圈記之或他有所引以○圓圈別之庶簡閱者臨文易見

一經中難字或本音或別音一一從字彙考正使初學家不致檢討

一全經大旨如來本爲一大事因緣開示衆生使古今聞者見者從此悟入第經文繁廣首尾難通雖有二十八品之區分若不預爲槩示學者難以潛符故於經前另立大意

一註述之源既有所囑勢不容已也非衒耀見聞自呈狂瞽然諸師既詳釋矣豈節外枝生鑿空多事良以世降時衰情多怠慢將前賢血心血髓厭以浩繁各守一隅不無偏見此吾先老人搯心痛淚而必欲集者故小子不得不勉强行之云

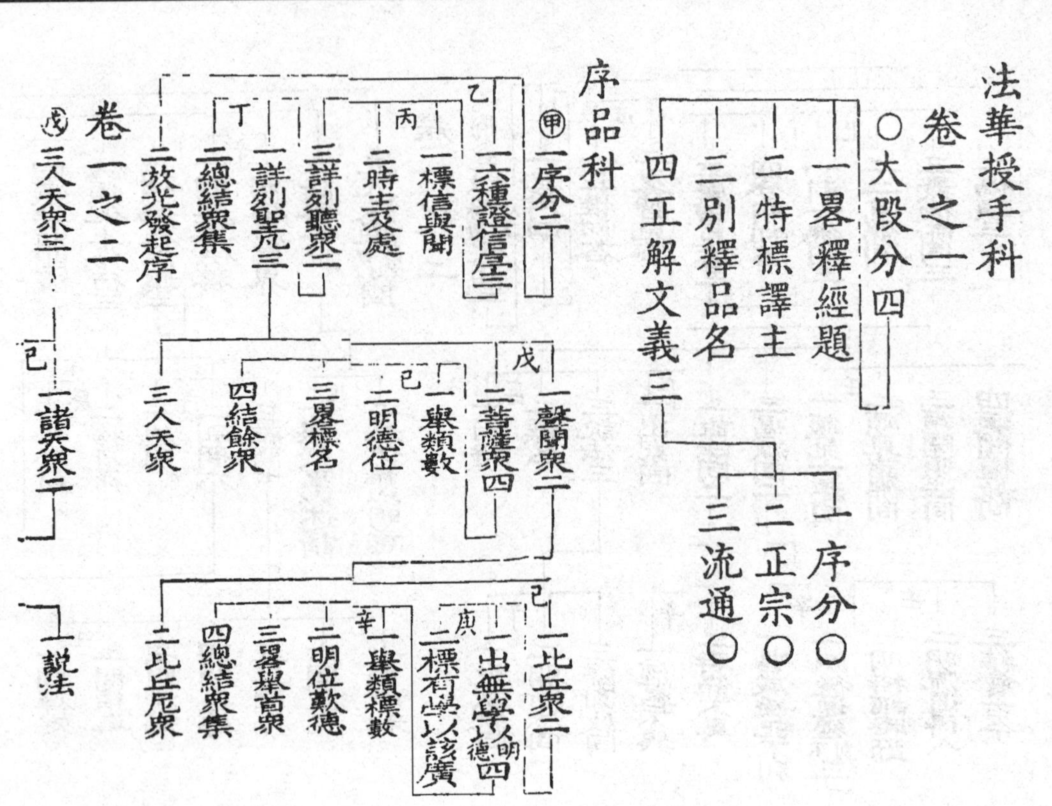
法華授手科
卷一之一
〇大段分四
一畧釋經題
二特標譯主
三別釋品名
四正解文義三
一序分〇
二正宗〇
三流通〇
序品科
㊀一序分二
乙
一六種證信序三
一標信與聞
丙
二時主及處
三詳列聽衆二
丁
一詳列聖凡三
二總結衆集
二放光發起序
戊
一聲聞衆二
二菩薩衆四
己
一舉類數
二明德位
三畧標名
四結餘衆
三人天衆
己
一比丘衆二
庚
一出無學人明德四
二標有學以該廣
辛
一舉類標數
二明位歎德
三畧舉首衆
四總結衆集
二比丘尼衆
卷一之二
㊂三人天衆三
己
一諸天衆二
一說法

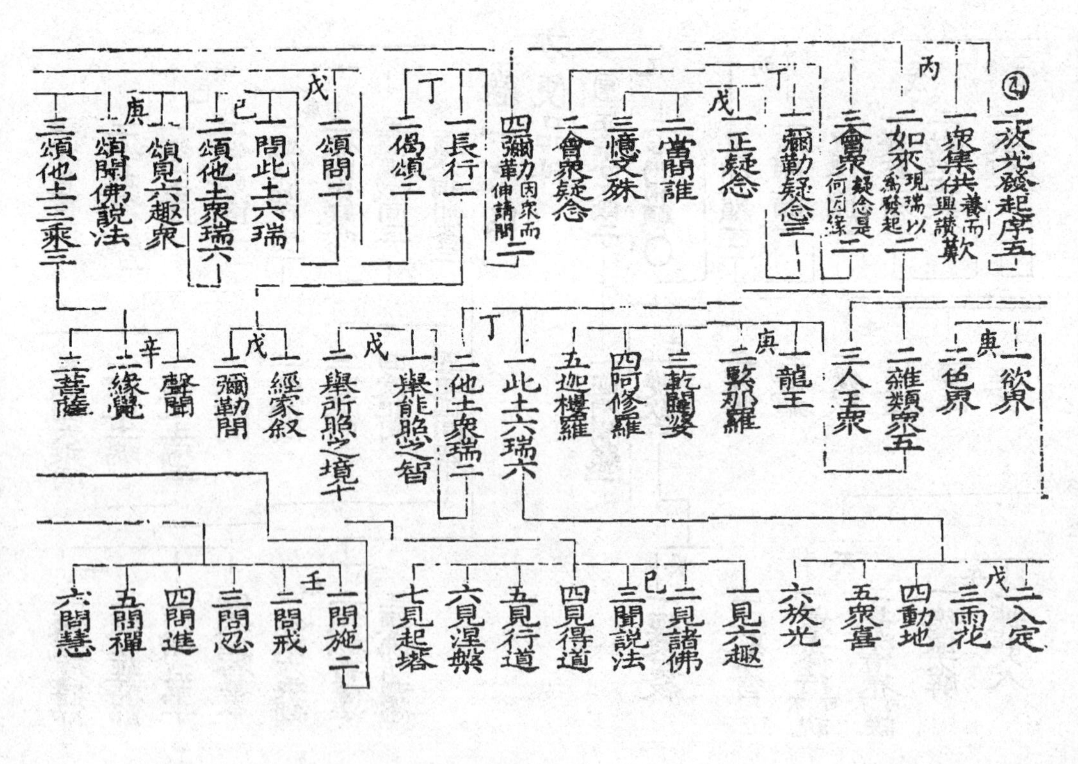
㊁二放光發起序五
丙
一衆集供養而興讚歎
二如來現瑞以為發起二
三會衆疑念是何因緣二
丁
一彌勒疑念三
戊
一正疑念
二當問誰
三憶文殊
二會衆疑念
四彌勒因衆而伸請問二
丁
一長行二
二偈頌二
戊
一頌問二
己
一問此土六瑞
二頌他土衆瑞六
庚
一頌見六趣衆
二頌聞佛說法
三頌他土三乘三
庚
一欲界
二色界
三人王衆
二雜類衆五
庚
一龍王
二緊那羅
三乾闥婆
四阿修羅
五迦樓羅
丁
一此土六瑞六
二他土衆瑞二
戊
一舉能照之智
二舉所照之境十
戊
一經家敘
二彌勒問
辛
一聲聞
二緣覺
三菩薩
戊
一入定
二雨花
四動地
五衆喜
六放光
己
一見六趣
二見諸佛
三聞說法
四見得道
五見行道
六見涅槃
七見起塔
壬
一問施二
二問戒
三問忍
四問進
五問禪
六問慧

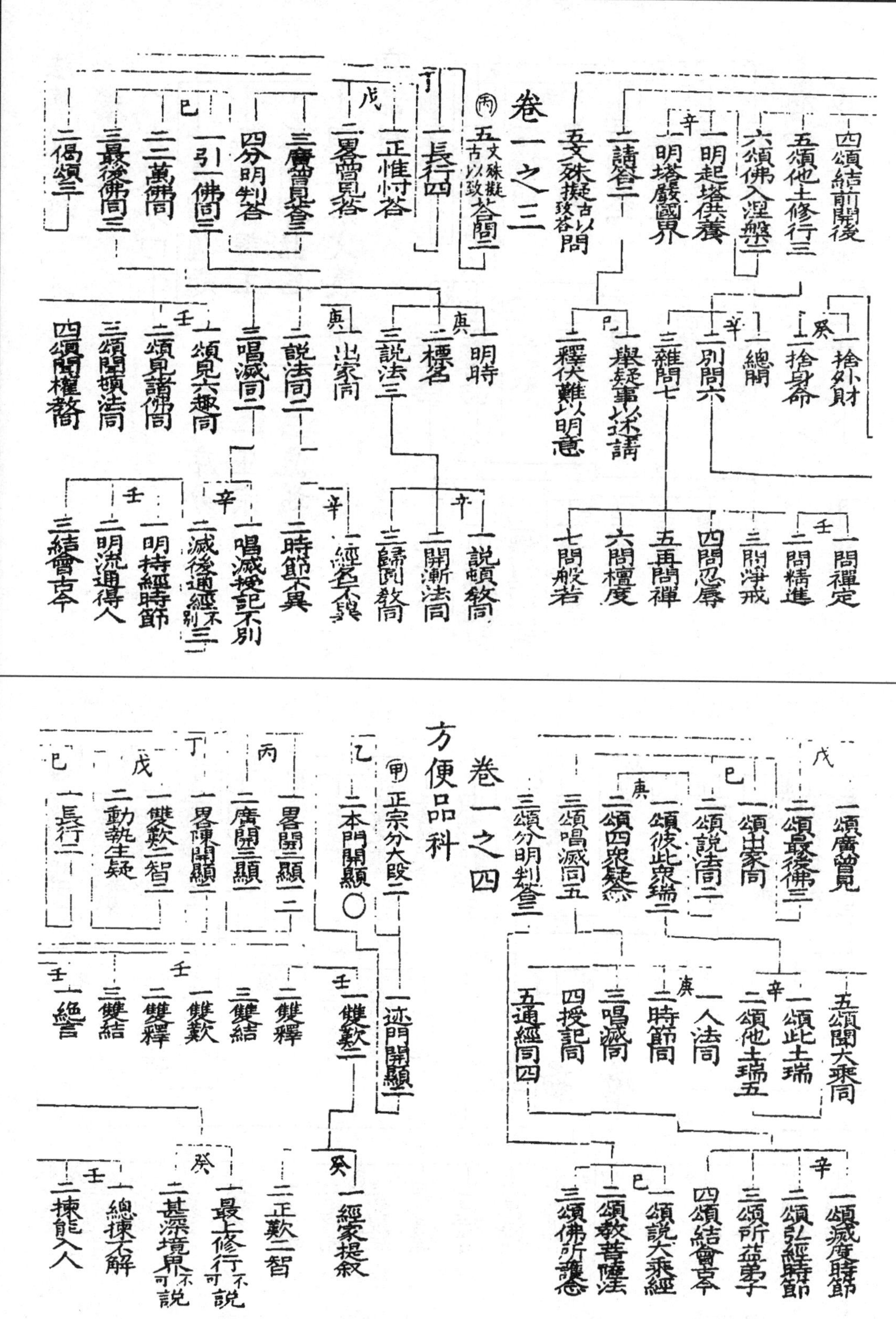

庚 一寄言歎二智二
二明諸佛權實三
辛 一明釋迦權實三
二絕言歎二智二
一舉絕歎之由
辛 二正絕言歎二
二偈頌二
一頌寄言歎二
庚 二頌絕言歎五
二騰疑致請

卷一之五

丁 二騰疑致請二
戊 一叙疑二
二正請三
己 一初請二
二次請三止
三再請許說
丙 二廣開三顯一三

二釋意二
辛 一合頌二佛
二合釋結歎
一頌不思議境
辛 二追頌絕言境
三追頌絕言歎
四頌舉不知人八
五唯佛與佛知二
壬 一顯佛知
二明佛示二
己 一經家叙
二會衆念二
庚 一疑佛二智
二疑己所得
庚 一當機陳請二
辛 一長行二
二偈頌四

三揀二乘人
四獨舉身子
五諸弟子衆
六辟支佛衆
七發心菩薩
八不退菩薩
癸 一諸佛顯實
二釋迦開三
壬 一陳疑
二致請
壬 一權實二智疑
二三乘四衆疑
三獨陳身子疑
四總明衆會疑

丁 一爲上根作法說周四
二爲中根作喻說周○
三爲下根作因緣周○
文至授學無學人記品止共七品半爲迹門正宗
戊 一如來爲正說開示二
二身子述承教開解○
三佛爲述人修授記○
四會衆述歡喜求請○
己 一長行三
庚 一誠聽揀機
二受旨誠聽
三正與開示二
辛 一廣開諸佛權實二
二廣開釋迦權實
二偈頌二

卷一之六

辛 二廣開釋迦權實四
壬 一明開顯

二如來止答
壬 一總明諸佛四
癸 一歎法希有
二說無虛妄
三開方便門
四示真實相五
二別明三世三
癸 一明過去二
二明未來二
三明現在三
子 一標出世意
二方便開權
三爲衆顯實二
丑 一別明現在教行
二總明三世人理一
癸 一揀僞
二明真

一標人法殊勝
子 二論出世本懷
三徵出世因緣
四正分釋四門四
丑 一明理一二
寅 一正釋
二結成
二明人一
三明行一
四明教一
五結諸佛如是
子 一開權
二顯實
子 一正頌施權
二結施權意

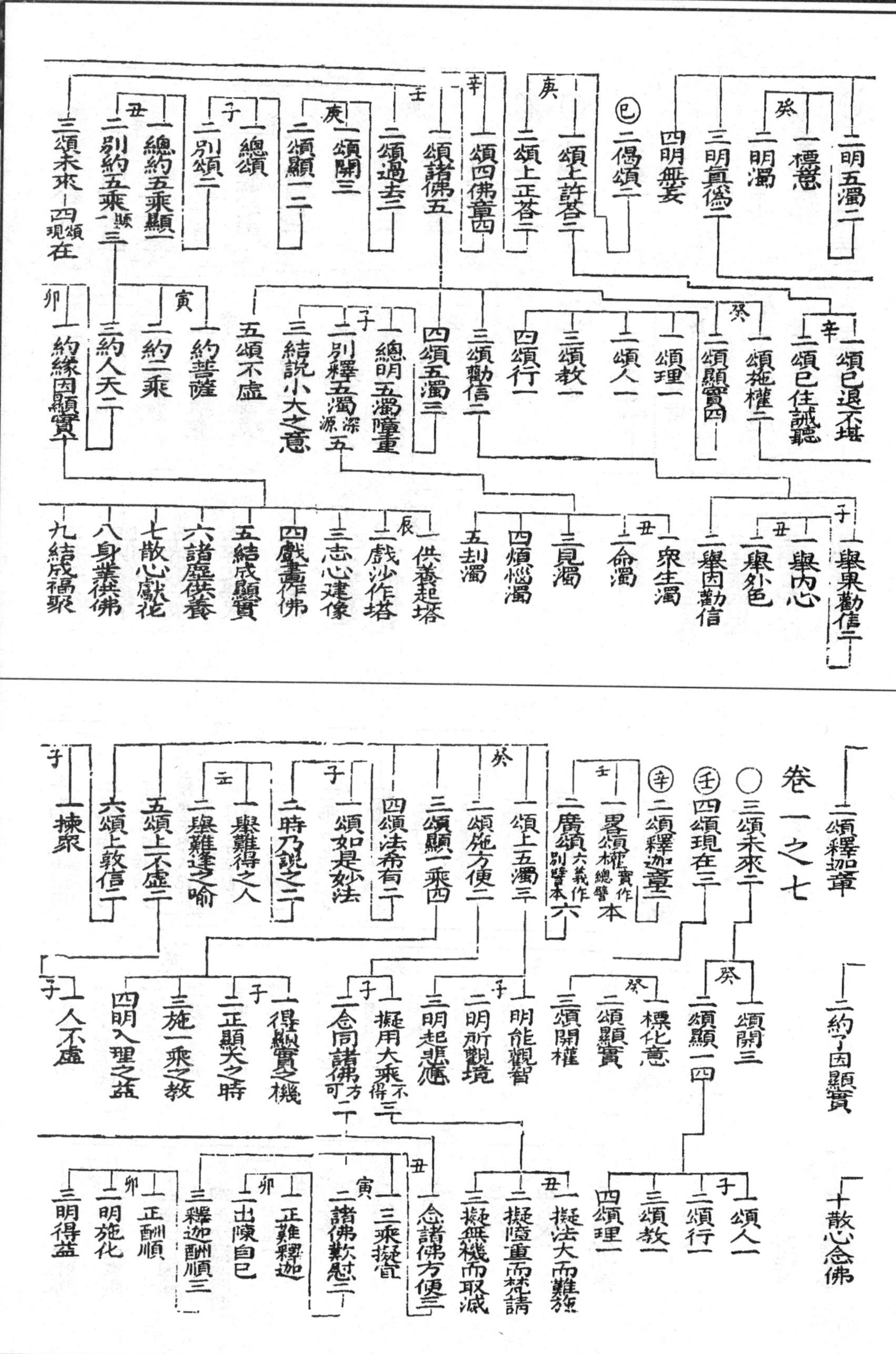
二明五濁二
一標意
二明濁
三明眞僞
四明無妄
一頌上許答三
二頌上正答二
一頌四佛章四
一頌諸佛五
二頌過去三
一頌開三
二頌顯一二
一總頌
二別頌二
一總約五乘顯一
二別約五乘顯一三
三頌未來四現在
一頌已退不堪
二頌已住誠聽
一頌施權二
二頌顯實四
一頌理一
二頌人一
三頌教一
四頌行一
三頌勸信二
四頌五濁三
一總明五濁障重
二別釋五濁深源五
三結說小大之意
五頌不虛
一約菩薩
二約二乘
三約人天二
一約緣因顯實
一舉果勸信二
一舉內心
二舉外色
二舉因勸信
一衆生濁
二命濁
三見濁
四煩惱濁
五劫濁
一供養起塔
二戲沙作塔
三志心建像
四戲畫作佛
五結成顯實
六諸塵供養
七散心獻花
八身業供佛
九結成福聚
二頌釋迦章
卷一之七
三頌未來二
四頌現在三
二頌釋迦章二
一略頌權實作本
二廣頌六義作別譬本六
一頌上五濁三
二頌施方便二
三頌顯一乘四
四頌法希有二
一頌如是妙法
二時乃說之二
一舉難得之人
二舉難逢之喻
五頌上不虛二
六頌上敎信二
一揀衆
二約了因顯實
一頌開三
二頌顯一四
一標化意
二頌顯實
三頌開權
一明能觀智
二明所觀境
三明起悲愍
一擬用大乘不得三
二念同諸佛方可二
一得頓實之機
二正顯大之時
三施一乘之教
四明入理之益
一人不虛
十散心念佛
一頌人一
二頌行一
三頌教一
四頌理一
一擬法大而難施
二擬墮重而梵請
三擬無機而取滅
一念諸佛方便三
一三乘擬宜
二諸佛歎慰二
一正難釋迦
二出陳自已
三釋迦酬順三
一正酬順
二明施化
三明得益

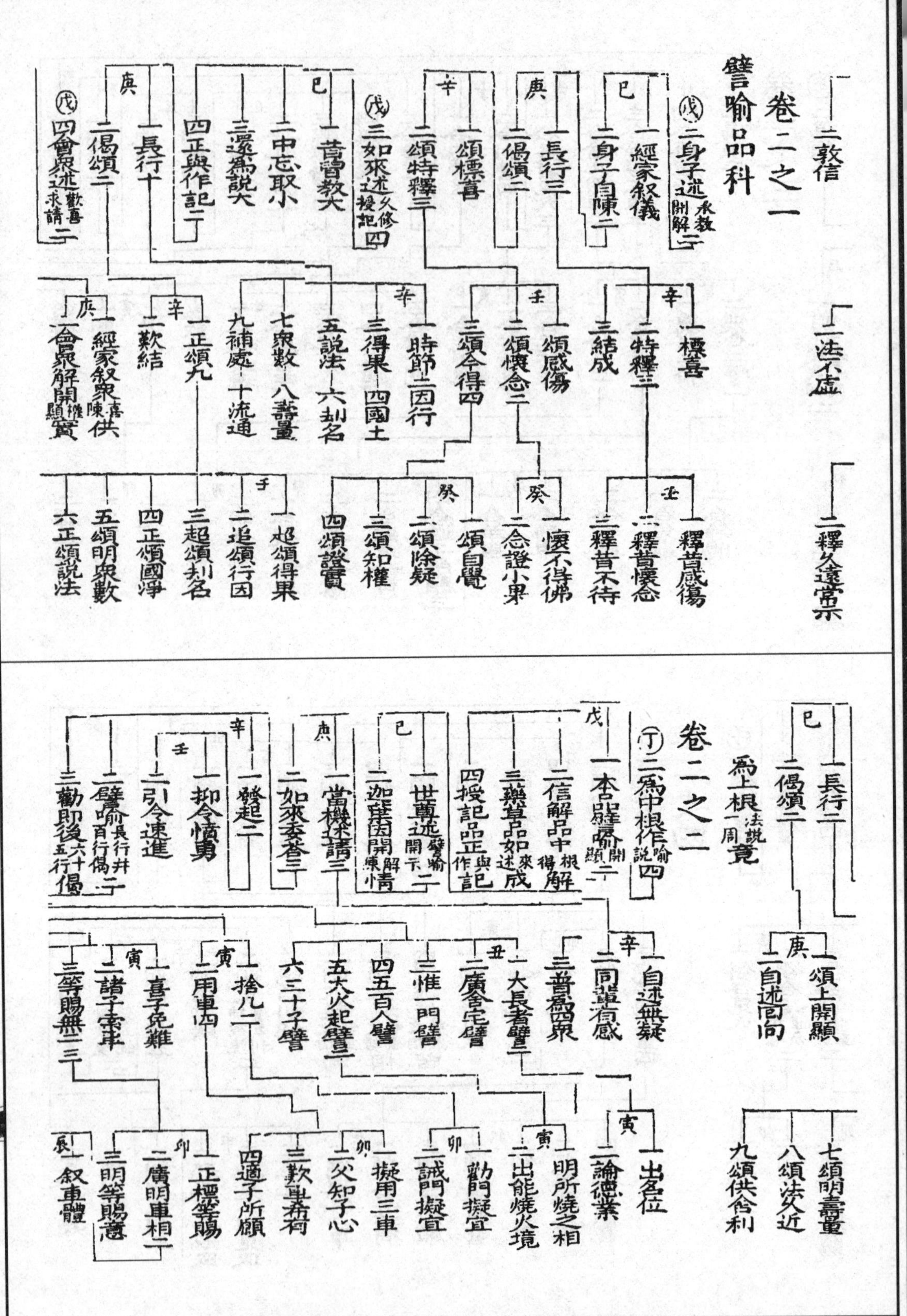
譬喻品科
卷二之一
卷二之二

士 一長行二
癸 一開譬二
子 一總譬五
二別譬四
丑 一長者見火
二捨几用車二
三等賜大車四
四無所虛妄三
二合譬二
一合總譬五
子 二合別譬四
丑 一合長者見火三
二合捨几用車二
三合等賜大車二
四合無虛妄
二偈頌二

卷二之三

壬 二偈頌二
辰 一明所燒之類 譬十使 二

四得車歡喜
寅 一問
二答二
二歎
丑 一合大長者
二合廣含宅
三合五百人
四合大火起
五合惟一門
寅 一合能所見
二合廣所見
三合起驚怖
寅 一合捨几二
二合用車四
寅 一雙喩二
二雙合二譬

一釋車由
卯 一免難不虛
二過望不虛
卯 一合擬宜
二明息機
卯 一合擬宜三車
二父知子意
二合歎車希有
四合適子所願三
辰 一合羊車
二合鹿車
三合牛車
卯 一合免難
二合等賜

申 一慢 二嗔 三癡

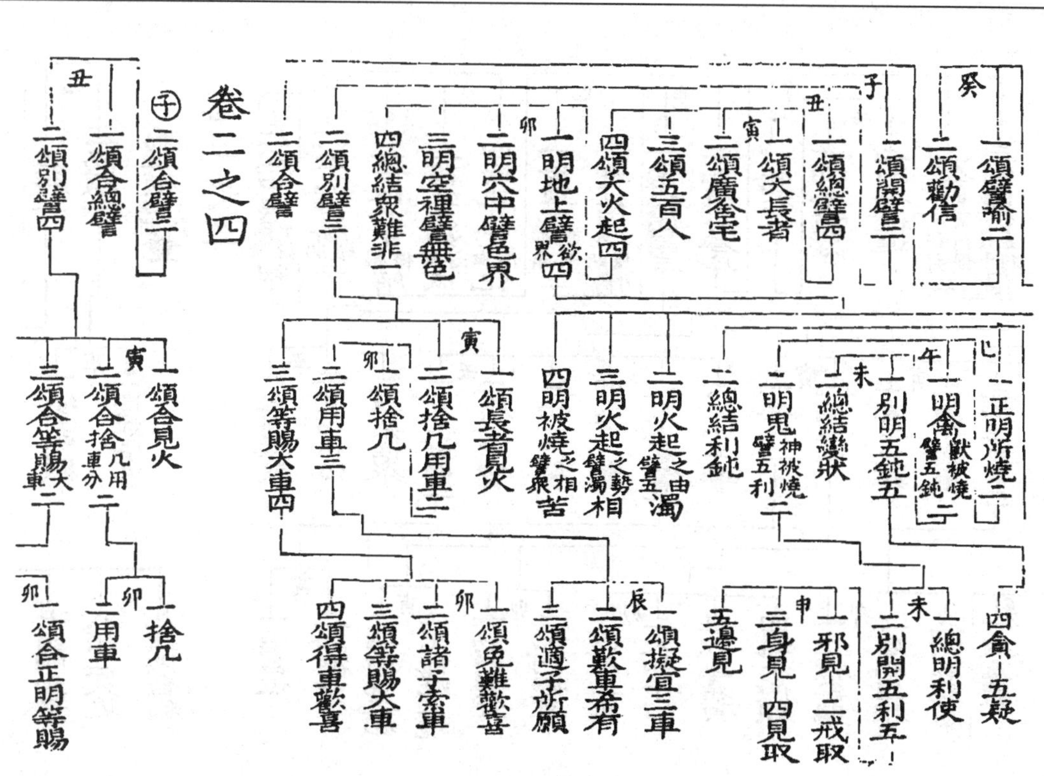

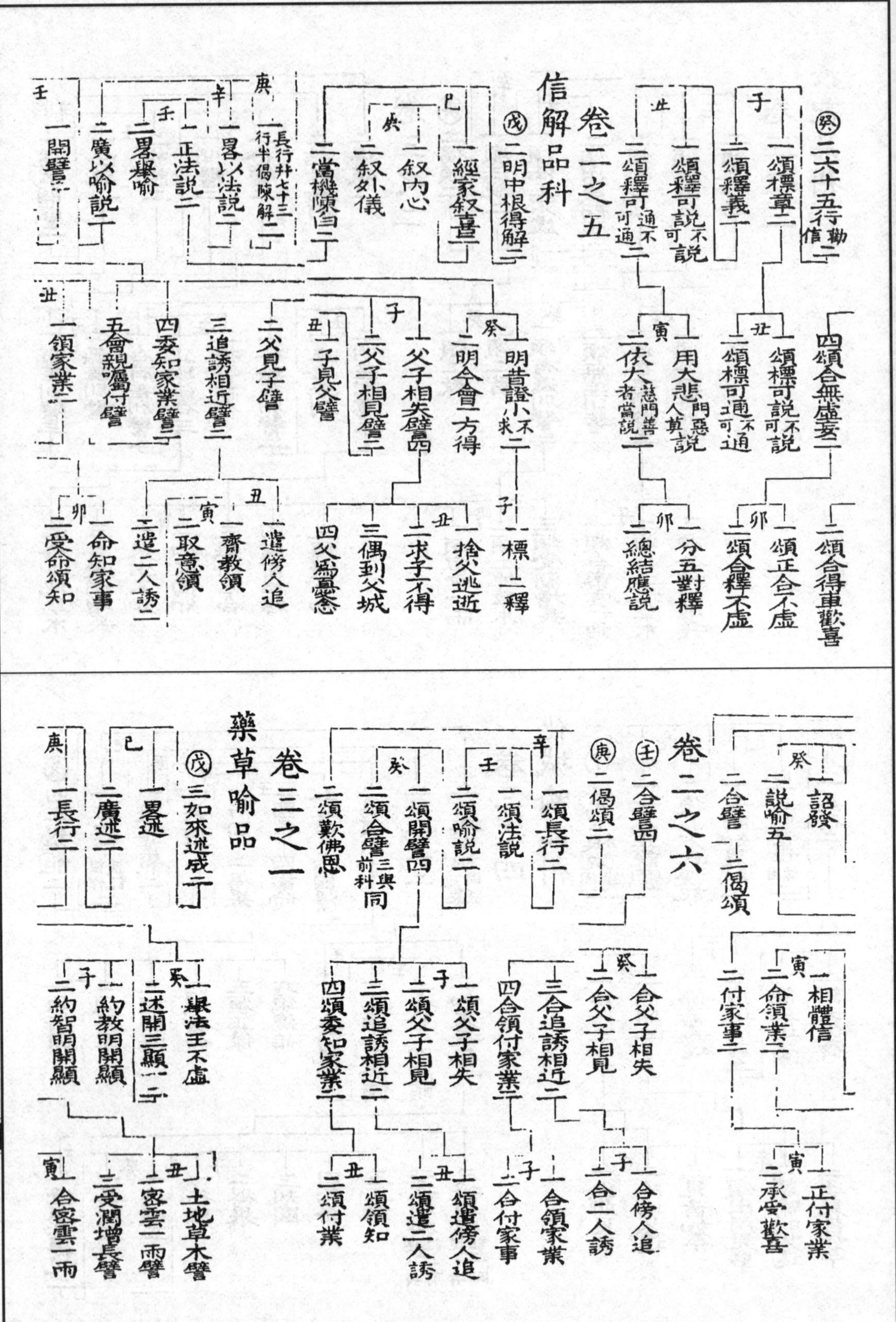
卷二之五
信解品科
卷二之六
卷三之一
藥草喻品

辛　一述成開顯二
壬　一法說二
子　一有差別譬三
一合土地草木
二合受潤增長
二無差別譬
二喻說二
癸　一開譬二
二合譬二
子　一合有差別譬三
丑　一正以法合三
寅　一衆生不知
二如來獨知
三舉喻帖合
二挖譬帖合
二合無差別譬二
丑　一正合無別
二明差別意五
四牒前結釋
五釋疑令知
一結歎希有
二偈頌二

卷三之二

庚　二偈頌二
辛　一頌法說二
壬　一頌法王不虛
二頌述成開顯二
癸　一頌二教
二頌二智
癸　一頌有差別譬三
子　一頌密雲一雨
二頌土地草木
三頌受潤增長
二頌無差別譬
一頌喻說二
壬　一頌開譬二
二頌合譬二
一頌合差別譬三
子　一頌合密雲一雨
二頌合土地草木
三頌合受潤增長
癸　二頌合無差別譬

卷三之三

授記品科

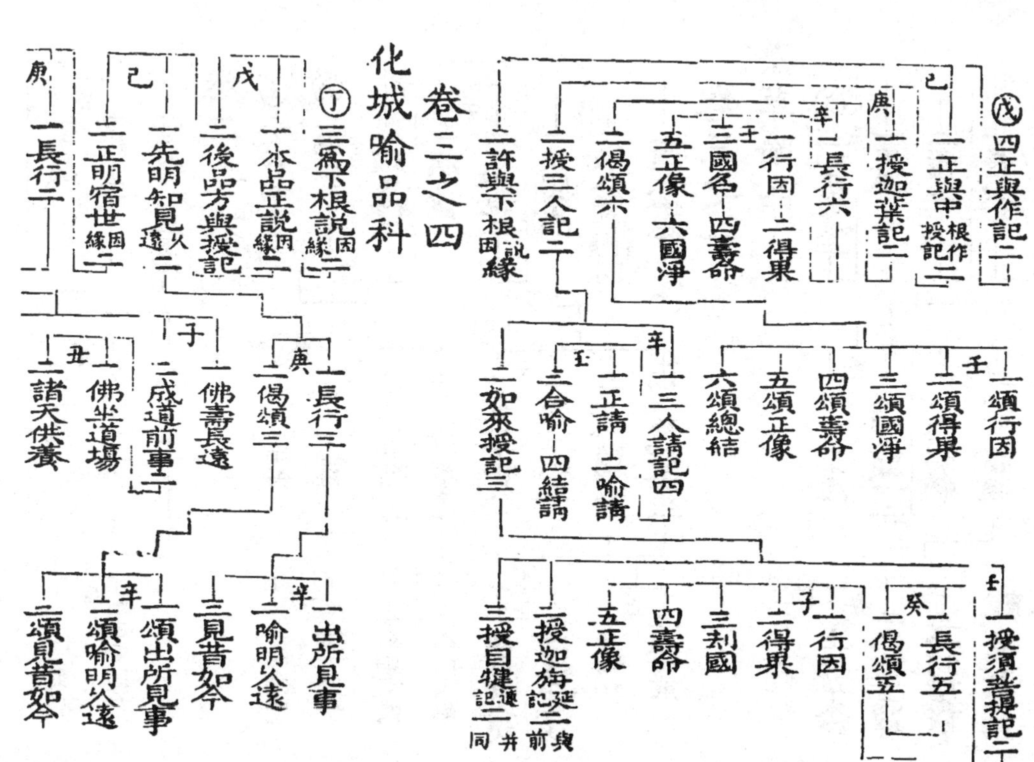

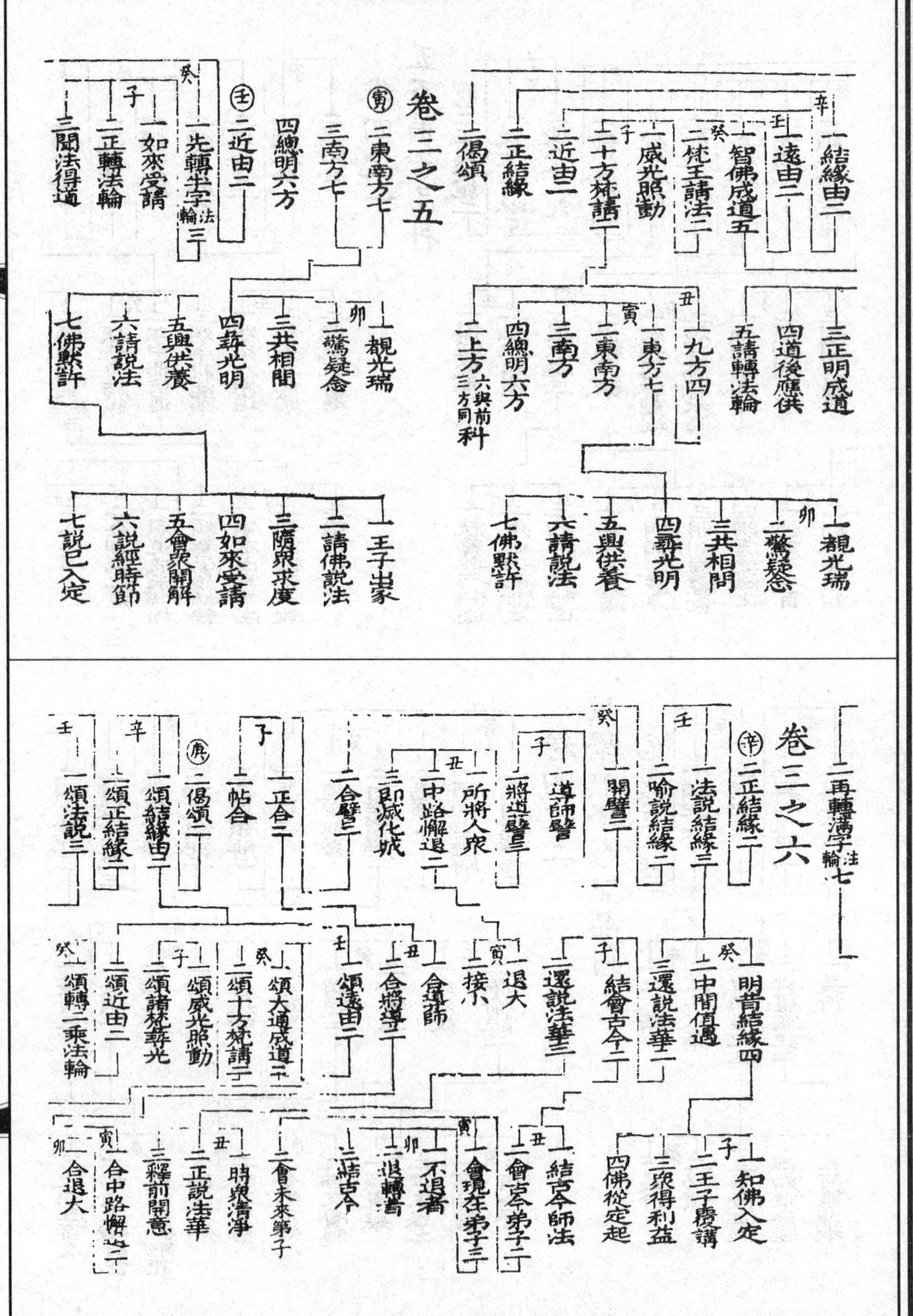
卷三之五
卷三之六
一結緣由二
一遠由二
一智佛成道五
二梵王請法二
一威光照動
二十方梵請十
二近由二
二正結緣
二偈頌
三正明成道
四道後應供
五請轉法輪
一九方四
一東方七
二東南方
三南方
四總明六方
二上方 六與前三方同科
一覩光瑞
二驚疑念
三共相問
四尋光明
五興供養
六請說法
七佛默許
一王子出家
二請佛說法
三隨眾求度
四如來受請
五會衆開解
六說經時節
七說已入定
二東南方七
三南方七
四總明六方
二近由二
一先轉半字法輪三
一如來受請
二正轉法輪
三聞法得道
二再轉滿字法輪七
二正結緣二
一法說結緣三
二喻說結緣二
一開譬二
一導師譬
二將導譬三
一所將人衆
二中路懈退二
三即滅化城
二合譬三
一正合二
二帖合
二偈頌二
一頌結緣由三
二頌正結緣二
一頌法說三
明昔結緣四
一中間值遇
二還說法華二
一結會古今二
二還說法華三
一退大
二接小
一合導師
二合將導二
一頌遠由二
一頌大通成道十一
二頌十方梵請十二
一頌威光照動
二頌諸梵尋光
一頌近由二
一頌轉二乘法輪
一知佛入定
二王子覆講
三衆得利益
四佛從定起
一結古今師法
二會古今弟子二
一會現在弟子三
一不退者
二退轉者
三結古今
二會未來弟子
一時衆清淨
二正說法華
三釋前開意
一合中路懈退二
二合退大

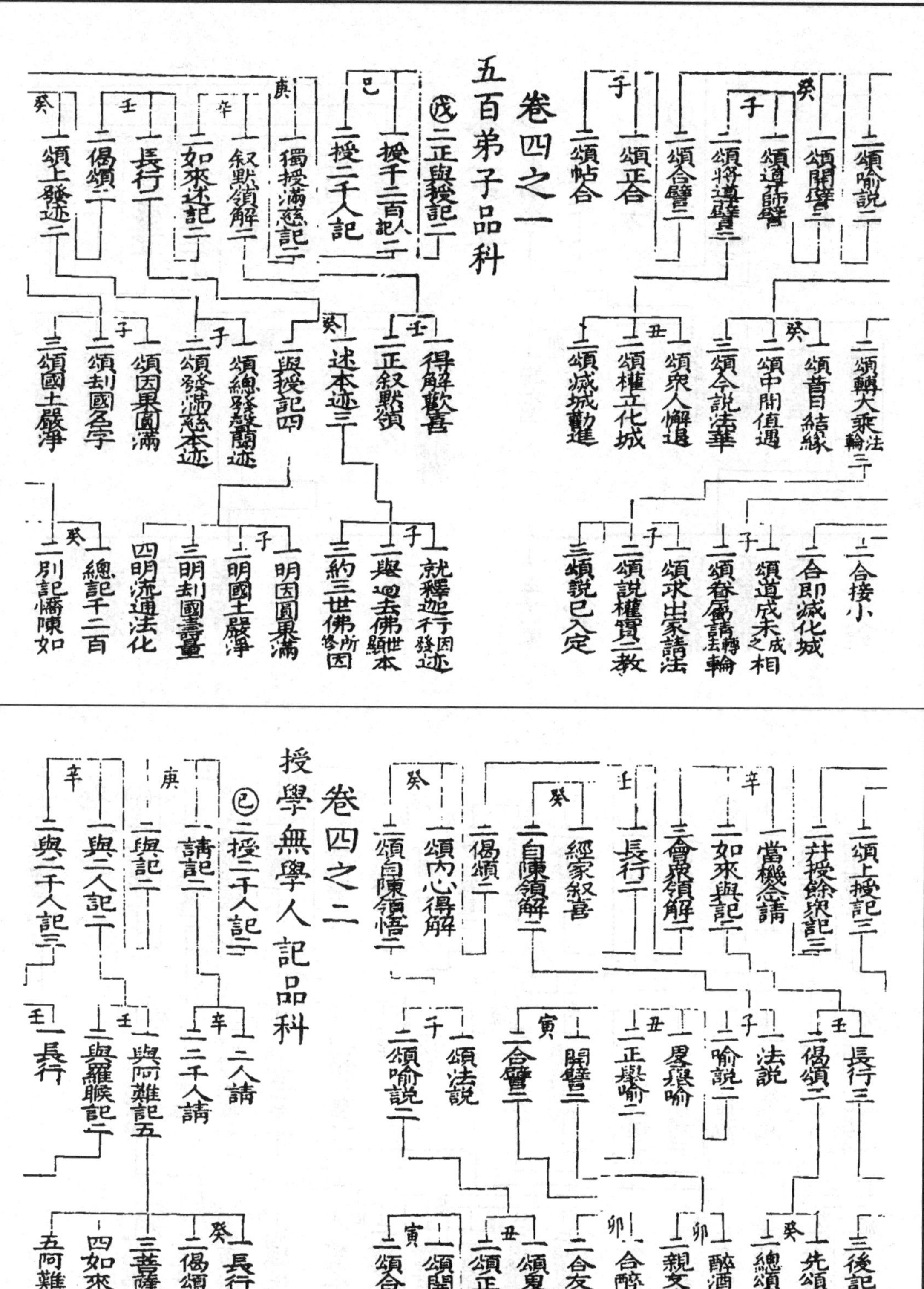

卷四之一
五百弟子品科
卷四之二
授學無學人記品科

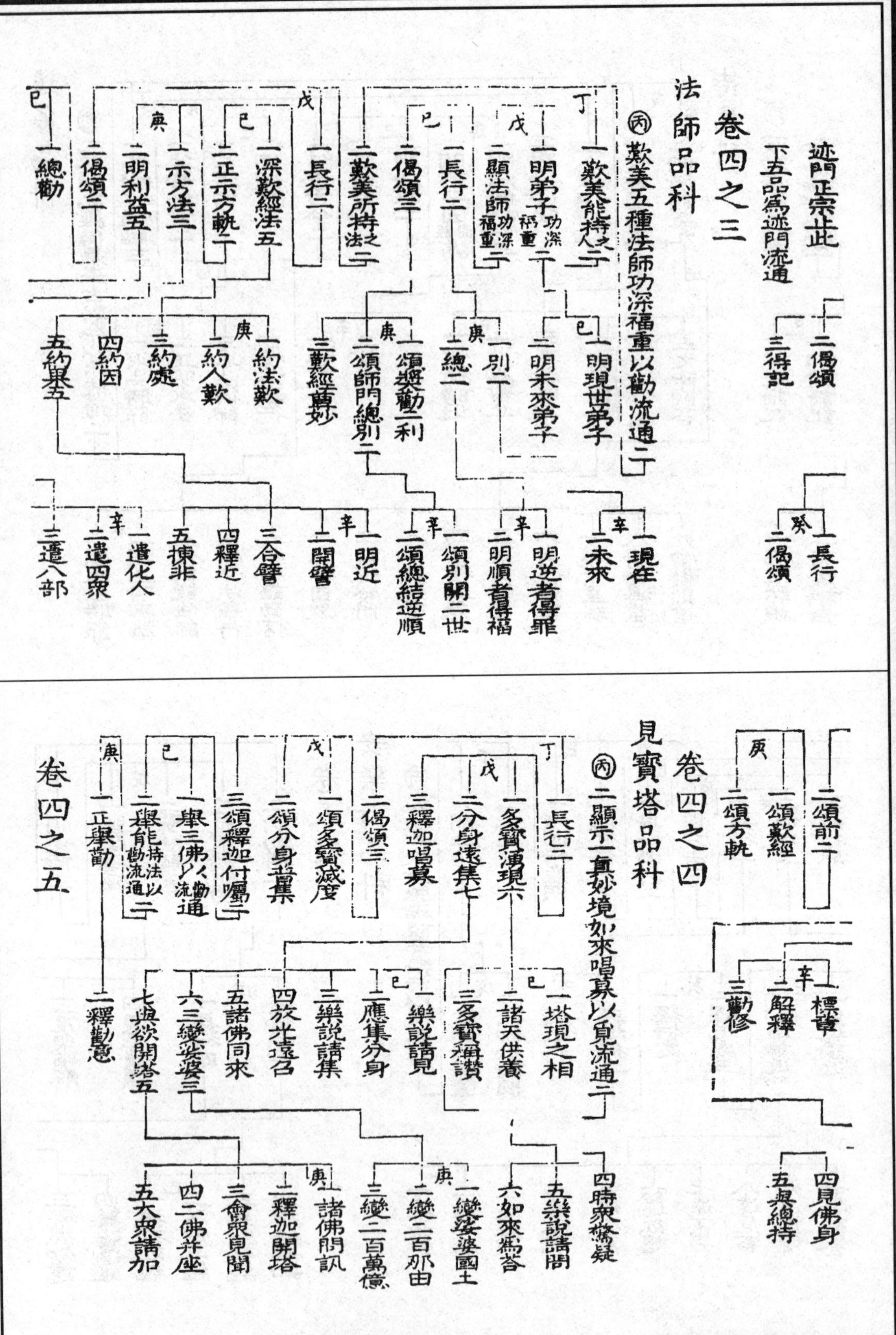
迹門正宗止
下五品爲迹門流通
卷四之三
法師品科
丙 歎美五種法師功深福重以勸流通二
卷四之四
見寶塔品科
丙 二顯示一眞妙境如來唱募以覓流通二
卷四之五

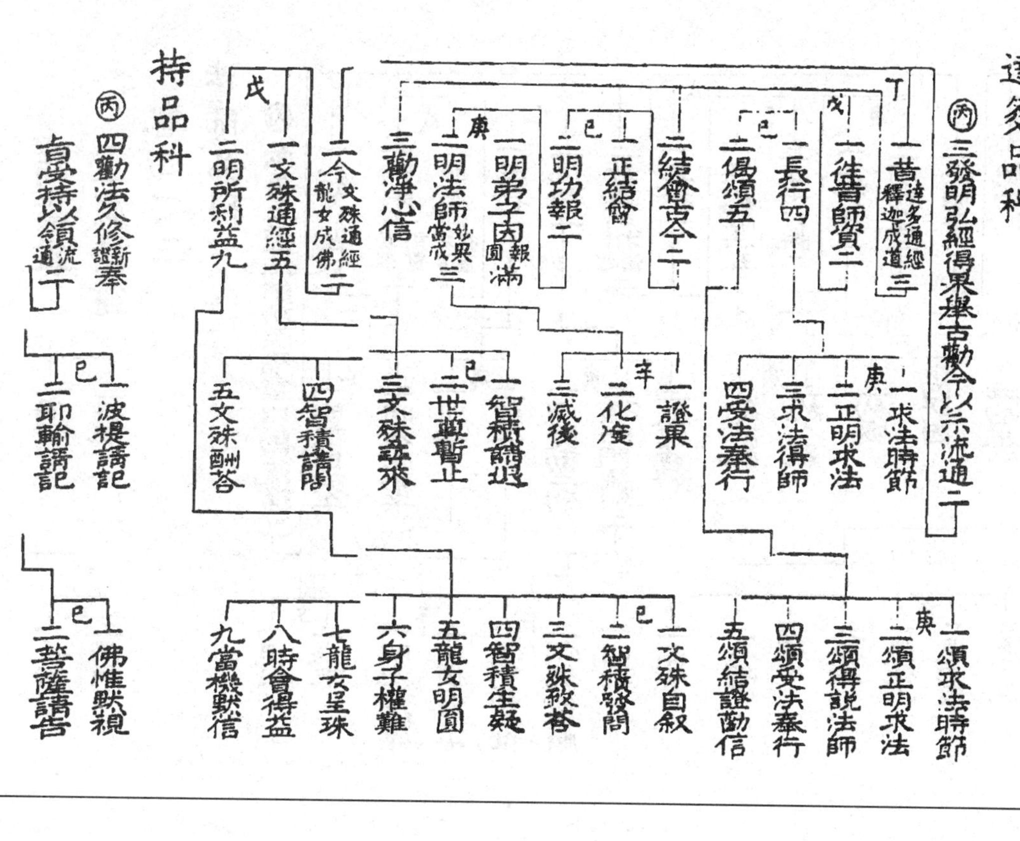
達多品科
丙 三發明弘經得果舉古勸今以示流通二
丁 一昔達多釋迦通總成道三
戊 一往昔師資二
己 一長行四
庚 一求法時節
二正明求法
三求法得師
四受法奉行
二偈頌五
庚 一頌求法時節
二頌正明求法
三頌得説法師
四頌受法奉行
五頌結證勸信
二結會古今二
己 一正結會
二明功報二
辛 一證果
二化度
三滅後
三勸淨心信
二今文殊通經龍女成佛二
戊 一文殊通經五
一明弟子因圓報滿
庚 二明法師妙果當成三
己 一智積請退
二世尊暫止
三文殊踊來
四智積請問
五文殊酬答
二明所利益九
己 一文殊自敘
二智積發問
三文殊敘答
四智積生疑
五龍女明圓
六身子權難
七龍女呈珠
八時會得益
九當機默信
持品科
丙 四勸法久修證新奉
一受持以領流通二
己 一波提請記
二耶輸請記
己 一佛惟默視
二菩薩請告

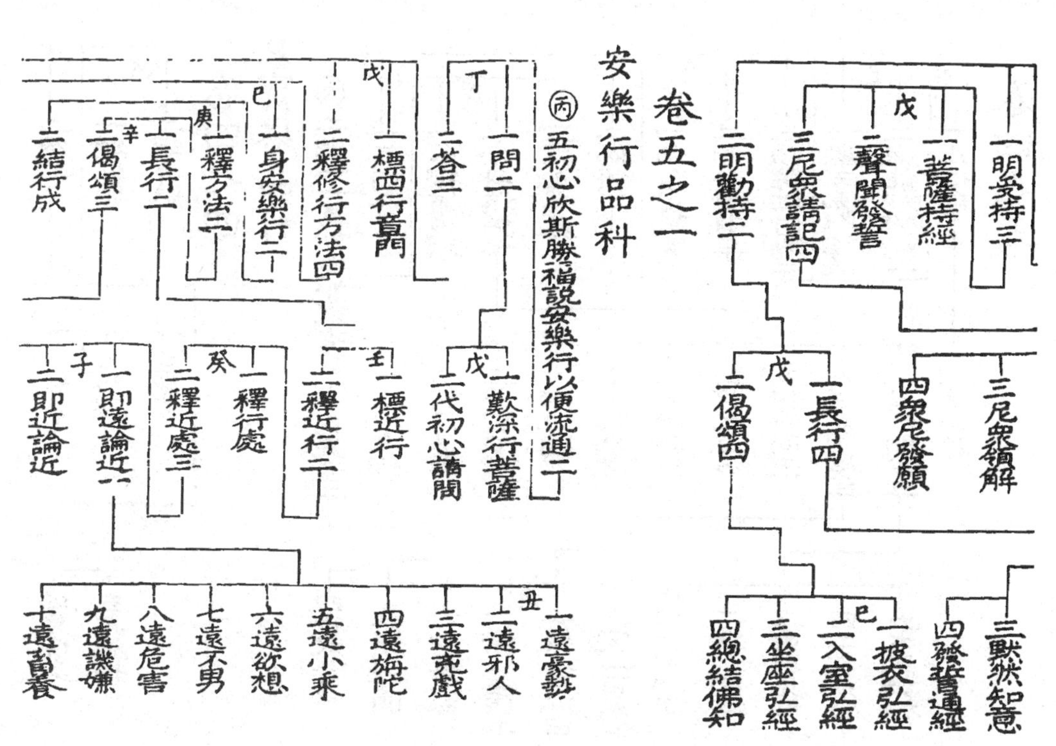
一明受持三
戊 一菩薩持經
二聲聞發誓
三尼衆請記四
三尼衆領解
四衆尼發願
二明勸持二
戊 一長行四
三默然知意
四發誓通經
二偈頌四
己 一披衣弘經
二入室弘經
三坐座弘經
四總結佛知
卷五之一
安樂行品科
丙 五初心欣斯勝福説安樂行以便流通二
丁 一問二
戊 一歎深行菩薩
二代初心請問
二答三
戊 一標四行章門
二釋修行方法四
己 一身安樂行二
庚 一釋方法二
辛 一長行二
二偈頌三
二結行成
壬 一標近行
二釋近行二
癸 一釋行處
二釋近處三
子 一即遠論近一
二即近論近
丑 一遠豪勢
二遠邪人
三遠兇戲
四遠旃陀
五遠小乘
六遠欲想
七遠不男
八遠危害
九遠譏嫌
十遠畜養

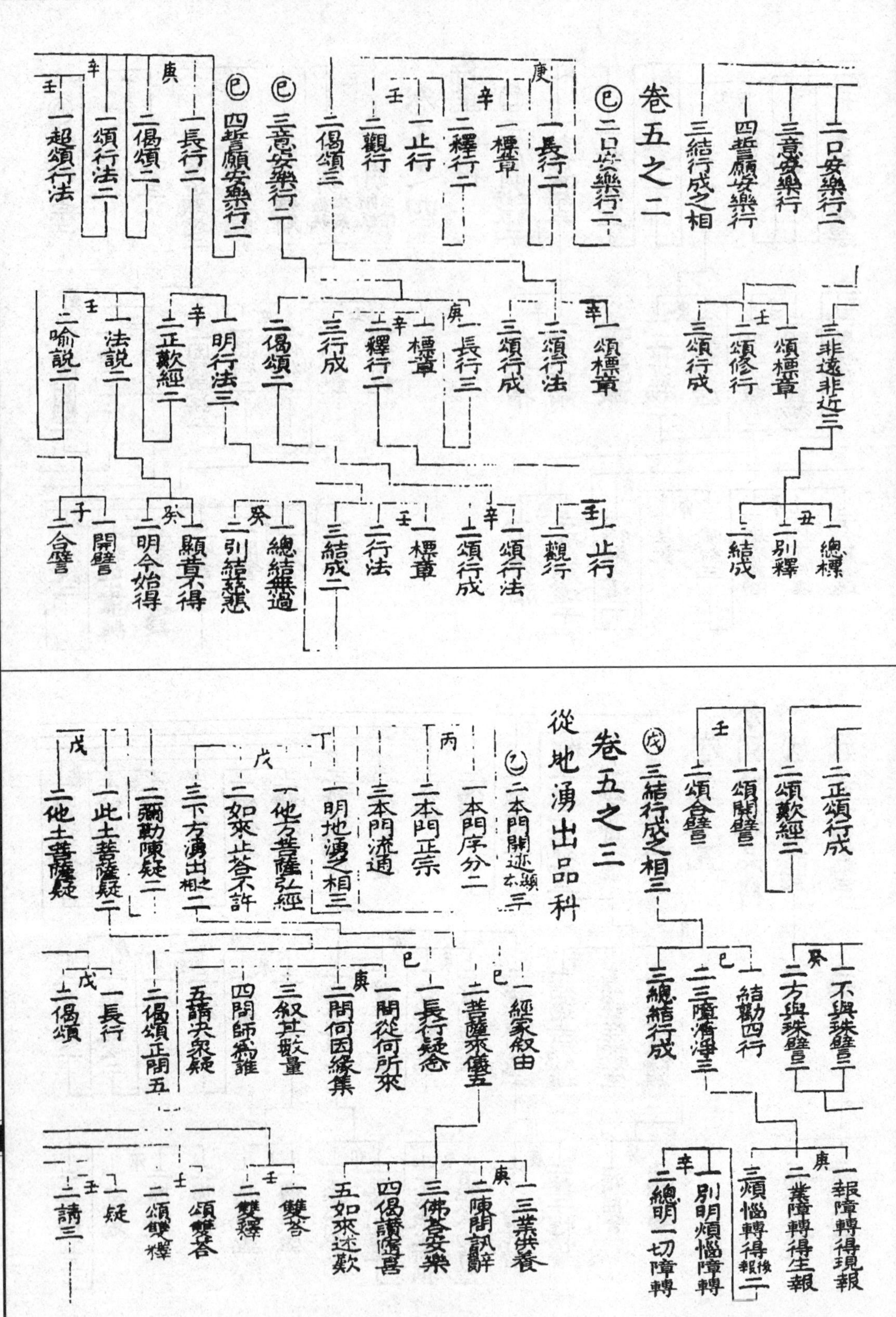
卷五之二
卷五之三
從地涌出品科

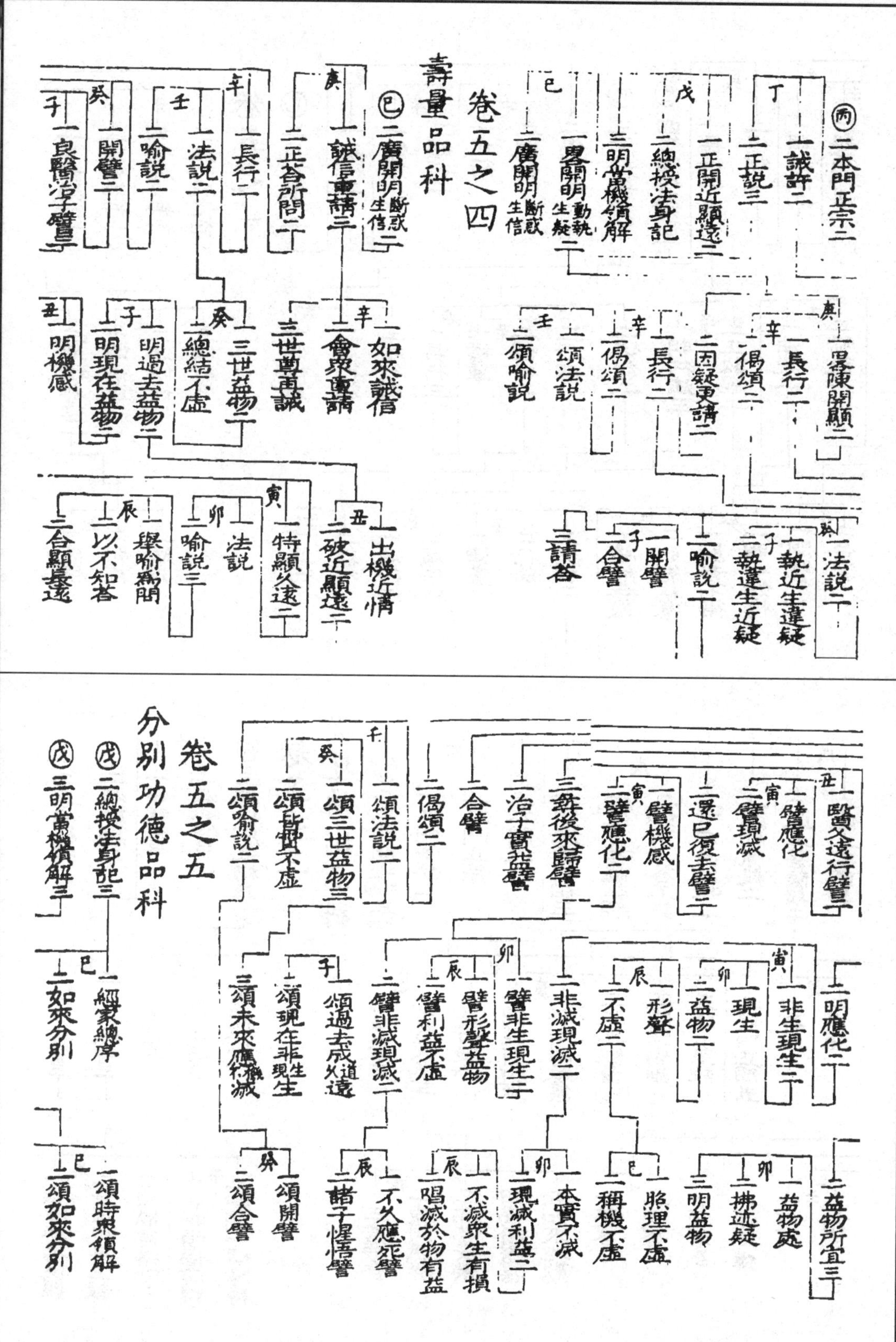
卷五之四
壽量品科
卷五之五
分別功德品科

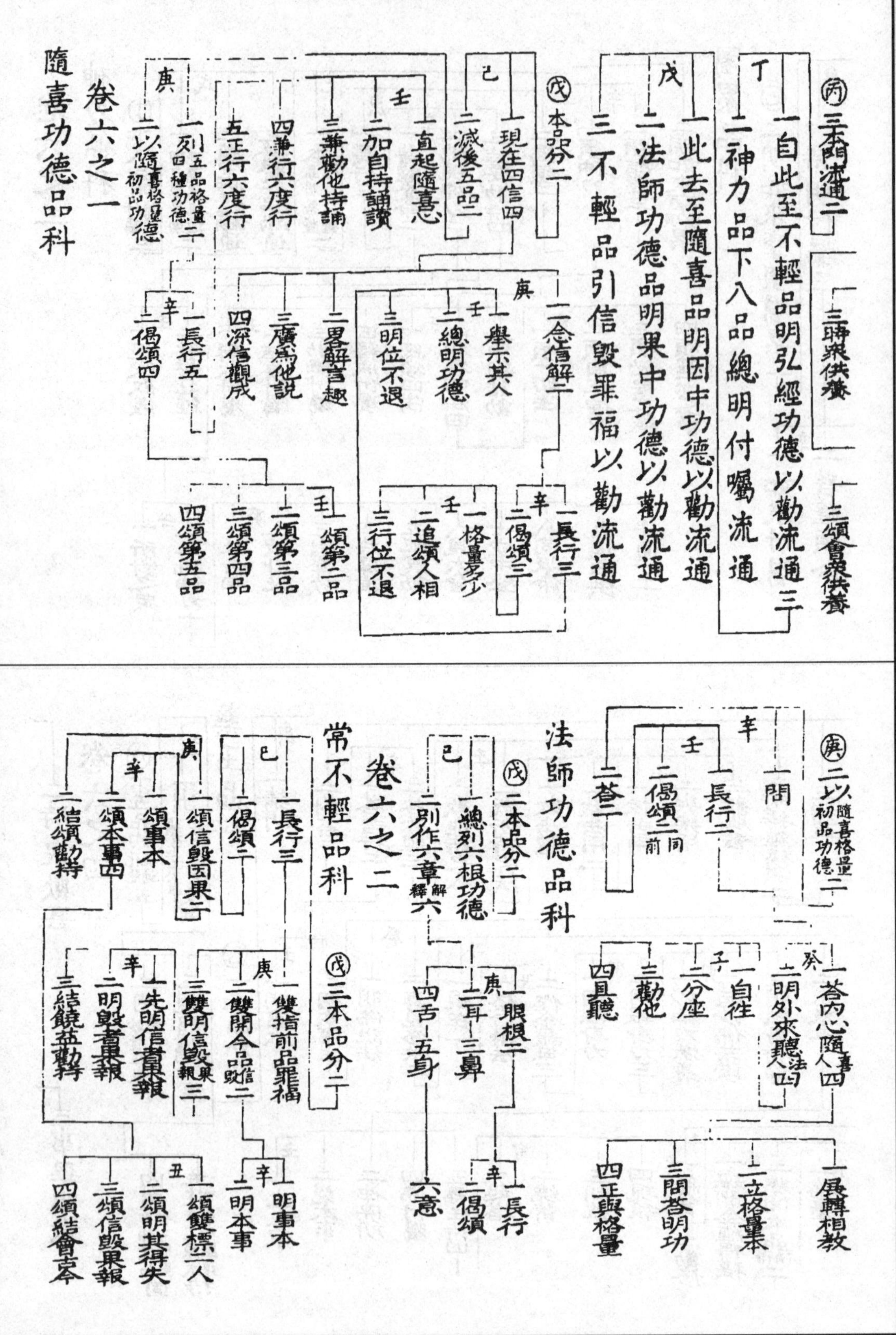

丙 三本門流通二
一自此至不輕品明弘經功德以勸流通三
丁 一此去至隨喜品明因中功德以勸流通
二神力品下八品總明付囑流通
戊 一法師功德品明果中功德以勸流通
三不輕品引信毀罪福以勸流通

隨喜功德品科
卷六之一

法師功德品科

常不輕品科
卷六之二

卷六之三

神力品科

- ㊀丁 下八品明付囑流通三
  - 戊 一 神力囑累明付囑流通二
  - 二 藥王下五品明化他流通
  - 三 普賢一品約自行流通
- 己 一 本品明菩薩受命弘經二
  - 庚 一 長行三
    - 辛 一 菩薩受命二
      - 壬 一 經家叙儀
      - 二 發誓弘經
    - 二 佛現神力二
      - 壬 一 所對之衆
      - 二 正現神力十
        - 癸 一 吐舌相
        - 二 放身光
        - 三 出聲欬
        - 四 共彈指
        - 五 地震動
        - 六 見大會
        - 七 空中聲
        - 八 同歸命
        - 九 遥興供
        - 十 通一土
    - 三 結要勸持四
      - 壬 一 稱歎付囑
      - 二 結要付囑
      - 三 勸獎付囑
      - 四 釋成付囑
  - 二 偈頌二
    - 辛 一 頌神力
    - 二 頌結要三
      - 壬 一 總頌四法
      - 二 別頌四法四
        - 癸 一 頌一切法
        - 二 頌自在神力
        - 三 頌秘要之藏
        - 四 頌甚深之事
      - 三 頌總結勸
  - 二 明如來摩頂囑累

囑累品科

- ㊁己 二 明如來摩頂囑累二
  - 庚 一 特明付囑三
    - 辛 一 如來付囑
    - 二 菩薩領命

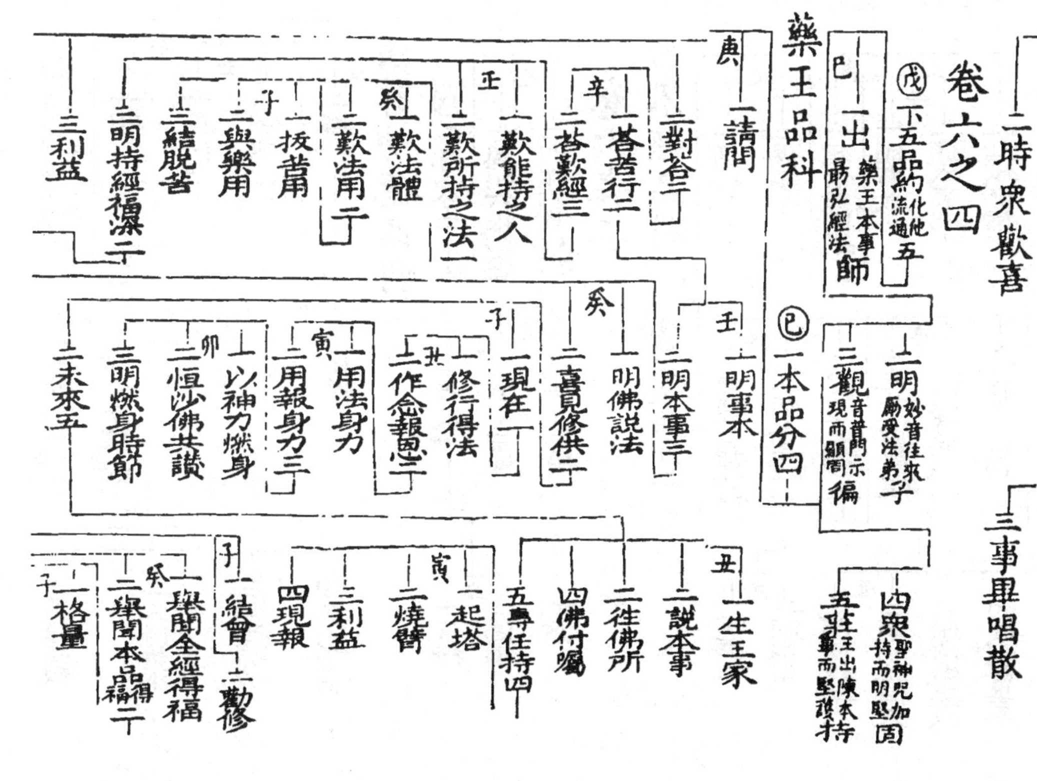

  - 二 時衆歡喜
  - 三 事畢唱散

卷六之四

- ㊀戊 下五品約化他流通五
  - 己 一 出藥王本事勗弘經法師
  - 二 明妙音往來勵受法弟子
  - 三 觀音普門示現而顯聞偏
  - 四 衆聖神呪加持而明堅固
  - 五 莊王出陳本事而堅護持

藥王品科

- ㊁己 一 本品分四
  - 庚 一 請問
  - 二 對荅二
    - 辛 一 荅苦行二
      - 壬 一 歎能持之人
      - 二 歎所持之法二
        - 癸 一 歎法體
        - 二 歎法用二
          - 子 一 拔苦
          - 二 與樂用
          - 三 結脫苦
    - 二 荅歎經三
      - 壬 一 明事本
      - 二 明本事三
        - 癸 一 明佛說法
        - 二 喜見修供二
          - 子 一 現在一
            - 丑 一 修行得法
            - 二 作念報恩二
              - 寅 一 用法身力
              - 二 用報身力三
                - 卯 一 以神力燃身
                - 二 恒沙佛共讃
                - 三 明燃身時節
          - 二 未來五
            - 丑 一 生王家
            - 二 說本事
            - 三 往佛所
            - 四 佛付囑
            - 五 身任持四
              - 寅 一 起塔
              - 二 燒臂
              - 三 利益
              - 四 現報
        - 三 明持經福深二
          - 癸 一 舉聞全經得福
          - 二 舉聞本品得福二
            - 子 一 格量
      - 三 利益
        - 子 一 結會
        - 二 勸修

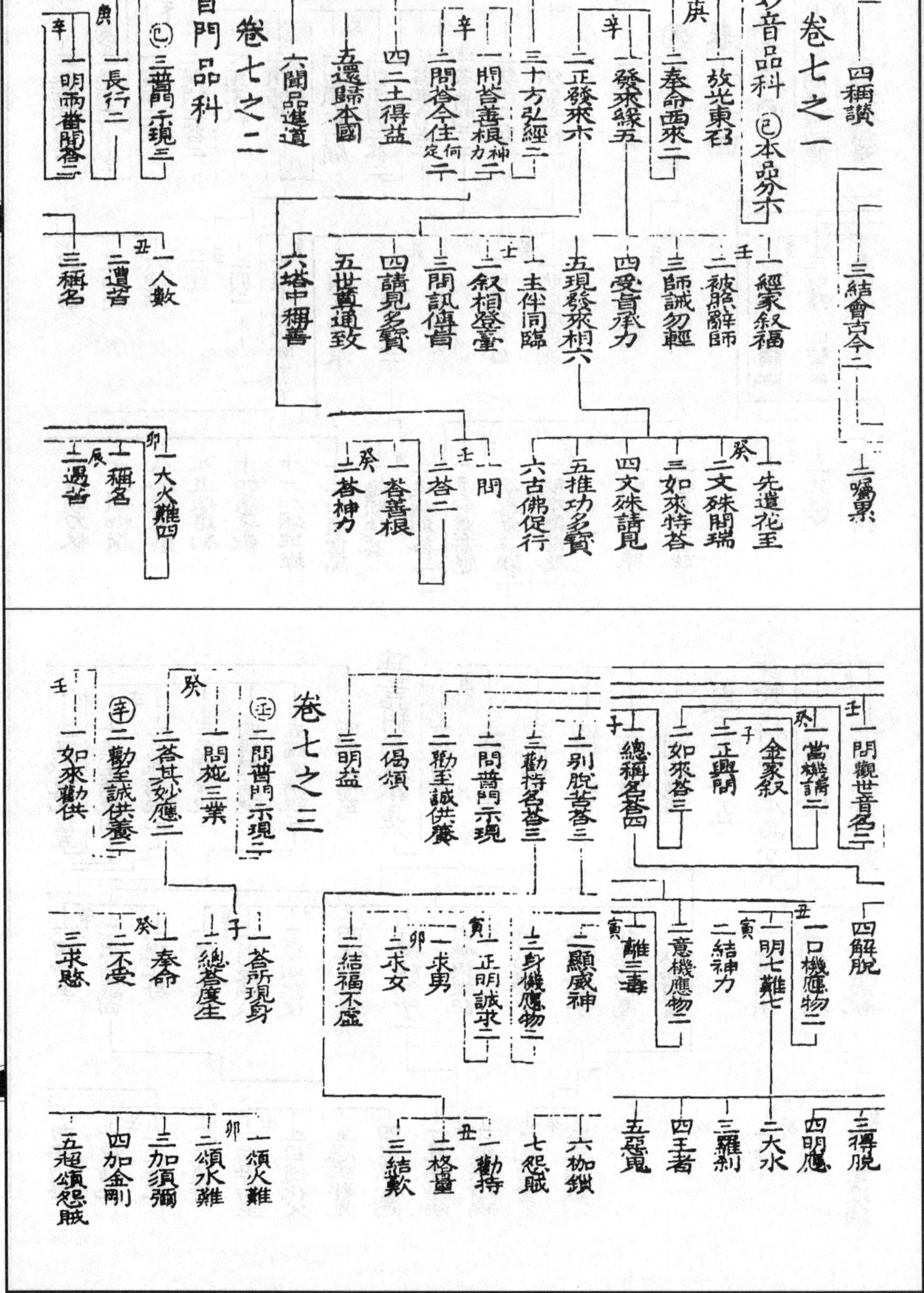
四稱讚
三結會古今二
二囑累
卷七之一
妙音品科 己 本品分六
庚 一放光東召
壬 一經家敘福
二被照辭師
三師誡勿輕
四受旨承力
五現發來相六
癸 一先遣花至
二文殊問瑞
三如來特答
四文殊請見
五推功多寶
六古佛促行
二奉命西來二
辛 一發來緣五
二正發來六
壬 一主伴同臨
二敘相發臺
三問訊傳旨
四請見多寶
五世尊通致
六塔中稱善
三十方弘經二
辛 一問答善根神力二
二問答今住何定二
壬 一問
二答二
癸 一答善根
二答神力
四二士得益
五還歸本國
六聞品進道
卷七之二
普門品科
己 三普門示現三
庚 一長行二
辛 一明兩番問答二
丑 一人數
二遭苦
三稱名
卯 一大火難四
二稱名
辰 一遇苦
壬 一問觀世音名三
癸 一當機請二
子 一全家敘
二正興問
二如來答三
子 一總稱名答四
丑 一口機應物二
寅 一明七難七
一離三毒
二意機應物二
二結神力
三得脫
四明應
四解脫
二大水
三羅剎
四王者
五惡鬼
六枷鎖
七怨賊
二別脫苦答三
三勸持名答三
寅 一身機應物二
二顯威神
寅 一正明誠求二
卯 一求男
二求女
二結福不虛
丑 一勸持
二格量
三結歎
二問普門示現
二勸至誠供養
三偈頌
三明益
卷七之三
壬 二問普門示現二
癸 一問施三業
二答其妙應二
子 一答所現身
二總答度生
辛 二勸至誠供養二
壬 一如來勸供
癸 一奉命
二不受
三求愍
卯 一頌火難
二頌水難
三加須彌
四加金剛
五超頌怨賊

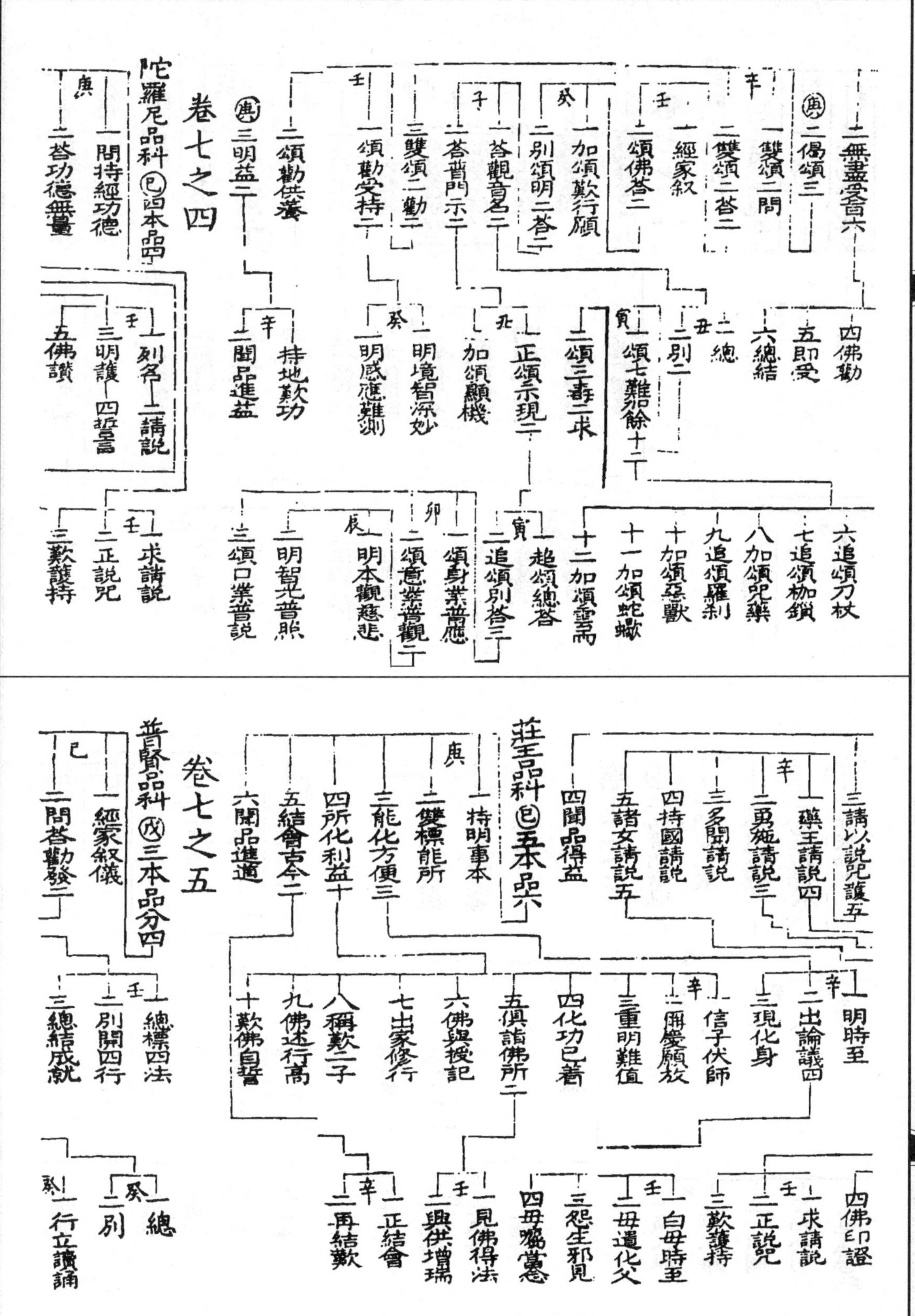
無盡意音六
偈頌三
雙頌二問
雙頌二答二
經家叙
頌佛答二
加頌歎行願
別頌明二答二
答觀音名二
答普門示二
雙頌二勸二
頌勸受持二
頌勸供養
明益二
卷七之四
陀羅尼品科 四本品四
問持經功德
答功德無量
四佛勸
五即受
六總結
總
別二
頌七難餘十二
頌三毒二求
正頌示現二
加頌顯機
明境智深妙
明感應難測
持地歎功
聞品進益
列名 請說
明護 四誓言
五佛讚
六追頌刀杖
七追頌枷鎖
八加頌呪藥
九追頌羅刹
十加頌惡獸
十一加頌蛇蠍
十二加頌雷雹
趣頌總答
追頌別答三
頌身業普應
頌意業普觀二
明本觀慈悲
明智光普照
頌口業普說
求請說
正說呪
歎護持
卷七之五
普賢品科 三本品分四
經家叙儀
問答勸發二
妙莊嚴王品科 五本品六
持明事本
雙標能所
能化方便三
所化利益十
結會古今二
聞品進道
請以說呪護五
藥王請說四
勇施請說三
多聞請說
持國請說
諸女請說五
聞品得益
明時至
出論議四
現化身
信子伏師
兩慶願放
重明難值
化功已著
俱詣佛所二
佛與授記
出家修行
稱歎二子
佛述行高
歎佛自誓
四佛印證
求請說
正說呪
歎護持
白母時至
母遣化父
怨生邪見
母囑篤慈
見佛得法
興供增瑞
正結會
再結歎
總標四法
別開四行
總結成就
總
別
行立讀誦

- 庚 一請問勸發二
  - 辛 一讚請
  - 二如來荅三
- 二誓願勸發二
- 三述發久修二
  - 庚 一述護法
  - 二述護人五
- 四聞者得益二
  - 庚 一聞品得益
  - 二通結聞經

- 辛 一護人六
  - 壬 一懷外難二
  - 二教内法四
  - 三覆以神力
  - 四特示勝因
  - 五復示近果
  - 六總結一心
- 二護法

- 二端坐思惟
- 三三七精進
- 四正與說呪

- 辛 一述身教
- 二舉勝因
- 三示近果
- 四攘外難
- 五述信功

法華授手科

妙法蓮華經大意

妙法者第一義諦也義旣第一更無有義誠不可以名名者矣然不可以名名而從上諸聖又不得不以此法曉示將來只得借喻表法故名之曰妙法蓮華但此蓮華亦有不可思議者葢如來演大華嚴最初放眉間光加被普賢卽入如來藏身三昧說華藏莊嚴世界海海中有大蓮華名種種光明蕋香幢華藏莊嚴世界住在此蓮華中且此華藏莊嚴世界中復有無邊無量種種世界謂此華藏莊嚴世界可思議耶不可思議耶華藏莊嚴不可思議葢知蓮華不可思議矣蓮華不可思議謂妙法尚可思議乎妙法蓮華互喻互顯是此名立而名不礙法法顯而法可立名知此則經旨得矣然如來必欲說此妙法蓮華經者何也我釋迦本師扮裝頭面示相人間本欲爲一切有情揭露此元具本覺妙明之廣大蓮華藏且酌且審已經四十餘年浸浸焉欲引入不測之淵海豈期五性三乘莫能疾證故先與說無量義經又與入無量義定衆中聞無量義亦不識卽慱而約示本彰源只得圖畵虛空全聲全色仰則法雨繽紛俯則山河擊吼大放眉間毫相光明直燭東方萬八千土尼吒阿鼻靡或有遺其間圓現十法界相染也淨也喜也怒也盡情吐露吾世尊得得將諸人蓮華藏内所有珍奇一盤托出急欲就此承當無奈一堂冷淡出手無人只有阿逸多亦佯佯莫辯且怪且疑徧度會中孰爲可

答轉聆得文殊師利意知曾見多佛應識希有我今當問曼殊童子故作思惟擬古見旣與今同想法應宜無二說决知今日如來定然同日月燈之說妙法華經教菩薩法無疑故曰我見燈明佛本光瑞如此以是知今佛欲說法華經致引如來出定歎德而妙法蓮華經由此說耳經家以是立名序品總顯一真法界之事相爲如來出世一大事因緣之原委三分中此爲序分自方便品至學無學人記八品爲迹門正宗然方便一品世尊本意不假言詮但入定放光滿擬四十年淘汰必有目擊道存者黙契不言之表豈知盲然猶面墻壁是以出定歎諸佛德直下呼舍利弗而語之曰諸佛智慧甚深無量其智慧門難解難入一切聲聞辟支佛所不能知此下正如奇峯絕壁大水懸流湧屹而不可止抑者其爲歎佛慧之深淵而令人想像其境當此之時一切聲聞始作念生疑云今者世尊何故殷勤稱歎諸佛方便舍利弗職當領袖慧亦超群只見前廊後架疑論紛紛故爾赤身當刃氣節俱嚴威德人前趨蹌萬狀盡力窮聲只道得個我自昔來未聞是法今者四衆咸皆有疑惟願世尊敷演斯事如來於斯方說且止止復方言正是屠龍妙技撥翳金針起死回生開彰妙論使會衆肯綮以明佛慧也纔許說間有五千人避座而去佛因以警不逮而更添精進我如來教子之心可謂篤切深厚難喻難名向下與談出世大事所有因緣原

爲與一切衆生開示悟入佛之知見告舍利弗十方諸佛但以一佛乘故爲衆生說法無有餘乘若二若三其所以二三其說者皆不得已方便言也若我弟子不聞不知此經謂諸佛如來但教化菩薩而自甘下劣此非佛弟子非阿羅漢非辟支佛所謂我本立誓願欲令一切衆如我等無異若我以小乘乃至化一人我則墮慳貪此事爲不可又云一切諸如來以無量方便度脱諸衆生入佛無漏智若有聞法者無一不成佛又云千二百羅漢悉亦當作佛此皆如來吐心吐膽明露心光教人諦信佛無二說而諸聲聞雖未卽到口不言而心黙領矣如來知諸弟子中有所信解連忙道汝等既已知無復諸疑惑心生大歡喜自知當作佛故舍利弗見摇鞭影蹄驟如風踏倒蹊橋翻身立地始知白毫光裏一切希有皆不疑如來獨得受用而妙蓮華藏始有少分契入齊此古判爲開佛知見亦是如來爲上根人作法說一周之葛藤披露盡矣既有說有示而如來亦因之以引入佛慧頓令從方便門見真實相乃爲開權顯實之所由也故爲方便品舍利弗慧既倍人聞亦非淺卽以强心鐵骨就此擔當便能悔過自責悲喜交生乃云我從昔來終日竟夜每自尅責而今從佛聞所未聞未曾有法斷諸疑悔身意泰然快得安隱今日乃知從佛口生從法化生得佛法分觀此語意舍利弗如魘得醒慶快通身實無纖毫疑不盡者所以曰泰然曰

安隱者眞到不疑之地故敢肆言得佛法分卽此可以語大矣由是如來於人天衆前始得放心放膽克口爲言我於二萬億佛所常教化汝汝亦常夜隨我受學旣常教常隨則身子與佛何嘗須臾離也旣須臾不離四十年間蒙蒙蕫蕫又非了無原故良以大教開彰必有其時時至自信信則決而其說乃定故曰今爲汝等說最實事乃所以授記身子自今而後以至將來成佛之依正莊嚴及轉次授記之有堅滿菩薩矣然次身子已下一切聲聞久滯權乘未獲疾證見舍利弗親得授記卽已興起大心各各脱身所着上衣以供養佛正以表脱難脱之先心而得舍利弗乘機更請謂我今無復疑悔親於佛前得授上記

第今千二百人未竟聖乘不免重添疑網夫何以得脱郤群疑而成妙悟於是如來又只得移腔易調更唱巴歌爲之以喻而敷陳前事説三界無安顯然如大火宅諸子於中嬉戲快樂不信我言不知是父只顧東西走戲了無怖畏之心長者見火從四面起而急切愴惶之相有不勝狀者父雖千般設救子仍頑怠無知淚浸長襟幾欲成流矣偶得計設爲三車似可適先心所好告諭諸人説衆患難汝等諸子宜速出來吾爲汝等造作三車今在門外可以遊戲汝今不取必致憂悔意謂計投所好卽超萬死俱生火宅既離憂懷稍憩豈知疲頑固結鈍滯難消雖得坐於四衢猶醉戀於草舍方將離火復溺深淵痛哉婆心

夫焉可釋乃諸子恐父有示無酬致索車之念生矣然要知索車之故見諸子大悟方成向者迷居火宅謂門外之三車定實今日得坐通衢識父心之方便假設知本無而故索乃父子之機投故曰願賜我等三種寶車如前所許長者由斯祈索得遂私懷故以等子等車殊錫無二其所賜車以衆寶而莊校復安置其丹枕駕以白牛侍以臣妾而愛念之衷可謂至矣設置之方可謂得矣豈謂父心不普而偏致樂於誰哉又豈謂許故均而與不平乎兪陳既已次得明諭聲聞今此三界皆是我有其中衆生悉是吾子愛無偏黨不令有人獨得滅度汝等若能信受是語一切皆當得成佛道是乘第一清淨微妙乘此寶乘直至道場此正如來舉棹揚波回舟就岸之機也復云我此法印爲欲利益世間故說在所遊方勿妄宣傳就此舉功出過明持者之福不可較而毀者之罪又不可言也如來若雷震長空諸人似枯槁遇雨足見父意誠而子心得知無不盡總皆由喻而得故名曰譬喻品自此諸大弟子因一喻而感慈恩始見捉兎捉象致力咸均既識佛恩難報始愧自鈍無爲敢於佛前控呈信解巧喻貧如窮子甘除糞於朱門其間委婉指摘又不啻如來狀火宅之明且盡也說長者婆心逼極無狀中狀其真說窮子癡頑固結無見中見其切益識靈山一會敲唱潛行其屈折淒清悲歡交至將如來出世真情菩薩輔化真境扮作一場千

殊萬態搬盡從前四十年所說所證了無陳迹及至最後乃云大富長者則是如來我等皆似佛子由我等昔樂小法如來便見縱捨若有樂大之心佛則爲我說大乘法今於此經唯說一乘并皆作佛是故我等說本無心有所希求今法王大寶自然而至我等今者真阿羅漢普於人天應受供養如是者皆因喻說了得佛心寘益之恩豈勝道哉擬欲報此心此德縱以手足供給頭頂禮敬於無量刦則不可報或以兩肩荷負過恒沙刦亦不可報又或以無量寶衣種種湯藥乃至牛頭栴檀以起塔廟皆不能報假使殞命灰形又豈能報深恩於萬一耶觀迦葉等圖報恩處詞意凄楚始知解必深而信倍切悟識如來二三

其說原爲入此一乘使之因權契實故稱爲信解品世尊今日知一切聲聞已信已解復恐信解不深又說藥草喻使知一雨所潤三草二木各得增長又爲二乘足其深信乃云迦葉善說如來真實功德誠如所言如來復有無量無邊阿僧祇功德汝等若於無量億刦說不能盡如來出世如大雲起以大音聲普告一切使未度者度未安者安未涅槃者令得涅槃皆使到於一切智地又云汝等所行是菩薩道漸漸修學悉當成佛以此知如來本唯一乘無二無三其所以差等者機别故也會衆聞此執見頓除始入平等法慧故繼此而有授記品然授記雖列四名其實意欲卽授五百人記由遠因未發恐卒難信故先告

云我諸弟子威德具足其數五百皆當授記於未來世咸得成佛所以經家單以授記爲斯品目也齊此爲喻説一周授中根人記次爲下根説因緣周者卽此授記之餘便云我及汝等宿世因緣吾今當説汝等善聽此下説化城喻品然如來必欲與説因緣者何也舍利弗由法説開解之後便有慕大之心乃曰我等今日真是佛子此卽的信無疑如來必應與之作授記也宜矣四大弟子出陳信解謂我等今者真阿羅漢始知從前羅漢之名皆不足實斯可謂心相體性此與授記亦宜其然也若彼無慕大之心而强以寶位禪之譬乎奏九韶樂晏靈鶋於廟堂之上匪徒食不安啄而復眩欲至死此所以必欲爲下根述

説因緣也正與説因緣時舉其佛則曰大通智語其時則曰塵點刦然塵刦之與智佛而相始終者因緣也於中叙智佛始終無不罄其細畧明王子修行無不盡其精誠至於彼佛受請必先三轉法輪沙彌覆講亦度恒河沙衆聆其語似蹉步可求忖其事實意度難知譬如幽人午夜寂聽秋聲愈聞而愈杳愈遠而愈真似實似虛如縷如弱隱然一段不可摸擬之情於心眼間唯幽人可想也此下又如已斷鐘聲重新繼起乃曰彼十六沙彌今皆作佛第十六卽我釋迦牟尼於娑婆國而得成佛諸比丘我爲沙彌時所化無量百千萬億恒河沙等衆生者卽汝等諸比丘及我滅後未來世中聲聞弟子是也從前所説如千

波競湧皆叙塵刦前事到此則一句截斷大似青布幔裡忽然從正本外提出一局使人竟覔他起處不得便繼以喻作化城也如云譬如五百由旬嶮難惡道多諸人衆欲過此道至珍寶所時有導師引之已臻三百由旬而生心欲退導師見愍假智力以設化城使之將息保養可以得寶還家而諸行人皆於化處便生安隱之想竟不念初心爲何事而始志爲何求也導師知彼疲勞已歇尚留戀乎不實之家頓滅化城明彰寶所而諭之曰寶處在近此城非實是我化作爲止息耳行人始知戀者非真前途未竟又復各鋭先心祈歸寶所後始結云諸佛之導師爲息説涅槃既知是息已引以入佛慧故富樓那等一切聲聞始從座起頭面禮足卻住一面但瞻仰如來目不暫捨而已當爾之時如來與之授記如投渴者之漿豈肺腑而不清涼則授受之源萬無一失富樓那由此作念知世尊奇特希有隨順世間若干種性拔出衆生處處貪着我等於佛功德言不能宣唯佛世尊能知我等深心本願如來因彼注念得以明告大會云汝等見是富樓那不我常稱爲説法人中最當第一故授滿慈記後兼得以授諸聲聞記語云皆當授記同曰普明故有五百弟子授記品也然阿難羅睺又是如來親因而返得記於諸人後者一以統乎有學亦以識無親踈示出世慈恩等同無二豈復有踈其踈而親其親哉因是而授學無學人記之品名有

矣法師一品如來授廣記於此世他生故因藥王而告八萬大士使知其可當成佛之人即此與彼也乃云汝見是大衆中無量四衆八部求佛道者今聞此經一句一偈乃至一念隨喜者我皆與授記而得成佛至於我滅度後若有於此經聞一句一偈一念隨喜者我亦與授阿耨菩提無上道記此爲世尊普心普願以了因中誓度無邊之志又要在會諸人親遊入妙蓮華藏而歎美受持讀誦書寫者與信者毀者之功過殊常而無比也故說如鑿井之施功久而得水易無非要人知持說此經必成佛不遠欲使知蓮華藏海不離當處也已上九品古判爲開佛知見則如來出世本心稍罄而憂懷稍釋此爲迹門流通然且又不止此也向下尚有四品並爲迹門流通見如來於此經勸諭之切前既爲人開暢明歷使信知各具是華以爲成佛根本尚是言顯而相未彰故又以高五百由旬之寶塔從地涌出有多寶如來全身處此使一切人見聞不惑而大樂說爲之當機欲開此塔如來示以彼佛有深重願必待我分身諸佛並集其會而後乃出於是世尊放光召集三變娑婆其境界又不可得而思之者矣當此之際不唯見古佛與今佛同居寶塔而亦見無量分身如來形殊影列彩散星馳儼如萬頃晴空衆星朗朗於蟾蜍之窟光如是遠境如是濶佛如是多華如是廣大似妙墨圖成一幅華藏莊嚴於諸人眉睫間豈非明顯藥香幢華

展轉而無盡耶真境旣露真智當生如來以神通力接諸大衆共處虛空以大音聲普告四衆誰能於此廣說是經今正是時如來不久當入涅槃吾欲以此妙法華經付囑有在前由諸小乘發廣大心故卽與授記今以此經付囑者乃與其行廣大行也復云聖主世尊雖久滅度在寶塔中尚爲法來諸人云何不勤爲法此是激勵聲聞而行大法然以寶塔名品者重在聞見親切古判此爲示佛知見意極明甚愚亦以爲顯示一真妙境爲如來唱募流通之文世尊如是苦口叮嚀竟未有一人出衆承當又與說本昔爲提婆達多時勤求妙法不惜身命今日所以爲無上士普濟衆生緣其因中有廣大心行精進行捨頭目髓腦而無厭惜也汝等一得授記便謂成佛乃本有事何必勞苦作此修持豈不思理雖頓悟事假漸除苟不就修縱得成佛亦只一素法身欲斷乎萬德莊嚴力無畏等具足成就不亦難乎噫如來爲教諸聲聞極難言也語其易則懈於進修語其難則廢彼大志故方舉修持之難而策勵未終疾舉一龍女始八歲而頃刻成佛可謂彈指而頓超無學則又見其極易而不難欲使二乘融通見地知此法在於不易不難之間但不可有心得而亦不可無心求也雖然此更有所謂焉如來如廛市中之爲賈者出百怪千奇以顯示於人無非欲得以自滿而益於彼非徒耀人眼也彼龍嗔而且毒女陰而最柔可謂難化之極難

化者尚一聞此經而凡情立華況人耶況人中之有智者耶爾時藥王與大樂說見會中滿座英才皆潛機伏括而弗克奮發勇力特於佛前立誓陳衷勸慰如來可以勿慮我等於未來世當不惜身命而持說此經此固爲會衆而作引領之緣使各發願以慶慰於如來然所謂發千鈞之弩者意有所待而藥王等破浪衝風又有待而然者矣故五百羅漢陡發精誠八千學人同身避座雖不敢誦於醪濁之娑婆而亦堪承當於散漫之國土比丘尼類有姨母之波闍波提雖志在統攝弘經患佛未親言許記口欲言而辭未吐如來已瞻視其色得斯意矣故曰汝心將謂我不說汝名而授記耶我先總說一切聲聞皆已授記今汝欲知記者當於六萬八千億佛所爲大法師然後成佛號一切衆生喜見於是耶輸并得授記而尼衆之於此經弘通允矣且佛記姨母必說億刼爲大法師者慮尼衆慧不及福而欲使廣修教範可以自利而利人也若然則藥王等之引領可謂半滴全天功其淺乎雖則聲聞畢進恐於涉俗難全要諸菩薩輔行其側此又爲如來口欲言而不能言者之深心惟顧視於八十萬億諸菩薩而已且諸大士亦知佛心無別其望在於衛行便於佛前作獅子吼乃云能令衆生受持讀誦如說修行得正憶念致於恐怖惡世中有諸無智人惡口罵詈我及加刀杖者我等敬信佛忍此諸難事我不愛身命但惜無上道須知此

諸菩薩其形其語原爲初記聲聞圖張榜樣此見是父是子而創業守成無二心也故此但用一持字而爲品名次復説安樂行者此文殊之别識也意謂使忍難弘經莫若使無難爲佳故請如來敷陳四行以爲遠害之方教先盡於已而後盡於人未見有已盡而人不從者若果能絜已盡誠忠信篤敬雖蠻貊之邦吾亦得而行焉然四行之中行處近處專精性戒則譏嫌可遠而衆難不干深心則於人無觸悲心則於衆不離四行成就軌物方嚴而歸功於妙蓮華藏不唐捐矣髻珠一喻爲顯第一之功宣妙蓮華竟成一切種智而保守千秋之家業無越乎此其事行流通已思過半矣開權顯實意已云週次下又爲開迹顯本亦分序正流通以從地湧出前半品至汝等自當因事得聞爲序分從地湧出者唯尊自性本具之理前談迹門諸品皆是事相至此本門復完序品光中境量故有八恒河沙菩薩從他方來各願於此娑婆廣説是經世尊掉頭不顧意顯不是家珍異得自胸流出可以葢天葢地故曰我自有六萬恒河沙菩薩能通此經語論未竟卽時三千國土地皆震裂有無量菩薩從地湧出此正表人人蓮華藏内本有無量性德莊嚴此處又似一幅八陣圖只見星分棋布主伴森然而大雄帳裡雖不見指揮三軍而籌算英才已定於中軍錦繡矣會中無限人但聽角聲金響不知已度陳倉阿逸多不忍坐觀成敗横槊當鋒探

得軍心潛知妙策故説偈請詢曰無量千萬億大衆諸菩薩昔所未曾見願兩足尊説云云此問卽是彌勒欲爲如來吐氣而發其遠本佛於未答之初但囑云當共一心披精進鎧發堅固志是欲勇於敵而鋭於先必致的中紅心而後已曰吾今爲汝顯示者乃諸佛智慧是諸佛自在神通之力諸佛師子奮迅之力諸佛威猛大勢之力要人得觀標幟題而上已有一段吞秦食楚曠如無天容如無地之雄心而其中神運緊可悉知豈迹門之知見而可企及故綴此而有壽量品也如以五百千萬億那由他阿僧祇世界假使有人抹作微塵自東方過五百千萬億那由他阿僧祇國乃下一塵如是點盡從前所有微塵之世界盡皆以抹微塵盡數諸塵以例吾壽猶復過此百千萬億那由他阿僧祇劫以是塵有盡而劫無窮之壽蒼蒼莽莽意語難思仰無以攀鑽無以入者豈非諸佛自在神通大勢威猛之力耶既聞如來壽量若此則前所問從誰初發心教化而成就之地湧菩薩不喻而釋夫復何疑自達多至此五品古判爲悟佛知見亦明矣此時大衆悟證法身常住不滅而其所得功德深淺難齊故又有分別功德品耳然所以分別者非吾佛故欲爲分也由得之殊證之別隨數生成佛之有階級衆生聞經信解之有限量而作此分也齊此爲本門正宗後皆屬流通至於此上一品所較者皆爲久修實證者較也未識暫時隨喜者又復

何如世尊又以一念隨喜展轉至第五十人所有功德超過八十年中廣行布施於十二類生以至俱令得證四果者乃至算數譬喻不可較其萬一此皆明受法之人所有功德至於傳經法師則又不然必致得六根清淨證諸實相其間統論所證功德皆是佛之知見又豈止六通三明而已已上較量始見持經功德深且固矣次復勸其畢竟堅持而不可少怠又引已行常不輕行唯以平等佛慧化諸衆生雖多遭毀辱絶無一念疲厭之心以至今日得菩提果亦持經驗也如來既已較其功而示其行會衆又已信其實而知其旨此時世尊如重累人脱其所繫慶快通身卽時現大神力出廣長舌謦欬彈指聲徹娑婆以一身毛孔光舌相光照寶樹之分身如一月而臨衆水因十方地動聲聖凡聲證娑婆之妙事猶霜鐘而出重圍如是神通豈易易量哉此所以曰神力品囑累品者乃付囑從前所教所示令絜已盡誠而行之也自分別功德至此六品又爲妙悟極則以盡悟佛知見之底蘊向後六品總成入佛知見而流通其事也藥王本事以苦行最弘經之師妙音往來以應命勵承法之子觀音入普門示現見逆流而倒駕衆聖用神咒加持運悲心而莫極妙莊王出陳本事顯法力深而轉識何難普賢尊重新勸發明利生切而未來無盡於是佛與菩薩同聲唱無生之調我共諸人攜手登不滅之場於斯時也是法是華俱是幻無生

無佛亦無心咄喚作葛藤得麽

妙法蓮華經授手弘傳序

經題五字已如題釋弘傳序者弘者廣大也傳者流傳也准本序謂讚揚莫窮曰弘永貽來哲曰傳序者次序也如觀東西之墻序可以别堂室之淺深又頭緒也如絲得頭緒而条理有在也經有序知一經之大綱别始末之殊分使意趣不紊而條目有准此述序題次下述序主

唐終南山沙門道宣述

唐是述序時代終南山名距長安城南八十里在扶風武功縣東接驪山太華西連太白隴山其山北來勢終於南故曰終南一名中南在天之中居都之南一名地肺可避洪水也沙門乃釋子之通稱梵語沙門此云勤息謂勤修衆善息滅惡事也又息心達本源故號爲沙門上道下宣序主名也由後學不敢單稱故言上下師姓錢氏彭祖之後湖州長城縣人父爲隋吏部尚書名钁申母夢月輪貫懷而孕復夢梵僧語云所孕者乃梁之祐律師也生於隋開皇間及長師日嚴頵公出家年二十落髮受具精通律典唐高祖武德七年甲申徙居終南紵麻蘭若製行事鈔嘗行般舟三昧前後總二十會感天人送餼侍衛後在西明寺行道中夜臨砌足蹶且仆有少年介冑擁衛之師問爲誰曰弟子愽乂天王子張瓊也以師戒德故來給衛耳因以佛牙授師夜捧行道晝藏地穴惟弟子文綱知之又授以藥餌修合之方卽今天王補心丸是也師問以世尊在世及滅後時

事瑣一一爲言隨問隨錄集爲感天侍應傳一卷高宗乾封二年丁卯冬十月三日入滅衆聞天人同聲請師歸彌勒院懿宗謚澄照大師述者著述也述者謂之明作者謂之聖述而不作師自謙之言也

序文畧分四段一標叙一章大旨即妙法蓮華至降靈本致也兩句二承序一經出處即蘊結下至故所非述三釋成一大時教從夫以至樂土玄猷四結成弘傳之意即弘贊下兩句先明標叙大旨

妙法蓮華經者統諸佛降靈之本致也

妙法等屬所詮之理經爲能詮之文者之一字牒定經題通指七卷之文統者總攝之義諸佛即序品光中所現方便品中所談寶塔品中所集三世十方之諸佛也降靈即降神迹於人間所謂無生示生也本致即諸佛本心本願所謂無邊衆生誓欲度也如謂此經文雖七卷實能統該三世十方一切諸佛降神利生之本願攝無不盡也次下第二段承叙一經出處

蘊結大夏出彼千齡東傳震旦三百餘載

此方序一經兩土之原委蘊藏也積也結即結集也大夏乃竺國之美稱出彼千齡者如來生於周昭王二十四年甲寅四月八日入滅於周穆王五十二年壬申二月十五日滅後阿難始結集四十九年所說大小乘經律論藏至東漢明帝永平七年方流此土計一千餘年齡即年也葢蘊積於彼所謂處流傳於此所謂出也故曰藏積大夏巳千餘年矣此明彼土之所藏次

彰此土之所出東傳者對西言也震旦東方屬震日始出曰旦樓炭經云葱河以東名震旦三百餘載者自漢明帝夢金人至殿遣蔡愔秦景等一十八人使西域求佛法至天竺隣境月氏國遇摩騰法蘭二尊者奉佛經像來震旦至永平十年入闕獻經像帝大悅敕於雍門外立寺以敬奉之因白馬馱來遂名白馬寺永平十四年由五岳道士忌之勅以火焚經像騐之道經悉燼佛經如故自永平七年獻帝合一百五十五年歸魏魏五主合四十五年歸西晋西晋四主合五十二年歸東晋安帝義熈二年什師譯此經時合八十九年總計三百四十一年故曰三百餘載載取物終更始也此上是總明兩土之出處也次又

別明譯經時節

西晋惠帝永康年中長安青門燉煌菩薩竺法護者初翻此經名正法華

西晋者武皇帝姓司馬名炎字安世文帝昭之子也受魏禪卽帝位改元泰始國號晋建都洛陽對東晋爲言也惠帝卽武帝次子字正度永康惠帝年號長安古稱咸陽漢高祖建都改爲長安以山河百二子孫可長安也青門乃俗稱卽長安東霸城門邵平種瓜處也燉煌禹貢雍州之域漢爲燉煌郡竺法護者梵語竺曇摩羅刹此云法護月氏國人究三十六國道術泰始二年丙戌自天竺達玉門徙居燉煌人美其德故以菩薩稱之後入長安居青門永康七年初譯出此經爲十卷名正法華此

明經來此土過二百餘年始成翻譯之原委也

東晉安帝隆安年中後秦弘始龜茲沙門鳩摩羅什次翻此經名妙法蓮華

東晉者由西晉遭亂爲五胡亂華元帝始渡江建都於江東之建康故曰東晉安帝諱德宗孝武太子丙申繼孝武卽位次年改元隆安以晉居正位秦爲旁僭故先述正統後秦姓姚名萇字景茂赤亭羌人先爲前秦苻堅之將當晉孝武皇帝太元八年苻堅以萇爲司馬討慕容泓等萇軍大敗後於晉太元十八年萇自陝西入長安卽帝位國號大秦僭位八年子興繼位改元弘始龜茲國名在焉耆西南沙門如前釋鳩摩羅什此云童壽本天竺僧因行化至龜茲故今以近處名也前秦王苻堅聞師德名遣驍騎將軍呂光率兵七萬伐龜茲取什當晉太元七年得什俱還至涼州聞堅已歿光遂據涼州卽三河王位國號大涼改元太安當晉太元十一年也光卒子紹立爲太原公呂纂所害纂立又爲呂超所廢立呂隆姚興弘始三年遣師伐隆隆上表降遂奉什師至長安秦王師禮之當晉隆安五年辛丑歲也什始於草堂寺譯出此經爲七卷當晉義熙丙午而序曰隆安以什入長安時言非譯經之時也什師譯經前後共三百八十卷弘始十五年四月十三日入滅壽七十歲當晉義熙九年癸丑也此爲序主出陳什師翻譯此經之原委也

隋氏仁壽大興善寺北天竺沙門闍那笈多後所翻者同名妙法

隋氏者隋高祖皇帝姓楊名堅弘隆華陰人漢太尉震第十四代孫初宇文泰仕魏封周公至子覺受魏禪國號周堅父忠仕周有功官至太傅隋國公忠卒堅襲爵陳太建十三年辛丑堅受周禪都長安國號大隋自文帝至恭帝通三主合三十七年以國號爲姓故曰隋氏仁壽文帝年號北天竺者天竺有五總名印土此云月邦以簡非其四故曰北天闍那笈多二法師名闍那具云闍那崛多此云志德笈多具云達摩笈多此云法密按添品經序云大隋仁壽元年辛酉普曜寺沙門上行請闍那笈多二法師於大興善寺重譯此經爲八

卷名添品法華謂於晉秦兩譯經内添合移改有五一於前兩譯添普門品後偈頌二於釋師藥王品後補日光喻之全文三合天授品於寶墖品内四移囑累品於普賢品後五同陀羅品於神力品後故曰添品以上總明此經出處翻譯之原委如此

向下結明弘通秦本

三經重沓文旨互陳時所宗尚皆弘秦本

本一經由三譯故謂三經兩次爲重三翻名沓然經雖歷三譯而重沓其文言妙旨則彼此互陳如十如是晉譯則無秦譯則有又藥草喻後半品兩經俱有秦本則無又如囑累品秦本在二十二隋本置之卷末於中若文若旨豈不爲互相陳列耶第古今時人所尊崇爲高尚者又秪唯秦本

而已

自餘支品別偈不無其流具如序曆故所非

述

由上云秦本爲時所尚恐人疑難謂三經本是一經何秦本獨爲時所宗尚而二譯獨不爲流通耶故序主復云自餘支品如齊武永平中有達摩摩提譯出提婆達多品經一卷又如東晉秪密帝譯出普門品經一卷已流通於世矣又別偈者如闍那崛多於西川龍淵寺譯出普門品重頌偈一卷幷皆傳誦是知支品與別偈皆有流傳故曰不無其流具如序曆者曆卽紀記也謂若論本文二譯與此全同者同於本經流通致於各有支品別偈具載如彼二經所記故所非今經所述也已上承叙一經翻譯出處原委已竟次下第三釋成一大時教

夫以靈嶽降靈非大聖無由開化適化所及非昔緣無以導心

此方釋成諸佛降靈本致以明弘贊也夫以者發語之詞前曰降靈總約一切諸佛此曰靈岳者單明釋迦一佛爲本經之教主也靈岳卽靈山降靈者用詩經中惟岳降神之意然我世尊現相人中示居靈鷲豈無故哉直爲一切衆生醉生夢死佛眼不開自非大覺聖人無由開廣大之教化令其成然寐者豁然醒也故曰非大聖無由開化此言應稱於機也下又言機稱於應適者當也謂如來教化雖廣大平等而所當化之機如千二百羅漢及諸聞者爲

如來化之所及皆有宿緣已見於大通佛時曾下大種若使往昔無緣又豈能驟然而開導其心哉故謂非昔緣無以導心所以仙苑告成機分小大之別金河顧命道殊半滿之科豈非教被乘時無足覈其高會此中明如來始終有由爲開化之地仙苑卽鹿園乃古仙所居故曰仙苑告成者佛於菩提樹下成等正覺便出聲告曰奇哉一切衆生皆有如來智慧德相秖因妄想執着而不證得也佛既成道必應說法然機有利鈍故雙垂二相現千丈身以應大機示丈六身爲說小教由是於機則分別其小大矣此是如來始有由於仙苑也金河卽産闍浮金處在拘尸城外河畔有娑羅樹林佛於此入滅顧命者尚書篇名成王將崩回首顧群臣而發命也佛將入滅而垂言教說涅槃經如成王將終作顧命篇此序主取以潤色其文耳如來臨涅槃時以佛神力出大音聲至於有頂普告大衆如來今日將入涅槃若有所疑今悉可問此是如來終有由於金河也道殊半滿之科者道言也殊別也科差等也涅槃經云半字者謂九部經毘伽羅論謂方等大乘經典以諸聲聞無有慧力是故佛說半字九部之經而不爲說毘伽羅論毘伽羅卽滿字經也豈非教被一句結上始終二處然機分小大教殊半滿豈非如來以教被機乘時施設者也無足等句方結歸本經然涅槃雖係最後之談能被之教既有半滿之殊分而所被之機豈無權實之差

等覈者考也謂不似今經無分大小權實皆當授記作佛由是知始終之教並不足以考覈其實如法華之高會唯談一實相也

是知五千退席爲進增慢之儔五百授記俱崇容化之迹

此又申明適化所及不及爲無緣有緣之義卽承上高會二字而來既以法華爲高會矣云何而有退席之流是知高會之中雖有五千退席之衆無非爲增上慢者作進趣之緣也既退者尚可爲進者之緣則五百得授記人愈見其爲進者之勝緣矣故曰俱崇容化之迹崇者尊也如經謂內秘菩薩行外現是聲聞我弟子如是方便度衆生既曰俱崇不唯五百人尊佛慈旨容行輔化之迹而退席者猶爲容化之容迹也此下正序本經大旨

所以放光現瑞開發請之教源

由會中有此輔化之儔故如來放眉間光現種種瑞使彌勒騰疑有文殊對答致令身子等諸羅漢開發啓請說教之本源也

出定揚德暢佛慧之宏畧

方便品中佛因舍利弗等不領光中所現之相秖得自己出定讚揚諸佛權實二智之德無非演暢諸佛之弘遠方畧又宏畧卽大畧也

朽宅通入大之文軌

法說一同身子得記其餘聲聞尚未信解故身子代請如來重說譬喻以三界喻火宅佛喻長者二乘等喻火宅中諸子先以

三車引導喻四十年前所説三乘後等賜大車喻今説法華雖區區數千言莫過爲二乘暢通入大之文同一軌轍也此用記云今天下車同軌書同文行同倫爲潤色也約法則同圓教一實之文約喻則同大車一乘之軌

化城引昔緣之不墜

如來既爲五百弟子授記之後復説因緣一周引佛曾於大通佛時爲王子説法華經爾時所化恒河沙等衆生卽汝等比丘及我滅後聲聞弟子是也則知今日得授記者乃宿昔之因緣有在而不墜失也故説化城喻

繫珠明理性之常在

五百弟子領佛説因緣得受果記感佛恩德説繫珠喻以佛喻親友自喻醉人一乘佛知見理性喻珠今由説三周之後各得開悟如酒醒後覺昔珠今用智佛與今佛雖出塵刦而此理性之珠不曾遺失故曰常在

鑿井顯示悟之多方

此亦承上文而言謂佛知見理性之珠雖在苟非如來於此經開示多方則亦不得現前受用故佛於法師品又再四勸其精勤讀誦受持此經説鑿井喻謂在家出家求佛道者若依他經修習如於高原求水但見乾土雖費穿鑿去水尚遠若依此經修習如施功不已轉見濕土遂漸至泥知水必近以此經詮顯如來一乘妙義皆如來指示令悟有多種方便也故曰顯示悟

之多方

詞義宛然喻陳惟遠

謂自序品至法師品三周之詞義雖曰宛然明白而數喻敷陳思惟其旨意極遠大以詞義觀之似爲世諦之常談以喻旨言之其實明最上之大義也巳上弘贊其經以明所說之法妙向下弘贊其佛而明能說之心妙

自非大哀曠濟扳滯溺之沉流一極悲心拯昏迷之失性

言此經雖文詞義理摹寫宛然而譬喻鋪陳旨趣遠大自非我釋迦之弘慈廣濟其孰能引扳滯空溺迹之聲聞與沉於權見之流耶若非我如來至極之悲心其孰能拯接昏頂迷倒之衆生與無明失性之人平正見婆心太切有落草之談以結歸非大聖無由開化之意

自漢至唐六百餘載總歷群籍四千餘軸受持盛者無出此經

自漢明帝永平十年至唐高宗乾封二年律師入滅但未審唐代何年作序總六百餘載是時之久也總歷群籍計經律論有四千餘軸是法之多也而人於久遠之時最多之典而獨受持此經之盛且篤者以驗佛之大慈悲心所加被也而亦驗機教之相扣也亦見時所宗尚不誣矣巳上弘贊其佛與法竟次又弘贊其僧爲機教相投及聞而深敬之妙

將非機教相扣並智勝之遺塵聞而深敬具威王之餘勳

亦承上受持盛者爲言扣投也合也謂昔佛在世親說此經猶多怨嫉尚有五千退席之人今佛滅旣久受持者返如是之盛豈不是機與教投而生與佛合耶須知此機教相投者並是智勝佛時曾下大種所遺餘之塵也魏都賦云先王之桑梓列聖之遺塵爲潤文也聞而深敬者謂卽末機教相投一聞此經便深生敬卽者亦是常不輕於威音佛時嘗蒙授記之餘功有在耳勳功也迹此可見今日於經有緣聞而敬信者當自慶也此正結歸非昔緣無以導心

輙於經首序而綜之庶得早淨六根卬慈尊之嘉會速成四德趣樂土之玄猷

輙專也綜卽機縷之持絲制經者淨六根者如法師功德品說謂我於經首錯綜其說而成此序使人知一經之大旨令受持者專心進業庶得早淨六根也卬慈尊者謂釋迦已滅而欲得入佛嘉會須待彌勒慈尊龍華說法若使六根早淨可以卬望於當來之嘉會矣速成四德有云常樂我淨然此四種是佛果德據普賢勸發云若善男子女人於如來滅後云何能得是法華經佛云當成就四法一者爲諸佛護念二者植衆德本三者入正定聚四者發救一切衆生之心故序云速成者對早淨而言皆因中所當成之急務謂四德若成可以爲趣向樂邦之通玄大道也猷卽道也樂土准本經卽三變淨土也若對淨六根可卬彌勒慈尊則成四德可趣極樂蓮邦

況功圓果滿應入唯心浄土本經亦云如説修行命終之後即往安樂世界阿彌陀佛大菩薩所又此經以彌勒居首普賢居終舉此可以該盡一經之始終什成一大時教已竟第四結成弘傳之意

弘賛莫窮来貽諸後云爾

此結歸序題賛助也貽流傳也遺也序主謂我作此序人微言輕如撮土之助泰山勺水之益滄海莫能窮盡此經功德萬分之一但願由此序而俾此經永遺後世流通莫盡以表區區一念護法之誠耳云爾者結語之辭謂一序所云如斯而已然此經具本迹二門今何但序三周迹門耶且迹由本顯本自迹彰若知從本垂迹即知因迹顯本所謂本迹雖殊其不思議一也

申什序文已竟

妙法蓮華經授手弘傳序

音釋

燉音豚　煌音黄　鼂音卯　笈音及　沓音蹋　覈音劾　鑿音昨　勣音迹　輒音懾　綜宗去聲　貽音夷

妙法蓮華經授手卷第一之一

清楚衡雲峯沙門智祥集

塵點刼佛與現坐道場之十方佛各證而默同者妙法也妙法者何即佛與生靈靈共禀歷歷孤明無聲無色不得以相相無相而求者也然此妙法本無古今無生滅曷諸如來皆有出生現相轉法輪般涅槃之古今生滅耶盖諸佛證此無古今無生滅法時即願一切人與未來際人齊證乎此衆生一日不證諸佛一日不安衆生積刼不證諸佛亦積刼不安所以不得不於無古今生滅中示古今生滅以濟此不證乎無古今生滅人耳即我本師世尊以不自安之心來生堪忍向本無古今生滅中而突爾刄出不可窮盡之古今生滅謂我以佛眼觀見六道衆生貧窮無福慧相續苦不斷爲是衆生故而起大悲心夫佛果見六道衆生貧窮實有福慧實無佛即具有神力亦不過如國王之用救出人於苦已矣安能使人人皆獲國王位哉是佛抱此不安亦與世之憫物不自安者無以異也亦非佛出現本懷也要知盡無古今盡無生滅必在無盡古今無盡生滅中翻出古今生滅到無盡極處則盡無古今盡無生滅始現前矣所以示生無非要人證此無生示相無非要人證此無相無何衆生着相深着生又深既没於古今生滅中非着有即着空於佛無古今生滅義有若相背而馳愈趨愈遠殆相遇無期也已是以如來於此遠則數百千刼往返近則四十

餘年誘引曲盡無限血腸磨盡無窮心髓將人人所有之歷歷孤明者左盤右旋多方陶鑄迨至以白毫光媚牵心眼靈運方甦乃得令一切人心頭眼底摇摇動動轆轤欲轉於空靈靈地幾欲伸手捫摩而又無從故如來得此一機本懷始暢滿將出世來一大事無古今生滅之因緣開襟傾倒權實會融舉靈靈共禀之宗班班委付直至盡會中人悉能契悟自心實無古今實無生滅信知將來即此畢竟成佛即比當度無量衆生即此得還心佛衆生三無差別之源即此與諸佛世尊共一鼻孔吐氣而佛爲此一事常不自安之鬱膈乃得一慰乃爲我世尊出現一翻得得説此妙法華經教諸菩薩同與諸佛所最護念之本志也將釋此經先分四段○一畧釋經題

妙法蓮華經者法即一真如心法乃世出世間最妙最玄之第一義也何謂真如心法以其物物具足原無增減也盖大地含生不論僧俗男女老少智愚天仙神鬼白牯黧奴俱一一天然一一現成你若要去摸索他尋究他取證他了辦他他便無不赴心滿願無有不得無有不證非物物具足而何且一切僧俗男女老少智愚天仙神鬼白牯黧奴以至蝦蜆蛤蜊草芥纖難咸有無量智慧而不自用無量解脱而不自證無量三昧而不自入無量神通而不自取積刦累生顛倒於聲色人我塲中聽貪嗔嫉妬所使任恩愛無明所驅或走驢

胎或住馬腹一來一往萬死萬生而者個依然不離謂有增減否耶惟其物物具足無有增減故四聖六凡皆倚之爲根爲本捨此則更無有能爲根本者此所以謂之最妙最玄之第一義也我世尊從曠劫自證以來於三七日向無盡香水海中坐大蓮華說圓滿修多羅大華嚴已爲利生出現於世其間雲重雲起浪復浪生此唯毘盧遮那與微塵數等諸菩薩作是主伴如是盡微塵刹海有微塵主伴乃至于一極微微塵中有如是微塵主伴如是主伴演如是法門又豈別有所謂法哉然世尊不離菩提樹而現法界身雲徧坐道場稱法界性以闡普徧圓融無碍大解脫法門者只緣着相衆生根機暗鈍視聽俱昏又不得已吾二相而二始同時將此妙法於不可分中爲頓漸秘密三一小大作差別顯示則成四十年舌沸寒濤矣盖此法斂之則無以窺其迹散之則無以竟其名所以在楞嚴曰如來藏性曰常住真心在金剛名甚深般若名實相真宗在圓覺名無礙伽藍在楞伽爲佛語心宗至於涅槃中無滅無生非常非斷曰摩醯眼曰塗毒鼓乃至靈山最後拈花曰實相無相教外別傳其實皆此法也乃此法即則凡聖俱容離則聖凡俱泯深無容測密無容透與乎其觚而不堅張乎其虛而不華非思思議議可得故將一妙字稱之夫所謂妙者由其體不變而用隨緣也語乎體名不得狀不得染不得淨不得復何聖凡迷悟之可指

儼如澄渟之水圓瑩之珠雖寂寂而光吞影落不可得而昧者也約其用則聖凡迷悟隨之而轉設使不轉一定爲聖凡迷悟何妙之有且聖不增凡不減妙無損益也若聖有些增凡有少減妙安在哉有情得而萬事通無情得而庶物長若有情獨得無情不得亦不爲妙惟其天得以清地得以寧鬼神得以靈聖人得以開迷拯溺愚夫得以忠君愛親取之不竭用之不竟莫存其故莫究其新玅矣然而未盡得之之妙也苟得不變之體神凝千古一念萬年如碧落長空如寒潭皎月竪不止三際横豈獨十方放之則沙界俱含收之而毛端有剩原厥始而無始朕兆誰分審乎終而不終蒼茫曷極斯殆不變之妙也能運隨緣之用者應機隨類格物無方如空谷隨聲如摩尼現色毛端現刹塵内轉輪語其實而非實鎔萬有於一無論乎空而不空散一無於萬有斯又隨緣之妙也我如來不忍此法獨自受用故云我本立誓願欲令一切衆如我等無異故爾放光現瑞急欲將此妙法渾全托出意在顯露十界十如本迹權實之理使一切人覩如是希有事必生如是希有心心生而法可證矣然經名妙法蓮華過去諸佛久有斯名大通智勝如來於塵點刦前受十方諸梵天王及十六王子請便謂説大乘經名妙法蓮華又遠如世尊爲菩薩時曾於無量無邊不可思議阿僧祇刦前事阿私仙人聞妙法華經又於威音王佛時於虚空中具聞

彼佛所説妙法華經則是妙法蓮華豈獨文殊於日月燈明始聞之耶又豈但今日現在十方恒沙如來宣此玅蓮華耶去未來無量諸佛應如是説故知此妙法蓮華三際十方塵塵刹刹無不俱是苟一時或斷一處不徧一佛不説一事不具則弗妙矣故云如是妙法諸佛如來時乃説之須知此時字遍塵刹而不盡亘古今而常存非此時彼時可得間斷可得限量也妙法之下着蓮華兩字者何因此法微玅難明故借蓮華喻之夫喻所以表法也喻不切即法不妙如繪像者其靈在神亟月者其妙在雲神到而像自活雲竒而月自吐然則所謂蓮華豈可執天上人間青紅赤白之形而擬議之耶使執形而擬縱靈瑞大

寶三千年一開開則金輪應世要不過三千年而應一輪王是豈神到雲竒之妙耶即大經所演香水海下有大蓮華名種種光明蕋香幢而持無盡華藏世界雖則世界無盡華藏無盡畢竟終有限量總之境不忘而量有限量有限而法即黏滯又豈無相無名之妙喻耶今所以喻蓮華者乃明人人本有之妙蓮華藏也謂此蓮華因即具果而果復含因以今因繼果則後果之因已植由今果含因故先因之果元成正明衆生心内早具已成之佛諸佛心中又孕未來之生也以懷佛之心爲因佛終無盡以孕生之念證果生亦曷終以刦刦之佛度生生之生以生生之生成刦刦之佛如天河之不息似孤月以常輪古今如

是諸佛古今如是衆生無不具此蓮華能悟此蓮華即得自己妙法故以妙法蓮華爲此經名也經者徑也古今不易之常道也梵語修多羅此云契經謂上契諸佛之理下契衆生之機契理契機故名契經又經者法也常也十界同軌謂之法三世不易謂之常乃十方三世佛佛所演之常法故通名曰經此經題之畧義也畧釋經題已竟○二特標譯主

姚秦三藏法師鳩摩羅什奉詔譯

姚秦者前後三秦此明非龜秦符秦之時也三藏者即經律論謂此師三學俱通故法師有二意一法身長養全藉於法是以法爲己師也二將自所證之法展轉傳授使一切人開通正眼則爲人之師也鳩摩羅什譯主名也此云童壽出處氏族及譯經始末備載弘傳序解譯者翻譯也謂翻梵音爲華音翻梵字爲華字翻梵語爲華言皆此師力也○三別釋品名品有二十八名各隨本品釋義科名總標於此

序品第一

品節云此品總顯一真平等法界以彰如來出世始終不出普光明智刹那際三昧欲令衆生了此實相真境以爲成佛真因也如來出世本懷先說無量義經入無量義處三昧者正顯如來語默隨機皆非心識思量境界然於定中天雨四花地摇六震者意顯如來以無作玅力掀翻衆生無明窠窟以撤六根四大之障碍也放眉間白毫相光照東方萬八千世界者直顯衆

生動用根塵識界不離普光明智也光中圓現法界事相生佛始終顯衆生諸佛平等無二也盖此光中實相真境即衆生日用現證境界但能當下知歸了此即爲成佛真因矣如來出世特爲此事四十年中未顯發者何也根機未熟待時故耳且以彌勒騰疑者顯此境非心識可知啓問文殊盖非智不能入也引燈明之本始證今佛之瑞相顯古今一道耳四十年中所談不盡光中之事故判此品爲總顯如來出世爲一大事因緣之象天台云序義有三次也由也述也如是我聞等冠於經首次序也放光六瑞發起之端由序也問答釋疑正説弄引叙述也具此三義故稱爲序義類同者叙爲一段故名曰品唯藥王品與提婆達多品是佛親唱餘皆結集所置或譯人添足此品居諸品之始故云第一又序有通别二義從如是我聞至退坐一面是通序謂通諸經皆然也從爾時世尊下至品盡是别序與衆經不同乃别序一經教啓之因也○四正解文義大科分三

㊀一序分夫序正流通三分始於道安法師而證於親光菩薩解家無不依之分釋其文此古今不易之定論也又分二科

㊁一六種證信序六種者即信聞時主處衆六成就也謂此六種闕一不可證信者佛將入滅時阿難請問一切經首當置何語佛命置如是我聞一時佛在某處與大衆俱使天下後世知佛法皆有源本非世人可妄作也置此有三意一以斷疑二以

息爭三以簡邪斷疑者阿難始結集登座時相好如佛衆起三疑一疑佛重起二疑他方佛來三疑阿難成佛及舉如是我聞等則三疑頓息矣息爭者如不言如是之法我從佛聞是自有制作則爭論便起故舉如是我聞等則爭論不生也簡邪者外道邪法經首皆置阿憂二字謂阿者言無憂者言有外道妄計萬法雖多不出有無爲吉故佛經首置如是我聞等使邪正攸分也就此分三(丙)一標信與聞

如是我聞

如是乃指法也我聞明授受也謂如是之法我從佛聞六成就中如是二字即信成就也謂信者言如是不信者言不如是約理謂聖人說法但顯真如唯如爲是耳故曰信成就我聞第二聞成就也我乃結集經主也本隨世假我及法身真我言非同凡夫外道所計之我也我聞者謂親見親聞非展轉傳聞經云此方真教體清淨在音聞不假音聞教體何立約理以無我之真我不聞而自聞故曰聞成就(丙)二時主及處

時佛住王舍城耆闍崛山中

一時第三時成就也取其師資道合始終說聽之一時蓋佛說法聖境難齊豈可定以時節故但言一時約理則心境理智凡聖本始一如之時故曰時成就佛即第四主成就也梵語佛陀此云覺謂始覺與本覺證齊而成究竟覺此約自覺言也又云自覺覺他覺行圓滿此兼利他自覺揀凡

覺他揀小圓滿揀因盖指娑婆教主釋迦牟尼佛也非此大聖孰能演斯大法故曰主成就住王舍等第五處成就也王舍城者駁足王與千王共立舍城都五山中爲大國此城名也耆闍崛乃山名此云靈鷲以峰形如鷲故此中有五精舍一名天主穴一名七葉穴一名蛇形穴一名少獨力山一名耆闍崛前佛今佛皆居此山佛滅後羅漢住次第有辟支佛及鬼神相續住住皆聖靈故曰靈鷲約理住者以能住之智居所住之理不落二邊咸歸中道斯一乘妙典非此勝地何以說之故曰處成就

(丙)三詳列聽衆乃第六衆成就座無知音說將誰聽今淘汰已成不得不說故於列衆粗分爲二(丁)一詳列聖凡又三(戊)一聲聞衆分二(己)一先比丘又二(庚)一出無學以明德又復分四(辛)一舉類標數

與大比丘衆萬二千人俱

此但舉迹與者共也大有三義一數多二名重三德隆比丘梵語此翻亦三一乞士謂內乞佛法以資慧命外乞信施以資色身二破惡謂能破見思之惡三怖魔謂既能破見思之惑而魔羅恐怖以其能出三界必化餘人則魔類減損所以怖也衆梵語僧伽耶此云和合衆有六義戒和同修見和同解身和同住利和同均口和無諍意和同悅萬二千標數畧言之也廣則二十八品內他方此土凡在會者悉皆爲衆又十方十二類衆生及三變淨土從地湧出者亦皆此會衆故此但畧言俱者具也

謂此大衆皆集此處㊟二明位嘆德

皆是阿羅漢諸漏已盡無復煩惱逮得已利盡諸有結心得自在

此則顯本迹雖比丘而本皆大阿羅漢凡此聖衆無非輔化如來出世利生豈僅實行聲聞佛云我弟子如是方便度衆生可悉知其遠本皆不思議梵語阿羅漢名含三義一無生既得出離三界則分段變易俱離不受後有非但僅能破惡二殺賊一切煩惱盡除無餘不但僅能怖魔三應供具智斷功德堪受人天供養天台云諸漏盡兩句歎殺賊諸漏有三一欲漏二有漏三無明漏謂三界因果起惑造業致生死忘法身失慧命喪重寶皆是賊義煩惱謂昏煩之法惱亂心神即九十八使令諸漏既盡則煩惱永忘所以能殺賊也逮得已利一句歎應供三界因果皆名爲他智斷功德方名已利已利具足所以能應供也盡諸有結兩句歎無生諸有即二十五有生處結即二十五有生因今因果都忘則有結盡矣心得自在者即定慧具足定慧既具何生之有所以得不生也㊟三畧舉首衆於萬二千中畧舉上首二十一位

其名曰阿若憍陳如摩訶迦葉優樓頻螺迦葉伽耶迦葉那提迦葉舍利弗大目犍連摩訶迦旃延阿㝹樓馱劫賓那憍梵波提離婆多畢陵伽婆蹉薄拘羅摩訶拘絺羅難陀孫陀羅難陀富樓那彌多羅尼子須菩提阿難羅睺羅

此列名也阿若名也此翻無知以無知名

者非無所知乃知無耳憍陳如姓也此云火器婆羅門種其先事火從此名族又名摩訶男以其聞法得道最在一切人天羅漢之前如云佛最長子阿含云我佛法中寬仁慱識初受法味者拘鄰如比丘第一○摩訶迦葉此云大龜氏其先代學道靈龜負仙圖而應從德命族名畢鉢羅父母禱樹神而生亦名飲光以其身光能飲日月故佛弟子中名迦葉者多於同姓中最長故名摩訶迦葉摩訶含大多勝三義如來以法付之乃傳金縷僧伽棃住鷄足山待彌勒出世付法授衣竟然後入滅阿含云我佛法中行頭陀行大迦葉第一優樓頻螺此云木瓜林依林住故伽耶此云城那提此云河兄弟三人皆事火當毘婆尸佛時共竪刹柱故報爲兄弟兄爲瓶沙王師有五百弟子兩弟各二百五十皆行兄法不肯歸佛佛作十種神變度之謂毒龍不中龍火不燒恒水不溺三方取果北取粳糧忉利取甘露知嫌隱去知念現來火滅還然斧舉不下廣如瑞應經說雖覩衆變邪執不歸復云瞿曇雖神不如我道爲真佛云汝非羅漢亦不得道三人皆契悟同歸於佛阿含云優樓那比丘能將護四衆供給四事令無所乏最爲第一那提比丘心意寂然降伏諸結精進第一伽耶比丘觀了諸法都無所著善能教化最爲第一○舍利弗此云鶖水鳥也弗此云子大論云婆陀羅王婦生一女眼似舍利鳥因名舍利以其是女所生故名舍利弗又名

身子以毋好形身故阿含云我佛法中智慧無窮決了諸疑舍利弗第一○大目揵連此云萊茯根婆羅門姓也名拘律陀因禱樹神而生故以命名阿含云我弟子中神通輕舉飛到十方者目揵連第一○摩訶迦旃延婆羅門姓也此云文飾善議論故阿含云善分別義敷演道法迦旃延第一○阿㝹樓駄或云阿那律陀此云無貪或云阿泥盧豆此云如意賢愚經云弗沙佛法末時饑饉有辟支佛名利吒行乞空鉢有貧人見而悲愍曰聖士能受稗否荅云可耳即以所噉奉之食已現十八變而去其人悲感愈切故感九十一刦天上人間受如意樂及投佛出家以昏睡受佛呵責七日不眠遂失雙明佛令修樂見照明

金剛三昧得半頭天眼見大千界如觀掌果阿含云我佛法中天眼徹視者阿那律比丘第一即斛飯王次子也○刦賓那此云房宿父母禱房宿而生故以爲名又云初出家時因往見佛偶值雨夜宿陶師房以草爲座後一比丘亦來投宿賓那即推草與之至中夜後比丘問何往云我欲見佛比丘遂爲說法豁然得道後比丘即佛也以共佛宿得道故名房宿阿含云我佛法中善知星宿日月明識圖像者刦賓那比丘第一○憍梵波提此云牛呞亦云牛迹前五百世時曾爲牛王以牛食後常事虛哨餘報未除咹咹常嚼故時人稱爲牛呞以避人輕咲恐其得罪常居天上佛滅度時迦葉集千羅漢遣下座僧追憍梵至

梵問佛荅云已滅梵云佛出我出佛住我住佛既入滅吾亦滅矣遂入滅阿含云樂在天上不樂人間牛跡比丘第一○離婆多亦名離越此云星宿父母從星乞生因以得名雖得出家猶隨本字阿含云坐禪入定心不倒亂離越比丘第一○畢陵伽婆蹉此云餘習五百世爲婆羅門雖得道果餘習尚猶高慢過恒河水叱河神曰小婢駐流河神分爲兩派其神被叱遂往訴佛佛令伊悔謝即對衆合掌云小婢莫嗔大衆咲之河神云悔而更罵佛云本習如此實無高心阿含云樹下苦坐不避風雨婆蹉比丘第一○薄拘羅此云善容容貌端正故年一百六十歲無病無夭由昔持不殺戒故九十一刦命不中夭毘婆尸佛時一比丘患頭痛以一阿勒果施之病愈感刦刦生生身常無病阿含云壽命最長愛樂閑靜薄拘羅第一○摩訶拘絺羅此云大膝即舍利弗舅也由來論常勝姊姊孕論則不勝知懷智人寄辨尚爾況出生耶乃棄家往南天竺讀十八經時衆笑之曰累世難通一生豈爽乃喟然歎曰在家爲姊所勝出外爲他所輕誓願不休無暇剪爪時人呼爲長爪梵志後投佛出家得法眼淨阿含云得四辯才觸難能答拘絺羅第一○難陀亦云放牛難陀此云善歡喜妙樂云從初慕道爲名歡喜中勝故云善也淨飯王偪十萬釋出家即其一也○孫陀羅難陀孫陀羅此云好愛妻名也難陀此云歡喜已號也揀異衆難陀名故標

妻名以別之也是佛親第四月九日生短佛四指容儀挺特與世殊異後爲佛引令出家證羅漢果○富樓那彌多羅尼子富樓此云滿父名彌多羅此云慈母名西域稱男爲那女爲尼從父母得名故名滿慈子阿含云善能廣說分別義理滿慈子第一○須菩提此云空生其生之日家中庫藏一切皆空故曰空生父母驚異以占相者曰吉又名善吉及其出家見空得道兼修慈心得無諍三昧善說空法佛從忉利天下率土輻輳爭先頂禮惟須菩提端坐石室念諸法空豁然開悟故爲解空第一○阿難此云歡喜或云慶喜或云無染佛成道日生舉國欣慶故以得名凡隨佛入天人龍宮見諸女衆心無染着故名無染

爲佛侍二十五年所聞八千揵陀皆誦不遺不重問一句佛滅後大衆請結集諸經登師子床相好如佛迦葉讚云面如淨滿月眼若青蓮花佛法大海水流入阿難心而如來寶藏今得流通天上人間者皆尊者力耳其入滅時於恒河中入風奮迅三昧分身爲四分一與天上一與龍宮一與毘舍離國一與阿闍世王阿含云知時明物所至無疑所憶不忘多聞廣達堪任奉持阿難陀第一○羅睺羅此云覆障是佛親子往昔因塞鼠穴又不看侍婆羅門六日故處胎六年因名覆障佛爲太子時欲求出家父王不許乃曰汝若有子聽汝出家太子即以手指妃腹曰過後六年汝當有孕既出家巳耶輸有娠諸釋咸瞋疑其

非正耶輸遂設火坑誓曰我若爲非母子俱滅若真遺體天當爲證因抱子投坑坑變爲池蓮花捧體於是父王歡喜雖失其子而獲其孫孫爲金輪吾亦何恨後長大已佛索出家父王不許耶輸將上高樓目連飛空取之佛度出家爲舍利弗弟子於大衆中密行第一(辛)四總結衆集

如是衆所知識大阿羅漢等

此統攝餘衆也如是二字指上二十一位其餘萬二千中未舉者以等字該之統文也聞名曰知見形曰識又見形爲知見心爲識衆所知識者言此皆人天大衆所共見所共知之大阿羅漢也(庚)二標有學以該廣該廣者謂舉有學則初三果人攝無不盡也

復有學無學二千人

此盡諸學衆也前萬二千乃真窮惑盡無學者也此二千有學者將研真斷惑希證四果是學彼無學之人但舉位數而不歎德者以與前諸知識差等若證入四果則德業無二無別故此不復重歎(巳)二比丘尼衆

摩訶波闍波提比丘尼與眷屬六千人俱

此復標尼衆以見法會之必有也波提此云大愛道以有智故名又云憍曇彌此云尼衆主即佛之姨母也佛成道十四年毋求出家佛不許阿難爲陳三請佛令阿難傳八敬法若能行則聽出家一百歲比丘尼見初受戒比丘當迎拜請坐二不得罵比丘三不得舉比丘過比丘得說尼過四

於僧中求受大戒五若犯僧殘罪應半月向僧中行摩那埵行六當於僧中求教授人七不應在無比丘處結夏安居八夏訖詣僧中求自恣人毋一一如教遂度出家

共眷屬數有六千

羅睺羅母耶輸陀羅比丘尼亦與眷屬俱

耶輸陀羅此云華色亦云名聞在家為菩薩之妻天人知識出家為尼衆之主位居無學即名聞也亦與眷屬俱直指云以上三種二乘應歸阿含方等般若羊鹿牛車為後三周得記者伏案約用屬當人權智

(戊)二菩薩衆分四(巳)一舉類數

菩薩摩訶薩八萬人

此標上位以明法會之輔佐也菩薩乃梵語具足應云菩提薩埵此翻覺有情已能自覺而覺他也摩訶薩此翻有大多勝三義亦名大道心衆生也謂具大慈得大智修大因證大果故得是名此常隨衆數有八萬

(巳)二明德位

皆於阿耨多羅三藐三菩提不退轉

阿翻無耨多羅翻上三藐翻正三菩提翻覺通云無上正等覺也梵語阿鞞跋致此云不退轉有三不退一位二行三念從初住位分具三德得般若是位不退離二死故得解脱是行不退諸行具故得法身是念不退證實境故此一句是總歎八萬大士正因已植下十二句別歎所修諸功德門然修雖萬行要不出十波羅蜜當以十度合之

皆得陀羅尼

上就人依法人衆法一故曰皆於此以法品人人衆法十故曰皆得貫下一十二句謂此八萬人皆得十度皆得名稱普聞皆能度脱無數衆生也陀羅尼梵語此云總持謂總一切法持無量義愚謂即戒度也戒有止作二義止者諸惡不作既能止于衆止萬妄永息妄既息而群靈畢具豈非總一切法耶一切法即染淨因果世出世法作者衆善奉行既能作於所作無行不修行既修而諸智恒存豈非持無量義耶無量義即十界十如本迹權實之義如是凡聖因果唯戒波羅蜜總持不失始名最勝無上大陀羅尼故以之攝戒也

樂說辯才

即願度也辯才有四一法無礙二辭無礙三義無礙四樂說無礙菩薩至九地斷一障二愚始能證此樂說者統前三而成晝夜恒說熾然靡間人不分利鈍處不論苦樂塵刹俱徧刦量匪窮若弘願不深曷堪至是故以之攝願也

轉不退轉法輪

即進度也等覺位中證此法已即能以普現色身徧入塵刹廣運十二類生咸躋寶所輪終不滯乃至無有一念生滿足證所謂虛空界盡衆生界盡我此修行究竟無盡此精進輪豈有終窮故以之攝進也

供養無量百千諸佛

即施度也蓋能供養者必發喜捨心惟喜捨故不獨能捨身外諸珍寶物妻子眷屬即已身頭目手足無不以欣心供養況所

奉非一佛二佛也動以無量百千言其供佛所具之珍寶及自他身分寧有量哉準華嚴經說菩薩所奉有無量衣服雲無量傘盖雲乃至歌詠讚歎一一皆云無量然此皆財施也行願云諸供養中法供養最而諸菩薩上求下化行所難行示法界身應微塵國又是何等施力故以之攝施也

於諸佛所植衆德本

即禪度也諸佛所即微塵刹土也植衆德即自淨佛土也欲淨佛土無越乎定定深而德本建矣今菩薩欲圓滿二利之果植真因惟佛可憑福智雙嚴大用繁興方堪濟物然所以修定慧即自淨佛土也維摩云心淨則佛土淨故以之攝禪也

常爲諸佛之所稱歎

即慧度也菩薩上求下化盖已盖人者皆慧也如九地菩薩建立世出世間工巧技藝種種差别門種種出離門乃至無量神通三昧罔不通達能爲諸佛之所稱歎故以之攝慧也

以慈修身

即忍度也慈乃徧濟群靈也而曰修身者須知慈量未克即修身有欠故慈深則忍亦深如不休息菩薩爲一衆生于極苦地獄經無量劫尚不捨離其慈心忍力何等廣大故以之攝忍也

善入佛慧

即方便度也佛慧者即一乘實相所謂甚深無量難解難入除佛與佛無能入者今菩薩之根本大智已植則能以方便智妙

徹本源盡真如際得百萬阿僧祇神通具百萬阿僧祇三昧見如是世界興如是供養故如是光明演如是法義豈非善入佛慧者耶故以之攝方便也

通達大智

即智度也大智者乃無上菩提圓照法界之智也推而行之謂之通足此及彼謂之達菩薩既至不退轉地則能置一心于萬有融萬有于一心所謂森羅萬象海印發光心佛衆生三無差別其智印何等圓滿故以之攝智也

到於彼岸

即力度也彼岸乃涅槃城非大力不能到其所以不到者由無量生死因無量煩惱果繫着此岸今菩薩以金剛妙慧一齊斬斷則因忘果喪故得五住盡二死忘即乘此寶乘直至道場力何銳也故以之攝力度耳

名稱普聞無量世界

此總束前十度也名者實之著菩薩内智悉充外行畢具到此地位則無量世界咸聞其名所固然也稱者相等也無量世界則周徧無盡名既遠聞如是世界而實豈輕易量哉

能度無數百千衆生

前數段皆明自利此節方舉利他蓋有其行者必有其能今菩薩萬行無遺權實具足自能分身塵剎隨機隨類現一一形説一一法故曰能度無數百千云者統括無盡之詞也㊁三畧標名

其名曰文殊師利菩薩觀世音菩薩得大勢菩薩常精進菩薩不休息菩薩寶掌菩薩藥王菩薩勇施菩薩寶月菩薩月光菩薩滿月菩薩大力菩薩無量力菩薩越三界菩薩跋陀婆羅菩薩彌勒菩薩寶積菩薩導師菩薩

此一十八位據理皆如來自具權智之名可以意領不繁述也文殊師利此云妙德又名曼殊師利此云妙吉祥過去作佛號龍種上尊王本經自叙爲妙光法師於此會爲根本大智隱勝現劣輔揚法化已與如來同爲有情模範故此品如來以光説而文殊以言顯如印與文曾無主從之分也○觀世音梵語婆盧吉低稅此云觀世音然觀爲能智也世音爲所境也至後本品詳釋菩薩以大悲心運普門示現神通三昧化他流通意欲令此妙法源源不絕對文殊爲智悲并運共力助成出世本懷則與如來皆無二無別也○得大勢梵語摩訶那鉢此云大勢至凡舉足下足動三千界壞魔宮殿故名與觀世音共輔阿彌陀佛次第受記寶藏佛言由汝願取大千世界今當字汝爲大勢至○常精進寶積經云是菩薩爲一衆生經無量劫隨逐不捨猶不受化無一念棄捨以身心精進故○不休息思益經云恒河沙劫爲一日一夜三十日爲一月十二月爲一歲過百千萬億劫得值一佛如是值恒河沙佛行諸梵行修習功德然後受記必不休息故○寶掌寶積經云以何義故名爲寶掌謂菩薩於諸佛土化衆生時欲以右手徧捫若

干諸佛世界即隨所欲而能成辦從其手出佛法僧聲乃至慈悲喜捨之聲故○藥王由曾以雪山上藥供佛及僧願於未來能治衆生身心二病舉世歡喜故○勇施謂能以出世法寶徧施衆生而無疲厭故○寶月謂所證三諦可尊如寶能證三智圓照如月故思益云菩薩常修童子梵行乃至不以心念五欲何况身受故名寶月○月光謂圓妙三智能除昏煩熱惱猶如月光清凉破暗故○滿月謂三智圓明無有缺減如滿月故○大力謂智境冥合有大力用故○無量力以大力用徧應衆緣徧拔衆苦故○越三界超越分段變易二種生死故○䟦陀婆羅此云善守若有衆生聞名者必定得三菩提故又名賢首以位居等覺爲衆賢之首故○彌勒此云慈氏思益經云若衆生見者即得慈心三昧故又名阿逸多此云無能勝○寶積謂積聚智寶故○導師思益經云於墮邪道衆生生大悲心令入正道不求恩報故㊁四結餘衆

如是等菩薩摩訶薩八萬人俱

此統攝餘衆也如是者指上一十八位以等餘未舉之衆直指云此應判歸大白牛車一乘上位約理即屬當人實智知音云聲聞形出俗網迹近如來聞法爲親故列于前人天形乖服異迹非侍奉聞法爲疎故列於後菩薩形不撿節迹無定處即不同俗復異於僧故置於中△然此更有説焉本經開權顯實及廢權立實所爲者聲

聞也焉不首列菩薩爲輔化之衆而後諸品中騰疑置請皆此衆也故隨即列名焉至於人天八部乃法會必有之衆勢必一一具陳于後△問聖列中獨不開緣覺豈法華一會無此衆耶曰已攝入聲聞菩薩之間文省故耳然聲聞與諸菩薩皆爲後文各品當機之伏案故此標也

妙法蓮華經授手卷第一之一

音釋

鑄音註　蜆音顯　崛音倔　啁音鵃　鋭音兑

妙法蓮華經授手卷第一之二

清楚衡雲峯沙門智祥集

(戊)三天人衆分三(己)一諸天衆又二(庚)初欲界

爾時釋提桓因與其眷屬二萬天子俱

前舉聖衆此列天人見此會聖凡畢集也釋提桓因此云能天主能作忉利三十三天主故也瓔珞經云過賢刦二千二十四刦作佛號無着世尊眷屬二萬者舉非臣民乃帝釋親因也後皆準此

復有明月天子普香天子寶光天子四大天王與其眷屬萬天子俱

此舉臣也前三乃內臣如卿相即三光天子明月乃寶吉祥月天子也居以頗胝迦寶水晶所成能冷能照故普香星天子也寶光即寶意日天子也居以俱胝迦寶火珠所成能熱能照故四天王乃外臣如武將居須彌山腰東提頭賴吒此云持國護持國土故居黃金埵領乾闥婆富單那衆南毘留勒叉此云增長令他善根增長故居琉璃埵領薜荔多鳩槃茶西毘留博叉此云廣目亦云雜語能作種種語言故居白銀埵領毒龍毘舍闍北毘沙門此云多聞福德之名聞四方故居水晶埵領羅刹夜叉此四天王各領二鬼不令惱人故稱護世

自在天子大自在天子與其眷屬三萬天子俱

自在即第五化樂天謂化諸人而自樂也又於五欲境變化自娛故大自在即第六

他化自在天謂化諸他而自得自在也又欲得五欲境時餘天爲化假他所作以成已樂即魔宮也欲界中唯第二夜摩第三兜率不列文畧故也然此六天俱未離欲以次第分輕重故名欲界（庚）二色界

娑婆世界主梵天王尸棄大梵光明大梵等與其眷屬萬二千天子俱

此總明色界諸天也正云索訶此翻忍其中衆生忍受三毒及諸煩惱故梵是西竺音此云離欲除下地繫上升色界故由不忘形色故云色界又曰禪天以愛樂禪定故内有四禪初曰離生喜樂二曰定生喜樂三曰離喜妙樂四曰捨念清淨梵天王乃總舉色界主尸棄此云頂髻即初禪天主光明即二禪天主三四二天不列亦文畧也據唯識謂二禪以上不分王臣此中云光明大梵等以等字猶有多位也再俟叅考無色界亦有四天雖無實形色而有定果色如來光中映令暫現而此會亦有之也由無色故不別列皆攝於等字中也

（巳）二雜類衆分五（庚）一龍王衆

有八龍王難陀龍王跋難陀龍王娑伽羅龍王和修吉龍王德叉迦龍王阿那婆達多龍王摩那斯龍王優鉢羅龍王等各與若干百千眷屬俱

難陀此云歡喜跋此云善此兄弟二龍常護摩竭提國雨澤以時國無饑年瓶沙王令年爲一會以報百姓聞皆歡喜從此得名即目連所降者也娑伽羅此云鹹海從所居得名於大海中此爲最勝和修吉此

云多頭亦名寶稱德乂迦此云多舌亦名現毒謂嗔時噓氣人畜皆死故阿那婆亦名阿耨達此云無惱凡龍俱有三難一熱沙二惡風三金翅鳥唯此俱免故云無惱又雪山有池名阿耨達池中有五柱堂龍常居此故從池名摩那斯此云大身亦云大力修羅排水淹善見城此龍縈身以遏海水優鉢羅亦云漚跋羅此云青蓮花從池得名等者以等其餘龍王王既臨則眷屬隨至故云與若干也龍是一類而亦隨福業報處不同靈蠢亦別眷屬宮殿衣服莊嚴一一具足唯飲食最後一口化為蝦蟆穢汙不堪故異人天也（庚）二緊那羅衆

有四緊那羅王法緊那羅王妙法緊那羅王大法緊那羅王持法緊那羅王各與若干百千眷屬俱

此云疑神似人而有一角乃天帝法樂神也居十寶山身有異相卽上奏樂佛說法時諸天弦歌而頌法門卽此神也舊云法奏四諦妙法奏十二緣大法奏六度持法總奏前三迹寄弦管本卽不可思議眷屬莊嚴等如前釋（庚）三乾闥婆衆

有四乾闥婆王樂乾闥婆王樂音乾闥婆王美乾闥婆王美音乾闥婆王各與若干百千眷屬俱

乾闥婆此云嗅香以香為食亦云香陰其身出香乃天帝俗樂神也樂者緣幢倒擲之伎也樂音者鼓節弦管也美者幢倒之勝也美音者弦管之勝也（庚）四阿修羅衆

有四阿修羅王婆稚阿修羅王佉羅騫陀阿

修羅王毗摩質多羅阿修羅王羅睺阿修羅王各與若干百千眷屬俱

正云阿索洛此云無端正以男醜女正故又云非天由神果報隣次諸天爲修行懷嗔而無天德故云非天又云無酒於四天下採花釀於大海魚龍業力其味不變故據楞嚴有胎卵濕化之四約天人鬼畜各攝一類也婆稚此云團圓與天帝戰時被縛因誓得脱故以名焉佉羅騫馱此云廣肩胛擁海水者也毘摩質多羅此云淨心亦云種種疑謂能以一絲习作種種事故索乾闥婆女生舍脂帝釋業力令其父居七葉殿遂納爲妻後讒其父遂交兵脚波海水手攻善見帝釋以般若力不能爲害羅睺此云障持又云攝惱因日光照眼不能見故將手隱攝日月令天惱故身長八萬四千由旬口廣千由旬與天戰時手撼須彌敗匿藕絲孔者然眷屬宮殿衣服莊嚴亦與天等唯飲食最後一口化爲青泥不同天也(庚)五迦樓羅衆

有四迦樓羅王大威德迦樓羅王大身迦樓羅王大滿迦樓羅王如意迦樓羅王各與若干百千眷屬俱

迦樓羅此云金翅以翅作金色故居四天王大樹上兩翅相去三百三十六萬里頸有如意珠以龍爲食大威德者威勝羣輩又威攝諸龍故大身者身超羣類故大滿者所噉之龍常飽滿故如意者以頸有此珠故此鳥亦有神力能化爲天子天女住處宮殿食亦百味日於東方噉一龍王五

百小龍三方亦爾壽八千歲臨終失勢不得龍食即嗔從金剛山透海穿地但不能直過風輪仍從故孔上金剛山如是七返還山頂命終此類亦有勝劣雜類科唯缺夜叉摩呼羅伽二類理應有之

(巳)三人王衆

韋提希子阿闍世王與若干百千眷屬俱

此明國主攝臣民也韋提希此云思惟瓶沙王夫人闍王母也佛因之說十六觀經阿闍世此云未生怨相師占云此兒生則定當害父母懷之日已有惡心於瓶沙王未生已惡故名生已王令升樓撲之不死但損一指又名無指王舍城主也因害父母向文殊求悔得柔順忍命終入吒羅地獄即入即出生上方佛土得無生忍彌勒世復生此界名不動菩薩後當作佛號淨界如來又此節缺人非人亦文畧故如來說此妙法欲暢出世本懷將令佛剎微塵數世界衆生無不鳩集此特于無量衆中列其大槩廣如華嚴經說詳列聖凡已竟

(丁)二總結衆集

各禮佛足退坐一面

此明入會之禮儀也以最尊頂禮最卑足表誠敬之切在會聖凡無不盡誠致敬禮畢則各安方面也然既誠求妙法豈安然坐受耶是亦爲佛所命坐則身心不動而大法可納慧緣斯進矣退歸藏也各攝異緣令心境寂抑經家序會衆鳩集之儀式如此六種證信序已竟(乙)二放光發起序又名別序謂於衆經不同別別發起也分

五(丙)一衆集供養而興讚嘆

爾時世尊四衆圍遶供養恭敬尊重讚嘆

此明會衆虔懇有所欲聞也爾時者會衆畢集說聽一如之時也世尊乃十號之一九界罕覯爲世出世間所尊敬故四衆者即出家在家各二衆也天台云據此猶名局意狹各開一一有四謂發起當機影響結緣發起者權謀智鑑知機知時而引發大敎也當機者宿植德本緣合時熟聞即得道也影響者古往佛聖隱其圓極輔佐法王如形影相依也結緣者過去根淺雖見佛聞法不能頓證但作未來得度因緣也圍遶者既禮畢退坐則周旋圍遶翹勤瞻仰欲與如來有所宣示供養總表三業恭敬必畢謹處禮屬身尊重必至念專注屬意讚嘆乃發言稱美屬口正此之時如來欲舉揚妙法而會衆傾誠如此可謂機教相扣必至利益無量也(丙)二如來現瑞以爲發起此爲如來以無緣大悲引發大教放斯光明先動出格丈夫疑問者也又分二(丁)一此土六瑞分六(戊)一說法

爲諸菩薩說大乘經名無量義教菩薩法佛所護念

此明說經入定爲現諸瑞相之由也如來今欲開權顯實則所爲之衆必非權小故曰爲諸菩薩機既純圓教非不了故經云佛自住大乘於其所得法定慧力莊嚴以此度衆生則所說者乃如如理實相一乘故曰大乘即此一乘實相平等廣大則世出世間聖凡染淨權實因果無不包容以

此一義出無量義收無量義還歸一義故名曰無量義也若人不豫先透此無量義經必不能堪任一乘妙法故如來於妙法未開顯已前必說此經非教二乘故曰教菩薩法一乘妙法旣爲佛所護念則無量義經爲入法華之捷徑亦卽爲佛所護念是不輕宣傳者也人其可不深生向慕進趨有分地哉㊂二入定

佛說此經已結跏趺坐入於無量義處三昧身心不動

說經是如如智入定是如如境境智圓融始成妙法若不入此妙定則所說何歸光從何發是知由入此定則能致動地雨花亦能十界圓現也今謂說此經已是經家叙佛說中默旨然旣曰無量義說豈終窮旣曰教菩薩法豈容意擬則佛入定正所以入說中之無量義故定亦名無量義也跏趺乃佛坐之儀軌三昧此云正定亦名正受以不受一切諸受故定言處者乃說到行到理智相融凡聖一如自他無礙等處即一真寂滅塲地旣至此處則眞俗雙超寂照不二四智三身當體如如故曰身心不動要知說經入定兩段爲法華開張大本幸細心體會㊂三雨花

是時天雨曼陀羅華摩訶曼陀羅華曼殊沙華摩訶曼殊沙華而散佛上及諸大衆

此明天花散佛亦有所雨也曼陀羅此云適意又云白花曼殊沙此云柔軟又云赤花花以表因應如如智而雨以之散佛表以因徹果及諸大衆是以因成因而因因

增長始契無上妙果也必以四花散者表其當獲佛因佛因者即住行向地乃圓因也小白表習種性十住開佛知見也大白表性種性十行示佛知見也小赤表道種性十回向悟佛知見也大赤表聖種性十地入佛知見也

(戊)四動地

普佛世界六種震動

此以地震表法不妄動也光明記云動踊起三是形震吼擊三是聲又提颺不安名動嶙巃凹凸名踊自下升高名起隱隱有聲名震砰磕發響名吼令物覺悟名覺經言震動於形聲各標一也於六種中又各有三謂動徧動等徧動直動爲動四天下動爲徧動大千俱動爲等徧動餘五亦然合則成十八種動也此表如來將欲開顯無上妙法必須翻破一切衆生根塵識三堅固無明之十八窩臼無明破除正覺可成矣必謂普佛世界者世界乃依報亦即衆生惑業共成之色法也無明既破當體全空空色銷忘妙法斯證故必令大千俱轉也

(戊)五衆喜

爾時會中比丘比丘尼優婆塞優婆夷天龍夜叉乾闥婆阿修羅迦樓羅緊那羅摩睺羅伽人非人及諸小王轉輪聖王是諸大衆得未曾有歡喜合掌一心觀佛

此明會衆喜見諸瑞謹仰欲知也比丘義已見前優婆塞正云鄔波索迦此云近事男謂親承近事比丘僧故優婆夷正云鄔

婆斯迦此云近事女謂近事比丘尼故夜乂正云藥乂此云捷疾摩睺亦名摩呼羅伽此云腹行即地龍也人非人是該無不盡小王乃粟散王轉輪者人壽八萬歲出曰金輪王治四天下自然千子七寶隨身有金輪忽然湧現王乘之巡四天下故稱聖王此不標菩薩衆者以今放光現瑞乃爲諸小乘顯示妙蓮華藏之本有也且人天大衆幸聞此無量義已而忽見雨花動地甚是奇特便謂得未曾有既見佛非常之相必欲得佛非常之理故咸生歡喜咸共合掌但只一心觀佛而已要知會衆合掌時節五官俱不妄及只有一佛在前瞻之仰之肅然不亂故曰一心觀佛此一心觀與世尊之無量義處三昧其境界亦不甚遠但欠不能證入也約理各各住自性本定即一心觀佛義(戊)六放光

爾時佛放眉間白毫相光

此以放光顯智性之本有也諸佛本有常光無時不照今曰放光乃有所爲而放也然光以表智從毫出者乃中道第一義智但此等光人人本具惟積刦不肯發如來心行如來事所以如是光明等閑被塵埋却雖佛于華嚴及諸會中累放此光機未熟者渾如不見故亦無所疑今衆既聞無量義而妙法可投是以如來特放是光而表是法令人人於此有所證也然則此光又豈可作尋常放光視耶(丁)二他土衆瑞分二(戊)一舉能照之智

照東方萬八千世界靡不周徧

此明因光照能見他土諸相也照者如日月燈萬物等類無不覩也佛光所照南西北方四維上下無不明也然獨照東方者東爲羣動之首以表衆生動用中有此境界也萬八千者極其廣遠如一世界中有百億日月百億四天下若以衆生見量尚弗能盡知一部洲事況於三有況一佛土又況萬八千土邪今因佛光一照使一切衆生盡見萬八千世界罪福智愚了然在目豈非直顯當人智境則此萬八千覩體顯彰十八界相翻染成淨今所見世界既有六趣聖凡於四土中見同居土更復何疑靡不周徧者如燈照一室以內無纖芥蒙昧況白毫光洞徹無碍又超彼日月威光萬萬倍也萬八千土不過一方又安有不悉周悉徧哉

(戊)二明所照之境分七(巳)一見六趣

下至阿鼻地獄上至阿迦尼吒天於此世界盡見彼土六趣衆生

此下總明見聖凡境界也阿鼻此云無間有五種無間極苦極下處也阿迦尼此云質碍即色究竟極善極高處也舉上下竪言世界橫論謂一世界有百億日月四天下爲一佛土中有極苦極卑曰阿鼻獄有極善極高曰有頂天中間善惡因果或智或愚苦樂久暫於六趣中數數受生曰六趣衆生一切衆生既爲三有所被莫能出離皆不能自知我於此土蒙光所燭無不明了一世界如是百世界亦如是乃至萬八千世界亦復如是故曰盡見正此之際

全心即境全境即心心佛衆生渾然匪間總一光也(巳)二見諸佛

又見彼土現在諸佛

乘此一光不但見彼六凡又見彼土現在無量諸佛降生出家成等正覺無不明了也(巳)三聞說法

及聞諸佛所說經法

又從此光中聞彼諸佛說法利彼人天十二等類(巳)四見得道

并見彼諸比丘比丘尼優婆塞優婆夷諸修行得道者

不但見彼土現在諸佛并見彼土聲聞四衆也修行者即四諦十二因緣之行得道即得見道修道亦與今會同(巳)五見行行

復見諸菩薩摩訶薩種種因緣種種信解種種相貌行菩薩道

復見彼土諸菩薩衆於因中修行自覺覺他增進不厭不倦等諸菩薩即三賢十聖因緣等皆稱種種者如後彌勒偈中詳明(巳)六見涅槃

復見諸佛般涅槃者

復見彼土諸佛利生事已示涅槃等涅槃此云圓寂亦云滅度即三德秘藏(巳)七見起塔

復見諸佛般涅槃後以佛舍利起七寶塔

復見彼土佛滅度後復遺舍利令後學因舍利作衆多佛事使法久住等舍利此云靈骨梵語塔婆或云窣堵波此云方墳亦名圓塚如上所見四聖六凡但約一東方雖曰萬八千理實無盡此亦就今因佛光

所見有如是也如來現瑞以爲發起竟(丙)三會衆疑念是何因緣分二(丁)一彌勒疑念分三(戊)一正疑念

爾時彌勒菩薩作是念今者世尊現神變相以何因緣而有此瑞

上是如來以光引發衆疑此是彌勒以疑增長衆疑也爾時者即放光現瑞之時彌勒作念謂此光何因而放此瑞何緣而現也神者威靈不測變者隱顯難知神變相即光中所見者也因緣者本起爲因外助爲緣即今日所有機教相扣之因緣也如來見諸二乘淘汰已成將欲顯發一大事爲因以至放光現瑞爲引起大教之緣故也此因緣若非彌勒疑問則此殊勝利益從何顯發故彌勒此番作用亦非小小△問會中八萬大士何故獨彌勒致疑發問而忖荅獨念文殊豈此外諸大士獨不能問荅耶荅若以事論兩大士同於燈明佛時共見此瑞共聞此法則今之問荅無不響應約理彌勒主識即人人之彌勒也顯此妙法斷非識識故托彌勒騰疑而問也文殊即大智亦乃人人之文殊也而此妙法唯智能了故獨念文殊能荅也更知此段文詞乃集經者以意逆志詳明之耳

(戊)二當問誰

今佛世尊入於三昧是不可思議現希有事當以問誰誰能荅者

彌勒欲爲會衆發明此光所爲因緣事必形言致問然所見事既希有難思而能曉之人唯佛可荅佛今已入三昧吾將欲問

誰誰復能曉此不思議事邪此爲結集人冥揣彌勒有如是意△此處疑議妙在有佛不得問有境不能說往復籌量吞吐不得正是會衆於妙法有豁然之機也

(戊)三憶文殊

復作此念是文殊師利法王之子已曾親近供養過去無量諸佛必應見此希有之相我今當問

文殊在會智超羣衆已得稱爲法王子矣況歷侍諸佛已經無量此不思議希有之相必應見之可當吾問也△智乃轉識之名其體不二若彌勒文殊判然有間焉知曾近無量佛又焉知曾見希有事此又妙在復作念一句若不作此念必待定中人幾何時也(丁)二會衆疑念

爾時比丘比丘尼優婆塞優婆夷及諸天龍鬼神等咸作此念是佛光明神通之相今當問誰

見聞既同而疑念亦等既見非常之相必有非常之想想極而相自明相明而智自朗所以有疑必悟即得佛知見矣自爾時彌勒下至此皆集經人懸叙靈山會裏比時有如是境界如是見聞如是疑念使後人覩此煥然在目(丙)四彌勒因衆而伸請問分二(丁)一長行又二(戊)一經家叙

爾時彌勒菩薩欲自決疑又觀四衆比丘比丘尼優婆塞優婆夷及諸天龍鬼神等衆會之心

彌勒疑與會衆疑二疑有間所謂同行不同步也彌勒記當補處而引發大教任所

當施逃態當似故作此疑也然而會衆之疑實所未達故此雙敘一云欲自決又云觀衆心須知觀衆心句爲切當則聖教顯彰源委於此(戊)二彌勒問

而問文殊師利言以何因緣而有此瑞神通之相放大光明照於東方萬八千土悉見彼佛國界莊嚴

此界舉所見而陳所疑也詳敘在下頌文彌勒開口便曰以何因緣而有此瑞意在爲人發明此瑞之所爲因緣也究文殊荅處但曰曾見此瑞放斯光已即說大法亦未明言何等因緣必待如來出定始明示曰我爲一大事因緣則知放光現瑞原爲此作因緣也然而彌勒必欲問文殊者意在引起曾見出陳二家遠本以爲今會之先聲若以表法即是始本冥契將證究竟妙覺時故有此翻酬酢(丁)二偈頌分二(戊)一頌問又二(己)一問此土六瑞

於是彌勒菩薩欲重宣此義以偈問曰

梵語伽陀此云頌亦云祇夜伽陀頌前祇夜起後天竺有散花貫花之說如此土序後銘也又隨樂欲不同有樂散說有樂章句者再之隨生解不同或於散說得解或於章句得解者亦是隨利鈍不同利者一聞即解鈍者再說方知也以表殷勤重說爲衆集前後不一故耳

文殊師利導師何故眉間白毫大光普照雨曼陀羅曼殊沙花栴檀香風悅可衆心以是因緣地皆嚴淨而此世界六種震動時四部衆咸皆歡喜身意快然得未曾有

此頌問近見本會妙事於六瑞中而不問說經入定者乃現相之本而非相故今但問有相瑞也導師者如來以法導利羣生引疲極而歸寶所也何故謂如來是何等緣故今放是光而現是瑞耶旃檀香風者由花雨種種則風亦成香以是可悅衆心也花既飄搖雨必無盡則地亦以此因緣而嚴淨之也身意快然者此時會衆眼見聖境耳聞殊音鼻嗅異香身班聖側意念妙法所以咸皆歡喜得未曾有也餘皆如前釋(巳)二問他土衆瑞分六(庚)一頌見六趣衆

眉間光明照於東方萬八千土皆如金色從阿鼻獄上至有頂諸世界中六道衆生生死所趣善惡業緣受報好醜於此悉見

此頌問遠見他土妙事以圓見諸土上下好醜所以奇特此一瑞也衆生是能趣之人生死是所趣之處善惡是能趣之因受報是所趣之果土如金色者長行隱而須彰也光從毫現是中道智故色黃也既曰六道曰生死曰善惡即是凡聖交叅土而佛亦必說三乘矣然此土此衆生豈分外別有如來不過將現成心佛衆生特爲顯彰故曰於此悉見此字最重(庚)二頌聞佛說法

又覩諸佛聖主師子演說經典微妙第一其聲清淨出柔輭音教諸菩薩無數億萬梵音深妙令人樂聞各於世界講說正法種種因緣以無量喻照明佛法開悟衆生

此頌見佛聞法瑞諸佛即萬八千土之諸

佛也三賢十聖皆主於佛故曰聖主師子乃獸中王吼時象王失威羣獸腦裂表佛說法魔外驚怖示衆十力得無畏故演說經典微妙第一如今佛說華嚴也故曰教諸菩薩等雙超真俗曰清淨純談實相曰柔輭其義難解曰深妙九界同益曰樂聞言各於世界講說正法者如今佛現劣應身說三乘法故說種種說照明說開悟乃隨機敎也㊟三頌他土三乘分三㊥一聲聞

若人遭苦厭老病死爲說涅槃盡諸苦際

此須見爲三乘說法也文具四諦遭苦者苦含因果集諦具矣厭老死即道諦涅槃即滅諦遭苦者必究其集知因集有深厭自生故不集也況老病死是真苦皆屬身根既厭苦慕滅故如來爲說真空涅槃令苦際盡依此修行如後所謂求羊車出火宅也㊥二緣覺

若人有福曾供養佛志求勝法爲說緣覺

有福者辟支百刦種福較聲聞則曰有福求勝法者謂深求勝妙之理於聲聞思增進也爲說者即佛爲說十二因緣依此修行如求鹿車出火宅也梵語辟支迦此云緣覺出有佛世觀十二因緣覺真諦理者是也亦名獨覺出無佛世觀化自悟者也

㊥三菩薩

若有佛子修種種行求無上慧爲說淨道

菩薩有上求下化之心而又能從佛轉輪紹佛家業故有子義前曰若人此曰佛子則品類別矣種種行者謂求佛果時修種

種行自利也化衆生時行種種行利人也則二利之間六度齊修萬行畢具佛即爲說無上慧令證斯道如後所謂求牛車出火宅也淨道者不着有也如度盡十二類不見有生可度乃修而無修之妙道也㊎四頌結前開後

文殊師利我住於此見聞若斯及千億事如是衆多今當畧說

此字事即靈鷲山理即入無量義處也見聞等句結前生後之詞若斯二字結前所告也及千億等發後所陳也謂我於光中見聞聖凡之境不止如是則有千萬億種今試畧言之也㊀五頌他土修行分三㊁一總問

我見彼土恒沙菩薩種種因緣而求佛道

此總爲發問之端謂我於光中見彼土有無數菩薩各有所行無限因緣而各欲求成正等覺也△問此言見恒沙菩薩者然恒河橫四十里沙細如麪今之所見光中見光外見耶同時見異時見耶若謂光中一時俱見恒沙明數不可計種種明事不可盡如是多人行種種事無非欲求佛道也萬八千土境量非細豈一目能見遠大衆多之人而一一事事能分明不謬耶荅井蛙不可語於海也凡情豈可測聖量哉經不云乎非思量分別之所能解唯佛與佛乃能究盡彌勒既居補處豈有虛妄殊不知此猶爲少近言耳彌勒此處不免一翻漏逗具眼者辯之㊁二別問分六㊂一問施又二㊃一捨外財

或有行施金銀珊瑚珍珠摩尼硨磲碼碯金剛諸珍奴婢車乘寶飾輦輿歡喜布施回向佛道願得是乘三界第一諸佛所歎或有菩薩駟馬寶車欄楯華蓋軒飾布施

此論施財金銀等世之所寶寶既能施餘可知矣車大夫所乘也輦天子之輿也奴婢爲駕御之人今皆以歡喜施者是欲别求上乘爲佛所歎也駟馬等句當居回向佛道之上以文皆爲施車乘故(癸)二捨身命

復見菩薩身肉手足及妻子施求無上道又見菩薩頭目身體欣樂施與求佛智慧

此論施身命世人所重者身而不捨者命也今一一捨之不悋而復曰欣樂施是知佛道重於身而智慧勝於命如此行人若非我執破除不能爲也以妻子列於身肉中者見此亦是不易捨者前謂因緣相貌及信解俱言種種者由諸度皆通具也如布施以捨心爲因内外財施爲緣是爲布施中因緣也然能施之人若不信不解豈堪以内外財徧施一切則能施者即具種種信解矣正行施時所求者不一而能施者必隨處隨時方便成就是則有種種相貌矣施度如是則諸度亦然故曰種種等行菩薩道(壬)二問戒

文殊師利我見諸王往詣佛所問無上道便捨樂土宮殿臣妾剃除鬚髮而被法服

天台云在家施易戒難出家施難戒易故約比丘明戒也△王最尊也求出家知復有尊於已者也詣佛問道即發大心爲趣

佛果之眞因因眞則至樂可捨故云捨宮殿等剃髮被衣使身心不二可易入道妙莊王棄於此凡光中所見菩薩修行與後文符合者多益此是見處後即行處也餘皆準此㊀三問忍

或見菩薩而作比丘獨處閑靜樂誦經典

天台云忍有三種作比丘是苦行忍處閑靜是生忍樂誦經是第一義忍△既曰見菩薩而又曰作比丘此正見種種相貌行菩薩道之實處閑靜爲修忍之因緣樂誦經即忍門中信解也則從地湧出者謂志樂於靜處捨大衆憒閙棄於此

㊀四問精進

又見菩薩勇猛精進入於深山思惟佛道

天台云深山可畏非庥怯者所居唯勇進能安之傍若無物思惟實相念念不休求佛道也△勇猛是精進中相貌入深山爲行精進之因緣思惟佛道始是信解提婆達多品云採果汲水拾薪設食勤求妙法無有懈倦棄於此㊀五問禪定

又見離欲常處空閑深修禪定得五神通

禪名正受以不受一切諸受故離欲者正受也處空閑境寂也修深禪心空也境寂心空而神通自得故曰深修禪定得五神通離欲即禪定中信解處空閑是修定之因緣得通乃相貌也通有六一天眼二天耳三他心四宿命五神境六漏盡今言五通由菩薩漏未盡故

又見菩薩安禪合掌以千萬偈讚諸法王

此所謂不起滅定現諸威儀安禪內心已

寂合掌外貌必謹復以偈讚法王亦定深成就也分別功德品中諸菩薩以妙音聲歌無量頌讚嘆諸佛案於此(壬)六問般若

復見菩薩智深志固能問諸佛聞悉受持

天台云智深者慧窮理本也志固者誓願廣大也此即二種莊嚴能問能持△問而能受足見智深受而能持由其志固此又見彌勒見之明知之切也

又見佛子定慧具足以無量喻爲衆講法欣樂說法化諸菩薩破魔兵衆而擊法鼓

定慧二種別圓地住方乃具足無量喻即以種種方便於諸教中引無量譬喻助顯第一義也化諸菩薩展轉化他也魔羅此云殺者有煩惱魔五陰魔天魔死魔而菩薩以智慧利劒一一能破魔退而法輪可轉故曰擊法鼓也又菩薩說法以梵音聲警悟一切有擊鼓義前是自利此屬利他智深志固是說法因緣聞悉受持即信解也破魔擊鼓是相貌也持品中諸菩薩發願弘經謂我等敬信佛當着忍辱鎧爲說此經故案於此(辛)三雜問分七(壬)一問禪定

又見菩薩寂然晏默天龍恭敬不以爲喜

前以六度次第致問弗克盡吾所見也吾又見有種種人行種種事如有寂然入定天龍致敬而不爲喜者△正居此時尚不見有我焉復知有天龍恭敬耶尚不循乎眞焉復有以恭敬我者爲喜哉如此深定可爲妙法之眞宅也

又見菩薩處林放光濟地獄苦令入佛道

此又見深禪濟世處林者明定處也放光者定深融洩也濟地獄乃心細境融苦動悲應也令入佛道即轉苦樂於無間攝彼歸眞也此與上節俱屬禪定上見定體此爲定中妙應㊣二問精進

又見佛子未嘗睡眠經行林中勤求佛道

睡人之所欲不睡則品格異矣經行非遣睡也志在佛道可謂精勤不倦矣心神昏昧爲睡六識暗塞爲眠不睡而但經行即與般舟念佛三昧同

㊣三問淨戒

又見具戒威儀無缺淨如寶珠以求佛道

大論明十戒一不缺二不破三不穿四不雜五隨道六無着七智所讚八自在九隨定十具足即究竟也今言不缺是首戒淨如寶珠是第十舉始終以攝餘也菩薩以此嚴護威儀求佛道也

㊣四問忍辱

又見佛子住忍辱力增上慢人惡罵捶打皆悉能忍以求佛道

天台云内心能安忍外所辱故名忍辱有二種一者生忍又二謂於恭敬供養中能忍不着則不生憍逸二於嗔打罵詈及蚊蚋等能忍則不生嗔惱二者法忍亦二一者非心法即寒熱風雨饑渴老病等二者心法即嗔欲慢諸邪見等於此二法能忍不動是名法忍言忍力者力即量也非寬宏濶達志力精鋭者難忍初句是能忍之人下是所忍之境常不輕案於此㊣五復問禪

又見菩薩離諸戲咲及癡眷屬親近智者一心除亂攝念山林億千萬歲以求佛道

天台云離戲即却掉悔葢離癡除嗔葢近智除疑葢除亂却貪葢攝念除睡葢此爲除五葢也億千萬歲明定深以此深定而求佛道其志力何等勇鋭△問彌勒因光覩瑞見在一時何言億千萬歲邪荅此諸行相皆彌勒舊時行徑一見即通何疑碍之有(壬)六問檀度

或見菩薩肴膳飲食百種湯藥施佛及僧名衣上服價值千萬或無價衣施佛及僧千萬億種旃檀寶舍衆妙臥具施佛及僧清淨園林華果茂盛流泉浴池施佛及僧如是等施種種微妙歡喜無厭求無上道

此又見行施者所作種種初施飲食湯藥既曰百種是無所不具也曰名衣猶爲有價甚至有無價者亦以之供佛施僧再之房舍曰千萬億可謂廣矣皆以旃檀衆寶爲嚴飾可謂美麗極矣一一舍中皆有衆妙臥具亦可謂周足盡矣加之有花果園林流泉浴池則舉止無不如意矣如是四事皆微而不粗妙而不染一以歡喜無厭施之無非欲祈滿足菩提道也(壬)七問般若

或有菩薩說寂滅法種種教詔無數衆生

此又見行般若人種種方便求佛道者寂滅法中言語道斷復有何說今謂種種教詔又曰無數衆生是以方便慧無說示說巧逗群機可謂善說法要者也

或見菩薩觀諸法性無有二相猶如虛空

諸法性卽妙性也無二相卽實相也以此性觀此相可謂融二諦於眞空故曰如虛空

又見佛子心無所着以此妙慧求無上道

無着者空有二俱離也既不着於空有則是心無住無住之心方爲妙慧以此慧求佛妙智可謂水投水矣

㊆六頌佛入涅槃分二㊂一明起塔供養

文殊師利又有菩薩佛滅度後供養舍利

前來見諸菩薩雖有種種因緣等廣行六度萬行是佛住世時依佛化儀猛力修習求無上道者此又見佛滅後念報佛恩爲供舍利則又是一翻行徑故此重呼文殊而問之也

又見佛子造諸塔廟無數恒沙嚴飾國界寶塔高妙五千由旬縱廣正等二千由旬一一塔廟各千幢幡珠交露幔寶鈴和鳴諸天龍神人及非人香花伎樂常以供養

塔以供養舍利而廟以供形像也以無數恒沙記則萬八千土中諸佛舍利亦應無數嚴飾國界者由塔多則國土自嚴而其量縱廣可知也一塔有千幢幡皆貫珠作幔露幔者卽塔外張施也鈴和鳴者塔既無數鈴多可知風動齊聲故曰和鳴此皆明塔廟莊嚴爲菩薩之所供養也諸天下又明人天八部亦如是供養㊂二明塔嚴國界

文殊師利諸佛子等爲供舍利嚴飾塔廟國界自然殊特妙好如天樹王其花開敷

嚴飾塔廟本爲供舍利也由塔廟奇麗故

國界殊妙此不嚴而嚴也天樹者名波利質多羅此云圓生高五百由旬枝葉布五十由旬花香亦徧五十由旬其根莖花果等生時閻浮提樹一切俱生故曰樹王今謂塔嚴國土如樹花之開敷極周極徧爲殊爲妙也頌問已竟（戊）二請荅分二（巳）一舉疑事以述請

佛放一光我及衆會見此國界種種殊妙

此頌謂因所見而有所疑也佛未放光我等所見皆尋常也今由於此光中見皆奇特殊勝而衆疑似不容已也此界即本土種種殊妙即本土六瑞

諸佛神力智慧希有放一淨光照無量國我等見此得未曾有

此方頌見他土諸佛神力兩句該在我等見此下照上應云放一淨光照無量國我及衆會見彼佛土諸佛神力智慧希有其意自顯前曰萬八千約衆生現量不出十八界境此由諸佛神力故曰無量謂我于此光中所見十法界相并見諸菩薩行種種行及見諸佛神力智慧希有皆見所未見也

佛子文殊願決衆疑

前皆問意此方請荅謂如上所見兩土之相誠不可思議非尊力不能荅也惟願速說以決衆疑（巳）二釋伏難以明意伏難者天台謂文殊雖居大智以彌勒乃補處之尊豈容遽爾有荅況會中知此事者不少故擬四難推遜以盡賓主之道且文殊躊躕不對乃欲啓會衆之誠求耳第一伏難

因彌勒謂願決衆疑文殊意謂衆若有疑自當發問今衆既不問我何所決彌勒潛知文殊有如此意故以偈請曰

四衆欣仰瞻仁及我世尊何故放斯光明

今四衆不問者意所欣瞻唯仁與我也彼衆意謂世尊何故今於眉間放大光明徧照東方萬八千土耶此是彌勒潛知衆心處代此問也文殊因而又難云衆既同疑我豈能荅待佛出定自有分曉彌勒又請曰

佛子時荅決疑令喜何所饒益演斯光明

時荅者及時而荅也謂會衆正當篤疑欲決實可發藥幸勿推延失斯時節此是彌勒急欲爲人吐露處今衆意謂光既放巳必有所演但不知演斯光時令我等得何饒益文殊難云我與仁者同居學地仁亦不妨共酌此事何獨推我仁試謂之是何意也故彌勒復曰

佛坐道場所得妙法爲欲說此爲當授記

坐道場卽菩提樹下成最正覺也彌勒謂我意正在躊躕忖量莫是欲說道場所得法耶莫是化機巳成囑付妙法而授記耶文殊因此復爲難云據仁所說如來之意得巳明矣而衆疑可釋又何須繁辭復演耶彌勒再請云

示諸佛土衆寶嚴淨及見諸佛此非小緣

然如來今放此光而示此相皆不思議境也不唯見妙莊嚴土而又見佛聞法此豈小因緣耶焉得以我猶豫之心判決大事文殊隱意而彌勒顯之此可謂賓主歷然

文殊當知四衆龍神瞻察仁者爲說何等此方結成請意如謂仁不必過讓當知今會大衆所瞻察者唯仁而已仁當實說如來所爲因緣果說妙法耶果爲授記耶故曰爲說何等△問彌勒頌中於六凡佛果何期甚畧於菩薩萬行何故其詳若此答今此一會本爲策進二乘歸於寳所況二乘疲怠樂於三三昧久矣懼道行難行終不能至一乘實境且六凡已爲二乘厭棄之徑況佛果尚遠何必詳陳但將光中所見之相一一分明剖露曰佛子曰菩薩曰求佛道求無上道皆是傍敲正擊意欲與起二乘慕大之志故如來出定便語舍利弗云諸佛智慧甚深無量一切聲聞辟支佛所不能知則彌勒傍提而如來正挈師資同一密機意在此也又須知光中所現之相皆不外釋迦牟尼地獄三途中是釋迦牟尼人天八部裏是釋迦牟尼聲聞緣覺并六度行中種種相貌者皆釋迦牟尼若有一事一人非釋迦牟尼者此光即不能現是知如來於東方一處親近供養一切諸佛行菩薩道有如此者則餘九方無不如是故謂娑婆世界無一芥子許不是我捨身命處則世尊從因至果始終皆現於白毫中明矣

妙法蓮華經授手卷第一之二

音釋

鶱音牵　嶙音林　蘢音隴　凹音坳　凸音突　砰音烹　磕音榼

妙法蓮華經授手卷第一之三

清楚衡雲峰沙門智祥集

(丙)五文殊擬古以致荅問分二(丁)一長行分四(戊)一正惟忖荅

爾時文殊師利語彌勒菩薩摩訶薩及諸大士善男子等如我惟忖今佛世尊欲說大法雨大法雨吹大法螺擊大法鼓演大法義

此是文殊擬古明今必說大法必授聖記也惟思惟忖忖量意謂昔佛曾說是經曾入是定亦曾放如是光現如是瑞後即說大法顯實開權以昔較今必無二也故出言明告之曰如我惟忖今日如來定非如前說三乘法也定必欲說大法雨大雨等法雨者四十年前隨時灌溉今必雨平等一味如後云其雲所出一味之雨是也法螺者乃號令人天前來以種種譬喻誘引獎導今必以一音普告如後云我是如來應供等是也法鼓者有警誡義從前擊鼓警令入方便城破有漏惑今必警入寶所攻破無明如云今爲汝等說最實事是也法義者前所演法不是了義今必演唱大法如云唯此一事實餘二則非眞是也△問文殊本屬大智然智無擬議曷有惟忖荅此亦賓主謙卑語也二大士既爲唱導之首所有言論須各盡其態不然則不成問荅體度若論智鑑請觀後荅處自明

(戊)二畧曾見荅

諸善男子我於過去諸佛曾見此瑞放斯光已即說大法是故當知今佛現光亦復如是欲令衆生咸得聞知一切世間難信之法故

現斯瑞

前以已智惟忖今以畧曾見荅咸得聞知者聞即聞慧知即思慧難信者即所修之第一義也謂如來欲令一切人圓融三慧故現斯瑞(戊)三廣曾見荅分三(己)一引一佛同又三(庚)一明時

諸善男子如過去無量無邊不可思議阿僧祇劫

此正引古以證今所見是必說大法也梵語阿僧祇此云無數言無量無邊即遠大劫明時極遠以大智觀之猶一日也要解云欲原光瑞而推於無數不思議劫者此光此法固始於無始超乎數量也△前謂於過去諸佛曾見乃泛言也今的指日月燈時所見之實故知文殊彌勒之所積亦經如是之無數劫矣(庚)二標名

爾時有佛號日月燈明如來應供正徧知明行足善逝世間解無上士調御丈夫天人師佛世尊

此引最初燈明先權後實之儀日月燈是別號正智如如日日大悲普蔭爲月隨機破惑曰燈如來等十種是通號佛佛皆具今總畧釋如來無虛妄故做同先德號應供良福田故堪爲福田號正徧知知法界故徧知一切號明行足具三明故果顯因德號善逝不還來故妙往菩提號世間解知三世間故達徧通眞號無上士無與等故調御丈夫調他心故攝化從道號天人師爲衆生眼故應機授法號佛三覺圓滿故覺悟歸眞號世尊具上十德故三界獨

覺號(庚)三説法又三(辛)一説頓教同
演説正法初善中善後善其義深遠其語巧
妙純一無雜具足清白梵行之相
上是名字同此則説法同演説正法是總標初中後三皆曰善即下所謂深遠巧妙等意善即美妙也即事含理曰深遠即相會性曰巧妙理絶是非曰純一權實齊備曰具足能所不涉曰清白修證不染曰梵行然初中後三法法皆具也隨舉一事必有三時則佛五時施教各教皆有三時也此正如來説華嚴時三七頓演初中後三一一所説皆稱眞妙性隨理隨機無不融入薩婆若海故皆曰善是以義則深遠難測難知語則巧妙難聞難信也(辛)二開漸法同

爲求聲聞者説應四諦法度生老病死究竟
涅槃爲求辟支佛者説應十二因緣法爲諸
菩薩説應六波羅蜜
此爲三乘説不了義權法也聲聞者聞佛聲教得道者也四諦即苦集滅道四皆不虚故曰諦苦以逼迫爲性三界上下無不是苦有三苦八苦即世間果也集以招感爲性即十結使并本隨煩惱聚集能招感苦果即世間因也滅即有餘涅槃可證爲性出三界離分段生死是出世間果也道即三十七品助道法可修爲性能成滅諦之果乃出世間之因也度生死等即脱苦也究竟等即得樂也涅槃即三三昧有餘涅槃支佛此云緣覺觀十二緣覺眞諦理故得此名十二緣者一無明即最初痴相

無所明了故二行造作名行即前陰也此爲過去二支因三曰識即投胎八識乃中陰位四曰名色即在胎五陰名即受想行識色即色陰五曰六入即出胎六根乃現陰也六曰觸六根初能觸境未起欣厭時也七曰受即對境起欣厭時也自識至此名現在五支果八曰愛指説諸欲境未起追求之時也九曰取即追求欲境之時也十曰有即求之已得也自愛至此爲未來三支因十一曰生即後陰出胎爲生也十二曰老死生死乃未來二支果憂悲苦惱總爲生死中苦相是爲十二因緣此即流轉門從無明滅乃至憂悲苦惱滅名還滅門即緣覺所修法也菩薩修六度法梵語波羅密此云到彼岸一布施有三謂財法無畏也二持戒亦三謂律儀善法衆生也三忍辱有六一力忍不能忘嗔而但不報也二忘忍雅量容物處辱如無也三反忍反已自責不尤人也此三未必得理屬事忍四觀忍外人内身皆達如夢也五喜忍喜其辱者成已忍力如力士試力而喜也六慈忍憐彼辱者愚痴所覆發願欲度也後三者皆屬理忍四精進謂專而不雜曰精勇而不退曰進五禪定此云靜慮有大小權實偏圓等禪茲不繫引六智慧有三謂文字實相觀照此六爲能趣之行波羅密是所趣之理菩薩主此而廣行萬行也

㊖三歸圓教同

令得阿耨多羅三藐三菩提成一切種智

天台謂能於一相寂滅相種種行相能知

能解名一切種智即佛智也古謂十因者自爾時有佛至此即示生降迹名法相同因㊁二二萬佛同

次復有佛亦名日月燈明次復有佛亦名日月燈明如是二萬佛皆同一字號日月燈明又同一姓姓頗羅墮彌勒當知初佛後佛皆同一字名日月燈明十號具足所可說法初中後善

初引一佛備舉頓漸說法與今同中間引二萬佛但舉說頓故言所可說法後引一佛但舉開漸與今同故言說無量義等此文殊巧說避繁文耳要知佛佛垂範無二無別也頗羅墮此云利根直指云約理二萬者謂聖凡本體各具萬法今以眞妄雙收爲此經實相之體故曰二萬此處若作過去見後來三根得記作未來見則三世之相宛然何以爲一乘之相耶文殊恐人作過去佛會故連忙呼云彌勒當知初佛後佛皆同一字也又同一姓總曰利根者非利根何以得佛甚有旨焉此即第二佛佛道同意非偶然因㊁三最後佛同分三

㊄一出家同

其最後佛未出家時有八王子一名有意二名善意三名無量意四名寶意五名增意六名除疑意七名響意八名法意是八王子威德自在各領四天下

引一佛不過一見一聞未始無議也今引二萬佛示說不異故知今佛之示說亦不異也復引最後佛有八子今佛只一子所以名不同而體無二也然所謂家者即三

界六道也亦即五陰十八界諸煩惱也言未出家即所以未越諸塵也八子表八識皆以意名是不離識也直指云世間萬法皆從賴耶建立則一切種子無不俱含故名有意七識善巧執持名善意意識分別善惡念念不定名無量意身識是六道所愛相分名實意舌識了味又能善說法要名增意鼻識能別香臭名除疑意耳識能隨聲應響名響意眼識能明諸法相名法意位位皆有功能故曰威德皆能從體起用故曰自在位位各有我人等四相故曰各領四天下也

是諸王子聞父出家得阿耨多羅三藐三菩提悉捨王位亦隨出家發大乘意常修梵行皆爲法師已於千萬佛所植諸善本

此又明諸王子皆宿學也出家者即當人以無作功勳一念相應契如如理頓破無明故曰出家聞父出家者即事得理融一轉一切轉捨王位隨出家者即捨俗入真則全體顯露故曰發大乘意直指云從初住至八地皆屬功勳修習故曰發大乘意從初住至九地不守寂境不失修習故曰常行梵行十地津梁法界故曰皆爲法師念念心光獨露眞俗一如故曰已於千萬佛所植諸善本若論今佛一子當表一八識也以八識能攝彼七故羅睺羅名覆障者乃未轉業識之名也此即第三捨俗出家得果相同因

是時日月燈明佛說大乘經名無量義教菩薩法佛所護念說是經已即於大衆中結跏

趺坐入於無量義處三昧身心不動是時天雨曼陀羅華摩訶曼陀羅華曼殊沙華摩訶曼殊沙華而散佛上及諸大衆普佛世界六種震動爾時會中比丘比丘尼優婆塞優婆夷天龍夜叉乾闥婆阿修羅迦樓羅緊那羅摩睺羅伽人非人及諸小王轉輪聖王等是諸大衆得未曾有歡喜合掌一心觀佛爾時如來放眉間白毫相光照東方萬八千佛土靡不周徧如今所見是諸佛土

此明昔佛現本土六瑞與今同天台云文殊舉昔所見之說經同入定同雨花同地震同會衆得意同如來放光同意皆準前可知如今所見兩句該盡他土六瑞則以一言蔽之乃今會所見者故不繁敘即第四未說妙法先示瑞相因

彌勒當知爾時會中有二十億菩薩樂欲聽法是諸菩薩見此光明普照佛土得未曾有欲知此光所為因緣

此是會衆疑念與今同此處又教人當知二十億菩薩即當人稱性妙智但未能三際普融不及正等正覺故曰欲知此光所為因緣也第五見相生疑欲知所為因㊄

二說法同分二㊉一經名不異

時有菩薩名曰妙光有八百弟子是時日月燈明佛從三昧起因妙光菩薩說大乘經名妙法蓮華教菩薩法佛所護念

此蓋見古今不二也天台云昔佛定起告妙光而以八子師之又以法付之今佛定起告身子以羅雲師之而亦以法付之是古今無二道也直指云妙光即文殊之前

身義攝日月燈故曰妙八百弟子者據因中以心王言但曰八王子今以果稱轉諸心所故曰八百△因妙光而說妙法者見法有所因也因字當着眼若日月燈明不因妙光雖有妙法從何可說故直指謂義攝日月燈良有見矣經名妙法蓮華者則此經於百千萬億阿僧祇刦已前早有此名則今日之名已爲成言然更須知日月燈猶有所從而得也學者若能向日月燈所從得處體究始可謂與古佛同參即知此爲教菩薩法佛所護念㊅二時節不異六十小刦不起於座時會聽者亦坐一處六十小刦身心不動聽佛所說謂如食頃是時衆中無有一人若身若心而生懈倦

此明說經時節六十刦不起座不難於說而難於聽也今謂身心不動又云不生懈倦則知已得法自在矣故曰如食頃不然焉得六十刦身心不動又焉得六十刦如食頃耶△問世尊說華嚴只三七日昔佛說此經六十刦今佛亦曾經五十刦何其說華嚴之促說法華之長也若此荅華嚴所對之機皆是登地與等覺位人智與理𡨋說聽一如則三七猶爲長也此經將欲翻破三乘舊習則六十刦對六根言五十刦對五陰言五陰六根乃開合色心之名由衆生久被五蘊籠罩妄見長短故二佛先以定動後以智拔令隨座者亦以六十刦如食頃以五十刦如半日皆依佛之驗也此即第六起定因機爲說妙法因㊄三唱滅同分二㊅一唱滅授記不別

日月燈明佛於六十小刦說是經已即於梵魔沙門婆羅門及天人阿修羅衆中而宣此言如來於今日中夜當入無餘涅槃

經既說已則出世之能事已畢於人天衆前唱滅乃警悟無常也梵即色界主魔即欲界主沙門此云勤息婆羅門此云淨行即外道中出家者中夜者取其半表事盡而歸理也又表中道如來所作皆順中而不處二邊也無餘涅槃名究竟者取五住盡二死忘具足常樂我淨即無量義定也初說經於此定出是從一出無量也經畢還歸此定是攝無量歸一也故曰入無餘涅槃則與今唱滅亦不別也即第七能事既畢即唱涅槃因

時有菩薩名曰德藏日月燈明佛即授其記告諸比丘是德藏菩薩次當作佛號曰淨身多陀阿伽度阿羅訶三藐三佛陀佛授記已便於中夜入無餘涅槃

此正說授記也聖言說與曰授果與心期曰記直指謂法華既說三乘事畢遂有授記之事今佛說法一周先記身子轉眼識也彼佛但記德藏乃轉藏識故至果上便曰淨身多陀阿伽度此云如來阿羅訶此云應供三藐三佛陀此云正徧知十號之三也△問昔所授記者菩薩今記皆聲聞何謂不別荅文殊今日所敘者遠事也以今望昔故曰菩薩今經既授以佛記豈後會不稱菩薩耶此即第八機教相投爲作授記因言便入涅槃者法已說記已授則日月燈之明已續即入理無餘是涅槃義

此是第九化緣已竟夜入涅槃因

(辛)二滅後通經不別分三(壬)一明持經時節

佛滅度後妙光菩薩持妙法蓮華經滿八十小刦爲人演說

此明古佛滅後流通得人也佛滅而妙光持法者持守當味佛即如如理妙光即如如智況法因佛說法存而佛即隱故有佛滅度義必以妙光持法者佛滅即理融理融而智無盡以此智持此法則亘萬古而常持者也八十小刦乃持法時分滿者即滿足自利之智具八妙音顯八妙智然後始可爲人演說則二利之功始圓具矣△問授記何故不及妙光持法何以不言德藏荅理有所在也前謂妙光即日月燈因之而說妙法者況理本不分何記可授法因而說持必在彼故法非妙光不能持也德藏雖已受記藏德未融只可自利故流通暫不囑耳(壬)二明流通得人

日月燈明佛八子皆師妙光妙光敎化令其堅固阿耨多羅三藐三菩提是諸王子供養無量百千萬億佛已皆成佛道其最後成佛者名曰然燈八百弟子中有一人號曰求名貪着利養雖復讀誦衆經而不通利多所忘失故號求名是人亦以種諸善根因緣故得值無量百千萬億諸佛供養恭敬尊重讚歎

八子皆以妙光爲師則文殊爲根本實智亦明矣非根本智無以模範後學八子既得妙光敎化定於菩提堅固既受敎化於菩提堅固當不應復稱王子葢俗諦未融

耳及至供養無量諸佛始得福智圓滿方稱爲佛行人念念奉重保惜聖胎是供養諸佛意成佛道乃是滿足一眞心也最後成佛名然燈者即表賴耶識於果上方轉號然燈者乃繼妙光燈明之大智也八百中有號求名者即六識也直指云利屬三賢利生之法執養屬十地自証之理境故曰貪着讀衆經而不悟法華如敲氷取火豈能通利哉既向外面搬來是故多所忘失然因持經而值無量諸佛是因文字而証實相也眞俗一如心心不昧故曰供養恭敬事到理到無非妙法故曰尊重讚歎

△然彌勒雖今爲補處而往昔貪名亦宿習也因妙法熏修故至成佛即貪求名利亦因中實事何必回互此即第十佛滅度後持經得益因△問論八識即已攝八王子也謂八王子轉次授記至最後者曰然燈據此則皆成佛矣而相宗亦謂六七因中轉今以八百中之求名即六識義恐不合荅此皆文殊舉往古因中之事然八王子因受妙光教化後始有次第授記之言則次第授記與六七因中轉乃因中之後相也八百中有求名者因中之前相也雖因中前後事相不同其實一體何復疑諸謂廣求名聞乃謂不專注妙法也㊣三明結會古今

彌勒當知爾時妙光菩薩豈異人乎我身是也求名菩薩汝身是也

時分古今汝我不異爾時妙光即今之妙吉祥我也爾時求名即今日之慈氏汝也

豈復有異人乎人既等而見聞又等則古佛今佛實豈二哉故彌勒前謂佛坐道場所得妙法爲欲說此爲當授記即已言其大槩豈實所不知者耶廣曾見荅已竟(戊)四分明判荅

今見此瑞與本無異是故惟忖今日如來當說大乘經名妙法蓮華教菩薩法佛所護念

此即分明顯說今日如來定說妙法華經矣何也以今較昔纖毫不異如我惟忖古今見聞既一古今說豈有二是故如來定當說大乘教諸菩薩授記作佛也△與本無異句須別着眼上句謂今見者已兆已形也本則當於形與未質已前求之然此妙法本於無量刦前已通上徹下無蘊積矣由衆生迷斯本故所以盲然如痴如醉故如來以光瑞爲之顯露而彌勒問發欲文殊分明指點以先彰如來出世爲一大事因緣開示此妙蓮華藏也要解云夫引瑞事同今所忖唯此且又廣引三昧唱滅等者意在冥敘一經本末故廣引之事皆契後文(丁)二偈頌分三(戊)一頌廣曾見

爾時文殊師利於大衆中欲重宣此義而說偈言

長行與偈文詳畧互具至文自見

我念過去世無量無數刦有佛人中尊號日月燈明世尊演說法度無量衆生無數億菩薩令入佛智慧

此頌直敘古佛先權後實以明今古無二道也天台云演法度生屬權智令入佛慧屬實智長行惟說三乘法令成一切種智

頌中有無數菩薩令入佛慧則與今佛同也(戊)二頌最後佛分三(巳)一頌出家同

佛未出家時所生八王子見大聖出家亦隨修梵行

(巳)二頌說法同又二(庚)一頌彼此衆瑞又二(辛)一頌此土瑞

時佛說大乘經名無量義於諸大衆中而爲廣分別佛說此經已即於法座上跏趺坐三昧名無量義處天雨曼陀華天鼓自然鳴諸天龍鬼神供養人中尊一切諸佛土即時大震動佛放眉間光現諸希有事

此頌最後日月燈明出家及現瑞等相義準長行可知但天鼓自鳴乃顯無情說法表世尊無問自說也現諸希有事總束六瑞(辛)二頌他土瑞分五(壬)一頌見六趣同

此光照東方萬八千佛土示一切衆生生死業報處有見諸佛土以衆寶莊嚴琉璃玻黎色斯由佛光照及見諸天人龍神夜叉衆乾闥婆那羅各供養其佛

此頌光中所見他土之相亦與今同但補出佛土光色應是實報莊嚴如琉璃等是不思議境又補八部供佛是不思議行皆長行所未敘者玻黎即水晶具云吠琉璃此云青色寶(壬)二見諸佛同

又見諸如來自然成佛道身色如金山端嚴甚微妙如淨琉璃中內現眞金像

要解云自然成佛道者成就慧身不由他悟也△又補佛身如金山等足長文也自然成道即見法身身如金山等即報身如淨琉璃等即應身

(壬)三頌聞頓法同

世尊在大衆數演深法義

此以法約人法既深玄定爲諸菩薩演頓法也

(壬)四頌聞權教同

一一諸佛土聲聞衆無數因佛光所照悉見彼大衆或有諸比丘在於山林中精進持淨戒猶如護明珠又見諸菩薩行施忍辱等其數如恒沙斯由佛光照

此以人約法人既三乘則知法亦三藏也天台云聲聞無數即四諦比丘持戒即緣覺菩薩行施忍等即六度聲聞曰無數菩薩曰恒沙則緣覺之多可以意領此皆足長行意(壬)五頌聞大乘同

又見諸菩薩深入諸禪定身心寂不動以求無上道又見諸菩薩知法寂滅相各於其國土說法求佛道

此正與今會同旨前四句屬禪定知寂滅相屬智慧是以後二攝前四也△問前既言菩薩行六度已此何再論荅前多是三賢權漸言數如恒沙則所行六度猶涉事相此曰求佛道求無上道定是大乘十地也又或以六度分頌前說施忍諸度此即說後二度也(庚)二頌四衆疑念

爾時四部衆見日月燈佛現大神通力其心皆歡喜各各自相問是事何因緣

各自相問乃爲進趨大乘之徑路也當時會衆見此喜心頓發而各自忖則因緣可明大法可待也與今會疑念不別(巳)三頌唱滅同分五(庚)一人法同

天人所奉尊適從三昧起讚妙光菩薩汝爲世間眼一切所歸信能奉持法藏如我所説法唯汝能證知世尊既讚歎令妙光歡喜説是法華經

世間有三種此言有情世間也眼有照了義謂衆生智境不開如生盲之無所見因菩薩説法開導智性洞明使人人徹見本源故爲世間眼也智能總攝一切故言一切所歸信智爲載道之器故曰能持理智一如故曰我説唯汝能證也讚歎令喜一是師資道合一是令法流通故下言説是法華經（庚）二時節同

滿六十小刧不起於此座所説上妙法是妙光法師悉皆能受持

六十小刧妙在不起此座如來處此説法妙光處此受持誠謂十世古今始終不離也（庚）三唱滅同

佛説是法華令衆歡喜已尋即於是日告於天人衆諸法實相義已爲汝等説我今於中夜當入於涅槃

前言令妙光歡喜此言令衆歡喜是聞經得益也是日即理與智冥之時諸法實相者則實相爲諸法之本即法華三昧

汝一心精進當離於放逸諸佛甚難值億刧時一遇

汝字乃日月燈告諸會衆也如來所以示入涅槃亦不過要人離放逸而勤精進也説諸佛難值説億刧始遇是何等警悌今遇難遇之尊而不勤求是道誰之過歟

世尊諸子等聞佛入涅槃各各懷悲惱佛滅

一何速

此見示滅之機發必中矣聞説涅槃便懷憂惱信知後不復遇豈更有不精進而放逸者哉約理佛滅者正是理境將盡未盡之際未免一翻迷悶及至豁然開發始得大快速者即盡然得解也

聖主法之王安慰無量衆我若滅度時汝等勿憂怖

向聞警欲精進又聞億刼難遇不由不悲感過分也當時有過於悲泣者徧體血流如波羅奢花故佛愍而安慰曰我雖滅度持法有人法在則吾在矣何悲之有㊎四授記同

是德藏菩薩於無漏實相心已得通達其次當作佛號曰爲淨身亦度無量衆

無漏者收攝三諦無漏失也實相者離虛妄分別即無相之相也德藏而通達實相則可爲模範矣况將成佛度生得號淨身豈不爲人所賴耶此雖安慰會衆而意即爲德藏作授記矣

㊎五通經同分四㊔一頌滅度時節

佛此夜滅度如薪盡火滅分布諸舍利而起無量塔比丘比丘尼其數如恒沙倍復加精進以求無上道

天台云小乘佛以果報身爲薪智慧爲火身滅智亡故曰薪盡火滅大乘以機爲薪逗應爲火機盡敎亡故云薪盡火滅△薪盡火滅迹泯情忘脱然無繫也要知如來示生如幻度人如幻轉法輪如幻般涅槃亦如幻也其實所謂指窮於薪火傳也不

知其盡也而法身常住世間但四衆見佛示滅感昔深恩故有分舍利起塔供養等而後文醫子一喻已案於此㊄二頌弘經時節

是妙光法師奉持佛法藏八十小刦中廣宣法華經

佛滅後妙光易菩薩之名而曰法師者足見佛滅之後定當以法爲師使法流通顯智身常住也八十刦中廣宣者是無間道

則八王子成熟妙法正在於此㊄三頌所益弟子

是諸八王子妙光所開化堅固無上道當見無數佛供養諸佛已隨順行大道相繼得成佛轉次而授記最後天中天號曰然燈佛諸仙之導師度脱無量衆

此明聞經得益之人謂八王子於八十刦中受妙光教化當見無數諸佛作諸供養隨順行道始得福智圓滿而後相繼成佛展轉授記也最後出然燈之名者是發今佛之本源故梵語釋迦此云日種所以從日月燈而至然燈皆是光光相然照耀無盡之意天中天者一曰世間天二曰生天三曰淨天四曰義天如來出於四天之上故云爾也

是妙光法師時有一弟子心常懷懈怠貪着於名利求名利無厭多遊族姓家棄捨所習誦廢忘不通利以是因緣故號之爲求名亦行衆善業得見無數佛供養於諸佛隨順行大道具六波羅密今見釋師子其後當作佛號名曰彌勒廣度諸衆生其數無有量

燈明處懈怠而後於諸如來處則又精進矣亦行衆善乃是密行由此行衆善故即得見無數佛也不然豈行大道具六度者而復懈怠乎釋師子即今釋迦牟尼爲聖中之聖故以師子表之餘意如前釋(辛)四頌結會古今

彼佛滅度後懈怠者汝是妙光法師者今則我身是

(戊)三頌分明判荅分三(己)一頌說大乘經

我見燈明佛本光瑞如此以是知今佛欲說法華經

天台於此又立彌勒四種伏疑初謂文殊廣引先佛放光之後定說法華况諸佛說法人時各異但未審今日如來作何等說文殊潛知彌勒疑意故曰我見等△本光瑞如此本字與如此字俱有關要即是文殊爲人覩體顯彰處要當細審又於五重玄義中此荅法喻爲名(己)二頌教菩薩法

今相如本瑞是諸佛方便今佛放光明助發實相義

彌勒又疑謂自有名義同者有名義不同者今雖同名而義未必同故文殊云今相如本瑞等此荅實相爲體

諸人今當知合掌一心待佛當雨法雨充足求道者

彌勒因實相義又疑謂實相無相何人會之文殊云但一心待佛當與說也此荅一乘因果爲宗

(己)三頌佛所護念

諸求三乘人若有疑悔者佛當爲除斷令盡

無有餘

彌勒疑謂佛雨法雨止洽菩薩亦能澤及二乘乎文殊云諸求三乘人等此荅斷疑生信爲用此中鈌第五教相無配而義攝前四直指云此品遠序三世宗旨近序生佛本因於中序人事序心境序悟迷序本迹序權實序體用無不備悉文簡而義周演長文則次第布置述應頌則前後互顯總之顯圓機無礙大解脫門所謂無不從此法界流究竟還歸此法界也以下二十七品悉爲此品註脚觀者幸研究焉

妙法蓮華經授手卷第一之三

音釋

皁同罩 悌音第善兄弟也 模音謨法也規也 晶子盈切光也

妙法蓮華經授手卷第一之四

清楚衡雲峰沙門智祥集

方便品第二

品節云此品來意因前入定放光所現妙明眞境直欲當機目擊現證黙契不言之表奈何根鈍頭迷未達寂滅離言之道世尊只得從三昧起復假言說曲唱傍通以爲接引凡涉言詮總爲方便矣華嚴疏云方便有二種一遠二近遠則四十年前所說諸經皆爲今經方便故云雖示種種道其實爲佛乘近論即今入定放光動地等俱爲方便故云今佛放光明助發實相義以如來出世本懷一向未吐今日盡情披露由所化之衆機緣已熟今將盡廢三乘之權以顯一乘之實欲滿出世本懷所以世尊出定極歎佛智甚深正欲啟當機欣樂之心且不即談恐駭觀聽故得三請而後說歷敘三七思惟將一乘分別說三正顯三乘是假葢爲少智樂小法不自信作佛是故以方便分別說諸果又云今我喜無畏正直捨方便但說無上道故此品巳下判爲開佛知見謂開顯如來眞知見故經云吾從成佛已來種種方便則不獨今日放光等爲方便乃四十年中無非方便又云過去無量佛無數方便力則方便又不止一佛施也又云更以異方便助顯第一義此又不止一乘三乘六度等法爲方便則舉手低頭聚沙畫像以至散心入塔無非爲一大事因緣之方便也方者法也便者用也謂佛善以方法便用巧逗三乘

誘進寶所故前品序分已竟（甲）二正宗分從此去至分別功德品十九行偈共十五品半爲正宗又本迹二門各有三分前品亦是迹門序分從此去至授學無學人記共八品爲迹門正宗今就近以迹門正宗又分爲二（乙）一迹門開顯又二（丙）一略開三顯一分二（丁）一略陳開顯分二（戊）一雙歎二智又二（己）一長行又二（庚）一寄言歎又二（辛）一明諸佛權實分三（壬）一雙歎復二（癸）一經家提敘

爾時世尊從三昧安詳而起告舍利弗

爾時者即文殊彌勒賓主問答已竟之時安詳者徐徐緩緩也起出也對入字言前入定乃如來將自受用一段眞境顯露與人示如如理比時會衆見此土他土皆不可思議則人人胸中皆有一段不可吐露光境憶如來出定必應天搖地震海湧山騰及今出定與無緣大悲示如如智仍不動聲色安然從三昧起不待請問而告舍利弗者正欲使人領悟此妙法一味尋常非奇非恠也故此用安詳二字甚妙△問會中無限人而獨告舍利弗者何也答如來本爲不知不信者顯彰方便故有開示悟入之談先在定中有文殊實智對答發明今出定又必因身子權智顯示乃融二智于一眞也況身子本大權示現爲小乘中智慧第一將欲破小顯大故先告之以動羣聾耳又問如來恒常在定何得言起若有出入不名正定答豈不知此爲方便耶既屬方便如來何嘗出定（癸）二正歎二

智

諸佛智慧甚深無量

既曰諸佛即該十方三世其實即一佛也智慧即本經曰妙法曰實相曰一乘者乃諸佛證得無上菩提之如如真智向來定中放光亦此乃實智也此智不可以名名不可以見見所謂甚深者不可測也無量者不可擬也試觀善財于普賢一毛孔中行一步過不可説佛刹微塵數世界如是次第行至盡未來際尚不能知此毛孔中刹海次第况佛境耶是則諸佛智慧實不可測知故曰甚深無量天台曰此歎實智言諸佛者非三教化他權實乃諸佛自行權實也

其智慧門難解難入一切聲聞辟支佛所不能知

門有開啟義有出入義曰智慧門者乃以實智開發顯露作差别説乃權智也非實外别有離離不合者謂之權乃佛于定中放光現瑞圓彰十法界染淨差别使人人見之而謂得未曾有者也難解入者由會衆覩此光相各自生疑咸言莫知此光所爲因緣彌勒亦因之以問文殊雖文殊擬古酬答尚待惟忖豈易易解入者也謂聲聞不知者良以世尊降迹人間手指天地及四十年中拈弄指點無非明彰此智示人人本有也而二乘返謂之非已智分其間以種種語言曲唱傍通無非洞啟斯門也而二乘返謂之教菩薩法是則一切聲聞不自信知有如是智慧又不領悟如來

有如是智慧之門故曰所不能知天台曰此歎權智諸佛以實智證理權智説法故也

(壬)二雙釋

所以者何佛曾親近百千萬億無數諸佛盡行諸佛無量道法

上説難解難入是警其未悟此方出陳諸佛所修樣子使會衆有所取法故徵釋之所以者何一句是雙徵二智下單釋實智言何故諸佛智慧如是甚深不可量也曰諸佛因中不似汝輩懈怠因循所親近者則有百千萬億無數佛也一一諸佛所有道法無不盡行無不通達所謂水積不厚則負大舟也無力由力用深遠其所得之慧故有如是甚深無量也

勇猛精進名稱普聞

此方釋權智也智慧之門何故亦難解難入也曰須知諸佛因中所行由其勇猛精進故得入難入之門一入是門則發用深廣辨才無礙便致名稱普聞則所有言説理應其難解難入也意顯二乘不能解入者無他在不勇猛精進耳汝二乘人纔得個有餘涅槃便謂所得弘多豈有親近無數諸佛之願乎況蓄志愚劣豈有勇猛精進名稱普聞之因乎于菩薩法心不喜樂何有成就甚深未曾有法之果乎我故謂汝等所不能知也

(壬)三雙結

成就甚深未曾有法

天台云此結成實智稱眞究竟曰成就到彼岸底曰甚深昔所未説曰未曾有也

隨宜所説意趣難解

○此結成權智稱機適會曰隨宜非七方便所知曰難解△由諸如來曾近多佛勇猛精進行多善故所得深而所知廣至于應機接物若權若實無不盡其底蘊如明珠走盤縱橫不滯宜其令人難解難入此引諸佛有如是行學明驗如是

(辛)二明釋迦權實分三(壬)一雙歎

舍利弗吾從成佛已來種種因緣種種譬喻廣演言教無數方便引導衆生令離諸著

如來將欲開示此段光明使二乘人必知有此一大事因緣故先引無數諸佛證極此道未有不從親近中來未有不從精進中得先將他佛說明然後方說到自已使一切人必悟必入也天台云吾從成佛已來是先歎實智既曰成佛則先得實智之本自利已滿種種因緣下方歎權智因緣者遠指大通佛時爲王子之因緣近謂四十年倒腹傾腸無非爲此事作因緣也譬喻者小乘中以芭蕉水沫喻大乘中以乾城鏡幻喻如本經所有皆種種喻也廣演者以一法開無量法說如三乘九部等巧逗諸根故曰無數方便離諸著者說散十善離三途著說淨十善離欲界著說三藏離見思著說菩薩法離涅槃著說如來道法離順道法愛著故曰諸著然世尊既自已證得豈忍坐視而不爲人開示也柰何一切人終日圓覺而不能證入方與顯示彼諸二乘如丸塞耳如葉遮睛如來見其棠然若昧只得屈垂方便作種種因緣譬喻廣分別說亦不過引導于人離諸著耳

㊄二雙釋

所以者何如來方便知見波羅密皆已具足

此雙釋二智曰何故如來能引導衆生離諸著耶如來具足方便知見波羅密故則知見即實方便即權也知見上既有如來二字則非泛常所知見也如來證此難思妙法則知無不盡見無不到良以諸佛所證妙莊嚴海不可思不可量最深最秘是前所謂甚深者而如來無不知也不可說無有邊最廣最懸是前所謂無量者而如來無不見也此即是如來無上菩提之知見波羅密如來究竟至此仍將所知見者爲一切衆生開示之使一切人悟入之則開示固佛知見而悟入者必證佛知見也衆生至此與佛無殊皆爲如來之方便引入則二智一一皆徹法底岸故總曰波羅密皆具足也㊄三雙結

舍利弗如來知見廣大深遠無量無礙力無所畏禪定解脫三昧深入無際成就一切未曾有法

此方出陳前歎諸佛科中云諸佛智慧故此言如來知見前曰甚深無量此曰廣大深遠是佛佛所證無二理也此結成實智前言諸佛所得之慧皆從無量佛邊行無量行勇猛精進而得則此言十力無畏等法一一皆深入而無邊際豈非勇猛精進于諸佛所行一切善法而得者乎故前結云成就甚深未曾有法此言成就一切未曾有法但甚深明實此一切顯權也世尊自釋自結云如來所知者廣大所見者深

遠而所成就者皆未曾有法決非汝等淺知劣見能解能入也無量有四即慈悲喜捨也以小乘不度生故不得此無礙亦四一法無礙以一法演無量法故二義無礙以一義演無量義三辭無礙以一音演無量音四樂說無礙即稱機說法無厭倦故力有十種一是處非處智力知可度不可度二三世業報智力謂知有障無障三根勝劣智力知信等根有軟中上四種種界智力謂三乘五性等界即性也五種種解智力或貪財利好名聞等亦名欲力六一切至處道智力知衆生種種所行若出離行若不出離行各能至果七禪定解脫三昧樂淨智力如有漏無漏等八宿住念智力知前際名姓苦樂等九天眼智力謂見此生彼隨善惡趣大小好醜等十斷諸習智力即漏盡智小乘不求佛道不學十力故所不知也無畏有四一者一切智無畏設有難云若佛是一切智者有諸比丘從他方來應宜知之何故問言安樂住否佛於此難安隱無畏答云我是一切智人但是攝受彼來者故隨順世間師資人情作是說耳二漏盡無畏設有難云佛既漏盡何故愛語羅雲而罵調達佛於此難安隱無畏乃語彼云我實漏盡但隨其根而調伏故三說障道無畏設有難云佛說欲愛實能障道何故預流一來尚於妻子而生愛欲佛於此難安隱無畏而謂彼言我說欲愛障登三果及阿羅漢非初二果可能離也四說苦盡道無畏設有難云佛說聖道能盡諸苦何故羅漢而受瘡潰蛇螫之苦佛於此難安隱無畏而謂彼云我說聖道實能盡苦但說未來非觀現在故於四法中初離所知二離煩惱三是出離障四是出離道以小乘不盡諸障有怯弱故不知此解脫者謂不思議解脫無障礙解脫淨觀察解脫乃至無餘境界解脫此十爲首有無量百千解脫門由小乘唯得三解脫門故不知此三昧者普光三昧方網三昧海印三昧乃至無礙輪三昧亦有無量百千三昧而諸如來皆悉成就廣如

華嚴經說由小乘躭寂滅定故不知此禪即無上乘禪定即首楞嚴定如上所有如來一一皆深入無際不獨只得而已矣寄言歎德已竟

㊃二絕言歎二智分二㊄一擧絕歎之由

舍利弗如來能種種分別巧說諸法言辭柔軟悅可衆心

從上將自他所證權實二智極力稱揚如此甚深如此難解如此禪定三昧如此未曾有法皆是無上大智慧人所知所見非汝輩可能擬者如謂龍象蹴踏非驢所堪意在憤激二乘慕大之志說至于此可謂發千鈞之弩矣次欲離言是彰言之所不及也不知絕言處乃極力言也故又呼舍利弗曰如來能種種分別此能字正對彼二乘之不能也如大富人出無量珍奇示貧窮子看伊是何等作用能種種分別能巧說諸法其所分別巧說之言辭無不一一柔軟令聞者之心無不欣悅暢豫也悅可衆心一句又是冷擊會衆之語試問聞者能悅能豫否此但以權實二智激勵之

次總其所有無不成就

舍利弗取要言之無量無邊未曾有法佛悉成就

若欲爲汝一一發明如來知見縱窮刦難盡今且撮略取要而言則無量無邊未曾聞未曾見之法我無不成就然所得之法既無邊量豈片時所能盡片言所能言哉此其所以爲絕歎之由也

㊄二正絕言歎又二㊅一絕言

止舍利弗不須復說

上既言無量未曾有法皆已成就是欲將此法盡付與人使一切人皆證此也其奈此法言不可及只得絕言稱歎此處下一止字非不欲說恨會衆智不易預斯聞也況此是如來最上修行聞者實難領略欲默不言情難忍捨故只得自稱自歎而已試看如來此衷是何等急切於此之後累止累歎而不明明說破者足見婆心斯切

(壬)二釋意又二(癸)一最上修行不可說

所以者何佛所成就第一希有難解之法唯佛與佛乃能究盡

釋意如云你謂我如來何故止而不說以我所成就者第一之法非二非三也況此希有之法乃九界衆生所不得者其所不得由甚深難解我所以止而不說也唯此是我與諸佛乃能究盡此外皆不能知

(癸)二甚深境界不可說

諸法實相所謂諸法如是相如是性如是體如是力如是作如是因如是緣如是果如是報如是本末究竟等

此承上言諸佛乃能究盡者何法即諸法之實相也諸法即世出世一切情無情法是權是事也實相即諸法中之第一義是實是理也此處正要令人知世間相即出世法即權即實即理即事不壞世相而成實相若必謂離事而明理是棄波而求水也離權而明實是忘形而覓影也此皆不達圓實之旨是故諸法實相一句便是為二乘人作開權顯實之張本也天台依義

讀文凡有三轉一云是相如是性如乃至是報如二云如是相如是性等三云相如是性如是等又第一是相如者即空義第二如是相者即假義第三相如是者即中義三一圓融不縱不橫一界具十十界具百百界具千如是展轉則不盡矣又九界爲權佛界爲實則佛界圓攝九界而九界又不離佛界方是諸佛實相義也直指云理應取十法界之俗諦曰相十界眞諦曰性十界本具曰體十界業用曰力十界功能曰作十界作成曰因十界助發曰緣十界循業發現曰果十界酬賞不差曰報森森之法起于一心曰本萬境如如終歸實際曰末從因至果了然不昧三際平等十方坐斷曰究竟以根本智當陽一照十界全空曰如以差別智行布無礙十界不壞曰是全俗即眞是理無礙全眞即俗是事無礙眞俗互融是理事無礙眞俗雙超是事事無礙此解甚爲切實但等字未審所等何法據知音謂楞伽云諸佛有四種等謂字等語等法等身等若此則是諸佛之等非諸法等也況此明言諸法實相則實相即如矣一法如法法皆如一法是法法皆是所謂眞如徧一切處豈有一法不如一法不是耶所以等者等一切法也(巳)二偈頌分二(庚)一頌寄言歎又二(辛)一合頌二佛

爾時世尊欲重宣此義而說偈言

世雄不可量　諸天及世人　一切衆生類　無能知佛者

世雄者世即三世舉三世則十方在焉雄即雄猛謂十方三世一切如來皆具大威雄勇猛之智故則智慧攝入雄字中矣不可量即頌上甚深無量即諸佛實智下三句頌諸佛權智無能知者即難解難入也

佛力無所畏解脫諸三昧及佛諸餘法無能測量者

此頌釋迦二智佛字頌上吾從成佛也是實智力無畏等頌諸功德是權智諸餘法者即無量無邊未曾有法也以其佛智甚深故無能測佛智無邊故不可量也(辛)二合釋結歎

本從無數佛具足行諸道甚深微妙法難見難可了於無量億劫行此諸道已道場得成果我已悉知見

本從下二句頌佛曾親近百千諸佛盡行道法甚深句頌成就甚深未曾有法難見等頌意趣難解于無量劫兩句頌知見波羅密皆已具足是皆明因具足道場得成方是果具足我已知見頌如來知見廣大深遠也道場者據理以如如智契如如理理智不二即一眞寂滅場地依事即菩提樹下得道之場也行此諸道已已字即功圓行滿一念頓悟自心之時一了一切了故曰我已悉知

(庚)二頌絕言歎分五(辛)一頌不思議境

如是大果報種種性相義

天台云此頌十如是大即妙也十界不同故言種種但舉初後中間可知義兼頌究竟等也義即義理祇一究竟之言有空假

中義理故也

(辛)二追頌絶言境

我及十方佛乃能知是事

頌上取要言之佛悉成就也是事者即難解難入之不思議法也(辛)三追頌正絶言

是法不可示言辭相寂滅

頌止不須復說也實相無相本非方所故不可示實相離言言不可及故曰言辭相寂滅上纔言是事此即言是法究竟即是諸法實相四字

(辛)四頌舉不知人分八(壬)一總揀不解

諸餘衆生類無有能得解

此即舉七方便人謂人天聲聞緣覺藏通別共七種皆如來方便接至此是總揀後所揀者亦不出此(壬)二別揀能入

除諸菩薩衆信力堅固者

諸菩薩當指圓教中人信力堅固即十信位已去三賢并地上菩薩也(壬)三揀二乘人

諸佛弟子衆曾供養諸佛一切漏已盡住是最後身如是諸人等其力所不堪

此揀二乘不能解也直指曰諸佛者謂佛佛皆有二乘弟子衆指四果言見思二惑已盡名無漏最後身由果縛未斷故曰住是諸人指初果至四果困守偏空無志向大故曰力所不堪(壬)四獨舉身子

假使滿世間皆如舍利弗盡思共度量不能測佛智

前泛舉聲聞此的舉在會之衆直指云舍利弗是聲聞中最勝者假如滿世間人箇

箇智如鶖子盡其心思共相度量決不能測如來妙智何也以此法非思量分別之所能解（壬）五諸弟子衆

正使滿十方皆如舍利弗及餘諸弟子亦滿
十方刹盡思共度量亦復不能知

此揀盡十方諸聲聞也直指云前曰假使尚是彷佛此言正使是決定語前云滿世間此言滿十方推廣言之不但如舍利一人即如目連迦葉等諸弟子亦皆充滿則十方聲聞無量無邊矣任彼盡其心思共相度量又豈能知佛智哉（壬）六辟支佛衆

辟支佛利智無漏最後身亦滿十方界其數
如竹林斯等共一心於億無量刧欲思佛實
智莫能知少分

此揀盡十方諸緣覺也直指云一念了別緣生如幻故曰利智是已證無漏最後身者前四果雖滿十方界其數尚稱今滿如竹林之稠則衆又多矣而心則共一以衆多之一心經無量刧共思佛智猶不能知少分耳（壬）七發心菩薩

新發意菩薩供養無數佛了達諸義趣又能
善說法如稻麻竹葦充滿十方刹一心以妙
智於恒河沙刧咸皆共思量不能知佛智

此揀別教三賢初發心者直指云從別入圓故名新發意又圓教初住亦名新發意然既近無數佛豈止供養而已則六度兼修爲因了達諸義是慧而亦兼福則二利將滿爲果以中道觀智照明眞俗故曰了達心中朗朗而推已利人故善說法此等菩薩其數又不止如竹林而已如稻麻竹

葦則其數猶不可盡充滿十方剎咸同一心共以妙智測量經恒河沙刦亦不能知佛智也妙智即中道觀智(壬)八不退菩薩不退諸菩薩其數如恒沙一心共思求亦復不能知

此揀通別不退人也通教第三八人地至第七已辦地斷界內惑名位不退別教初住至七住斷界內惑亦名位不退入八住至十向名行不退如是菩薩數如恒沙一心思求亦所不能知也△問從前重重料揀人愈多刦愈久智愈深而竟不能知者何也答是智不出識心度量以識心測佛智如適越者不之南而之北愈行愈遠矣不見道思而知緣而慮盡是鬼家活計豈能究竟佛智哉問前謂衆生與聲聞不知則固是矣說辟支莫知少分似稍有所知至於菩薩已能近無數佛又能達諸義趣既以妙智思惟豈亦全無知耶况復言不退菩薩亦所不知此何言哉答菩薩雖曰妙智只不過以勝二乘若果是證眞妙智於如來所說如仲尼見溫伯雪子矣何如來又言咸皆共思求耶則思求二字便是可揀之由新發意不知者爲後授學無學中疑阿難不應得記之案不退人不知者爲提婆品中智積不信龍女成佛及壽量品中彌勒不信從地湧衆之案

(辛)五唯佛與佛知分二(壬)一顯佛知

又告舍利弗無漏不思議甚深微妙法我今已具得唯我知是相十方佛亦然

天台云無漏者舉權實二智皆無漏失也

蓋權實不二一一難測難知故云不思議甚深句頌第一希有難解之法我今具得三句頌唯佛與佛乃能究盡也(壬)二明佛示又二(癸)一諸佛顯實

舍利弗當知諸佛語無異於佛所說法當生大信力世尊法久後要當說眞實

此處方說出止而不說之意正所以顯發一乘乃極力提拔也故此頻喚身子而教當知欲其生決定信知本來是佛就此一肩荷也云諸佛語無異者說無二三本來不異汝於佛語當生大信力也無異語者是決定說大信力者是決定信然所以教信諸佛者乃所以教信我也則我此後定非從前指示決要爲汝說一乘道汝亦定要生決定信就此知歸可矣則眞實二字正是止而不說者也

(癸)二釋迦開三

告諸聲聞衆及求緣覺乘我令脫苦縛逮得涅槃者

此與後兩段是預斷權疑之語也天台云上言諸佛顯實此言釋迦開三非各具一邊要知開三必顯一顯一必開三彼此互明以顯佛佛道同也設有疑者謂如來既有眞實之法何故不疾說而必欲待後說耶曰機不等耳衆生爲苦惱煎迫時急欲離苦得樂故告諸求聲聞緣覺者曰我欲令汝脫諸苦縛說有涅槃其實非眞此後必應爲說眞實法也諸苦縛即苦諦中三苦八苦等以苦能繫人故曰縛涅槃即三三昧涅槃也

佛以方便力示以三乘教衆生處處著引之令得出

設謂四十年來所聞者皆三乘法而諸佛所說者亦三乘法則三乘之名古今定矣豈三乘爲不實之法乎曰此皆是我方便示相而已豈實法哉然則三乘不實宜乎不必宣揚何佛佛皆說三乘耶曰爲一切人聞有著有聞空著空大似避溺投火只得假此三乘引之令出其著耳豈眞有謂哉况此等權執乃二乘人不能認實相者必有之疑故如來先將一一破除不令有懷猶豫之心則於大乘可企及矣略陳開顯已竟

妙法蓮華經授手卷第一之四

音釋

盡 津上聲 度 音鐸 華 音委

妙法蓮華經授手卷第一之五

清 楚衡 雲峯 沙門 智祥 集

(丁)二騰疑致請分二(戊)一叙疑又二(巳)一

經家叙

爾時大衆中有諸聲聞漏盡阿羅漢阿若憍陳如等千二百人

此集經者叙衆疑也有諸聲聞就因言漏盡羅漢就果言于千二百中獨舉陳如者以小乘中最初稱解者也從前既稱有解有入矣今佛槩揀不知安得不動執生疑故首舉之

及發聲聞辟支佛心比丘比丘尼優婆塞優婆夷

此皆學無學人故曰發心然叙疑中但舉二乘一類之機者以此經意原爲彼稱揚妙智在激發向大之心所以二乘執重疑深故偏舉耳前料簡中言不退菩薩亦復不知此雖不言至後陳疑中則有求佛諸菩薩大數有八萬蓋可見矣

(巳)二會衆念分二(庚)一疑佛二智

各作是念今者世尊何故殷勤稱歎方便而作是言佛所得法甚深難解有所言說意趣難知一切聲聞辟支佛所不能及

世尊自出定已來費却許多心力始得二乘弟子作如是念生如是疑則知此後受大有待矣各作念者因聞佛極力稱揚佛之智慧而聲聞人若師若資無不作念謂今日是何等因緣而世尊殷殷勤勤稱揚讚歎言佛所得之法如是甚深如是難解耶此疑實智有所言說意趣難解是疑權

智于中若權若實皆謂我輩所不能知若
我等果實不知前來不應許得涅槃若我
等實知何故又言一切聲聞所不能知豈
佛別有何等法門是我等所不知所不證
者此是疑佛智(庚)二疑已所得
佛說一解脫義我等亦得此法到于涅槃而
今不知是義所趣
此是疑已所證是非不果也一解脫卽四
十年前所說之解脫乃不了義說今謂得
此法者乃不了義法也證涅槃者乃中止
化城也是小歇場非究竟寶所而自疑謂
若我所得非眞則一解脫義我已證得已
到涅槃若此卽眞何故言一切聲聞類無
能測佛者如是循環自揣不知是義所歸
是義者卽佛所稱歎義趣者歸也(戊)二正
請分三
(己)一初請又二(庚)一當機陳請又二(辛)一
長行又二(壬)一陳疑
爾時舍利弗知四衆心疑自亦未了而白佛
言世尊何因何緣殷勤稱歎諸佛第一方便
甚深微妙難解之法
衆人意念不敢形言者以智不及大人所
酬而身子智超群輩則已領知衆心故得
陳已陳人之所疑也此下三請而如來只
二止之并前成三止矣蓋佛觀衆機有三
周得益者前後不同而止故有所因也身
子疑何因緣而如來荅爲一事則所謂要
當說眞實也諸佛第一方便疑權智甚深
等卽疑實智今舍利弗疑則于法說之後
便得授記陳如等各疑則于喻說中各得

授記新發心人疑則于因緣周後各得授記所謂不疑不悟以其疑有淺深故得開解授記久近之不同耳(壬)二陳請

我自昔來未曾從佛聞如是說今者四衆咸皆有疑惟願世尊敷演斯事世尊何故殷勤稱歎甚深微妙難解之法

我自從佛數十年來竟未聞有如是極稱佛慧正欲顯揚便止而不說唯此所以令人羣疑競起況今在會人孰不心疑我故敢請如來敷陳此事畢竟有何緣如是稱歎是何法如是甚深如是難解難入耶(辛)二偈頌分四(壬)一頌權實二智疑

爾時舍利弗欲重宣此義而說偈言

慧日大聖尊久乃說是法

此頌疑佛實智慧日者日能破暗世人作息皆仗日光之力而佛以智慧化人九界衆生之作息無不仗佛慧之所燭也故稱爲大聖尊久乃說者謂數十年含忍不說今始說之

自說得如是力無畏三昧禪定解脫等不可思議法道場所得法無能發問者我意難可測亦無能問者無問而自說稱歎所行道智慧甚微妙諸佛之所得

此頌明權智難測無能問也力無畏等一一照長行可了道場即一真寂滅場地亦即菩提樹下謂世尊于道場所得之法曰甚深者曰無上者誰能以問而問之也如佛謂假使滿世間人皆如我身子尚不能測我獨豈能測乎如我一類聲聞人中又亦豈有能發問者乎因無能問故佛出定

只得自說其所說者皆是我輩難入之境所謂唯佛與佛乃能知之(壬)二三乘四衆疑

無漏諸羅漢及求涅槃者今皆墮疑網佛何故說是其求緣覺者比丘比丘尼諸天龍鬼神及乾闥婆等相視懷猶豫瞻仰兩足尊是事爲云何願佛爲解說

無漏者已證三三昧人求涅槃者猶未證得者也已證未證皆墮疑網由不達大乘實相故也然求緣覺者亦有一類即比丘比丘尼衆更兼人天八部相視猶豫者以其聞所不聞故疑無二也猶豫即不決所疑也曰皆墮疑網曰相視猶豫曰何故說是曰是事云何其欲了之情何等緊切則瞻仰願說之誠可槩領矣(壬)三獨陳身子疑

於諸聲聞衆佛說我第一我今自於智疑惑不能了爲是究竟法爲是所行道佛口所生子合掌瞻仰待願出微妙音時爲如實說

此身子自陳世尊平日于聲聞衆中稱我第一今聞如來所歎諸佛智慧竟蒙然不解斯豈爲智哉但不知所歎者是如來果上究竟之妙法耶是因中所行之妙道耶次下請佛開示然我雖有微少智慧皆仗如來說法恩力致之是則爲佛口所生子矣即今合掌待佛以微妙音稱時稱機如實說之可也觀身子合掌瞻待之際可謂全身投入其爲入佛知見也不乆矣(壬)四總明衆會疑

諸天龍神等其數如恒沙求佛諸菩薩大數

有八萬又諸萬億國轉輪聖王至合掌以敬心欲聞具足道

此總明衆會已該此界他方諸天等數如恒沙則知非本會矣諸菩薩前致請科中未見標舉文畧也故此言數有八萬皆爲求佛果者又見其爲深位矣輪王以萬億國言乃佛圓音所感承佛威神來至法會今皆合掌至敬願聞如來具足發明難思道也(丙)二如來止荅

爾時佛告舍利弗止止不須復說若說是事一切世間諸天及人皆當驚疑

如來此處又止而不說者以法難思故說之恐驚時聽所以鄭重不說也△問叙衆科中舉皆二乘今佛所止者獨曰天人驚疑者何也荅若論聲聞在前一翻止處已生疑致請決意要聞所謂合掌瞻仰待豈得又驚疑而不欲聞耶此第二止又是激未信者信耳(巳)二次請又二(丙)一當機呈請

舍利弗重白佛言世尊惟願說之惟願說之所以者何是會無數百千萬億阿僧祇衆生會見諸佛諸根猛利智慧明了聞佛所說則能敬信

此是身子代爲人天作請主耳兩言惟願說者意在切聞妙法而必無疑也然今此會衆雖無量非凡雜也皆深種善本根利慧深之人必能敬信但惟願說之然則如來豈不知會衆根利慧深必待身子請白而後說耶不然如來不說者乃極顯妙法之難宣也身子請白者乃發起會衆之樂

聞也

爾時舍利弗欲重宣此義而說偈言

法王無上尊惟說願勿慮是會無量衆有能

敬信者

王有自在義如來得法自在故稱法王佛

居等覺之上更無過者故曰無上尊下三

句乃至誠懇請之詞㊄二如來止說

佛復止舍利弗若說是事一切世間天人阿

修羅皆當驚疑增上慢比丘將墜於大坑

爾時世尊重說偈言

止止不須說我法妙難思諸增上慢者聞必

不敬信

今第三止中又舉出增上慢人則可謂意

盡無餘矣謂我若說此妙法有一類增上

慢人不信生謗由此毀謗大乘必至墮苦

是以不說猶妙也若實行增上慢人聞如

此言自應移陛易調慢有七種恃已凌他

名我慢同德相傲名單慢於同爭勝名過

慢於勝爭勝名慢過慢未得謂得名增上

慢於劣自安名卑劣慢不禮三寶名邪慢

然世尊止而復止不欲爲說者非恪言也

以妙法難言非有非空離名離相即諸相

而離諸相以至離卽俱非恐着相聲聞聞

不生信故至再三止說也

㊁三再請分二㊄一當機再請

爾時舍利弗重白佛言世尊惟願說之惟願

說之今此會中如我等比百千萬億世世已

曾從佛受化如此人等必能敬信長夜安隱

多所饒益

佛既復止而當機重白此可謂引援得力

大法可投矣身子因佛固止不言所以再請云今此會衆如我一類尚有百千萬億皆從久遠受佛敎化自必能敬信也安隱對驚怖言長夜表一真之正位謂皆能安隱於真俗不二之地故曰多所饒益

爾時舍利弗欲重宣此義而說偈言

無上兩足尊　願說第一法　我爲佛長子　惟垂分別說　是會無量衆　能敬信此法　佛已曾世世　敎化如是等　皆一心合掌　欲聽受佛語　我等千二百　及餘求佛者　願爲此衆故　惟垂分別說　是等聞此法　則生大歡喜

當機自稱已爲長子者以權智出于實智故有子義因聞佛言所得第一希有難解之法故必請說第一法也觀佛已曾敎化兩句則大通王子之遠因已露豈定期身子爲實聲聞耶其間請意勤勤懇懇無非欲發明此難解之法故請畢則曰生大歡喜及至如來許說之後訖此品終亦曰無復諸疑惑心生大歡喜是知師資之意無非要使一切人必至法利克滿得大歡喜而後已

(庚)二如來許說

爾時世尊告舍利弗汝已殷勤三請豈得不說

上因當機堅請并會衆誠求則知信根已植無復疑惑信植爲成佛果之真因不疑能受難思之指點故發言許說也畧開三顯一已竟

(庚)二廣開三顯一所謂廣者廣上畧詞凡七品半經皆開三顯一又分三段(丁)一爲

上根作法說周分五(戊)一如來正說分二

(己)一長行分三(庚)一誡聽揀機

汝今諦聽善思念之吾當爲汝分別解說

如來既已許說又必誡聽者爲今日之法非常言也曰諦聽曰善思乃欲令當下領悟也分別解說四字爲一經權實本迹之大案使如來但只入定放光則此玅法無由開顯使出定歎德止而不說此玅法又豈能令衆知哉幸而因當機堅請至此許其分別之則難入之門應能入矣既許其解說之則難解之法必能解矣分別者分其權迹之因即開示也解說者解其本實之緣即悟入也以是知權實本迹開示悟入總不出分別解說四字明矣

說此語時會中有比丘比丘尼優婆塞優婆夷五千人等即從座起禮佛而退

此于如來未啟口時便有五千人退坐者足見爲罪根深重之增上慢也所以如來再四不說爲此衆耳若論輔佐如來出世利生者則又有說焉據迹實爲在會有一類懷上慢人不喜大乘深耽小果故今五千衆權爲退席至令如來貶責小果之罪深垢重而讚懷真實道者必可以進趣佛乘使彼實行聲聞憒大乘想則其益人猶非淺淺論本皆具頂門正眼之流見如來纔許爲分別解說便拂袖而行意使會中定性聲聞知有向上不傳之妙豈向人口角頭食餘涕耶此所謂蒼鷹纔見便生擒安可與獵犬之無靈性守枯樁者同日語哉不然世尊尚于大法未揚號令未舉此

輩便作此去就須知輔化之流所當爲者不止於此佛云示衆有三毒而現邪見相我弟子如是方便度衆生足見禮佛而退四字大有關係所謂禮佛者有所本也退席者有所歸也决非弱喪不知歸者可擬所以者何此輩罪根深重及增上慢未得謂得未證謂證有如此失是以不住

天台云五濁渾多名罪重執小翳大名根深未得三果言得未證四果言證名增上慢有如此失者謂障執慢三種之失所以不住也△此處當有别論所謂獅子林中原無異獸豈靈山會裡猶藏無行之人設有已經四十年淘汰必不如是之甚依身子請詞中有佛巳曾世世教化如是等若果以不信退席則身子識人不盡或謂恐今會暫到者容或有之卽使暫到必因如來圓音所感亦皆善根深厚設實有增上慢人退席而去法則不圓何以稱妙又何以謂斷疑生信之用乎須知自誠聽揀機下一節乃經家叙陳當時有如是退席之人見其將聞卽退故以罪深等責之也觀佛後文但云彼退亦佳不甚深斥足識其爲本會之引縁也又如來于第三止中云諸增上慢者聞必不敬信彼感此應何等明白具眼者審之

世尊默然而不制止

天台云上聞畧開三顯一言畧義隱猶未生謗足以作繫珠因縁去則有益若聞廣開三顯一必乖情起謗住必有損是故不制止也△又須知如來默然不制止處猶

爲可想足見是父是子所謂鴛鴦繡出從君看不把金針度與人

爾時佛告舍利弗我今此衆無復枝葉純有真實

天台云枝葉細末不任器用此等執方便者於大非器今謂無枝葉已成全材堪爲大乘法器△約理離根本外豈復別有所謂枝葉哉是則枝葉明妄根本即真也妄存混智法則不妙今謂無枝葉有真實斯可謂實相爲體矣據此則可以將五千人表五識圓盡所謂眼不見色耳不聞聲鼻不知香舌不了味身不受觸是枝葉盡也唯一志向前而爲根本是純有真實義如此說者則不致偏枯

舍利弗如是增上慢人退亦佳矣汝今善聽當爲汝說

天台云應知上慢不全無法但以淺位自謂增上而慢他人也以退爲佳者由以小自翳復妨他大今退無謗法之愆復無障他之過故云佳矣△佳者美也如來美其枝葉脫盡唯一真實斯謂妄盡真存則施大法無難矣故下囑云汝今善聽如師子乳唯琉璃瓶能貯㊎二受旨誠聽

舍利弗言唯然世尊願樂欲聞

天台云唯然者應聲之切即應諾也唯之聲速而質諾之辭緩而文△願樂者潔誠盡敬之意如謂我輩勤懇之甚孰不欲聞也㊎三正與開云分二㊍一廣開諸佛權實又二㊏一總明諸佛分四㊐一歎法希有

佛告舍利弗如是妙法諸佛如來時乃說之如優曇鉢華時一現耳

此科爲一經大案正爲當機分別解說一切聲聞辟支佛所不能知唯佛與佛乃能究盡之諸法實相也知音云如是二字即前謂諸法如是相等之十如是妙法二字即前文性相本末等之諸法前云諸法此云妙法者前由會衆未發大心則三乘不得濫于一乘性相未融本末未會不得究竟成一相一種故謂之諸法以法相未忘故也所以二乘人不得授記作佛今既請爲如實開示而如來又許爲分別解說則性相本末等法皆歸實相將一切差別染淨三乘二乘融爲一法攝無量義而爲一義故曰妙法而二乘人始有受記刦國莊嚴之分故如來至此始指定前文曰如是妙法也△時乃說之者時字最重時未至即大聖當陽亦無如之何故四十年來雖抱如是妙法無開口處時一至則百卉吐芳皆各自有生芽故身子三請遂開刦外百代之香是以十方三世一切諸佛欲暢本懷無不待時而會衆得聞如是唱演真爲千生希覯正如優曇出現是人力所不能强今將欣逢而卒然故顏實爲奇遇未可作等閑觀也優曇者即靈瑞大寶青蓮花此華出時定有金輪王應世國土自然嚴好人民壽命皆得增長八萬四千故借世間希有之瑞寶以喻出世希有之妙法也

(經)二說無虛妄

舍利弗汝等當信佛之所說言不虛妄

上言說時已至此言語無虛妄雖說種種道其實爲一乘而教必令信者無他只一大事因緣而已

㊂三開方便門

舍利佛諸佛隨宜說法意趣難解所以者何我以無數方便種種因緣譬喻言辭演說諸法

此正釋前智慧門難解難入隨宜者是諸佛開方便門隨其衆生根信欲樂之權法也何故方便權說之意趣亦如是難解難入耶言諸佛雖有種種緣喻言辭等其實皆一法也所演說諸法即一乘也非離此外別演一乘是所以難解入也

㊂四示眞實相分五㊀一標人法殊勝

是法非思量分別之所能解唯有諸佛乃能知之

此釋前智慧甚深是法者即承上演說諸法卽是實相之妙法也思量等六識本具分別功能七識執我有思量功能謂我雖以種種方便所演者唯一法也此法決不可以思量分別解故汝二乘每用思惟無能究竟而此即權即實之法唯有諸佛乃能知耳㊀二論出世本懷

所以者何諸佛世尊唯以一大事因緣故出現于世

此又承上言法既殊勝唯佛乃知則人無能知故此又論諸佛本此權實無二之法由人無能知故出世爲人指示所以云諸佛唯獨以此一大事而出世也總萬有之

志爲一盡聖凡之量爲大發能所之功曰事具本末之性爲因成自他之德爲緣如來本爲與人顯發各自具得之甚深智慧故曰一大事因緣又云唯有此事更無餘事也

(子)三徵出世因緣

舍利弗云何名諸佛世尊唯以一大事因緣故出現于世

上明諸佛本此出世此問諸佛本此出世爲何因緣故下云原爲要與衆生開示此法令人各各悟入此法故此出世

(子)四正分釋四門又四(丑)初明理一又二

(寅)一正釋

諸佛世尊欲令衆生開佛知見使得清淨故出現於世欲示衆生佛之知見故出現於世欲令衆生悟佛知見故出現於世欲令衆生入佛知見道故出現于世

諸佛世尊總三世十方塵刹之諸佛是乘此大事出世爲能開能示能悟能入之人乃一理之所主也欲者要也令者使也衆生總該九界之有情開者發其蒙閉也知見二字總攝六根加一佛字乃衆生本具之妙法即如來藏身三昧故曰佛知見此屬因中知見也復加使得清淨足顯是在迷之體不經開發未必清淨然一切如來出世本要使九界衆生各各開發本有之佛知見而使之六根俱得清淨也是則一開之後永離六塵痴惑更不爲迷執權疑所封閉也示者有所昭告于九界衆生也則此佛知見三字乃諸佛世尊所證得者

屬果上知見蓋衆生雖則佛知見本具不假修習何以能知故諸佛先示已證而出定揚德矣則前來放光現瑞皆示佛知見也而開示屬敎爲佛所開發指示也悟者忽然惺覺也承上如來開發指示本具六根之妙明眞性及至功窮力極之時而一朝豁然如從夢起始悟自性之佛知見也入者親臨也又言知見道者即所到之處由佛開示之後起行功夫修證畢到之地故曰知見道也此悟入屬機又一三屬性具二四屬修成前徵諸佛何故出現此謂爲要開示佛知見故爲使衆生悟入佛知見故則是佛知見便爲一大事而大事即因也開示悟入總屬引起修證之緣是爲一理之因緣也㊊二結成

舍利弗是爲諸佛以一大事因緣故出現於世

此方結成佛原爲開示佛知見而令人悟入佛知見之故所以出現於世㊃二明人一

佛告舍利弗諸佛如來但敎化菩薩

天台云就昔方便謂敎化三乘其意本爲化菩薩也如彼窮子自謂客作賤人而長者所觀實爲己子則所爲之人無二三也故曰敎化菩薩

㊀三行一

諸有所作常爲一事唯以佛之知見示悟衆生

○三乘衆行名之爲諸有所作爲圓故諸所以爲一事也其所行所作亦唯以佛知

見是趣無他行也(丑)四敎一

舍利弗如來但以一佛乘故爲衆生說法無有餘乘若二若三

一佛乘者即一大事乃佛知見也餘乘即二即三也天台云若是則般若中之帶二方等中之帶三皆不了義說及至今日則敎唯一乘矣

(子)五結諸佛如是

舍利弗一切十方諸佛法亦如是

此承上諸佛出世皆如是也則又言一切十方乃總統無餘之意所謂佛佛道同也

(壬)二別明三世分三(癸)一明過去又二(子)一開權

舍利弗過去諸佛以無量無數方便種種因緣譬喻言辭而爲衆生演說諸法

○此廣舉過去諸佛爲一大事出世所有敎理行果無二演說諸法是敎無二(子)二顯實

是法皆爲一佛乘故是諸衆生從諸佛聞法究竟皆得一切種智

○爲一佛乘是理無二令衆生聞法得一切種智是行果無二是法即演說諸法中之是法也非離諸法外另說是法故謂開權顯實則實乃權中之實決定不二(癸)二明未來亦二(子)一開權

舍利弗未來諸佛當出於世亦以無量無數方便種種因緣譬喻言辭而爲衆生演說諸法

(子)二顯實

是法皆爲一佛乘故是諸衆生從佛聞法究

竟皆得一切種智

○此廣舉未來諸佛出現于世爲衆生故所有教理行果亦復如是

(癸)三明現在分三(子)一標出世意

舍利弗現在十方無量百千萬億佛土中諸佛世尊多所饒益安樂衆生

此于現在則舉十方而又言無量百千萬億土明橫徧之依報諸佛世尊該盡正報無餘雖多佛出世無非以一大事因緣而開示之必多所饒益令一切衆生而悟入之必多所安樂此是諸佛出世之本意也

(子)二方便開權

是諸佛亦以無量無數方便種種因緣譬喻言辭而爲衆生演說諸法

(子)三爲衆顯實分二(丑)一別明現在教行

是法皆爲一佛乘故是諸衆生從佛聞法究竟皆得一切種智

此上三翻皆言凡佛出世說雖三乘究竟唯一從佛聞法者雖有小大之別究竟到頭還歸一切種智世尊如是舉揚意使會衆各自領悟故前囑云諦聽善思之也(丑)二總明三世人理

舍利弗是諸佛但教化菩薩欲以佛之知見示衆生故欲以佛之知見悟衆生故欲令衆生入佛之知見故

諸佛說雖有二其實皆教菩薩法所示者佛知見而汝等所悟入者亦佛知見幸勿自限自小可也直指云此總舉十方諸佛次第出世所有教理行果悉皆無二以結章初諸佛世尊開示悟入四門之旨承此

四門掃蕩大小聖凡迷悟混濁之執便見真俗一如凡聖一體古今一色是名佛之知見

妙法蓮華經授手卷第一之五

音釋

調徒弔切 椿側霜切音莊 椒杙也 靚君倓切音婧過見也 貯直呂切除上聲盛也

妙法蓮華經授手卷第一之六

清楚衡雲峰沙門智祥集

㊅二廣開釋迦權實分四㊄一明開顯

舍利弗我今亦復如是知諸衆生有種種欲深心所着隨其本性以種種因緣譬喻言辭方便力而爲說法

上已引明三世此則彰自所由也謂不但三世十方諸佛爲一大事出世開權顯實即我今日亦復如是前來不說一乘者深知汝等有種種欲種種者如三界權小各各所欲不同不但只欲而已又加深心所着只得隨諸衆生本有着性故不得不施方便也前云衆生處處着引之令得出故以種種因緣等而爲權說此正屬開權

舍利弗如此皆爲得一佛乘一切種智故

如此二字指上開權所說之意竟不爲他總皆要一切人得佛知見成一切種智故所以將無數方便而誘引之也此方顯實一切種智即佛種智也㊄二明五濁分二㊆一標意

舍利弗十方世界中尚無二乘何況有三

若論此法本來清淨湛一如空二尚不有况復三乎但未審諸佛何故不即顯實而必欲開權㊆二明濁

舍利弗諸佛出于五濁惡世所謂刦濁煩惱濁衆生濁見濁命濁

此方明不得已而說二說三也天台云刦即時分濁者即渾而不清也且衆生心水本來清淨只緣五重亂想雜入其中頓成渾濁然刦濁無別自體但有下之四重便

得濁名故曰刦濁見濁即五利使爲體廣開有六十二見煩惱濁即五鈍使爲體五皆昏煩惱悶身心者衆生濁亦無自體攬見慢果報三濁立此假名命濁即連持色心而爲體也若論五濁之相四濁增劇聚在一時名刦濁瞋恚增劇刀兵起貪欲增劇饑饉起愚痴增劇疾疫起三災起故煩惱倍隆名煩惱濁諸見轉熾名見濁粗弊色心惡名穢稱名衆生濁催年減壽名命濁○又自近論以人壽百歲時始入刦濁遡流而言衆生無始自晦昧爲空時便入刦濁幷該四大山河等有成住壞空之刦也見濁者以四大本皆無情由因妄織雖針鋒草刺感成痛覺而衆生堅起我見爲諸見之主也煩惱濁者煩擾也惱勞也緣塵盈念無時而不勞擾也衆生濁者由流轉諸趣變幻一切衆生之相故也命濁者由六根結滯命托於中根塵攬結則爲命存根塵離散則命亡也

如是舍利弗刦濁亂時衆生垢重慳貪疾妬成就諸不善根故諸佛以方便力於一佛乘分別說三

此總該五濁慳貪即煩惱嫉妬即見不諸根即命由此五濁渾深衆生障重所以諸佛只得開方便門隱實施權也(壬)三明眞僞分二(癸)一揀僞

舍利弗若我弟子自謂阿羅漢辟支佛者不聞不知諸佛如來但教化菩薩事此非佛弟子非阿羅漢非辟支佛

上既說明開權原不得已則所說皆一若

我弟子自謂已證羅漢已得辟支如來正
當顯發一乘汝又不聞而亦不知返謂此
爲教菩薩事是以方便爲實則非眞也故
曰非佛弟子等
又舍利弗是諸比丘比丘尼自謂已得阿羅
漢是最後身究竟涅槃便不復志求阿耨多
羅三藐三菩提當知此輩皆是增上慢人所
以者何若有比丘實得阿羅漢若不信此法
無有是處
自謂得道則非佛所許也雖得盡分段而
變易未忘豈眞是最後身耶不復志求者
即不回心也若但得小果生滿足證而不
回心向大亦即是未得謂得未證言證便
是增上慢流亦是罪根深重定非吾子也
何故若實有證豈不信有向上涅槃耶

㊄二明眞
除佛滅度後現前無佛所以者何佛滅度後
如是等經受持讀誦解義者是人難得
前謂得羅漢辟支不信爲增上慢者由佛
現在有說有示而不樂聞自謂有所得有
所證也若佛滅後出無佛世則無開示之
人雖于此經不生信受猶可許爲非上慢
之儔何也佛滅之後雖有此經以其甚深
難解求其讀誦者難得若能解義此猶爲
難得若有求證無上道者則畢竟如優曇
華一切皆愛樂此所以許其爲眞矣
若遇餘佛於此法中便得決了
天台云恐有疑者謂若佛滅後而不能解
此甚深義趣則未來人永無證眞之時矣
曰不然若於他國遇佛出世必說此經若

一聞之即得決了故佛云我餘國作佛更有異名爲說妙法是其意也

(壬)四明無妄

舍利弗汝等當一心信解受持佛語諸佛如來言無虛妄無有餘乘唯一佛乘

自若我弟子至於此法中得決了一節皆激責之詞至此方明示會衆決當生信無二無三也佛自出定以來重重拂三乘之迹重重顯一乘之妙此處又舉唯一佛乘自誓無虛以勸會衆一心信解者無別只要人自信自知各各具有眉間一段光明而光中圓具十法界相決不得推向諸佛分上而埋沒已靈故後頌中結云自知當作佛決定無有疑者亦從此再四叮嚀一心信自本具一心解自本佛之不虛妄語也(巳)二偈頌分二(庚)一頌上許荅又二(辛)一頌已退不堪

爾時世尊欲重宣此義而說偈言

比丘比丘尼　有懷增上慢　優婆塞我慢　優婆夷不信　如是四衆等　其數有五千　不自見其過　於戒有缺漏　護惜其瑕玼　是小智已出　衆中之糟糠　佛威德故去　斯人尠福德　不堪受是法

此頌五千退席長行但舉五千此分四衆直指云約理是四衆人同轉五識幷諸心所也出家二衆謬謂得道故所使屬上慢在家自恃尊貴故所使屬我慢女人則又信力耹劣者故所使屬不信不自見過者因心所葢覆也戒有缺漏者以心所紛飛不定也瑕玼乃美玉之玷所使是眞如之

玷言護惜者心所造惡不欲他知也心所之黠慧曰小智心所之浮僞曰糟糠眞如將轉曰佛威德故去心所虛妄曰尠福心所無體曰不堪受法始見妄盡眞窮而一朝脱落是退席意約法是身子等不執權教枝葉將近一實故此許説

㊌二頌已住誡聽

此衆無枝葉惟有諸眞實舍利弗善聽

諸字非衆多之謂是成頌之辭所謂繁柯脱落盡唯有一眞實此又誡善聽者乃重重警惺也

㊋二頌上正荅分二㊌一頌四佛章又四

㊏一頌諸佛又五㊐一頌諸佛施權又二

㊀一正頌施權

諸佛所得法無量方便力而爲衆生説衆生心所念種種所行道若干諸欲性先世善惡業佛悉知是已以諸緣譬喻言辭方便力令一切歡喜

前三句明諸佛證得此法復以方便變通所謂頭頭演妙也佛所得者是自證之實智長行謂如是妙法也無量方便兩句是權智長文謂諸佛隨宜説法也衆生心念即九界衆生之念于事未行之先作想念也種種所行乃念中所存之事多而難言之數所行道三字乃發行事業之道路也若干是不盡之言諸欲性者九界衆生樂欲不同故曰諸欲然而欲之所私若染若淨皆禀先世善惡之業因也佛知衆生如此根性不同故以方便引導令一切人隨其本性得歡喜耳

或說修多羅伽陀及本事本生未曾有亦說于因緣譬喻幷祇夜優波提舍經

天台云修多羅此云契經有總別兩種總則爲聖教之通名別則於十二部中直說法相者是伽陀此云孤起不須長行乃孤孤另起者是本事即說往昔本所行事如捨頭目髓腦國城妻子之類者是本生即說往昔于九界中受生之事未曾有即佛現種種神通衆生怪未曾有者是因緣有內外大小之分如化城品說宿世因緣之事譬喻如本經優曇鉢幷火宅等喻是祇夜即重頌優波提舍此云論議如外道與佛論量人天因果世出世法有無眞假等是此佛四十年前隨宜所說性相本末諸法載之九部若加方等無問自說幷授記三種成十二部㊄二結施權意

鈍根樂小法貪着於生死於諸無量佛不行深妙道衆苦所惱亂爲是說涅槃

此結成施權之意知音謂此九部之說非佛本懷乃不得已爲鈍根衆生樂於小法不信大乘而愛着生死往昔於無量佛所不行甚深妙道故爲衆苦惱亂由此等人只得爲說有餘涅槃作止息也

㊇二頌顯實分四㊄一頌理一

我設是方便令得入佛慧未曾說汝等當得成佛道所以未曾說說時未至故今正是其時決定說大乘我此九部法隨順衆生說入大乘爲本以故說是經

設方便者正應長文是法非思量分別之所能解原以此法難思難解只得說九部

法權引于人令入佛慧既曰方便豈是實法所以不說汝等有成佛分其不爲汝等作授記者非恡而不說以說此大法時節未至及今汝二乘機巳純熟必當作記之時豈更如前來二三其說是決定顯發佛之知見說大乘耳正應長行時乃說之要如今日所説是實則四十年前之九部法不過隨順方便原其本意無非假此權説引入大乘爲本以故今日竟爲汝等説此妙法華經也㊀二頌人一

有佛子心淨柔軟亦利根無量諸佛所而行深妙道爲此諸佛子説是大乘經我記如是人來世成佛道以深心念佛修持淨戒故此等聞得佛大喜充徧身佛知彼心行故爲説大乘聲聞若菩薩聞我所説法乃至於一偈皆成佛無疑

頌上諸佛如來但敎化菩薩此但申明爲諸菩薩說大乘也心淨者迷悟情忘柔軟者眞俗一致利根者理事齊到深妙道即福慧雙修况此等人既能行深妙道則心如佛矣既得柔軟無嗔則形如佛矣內外如佛豈不于來世得作佛耶此皆爲最上乘根深心念佛下又明一類發大乘心者雖未于無量佛所行深妙道而今亦以深心念佛嚴持淨戒聞知有得成佛道之時生大歡喜我故知彼决定信向心行俱嚴所以爲彼説大乘也凡此會中有聲聞菩薩聞說大經乃至一偈亦可作當來成佛之因故知此會人無大小皆一機也此聲聞菩薩應指通别中三乘人㊀三敎一

十方佛土中唯有一乘法無二亦無三除佛方便說但以假名字引導于衆生說佛智慧故

此頌如來但以一佛乘爲衆生說法無有餘乘若二若三也天台云無二者無通教中半滿相對之二無三者無三藏教中之三乘也如此二三皆是假名引導衆生即方便教也上言聲聞菩薩聞說一偈必至成佛無疑者以今日所說乃佛之智慧故耳㊂四頌行一

諸佛出於世唯此一事實餘二則非真終不以小乘濟度於衆生佛自住大乘如其所得法定慧力莊嚴以此度衆生自證無上道大乘平等法若以小乘化乃至於一人我則墮慳貪此事爲不可

前三句頌上諸有所作常爲一事終不以小乘兩句頌明常爲一事之意佛自住大乘至以此度衆生頌上唯以佛之知見示悟衆生也諸佛所以出於世間唯示佛知見一事爲實說二乘三乘皆非本願而如來終竟不以小乘化度於人次下釋成何故不以小化人佛自己既住持大乘而所得之法皆定慧莊嚴唯以此定慧莊嚴之法而度生也下又轉釋云若佛自已證得無上大乘平等之法而又以小乘化人則佛有愛已之心必墮慳悋之過而於出世爲一大事因緣相倍戾矣故曰此事不可

爲㊇三頌勸信分二㊂一舉果勸信又二㊀一舉内心

若人信歸佛如來不欺誑亦無貪嫉意斷諸

法中惡故佛於十方而獨無所畏

此出成諸佛以大化人之意若人者即能信能歸之人人既歸信于我我豈欺誑于人如來不欺則所作眞實是身淨爲人可歸如來不誑則所說不虛是口淨爲人可信無貪嫉則願人成佛是意淨爲人可念三業既淨而諸法中惡皆已斷除也諸法者即衆生三業不淨于諸塵境上起種種業今言斷者以如來三業清淨則諸惡永斷故于十方出世利生任于九界縱橫而無所畏也

（丑）二舉外色

我以相嚴身光明照世間無量衆所尊爲說實相印

由上三業淨故則感如是莊嚴若使如來有高下彼我之見說大說小則成欺誑豈得相好嚴身光明普燭爲無量人天之所尊敬又豈能爲無量人天說實相法印乎此欲使人決定信其不二也實相印者佛以妙法爲印印定九界衆生悉皆作佛若究竟不說實相一乘則非眞印即爲假說是妄傳其旨矣（子）二舉因勸信

舍利弗當知我本立誓願欲令一切衆如我等無異

此是如來因中所有誓願即四弘誓也欲令一切衆如我無異是衆生誓度度生非備達法門者不能故攝法門誓學也

如我昔所願今者已滿足化一切衆生皆令入佛道

願已滿即佛道已成成佛者豈煩惱不斷

則今說一乘妙法即酬因荅果矣△問佛願云衆生無邊誓願度則願度一切也即今衆生未盡何云願滿荅論佛成等正覺時則一切衆生同成正覺豈于佛外另有不度之生耶若據此會且就一期應緣將畢令三乘人皆得授記成佛是名願滿故云但有聞法者無一不成佛

(癸)四頌五濁分三(子)一總明五濁障重

若我遇衆生盡教以佛道無智者錯亂迷惑不受教

衆生受苦諸佛興悲悲苦相對故云相遇又遇者即衆生有感佛即時應感應潛通故名曰遇如謂衆生不遇我則已若遇我必爲說佛知見無論四生六道盡教成佛其奈衆生無智錯亂修習不唯不得成佛而返成聲聞緣覺外道天魔及魔眷屬此皆是聞而不解不捨識心者自成錯亂也又有少智樂小法者固守已執坐證偏空妄謂得證不信作佛不發大乘心不行深妙道此又是不聞不見不捨權執者自成無智也則無智錯亂四字含兩種人不受教錯亂修習者因迷不受無智修行者因惑不受且迷者如迷方之人總不知方向何所惑者雖知方向但將南爲北故迷惑二字雖有輕重總爲不受教也(子)二別釋五濁深源分五(丑)一衆生濁

我知此衆生未曾修善本堅着於五欲癡愛故生惱以諸欲因緣墜墮三惡道輪迴六趣中備受諸苦毒

天台云善本即眞如實相也五欲即色聲

香味觸痴即無明愛即貪欲此衆生即前迷惑不受敎者謂我知此等人於曩刦中未聞佛之知見所以妙善根本未修其所以無善根者只因堅着五欲由痴惑無明生諸貪愛由貪愛故生諸苦惱也欲因緣者痴愛爲因五欲爲緣又財色名食睡五者皆爲人之所欲也由此諸欲因緣致令墮三惡道三惡道即地獄餓鬼畜生三皆極惡人所居之地故曰惡道不唯三惡道而已由此因緣輪廻六趣三苦八苦三毒諸毒無不備受則此衆生可謂濁之極矣故曰衆生濁(丑)二命濁

受胎之微形世世常增長薄德少福人衆苦所逼迫

命以連持色心爲名形字便具足色心二種微形者對廣大法身而言也謂衆生所具之法身本周法界終不爲五陰之所羅籠秖緣一念不覺頓成迷倒以諸欲因緣輪轉不息從生至生了無出要故受此微形由惑業相引故世世增長如此從苦入苦皆由德薄垢重福少業深所以受生老病死衆苦逼迫則慧命喪亡成命濁矣(丑)三見濁

入邪見稠林若有若無等依止此諸見具足六十二

此由衆生爲苦所逼妄求脫苦悞入諸見總屬邪解故名邪見稠林者以諸見稠密如林故有無即斷常二見等者等身邊邪見戒及六十二見由此諸見渾濁而正見不興成見濁矣天台云如外道計我有四

句一色即是我二離色是我三色大我小我住色中四我大色小色住我中於五陰中各計四種成二十見又約三世各具二十成六十見加本有斷常二見成六十二

深着虛妄法堅受不可捨我慢自矜高諂曲心不實

㊁四煩惱濁

虛妄法即前所執諸見也由着之深所以受之亦堅而不能捨也彼既執邪爲正返謂正不可及即生大我慢下視一切則自高自矜也諂曲者以巳謬解諂媚于人望人曲從于巳皆不實之心由此攪擾心田昏煩惱悶成煩惱濁矣㊁五刧濁

於千萬億刧不聞佛名字亦不聞正法如是人難度

因上四濁擾亂本眞則長刧沉淪受諸極苦旣迷一眞妙性則不知本自天然是不聞佛名字也旣執邪見妄理則不聞本有妙法是不聞正法也如是執妄迷眞正因不顯者豈易度哉

㊀三結說小大之由

是故舍利弗我爲設方便說諸盡苦道示之以涅槃

此正明爲五濁衆生故說三乘四諦法也苦即苦諦以果攝因而集諦在矣盡苦之道即三十七品道諦也示涅槃即滅諦也

我雖說涅槃是亦非眞滅諸法從本來常自寂滅相佛子行道巳來世得作佛

言我所說所示之涅槃乃空無相無作三三昧有餘涅槃是皆功勳所至旣屬功勳

而曰有餘豈眞是如來大寂滅海如金出鑛如木成灰之究竟涅槃耶故曰是亦非眞滅諸法從本來等謂世出世間種種諸法皆即如來妙明圓心所謂本如來藏性色眞空不假功勳自來寂滅于中覔一毫去來生滅之相了不可得故曰從本來常寂滅也今欲得證此常寂滅相須是汝諸佛子行持此道得福智圓滿方始成佛此所謂事非頓除因次第盡也

㊎五頌不虚

我有方便力開示三乘法一切諸世尊皆說一乘道今此諸大衆皆應除疑惑諸佛語無異唯一無二乘

前兩句明釋迦開三次兩句明諸佛顯實下四句總明諸佛與我所說畢竟不二要知我說三乘原爲顯一諸佛說一方便開三總爲一大事因緣出現于世此正頌長文汝等當信解佛語言無虚妄無有餘乘唯一佛乘

㊀二頌過去佛分二㊎一頌開三

過去無數刦無量滅度佛百千萬億種其數不可量如是諸世尊種種緣譬喻無數方便力演說諸法相

頌過去無量諸佛爲一大事出世開權說三無不以方便說諸法相諸法相者即前謂十界十如之法相也㊎二頌顯一分二

㊉一總頌

是諸世尊等皆說一乘法化無量衆生令入於佛道

說一乘是教一化無量衆生是人一令入

佛道是理兼行一也(子)二別頌分二(丑)一

總約五乘顯一

又諸大聖主　知一切世間　天人羣生類　深心之所欲　更以異方便　助顯第一義

此明過去諸佛觀機遲鈍從實立權以證今日之開權顯實不虛也知字即佛觀機知一切世間若天若人以至羣生之類各各深心之所欲也深心者乃人天着境之心堅不可拔所欲者即樂欲五塵也由此欲習難除故佛以異方便漸漸誘引必得佛慧故曰助顯異方便者即人天所作有爲功用乃至一花一香一聲一色故曰異無非引人歸第一義故曰方便

(丑)二別約五乘顯一分三(寅)一約菩薩

若有衆生類　值諸過去佛　若聞法布施　或持戒忍辱　精進禪智等　種種修福慧　如是諸人等　皆已成佛道

天台云若作五乘釋者但是六度菩薩乘若作七方便釋兼得通別菩薩乘何故三教大乘皆行六度而用心有別以相心行六度即三藏菩薩以無相心而行即通教菩薩以非相無相心次第行即別教菩薩今但列六度未審判屬何教依上云異方便即三教菩薩之方便也六度前五屬福門後一屬慧故曰種種修雖佛權開方便其實引之令入佛道故曰皆已成道△問科中既云顯一則六度當是大乘正方便也何得同曰異方便荅方便雖異而引入之佛道一也況此是佛舉過去修行至今已成道之因人亦不過詳明光中所見修

行事相令今會未至者生信耳雖曰顯一其實即權之一雖正異之稱不同總屬如來方便皆渡河之筏也(寅)二約二乘

諸佛滅度後若人善輭心如是諸衆生皆已成佛道

天台云大品歎阿羅漢心調柔輭又淨名云住調伏心是賢聖行此偈約聲聞緣覺但曰善輭心三字爲因便結云皆已成佛者要知修心旣善則不爲三界惡習牽引受生而分段可離心旣調適柔輭定非剛強難化之流則進趣佛果無難故斷曰成佛則善輭心乃佛異方便之所成也

(寅)三約天人分二(卯)一約緣因顯實分十

(辰)一供佛起塔

諸佛滅度已供養舍利者起萬億種塔金銀及玻瓈硨磲與瑪瑙玫瑰琉璃珠淸淨廣嚴飾莊校於諸塔或有起石廟栴檀及沉水木榓幷餘材甎瓦泥土等若於曠野中積土成佛廟

此引過去諸佛滅度之後有諸衆生於像法中廣收舍利起塔供養塔旣以萬億言而皆以七寶莊嚴則其所得之福不可量也然石廟與塔名異體同亦即安處法身之慈悲室也經云如來室者大慈悲心是慈能與樂則可以自安安人也曠野乃人所不經處也而亦起塔則見佛身無不在也此中以寶以石以木以土無非是成佛之因

(辰)二戲沙作塔

乃至童子戲聚沙爲佛塔如是諸人等皆已

成佛道

聚沙雖戲作塔即眞正聚沙時則念念皆佛豈不爲成佛之本耶如是諸人等總舉起塔廟者言塔高顯表智廟廣大表理即事不壞俗諦是福足即理不違眞諦是慧足福慧雙嚴故皆得成佛直指云約理沙表塵塵三昧所謂一塵與法界齊等則一一塵中有塵數諸佛據此則又非異方便可擬但應眞聖流現童子身說法者有之如華嚴之自在主童子善財見於河渚上聚沙爲戲者是也

(辰)三至心建像

若人爲佛故建立諸形像刻雕成衆相皆已成佛道

此下總標諸佛滅後有於像法中造像功德前起塔爲供舍利乃佛遺形雖非全眞而是分眞今像雖設立而是假名亦即令人從假而悟眞也

或以七寶成鍮石赤白銅白鑞及鉛錫鐵木及與泥或以膠漆布嚴飾作佛像如是諸人等皆已成佛道

此幷後兩段乃別列造像者有此三種從勝向劣先明以寶等各隨已力以欣心供養不出此種種諸物也故結云如是諸人雖所造之物不同其瞻敬之誠無二故皆得成佛

彩畫作佛像百福莊嚴相自作若使人皆已成佛道

次約彩畫又劣于雕刻言百福莊嚴者乃佛本具之相好也今若有人能畫如來如

是相好或使人作佛因已植皆得成佛也

㊁四戲畫作佛

乃至童子戲若草木及筆或以指爪甲而畫作佛像如是諸人等漸漸積功德具足大悲心皆已成佛道

又次言童子以戲心作像事雖戲而欲作之心等也足見是心作佛是心是佛如是之人由假而眞令功德漸積則福生矣悲含慧心戲作者像成未有不至誠求應則屬智心智積而慧自生矣福慧漸具必成佛果㊁五結成顯實

但化諸菩薩度脫無量衆

此總結上起塔造像等之異方便也方便雖異總爲成佛之基則此等亦即是化菩薩法非僅人天有漏善也由此奇異方便事不論貧富心不論智愚則人人可得而爲所以度脫者衆造像功德經云有十一種功德一世世眼目清淨二生處無惡三常生貴家四身有金色五豐饒珍寶六生賢善家七生得爲王八作金輪王九得生梵天壽命一刧十不墮惡道十一後生還能敬重三寶約理起塔表見法身造像表見圓理既得見法身具圓理非佛而何所以結此方便皆是化菩薩法故科云顯實

㊁六諸塵供養

若人於塔廟寶相及畫像以花香幡蓋敬心而供養

此引古供像得道之異方便也直指云既有敬心供佛其佛在矣必至成佛約理花表圓行芬敷香表信戒普薰幡表智悲運

轉理事雙融故曰敬心供養

若使人作樂擊鼓吹角貝簫笛琴箜篌琵琶鐃銅鈸如是衆妙音盡持以供養

此引古供樂得道之異方便也盡持妙音以供養佛則與起塔造像之心等也直指云樂有八音表八正道之法音以娛佛也樂書云有梵貝大可容數斗南蠻國吹以節樂

或以歡喜心歌唄頌佛德乃至一小音皆已成佛道

上以樂之妙音供此以口之妙音讚皆佛之異方便也歌歌揚唄讚頌而所歌所頌皆佛妙德非詞曲也乃至者超略之辭則不止一小音而已小音尚得作佛況作梵耶一音尚爾況衆音耶且音之所起發于内心又是歡喜至誠豈非成佛因乎

(展)七散心獻花

若人散亂心乃至以一華供養於畫像漸見無數佛

前是敬心獻供此是散心獻花心雖散而覺有佛可供是可以發良知之由矣此中以一花以畫像言其況意可知曰漸見曰無數佛則知因雖微而積之可成佛也

(展)八身業供養

或有人禮拜或復但合掌乃至舉一手或復小低頭

此以身業供養之異方便也始從見佛作禮必至五體投地次但合掌又次但舉一手又次只小低頭論此等因心極微而必至成佛者正如人食少金剛必至穿皮而

出也

㊅九結成福聚

以此供養像漸見無量佛自成無上道廣度無數衆入無餘涅槃如薪盡火滅

此字指上諸塵供養幷至心散心之意業歌唄頌德之口業及前科之身業由此三業供養之因漸見無量諸佛修諸善本已至成佛度生既酬因荅果能事已畢則入無餘涅槃也薪喻化機火喻智顯機盡智亡如薪盡火滅

㊅十散心念佛

若人散亂心入于塔廟中一稱南無佛皆已成佛道

此明散心念佛之異方便對前諸供養屬事此雖散心念佛屬理不唯念念無間即散心一念亦可以爲成佛之因也天台云南無或云那謨此云皈依亦云度我大品云若有人稱南無佛陀乃至畢苦其福不盡㊃二約了因顯實

於諸過去佛在世或滅後若有聞是法皆已成佛道

此舉過去九界衆生或佛在世親聞說法或佛滅後從師得聞以此聞法之因皆成佛道直指云此皆是引過去諸佛化導儀式爲此會三周作證也

妙法蓮華經授手卷第一之六

音釋

瑕音遐　尠音尟　稠音酬　矜音京驕矜自負也　玫音梅　瑰音規　櫁音密　雕音凋　鍮音偷　鉛音延　膠音交　漆音七　箜音空　篌音侯　唄音敗

妙法蓮華經授手卷第一之七

清楚衡雲峯沙門智祥集

㊀三頌未來諸佛分二㊂一頌開三

未來諸世尊其數無有量是諸如來等亦方便說法一切諸如來以無量方便

此頌未來諸佛出世開權無量方便即權智化導謂種種因緣等也㊂二頌顯一分四㊀一頌人一

度脫諸衆生入佛無漏智若有聞法者無一不成佛

無漏即實智佛以一音說一乘法所謂皆是一相一種說既是一令聞者入佛無漏皆是菩薩故人是一乘㊀二頌行一

諸佛本誓願我所行佛道普欲令衆生亦同得此道

諸佛即未來諸佛本誓願者佛于因中發願願一切衆生皆成佛道故自行此道令人聞此修此而亦復得此也㊀三頌教一

未來世諸佛雖說百千億無數諸法門其實爲一乘諸佛兩足尊知法常無性佛種從緣起是故說一乘

前四句明未來諸佛雖則從權說百千萬億無數法門是皆方便其實本意原爲開示佛知見而圓成一大事因緣故說一乘兩足者即福足慧足也知法等大竅云知者即佛正徧知覺也法者即心法也常者乃眞常不變也無性者無自性無他性也若此一眞如心法不常即成斷滅何有三乘五性乎若此法定五則聲聞只是聲聞緣覺只是緣覺乃至人天六道只是人天

六道永無成佛之時決定不易也由知此法眞常而無一定之性故隨熏成種以凡法熏之成凡聖法熏之成聖所謂體不變而用隨緣也體不變即常也用隨緣即無性也佛種從緣起者謂成佛種子皆從緣引而發起也故一切諸佛因福慧具足知一切衆生本具此不定之性故以一乘大法熏之由此緣引必至成佛故曰是故説一乘也既説一乘則教唯一矣

㊇四頌理一

是法住法位世間相常住於道場知已導師方便説

是法即一眞如心法亦即本經所稱之妙法此法字乃世出世間之大本大宗也法位者乃四聖六凡情無情境大小染淨皆是此法所住之位住者未嘗須臾離也世間相該情無情相常住者即俗即眞本無生死成壞之相則頭頭法法無非皆是平等一寂滅相如云此一眞如妙法住持于情器二世間萬法位上則本無生滅何法而不常住也道場知已者然此法雖是平等一相生佛本具亦必待坐證道場悟佛知見始得證知既知此已則可以爲四生導師而用方便爲説此法也此四句爲出定歎德中唯佛與佛乃能究盡諸法實相獨詳明于此意爲身子等千二百人是未來成佛者故此特言之耳㊈四頌現在佛分三㊉一標化意

天人所供養現在十方佛其數如恒沙出現於世間安隱衆生故亦説如是法

此又廣引現在十方諸佛雖如恒河沙數出世一一爲大事因緣以三乘法爲安隱火宅直至成佛故說如是之法如是法者即道場所知之法

(癸)二頌顯實

知第一寂滅以方便力故雖示種種道其實爲佛乘

知字是唯佛與佛之知第一寂滅是理一即攝人佛乘是教一即攝行(癸)三頌開權

知衆生諸行深心之所念過去所習業欲性精進力及諸根利鈍以種種因緣譬喻亦言辭隨應方便說

此又承上顯實科中既知是第一宜乎即說第一何故定用方便葢因衆生有無量行業不同各各深心所着所念不同欲性有勤怠不同習業有深淺不同諸根有利鈍不同佛悉了知故作種種因緣等之方便說耳頌四佛章已竟

(辛)二頌釋迦章分二(壬)一略頌權實作總譬本

今我亦如是安隱衆生故以種種法門宣示於佛道

我即釋迦一化之主亦如是者同以一實化衆生也天台云此爲下大長者譬作本也安隱者即大涅槃常樂住處此處寂靜無五濁障故名安隱亦對不安隱而言即爲下火宅譬作本衆生即五道衆生爲下五百人譬作本種種法門即對不種種言爲下唯有一門譬作本雖說種種其實一乘故云宣示佛道此是世尊自序出世苦

心與三世諸佛化儀無異使會衆決定不疑必至成佛此明如來顯實下即明開權我以智慧力知衆生性欲方便說諸法皆令得歡喜

智慧力即權智力也知衆生性欲者天台云即知五道根性三乘差別不同爲下三十子譬作本諸法即三乘法隨情稱機而說故皆令歡喜也此段偈語雖略收盡如來一大化緣開權顯實原始要終罄無不盡故科云略一大譬喻總不出此故云作總譬本㊀二廣頌六義作別喻本分六㊇一頌上五濁分三㊅一明能觀智

舍利弗當知我以佛眼觀

〇此爲下長者能見譬作本佛在法身地上以佛眼圓照一切衆生本皆是佛若根利濁輕則應現舍那身說一乘法若根鈍濁重則脫瓔珞現老比丘像驚入火宅方便開三秪是因時鑑機故曰以佛眼觀也

〇問若論觀色應是天眼若分別根機應是法眼云何皆言佛眼耶荅佛眼圓通舉勝蒹劣又四眼入佛眼則無異也㊅二明所觀境

見六道衆生貧窮無福慧

此衆生濁也由無量刦不修福德貧窮故無福志困故無慧故曰貧窮無福慧

入生死險道相續苦不斷

此命濁也入字即背覺合塵乃從瞋入瞋也惟主死險道入之即喪法身失慧命故化城品謂迥絕多毒獸又復無水草人所怖畏處是也

深着於五欲如犛牛愛尾以貪愛自蔽盲瞑無所見

此煩惱濁也既于五欲深着則欲境牽連煩惱延綿無時暫息身心皆不安穩而衆生竟不以爲苦返愛之樂之實可憐愍也犛牛者西南夷有獸如牛尾長而五色牛愛其尾常就身護之故至爲人所殺喻人貪諸欲而自害者亦然因貪愛之心蔽其智慧如生盲不見必至墮坑落壍故曰以貪愛自蔽等

不求大勢佛及與斷苦法深入諸邪見以苦欲捨苦

前兩句即刦濁次即見濁也謂不求等正爲濁之所蔽佛有大悲能拔二死之苦有大慈能與二嚴之樂接九界人出生死海可謂有大勢力而衆生不求有脫諸苦縛之諦緣等法而衆生不修其所以不求不修者爲着諸邪見也以苦捨苦者葢原自慧不發妄起常斷有無等見非因計因非果計果如諸外道持牛狗等戒事火從水卧棘呑炭妄謂苦盡樂生得至涅槃斯皆爲邪見之所濁也又大勢佛即吾人一眞如心勢力有不可思議者若一念眞心圓發則何生死不斷何佛道不成所謂外求有相佛與汝不相似（子）三明起悲應

爲是衆生故而起大悲心

爲是衆生者即指五濁極惡衆生也以佛眼圓觀一如巳子爲是極苦衆生始能動佛深大悲心必欲曲設方便而救濟也若捨一衆生不化不名大悲（癸）二頌施方便

分二㊀一擬用大乘不得又三㊁一擬法大而難施

我始坐道場觀樹亦經行於三七日中思惟如是事我所得智慧微妙最第一

始坐者即始成正覺坐菩提大道場說華嚴時也觀樹經行者即不離一切菩提樹而昇忉利等處經行也三七思惟即頓演華嚴時由二乘在座不見不聞則如來思惟其法不能普利欲作逗機方便之思惟非離說華嚴之外另作三七觀樹經行之思惟耳思惟是事即佛出世度生之一大事我所得智慧兩句謂我若槩以大法施之則我所得之慧微妙而不可測知第一而不可疾證且微者非二乘所見妙者非二乘所知第一非二乘所學故謂之佛知見之無上道也由此思惟始有脫珍着蔽雙垂兩相之舉㊁二擬障重而梵請

衆生諸根鈍着樂癡所盲如斯之等類云何而可度

上念已證法大此念鈍根難化以微妙法投癡鈍機大似方木遇于圓孔豈求有以益乎諸根鈍者即不見不聞不解不信着樂等謂此皆着五欲爲樂因無明癡惑之所蒙蔽如此之人豈易可度耶此是初七自忖自度之思惟也

爾時諸梵王及諸天帝釋護世四天王及大自在天并餘諸天衆眷屬百千萬恭敬合掌禮請我轉法輪

若據一四天下只一梵王由如來統御大千有百億四天下則有百億梵王故曰諸

也然諸天亦只但請而已自亦未定所請之大小乘法何以知之觀如來念處謂若說大法衆生在苦若施小教非我本懷便可見矣此中不見菩薩聲聞請法何也曰諸天以乘急戒緩故況天爲外護請法亦當菩薩正聞華嚴大教豈復請小聲聞二乘無心希取何有請法之由又須知此諸天衆皆是登地菩薩所示現者則與如來可謂唱拍相隨矣此總舉三界諸天請轉法輪也此處是瞿曇翁城塹不牢卻被諸天窺見一班便向衆中作請法主當時若不開此線道至今令一切人箇個鼻孔撩天多少穩便雖然不因夜來鴈爭見海門秋

(丑)三念無機而取滅

我即自思惟　若但讚佛乘　衆生沒在苦　不能信是法　破法不信故　墜於三惡道　我寧不說法　疾入于涅槃

此述第二七既受天王請且又作思惟若但只讚佛乘而衆生沉沒于五欲中不唯不信而恐返生破法因緣至令墮苦非獨無益而返害之如此者我寧不說只可速取涅槃(子)二念同諸佛方可分二(丑)一念諸佛方便分三(寅)一明三乘擬宜

尋念過去佛　所行方便力　我今所得道　亦應說三乘

此述第三七思惟起大喜心先推開顯規儀然我所得道既同諸佛度生亦應如彼而說三乘可也(寅)二明諸佛歎慰分二(卯)一正歎釋迦

作是思惟時十方佛皆現梵音慰喻我善哉釋迦文第一之導師得是無上法隨諸一切佛而用方便力

十方佛現是應念即至也知音云初七獨循于已妙法難投諸佛之法亦不現前也二七循人機苦難信諸佛之法亦不現前今至三七日人我兩忘上循諸佛之理下順衆生之機則十方諸佛一時出現也此爲化城喻中十六王子今現在十方成佛之案則此諸佛亦非分外別有之佛乃三七功成而一時齊現者也梵音者說法無染慰者安也喻者勸也諸佛以無染之音安慰勸成而稱讚之善哉者一是讚美開方便門一是喜幸同一指示也釋迦此云能仁乃如來姓也文即儒義是能仁能儒也以所得之法無有上故曰第一隨諸一切佛而用方便力乃出成所歎之意下始引已作證（卯）二出陳自已

我等亦皆得最妙第一法爲諸衆生類分別說三乘少智樂小法不自信作佛是故以方便分別說諸果雖復說三乘但爲教菩薩

我等下四句出陳諸佛隱實施權之意少智下四句單明施權雖復下兩句獨明顯實前唯佛與佛乃能究盡之語至此亦明

（寅）三明釋迦酬順又三（卯）一正酬順

舍利弗當知我聞聖師子深淨微妙音稱南無諸佛

此正酬荅諸佛也乃還復賓主之道說無上法曰深說無染法曰淨具深淨二義曰妙音南無二字是敬從順命之義非請諸

佛度我作歸依之語

復作如是念我出濁惡世如諸佛所說我亦隨順行

此是順慰施敎也前梵王請法由如來擬宜未決似不肯說小乘也以非巳志願故今受諸佛勸請故不得巳而開方便也又作念云我今正遇濁惡之世若不開三決難畢願亦只得如諸佛言而隨順施權也况世尊出世人壽百歲正五濁熾盛之時

㉆二明施化

思惟是事已即趣波羅奈諸法寂滅相不可以言宣以方便力故爲五比丘說

此正顯如來作方便說是事者即思惟諸佛施權之事也波羅奈即中印土境亦名鹿苑乃古國王養鹿之園苑五比丘離佛之後居此修行也世尊于此一十二年說阿含小教之地知音云諸法寂滅相者乃佛自證之理離心緣相此法實不可說今以方便之力分作三乘爲五比丘說也佛念五人當先得度故至鹿苑一夏調根先爲陳如說四諦法得度次爲頻鞞䟦提說布施生天福樂二人同時證果三爲迦葉拘利二人亦如前說皆得聖果有言五比丘者佛初爲太子時出家父命隨侍三人一名阿鞞此云馬勝二䟦提此云小賢三拘利華言未詳又云即摩訶男毋族二人一阿若多此云解本寂即陳那也二迦葉此云飲光此五人皆久爲親承執侍者故以先度㉆三明得益

是名轉法輪便有涅槃音及以阿羅漢法僧

差別名

轉有流行不滯之相輪有推碾運動之功轉法輪者即三轉四諦之法而輪行成十二也一示相轉曰此是苦逼迫性此是集招感性此是滅可證性此是道可修性二勸修轉曰此是苦汝應知此是集汝應斷此是滅汝應證此是道汝應修三作證轉曰此是苦我已知汝亦應知此是集我已斷汝亦應斷此是滅我已證汝亦應證此是道我已修汝亦應修涅槃音者謂陳那等聞法得果斷見惑分證有餘涅槃則說有涅槃之音始于此矣阿羅漢是僧所證之果由是則有佛法僧三寶名字現於世間故曰法僧差別名

（丑）二釋久遠常示

從久遠劫來讚示涅槃法生死苦永盡我常如是說

天台云恐有疑者謂佛于最初尚未能鑑機須待尋念諸佛而諸佛慰喻之後始知根性作分別說也故佛以此偈釋云非我不知用于方便特欲引明佛佛道同豈識我從久遠劫來常讚常示此涅槃之法常言有此生死苦盡之僧非今日始有此三寶名也故曰常如是說

（癸）三頌顯一乘分四（子）一得顯實之機

舍利弗當知我見佛子等志求佛道者無量千萬億咸以恭敬心皆來至佛所曾從諸佛聞方便所說法

此又從上久遠劫來常說法教化一種大乘機發必當爲彼說大乘道故又言舍利弗當知今日必說大乘者由機感故耳我

見者即以佛眼觀見圓機在座言志求佛道等謂有一類佛之眞子本志欲求無上菩提有百千萬億衆皆生殷重恭敬之心來到佛所既曰來到非展轉傳聞是親見佛親聞法也既曰恭敬必深生法愛是有所見有所知也如此等人非于一佛二佛而種善根已于百千諸佛之所曾聞方便所說法也天台曰此有四種有障除而機未發者如諸羅漢有機發而障未除者如本會人天有機發障除如諸佛子有機不發障未除如增上慢人今所言乃機發障除之輩

(子)二正顯大之時

我即作是念如來所以出爲說佛慧故今正是其時

前謂諸佛如來時乃說之則今正是時也如來作念謂我本爲一大事因緣出現于世原爲開示佛之智慧然今既機動時當可說(子)三施一乘之教

舍利弗當知鈍根小智人著相憍慢者不能信是法今我喜無畏於諸菩薩中正直捨方便但說無上道

四十年前非不說大爲衆生根鈍智淺多諸憍慢着諸邪見聞不能解恐成謗法墮苦因緣今有大機稱適本懷我故生大歡喜作無畏說也無畏者非别有所畏乃不畏聞法者墮苦也正直對權巧說不似前來方便權巧作誘引之談今當但說無上道矣(子)四明入理之益

菩薩聞是法疑網皆已除千二百羅漢悉亦

當作佛
此菩薩指四十年前懷大種而未成熟者亦即能聞此法之人皆可得菩薩名疑網者于三疑之中此屬疑法謂此菩薩根人雖信知成佛而一向所聞皆方便說又不免疑大法果實有無今聞如來盡捨方便說無上道則疑惑之網悉解除矣今聞此法不爲菩薩得益即汝等千二百人從前不許成佛者到今盡情印許當來成佛決定不虛如此聞說乃機教相扣也
（寅）四頌法希有分二（子）一頌如是妙法
如三世諸佛說法之儀式我今亦如是說無分別法
三世諸佛所有說法之儀式皆前權後實則我今來還亦如是前權巳說今決定開顯一乘說無分別法也（子）二頌時乃說之分二（丑）一舉難得之人
諸佛興出世懸遠值遇難正使出于世說是法復難無量無數刼聞是法亦難能聽是法者斯人亦復難
前兩句明諸佛難遇且五濁世中衆生無福雖諸佛常住世間若逢不逢若見不見故梵王請佛有云一百八十刼空過無有佛所以曰懸遠既去佛懸遠豈容易值故此爲難正使出世兩句言佛雖出世欲爲衆生說此難信難解之法須待其時非時不說則知說此一乘妙法猶不易也無量無數刼聞法難者言衆生過無量刼始得遇佛正遇佛時有眼不見有耳不聞如王舍城十萬億人有三萬億人見佛聞法三

萬億人但見佛不聞法三萬億人不見佛不聞法則知見佛得聞此大乘妙法猶爲難也能聽是法者如在會人天百萬無不聞也能入理受持者幾人哉是謂信解受持者不易得也由此佛法難聞難遇故舉優曇花喻明之也㊀二舉難逢之喻

譬如優曇華　一切皆愛樂　天人所希有　時時乃一出　聞法歡喜讚　乃至發一言　則爲已供養　一切三世佛　是人甚希有　過於優曇華

此花三千年始得一開則天上人間實所希有若見此花無不愛樂時時出者謂此花非時不現現則是時也總喻前所遇之佛所演之教所聞之法所聽之人并皆如此花之希有難遇也下又明聞法歡喜乃至發一言稱美者此不過泛泛聞法之流即此尚爲難得中之難得況一心信解受持者耶既能信受能讚美即不必廣興供養則已供養三世如來矣何也況三世諸佛所證者此法所以出世開示者亦此法今既有能信此法而生讚歎者是與如來同成正覺即爲如來所喜而受其法供養矣如此等人豈易得哉故曰過於優曇花

㊂五頌上不虛分二㊁一人不虛

汝等勿有疑　我爲諸法王　普告諸大衆　但以一乘道　教化諸菩薩　無聲聞弟子

汝等勿疑者乃屬令此去更勿猶豫我爲大法之王說皆誠實況今在人天座上告非一人所說非二非三乃一乘道也所教非聲聞弟子乃菩薩乘也汝等豈更疑哉

㊁二法不虛

汝等舍利弗聲聞及菩薩當知是妙法諸佛之秘要

非二乘所能測者謂之秘總十法界之剟者謂之要既諸佛以此法爲秘爲要猶爲可信前是囑令於佛勿疑此是囑令於法勿疑也

㊇六頌上敦信分二㊈一揀衆

以五濁惡世但樂着諸欲如是等衆生終不求佛道

五濁衆生但着諸欲如犛牛愛尾豈有樂法之心故須揀之且着涅槃者尚揀非大乘法器况着欲之人乎是知此人決定不求佛道我亦不以秘要法而爲彼說

當來世惡人聞佛說一乘迷惑不信受破法墮惡道

觀此分明是囑舍利弗說法之時來世者時愈降惡人者信愈寡愈下之時愈惡之人豈易爲說此難信之法如是愚迷痴惑者聞而不信必破法墮苦無疑矣此見說法者不得不慎須知此秘要之義非嚚莫授也

有慚愧清淨志求佛道者當爲如是等廣讚一乘道

此又囑其當說者不得失機失時也慚愧者不迷清淨者不惑志求佛道者對上不信受而言如此等人當爲廣讚一乘無上妙道斯可謂應機說法也自汝等勿有疑至此數段語意世尊雖未與舍利弗作授記成佛之語而意中已有囑其利已利人之實前囑令勿疑佛法是慰其自利之心

此囑令揀人宣說是授其化人之教則如來苦口熱腸諄諄訓誨意其將來爲人天眼目作教化主也即此便是身子一期得記已竟(子)二敦信

舍利弗當知諸佛法如是以萬億方便隨宜而說法其不習學者不能曉了此

此總以結勸謂諸佛爲一大事出世開悟衆生之說法儀式先小後大并皆如是其不習學此者自不能曉了此也返顯身子能習學能曉了此妙法也此處便是世尊知身子已得悟入之語

汝等既已知諸佛世之師隨宜方便事無復諸疑惑心生大歡喜自知當作佛

汝即舍利弗等於迦葉目連須菩提迦旃延爲喻說周中得記之人再之等千二百人爲因緣周中授記之者既已知即上法說周中種種開示汝等已知諸佛是世間調御之師又知諸佛所說之法權實大小隨宜方便之事佛法既知則從前所有一切疑惑盡除無餘矣疑念未除喜心何發今則歡喜無量也其所以得歡喜者謂人身難得今幸得矣信心難生今幸生矣諸佛難值幸然值矣佛法難聞幸然聞矣此猶不爲大喜且此大法寶藏自塵點刧來所未得者即四十年中尚未開許聲聞成佛今聞我如來語意悲切心知于當來世決定成佛豈不爲生大歡喜者耶自如來出定雙歎權實二智已來于中廣引三世諸佛出世事相以及自已四十年來曲垂方便之苦心一一吐露無非發明眉間光

中所具之四聖六凡權實之相而還復如來爲一切人出世本懷開示佛知見一大事因緣也將此權實智慧之法從始至終發揚一周爲舍利弗說而舍利弗于中亦無多疑問但一味默然諦聽說至最後便道箇汝等既已知心生大歡喜斯可見當機了然開悟權疑頓息是之謂知子者惟父而已如來正說已竟

妙法蓮華經授手卷第一之七

音釋

窾 苦管切空也 𥎞 音塹同矛塹

妙法蓮華經授手卷第二之一

清楚衡雲峰沙門智祥集

譬喻品第三

品節云此品大意由前品世尊直吐本懷身子爲智慧上首故先領悟因悟證佛知見故始識前愚悔過自責遂蒙授成佛之記夫聲聞人久滯權乘今一聞便信即得授記作佛者由悟知一切法即心自性成就慧身不由他悟也既許作佛又必應歷多刦者以無明未盡直須久遠歷事多佛磨煉淨盡方取實證授記之義大都如此至於四衆向以小乘執情深重懷疑不信各各自謂決無成佛之分亦無志願今見身子得記而一衆皆生歡喜故解衣供佛以表解脫之意身子智慧增勝已得信入而大衆尚多信不及者故特請世尊說其因緣令離疑悔然世尊說火宅喻以叙三界生死之狀明如來悲救之心先許三車而後等賜正顯今日廢權立實之意諸聲聞人縱有執吝涅槃而不捨者今聞其說亦決定信向矣故次以信解品名譬者比況也喻者曉訓也借事比譬以曉了法說之意故云譬喻品

㊉二身子述承教開解分二㊁一經家叙儀

爾時舍利弗踊躍歡喜即起合掌瞻仰尊顏

爾時者即承上說法開解一大事因緣已悟佛知見時也踊躍歡喜由前聞法開解之所至妙法既得而妙悟全彰安得不喜合掌瞻顏者經家將述其自陳先叙容貌

已見三業至敬也

(巳)二身子自陳分二(庚)一長行又三(辛)一標喜

而白佛言今從世尊聞此法音心懷踊躍得未曾有

法音者即上開三顯一種種因緣以及授記聲聞成佛等之法音也蓋此法音昔所未聞今始聞之故得踊躍而未曾有也△須知身子此喜不得于今而得于昨也前品如來謂汝等既已知諸佛方便事無復諸疑惑心生大歡喜自知當作佛則歡喜之懐已爲如來預陳之矣至于身子此去如是披肝露膽説盡從前數十年迷態正見今日得之深所以悔之極也

(辛)二特釋分三(壬)一釋昔感傷

所以者何我昔從佛聞如是法見諸菩薩受記作佛而我等不預斯事甚自感傷失於如來無量知見

昔字指方等時也意謂我今日踊躍歡喜而謂得未曾有者何蓋以如是之大法我于方等時何嘗不聞又何嘗不見如來授記諸菩薩成佛但我在會似無所預而竟不能及於斯事真甚感傷也夫同居同處同見同聞而獨不同記是自失於如來無量知見矣此蓋述其自憤自責所以有今日之歡喜者皆由昔日之感傷致之也預者及也參入也

(壬)二釋昔懷念

世尊我常獨處山林樹下若坐若行每作是念我等同入法性云何如來以小乘法而見

濟度是我等咎非世尊也

此申明感傷不預之故叙其平常所用心也常獨處者非偶然處也山林樹下乃離喧別雜之地行坐乃作思惟時也每作是念者非一翻思念也法性即此妙法之實性同入者自謂與諸菩薩共入法性謂我昔獨處時或坐或行常自思惟我與菩薩同證是性宜同與授記何故如來獨以小乘法濟度乎我復又思惟此必是我心未廣力未克志願不堪而不勤求之罪實是我咎非世尊二其心也

(壬)三釋昔不待

所以者何若我等待說所因成就阿耨多羅三藐三菩提者必以大乘而得度脫然我等不解方便隨宜所說初聞佛法遇便信受思惟取證世尊我從昔來終日竟夜每自尅責

此申明自咎之由也待字有功力純熟時至氣化之候因字是佛因二乘時未至而不疾以授記也謂二十年前如來忍待不言者皆因我等功力未純時未至也若我等以此待意而自待之銳志精修能忘舊劣佛必以大乘而度脫我矣乃竟不識如來方便開權初聞所說便孟浪信受一著思惟便孟浪取證緣此之故在昔日夜所以無時無處不自尅責者也△遇便信受乃形容不實之因思惟取證是形容不實之果每自尅責雖是憤小向大之志其勤學勇敢之誠又不啻如來因中之剜燈割肉也豈眞以小乘目之哉

(癸)三結成

而今從佛聞所未聞未曾有法斷諸疑悔身意泰然快得安隱今日乃知真是佛子從佛口生從法化生得佛法分

此方明今日得真知實證也未曾有法乃即權即實之智慧也斷疑悔者既知權即實不復更疑已疑人蓋疑有三一疑法謂如來所有之法若果不二我今已證也何得獨記諸菩薩豈我之證非真法耶二疑人謂佛無不以等心濟諸子也何今記有差別而獨不念吾儕耶三疑已謂坐道場轉法輪事任非輕或非吾輩所堪擔荷耶悔有二一悔過不能改二悔善不能遷如是疑悔今皆永斷故曰斷諸疑悔泰然者明身心徧歡喜也若疑悔不除終嬰長歎曷克使身心徧樂今快疑盡信真始脫然無慮得安穩矣信既真則知已與佛又何嘗異故吾即真佛子也口生法化爲法身之所由生是知佛法即吾法故得其分矣△身子謂今日乃知非泛常知也正是徹頭徹尾實悟實證處所謂豁頂門正眼跨向上玄關豈不曰未曾有而得法分乎(庚)

二偈頌分三(辛)一頌標喜

爾時舍利弗欲重宣此義而說偈言

我聞是法音　得所未曾有　心懷大歡喜　疑網皆已除　昔來蒙佛教　不失於大乘　佛音甚希有　能除衆生惱　我已得漏盡　聞亦除憂惱

此頌叙今得而陳喜幸也法音者即聞上開顯佛佛不二之權實法音也得所未曾有謂四十年來今纔聞得故心大歡喜然從前所紆絕分之疑網悉除矣昔蒙佛教

雖曰小乘而大已寓其間是知佛音圓妙權實咸彰故甚爲希有聞之者各得所解塵累斯脫故曰苦惱悉除也如我今日聞此法音諸漏俱盡憂愁俱釋其明驗也

㊉二特釋分三㊀一頌感傷

我處於山谷或在林樹下若坐若經行常思惟是事嗚呼深自責云何而自欺我等亦佛子同入無漏法不能於未來演說無上道金色三十二十力諸解脫同共一法中而不得此事八十種妙好十八不共法如是等功德而我皆已失

此頌復明感傷我處二句標感傷之地行坐句標感傷之時思惟句標感傷之由嗚呼哀歎聲自責感傷之實謂我不得預斯事實怅不得佛云何自問之詞自欺謂我不得授記實自欺自昧不肯勇猛精進皆標感傷之心也所以感傷者何謂我亦佛子也一解脫義我亦得也既與諸菩薩同入無漏曷彼獨得記而我獨不能於將來演無上道具相嚴身以及十力等諸功德耶此感傷之實也無漏乃前所謂思惟取證之有餘涅槃非究竟無漏同共一法者謂我與菩薩同共入於一法性中我獨不得者謂菩薩獨得也如是等二句結上所有一切功德而我皆失之矣〇金色者即佛全體皆紫金光色三十二者一足下安平如奩底二足下千輻輪相乃至第三十一眉間白毫相三十二頂上肉髻相十力者始從是處非處力乃至第十漏盡力諸解脫即八解脫八十種好始從無見頂相

終至手足有德相十八不共法者始從身業不失終至智慧知三世無礙皆不與二乘人共

(壬)二頌懷念又二(癸)一懷不得佛

我獨經行時　見佛在大衆　名聞滿十方　廣饒益衆生　自惟失此利　我爲自欺誑　我常於日夜　每思惟是事　欲以問世尊　爲失爲不失

前是自惟失佛自證功德此是自惟失佛利生功德也謂每見如來處於海會衆中廣宣道法我獨不能說也見佛名聞周徧十方我獨無此名也見佛能廣利羣生我獨無此利也然每自思惟未嘗不撫心痛愧也追思如來所證所宣所懷所示我皆有之今不能證不能行是自欺也妄以有餘涅槃爲有得有證而不求無上乘是自誑也我昔常于日夜幾經思惟不得此事將欲請問如來自利利人一段妙用我果失耶我不失耶此二十年前之懷也△觀身子謂獨經行見佛之語非徒謂見今佛也乃親見法身如是尊特而法身所具之妙用如是廣大從前不肯承當乃自欺自誑也思欲求佛印可而故以問世尊也

我常見世尊　稱讚諸菩薩　以是於日夜　籌量如是事　今聞佛音聲　隨宜而說法　無漏難思議　令衆至道塲

常見者言於方等會上見如來彈斥小乘而褒圓妙極讚諸菩薩也是以我常日夜而籌量此大乘妙境我豈絕分耶如來豈私我不施以大乘而濟之耶今聞會權歸實之法音始知昔所說者乃隨宜之妙應

也雖曰說小其實無漏難思之一乘意已建矣而必使我等至道塲矣△前曰常於日夜思惟是事念不得佛則是事即名聞十方饒益衆生之事也此曰日夜籌量者念不得法則是事即爲佛所稱讚付佛法事無漏二句明今皆得矣則無漏句是得法至道塲乃得佛也㊇二念證小果

我本着邪見爲諸梵志師世尊知我心拔邪說涅槃我悉除邪見於空法得證爾時心自謂得至於滅度

此頌念昔證小有負如來悲救之深心也謂我昔日本一著邪之人不唯自著而復爲著邪之師說著邪之法安知有此正知正見世尊以佛眼觀知我後來决定作佛目前不過著邪迷之耳故爲我說諸空法拔去邪根我即因空得證生安隱想殊不知如來說此空法原是應病之藥權巧方便令離諸著而我遂謂得至涅槃豈不負此一段深心乎梵志即婆羅門外道也

㊄三頌今得分四㊇一頌自覺

而今乃自覺非是實滅度若得作佛時具三十二相天人夜叉衆龍神等恭敬是時乃可謂永盡滅無餘

此頌述今覺以明前非也前自謂得至滅度由不覺耳今得佛印可始知非實惟滅度非實在我必不能具種種相好在人等必不志誠敬信若得福智圓滿相好嚴身爲天人恭敬始可謂永滅無餘之究竟大涅槃耳身子至此權執已斷矣

㊇二頌除疑

佛於大衆中說我當作佛聞如是法音疑悔悉已除初聞佛所說心中大驚疑將非魔作佛惱亂我心耶佛以種種緣譬諭巧言說其心安如海我聞疑網斷

此頌述今除疑以表當日之多疑也謂我昔請佛宣揚此事佛于人天衆前說我等定當作佛聞如是法言自省自責積至今日疑悔方得悉除如初聞此說心大驚疑意中自揣莫非是魔現作佛以惱我之心亂我之定耶不然何輕謂佛道人人可得而成耶佛又不惜婆心以種種因緣巧說諸法引導我等我方痛自尅責精進愈堅今始得雲消霧散則此心安然如海不復更有諸疑惑矣身子至此權疑已絕矣㊆三頌知權

佛說過去世無量滅度佛安住方便中亦皆說是法現在未來佛其數無有量亦以諸方便演說如是法如今者世尊從生及出家得道轉法輪亦以方便說世尊說實道波旬無此事以是我定知非是魔作佛我墮疑網故謂是魔所爲

此頌明心安如海由于知權即實也從前尚有大驚怖大疑慮何故一旦心安如海蓋因我佛廣引諸佛闡權顯實皆以種種方便引接衆生又如今日世尊示生出家得道說法中間一動一靜一語一黙無非以方便誘進使人人如已也故知世尊所說一一皆稱眞妙義如實而說彼波旬萬不能到而我前所謂魔來致惱者定知我墮疑網自心沉孽故作此語今始知魔之

與佛皆吾自致之也身子至此已知權中實矣㊣四頌證實

聞佛柔軟音深遠甚微妙演暢清淨法我心大歡喜疑悔永已盡安住實智中我定當作佛爲天人所敬轉無上法輪教化諸菩薩

此頌表疑悔永盡自證作佛也聞柔軟音者說之深遠故柔歎之微妙故軟則下句承上而有也世尊以此極柔軟之音演極清淨之法令我等聞之疑斷信生安住于一乘實智之地則身心徧喜定知當來決定成佛亦如今日世尊無二無別仍爲人天所敬仍轉如是法輪仍于最後開一乘道教諸菩薩此皆是我親聞法音時眞知實證也身子至此已承當圓滿覺矣述承教開解已竟

㊈三如來述久修授記分四㊀一昔曾教大

爾時佛告舍利弗吾今於天人沙門婆羅門等大衆中說我昔曾於二萬億佛所爲無上道故常教化汝汝亦長夜隨我受學我以方便引導汝故生我法中

前是身子述已得證之由其憂疑尅責已非一日今如來將欲授記亦即于此明教化之緣其方便引導亦不自今日始但此大事因緣疑不盡不可說知不眞不可說故含忍至今待其時至也今幸身子親自證得所以在人天衆前將彼遠本盡情吐露以明當機之得解由眞積之已久至此始可爲眞佛子也二萬佛者當佛在二萬億威音王佛時爲常不輕菩薩求無上道

所親近者教汝者謂我爲菩薩時尚不以小乘化汝况今日耶長夜隨學者明身子從上刦來已親勤道法不徒此生此時也但以長夜二字表其不得大乘之實由無明未破惑暗未盡也我以方便等謂我從前亦設權設巧引爾知歸故爾根種未昧今雖失足外道我但以方便引汝汝便生我法中爲佛眞子也生字正應當機口生法化之意㊁二中忘取小

舍利弗我昔教汝志願佛道汝今悉忘而便自謂已得滅度

昔教者謂于二萬佛時曾教汝立大志發大願求成佛果依依如昨觀汝今來竟爾悉忘以致纔得除邪證空三昧便謂已得滅度此正爲汝不思之過豈是我如來眞以小乘故限汝哉△身子適來已自陳滅度非實自知佛果已證從前志願那得忘却我佛之所以重宣者借身子以啟諸聲聞之疑也㊁三還爲說大

我今還欲令汝憶念本願所行道故爲諸聲聞說是大乘經名妙法蓮華教菩薩法佛所護念

還欲對昔教言憶念對忘失言謂我昔固以此教汝汝今既忘我必還欲令汝憶昔本願之所行原不爲求聲聞而止本願所行無上道也是以今對人天爲爾輩住聲聞者故說大乘妙法也然喻如蓮者根莖華果皆蓮自具不待外求此乃爲教菩薩法非教聲聞法此乃爲佛所護念非佛所彈斥者遡前驗今原無兩事汝試憶念本

所行道豈非此耶知音云爲諸聲聞下五句一經文字之大關鍵一經義理之大肯綮大關鍵者上三句自此品直案至授學無學人記品止下二句自法師品直案至普賢勸發品止總爲一經之關要也大肯綮者謂諸佛出世本爲一大事因緣開示衆生成佛知見原不爲諸聲聞說小乘也

(巳)四正與作記分二(庚)一長行分十(辛)一明時節

舍利弗汝於未來世過無量無邊不可思議刦

此正與授記然作佛必經多刦者以福智未具行解未圓惑習未盡無明未融故也待時成道理所必然天台云若論圓發大解自知成佛何須授記所以欲作記者有四意一者未記二乘而今始記二中下未悟者以作記勉之三令聞者得結緣種四滿其本願故須記也○又此下正是爲聲聞說大乘經處以結成世尊爲一大事因緣出世上節述于二萬佛所爲無上道是佛與身子述過去大事之因此節是佛與身子成未來大事之緣也(辛)二行因

供養若千千萬億佛奉持正法具足菩薩所行之道

此先言行因供養等舉得福慧之深因供養是福門供既多福必廣也奉法是慧門法既持慧必深也然此二種皆是因中所當行者故曰具足菩薩所行之道(辛)三得果

當得作佛號曰華光如來應供正徧知明行

足善逝世間解無上士調御丈夫天人師佛世尊

次言果德直指云華表如如理光表如如智以智契理故曰華光此别號也通號如常釋㊥四國土

國名離垢其土平正清淨嚴餙安隱豐樂天人熾盛琉璃爲地有八交道黄金爲繩以界其側其傍各有七寶行樹常有花果

次言國土上明正報莊嚴此彰依報莊嚴也直指云國踰一眞法界離垢者迷悟雙起也平正乃眞俗不二此屬如如理境清淨嚴餙踰十度互融安隱者謂安然而處穩然而樂也豐樂踰方便具足人天况戒善增盛此屬如如智境總以理智而得是名也琉璃踰一眞清淨八交道即大乘八正道乃遊戲法界之道路也金繩是琉璃地上縱横之界線踰萬善之寶以理統之七行樹者踰七覺支傍嚴妙境也華果踰萬行莊嚴因果具足也此皆由差别智所感㊥五説法

華光如來亦以三乘教化衆生舍利弗彼佛出時雖非惡世以本願故説三乘法

次明説法亦以者凖諸佛儀式也諸佛出濁惡世故説三乘身子之國安隱豐樂况且菩薩衆多天人又盛何亦説三乘耶本願故耳凖大悲空藏經云身子于六十刼行菩薩道因婆羅門乞眼唾而踐之身子起嗔退作凡夫發願成佛之日開三乘法㊥六刼名

其刼名大寶莊嚴何故名曰大寶莊嚴其國

中以菩薩爲大寶故

次言刧名刧名大寶者以菩薩爲出世大寶故況數不可記豈易易得哉記云楚國無以爲寶惟善以爲寶是也(辛)七衆數

彼諸菩薩無量無邊不可思議算數譬喻所不能及非佛智力無能知者若欲行時寶華承足此諸菩薩非初發意皆久植德本於百千萬億佛所淨修梵行恒爲諸佛之所稱歎常修佛慧具大神通善知一切諸法之門質直無僞志念堅固如是菩薩充滿其國

次言眷屬直指云華承足者喻智爲理載福慧如如即德本也能所不到始謂淨修由深契佛心故爲佛所歎況又常修佛慧具大神通由佛慧修所以諸法之門無不善知也由質直念堅所以得神通廣大也有如是福智具足之大菩薩充滿其國△菩薩非佛智而莫知是見其不可數也非徒不可數其爲巳也智慧深而福德廣神運無方質直無僞兼爲至尊所歎遠刧真修如是者一亦可珍況數不可計耶(辛)八壽量

舍利弗華光佛壽十二小刧除爲王子未作佛時其國人民壽八小刧

次言壽量梵語刧波此云時分以刧初八壽十歲時子年倍父年如是增至八萬四千歲後百歲又減一歲如是又減至十歲此一增一減名一小刧二十翻增減名一中刧成住壞空各二十翻增減名一大刧空刧亦言二十翻增減者且約住刧數量言之也今釋迦出世正當二十小刧中第

九减刼也△今言華光壽十二刼除爲王子時獨言成佛之壽後出人民八小刼方是槩論然則彼國人之壽分亦極長矣㊉九補處

華光如來過十二小刼授堅滿菩薩阿耨多羅三藐三菩提記告諸比丘是堅滿菩薩次當作佛號曰華足安行多陀阿伽度阿羅訶三藐三佛陀其佛國土亦復如是

次明華光轉記者作補處大士也堅滿是因名華足爲果號三德具足而堅固圓滿者始稱佛矣多陀阿伽等解現序品次言華足如來之依報國土眷屬莊嚴一皆與華光佛等△以華足安行爲佛號者顯即事即理因果具足也觀今會不唯記授華光而堅滿亦得爲釋迦親口作記于無量無邊刼前豈非宿世因緣耶㊉十流通

舍利弗是華光佛滅度之後正法住世三十二小刼像法住世亦三十二小刼

次明法住久近叙流通之記也直指云佛住時依佛而修則修證無二佛滅後依教而修亦得證果故曰正法像法之時衆生但依教明理而已于中起行證果者少但知名相不悟自心故曰像法三十二者由此法熏修轉八識成智轉八邪爲正轉八苦爲解脫轉八倒爲正見則可爲正法住世之數△經文自佛說經入定放光動地巳來到此方爲一結局可見佛爲一大事因緣出現于世開示悟入之明證也㊄二偈頌分二㊉一正頌分九

㊀一超頌得果

爾時世尊欲重宣此義而說偈言

舍利弗來世成佛普智尊號名曰華光當度無量衆

此頌授第二果記十號之文普智者佛有正徧知覺故也㊀二追頌行因

供養無數佛具足菩薩行十力等功德證於無上道

供佛行道乃二嚴之因具足者無法不修也由福智俱修使力無畏不共等諸功德漸漸具足則無上道始證入矣㊀三超頌刧名

過無量刧已刧名大寶嚴

頌明授依報莊嚴之記既曰大寶莊嚴當是實報土也㊀四正頌國淨

世界名離垢清淨無瑕穢以琉璃爲地金繩界其道七寶雜色樹常有花果實

直指云上二句當是一眞法界之相故曰清淨無穢次二句方成實報土境末二句顯萬行圓滿理智一如也㊀五頌明衆數

彼國諸菩薩志念常堅固神通波羅密皆已悉具足於無數佛所善學菩薩道

志念堅固是廣行六度不休息也得根本實智神通即六通波羅密即十度爲萬行之本得差别權智故曰皆悉具足權實既具於諸佛所始爲善學其道也㊀六正頌說法

如是等大士華光佛所化

如是等指上不可稱數菩薩雖衆多如是皆是補處一生故曰大士次句遡其原由乃華光佛所化也㊀七頌明壽量

佛為王子時棄國捨世榮於最末後身出家成佛道華光佛住世壽十二小劫其國人民衆壽命八小劫

凡佛必以王子出家者亦以見其榮不可恃貴亦當修下此者可悉知也直指云內不住根曰棄國外不住塵曰捨榮始出十八界家終出無明家故曰最後成佛(壬)八頌法久近

佛滅度之後正法住於世三十二小劫廣度諸衆生正法滅盡已像法三十二

正法有教有行果證不虛也像法有教無行但存三寶像貌名字而已頌意照前可知

(壬)九頌供舍利

舍利廣流布天人普供養

舍利流布以顯法身常住世間令無量衆作大佛事此又見眞慈不盡也正頌已竟

(辛)二歎結

華光佛所為其事皆如是其兩足聖尊最勝無倫匹彼即是汝身宜應自欣慶

所為者謂從因至果所作為事皆如此也下二句言福智雙滿為世出世之最勝者孰與之為倫匹哉後始結云彼即是汝正顯十世古今始終不隔當念豈離此而另有彼耶至此始還復身子所問為是究竟法為是所行道故先與述明二萬佛中之事乃所行之道也後與封國莊嚴即究竟之法也如謂汝云願出妙音為如實說汝之始終所為我已如實說之矣汝宜應實惜自慶可也如來述久修授記已竟(戊)四

會衆述歡喜求請分二(巳)一長行又二(庚)

一經家叙衆喜陳供

爾時四部衆比丘比丘尼優婆塞優婆夷天龍夜叉乾闥婆阿修羅迦樓羅緊那羅摩睺羅伽等大衆見舍利弗於佛前受阿耨多羅三藐三菩提記心大歡喜踴躍無量各各脫身所著上衣以供養佛

此衆乃序分中所列之人見身子前有願樂爲天人所敬佛即對天人與之授記故今大衆皆生歡喜供養慶讚而發回向是亦希成佛道也此歡喜踴躍一句便是會衆將來得記之原委與身子之大歡喜同意脫上衣供佛一以見虔誠之極一以表不執權疑能解能脫也此見四衆八部之自慶如此

釋提桓因梵天王等與無數天子亦以天妙衣天曼陀羅華摩訶曼陀羅華等供養於佛所散天衣住虛空中而自迴轉諸天技樂百千萬種於虛空中一時俱作雨衆天華

此述三界天子歡喜之狀亦以妙衣爲供養者是執習俱除也衣乃一向著而不解者況曰上衣是可謂難捨者矣今以供佛則知有所重而捨也直指云約理見身子以二乘得記各各自悟所依之偏空及人天十善幻福與色界四禪八定八背捨等悉皆如夢故假脫衣以表捨凡小法執也散四花者花乃天人所愛此表捨諸愛見也理契佛心曰供養佛衣住而轉者喜心感之也意明廻小向大轉三爲一耳樂自作花自雨表眼色耳聲皆成大乘空相(庚)

二會衆解開權顯實

而作是言佛昔於波羅奈初轉法輪今乃復轉無上最大法輪

佛昔下領解從前開權之意今乃下領解顯實之心無上最大者領知前云但說無上道又云最妙之法輪也(己)二偈頌分二

(庚)一頌前開顯

爾時諸天子欲重宣此義而說偈言

昔於波羅奈轉四諦法輪分別說諸法五衆之生滅今復轉最妙無上大法輪是法甚深奥少有能信者

前四句頌昔權說波羅奈說小乘之地五衆得小果之人生滅謂生滅四諦異乎無生無作四諦也後四句頌今實法深奥故難解難入所以能信者少也(庚)二自述回向

我等從昔來數聞世尊說未曾聞如是深妙之上法世尊說是法我等皆隨喜大智舍利弗今得受尊記我等亦如是必當得作佛於一切世間最尊無有上

此述陳從事世尊已來每常聞法未有如今之甚深難解然世尊今日說此妙法幸我等得聞隨喜必有成佛之時況世尊明言但有聞法者無不成佛且今見尊者得受妙記擬知我等必當作佛於一切世間天人之中我亦必為最尊無上士矣一切世間者即該三種世間一器世間二有情世間三正覺世間

佛道叵思議方便隨宜說我所有福業今世若過世及見佛功德盡回向佛道

佛道下二句申明法華之權實莫測結上深妙之義末四句是不住三世福業亦不住現前慧業以福慧雙施回小向大而結成隨喜之義爲上根法說一周竟

妙法蓮華經授手卷第二之一

音釋

躍音藥　肝古寒切　啻音翅　剜一丸切削也　奩音簾　揣初委切

妙法蓮華經授手卷第二之二

清楚衡雲峯沙門智祥集

(丁)二爲中根作喻說分四(戊)一譬喻開顯又二(巳)一世尊述譬喻開示又二(庚)一當機述請分三(辛)一自述無疑

爾時舍利弗白佛言世尊我今無復疑悔親於佛前得受阿耨多羅三藐三菩提記

知音云此是身子要同列者開佛知見亦同已之除疑得記故代爲致請以發起種種譬喻之端亦應方便品中知四衆心疑自亦未了之文佛旣與授記則自疑已了今爲欲完四衆心疑故作此請也(辛)二同輩有感

是諸千二百心自在者昔住學地佛常教化言我法能離生老病死究竟涅槃是學無學人亦各以自離我見及有無見等謂得涅槃而今於世尊前聞所未聞皆墮疑惑

若論自已幸已得記不敢更問今爲會衆潛疑深篤又不得不問也心自在者即眞窮惑盡也住學地者遠指過去近指阿含方等時故以言昔教化者佛教以眞窮惑盡得果之法也生死是世間之苦涅槃是出世之樂如來教彼離苦得樂故曰我法能離等彼諸學人即得承教開解始離諸見也我見者三界苦因我見爲本即身見也有無即斷常見等字即攝一切見言離者即諸見忘也二乘人緣離諸見便謂已得涅槃無復進求此是述前權執之相今聞下方述有疑由未至究竟今聞開權顯實普令成佛之言竟不識爲何等因緣故

致生疑欲請也(辛)三普爲四衆

善哉世尊願爲四衆說其因緣令離疑悔

善哉者乃身子代請懇切之誠也謂我等已蒙慈濟於如來所有方便前權後實之因緣業已知矣而疑網亦斷矣奈何今會四衆促難領悟故必欲再請垂慈重爲敷演使其疑悔消除證眞實道始不廢如來出世所爲之大事因緣也此欲完結方便品中所謂何因何緣殷勤稱歎之案故至重舉因緣而請也當機述請已竟(庚)二如來委答分三(辛)一發起又二(壬)一抑令憤勇

爾時佛告舍利弗我先不言諸佛世尊以種種因緣譬喻言辭方便說法皆爲阿耨多羅三藐三菩提耶是諸所說皆爲化菩薩故

我先不言舉前以醒令疑之不當復作也謂先已言諸佛橫說竪說無非逗此一實其間或許或呵無非引人了此一大事是方便品中業已盡情吐露復有何疑何悔云何更請如來再說(壬)二引令速進

然舍利弗今當復以譬喻更明此義諸有智者以譬喻得解

然身子既以婆心爲衆復請佛亦只得垂手爲衆再說因緣到此顯實即無別因緣可語譬喻借事顯理何妨又假喻以明斯義古之覺物不廢比況正以物之得解因彼達此易爲明也

(辛)二譬喻分二(壬)一長行此去長文并後一百行偈說譬喻後六十五行偈勸信又分二(癸)一開譬又二(子)一總譬分六(丑)一

大長者譬又二

(寅)一出名位

舍利弗若國邑聚落有大長者

此下總一譬喻顯明如來出世本爲一大事因緣由三界衆生着諸欲境痴惑所蒙不求出要只得開權拯接如後文云若我但以神力智慧捨於方便衆生不能以是得度故今因當機重請再爲中根說方便因緣也於中事相配合諸家各有所長但依文義契合者就之若字即假若設若也乃立譬喻之本國邑聚落皆自廣而狹各能統攝也國能攝邑邑攝聚落論長者之宅猶爲聚落多宅中之一宅也今先明能度之主以依正二報合擧内含隱勝現劣從實施權之義既以一火宅喻三界則國應喻一眞法界邑喻實報莊嚴聚落喻凡聖同居聚落中一宅始喻一三界則以宅中五百人喻五道方爲允當由寂光攝實報實報攝同居如國之大小統攝義無不明以事合理顯然可見是爲能居之依土也次出能化之主長者乃通稱之名作一宅主也即喻佛化身於同居土中爲引導師天台云如世長者具足十德一姓貴即三皇五帝之裔二位高乃鹽梅阿衡之相三大富則銅陵金谷豐饒不盡四威猛如嚴霜隆重不肅而威五智深胸如武庫而權奇超拔六年耆蒼蒼稜稜而物儀所伏七行淨如白圭之無玷八禮備見節度以安庠九上敬爲至尊之敬仰十下歸令四海以瞻依十德具足故所稱大也出世長

者即是如來姓從眞如實際中生位則九界衆生爲無有上富以萬德莊嚴威具雄猛無敵智則三智融而正徧具盡年則亘古今而塵沙莫計行以智運三業無過無失禮以道統恒沙爲模爲範上爲十方智覺之所稱下使萬方含識之所戴是名出世大長者也(寅)二論德業

其年衰邁財富無量多有田宅及諸僮僕

衰邁句所說不一况此喻乃四十年後之言又在本會唱滅當以化緣將終涅槃時至爲喻不必另喻多種也財富無量總喻萬德如云無量知見波羅密皆以具足田宅與僮僕云多有者正出上財富無量之義田宅皆不能移動者喻實智所謂法空爲室也僮僕乃運用之人喻權智所謂權能作事也(丑)二廣舍宅譬

其家廣大

前既以長者喻佛化身則此大家當喻同居土無疑矣家以廣大言者由三界廣含萬有無不包容則二十五有皆藉之以安身命也

(丑)三惟一門譬

惟有一門

一門者凡聖共遊之門喻眞心也類中雖有聖凡心外别無出入但衆生迷此而成生滅諸聖悟此即是眞如出入之迷悟不同而聖凡總由一心故曰惟有一門(丑)四五百人譬

多諸人衆一百二百乃至五百人止住其中

此槩舉二十五有而言也直指云多諸人

衆喻十二類生五百者喻五道衆生同居三界止住其中者喻衆生各着我法二執貪戀三界不肯棄捨知音謂此準化城喻先以五百由旬爲譬是通喻三界衆生數合五百至後過三百由旬化作一城是別喻二乘出三界得涅槃

(丑)五大火起譬分二(寅)一明所燒宅相

堂閣朽故墻壁隤落柱根腐敗梁棟傾危

堂是下層喻自地已上至欲界閣是上層喻色界朽故者屬有漏無常也墻壁喻四大地水火風況三界皆依四大執待而仍爲四大所壞隤落者四大減損也柱根喻三界有爲福善腐敗者善根微弱也梁喻欲界戒善福梁棟喻色界禪定慧棟傾危者喻福慧力薄而不能支撐也是知三界所有皆爲幻化(寅)二出能燒火境

周帀俱時欻然火起焚燒舍宅

此譬三界中總八苦五濁煎逼之相於頌中詳演言八苦五濁徧在四生四大之間故云周帀以業同同現故云俱時欻然者本無今有也焚燒舍宅即世界壞相然古以堂閣等喻一身皮肉毛髮似與前後諸文落落不合況明以火宅喻一三界則於此諸譬似不敢多録(丑)六三十子譬

長者諸子若十二十或至三十在此宅中

此指聖凡共一處也直指云前曰多諸人衆指五道言今曰長者諸子是別舉三乘受佛法分故有子義一十喻菩薩二十喻緣覺三十喻聲聞三乘人同居三界因細惑未除根本無明未破故同受斯報但與

下凡分麤細耳人以百言子以十言見三界五道衆生受佛化爲子者僅十而矣足知得斯道出三界者無幾也總譬竟

㈠二别譬分四㈤一長者見火譬

長者見是大火從四面起卽大驚怖

長者見乃標出能見之人起同體大悲示生三界應上文我以佛眼觀也大火起者卽標所見之境應上見六道衆生也大火卽五濁八苦有煎逼義從四面者下文明以生老病死爲四面但不恰火起之義且生死等是苦果由貪嗔痴等四分煩惱所集則火從貪等四分中起義爲當大驚怖者示垂慈拔苦之心此等衆生如來從久遠劫教以大乘今一旦廢忘故見而驚也不但退失先心而返起種種重惡故曰大怖

而作是念我雖能於此所燒之門安隱得出而諸子等於火宅内樂着嬉戲不覺不知不驚不怖火來逼身苦痛切己心不厭患無求出意

作念者應前三七思惟將欲隱勝現劣也所燒之門卽聖凡同具之一心佛亦從凡夫地上知生滅爲苦修不生滅性而證此心故得成佛觀我雖二字卽是如來不忍捨諸衆生而自求安樂也謂我雖以智焰之力於此所燒之門則安隱至於菩提得不生滅而諸子下正是起悲救之心後文云三界衆生皆是吾子於火宅内樂着嬉戲者天台云着見名嬉着愛名戲卽衆生貪着五欲諸邪見執而不捨離所謂入生

死險道相續苦不斷也不覺知者失佛知見不覺五陰八苦而醉心役役塵勞者也不驚怖者如諸天人雖有天眼悉見諸苦每聞天鼓法音悉知是苦而不求出要所謂深着於五欲以貪愛自蔽也火逼等四句謂三界中人欲界已下爲三毒八苦之火所逼是麤相如果報火業火等色界已上爲五陰熾盛及細惑煩惱之火所逼至於苦惑當前極難堪忍實爲切己而是中衆生竟不生一念厭患之心而求出意所謂不求大勢佛及與斷苦法也㊀二捨几用車譬分二

㊁一先捨几譬又二㊂一勸門擬宜

舍利弗是長者作是思惟我身手有力當以衣裓若以几案從舍出之

應上觀樹經行初作思惟時也身譬神通而能荷負手譬智慧而能運爲有力者由智慧神通具足是有力義衣裓是外國盛花之具又云胸前護衣裓服也几即香几案即案牘今取譬如後文云若我但以神力及智慧力讚如來知見力無畏者衆生不能以是得度上既以神力爲身慧力爲手則衣裓當喻佛知見几喻十力案喻無畏謂我今衣裓在身几案在手以吾之力亦可以載諸子從舍出之也此是如來最初成道擬用大法濟之如華嚴耳

復更思惟是舍惟有一門而復狹小諸子幼稚未有所識戀着戲處或當墮落爲火所燒

復更者即受天王請而又作思惟時也應前若但讚佛乘衆生没在苦是舍唯一門

者謂三界生死苦樂升沉所出入者皆此一心也由信力輕微智不廣大故云狹小幼稚者以善根微弱無大乘想也未有識者因無明濃厚乏佛知見也此爲善弱次明惡强戀着戲處者即深着諸見而迷戀欲境以苦爲樂所謂衆生諸根鈍著樂痴所蒙也或當墮落應前破法不信故墜墮三惡道或當者擬或有之也謂我雖身手有力兼得濟勝之具奈火大門小子幼無識以無知好戲之子出愴惶狹小之門不惟無益恐見其爲火所燒也應前云如斯之等類云何而可度(卯)二誡門擬宜

我當爲說怖畏之事此舍已燒宜時疾出無令爲火之所燒害作是念已如所思惟具告諸子汝等速出

此正出陳作思惟之意我當爲說等句即是世尊爲諸衆生說衆患難也此舍已燒下四句見其懇切之甚惟恐其錯足失身也作是念已下方是將思惟已成之念出示於人而具告諸子有急急乎不能少待之意故曰汝等速出即此一語斬釘截鐵有如春雷出蟄也直指云觀初云歘然火起次云四面火起又云火來逼身又云此舍已燒語意何等至緊又豈止有痛哭流涕之狀如云一失人身萬劫不復也下云宜時疾出無令爲火之所燒害又不啻有捶胸頓足之情也

父雖憐愍善言誘諭而諸子等樂着嬉戲不肯信受不驚不畏了無出心亦復不知何者是火何者爲舍云何爲失但東西走戲視父

而已

此喻一往迷理逐妄之狀直指云如來屢經接引而三界衆生全不肯信且不以生死爲驚不以五陰爲畏業識茫茫了無超出之想不知三毒爲火不識三界是大牢獄亦復不知各各本具之佛性如何喪失但任其從刦至刦馬腹驢胎死此生彼而無休息輪廻六道以苦爲樂故云東西走戲也如華嚴有眼不見當面錯過不得大法受用故云視父而已(寅)二用車譬分四

(卯)一擬宜三車

爾時長者即作是念此舍已爲大火所燒我及諸子若不時出必爲所焚我今當設方便令諸子等得免斯害

應上尋念過去佛所行諸方便從一立三之意前言苦痛切已猶是近死今云必爲所焚即有死義當設方便是隱勝現劣說三乘法也我及諸子等喻說無議法說似難通會須知佛以對機而言如來以慈心徧視一切猶如已子衆生病即佛病也若獨以衆生分中而言雖在最迷最苦之間而此靈明不昧之佛性未曾暫捨是我及諸子義(卯)二父知子心

父知諸子先心各有所好種種珍玩奇異之物情必樂着

天台明有小乘得度之機先心各有所好者是遠刦受薰種子大小不同而性欲各別也又智曾習大故曰先心中厭老死是各有所好珍玩奇異喻證偏空等理觀以宿因投其所好是知情必樂着所謂隨順

方便也(卯)三歎車希有

而告之言汝等所可玩好希有難得汝若不取後必憂悔

此歎車希有譬上正施三乘思惟是事已即趣波羅柰示苦集滅道之相此最初示相轉也

如此種種羊車鹿車牛車今在門外可以遊戲

聲聞人聞四諦法而出三界喻羊車緣覺人觀十二因緣性空而出三界喻鹿車中乘菩薩修六度行出三界喻牛車車喻所證之理獸喻能證之智三車雖指現成其實要他依法修行斷見思惑越分斷生死出離火宅方得一一受用故曰今在門外可以遊戲此第二作證轉也要解云車表果法不屬三界故云在門外可以遊戲者喻法樂自娛也牛乃服乘之有力者正譬大根以任大乘羊鹿非可服乘徒以像牛爲幼稚玩好之具權譬小根以任小乘知羊鹿非可服乘徒爲玩好之具則二乘不足致道徒爲戲論之法而已

汝等於此火宅宜速出來隨汝所欲皆當與汝

宜速出者策進之辭末二句含有大白牛車之意此第三勸修轉也直指云門外無車而云三車並在三車無一而云隨汝所欲皆示以方便之智也故向後有非爲虛妄之證(卯)四遂子所願

爾時諸子聞父所說珍玩之物適其願故心各勇鋭互相推排競共馳走爭出火宅

天台云適願者機教相稱即聞慧也心勇銳者思心動慮即思慧也互相推排者推四眞諦理排伏見惑由邪正未決故名互相此入脩慧屬煖頂位競者競所勝理初則徧觀上下八諦歷十六行相競趣眞諦後則縮觀至欲界苦諦下趣苦法忍名忍法位也共者是世第一位同觀欲界苦諦與忍位不別故云共也馳走者入見道十五心速疾見理也既斷見惑分得涅槃合上有涅槃音也爭出者即修道位爭出三界成無學果斷思惑盡合上及以阿羅漢法僧差別名也知音云經文讀之雖似平淡而叙事脉絡自有輕重如初云欻然火起次云或當墮落爲火所燒雖有欻然所燒之患而曰起曰或何等緩頰至是則曰已爲大火所燒而曰我及諸子必爲所焚則又何等愴惶先曰了無出心東西走戲視父而已何等怠頑今曰心各勇銳互相推排爭出火宅則又何等精勤可見方便力用而實相容易難言也

㊀三等賜諸子分四㊁一喜子免難

是時長者見諸子等安隱得出皆於四衢道中露地而坐無復障礙其心泰然歡喜踊躍

正喻開權顯實也直指云見思既盡分斷已離不被三毒五欲所逼故曰安隱得出正應前我能於所燒之門安隱得出也至此則四諦皆是眞常故曰四衢道中爾雅云四達謂之衢偏空是其所守故爲露地而坐言露者已不爲諸惑所被而十八界籓籬已撤故無障碍賴耶習盡故謂泰然

得六通自在故踊躍歡喜然心泰然者即當歸於父言據前見火起於四面即大驚怖今幸得安隱而出故泰然矣前云若不時出必爲所焚何等痛惜見諸子東西走戲何等憂慼今見露地坐故歡喜矣足見父子天性相關色身法身體俱不二

(寅)二諸子索車

時諸子等各白父言父先所許玩好之具羊車鹿車牛車願時賜與

天台云應前我見佛子等志求佛道者咸以恭敬心皆來至佛所文中雖無索字就此即明索車之意據二乘之索意有三一機索即於鹿苑證小之後至方等中宜有大益每被斥不謗則索意有在也二情索於般若中領知大法而樂大心起縱未彰言而索義亦切矣三口索即本會發言三請誠然欲乞門外三車原爲假立諸子未出擬必得車於門外一出乎門則父之權設方便不諭而知矣既跨足門外即父果有三車與之諸子亦無可用是知此處索車正所以得父心矣故謂夢裏明明有六趣覺後空空無大千也但所言各白者由悟有深淺智者知本無車而故從父索如獅子兒有返躑之踪也或滯迹者欲究其底蘊亦容有斯索意(寅)三等賜無二分三

(卯)一正標等賜

舍利弗爾時長者各賜諸子等一大車

應前正直捨方便但說無上道天台云既言賜諸子則視子無二譬觀一切衆生等有佛性於車亦等者皆是一相一種聖所

稱歎教菩薩法也直指云此隱伏三周普記之案本具之理如天普蓋故喻以大車諸子迷故索三慈父開故等一是知前品三乘原止一乘此中三車原是一車以其法等人等正等正覺故曰等賜

(卯)二廣明車相又二(辰)一敘車體

其車高廣衆寶莊校周帀欄楯四面懸鈴又於其上張設幰蓋亦以珍奇雜寶而嚴飾之寶繩交絡垂諸華瓔重敷婉筵安置丹枕

此正喻無量義定以理得名也唯理能載物故以車喻之也直指云眞俗並持故曰大車豎窮三際名高橫徧十方曰廣萬行修飾如衆寶莊校周帀欄楯喻總持持萬善遮衆惡也四面懸鈴喻四無礙辯下化衆生也幰蓋喻慈悲普覆也雜寶嚴飾喻萬善以嚴慈悲大經云慈若具足十力無畏等名如來慈實繩交絡喻四弘誓堅固大慈心也垂諸華瓔喻四攝神通等悅動衆生也重敷婉筵者譬五十七位眞如理境安置丹枕喻妙覺果海正寢絕待也天台云枕乃休息身首者譬一行三昧息一切智一切行也已上總明車上莊嚴喻如如理寂而常照從體起用是一爲無量成理無礙法界

駕以白牛膚色充潔形體姝好有大筋力行步平正其疾如風又多僕從而侍衛之

此正喻無量義經從根本智得名也直指云智爲前導故曰駕此智不受一塵曰白牛體具萬德如膚充煩惱不染而色潔又實智能出生一切差別智故曰膚色充潔

權實二智不離其體曰形體姝好具十如是大義曰有大筋力全體即用全俗即真因果一如曰行步平正智無內外刹那三世曰其疾如風又多僕從者譬方便波羅密隨處運用即二乘小行衆魔外道皆隨方便智用又果地神通運役亦僕從義

(辰)二釋車由

所以者何是大長者財富無量種種諸藏悉皆充溢

此喻佛自住大乘終不以小乘教人直指云財富無量者即權實二智禪定解脫力無畏等皆具足也種種諸藏者即行藏理藏空不空藏自行圓滿名充以之化物名溢

而作是念我財物無極不應以下劣小車與諸子等今此幼童皆是吾子愛無偏黨我有如是七寶大車其數無量應當等心各各與之不宜差別

天台云正明以等心與之之故由財物無極於子無偏安得不等與大車七寶無量者喻今經開顯若教若行皆摩訶衍法幼童皆子者即三無差別也等賜大車是法無差別也

所以者何以我此物周給一國猶尚不匱何況諸子

釋成財富無量之意此物即喻佛知見乃如來普爲人天所開所示之物周給者徧該善惡信不信種於無緣尚度況機熟有緣而曾受大法薰習者耶(寅)四得車歡喜

是時諸子各乘大車得未曾有非本所望

譬上菩薩聞是法疑網皆已除也天台云三乘之人本求羊鹿牛車期出分段今得大白牛車盡於變易過本所望豈不歡喜

(丑)四無所虛妄譬分三(寅)一問

舍利弗於汝意云何是長者等與諸子珍寶大車寧有虛妄不

此承上等賜一大車來直指謂前許三車在門外其事似虛今所賜等一大車乃昔未許者而今與之其實似妄你試看如此者果虛妄耶非虛妄耶正諭三乘之設不過藉以出三界而已究竟非實故先有而後無一實之理雖先未說而開佛知見究竟是實故先無而後有以此虛妄二字打通前後關鍵從非本所望一句生來

(寅)二荅分二(卯)一免難不虛

舍利弗言不也世尊是長者但令諸子得免火難全其軀命非爲虛妄何以故若全身命便爲已得玩好之具況復方便於彼火宅而拔濟之

身子因問領知不虛之意謂前云長者所設方便令諸子等得免斯害則三車之設乃方便耳今諸子爭出火宅意在於車而長者之意本在脫苦今苦難旣脫則方便之驗正著豈返受虛妄不實之咎哉何也全身免火已得玩具譬得小乘五分法身人空慧命則爲已得心所好也況此本是如來方便拔濟之心何成虛妄

(卯)二過望不虛

世尊若是長者乃至不與最小一車猶不虛妄何以故是長者先作是意我以方便令子

得出以是因緣無虛妄也何況長者自知財富無量欲饒益諸子等與大車

此明大車之錫非本所望也即使長者到火宅之外一車不與尚非虛妄何故以車爲免難之由令免難後不唯與車而且與大車是諸子所不望者豈反責父有虛妄罪乎此喻世尊雖說三乘而作念實在大乘是絶無虛妄之意身子於此證成不虛已爲四大弟子千二百人立斷疑生信之案故品後則自陳信解矣(寅)三歎

佛告舍利弗善哉善哉如汝所言

如來欲當機自陳賜車之意故以虛妄不虛妄發彼所見幸而身子同聲相應即亟稱之以善哉也如云誠如所言即此一語便知身子謂從佛口生得佛法分果爲不妄開譬一科已竟

(癸)二合譬分二(子)一合總譬分五(丑)一合大長者

舍利弗如來亦復如是則爲一切世間之父

天台云因前品單以法說難明故許以譬喻得解至喻後再將法合是欲爲中根開解而亦顯如來說法理事兼至也舉一切世間者約處以定名位也上云國邑聚落今合譬直言一切世間則該攝三土皆是妙色心果報之處如來福應三土故爲一切世間之父

於諸怖畏衰惱憂患無明暗蔽永盡無餘而悉成就無量知見力無所畏有大神力及智慧力具足方便智慧波羅蜜大慈大悲常無懈倦恒求善事利益一切

此言如來獨得真常而起利生之悲智也怖畏下三句皆世間苦境如來於因中五住盡二死忘無惡不斷故曰永盡無餘而悉成就等皆出世妙樂如來於果上權實融智悲運萬德具備故曰利益一切正合上財富無量而冥應衆機也知見言無量者即權實諸智應有無量力無畏皆智德中攝合上財富明矣大神力亦應有無量二字如本經彈指謦欬三變淨土放光現瑞等皆神力中少分合上田意全權即實全實即權是智慧之力智爲一切所寄託處合上宅意具足方便等即十度諸智合上及諸僮僕意慈悲乃施化之本無懈即不盡之心此等功德而悉成就也此明自證下方出利物之心來生三界也恒求善事即應機濟物利益一切即誓度衆生也

(丑)二舍宅

而生三界朽故火宅

天台云三界者自地獄已至人間名五趣雜居自人間至他化天名欲界四禪十八梵天皆有形色名色界四空天惟識性安居名無色界三處各有界限種族故曰三界△生三界者即承上無倦之心爲利益故生非有所感招而生也朽是壞刦相故是住刦相三界乃如來行化之場曰故宅合上其家廣大(丑)三合五百人

爲度衆生

衆生乃諸聖之根本佛不度生聖何從立故佛佛成道誓度衆生乃化化不絕之意也衆生之性本來是佛由諸惑染覆彼心

靈所以如來隨其根性而度脫之則三乘五性總曰衆生故五百人與三十子并此合也(丑)四合大火起

生老病死憂悲苦惱愚癡闇蔽三毒之火

生老病死是盡世間所不免者天之與人但分麤細是根本苦憂悲苦惱四字總言即一切苦別論憂即怨憎會悲即愛別離苦即五陰熾盛惱即求不得也以愚癡暗蔽爲苦者蓋一切衆生本具如來德用由愚癡暗故失佛見愚癡蔽故失佛知因失佛知見所以枉受輪廻也是知生死苦果及三毒苦因皆從愚癡建立則愚癡爲苦大矣三毒者謂以迷心對一切順情之境引取無厭名貪以迷心對一切違情之境而生恚怒名嗔迷一切事理之法無明不了起諸邪行名癡三皆名毒者因能壞出世善根故以此合上欻然火起

(丑)五合惟一門

教化令得阿耨多羅三藐三菩提

菩提覺道似難以合一門但諸聖所證凡愚所迷亦不外此也今如來出世以己所證發彼所迷多方巧示使諸衆生念念薰脩轉生滅成一眞如出離生死而證涅槃唯此一門而已故合上一門

(子)二合別譬分四(丑)一合長者見火分三

(寅)一合能所見

見諸衆生爲生老病死憂悲苦惱之所燒煮亦以五欲財利故受種種苦又以貪著追求故現受衆苦後受地獄畜生餓鬼之苦若生天上及在人間貧窮困苦愛別離苦寃憎會

苦如是等種種諸苦
見諸衆生的見字是能觀智諸衆生下方是所觀境合上大火從四面起火既大則所聚之患必多故如來以佛眼見諸衆生爲種種患之所燒煮總三苦八苦爲火也八苦者生死等是四貪着等是求不得苦地獄天上受生有五陰熾盛苦加冤會愛離爲八三苦者憂悲燒煮及地獄三途是苦苦捨所愛境而別離是壞苦五陰不停是行苦一切衆苦從四顛倒生故合上四面火起

㊢二合廣所見

衆生没在其中歡喜遊戲不覺不知不驚不怖亦不生厭不求解脱於此三界火宅東西馳走雖遭大苦不以爲患

直指云如來見三界五道三乘諸子恒被八苦所燒乃爲總標苦本稍有福者爲財色名食睡五欲所醉受種種苦無福德者追求五欲之因後受三塗之果三途報盡生人間天上又不免貧窮困苦於父母妻子之間有愛别離苦於水火盜賊債主讐家有冤憎會苦仍復生老病死輪廻六道苦不可窮而此諸子返以爲樂遊戲四生於本具之佛性不覺不知於生死之危險不驚不怖明知是苦而不生厭離明知有佛而不求解脱甘於此三界火宅隨業受報東西馳走雖遭如是大苦而不以爲患此即誠爲可憐愍者正合上苦痛切已心不厭患無求出意㊢三合起驚怖

舍利弗佛見此已便作是念我爲衆生之父

應拔其苦難與無量無邊佛智慧樂令其遊戲

合上身手有力一節然衆生以愚痴自蔽固爲三毒等火煎逼不已我既爲彼父豈不當爲救濟之方與拔其苦難耶卽以大悲力化諸衆生拔五濁苦也若但拔苦而不令至樂則父道亦有缺焉故又與佛智之樂令其遊戲是以大慈力令諸衆生得二嚴樂也火宅中之諸子以五欲樂歡喜遊戲乃自取之耳此以佛智慧樂令其遊戲乃佛與之也雖苦樂之境不同惟其心之一轉耳

(丑)二合捨几用車分二(寅)一合捨几又二

(卯)一合擬宜

舍利弗如來復作是念若我但以神力及智慧力捨於方便爲諸衆生讚如來知見力無所畏者衆生不能以是得度

天台云上譬有勸誡二門擬宜今但合勸門者勸是正修而誡乃傍助之耳今擬宜中神力合身智慧合手如來知見合衣裓力無畏合几案衆生不能以是得度者由法大機小不相投也

所以者何是諸衆生未免生老病死憂悲苦惱而爲三界火宅所燒何由能解佛之智慧

此釋成所以不得度之故合上諸子幼稚未有所識戀着戲處一節其所以不能得度者由五濁障深正爲諸火所逼大乘微妙難思之法何由得解(卯)二明息機

舍利弗如彼長者雖復身手有力而不用之但以殷勤方便勉濟諸子火宅之難然後各

與珍寶大車

此重舉前文以明用權顯實之意㊀二合用車分四㊀一合擬宜三車

如來亦復如是雖有力無所畏而不用之但以智慧方便於三界火宅拔濟衆生

以法對喻一一可見故知如來隱勝現劣以一說三於三界火宅用方便者豈得已耶

㊀二合父知子意

爲說三乘聲聞辟支佛佛乘

此明佛說三乘也乘以運載爲義天台云聲聞以四諦爲乘緣覺以十二因緣爲乘菩薩以六度爲乘運出三界歸於涅槃也六度菩薩於當教内亦稱大乘今名佛乘者菩薩三十四心頓斷見思習氣而得成佛故亦名佛乘㊀三合歎車希有

而作是言汝等莫得樂住三界火宅勿貪粗弊色聲香味觸也若貪著生愛則爲所燒汝速出三界當得三乘聲聞辟支佛佛乘

此明佛諭捨貪取樂也天台曰三界火宅是指明苦諦色聲香等是集諦皆由五塵積聚增多而有火宅諸苦也五塵俱有親疎色親者爲男女美好之色疎即世間玄黄赤白等聲親者即男女歌詠之聲疎如絲竹環珮及種種聲等香親者即男女身香疎如世之沉檀龍麝種種香等味親如肴饍飲食等種種美味疎如藥艸果食等觸親即男女身分柔軟諸觸疎如冷煖澀滑等此名五塵亦名五欲爲諸苦所因故爲集諦速出三界即指出滅道二諦示三

界外有智斷三乘之果故令速出當得三乘合上三車今在門外於三轉四諦中此即示相轉也

我今爲汝保任此事終不虛也汝等但當勤修精進如來以是方便誘進衆生

保任者是擔當不失也由此行徑俱爲已歷之途令使汝等勤行于中所有一切關要我皆爲汝擔當保任必至得此聲聞辟支佛佛乘而後已豈復有悮於汝等哉但諸子當專志前行勿生退墮可也如此語意何等苦切何等緊要此是第二作證轉也

復作是言汝等當知此三乘法皆是聖所稱歎自在無繫無所依求乘是三乘以無漏根力覺道禪定解脫三昧等而自娛樂便得無量安隱快樂

此合上汝等所以玩好希有難得一節天台云如此三乘是諸佛方便引物儀式故曰聖所稱歎得無生智曰自在得無盡智曰無繫我生已盡不受後有名無所依所作已辦梵行已立名無所求此皆序權智之功乘是三乘下方序實智以無漏二字總下力無畏等皆是無漏非權乘之有漏智也五根五力七覺支八正道四禪八定八解脫及正定等總屬實智故便得無量安隱快樂此是第三勸修轉也㊃四合適子所願分三㊄一合羊車

舍利弗若有衆生内有智性從佛世尊聞法信受殷勤精進欲速出三界自求涅槃是名聲聞乘如彼諸子爲求羊車出於火宅

此明諸子從化而證道果也先明聲聞乘直指云若有衆生是汎指六道而言宿習有三乘種子故曰内有智性今從佛聞三乘聖教即便信受即聞慧也殷勤精進者指三十七品助道功夫見思惑盡方出三界即思慧也自求涅槃者得人空慧證有餘涅槃即修慧也從教生解故名聲聞乘聲聞力弱只能自利如諸子求羊車出火宅也

(辰)二合鹿車

若有衆生從佛世尊聞法信受殷勤精進求自然慧樂獨善寂深知諸法因緣是名辟支佛乘如彼諸子爲求鹿車出於火宅

此明緣覺乘也梵語辟支迦此云緣覺亦名獨覺出無佛世以宿習智種自知生死是苦自發斷苦之慧今從佛聞十二因緣則深增慧種返覆推窮十二緣理況此緣理本自有之非佛天所作故曰自然慧好樂獨居直下照了緣理如幻證偏寂境故曰善寂深知諸法因緣者能於流轉還滅二門觀因緣理諸法即十二緣法也緣覺人從他聞法少自推義多取喻如鹿不依人也又性兼通教有囘顧之慈亦如鹿之囘顧羣類也(辰)三合牛車

若有衆生從佛世尊聞法信受勤修精進求一切智佛智自然智無師智如來知見力無所畏愍念安樂無量衆生利益天人度脱一切是名大乘菩薩求此乘故名爲摩訶薩如彼諸子爲求牛車出於火宅

此明別教菩薩乘也直指云約所破之惑

始從陰處界三以至七大同轉約能破之智始從信位及住行向地等妙二覺一切皆欲了達故云求一切智真俗并觀曰佛智權實雙融曰自然以本妙明應物曰無師如來知見十力等即法身般若屬實智慜念安樂等屬權智由權實雙運故曰大乘名爲摩訶薩者以自他俱利故此菩薩體用相稱自在雄猛有普載之德故取喻牛車若約時判羊鹿二車是序方等阿含前二十年事牛車是序般若會上後二十年事若約機判則前後互顯

(丑)三合等賜大車分二(寅)一雙牒二喻

舍利弗如彼長者見諸子等安隱得出火宅到無畏處自惟財富無量等以大車而賜諸子

此明等賜無二心也前喻中有免難索車等賜歡喜四科今合唯二者以到無畏處兼索車意以等賜中兼歡喜也(寅)二雙合二譬分二(卯)一合免難

如來亦復如是爲一切衆生之父若見無量億千衆生以佛教門出三界苦怖畏險道得涅槃樂

此以如來亦復如是應成等賜大車之義天台云如來以一乘妙法爲大車則體具萬德空有雙持真俗並駕故耳以佛教門者即四諦十二因緣六度等法也怖畏者即三界火宅險道者即六趣升沉極險惡道也(卯)二合等賜

如來爾時便作是念我有無量無邊智慧力無畏等諸佛法藏是諸衆生皆是我子等與

大乘不令有人獨得滅度皆以如來滅度而滅度之
此合其車高廣衆寶莊嚴以至種種諸藏悉皆充溢一節如來作念正是法華廣集諸王付囑家業之時無量智慧力無畏等者即此諸法便是如來大法寶藏等與大乘者即將上無量智慧等三德秘藏付囑諸子也不令有人獨滅度者即三周普記令一切人普皆成佛如至此會攝三乘歸一收權小入實則人無異人法無異法生佛不二聖凡一致是名以如來滅度而滅度之也
是諸衆生脱三界者悉與諸佛禪定解脱等娛樂之具皆是一相一種聖所稱歎能生淨妙第一之樂

此合我財物無極并各乘大車非本所望一節直指云先舉三乘衆生依權智而出三界如諸子於露地坐矣悉與諸佛禪定等即等心賜與之意諸佛之禪眞俗一體屬般若德諸佛之定空有一如屬法身德諸佛之解脱權實並運屬解脱德三德體具四智圓明是爲佛娛樂之具悉皆與三乘諸子名付家業如上所付之法皆是一相一種斷非權小可得而持一相一種者心佛衆生三無差别成一眞法界故曰一相十方諦求更無餘乘故曰一種然此諸法皆爲衆聖共相守護者直至常樂我淨薩婆若海故曰能生淨妙第一之樂
㊀四合無虚妄
舍利弗如彼長者初以三車誘引諸子然後

但與大車寶物莊嚴安隱第一然彼長者無虛妄之咎如來亦復如是無有虛妄初說三乘引導衆生然後但以大乘而度脫之

此明權實無虛妄也牒喻可知如來無虛妄者是總結權實不虛也初說三乘權引衆生出於三界是如來施權不虛後以大乘而度脫之普令三根同成正覺是與實不虛也

何以故如來有無量智慧力無所畏諸法之藏能與一切衆生大乘之法但不盡能受舍利弗以是因緣當知諸佛方便力故於一佛乘分別說三

何以故乃徵釋無虛妄之故謂何故如來必欲先權後實耶以如來智慧禪定諸法寶藏本無窮極而先說權教者由機小不能領受今皆盡與大乘之法雖如來盡與而衆生不能盡受故只得於一佛乘說二說三也身子前問願爲四衆說其因緣故今曰以是因緣也汝前謂千二百人聞所未聞皆墮疑惑汝等今日當知皆是諸佛方便之力其實元一佛乘但分別而說三也如來如此委曲垂慈則疑者之心應氷判矣長行譬喻已竟

妙法蓮華經授手卷第二之二

音釋

邁音賣　僮音同　僕音撲　隤音頽　敗音拜　欻許物切　䄎音格　稚音治　鋭音胃　衢音渠　幰音顯　婉音宛　姝音樞

妙法蓮華經授手卷第二之三

清楚衡雲峰沙門智祥集

㊀二偈頌分二㊁初二百偈頌前又分二㊀一頌開譬又二㊀一頌總譬分四㊁一頌大長者

佛欲重宣此義而說偈言

譬如長者

此頌明能救之人爲一宅主也天台云頌上位號亦兼名行德業爲國邑聚落所崇乃年德俱高之長者喻舍那如來爲三土之大教法王也

㊁二頌廣舍宅

有一大宅其宅久故而復頓弊堂舍高危柱根摧朽梁棟傾斜基陛隤毁墻壁圮坼泥塗阤落覆苫亂墜椽梠差脫周障屈曲雜穢充徧

大宅喻三界之總相久故者由衆生從曠大刧迷真逐妄幻成此三界妄境也頓弊者喻壞刧將至總標三界不牢固之相也堂舍下至雜穢充徧總明三界火宅成住壞空之四相也色界爲堂欲界爲舍不免墮落故曰高危柱根乃業識命根也以業運識曰摧朽梁棟傾危者即善福減損也基陛乃運生運業之無明隤毁者即久故深沉也墻壁圮坼即四大減損也泥塗乃四大中雜染之心阤落者即雜染紛縈也覆苫乃以障四面之風雨喻我人四相念念生滅故曰亂墜一切散善戒法乃三界覆護之椽梠差脫者即廢忘不修也周障是六識周廻障隔也屈曲是六根屈折不

合也由識依根而取諸塵故曰雜穢充徧良以三界雖廣乃一切衆生妄惑所成所謂迷妄有虛空依空立世界則所譬皆不離衆生虛妄成就也若以之喻人一體雖甚相當不若喻明三界之相爲切此世界相續也㊟三頌五百人

有五百人止住其中

三界分二十五處以所依之處不同則能依之類亦種種矣總皆爲五道衆生則三十子亦攝於其間此衆生相續也

㊟四頌大火起分四㊟一明地上火譬欲界又四㊟一明所燒之類譬十使又二㊟一正明所燒又曲分二㊟初明禽獸被燒譬五鈍使

且三界衆生形由業感業由妄生於中善惡升降橫竪大小雖報受不同有種種千萬其展轉輪迴皆由無明三毒并五濁十使之所運則成業果相續矣如來今欲詳陳三界所有一切弊惡之相使人知此皆是衆生迷惑所成若一念頓發妙智翻染成淨始信其清淨本然中由諸衆生不守自性則忽生山河大地及諸衆生之有爲相也故自此下詳明三界中極苦衆生受三途苦報有如此情狀先出畜生報爲貪嗔癡慢疑五鈍使所招感也此下多依天台釋但以圓圈代之科分爲二

㊟一別開五鈍分五㊟一慢使

鵄梟鵰鷲烏鵲鳩鴿

○慢者自舉輕他如鳥之陵高視下也故以八鳥譬之陵他爲慢自貴爲憍依文殊

問經有八慢壯盛憍如鴟性憍如梟富憍如鵰自在憍如鷲壽命憍如烏聰明憍如鵲行善憍如鳩色憍如鴿是八者皆慢之所使也㊥二嗔使

蚖蛇蝮蠍蜈蚣蚰蜒

○嗔者不忍諸惡也有三種一非理嗔不問可否歘然而起也二順理嗔謂人實惱我而起也三爭論嗔謂以己爲是以他爲非也蚖蛇最大而毒不觸而螫如非理嗔蝮者復也觸之則復怒時毒在於頭又云蝮蛇鼻反其上有針此唯胎生生時輙坼其母腹觸之其毒不可當喻執理嗔蜈蚣一名蝍蛆見大蛇緣而食惱莊子中有蝍蛆甘帶者是也蚰蜒即蜈蚣類頸赤者爲蜈蚣頸不赤者名蚰蜒有百足亦名馬蚿亦名商距莊子謂商距馳河者是也喻戲論嗔且世之懷嗔毒人者雖異其形不異其嗔聞此當須知悔㊥三痴使

守宮百足鼬狸鼷鼠諸惡蟲輩交橫馳走屎尿臭處不淨流溢蜣蜋諸蟲而集其上

○癡者於境不了即無明也有二種一獨頭二相應守宮者即蜥蜴也亦名蝘蜓以朱飼之其體盡赤擣之萬杵以點女身終身不滅與人交則隱矣俗謂螢虎善緣籬壁此譬獨頭無明也鼬即野鼠赤黃色善食群鼠貍善卜者也行則止而擬度之鼷鼠最小之鼠一名甘口鼠傷人不知痛此譬相應無明也諸惡蟲者從痴根本倫起諸結使也交横句明諸使相緣或緣三界如交横起之速疾如馳走屎尿句明凝心

所着之境皆不淨也蜣蜋亦名蛣蜣衘波傳曰蜣蜋無鼻而聞香經營穢場之下故曰蜣蜋之智在於轉丸也世人着諸欲境癡心延綿不少異也(申)四貪使

狐狼野干咀嚼踐蹋嚌齧死屍骨肉狼藉由是群狗競來摶撮饑羸慞惶處處求食

○貪者迷戀不捨也有二種一有力二無力狐乃妖媚之獸禮北斗而致靈善於變化者狼大如狗野干即狗類夜鳴而爲怪此爲獸中着妖着魅者麤嚼曰咀細嚼曰嚼嚌者啖其肉嚙者齒其骨此譬有力貪以威勢競取如狐狼等無力貪但能從他乞索麤弊如野干等況貪心取境有用不用有用而取如咀嚼無用而取如踐蹋又貪心取境或取一物或取多物如嚌齧也骨肉狼藉者積聚五塵不知止也群狗摶撮者譬以有力奪無力者之狀兩足翻尋曰摶收聚一處曰撮狐狼所食之餘狗來摶撮也曰群狗曰競來形容無力妄奪者可發一笑貪不知足如饑求不能得如羸慞惶者種種營覔也處處求食者馳逐五塵之境也又慞惶者恐懼不安多貪之人雖富而貧故曰慞惶處處求也

(申)五疑使

鬬諍摣掣啀喍嘷吠

○疑者猶豫二邊也向前相奪曰摣往後相扯曰掣乃鬬諍之狀銜物死爭曰啀喍失物潑叫曰嘷吠此爭鬬之聲喻世人持疑不決發言爭論彼我是非之相有如此者別開五鈍已竟(未)二總結變狀

其舍恐怖變狀如是

此總結上五使也其舍喻三界言三界人心具此貪嗔癡慢疑可恐可怖其變態真如上鳥獸蟲蛇莫能測度也(干)二明鬼神被燒譬五利使分二(未)一總明利使

處處皆有魑魅魍魎

此以三界中鬼趣譬衆生具足五利之心形狀如此前貪嗔痴慢疑尚只使得凡夫故曰鈍惟此身邊邪見戒這五樁無論凡夫逃脫他不得即四諦五陰觸着皆有如我欲學佛學聖他便在學佛學聖中令人不知不覺使你差錯了路頭故曰處處以其利於上五使也魑魅者物之精山澤之怪也西京賦云山神虎形曰魑宅神猪頭人形曰魅魍魎者木石變怪也此四者能隱能顯若有若無巧怪百種變幻不一故以此譬衆生身邊邪見戒之心也(未)二別開五利分五(申)一邪見

夜叉惡鬼食噉人肉毒蟲之屬諸惡禽獸孚乳産生各自藏護夜叉競來爭取食之食之既飽惡心轉熾鬬諍之聲甚可怖畏

○此譬邪見由計斷常不信因果故名邪見夜叉此云捷疾鬼譬邪見者撥無因果也人是善報譬出世因果邪見之人撥無善報如食人肉也毒蟲是惡報譬世間因果邪見之人撥無惡報如噉毒蟲也孚乳句廣雅云孚亦生也乳者養也卵屬以爪護所生曰孚胎屬以身藏所産曰乳凡世間之法善惡各從其類從同類因生同類果藏護者因能有果名藏必得不失名護

此言世間善惡各有所藏所護也夜叉爭食者譬邪見人撥無善惡因果是爭取食之也食既飽者乃邪見之心成就也惡心轉熾者增廣邪見之心也鬭爭聲者內心成就外彰言教宣無因果之法致令聞者墮落三途故言甚可怖畏㊥二戒取見

鳩槃茶鬼蹲踞土埵或時離地一尺二尺往返遊行縱逸嬉戲

○此譬戒取執邪爲道名非因計因如外道持牛狗等戒也鳩槃茶此云甕形亦名可畏即無常殺鬼譬修有漏善能勝諸蟲也虛坐曰蹲實坐曰踞土埵即壟斷也譬外道修十善戒能生六欲天高處如土埵也離地一二尺者增修諸禪得色界定如上一尺得無色定如二尺也得升上界爲往退墮下界爲返妄起戒取之見如縱逸嬉戲

捉狗兩足撲令失聲以脚加頸怖狗自樂

○狗即苦果足譬苦因也邪戒本非是因虛妄計之爲因堅持不捨如捉狗兩足也又謗世間無苦因果是撲令失聲返着邪戒爲正修以苦捨苦如以脚加頸將苦爲樂持說不定如怖狗自樂也△問佛令人持十善戒法爲生天因亦是方便此何故作鳩槃茶譬荅因不同也佛教正因久令增進必得正果今外道所持邪戒又謗世間無苦因果由其因果差錯故作此譬也

㊥三身見

復有諸鬼其身長大躶形黑瘦常住其中發大惡聲叫呼求食

○此譬身見於陰入界中妄計爲身名身見豎入三世計我名長横徧五陰計我名大計我自在不修善法即無慚愧名躶形以惡莊嚴故黑無功德資故瘦計我者不出三界故言常在其中計我在心發言宣說有我之相故言發大惡聲龥因此說望得道果故言叫呼求食也

㊊四見取

復有諸鬼其咽如針

○此譬見取謂因此妄見通至非想名見取非想無常而計涅槃如咽細命危而保其壽故言其咽如針㊊五邊見

復有諸鬼首如牛頭或食人肉或復噉狗頭髮鬔亂殘害兇險饑渴所逼叫喚馳走

○此譬邊見於身見上計我復計斷常執常非斷執斷非常隨執一邊名邊見斷常二邊如牛頭二角爲身是我爲我是身依我見起邊見如頭兩角也計斷常之過能斷出世善根如食人肉能斷世善根如復噉狗或時計常或復計斷前後廻轉如頭髮鬔亂計常即破斷計斷即破常如殘害兇險無有智定飲食自資如饑渴所逼各陳一見如叫喚馳走也正明所燒已竟

㊋二總結利鈍

夜义餓鬼諸惡鳥獸饑急四向窺看窻牖如是諸難恐畏無量

○初二句總結欲界煩惱之相上句結利使下句結鈍使次二句通結利鈍並是有漏之心無道味克食曰饑生死速疾曰急四向者見惑雖多不出斷常有無四句也

窺窻牖者窺小視也明其邪觀空理雖有觀察非爲正見所以不得廣大真空之境故如窺窻見空也後二句收廣總結由衆生不修正法邪解成非故至墮苦所以恐畏無量也明所燒之類譬十使已竟

㊁二明火起之由譬五濁

是朽故宅屬於一人其人近出未久之間

○三界是佛應化之處往來八千返豈非久故耶大窾云此譬如來在世教化衆生令伏煩惱由應化他方暫時不在致令衆生煩惱火起問上纔言屬此便言出既屬則不出既出則不屬也此義何如荅上不言屬則於已無干何有救濟之情下不言出則并已被焚何有救濟之功則屬與出皆有關係也㊁三明火起之勢譬濁相

於後宅舍忽然火起四面一時其燄俱熾棟梁椽柱爆聲震裂摧折墮落墻壁崩倒

此去正明三界壞刦之相又前叙畜鬼二道境界已如是矣此似明地獄境界況地獄諸苦唯火爲重又獄乃囚繫之所況三界九地衆生無時解脫豈不成囹圄之塲故知凡有繫處獄義在也天台云三界爲宅五陰爲舍四面是處所即身受心法也於四法中起四倒見則五濁八苦俱作故云一時相續漸增故云俱熾後宅舍者應即壞刦時至由衆生無明濃厚五濁渾深則四大四相我人熾盛則將三界有爲福善并皆毀盡便是棟梁等震裂之相也

㊁四明被燒之相譬衆苦

諸鬼神等揚聲大叫鵰鷲諸鳥鳩槃茶等周

慞惶怖不能自出

○壞刦既至衆生福盡而起種種惡業與諸邪見是皆爲業火之所逼也上以鬼神譬利使今言揚聲大呌者如計常者謂法定常以有還無無即是所計之常也計斷者謂法定斷唯此一死更無復續各執一見皆成決定宣說故云揚聲大呌鵰鷲譬鈍使鳩槃茶乃利使中戒取本不計斷今見無常但生疑怖而利鈍諸使井着不知出離之方故云惶怖不能出也明地上火起譬欲界竟

(卯)二明穴中火譬色界

惡獸毒蟲藏竄孔穴毗舍闍鬼亦住其中

○四禪之定如孔穴不深雖出於欲界不及門外虛豁猶得免於欲界之麤惡猛燄利使衆生亦得禪定故曰毗舍住中也毘舍即噉精氣鬼初二句鈍使次二句利使以十使麤細分高下也

薄福德故爲火所逼

此方出其被燒之由然所以被燒者由薄福德故惡業增熾也天台云孔穴中雖無猛燄猶有熱惱如四禪中人亦爲喜樂等愛細相煎逼也

共相殘害飲血噉肉野干之屬並已前死諸大惡獸競來食噉臭烟熢㶿四面充塞

○利鈍衆生得禪是同所計各異互相是非是共相殘害也既於禪定中起諸見則不能生無漏定慧就着禪味如飲血着觀等五支如噉肉野干譬欲界貪於欲界修未來定已斷此貪故曰前死禪定之貪如

大惡獸能吞欲界諸貪故曰競來食噉欲界四倒八苦如猛獸色界四倒八苦如臭烟以輕重分上下也又通身受心法及以四大故云四面充塞(卯)三明空裡火譬無色

蜈蚣蚰蜒毒蛇之類為火所燒爭走出穴

○前欲界中以蜈蚣譬嗔今無色界中亦以蜈蚣譬嗔色界中言毒蟲即蜈蚣類故知嗔通三界毒蛇等厭色界定貪向無色厭色麤境觀無色法亦業運遷流是火燒出穴義△問上二界不行嗔何得言無色亦有蜈蚣等也荅但言二界不行非謂二界絕無嗔也今言爭走出穴是猶為業火所逼厭有趨空正是斷嗔之相

鳩槃荼鬼隨取而食又諸餓鬼頭上火然饑渴熱惱周慞悶走

○若得無色定以滅下界緣故云隨取而食非想居於最頂尚不免顛倒諸苦如頭上火然非想亦有八苦心生異念名生苦念念不住名老苦行心擾擾妨定名病苦退定是死苦求定不得是求不得求定不得皆緣有障是怨憎會失定之時名愛別離四陰心即五陰盛無無漏飲食所資故為饑渴所惱猶是輪迴故慞悶走(卯)四總結眾難非一

其宅如是甚可怖畏毒害火災眾難非一

此總結三界上下從麤至細俱不免為三毒諸惑之所逼迫是皆眾生情思萬變則所感之毒害火灾非一種也此中諸家譬合新新特出唯天台所釋理事不背經旣

以火宅喻三界則鬼畜火難皆宅中所有之事若或以三途及事相隨情釋者只能盡五趣雜居人間之相似不能盡釋三界也故余從天台而參以三相續及三途之相則可完火宅衆生所有之事而亦見一三界情境宛如畫矣頌總譬已竟(丑)二頌別譬分三(寅)一頌長者見火

是時宅主在門外立聞有人言汝諸子等先因遊戲來入此宅稚小無知歡娛樂着長者聞已驚入火宅

○宅主是能見之人門外立者如來在法身地上常懷大悲欲救衆生不處第一義空法座故云立也聞人言等即十地菩薩作梵王帝釋而請轉法輪也又文句引經云十方諸佛語釋迦佛云汝有緣諸子在三界中善根將滅汝往濟之皆是聞有人言之義因遊戲等句乃是聞人所語之言也三乘諸子本未出三界何言來入曰或在大通佛時曾發大心是將出而尋即廢忘則又入矣如人出門纔至門側而返亦名出而復入約理自性本淨非三界可拘因無明不覺起諸戲論便成生死故云遊戲來入也昔結緣淺大善未著名稚小退大已後流轉三界無明所覆名無知躭三界有爲善法及五欲樂名歡喜樂着長者聞而驚入者應前四面火起前曰見此曰聞乃全佛知見之義驚入者即智悲雙運也

(寅)二頌捨几用車分二(卯)一捨几

方宜救濟令無燒害告喻諸子說衆患難惡

鬼毒蟲灾火蔓延衆苦次第相續不絕毒蛇蚖蝮及諸夜叉鳩槃茶鬼野干狐狗鵰鷲鵄梟百足之屬饑渴惱急甚可怖畏此苦難處況復大火

方宜者以大教擬宜是權實並行也告喻者即是說衆患難而教誡之也長行中但言火來逼身苦痛切已今頌中廣陳火相前四句明如來擬宜欲救惡鬼毒蟲總出利鈍見思之惑灾火蔓延是所燒之勢蔓延者連綿不斷也毒蛇蚖蝮下廣明燒相文中雜列利鈍不復次第皆是總陳三界苦因苦果令人極生厭離而求出三界也

諸子無知雖聞父誨猶故樂着嬉戲不已

○頌上諸子不肯信受妙樂云不受即無知亦是稚小無知之文畧耳猶故樂着嬉戲不已者即躭戀見思而不求出要也無有大乘心願如來只得施小教也㊀卯二頌用車分三㊀辰一擬用三車

是時長者而作是念諸子如此益我愁惱今此舍宅無一可樂而諸子等躭湎嬉戲不受我教將爲火害即便思惟設諸方便

初四句明擬宜之意益愁惱者衆生不受教化則如來悲心轉甚舍宅無樂者明三界因果無一法可樂也躭湎嬉戲者出其用小教之由良以衆生深着五欲如犛牛愛尾由見思濃重只得于一佛乘分別說三若不用小則大小俱亡必爲火害而身命皆失矣㊀辰二歎車希有

告諸子等我有種種珍玩之具妙寶好車羊車鹿車大牛之車今在門外汝等出來吾爲

汝等造作此車隨意所樂可以遊戲

妙寶者即權中藴實乃方便中之妙寶也在門外者如示四諦令知出世即初示相也汝等出來即勸修也吾爲下即作證也既曰造作則門外之車明權矣但如來以無數方便隨衆生樂欲因機與教以見所說不謬亦證成所賜之不虛也

㊅三適子所願

諸子聞說如此諸車即時奔競馳走而出到於空地離諸苦難

此應長行諸子聞說心勇鋭一節奔競馳走喻二乘見諦三十七品助道工夫前已釋明空地指偏空苦難即五趣諸苦㊄三頌等賜大車分四㊃一頌免難歡喜

長者見子得出火宅住於四衢坐師子座

○向言在門外立者以子未出故今子既出故得安坐又大機未會故云立小機已周故言安坐則立是冥利坐乃顯益也四諦俱屬真常出世大道曰四衢貪着滅諦不前進寶所故曰住△師子以表無畏見子免難可以施化故言今我喜無畏是不畏諸子墮苦也

而自慶言我今快樂此諸子等生育甚難愚小無知而入險宅多諸毒蟲魑魅可畏大火猛燄四面俱起而此諸子貪樂嬉戲我已救之令得脱難是故諸人我今快樂

○自慶者慶其得所化之機也佛于二萬億佛所曾教大乘緣種是生中間常熏小果成熟是育經多刦教道是長養甚難由大種微弱故云愚小妄起五濁故云無知

由因感果故云入險宅多諸二句述其所起見思之火大火二句述其被燒之勢而此二句正合着二惑之心我已下明歡喜之由是故下結歡喜之意(科)二諸子索車

爾時諸子知父安坐皆詣父所而白父言願賜我等三種寶車如前所許諸子出來當以三車隨汝所欲今正是時惟垂給與

此處見彼父子機投好光景也父云隨汝所欲子云惟垂給與如是一許一索多少切實直指云約理諸子出界已悟性體故曰知父了知性無來往曰安坐以人空智向真空理曰皆詣父所不因索權無以開實此正是伊父子抑揚縱奪妙境切不得作死句讀(科)三等賜大車

長者大富庫藏衆多金銀琉璃硨磲瑪瑙

如來藏中徧含一切未發現者故曰藏已發現者貯于庫中如前謂取要言之無量無邊未曾有法即庫中所有微少之物非如來藏中之廣有也今總庫藏之所有故言大富下言金銀等乃七支法財具足充滿也屋盛稱庫地盛稱藏

以衆寶物造諸大車莊校嚴飾周匝欄楯四面懸鈴金繩交絡

○因果之法總名衆寶約教修得有造義行多子多故車非一所以造諸車而復大也又須示方知起行修習名造以性泯修造還本有之理即諸大車之義餘皆如前釋

真珠羅網張施其上金華諸瓔處處垂下衆彩雜飾周匝圍遶

○真珠等出懤蓋之相喻慈門非一猶如網孔一一孔中皆一真珠如衆慈門並稱於實前文但云垂諸華瓔秖是直令見者欣悦今云處處垂下乃明衆機徧悦也衆彩雜飾譬垂化之處設應不同周匝圍遶譬攝物之宜無所闕少也

柔輭繒纊以爲茵褥上妙細㲲價直千億鮮白淨潔以覆其上有大白牛肥壯多力形體姝好以駕寶車多諸儐從而侍衛之以是妙車等賜諸子

前文曰重敷今加柔輭者以喻諸禪自在也又以細㲲覆上乃增勝妙禪是以妙冠麤也茵者説文云車中重席喻具足車禪異諸凡小故云鮮白淨潔餘皆如前釋

(卯)四得車歡喜

諸子是時歡喜踊躍乘是寶車遊於四方嬉戲快樂自在無碍

○歡喜者得非所望之大乘故喜也遊四方者乘中道慧横遊四種四門四種四諦豎遊四十一位究竟常樂我淨四德隨處侍佛隨處度生故曰自在無碍也頌開譬已竟

妙法蓮華經授手卷第二之三

音釋

圯音痞　坼音冊　阤音矢　苫閃平聲　椽音傳　梠音呂　差音雌　鴟音笞　梟音驕　鵰音貂　鷲音袖　鴿音閤　蚖音元　蝮音福　蠍音歇　蜈音吳　蚣音公　蚰音尤　蜒音延　鼬音右　貍音離　鼷音奚　蜣音腔　蜋音良　干音岸　咀雎上聲　嚼墻入聲　蹋音踏　嚌音齊　齧同孽　摶

音博撮鏁入聲亂音雷幢音張惶音黃攄音樝掣音徹啀音崖
喍音柴嘷音豪蹲音存踞音據埵音朶頸音景躶音裸瘦音嗽
髼音蓬窺音奎牖音有爆音報竄音爨焞音孛蔓音萬駞音單
湎音勉繒音曾纊音曠茵音因褥音肉氎音牒

妙法蓮華經授手卷第二之四

清楚衡雲峰沙門智祥集

㊀二頌合譬分二㊁一合總譬

告舍利弗我亦如是衆聖中尊世間之父

○上二句合位號下二句合名行兼合歎德義如來是七種方便賢聖中尊九種世間之父七方便者于九界中除四惡趣開藏通別三教菩薩共爲七以子義通于一切故爲九界之父由結緣者不多故方便只言七處也

一切衆生皆是吾子深着世樂無有慧心

以佛眼等觀一切衆生皆有子義由世樂深着則慧心不發所以不肖佛也此合五道衆生兼三十子又遍諭三乘五性皆無其實故曰無有慧心

三界無安猶如火宅

○合上其家廣大試觀三界中何事可樂猶之火宅不可躭戀也

衆苦充滿甚可怖畏常有生老病死憂患如是等火熾然不息

○初二句總標諸苦次二句釋成三苦八苦即大火起之相末二句結成熾然者念念增盛也不息者念念生長也

㊁二頌合別譬分四㊂一頌合長者見火

如來已離三界火宅寂然閑居安處林野

合上如來安隱得出寂則無着苦因除也安處無生苦果忘也此所以得五住盡矣正由寂然無事方見五濁諸子爲火所逼起救濟之心安處林野者乃居他受用土與慈運悲之處

今此三界皆是我有其中衆生悉是吾子而今此處多諸患難

此合上見火譬上四句明是處是人皆係屬我矣既爲我有得不設方便而救濟耶下二句如前文云見諸衆生爲生老病死之所燒煑

惟我一人能爲救護

合上佛見此已便作是念我爲衆生之父應拔其苦難一節

(寅)二頌合捨几用車又二(卯)一合捨几

雖復教詔而不信受於諸欲染貪着深故

合上未免生老死等教詔不信是法大機小貪着深者是情戀諸欲也由戀諸欲所以不信教詔

(卯)二合用車

以是方便爲說三乘令諸衆生知三界苦開示演說出世間道

以是方便一句正擬用車之方便也合上但以智慧捨方便衆生不能得度示出世道者即三乘權小有餘涅槃也

是諸子等若心決定具足三明及六神通有得緣覺不退菩薩

○若心決定者從苦法忍匕上是眞決定此一句總頌三乘馳走之位具足下四句各頌三乘爭出之位三明者輔行引婆沙論云宿命知過去苦生大厭離天眼知未來苦生大厭離漏盡能作正觀斷諸煩惱此三名明神境通但工巧而已天耳通但聞聲而已他心通但緣他別想而已故不名明不退義通亦兼三藏菩薩也此三乘

人有聞演說四諦因緣者即具足三明六通成聲聞緣覺之出世間道有聞演說六度者即得不退菩薩之出世道也㊝三頌合等賜大車分二㊀一正明等賜

汝舍利弗我爲衆生以此譬喻說一佛乘汝等若能信受是語一切皆當成得佛道

說一佛乘合上悉與諸佛禪定解脫等汝等下合上是諸衆生脫三界者一節是語者即說一佛乘之語一切皆當成佛者由決定信也又見如來語無虛妄

是乘微妙清淨第一於諸世間爲無有上佛所悅可一切衆生所應稱讚供養禮拜

此合上皆是一相一種聖所稱歎直指云眞俗融權實會故曰微妙超能所泯聖凡故曰清淨世出世間無有過者曰第一十方諦求更無餘乘曰無有上如妙蓮華故佛所悅可△言此一乘於三界中爲第一者過去現在已成之諸佛由乘此而出三界是爲佛所悅可也一切衆生皆未成之諸佛亦將乘此而出三界則宜乎所應稱讚供養也是則三世十方一切諸佛唯乘此故而得出離豈不曰無有上耶

無量億千諸力解脫禪定智慧及佛餘法

合上我有無量無邊智慧等此釋成所以有一乘之由皆由如來具足諸力解脫禪定等故能普爲一切衆生說一佛乘㊞二合得車歡喜

得如是乘令諸子等日夜劫數常得遊戲與諸菩薩及聲聞衆乘此寶乘直至道場

○日夜者初得佛知見中道智如日由一

分無明未盡如夜叉自具中道智光如日以慈悲入生死濟物如夜刼數者常行二法從刼至刼利已利人于此界他方故云遊戲三乘之人同入佛智是謂乘此寶乘直至者中間更無屈曲回還自發大心直至成佛

以是因緣十方諦求更無餘乘除佛方便

此方結勸信受我唯說一乘更無二三者何也以我本願元爲此一大事因緣使一切人決定成佛豈實有二三乘法爲衆生說耶任汝向十方審諦誠求唯一佛乘更無餘法唯除諸佛作方便說容有之耳㊛四頌合無虛妄分二㊚一正合不虛

告舍利弗汝諸人等皆是吾子我則是父汝等累刼衆苦所燒我皆濟拔令出三界

至此始出成不虛之言從前許三而今普與一乘者爲其皆吾子也既皆是子則賜應平等況汝輩累刼受苦而我累刼救濟必令脫諸苦而至於樂始完我爲父者之職也

我雖先說汝等滅度但盡生死而實不滅今所應作唯佛智慧

先說者即佛于阿含已許滅度也謂我雖先說汝等已得滅度但不過盡分段出三界而已其實變易未忘故非眞滅今所應作者即悟入佛知見道始融眞俗歸第一義則一色一花舉手低頭皆爲成佛正因總皆融入佛智而證一乘實相也

㊚二合釋不虛

若有菩薩於是衆中能一心聽諸佛實法諸

佛世尊雖以方便所化衆生皆是菩薩

直指云此應長行如彼長者初以三車誘引諸子至於一佛乘分別說三一節長行先叙羊鹿後及牛車今須先牛車以見小大互融權實不二也自未度先度人乃菩薩發心也其發心之初貴在直心正念眞如眞如之理即是實相達實相則權實可融故曰皆是菩薩△又若有菩薩者即指發大心之人於是衆中即于此法華衆中一心聽者是無異緣也實法者即一乘妙法也末四句明此諸人從前雖因權得入未是菩薩迄今會則權亦成實矣故言皆是菩薩

若人小智深着愛欲爲此等故說於苦諦衆生心喜得未曾有佛說苦諦眞實無異

此下明有作四諦也佛所說法本無大小由人機不同故法亦有異先明苦諦以逼惱爲義總不出六道生死諦者審實不虛聲聞人怖畏生死不慕大乘故曰小智然所以無慕大之心者由深着愛欲着愛既深苦曷以盡故爲之宣示苦諦也心喜者以機教相契也既曰小智非無智者但於大乘不生忻樂今見投以苦諦稱適所懷故至心喜得未曾有也眞實無異者佛說苦決定是苦而不能令樂

若有衆生不知苦本深着苦因不能暫捨爲是等故方便說道諸苦所因貪欲爲本

前四句明集諦以招感爲義則集是苦因衆生集諸欲而不能捨豈識其爲苦本故如來以方便力說諸苦因皆以集諸欲而

致諸苦果也方便說道之道字非謂道諦如云方便說與此是世間因果也

若滅貪欲無所依止滅盡諸苦名第三諦

此明滅諦以可證爲義衆生由諸苦所逼不忘貪欲則涅槃永失若集盡苦滅則滅諦之理可證入矣欲之一字攝法甚寬該三界所有一切諸欲貪字即攝嗔痴爲三毒則貪欲二字總六道輪迴之本是生因也滅字即永息輪迴之義是轉生死爲涅槃也若貪欲滅盡則六道因亡因亡而苦果永息生死何依苦盡而滅諦證矣故曰滅盡等

爲滅諦故修行於道

此明道諦以可修爲義欲證滅諦須修諸道品也畧則戒定慧廣則三十七品此爲出世因果也

離諸苦縛名得解脫是人於何而得解脫但離虛妄名爲解脫其實未得一切解脫佛說是人未實滅度斯人未得無上道故我意不欲令至滅度

此出陳三乘非實之故初二句重舉得脫也集爲能縛苦爲所縛今但離苦集名得解脫其實非眞也次二句徵云是人於何法得解脫而曰非眞下二句謂但離虛妄也況無明已是虛妄而見思依無明起則更爲虛妄今二乘見思惑斷是但離虛妄稱解脫也此秖脫分段而未脫變易故不得一切解脫一切解脫者即無作無滅之四諦也佛說未實滅度者以未得無上道故況如來出世本欲令人至無上菩提方

稱本懷原不欲令人至有餘涅槃但斷見思而便謂已得滅度也今欲普令三乘同歸實相故唯說一佛乘

我爲法王於法自在安隱衆生故現於世

此明佛欲使人必至究竟然我本爲三界大法之王於權實諸智皆得自在所謂舉權則實在其中矣今乘此無礙輪示生三界無非爲欲安隱衆生而出現於世豈忍人不至究竟而便謂滅度此結前爲一大事因緣出現之案百行偈頌前長行已竟

㊂二六十五行勸信分二㊀一標章又二

㊁一標可說不可說

汝舍利弗我此法印爲欲利益世間故說

此正囑付身子於法當鄭重也法印者即如來三昧海印所謂森羅萬象一法所印也況如來持此法印印定九界衆生必至佛果以利益世間故特爲開示演說但非機不說說之恐至起謗法因緣此爲如來鑑機妙用汝當知也

㊁二標可通不可通

在所遊方勿妄宣傳

此方囑身子等他後須觀機逗教勿亂通也或在此界天上人間五道類中或他界乘通乘願隨處行化皆是所遊之方勿妄宣者非機勿說也勿妄傳者是機當授也若非機爲說必至生謗墮苦則失自拔苦之悲心也是機不與必悞玅嚴之樂是失自與樂之慈門也此是囑持法印者之當愼

㊀二釋義分二㊁一釋可說不可說

若有聞者隨喜頂受當知是人阿惟越致

此下總標三種能信之人即得大利益也直指云先出一類大乘之機聞此生佛平等之法一念隨喜者即現生證不退果以顯頓教頓機之利益也須知此中更有況顯之意言隨喜頂受不過暫時聞經生信樂者隨喜尚得阿惟越致況一心誠求者況專心修習者其益可較

若有信受此經法者是人已曾見過去佛恭敬供養亦聞是法

此明中乘之機一念信受此生佛平等之理者是久遠劫曾種大乘之因也見佛是緣因供養是福因聞法是慧因遠因既深一聞即信此以顯昔緣之不昧也

若人有能信汝所說則爲見我亦見於汝及比丘僧并諸菩薩

此又明一種大心凡夫從身子處聞此生佛平等之理能深信者便得入四聖流矣一見佛二并汝者即聲聞三比丘僧攝緣覺四并諸菩薩已上三段見承法華之力而開佛知見深達實相便見心佛衆生三無差別矣則知信字即根本智以顯信爲入道之本信能開佛知見故信眞則悟入無難

斯法華經爲深智說淺識聞之迷惑不解一切聲聞及辟支佛於此經中力所不及汝舍利弗尚於此經以信得入況餘聲聞其餘聲聞信佛語故隨順此經非已智分

此總結三乘淺深以明法因機別也深智即實相根本智如文殊等淺識者即五趣

識情如不覩不聞等迷者不信由識所使也悟者深信因智而契也一切聲聞下四句揀三乘人偏空力弱不及受大汝舍利下四句指當機以信解而得親證是初住位末四句指千二百人因聞譬喻乃依佛語隨順法性而得證入終非巳力所能入也三乘聖衆尚於此經信分深淺況凡夫耶可見如來智慧甚深難入但以如來知見力故知一切三乘五性之機若深智聞而生信即可說也淺智不信則不可說㊀二釋可通不可通又二㊁一用大悲門惡人莫說

又舍利弗憍慢懈怠計我見者莫說此經凡夫淺識深着五欲聞不能解亦勿爲說

此詳明勿妄宣傳之誡憍慢者非他即是聞法未證之人妄謂有所取證故多憍倨慠慢也懈怠者亦即是不勤求無上乘人此等既着我見必無樂欲之心若强爲說之是妄宣說此爲計我取證者不可說也次明凡夫人但知着欲爲樂況深着者迷之猶甚必不欲聞縱聞無心領解如此者說之何益此爲凡夫無智者不可說也且而妙法實相爲諸佛之所護念豈容妄宣故以此兩種不聞不信人對前三種能聞能信者罪福皎然如上文纔能隨喜頂受便現生住不退地續佛慧命則知爲親近諸佛者必成佛子暫時隨喜信受之人其利益廣大如此況久修實證者耶今以此不信受者必生毀謗由謗致苦故下出陳不信之罪亦甚苦甚重也要知妙法功力

不可思議致令信者之福與不信者之罪皆不可得而思議也

若人不信毀謗此經則斷一切世間佛種或復顰蹙而懷疑惑汝當聽說此人罪報

此言毀謗經斷佛種是大惡不啻出佛身血也不信者即自斷善根雖則如來廣大知見智慧神通種種三昧無量方便本自具足由不信故則皆失之因失其樂必致墮苦也毀謗者毀其無有將來成佛之因謗其無有將來出世之果因果雙亡是斷滅義一切世間者此經爲九界之根本也既謗此經即斷九界成佛之因故曰斷一切世間佛種顰蹙者謂顰眉蹙頞不欲聞也不信二字爲總毀謗是不信之言顰蹙是不信之貌疑惑是不信之心以三業俱犯故感報不輕

若佛在世若滅度後其有誹謗如斯經典見有讀誦書持經者輕賤憎嫉而懷結恨此人罪報汝今復聽

上明斷世佛種罪已難逭此又兼謗三寶故共陳罪相若佛在世一句是謗佛兼謗佛所說之法佛滅度後乃單謗其所說經也見有讀誦書持經者或輕賤或憎嫉或懷恨此皆謗持法華之弟子故曰罪報復聽向下總前謗佛謗法謗僧之罪共出陳之始不致文繁也

其人命終入阿鼻獄具足一劫劫盡更生如是展轉至無數劫

然謗經不信之邪人多是法中假名冒竊者所謂師子身中蟲也非世俗無知識者

能致謗法因緣也此償報中依直指分爲十段一明謗經者初生地獄報由現生不信妙法謗佛法僧皆是輕毀最上最尊之果故死墮地獄亦墜最下最苦之塗由生謗時迷已迷人故感報刧數展轉增長也問何故不陳地獄苦狀荅以受罪不一地獄不一而况刧數長久豈能盡說

從地獄出當墮畜生若狗野干其形領瘦黧黮疥癩人所觸嬈又復爲人之所惡賤常困饑渴骨肉枯竭生受楚毒死被瓦石斷佛種故受斯罪報

二明謗經者轉入畜生報照常論謗大乘經者從地獄出墮餓鬼中此不標鬼趣理應有之或文畧耳又則鬼道受報人無知者如地獄苦報亦不詳陳況鬼但受苦畜生兼償債故今以人所共知見者爲言使人必當敬信大乘經典勿毀謗也然所以墮畜生者由前生憍慢之時披師子服作野干鳴故今作如此報也正當誑妄說法之時不知三德一心之正宗故感形領瘦權實不明報之黧黮將俚語外飾故報以疥癩假法虛妄損正信故感人觸嬈恃法惡賤他賢仍報之爲人惡賤過受利養故報之饑渴失人正慧故報骨肉枯竭生時自無實益故受楚毒死後移汚於人故被瓦石此爲謗經所招之畜生報應一也

若作馲駝或生驢中身常負重加諸杖捶但念水草餘無所知謗斯經故獲罪如是

三明負重畜生報馲駝與驢惟以負重爲用是謗法之人還其憍慢自重之報因中

毀謗之言加人果上杖捶之苦加巳也因
中多諸邪解誑惑于人果上但念水草無
別所知也
有作野干來入聚落身體疥癩又無一目爲
諸童子之所打擲受諸苦痛或時致死
四明病苦畜生報先世於聚落中妄自稱
尊受人恭敬故今還來於此作野狐精以
昔不明法體故感疥癩昔時權實未融故
感一目昔時皷弄妖惑烏合羣黨無法利
於人故感童子無知者打擲之昔時惑人
不知休止故感受痛苦而致於死
於此死巳更受蟒身其形長大五百由旬聾
騃無足宛轉腹行爲諸小蟲之所咂食晝夜
受苦無有休息謗斯經故獲罪如是
五明嗔毒畜生報因中見持經者而懷結
恨故感蟒身况妙法具五分法身眞理由
謗故感五百由旬之量聞大法而聾騃不
喜故感聾騃無足腹行用酬多伎咂食以
償貪饕因中假法終身受樂果中受苦應
無休息也
若得爲人諸根闇鈍矬陋攣躄盲聾背傴有
所言說人不信受口氣常臭鬼魅所着貧窮
下賤爲人所使多病痟瘦無所依怙雖親附
人人不在意若有所得尋復忘失
六明轉生人道報償理智無知報有三種
一六根不具二悞醫增疾三橫罹他殃因
中法眼不明故報以諸根暗鈍三身不能
別白故報以矬陋權實不明報以兩手攣
曲正信不立報以兩足躄折無擇法眼故
盲厭聞妙法故聾不信常住法身故背傴

因中以妄語惑人故感人不信法說非法故口臭教惑愚人故爲魑魅所着虛受恭敬故貧賤理行俱虧故多病痟瘦理智俱失故無所依怙憎嫉持經之人故感人不在意不以法爲懷故尋復忘失總爲不明大法妄談般若以謗法故感報如是

若修醫道順方治病更增他疾或復致死若自有病無人救療設服良藥而復增劇

七明貪利謬說報佛爲三界醫王能瘥五趣三乘生死等病瘥病之藥悉具此經凡人一受師教便得悟佛知見則身心病盡頓出輪迴邪見衆生不信佛大乘正法爲利養故謬妄宣傳自悞悞人故報以爲醫但知順方治病不得藥理不識病原而返增他疾如衆生本求妙果而貪利者妄說空相致令聞者錯亂修習喪法身斷慧命故報以醫人致死已實未得而返不受人教化故自病無人救療設有以正法開導即生嗔惱故服良藥而增他疾也

若他反逆抄刧竊盗如是等罪橫罹其殃如斯罪人永不見佛衆聖之王說法教化如斯罪人常生難處狂聾心亂永不聞法於無數刧如恒河沙生輒聾啞諸根不具

八明展轉訛傳報前人爲利妄說後人遞相沿習故感報橫殃宜矣以下總結如上三種謗經墮苦之人以因中謗佛故永不見謗法故永不聞因嫌恨衆僧故常生難處失三寶種則狂亂遠離正法故長刧受苦邪見衆生因無慧目甘心不聽而起謗法因緣故生時即便聾啞

常處地獄如遊園觀在餘惡道如已舍宅駝驢猪狗是其行處謗斯經故獲罪如是

九明復處地獄報以償背法自適之愆也由不向正理故常居地獄以正法爲戲故如遊園觀戲法之心不捨故報之如已房舍所作不淨故與畜生同處

若得爲人聾盲瘖瘂貧窮諸衰以自莊嚴水腫乾痟疥癩癰疽如是等病以爲衣服身常臭處垢穢不淨深着我見增益瞋恚婬欲熾盛不擇禽獸謗斯經故獲罪如是

十明再生人道報以酬所餘之業也若得者不定之辭謂罪重必更生地獄設若罪苦稍輕或得爲人依然六根不具四事俱衰因中假法得富樂莊嚴果中得貧苦衆病莊嚴智人弘法以三身四智六度萬行而爲衣服邪人謗法以水腫乾痟而自莊嚴弘法之人口吐華香身心皎潔謗法之者身常臭處垢穢不淨智人悟佛知見四相頓空三毒永息邪者迷佛知見深着我人三毒增長戀着生死故婬欲熾盛智性昏迷故不擇禽獸以上十段總屬謗經之報故一一結云獲罪如是悲哉謗法者可不懼乎

告舍利弗謗斯經者若說其罪窮刧不盡以是因緣我故語汝無智人中莫說此經

此結前謗者莫說起後信者當說也前十段既將罪相一一出陳使人知謗經乃衆罪根本也故告當機領旨且云此但畧說耳若盡爲說者刧可窮而罪相不可窮也末四句照應章初我此法印在所遊方無

智者勿妄傳也妙樂問謗經生罪則經返爲致罪之緣何益於人荅罪福皆由心自起佛意本爲接濟衆生出生死海在聞經之人一念眞信當下妙契本心即是成佛之緣不信之人反生謗毁便是不信自心是佛失其根本轉無量妙樂而成極苦此唯自心取致也於經何涉焉如迷方者乃迷者過非聚落過也

㊂二依大慈門善者當説分二㊄一分五對釋

若有利根智慧明了多聞強識求佛道者如是之人乃可爲説若人曾見億百千佛植諸善本深心堅固如是之人乃可爲説

此以過現作對雖標五雙不出十度唯行十波羅蜜法者可以爲説前六句明現在機直指云以智度爲體故首言利根性相雙融故曰明了差别了了萬行圓明故曰多聞強識此爲求經緣也若人曾見下方是明過去因以施度爲體億千佛所植福修善則其施殊勝無以喻也能所兩忘曰深心施不退轉曰堅固知音云所施植福不求人天小果故云深心堅固由此因緣具足故當爲説也

若人精進常修慈心不惜身命乃可爲説若人恭敬無有異心離諸凡愚獨處山澤如是之人乃可爲説

此以上下作對精進修慈是懸下也以進度爲體知音云常修慈心勤與樂也不惜身命勤拔苦也恭敬無異是尊上也以禪度爲體無異心是心定離愚處山是身定

又無異心是入息不居陰界乃一理恭敬也離愚處山是出息不涉衆緣爲無染恭敬也
又舍利弗若見有人捨惡知識親近善友如是之人乃可爲說若有佛子持戒清潔如淨明珠求大乘經如是之人乃可爲說
此以內外作對捨惡近善是外求以方便度爲體捨惡是離俗方便得近權智近善是趨眞方便得近實智也清淨持戒是內護以戒度爲體知音云持戒如珠成六根清淨之因求大乘經得開佛知見之緣
若人無嗔質直柔輭常愍一切恭敬諸佛如是之人乃可爲說復有佛子於大衆中以清淨心種種因緣譬喻言辭說法無礙如是之人乃可爲說
此以自他作對愍衆敬佛是自行以忍度爲體知音云質直柔輭不爲人所辱也愍衆敬佛是不辱於人也質直者心如直弦一切眞實以眞實故不爲人嗔以柔輭故自亦無嗔自既證得柔順忍三昧故常愍念一切嗔恨虛假衆生也自既知諸佛所證如是三昧故常生恭敬也淨心說法方是化他以慧度爲體於衆中得心淨是以慧自利也譬喻說法以慧利人也問此人既能於大衆中以淨心說法可謂具眞慧矣况又能以種種因緣譬喻言辭說無礙法似乎自利已得何言如是之人乃可爲說荅豈不聞諸佛開權但曰以種種因緣等隨宜說法此雖曰譬喻言辭說法無礙但得權乘未竟實理故須當爲說此妙法

也

若有比丘爲一切智四方求法合掌頂受但樂受持大乘經典乃至不受餘經一偈如是之人乃可爲說

此與下段始終作對四方求法乃恭請之始也以力度爲體知音云爲智求法則信力甚深也樂大不小乃慧力甚大也一切智者實智乃爲一切智之本今所求者求如來妙智也四方求者是廣求福慧合掌頂受乃受持之切也求大乘經是欲趨佛果不受餘經者欲起利人之行故不習小乘以求自了也

如人至心求佛舍利如是求經得已頂受其人不復志求餘經亦未曾念外道典籍如是之人乃可爲說

頂受專修是歸憑之終也以願度爲體知音云不求餘經願不欲小也未嘗外典願遠諸邪也舍利乃佛身之分正求之當切故言如人志心謂求經之心如求舍利等也如是至誠求得一心頂受如獲至寶既得深信大乘豈復有志念小乘而更欲外道典籍者乎(卯)二總結應說

告舍利弗我說是相求佛道者窮劫不盡如是等人則能信解汝當爲說妙法華經

是相者即上十種善相然亦畧言之耳若廣說持經得益者窮劫不致盡也前教勿妄說者由不信不解返爲墮苦之緣故歷舉謗者十種罪相令聞之縱不信不解亦勿生謗則於將來亦爲漸入佛慧之緣也此舉十種信解者必得成就聖智繼佛妙

果須當爲説妙法華經也然世尊將信毀二種善惡果報顯然舉出使人知疑信善惡翻覆成敗有如此者斯可謂分别解説之極矣此六十五行以罪福勸信已竟直指云此品因千二百不悟佛知見乃重煩世尊入泥入水立此譬喻由此喻知三界空花知衆生如夢知定業難逃知惡習當斷知權實不二知眞俗一如知心佛平等知佛爲一大事因緣出世知深信定入佛乘知毀謗定當墮落知信解必得受記惟此一品前含方便後攝因緣黑白二門皎如日月善哉譬喻眞不可得而思議者也

妙法蓮華經授手卷第二之四

音釋

顰音貧　蹙音足　逭音換逃也　頌音窟　黐音離　黮音坦　馲音洛　騃涯上聲　矬坐平聲　陋音漏　癵音連　躄音碧　傴於上聲　痟音宵　輙音攝　疥音戒　癩音賴　癰音雍　疽音苴

妙法蓮華經授手卷第二之五

清楚衡雲峰沙門智祥集

信解品第四

品節云此品來意因四大弟子聞如來譬喻見身子領悟始的信昔果是權悔恨痴迷故託窮子之事以敘本懷曲盡父慈子頑之狀故云信解天台云夫根有利鈍惑有厚薄説有法喻悟有前後二乘於法華已前但念空無相願于菩薩法都無一念好樂之心至法華會初聞略説上根已悟中根未解動執生疑廣聞五佛朦朧未曉今聞譬喻歡喜踴躍信發解生疑去理明故云信解品又中根人聞喻説疑惑消除入大乘見道云信進入大乘修道云解文云我等今日眞是聲聞以佛道聲令一切聞聞圓教入圓位故曰信解大竅云二品皆以父子爲喻前品以大富長者喻如來貨財不匱故言等賜大白牛車此品以幼稚貧兒喻弟子無心希求故言忽得如來寶藏之分前品寫如來慈愍爲子之心最切故云驚入火宅此品寫弟子愚痴背父之事居多故曰疾走而去前品寫如來誘引出三界門故云令在門外此品寫窮子不肯入如來室故云住立門側父子兩人各吐心膽説出四十年中許多間關曲折各極其致至今日始得父子投機師資道合也〇問四大弟子是衆中之綱領居僧之首何先不領悟而返動執生疑身子何得先悟答看兩處敘悟之文便知端的由舍利弗尋常在山林樹下自疑自悔自咎

自責不肯甘爲小乘終日竟夜常懷此事故今一聞歎佛智慧即便生疑一聞羅漢成佛當時擔荷乃云今日乃知眞是佛子得佛法分四大弟子尋常疲懈不疑不咎直待如來危言激勵又聞身子授記然後生疑身子代請如來說喻方始信解先敘云我等自謂已得涅槃不知眞是佛子不復進求阿耨菩提今聞譬喻方知我等今者眞是聲聞眞阿羅漢所謂睡輕者一呼便應睡熟者搖撼方驚也要解云諸大弟子皆内秘外現根非中下悟無先後爲助揚法化故次第敷陳也(戊)二明中根得解分二

(己)一經家敘喜又二(庚)一敘内心

爾時慧命須菩提摩訶迦旃延摩訶迦葉摩訶目犍連從佛所聞未曾有法世尊授舍利弗阿耨多羅三藐三菩提記發希有心歡喜踊躍

經家首標四大弟子是能信能解之人所信所解乃一乘上妙佛知見法天台云然於空生獨曰慧命三人皆稱摩訶者通論皆大智慧別論善吉得空性以空慧爲命又于般若中佛命轉教敷宣是爲慧人所命也直指云今既從權入實則實際理地不受一塵故以解空居首今世門頭不捨一法故須用頭陀爲先演眞俗不二之法事到理到非善論議者不可遊權實不二之門盡佛境界非神通第一者豈能致哉故于千二百中特舉此耳從佛所聞等是得喜之由遠聞方便品說法又見舍利弗

授記如此聞見皆昔所未有者故生大歡喜也發希有心一句是敘近聞譬喻則發所未發之心故曰希有心爲信故發信爲解故有是品名信解之意㊄二敘外儀

即從座起整衣服偏袒右肩右膝著地一心合掌曲躬恭敬瞻仰尊顏

例上身子亦應三業領解發希有心屬意從座起等屬身白佛屬口此敘今有所興起之形儀也

㊁二當機陳解分二㊄初長行并七十三行偈陳解又分二㊅一略以法說又二㊆一正法說又二㊇一明昔證小不求又二㊈一標章

而白佛言我等居僧之首年并朽邁自謂已得涅槃無所堪任不復進求阿耨多羅三藐三菩提世尊往昔說法既久我時在座身體疲懈但念空無相無作於菩薩法遊戲神通淨佛國土成就衆生心不喜樂

此明昔不願求也爲今有所信解故將從前過狀一一陳白則知厭小便是解大之心我即迦葉自稱等於空生目連與迦旃延也然經家所以敘此四人者由如來授記唯舉此四名故以是先標也此敘陳有三不求謂我等從前皆居衆僧之首晚學依我爲法即欲改途求進恐爲後學譏嫌是一不求也又則我常聞行菩薩道者不自惜身命難行難忍皆欲能之况度生任重我等年并朽邁是二不求也再之自謂蒙世尊開導令我證得三三昧道見思已斷梵行已立既不來三界受生則無所願

求可謂千足萬足矣雖有如世尊之三十二相福慧具足一箇無上菩提自念我等無所堪任故不復慕是三不求也由此三種顩惜之心雖在如來座下縱有時聞大乘妙理似爲非我所有但以疲懈身心只念空無相無作三昧而已於菩薩所有遊戲神通之事淨佛國土之心成就衆生之志一槩無心喜樂也遊戲神通者于方等會上見維摩居士借飯香積手持大千并借三萬二千師子座于燈王佛國等皆神通遊戲也淨佛國土是上求成就衆生是下化三解脱者一空解脱門謂觀諸法無我無我所一切俱空也二無相解脱門謂觀男女相一相異相皆非實有也三無作解脱門謂知一切法空無相即無所作也

又曰無願解脱即于三界無所願求也

㊀二釋義

所以者何世尊令我等出於三界得涅槃證又今我等年已朽邁於佛教化菩薩阿耨多羅三藐三菩提不生一念好樂之心

所以者何一句是徵詞下方釋義謂何故於菩薩神通淨佛國度衆生等而不喜樂葢因世尊原爲我等著外道法化令出家使我等離三界苦得涅槃樂今幸遂心滿願故不求大也又加我等年運已邁自忖不堪任大况此等心志不但從前一往如是即近先世尊説無量義教諸菩薩似亦無有一念好樂之心此皆是我小乘輩甘自下劣以至如是此自陳習小不樂大乘之志

㉮二明今會一方得

我等今於佛前聞授聲聞阿耨多羅三藐三菩提記心甚歡喜得未曾有不謂于今忽然得聞希有之法深自慶幸獲大善利

此明今有所證也知音云今於佛前下謂般若方等時雖聞授菩薩記猶呵斥聲聞今於佛前聞方便品言但有聞法者無一不成佛又聞譬喻品中之等賜大車况明見授聲聞舍利弗記所以甚爲歡喜而此經此記得未曾有也不謂於今下申明心喜之義謂我等有求而得不爲希有今本無心求而忽然得聞是甚希有也分所當得不甚慶幸今經乃從前分所不當得者而一旦得之豈不深自慶幸實可謂獲大善利矣㊀二略舉喻

無量珍寶不求自得

無量珍寶領法說中諸佛成就無量無邊未曾有法喻說中財富無量兼合譬中無量禪定解脫等不求自得一句方出自已所信所解之義略以法說已竟㊁二廣以喻顯分二㊀一開譬又二㊂一詔發

世尊我等今者樂說譬喻以明斯義

妙樂云應知世禮欲有所決須先諮問引發以爲起喻之端㊂二說喻分五㊀一父子相失譬又四㊁一捨父逃逝

譬若有人年旣幼稚捨父逃逝久住他國或十二十至五十歲

窮子一喻通篇描寫諸弟子及佛窮富之狀大竅云然佛旣以譬喻寫哀愍之心我等亦應以譬喻寫愚鈍之態是所謂投桃

報李也天台云譬若有人雖四人之語其實領二十子喻二乘也年幼稚者喻無明厚重解心無力也捨父逃逝即背眞逐妄無明運使曰逃趣向生死曰逝他國者以涅槃法界爲自國以生死五道爲他國久住者逃戀生死也或十是天道二十是人道五十是五道由衆生備輪諸道故云或十等也○問佛捨應後衆生起惑是父離子去何言捨父答由衆生不求大勢佛居此無益所以捨應他方還成子背故也

年既長大加復窮困馳騁四方以求衣食漸漸遊行遇向本國

因宿種薰動有厭苦欣善之心而善根增長是年長大意天台云不得出離之要爲窮爲諸苦火所逼曰困馳騁四方求衣食者佛未出時諸凡夫人依身受心法起四倒見於四倒中求正道如食求助道如衣雖非正修以厭苦求理亦爲可化之緣佛出時多諸外道得度即此意也漸向本國者明外道厭苦希脫邪求涅槃是漸漸遊行意無心求佛而今得值遇故云遇向本國也△向字對前捨字言捨之而久住他國向之即還到本處前言於四倒中求正助者即外道執常斷等見爲正修諸苦行爲助(廿)二求子不得

其父先來求子不得中止一城

直指云喻佛懸念衆生於此八千往返故曰先來求子機教不扣故曰不得△中止一城者如來既雙垂二相則處于同居實報之間故云中止以勝身論一城即實報

土以劣身論一城即方便土也此領前云我于二萬佛時常教化汝意來

其家大富財寶無量金銀琉璃珊瑚琥珀玻瓈珠等其諸倉庫悉皆盈溢多有僮僕臣佐吏民象馬車乘牛羊無數出入息利乃徧他國商估賈客亦甚衆多

天台云如來報身恒居實報土故曰家具足萬德曰大富具五度福德名財智慧名寶一一具足名無量△金銀珠等即種種差别權智一一充滿是領上長者大富義倉以盛糧庫以貯物充滿爲盈流蕩名溢以禪定如倉能生百八三昧飽滿衆生故以實相爲庫能以十八空慧徧濟衆生故直指云三賢智行爲僮僕十地理行爲臣佐十信外凡爲吏民象馬二車喻權實並運牛羊喻方便隨順五十五位從體起用出生萬善曰出位位攝用歸體曰入十法界冥通曰徧他國商表差别理行照而常寂賈表差别智行寂而常照從因至果重重無盡故曰亦甚衆多此承大白牛車莊嚴露幔意出入息利者一爲無量是出無量爲一是入又化他之用爲出自行之用爲入以法出利衆生曰息以化功歸巳曰利徧于三土行于非道通達佛道是徧他國義此土菩薩往他土聽法他方大士來此方聞經往來求利有如商賈義又徧入三土求法故云衆多㊂三偶到父城

時貧窮子遊諸聚落經歷國邑遂到其父所止之城

無大乘功德法財故名窮子天台云此等

退大以來備遭諸苦深生厭離妄起邪解觀察五陰爲聚落十二處爲邑十八界爲國歷此求理名求衣食由邪慧爲入正之因感佛大悲救濟名到父城直指云從外道出家先十二年阿含遊三十七品聚落次八年于方等歷中實之邑後二十二年到眞空之國今來法華方止父城此領三車之喻而來大竅云雖是展轉遊行其實未見本生之父前說其父求子不得中止一城此言子遊聚落遂到父城父子總在一城只是兩不相見所謂不識廬山眞面目只緣身在此山中是也㊄四父爲憂念

父每念子與子離別五十餘年而未曾向人說如此事但自思惟心懷悔恨自念老朽多有財物金銀珍寶倉庫盈溢無有子息一旦終没財物散失無所委付是以殷勤每憶其子復作是念我若得子委付財物坦然快樂無復憂慮

此明慈父念子直指云喻佛觀三乘諸子嬉戲火宅故曰每念化城止在内凡自大乘初住望如來妙覺道果隔五十五位故曰離別五十餘年四十年前但說權法未及顯實故曰未曾向人說如此成佛之事況又說時未至故曰但自思惟未稱本懷故曰心懷悔恨化隨機盡故曰自念老朽法無相托故曰無所委付金銀下總牒長者原喻以喻三德秘藏無機領受故曰無有子息將唱涅槃故曰一旦終没將欲開權顯實故曰殷勤每憶出定雙歎權實故曰復作是念顯實之後法有所託故曰無

復憂慮此承上會三歸一意△與子離別五十餘年斷非久住他國之五十年也彼從迯入迯而淪五道此眞妄間隔而爭五位宜以直指所表爲當㊀二父子相見譬分二㊀一子見父譬

世尊爾時窮子傭賃展轉遇到父舍住立門側遥見其父踞師子床寶几承足

此明三乘窮子遥見大富長者喻華嚴時不覩不聞也直指云初習四諦次習方等故曰傭賃展轉有修有證故以傭賃取價爲喻初敘向理國次敘至同城相近空如來藏性故曰遇到父舍尚未契一眞法界故曰住立門側以二乘化城望實報境尚遠故曰遥見大窾云師子座即法空座也以神通爲足無畏爲几所以助神通也知音云以身雇人曰傭任力取直曰賃前行曰展復回曰轉

諸婆羅門刹利居士皆恭敬圍繞以眞珠瓔珞價直千萬莊嚴其身吏民僮僕手執白拂侍立左右覆以寶帳垂諸花幡香水灑地散衆名花羅列寶物出内取與有如是等種種嚴飾威德特尊

班列諸貴族淨行之人既曰恭敬圍繞則非宫墻外望者表地上諸法身大士也珍珠瓔珞乃長者身中之莊嚴表十波羅密足以嚴法身也而曰價直千萬則十度能開萬行法門吏民僮僕乃内奉外役之人而又執白拂立左右宜表巧方便智白拂即權智之用左右乃二邊之名表佛以巧方便權智於空有二邊運用無盡也更得

覆慈悲之寶帳垂萬行之華幡以智水洒衆生之心地散名華表五衆之因修羅列諸地眞實功德出内自他無邊妙義總見三身體具四智齊圓萬德尊嚴威神莫測故謂種種嚴飾威德特尊也直指云從體起用曰出與攝用歸體曰取内乃明體用收放故也

窮子見父有大力勢即懷恐怖悔來至此竊作是念此或是王或是王等非我傭力得物之處

此明窮子見父心生驚怖喻三乘人未開佛知見所以見大乘而生恐怖也天台云大勢力者智曰大力神通曰大勢如上身手有力義恐怖者小機劣弱怯懼大道也悔來者見佛以大法示之不肯信受故也竊作念是擬退大之心此或是王等直指云小乘但知化城爲家丈六是主覩尊特舍那身爲華藏之主爲他方之佛此正明迯本逐末背大向小下劣自甘故云非我傭力等也

不如往至貧里肆力有地衣食易得若久住此或見逼迫强使我作作是念已疾走而去

貧里者但著偏空也直指云以斷惑證眞名肆力有地有修有證故曰衣食易得若久住等天台云修大乘道必經無量刼故曰久住二乘本怖生死修大乘者必入生死實非本願故曰逼迫强作也捨大取小故曰疾走而去△前是背本覺而趨五道故曰逃逝此是畏大乘而戀偏空故曰疾走此正領前東西馳走視父之意㊟二父

見子譬

時富長者於師子座見子便識心大歡喜即作是念我財物庫藏今有所付我常思念此子無由見之而忽自來甚適我願我雖年朽猶故貪惜

此明長者見子自慶喻佛得機歡喜也天台云佛居第一義空以大圓智而鑑機也見子便識者知是往日結緣弟子幸機教相扣故生歡喜此領法中而起大悲心喻中即大驚怖意彼以大悲拔苦故言驚怖此言大慈與樂故曰歡喜作是念者將垂大教也今見大機發動稱已慈心則大乘有託故曰財物庫藏有付子一日不得此一乘之利尚在流浪如來一日垂念不忘故曰我常思念欲救而機不感是無由見之也今有可度之機是忽來義稱適悲心是適願義下二句釋明適願難于遽遂之由謂雖化緣將畢奈大機尚未相扣猶在審慎之際故云猶故貪惜(子)三追誘相近

譬分二

(丑)一遣傍人追

即遣傍人急追將還爾時使者疾走往捉窮子驚愕稱怨大喚我不相犯何爲見捉

此下領華嚴時佛欲以一乘大教頓授三乘然不自說乃命五十五位法身大士各說一眞法界生佛平等之理是即遣傍人也急追將還者天台云直說大教于小乘如急追使速憶大乘本願故曰將還疾走往捉者以大乘如如理智欲使人人直趨菩提如大白牛車其疾如風也若以菩薩

說法爲論則菩薩自有神通又得佛加被亦能令衆生速取菩提也窮子驚愕者小乘雖曾發大心久廢不憶今忽聞大教故驚不識境界故愕小乘以煩惱爲怨生死爲苦三界爲大牢獄今聞煩惱即菩提生死即涅槃還入三界教化衆生是稱怨枉大叫喚也於淨佛國土成就衆生心不喜樂故云我不相犯何爲見捉此領上勸門擬宜無機意

使者執之愈急强牽將還于時窮子自念無罪而被囚執此必定死轉更惶怖悶絕躃地

使執愈急是諸菩薩位位談眞如妙義言初心與究竟齊等乃急欲成就菩提也二乘本無心樂即强牽將還意自念無罪等者天台云罪即慈悲也衆生以罪故入生死獄菩薩以慈悲故亦同罪入獄二乘無利生之志名無罪欲令入生死獄如被囚執也無大乘方便而入生死必當永失三乘慧命故云必定死也因思念如上諸事則轉更惶怖强以大法投之而小智不解故言悶絕起誹謗墮三途即躃地也此領上誡門擬宜無機

父遙見之而語使言不須此人勿强將來以冷水灑面令得惺悟莫復與語

此幷領上勸誡二門擬宜息大乘化天台云遙見者以大小懸隔是結緣之子故云遙見語使言等即如來與諸菩薩言不須現汝尊妙身令二乘見如淨名經云攝汝身香無令彼諸衆生而起惑著又普賢入娑婆促身令小皆此義也勿强將來者既

無大機若現勝身說大乘法不唯無益恐返傷善根冷水者即三藏灰斷理水除見思熱惱面者以厭苦爲背趨理即面也醒悟者開小教逗機令得離煩惱悶悟四眞諦也莫復語者決定應息大乘教也

所以者何父知其子志意下劣自知豪貴爲子所難審知是子而以方便不語他人云是我子

小乘厭苦欣空畏難大法且任其習小抑佛本懷也天台云審知者如來已知于二萬佛所曾發大心是有子義而以方便等於昔小乘教中隨他語意方便覆護稱是聲聞不說隨自語意是菩薩也

使者語之我今放汝隨意所趣窮子歡喜得未曾有從地而起往至貧里以求衣食

放汝者知大機弱隨意者知小善强以此二緣故息大化也天台云不爲大教所逼故歡喜無謗大罪得免三途故如從地有小善生故言而起又前擬宜大法迷悶不解臥無明地今逗以小可得醒悟故言從地而起於四諦中欲求道法故言往至貧里以求衣食(卅)二遣二人誘分二(寅)一齊教領

爾時長者將欲誘引其子而設方便密遣二人形色憔悴無威德者

此下領鹿苑時也將欲誘引者天台云既息大化不容孤棄即設方便故言將欲也密遣等今明方便隱實爲密指偏眞爲遣直指云今是劣應垂權赴機時屬阿含故曰而設方便先命地上菩薩化作聲聞緣

覺同生五濁内秘外現非同急追故曰密遣二人地上菩薩理智雙隱同示愚小故曰憔悴不用諸神通等事故曰無威德△密遣二字正是所設之方便也二人者以方便權智出于中道之外即用空有二法化權小耳形色憔悴等由權智用事不能稱性發揚廣彰妙用故

汝可詣彼徐語窮子此有作處倍與汝直窮子若許將來使作若言欲何所作便可語之

雇汝除糞我等二人亦共汝作

此以同事行往攝之也直指云詣眞空處同學般若故命曰汝可詣彼徐語等也作處者天台云即見道修道是斷見思之處倍與汝直者修五戒十善止出三途四諦十二因緣能出三界是爲一倍又外道六行但能伏惑今修四諦則能斷惑得至涅槃是爲二倍也窮子若許者有機即設教但使除見思戲論之糞二人共作者約理即智諦相資約人即權人共實人修行也△除糞二字下得奇恠喻得恰好

時二使人即求窮子既已得之具陳上事爾時窮子先取其價尋與除糞

諸菩薩上奉佛勑於方便土中現隨類身說隨類法而得機施教皆爲大乘作本教菩薩法故云具陳上事也二乘人慕果行因故云先取其價

㝢二取意領

其父見子愍而恠之

愍其不發大心恠其偏取小果唯此是佛深生憐愍處謂其所失者大所得者寡不

能同佛受用也○妙樂問若慇念怪責即當以大法濟之可耳何故密遣教其取小答旁追不來事須密遣雖教除糞非父本懷欲以彰言委付故此惜也

又以他日於窻牖中遥見子身羸瘦憔悴糞土塵坌汚穢不淨

此明隱勝現劣喻華嚴雙垂二相二始同時之際也直指云他日者是方便以智鑑機之日窻牖喻妙觀察智照被小機小大相去甚遠故曰遥見二乘人被我法二執蔽覆法身故曰糞土塵坌五欲葢纏智種故曰汚穢不淨天台云修因智力微弱爲羸修因福力淺薄曰瘦四住爲糞土無知爲塵坌

即脱瓔珞細軟上服嚴飾之具更著粗弊垢膩之衣塵土坌身右手執持除糞之器狀有所畏

如來隱實報莊嚴之境即脱瓔珞也以方便隨機示丈六身如著弊垢衣示生淨飯王家現五欲八相成道故曰塵土坌身依實現權廣演三乘故曰右手執除糞器亦示生老病死苦故曰狀有可畏天台云塵土坌身者現有煩惱有爲有漏也右手喻權自以此權法斷結成佛又以此化人故云執除糞器狀所畏者示同二乘怖畏生死又有寒風馬麥等報大論云佛有九惱謂六年苦行孫陀利謗金鎗馬麥琉璃殺釋種乞食空鉢旃遮女謗調達推山寒風索衣加雙樹背痛爲十

語諸作人汝等勤作勿得懈息以方便故得

近其子

語諸人者天台云即是說三藏教示四念處爲除糞之器斷結之境也此領火宅中適願勇銳即聞慧外凡位也勤作勿懈即令其勤修四念乃正勤方便若起懈息不能滅二惡即已生未生也生二善以二勤故能發煖火對火宅互相推排入修慧煖位也方便得近者即以念處正勤之方便始得小機相近也

後復告言咄男子汝常此作勿復餘去當加汝價諸有所須瓫器米麵鹽醋之屬莫自疑難亦有老弊使人須者相給

此明四如意足天台云咄乃驚覺意上正勤中紛動即是智法如男子是陽性令如意足是定法如女子是陰性良以正勤策動不得與眞空相應故驚令捨散入寂也汝常此作無復餘去者前念處正勤動不專一令令入四如意足中定不異緣斷諸有漏定斷專一故云爾也此猶在互相推排中頂法位也當加汝價者正勤觀中不能發眞令如意觀中始發無漏故云加價諸有所須者即有漏無漏善助道正道皆從如意觀中求之欲須即得也四禪體含支林如瓫器生空智粗如米法空智細如麵此即正道四諦下十六諦觀無常如鹽苦諦如醋此即助道如米麵難食須鹽醋和之由正道難顯須助道發之也莫自疑難者結上正助審在如意觀中故令勿疑決定可辨如已物想故言勿難若欲直取神通以代手足如使人驅役者如意觀中

能發此通但通發劣弱事同老弊通雖微劣亦可運用故云須者相給也

好自安意我如汝父勿復憂慮

此明五根力相好自安意者天台云得信等五根安固難壞也我如汝父者已得似解隣于證眞似像未實故云如父勿憂慮者令其安意破見思也

所以者何我年老大而汝少壯汝常作時無有欺怠瞋恨怨言都不見汝有此諸惡如餘作人自今已後如所生子

我老汝少者天台云佛居道後智斷已足故言老大子在道前因位智斷始修故曰少壯此忍法位也得此五力離五惡法謂得信力故不欺得精進力故不怠得念力故不瞋得定力故不恨得慧力故不怨言

餘作人者遠指外道以邪見求理名餘作人近指煖頂等四位未免五道亦名餘作人自今已後等下忍十六剎那時節猶長中忍雖復縮觀亦未是一剎那若上忍世第一最後一剎那心隣眞逼聖故名此位如所生子也

即時長者更與作字名之爲兒

此明八正道世第一法與眞不遠故云即時天台云阿含説五種佛子四果及辟支佛名佛眞子菩薩不斷結子義未成今二乘得八正道入見道位故名爲兒

爾時窮子雖欣此遇猶故自謂客作賤人由是之故於二十年中常令除糞

此明七覺支天台云二乘因斷見惑得爲小義所謂欣此遇以思惑未盡猶居學位

正須依教修行盡苦故云猶故自謂客作賤人若干初果中便起樂大之心即應授以大法更不進斷殘結由不捨小志大機不發以是之故且令依教盡漏故二十年中常令除糞也二十年者一無礙一解脱斷見惑九無礙九解脱斷思惑則無礙與解脱共二十也此文并偈凡三番云二十年意各不同隨其文下釋之可見㊀四委知家業分二(丑)一領家業又二(寅)一相體信

過是已後心相體信入出無難然其所止猶在本處

此下領方等時也過是已後者天台云過鹿苑三藏已後即方等時心相體信者父子互相體悉信順謂三藏教中得涅槃價此既不虛令爲菩薩說大乘亦是不虛此是子信父也佛知此等見思已斷聞大不謗無漏根利聞必生信是父信子也入出無難者由此見尊特身聞大乘教名之爲入復被呵斥猶見丈六說小乘法名之爲出大小入出皆無疑難矣雖然入出無難聞大乘法猶謂是菩薩之事非已智分不言未來俱得作佛故云猶在本處也(寅)二命領業分二(卯)一命知家業

世尊爾時長者有疾自知將死不久語窮子言我今多有金銀珍寶倉庫盈溢其中多少所應取與汝悉知之

此下領佛轉教般若時也將死不久者天台云有機則應爲生機盡應謝爲死今化機將畢應謝不久也金即別教理銀即通

教理然理本無多約種種門亦得言多也如空非十八由破十八法故名空十八也勸學品中明一切法門皆是珍寶倉是定門即百八三昧也庫是慧門即十八空境也通別兩教定慧倉庫包藏一切禪定智慧無所缺少内充外溢故云盈溢其中多少者說般若則有廣略二門略即少廣即多也自行爲取化他爲與大品中云汝當爲菩薩說故云悉知

我心如是當體此意所以者何今我與汝便爲不異宜加用心無令漏失

誡體我心者佛以般若爲心汝今轉教當隨佛意說也爾我不異者天台云釋此有三一加被令說與佛不異也二就理以諸法皆如故得不異三就今時始悟父子天性本來不異也無令漏失者一則汝爲菩薩說般若教無令漏失二則就理即是汝法後時當用故無令漏失也㊉二受命領知

爾時窮子即受教敕領知衆物金銀珍寶及諸庫藏而無希取一飡之意然其所止故在本處下劣之心亦未能捨

無心希取者天台云如善吉雖說般若然謂是菩薩法我無其分也在本處者住羅漢位雖復慕大亦未定言欲作菩薩也劣心不捨者猶復止小亦未定言捨於小證也

復經少時父知子意漸以通泰成就大志自鄙先心

天台云少時有二說一說般若竟尋思所

領大乘法門心生貪樂相去法華不遠故云少時又說無量義經時大乘機發聞無量義經中說七種方便無量漸頓從一法生由是思惟於已所得三乘之法皆從一法而生如是思惟漸以通泰故言成就大志也漸以通泰以字合作已下偈文云漸已曠大其義可詳㊀二付家業分二㊁一正付家業

臨欲終時而命其子并會親族國王大臣剎利居士皆悉已集

此下領般若之後說法華時也臨欲終時者天台云是明時節化緣將訖唱入涅槃時也直指云并會親族表五十五位法身大士因該果海故曰并會國王即多寶如來及十方分身諸佛古今不離一念自他不隔毫端將示圓行圓證故曰皆悉已集△命子會親族者二乘人一向權實未融小大未會直至今會始得融一無二之旨自知有成佛時節所謂得佛法分方知諸佛菩薩皆是家裏親屬始有心念欲得作佛具三十二相爲天人恭敬轉無上法輪故如來于人天衆中授成佛記此爲受佛所命也

即自宣言諸君當知此是我子我之所生於某城中捨我逃走竛竮辛苦五十餘年其本字某我名某甲昔在本城懷憂推覓忽于此間遇會得之此實我子我實其父今我所有一切財物皆是子有先所出内是子所知

前敘返妄歸眞此敘從眞起妄末後會歸眞妄一如以明父子委付至此乃一眞法

界現前之時故乃宣告諸君表佛佛道同也直指云以智契理曰此是我子妄不離眞曰是我所生也次敘捨父逃逝喻三乘背覺合塵于城不言其名由一眞法界無可名狀也背覺合塵曰捨父爲業風飄蕩曰竛竮五趨受生曰五十餘年於子言某者以妄本無因體絶是非也佛亦言某爲眞如果體離相離名佛居寂光常愍諸子故曰懷憂推覔于凡聖同居土以方便得近曰忽遇得之也巳上約時言權實一如曰此實我子體用不二曰我實其父此約人言五時説法圓頓觀智權實家業至此開顯悉皆明了故曰所有財物皆是子有等此約法言也從體起用曰出攝用歸體曰内△至此始將父子情同一段天性吐露于父則言遇會見於子則言是子知須知父見即子見子知即父知也而佛知見之通達可謂朗朗不昧(寅)二承受歡喜

世尊是時窮子聞父此言即大歡喜得未曾有而作是念我本無心有所希求今此寶藏自然而至

領上各乘大車得未曾有自領無心希望佛道而今忽聞得記作佛故云不求自得也開譬巳竟

妙法蓮華經授手卷第二之五

音釋

邁音賣 騁奇逞 估音古 傭音融 賃音任 内音納 愕音諤 膩音[illegible]

妙法蓮華經授手卷第二之六

清楚衡雲峯沙門智祥集

(壬)二合譬分四(癸)一合父子相失

世尊大富長者則是如來我等皆似佛子

此以巳合喻中之愚迷而負慈多矣直指云喻中正明子逆故先說譬如窮子捨父逃逝法中要明父慈故先說大富長者則是如來時爲眞妄未融雖稱佛子猶曰皆似(癸)二合父子相見

如來常說我等爲子

合上長者見子便識觀如來常說四字則知不自信作佛之心明露秋光矣又常說者如來雖說權乘其實皆爲誘引之方而觀諸衆生無一不是成佛種子也(癸)三合追誘相近又二(子)一合傍人追

世尊我等以三苦故於生死中受諸熱惱迷惑無知樂着小法

一往被三苦所困故乃違大向小受諸熱惱者即爲三苦所逼也迷惑無知者即于佛方便法中遇便信受思惟取證所以樂於小法也三苦者世界相續即壞苦衆生相續即苦苦業果相續即行苦也(子)二合二人誘

今日世尊令我等思惟蠲除諸法戲論之糞我等於中勤加精進得至涅槃一日之價既得此巳心大歡喜自以爲足便自謂言於佛法中勤精進故所得弘多

直指云般若之終法華之始故曰今日六度是對空之有一眞是對有之空二俱戲論故云令我等思惟也盡除見思故云除

糞二十年不怠云勤精進證三三昧境是得涅槃價待眞空般若謂所得弘多△今日即是遠對多生不逢聖化今方遇佛開示三乘而言若以法華爲今日似與下文不合有云今日當是方等時也

然世尊先知我等心着弊欲樂於小法便見縱捨不爲分別汝等當有如來知見寶藏之分

此敘阿含時也直指云先知二字指華嚴時觀二乘根劣心着偏空弊欲樂於小法正對前遥見子身羸瘦憔悴也便見縱捨等正對脫珍着弊執除糞器一節(癸)四合領付家業分二(子)一合領家業

世尊以方便力說如來智慧我等從佛得涅槃一日之價以爲大得於此大乘無有志求

此敘方等時也世尊由權說實於方等中傍提正挈而二乘似有欲樂之心但以所證之空理爲勝故不能憤志趨求也正合上入出無難等意

我等又因如來智慧爲諸菩薩開示演說而自於此無有志願

此敘般若時轉教敷揚也觀因之一字似非已力能說般若乃因如來威神加被雖爲諸菩薩說大般若其實於已無心願樂

所以者何佛知我等心樂小法以方便力隨我等說而我等不知眞是佛子

此釋明佛心已意謂佛知我樂小故令敷揚甚深般若意欲令我等深信大乘必得作佛則佛視我等與菩薩不別但我等自甘下劣竟不自知爲眞佛子實爲可惜(子)

二合付家事

今我等方知世尊於佛智慧無所悋惜所以者何我等昔來真是佛子而但樂小法若我等有樂大之心佛則爲我說大乘法於此經中唯說一乘而昔於菩薩前毀呰聲聞樂小法者然佛實以大乘教化

今因得聞法說譬喻兩處開示始悟佛之知見原非外得故曰方知大窾云由前三時多方誘掖至今如來說破我實汝父汝實我子一切財寶皆是子有始信如來於佛慧未嘗悋惜不肯與我即我亦未嘗不是如來真子特患我等不肯承當設我果有樂大乘之志如來早將寶藏委付之矣何待今日然則我等負佛深恩不但今日至今日乃知佛有此深恩也我等又思世尊不唯於此經中唯說一乘即方等會中褒揚菩薩毀呰聲聞其實皆是以菩薩法教化我等也毀呰聲聞者如楞伽經於大慧前說聲聞同外道名愚夫名跛驢名敗種等

是故我等說本無心有所希求今法王大寶自然而至如佛子所應得者皆已得之

此慶幸今日獲佛知見是無心求得如窮子不求大寶自然而有也直指云以此陳如身子等此合長行召衆委付家事一節深信不虛深解不謬將望如來爲彼授記

△此是迦葉等自陳悟入處但較身子特詳耳且身子利根人說無多語便將數十年心思及負己負人處徹底掀翻無不盡情而空生等四人既位示中根說話就要

象中根人口氣況佛爲喻說詳明爲父者之慈心則彼亦必喻說詳明爲子者之不肖也此是他靈山會裏一場裝扮處各盡其態只要做得相象令見聞者於離合悲歡處實有所感發耳若以慢中人分智愚高下此爲不善觀者也(庚)二偈頌分二(辛)一頌長行又二(壬)一頌法說

爾時摩訶迦葉欲重宣此義而說偈言

我等今日聞佛音教歡喜踊躍得未曾有佛說聲聞當得作佛無上寶聚不求自得

此頌長行畧法說自爾時慧命至以明斯義節長文廣此畧也知音云今日即對前四十年說聞即耳根是所被機也佛音即上法喻諸說乃能被教也歡喜屬心踊躍屬身照前心生大歡喜自知當作佛看一向不許小乘作佛今得授記是未曾有也佛說下正明得未曾有之事無上寶聚喻阿耨菩提四十年前絕無希望故曰不求今得者喜出望外也(壬)二頌譬喻分二(癸)一頌開譬分四(子)一頌父子相失

譬如童子幼稚無識捨父逃逝遠到他土周流諸國五十餘年

此頌子背父去直指云此明三乘逃真逐妄五趣周流五趣受生故曰五十皆因五陰所使根塵所覆逃佛知見以致如此故先言幼稚無識因果雙頌也

其父憂念四方推求求之既疲頓止一城造立舍宅五欲自娛

天台云四方求者不同於上是約四諦推理今是四生中覓可度之機故曰推求△

求之既疲者即於四生中求大乘機不得故仍與諸菩薩說妙法也頓止者即證入自受用土一城即覺場也造立舍宅知音云喻二十重華藏莊嚴世界海教屬一乘圓頓故曰頓止華藏世界品乃普賢菩薩於一眞法界正位中唱出故曰造立中詮四分五周明佛依正自受用之因果故曰五欲自娱也

其家巨富多諸金銀硨磲碼碯珍珠琉璃象馬牛羊輦輿車乘田業僮僕人民衆多出入息利乃徧他國商估賈人無處不有千萬億衆圍遶恭敬常爲王者之所愛念羣臣豪族皆共宗重以諸緣故往來者衆豪富如是有大力勢

其家巨富一句爲總下七寶象馬等皆巨富中之别相也知音云商是行者估是坐者以有易無曰賈千萬下明親疎遠近之衆多也圍遶恭敬者依戀悦慕爲物所景仰也王者君也羣臣牧也宗重者尊重恭敬之也△常爲王者下四句明他方主伴讃歎恭敬也以諸緣者指上七寶象馬人民田業而言由如來廣具衆德故他方此界無不雲集於華藏海也豪富如是總以結上一切所有也

而年朽邁益憂念子夙夜唯念死時將至癡子捨我五十餘年庫藏諸物當如之何

此頌長者失子之苦無所委付是所以憂念也知音云朽邁喻佛成果之時已久千二百人尚未得記夙早也夜夕也死時喻涅槃時至癡子者父心痛子之辭捨我五

十餘年念其久滯五道△既久沉生死則苦縛尚未得除豈能於大法有所擔荷故曰庫藏諸物當如之何

爾時窮子求索衣食從邑至邑從國至國或有所得或無所得饑餓羸瘦體生瘡癬漸次經歷到父住城

此頌窮子經尋之苦無所依托是所以遊歷也天台云根塵相涉如從邑至邑十八界如國修三界有漏善如有所得修二乘無漏善如無所得不得大乘法食如饑餓無大力用爲羸無大功德爲瘦于有無善上起見思惑如瘡癬△如來觀知衆生于二萬佛來退大之後因衆苦所逼妄求復眞之道如求索衣食邑小國大謂諸衆生求解脫道自淺至深從小至大有得無得等依前釋爲當四十年來次第開解曰漸次經歷到父城者即至法華會矣㊂二頌父子相見

傭賃展轉遂至父舍爾時長者於其門內施大寶帳處師子座眷屬圍繞諸人侍衛或有計算金銀寶物出内財產注記券疏

天台云上言門側此言門内即一眞法界之内見相蕭得處也施大寶帳等正明所見之相章安云以廣顯畧爲注授决爲記四弘誓爲券修行爲疏

窮子見父豪貴尊嚴謂是國王若國王等驚怖自怪何故至此覆自念言我若久住或見逼迫强驅使作思惟是已馳走而去借問貧里欲往傭作

此明二乘覩華藏境見尊特身而生驚怖

自恠二字乃形容自巳昔年甘爲下劣之情覆自念乃心中廻環忖度沛畏大乘由舊習不捨故復往貧里貪愛小果故曰欲往傭作也

長者是時在師子座遥見其子默而識之

此正明覺塲中觀知衆生根性劣弱不教大法故云默識所以現丈六身投其機也

(子)三頌追誘相近分二(丑)一頌遣傍人追

即敕使者追捉將來窮子驚喚迷悶躃地是人執我必當見殺何用衣食使我至此長者知子愚痴狹劣不信我言不信是父

此總頌勸誡二門無機息化見殺與上必死義同敕使追捉乃如來普欲令衆生亦同得此道之普慈也窮子驚喚等是無機領受也是人執我下四句乃形容窮子迷執之想謂彼執我之急强使我作似非有益於我是必欲將我至死也若謂濟我以衣食豈能如是急趨之耶此明往昔不信心佛衆生三無差別之意(丑)二頌二人誘

即以方便更遣餘人眇目矬陋無威德者汝可語之云當相雇除諸糞穢倍與汝價

既息大化故以方便說小乘法誘引之也天台云眇目譬偏空所見不正故矬者竪短陋者橫狹見偏空者竪不能窮實相之源橫無大乘衆善莊嚴故如矬陋非四無畏名無威異常樂我淨名無德遣地上菩薩内秘外現示同事攝云可語之令修小教云雇汝除糞從但空而入眞空曰倍與價也

窮子聞知歡喜隨來爲除糞穢淨諸房舍

歡喜隨來者是機與教稱乃投其所好也淨諸房舍如初果不入色聲香味觸法并得淨見思五陰房舍也淨房舍句喻意甚妙

長者于牖常見其子念子愚劣樂爲鄙事牖乃壁間孔牖也謂如來不以尊特身公然覿覩恐復生驚怖不捨慈心常懷念之故云常見知其無樂大之心故云念愚劣也

於是長者著弊垢衣執除糞器往到子所方便附近語令勤作既益汝價并塗足油飲食充足薦席厚煖如是苦言汝當勤作又以輭語若如我子

上長者教作有七科今云附近與語即合四念處也天台云勸作即四正勤既益汝價下一行合四如意足以油塗足能履深水譬神通又油能除風譬定飲食充足即上米麪也薦席厚煖即是觀煉熏修四種禪定修此定故能除散動故以頌如意足也如是苦言兩句頌上第四安慰即五根第五無過即五力根力既成乃堪苦言又以輭語兩句頌上第六更與作字即八正道第七令常作即七覺支并是子位也此三十七道品法常途論之七覺在八正前今對位次故躐等也若如我子若字即汝字莊子中多如此用(子)四頌委知家業分

二(丑)一頌領知

長者有智漸令入出經二十年執作家事示其金銀珍珠玻瓈諸物出入皆使令知

長者有智即用方便乃權智也漸令入出

者乃方便誘引漸入大乘深境二十年執家事即般若會上世尊二十二年廣談大乘空相使二乘轉教敷宣是執作義於般若中二十年熏淘即示其金寶說利已利人之法是出入令知也

猶處門外止宿艸菴自念貧事我無此物

此頌自安于小也大竅云雖知般若眞空能轉大教不肯擔當終隔一重門戶是客作賤人也自念貧事我無此物者下劣之心未捨故也○問小乘既出三界何故止宿草菴答雖空煩惱未盡所知故雖出火宅門止宿草菴猶未入如來門也㊄二頌付業

父知子心漸已曠大欲與財物即聚親族國王大臣剎利居士於此大衆說是我子捨我他行經五十歲自見子來已二十年昔於某城而失是子周行求索遂來至此

父知子心者唯佛能知衆生根性也曠大者非前迷執狹劣之心心既廣大則佛果可成故對衆宣揚也說是我子等如前語舍利弗言我於二萬佛所常教汝志願佛道汝今悉忘由中間退大起惑故經五道所謂捨我他行經五十歲也自見子來已二十年者謂二乘于般若中始有欣厭之心則與如來大乘妙理相近是父子相見義昔于某城失者謂妄依眞起非有定處也周行至此總明四十年漸次修習淘汰而就也

凡我所有舍宅人民悉以付之恣其所用子念昔貧志意下劣今於父所大獲珍寶并及

舍宅一切財物甚大歡喜得未曾有

凡我所有者即如來所有無量知見神通三昧力無畏等盡皆與之故曰恣其所用也子念下方述陳得業歡喜之情謂我從昔來本求聲聞小果久已念及于大乘絶分今一旦聞二乘作佛如來所有莊嚴萬德皆我所有實是從來所罕覯者寧不踊躍慶幸哉頌開譬已竟㊣二頌合譬分三㊤一頌合相失相見

佛亦如是知我樂小

上句合相失下句合相見妙樂云若單以上句合相失其意未顯單以下句合相見意亦不彰何也葢上句借下句成由其樂小所以相失下句亦借上句而顯由佛知彼樂小退失大心是所以與之相見也㊤

二頌合追誘相近

未曾說言汝等作佛而說我等得諸無漏成就小乘聲聞弟子

上二句合旁人追由我等無樂大之志故不說我等有成佛之時而說我下四句乃合二人誘得諸無漏即有餘涅槃也直指云此領阿含時說四諦十二因緣成就六解無漏爲極頌文雖畧而意詳盡大抵前詳則頌畧之也乃說法者錯綜變化之妙

㊤三頌合委知家業分二㊤一頌合委知

佛敕我等說最上道修習此者當得成佛

此頌般若時轉教傳宣說最上道者天台云即是空慧般若更無過于上者謂凡修習此大乘空慧定當作佛也

我承佛教爲大菩薩以諸因緣種種譬喻若

千言辭說無上道諸佛子等從我聞法日夜思惟精勤修習是時諸佛即授其記汝于來世當得作佛

我承佛教即是小乘奉命說無上道佛意欲令自知作佛而證入圓理豈知小乘不解其意但只作傳語人自甘絕分爲門外遊子也說無上道即秉命說佛知見道其聞法者以精進思修得授上記而說法者猶居下位豈不惜哉言諸佛授記又言是時者或在般若之末授記或在他方諸佛前得記皆在不久之間故言是時也

一切諸佛秘藏之法但爲菩薩演其實事而不爲我說斯眞要

二乘人自既不悟一乘圓旨而返自生疑意謂世尊命我爲諸菩薩敷演者即無上法既即此法何故我等說法者尚滯小乘而彼從我聞法者皆得受記豈佛獨爲菩薩演其實事而不爲我說其眞要耶

如彼窮子得近其父雖知諸物心不希取

此牒前譬帖合可知

我等雖說佛法寶藏自無志願亦復如是我等內滅自謂爲足唯了此事更無餘事我等若聞淨佛國土教化衆生都無欣樂

天台云內滅者內即惑體內滅三毒斷見思盡此明執小之過我等若聞三句方舉無樂大之失也

所以者何一切諸法皆悉空寂無生無滅無大無小無漏無爲如是思惟不生喜樂

此明不慕大法之故直指云因內觀身心外觀世界皆悉空寂八識見分消融但一

偏空之理故曰無生滅復觀八識相分但一偏空之智故曰無大小見相同泯故曰無漏無爲也如是思惟空無相無作而謬計大乘之法亦是空寂故不生喜樂也

我等長夜於佛智慧無貪無着無復志願而自於法謂是究竟

此頌明在此偏空長夜之中於佛智無貪着也即前云我無相犯等語此是謬計偏空爲究竟也

我等長夜修習空法得脱三界苦惱之患住最後身有餘涅槃

此頌明于偏空長夜中修習三空之法得脱三界火宅住最後身爲慶幸也最後身者即阿羅漢乃末後一凡夫身謂之果縛

佛所教化得道不虛則爲已得報佛之恩

此頌述已不進求之故謂如來教我欲出三界幸我於出離之道有所證入果謂不虛我既得證涅槃則不負聖化便謂已得報佛恩矣豈更别有所求哉

我等雖爲諸佛子等説菩薩法以求佛道而於是法永無願樂導師見捨觀我心故初不勸進説有實利

此頌重述奉命轉教雖説得徹頭徹底而竟不生一念願樂之心如來竟不出一言明示勸進我等説我聲聞有成佛之眞實利益也㊀二頌合受業

如富長者知子志劣以方便力柔伏其心然後乃付一切財物佛亦如是現希有事知樂小者以方便力調伏其心乃教大智

此頌合領付家業一節始知長者無數方

便誘引得近原爲欲付家業也佛于四十年中用盡氣力調伏我心本意爲我等發明佛知見道所謂現希有事由我等不聞不解樂着小法故佛以方便誘進待至今日始明我等有成佛分如是恩德可勝言哉此方深感救濟之恩也

我等今日得未曾有非先所望而今自得如彼窮子得無量寶

此頌明四十年中次第展轉亘至今日開顯一乘妙義將無量權實寶藏一時分付皆非先時之所有望故重牒窮子不求自至也如此述陳感載之私縷縷不盡至下始得明言報恩

世尊我今得道得果於無漏法得清淨眼我等長夜持佛淨戒始于今日得其果報法王法中久修梵行今得無漏無上大果我等今者眞是聲聞以佛道聲令一切聞我等今者眞阿羅漢於諸世間天人魔梵普於其中應受供養

從上自說喻已來總皆發明昔來蒙昧着小之失至此始明今日新證新得陳白悟由唯此是後授記之定案也觀我今二字不說從前之事言得道者即聞上法說中諸佛智慧十界十如于道場所知之寂滅相及喻說中大白牛車爲如來保任不虛之一乘妙道今幸得矣得果者即三世諸佛共證共知之無上妙果雖未即得而自知決定將來必證則亦如今日有所得也此即領得是佛知矣於無漏法得清淨眼者無漏非從前二乘所得之無漏屬偏空

智今所得者乃權實弁融之無漏法也以此無漏玅智照窮三菩提理無明盡淨事理雙該始謂之得清淨眼此即領得是佛見矣長夜持戒而今得果則領知全權即實雖昔日方便而今亦皆得成究竟即四十年中所修法王之法皆不虗棄亦是乂修梵行所謂水到渠成以至而今得無漏無上大果矣此可信決定自知成佛不謬眞是聲聞者以眞對假言前來雖得聲聞之名不過以四諦聲投小果聞則聲非眞聲而聞非眞聞也今曰以佛道聲令一切聞則聲無不到聞無不盡始可謂之眞聲聞也羅漢亦是我等舊有之名况亦非眞舊曰應供只不過應天上人間而已今謂於諸世間普應供養則亦如佛應盡九界是眞應供矣舊曰無生只不過盡分段於三界不生而已今得授記爲兩足聖尊則變易不生是眞得無生矣舊曰殺賊只不過斷見思盡有漏而已今謂無明暗蔽永盡無餘則亦眞爲殺賊矣但此中羅漢以一應供出陳其實則餘二名不言可知頌長行已竟㊉二歎佛恩德

世尊大恩以希有事憐愍教化利益我等無量億刼誰能報者手足共給頭頂禮敬一切供養皆不能報若以頂戴兩肩荷負於恒沙刼盡心恭敬又以美膳無量寶衣及諸卧具種種湯藥牛頭栴檀及諸珍寶以起塔廟寶衣布地如斯等事以用供養於恒沙刼亦不能報

自來爲辜恩人不識如來累刼勤苦救濟

之心雖聞法説彷佛知解由火宅詳明始知爲父者痛念之深爲子者愚頑之極既於已有得始知恩知報世尊大恩下四句合蓄之意無盡故章安分十重發明一佛以四弘誓願慈悲普覆拔六凡苦與四聖樂是世尊大恩以希有事利益我等入如來室得安居矣二如來往昔行菩薩道時常教化我雖復中忘而智願不失是世尊大恩憐愍教化大慈與樂矣三我等退大遭苦佛於中間伺其機發方便誘引是世尊大恩憐愍教化大悲拔苦矣四佛既成道宜受無爲寂滅之樂而返捨所樂如長者脫珍服着蔽衣執除糞器方便往近於鹿苑中說五戒十善令離諸欲是世尊大恩利益我等遮貪欲熱惱以衣覆之矣五現老比丘像十二年中說阿含小教令我等除見寒愛熱是世尊大恩憐愍教化令盡見思矣六於方等中彈訶貶斥無非欲我等恥小慕大是世尊大恩教化我等離愚小醜陋而發向上志矣七於般若時命轉教敷宣說無上道是世尊大恩以希有事令我等執作家事備知庫藏矣八至今會聚親族定父子之誼使我等全身慶快是世尊大恩以希有事爲說一乘矣九於前放光現瑞已至法說周中極歎權實智慧始開聲聞成佛之端是世尊大恩以希有事憐愍我等令疾證無上道矣十爲我等愚痴無智重說譬喻將無上寶位向人天衆前親口授記使法王大寶令我等不求自得坐如來座是世尊大恩以希有事

憐愍教化利益我等於諸世間天人魔梵普於其中應受供養此恩此德我何能報若使以手足供給亦不過供給而已豈能荅如來令我入室安居之恩耶若使頭頂禮敬一切供養亦不過禮敬供養而已豈能荅如來大慈與樂之恩耶若使頂戴行道亦不過頂戴而已豈能荅如來大悲拔苦之恩耶若使以兩肩荷負經恒沙劫亦不過荷負而已豈能荅如來遮貪欲熱惱之恩耶若以百種美膳盡心供養亦不過美膳供養而已豈能荅如來除見寒愛熱之恩耶若以寶衣無量或無價衣以爲供養亦不過供衣而已豈能荅如來令我離愚痴醜陋之恩耶若使以衆妙臥具千種房舍以爲供養亦不過臥具房舍供養而已豈能荅如來令我轉教數宣之恩耶若使種種湯藥累劫供養亦不過供湯藥而已豈能荅如來爲說一乘之恩耶若使栴檀珍寶起塔供養亦不過寶塔供養而已豈能荅如來令我疾證無上之恩耶若使以寶衣布地亦不過寶衣布地而已豈能荅如來親口授記之恩耶以此對如來十重大恩必不可報何也以我有爲福行難報無爲妙智故曰無量億劫誰能報者如此猶爲畧舉故愚謂四句中含蓄不盡

諸佛希有無量無邊不可思議大神通力無漏無爲諸法之王能爲下劣忍於斯事取相凡夫隨宜爲說

此頌明恩大難酬之故諸佛希有一句是歎佛爲能施恩者無量無邊下歎佛能具

如是福智爲諸法中王尚不自求其樂能爲下明佛能忍棄無量勝德爲下劣人及取相凡夫隨宜示現若此恩德孰能答報下劣者謂小乘人無志慕大忍斯事者即佛云久默斯要不速說也良以聲聞執小凡夫取相只得含忍隨機指示而已

諸佛於法得最自在知諸衆生種種欲樂及其志力隨所堪任以無量喻而爲說法

首二句明佛實智具足故得最自在也若於法中少有不自在處則不能隨類應現知諸衆生下是用權智鑑機方便說法也隨諸衆生宿世善根又知成熟未成熟者種種籌量分別知已於一乘道隨宜說三

知音云此八句頌前開示案伏因緣一周之說謂佛既能忍大隨小說其法喻身子及我等業已開悟佛知見矣又當隨諸千二百人中於佛有宿世成佛善根者說其因緣此又佛所自知善根成熟者爲誰未成熟者爲誰佛亦種種籌量分別先已知矣故當用因緣重以一乘隨宜說三使千二百人俱得悟入佛之知見俱得刼國莊嚴等之顯記以完佛本願也直指云以上喻說乃深領迹門佛之知見能深心信解剖露無餘故末以開權顯實爲結蓋四大弟子因聞火宅喻說乃知父子曠大刼中一段苦切之情至此正說不及故假喻窮子申明已之沉迷不是一生佛之按濟不是一刼并知從實施權開權顯實前後首尾無不洞徹故乃深感深謝有不已已之詞以見信解不謬但於末後謂導師見捨

初不勸進等似有歸咎於佛所以世尊不即為授記復以藥草喻為彼廣明實際見地會歸前後大小一如俾乎擴充本上廣大佛之知見然後始與授記刼國莊嚴以結如來為大事因緣出世之本願也明中根得解已竟

妙法蓮華經授手卷第二之六

音釋

癖音斗 羸音雷 劵音勸 内音納 眇音藐

妙法蓮華經授手卷第三之一

清楚衡雲峯沙門智祥集

藥草喻品第五

品節云此品來意因上四大弟子既已領悟設喻自陳世尊印可其心然猶未能盡知如來知見之力抑恐執相之徒不達平等說法隨類異解之旨將謂實有三乘之果可證涅槃習氣不忘不能徹法源底故說藥草一喻以顯如來說法平等一味但隨根大小各受不同如一雨無私三草二木隨分受潤是知法本不異異在於機此則唯有一乘無二無三之旨自顯而聞者習見自除可入如來平等法慧所謂開佛知見亦明矣故此以後即爲授記天台云此具山川雲雨獨以藥草標名者土地是能生雲雨是能潤草木是所生所潤草木通皆有用而藥草用强如有漏諸善悉能除惡而無漏之善爲最無漏衆中四人以長者窮子爲譬領佛火宅喻中之義深會聖心今如來述其所解故以藥草譬之也

(戊)三如來述成分二(巳)一略述

爾時世尊告摩訶迦葉及諸大弟子善哉善哉迦葉善說如來眞實功德誠如所言

此爲如來喜得大機而即乘機開導也兩稱善哉者一善其兩處領實一善其兩處領權先明領權不謬善說者善其敘事敘理皆有條欵也知音云如敘子處始而捨父繼而向父疑父懼豪貴而去父甘客作而就父及終得父之家業非異人非異財也然經許多勤苦及其敘父處始而失子

繼而求子見子知下劣而放子設方便而得子及終付子之家業無異心無異地也然費許多慈悲斯皆以喻明法見如來施教之權智所有眞實功德實如汝言也

如來復有無量無邊阿僧祇功德汝等若於無量億刼說不能盡

此標實智功德以勉之作開迹顯本之案知音云此述其不能說者自此品至囑累一十八品所有功德皆不能說如化城品以王子作沙彌時事提婆品以國王求仙人事此猶是我因中爲菩薩時無量無邊無數功德是汝說不能盡者至於果上三變淨土集十方分身諸佛於頃刻半坐寶塔置五十小刼聽衆於虛空地獄道五逆之調達遠記天王畜生道八歲之龍女速成正覺安樂四行從地出六萬恒沙等之菩薩醫師一喻據實談那由他刼等之壽命常不輕之因緣著於威音那畔廣長舌之神力現於此界他方皆果上無量無邊無數功德是汝等說不能盡者故說壽量品訖即說分別隨喜法師三品之功德其言正應於此據今一時一經尚不可說況無量經無量時所有智慧神通之無量無邊無數功德非唯汝迦葉於無量億刼說不能盡即十方一切塵說刹說亦不能盡故經云虛空可量風可繫無能盡說佛功德也

(巳)二廣述分二(庚)一長行又二(辛)一述成開顯又二(壬)一法說又二(癸)一舉法王不虛

迦葉當知如來是諸法之王若有所說皆不虛也

佛法雖多不出權實二種離權實外更無別說由上言功徳無量說不能盡恐此意難信故舉法王之語終無虛妄以勸信也且如來說法言本真實而聞者懷疑即礙正修故前于法說中但言汝等當信佛之所說言不虛妄而舍利弗聞之便云我今無復疑悔佛則與之授記譬說中先以長者明無虛妄後言我今爲汝保任此事終不虛妄故四大弟子聞之而謂發希有心歡喜踊躍則佛亦與說授記矣今又言法王所說言不虛妄者正欲千二百人及在會大衆未領悟者極生信樂以爲向後得記之本也

㊂二述開三顯一分二㊀一約教明開顯

於一切法以智方便而演說之其所說法皆悉到於一切智地

前三句約教開權下二句約教顯實一切法者天台云即七方便法也此法雖多以方便智隨其類音說之無不逗會爲人天說戒善爲二乘說諦緣爲藏教說事度爲通教說無生爲别教說次第開如來藏此述其領開三也一切智地者即一乘實相也△其所說法即權法也佛謂從前所說一切三乘九部差別之法無非令人漸次修進必到如來一切種智之地乃會權歸實也

㊀二約智明開顯

如來觀知一切諸法之所歸趣亦知一切衆

生深心所行通達無礙又於諸法究盡明了示諸衆生一切智慧

觀知二字即權智一切所歸乃照權法也天台云知一切所歸是權智識藥也知深心所行是權智知病也藥病俱是權法而各有歸趣如戒善等近趣人天若作遠緣則低頭舉手皆成佛果也念處道品等近趣涅槃若作福德莊嚴汝等所行是菩薩道遠趣實所也乃至六度通別等法近遠歸趣途轍不同可解深心所行有二種若深心着依正者起深重十惡障人大乘也若深心着于所執法者起四倒三道六蔽四住五住障四聖乘當知深心病相不同如來以權智照之通達無礙也○又於諸法等是實能照實也一切權法無不入實故云究盡佛眼所見故曰明實智所知故曰了能示一切衆生圓融境智故言一切智慧也此兩段雖以權實各言其實一氣說來謂如來以佛眼觀知一切善惡因果差別等法衆生一切善惡因果差別等心靡不通達無礙也又於諸法者以如來具足妙智善巧觀機誘引衆生歸無上覺也

㊄二喻說分二㊂一開譬又二㊀一有差別譬又三㊁一土地草木譬

迦葉譬如三千大千世界山川谿谷土地所生卉木叢林及諸藥草種類若干名色各異

天台云大千界譬衆生世間也山川谿谷譬五陰世界唯山川谿谷所成衆生即五陰和合而有以土地譬識陰則山川谿谷譬餘四陰可知又別譬山如菩薩川如辟

支谿如聲聞土地如人天一一五陰皆有習因習果所依猶山川等爲草木種子質幹之所依也草木叢林者卉是草之都名木是樹之總號衆草成叢衆樹爲林況卉木皆能治病力用勝者稱爲藥如善法皆能治惡而無漏善治惑猶勝故譬藥草五乘七方便因果種子不一故言種類若干如是種類各有稱謂即是名各有體相即是色故言名色各異△問土地爲總相山川谿谷皆别相何得返以土地喻人天五陰荅人天爲諸聖之因諸聖皆人天之果果必由因如山川等之依土地也況人爲萬物之靈一切聖賢未有不從人道中修所謂整心慮趣菩提唯人道能耳水之通處名川泉之通處名谷

㊀丑二密雲一雨譬

密雲彌布徧覆三千大千世界一時等澍

天台云密雲譬佛三密也雲有形色譬佛應世間即身密也雲有陰覆譬佛慈悲即意密也下文雷聲遠震譬佛說教即口密也以慈悲熏應身說法徧十法界故言彌布妙樂云凡言三密必約應化若自受用報及平等法身何所論密一時等澍者譬佛用口密八音四辯宣注法雨利潤衆生也△曰密雲曰彌布曰徧覆總見如來眞慈不盡無處不到無機不被也一時等澍者一時無前後也等澍無差别也故佛謂我無貪着亦無限礙無有彼此愛憎之心等

㊀丑三受潤增長譬

其澤普洽卉木叢林及諸藥草小根小莖小枝小葉中根中莖中枝中葉大根大莖大枝

大葉

天台云以法雨普潤七種衆生心地所有習因種子即生名爲普洽根莖枝葉者信爲根戒爲莖定爲枝慧爲葉次第相資故譬此四也小根莖等即人天信戒中根莖等即二乘信戒定慧大根莖等即菩薩信戒定慧也妙樂云五乘皆藉此四法唯有人乘缺於定慧以心所當之

諸樹大小隨上中下各有所受一雲所雨稱其種性而得生長華果敷實

前明受潤此名增長天台謂七種衆生習報兩因善法既蒙法雨所潤則習報兩果各得增長也稱其種性者明施權稱機小者不過分大者不減少即七種習報二因也華果敷實者即七種習報二果也妙樂云花如習果果如報果此隔字爲對應言花敷果實也（子）二無差別譬

雖一地所生一雨所潤而諸草木各有差別

地譬因地心此因心所攝甚多始從博地凡夫戒善因心中間五十行位已至最後等覺總皆爲佛果之因心也故曰一地一雨者譬佛一音說法元無三乘五性之殊以佛之教門平等無二而諸草木各有差別始是隨機得益也諸草木者天台云小草喻人天中草喻二乘上草喻藏教菩薩小樹喻通教大樹喻別教如三草二木受一雨潤而各得隨分增長各不自知也

（癸）二合譬分二（子）一合差別譬分二（丑）一正以法合又三（寅）一合密雲一雨

迦葉當知如來亦復如是出現于世如大雲

起以大音聲普徧世界天人阿修羅如彼大雲徧覆三千大千國土

天台云此合密雲譬謂如來大慈現身覆育一切如大雲徧覆也以大音聲合雲有聲也天人等別舉三善道稟口密之益謂如來以口密機普應一切如大雲之覆大千也△出現於世如大雲起兩句顯如來于無生中示生無相中現相正如雲之無心而忽起也以大音聲下始合前密雲彌布等

於大衆中而唱是言我是如來應供正徧知明行足善逝世間解無上士調御丈夫天人師佛世尊未度者令度未解者令解未安者令安未涅槃者令得涅槃

天台引別行玄下云弘誓本成慈悲慈悲既緣苦樂弘誓亦約四諦若見苦諦逼迫楚毒辛酸緣此起誓故云未度者令度若見集諦顚倒流轉繫縛生死浩然無際甚可哀傷約此起誓故云未解者令解清淨之道衆生不識行此道者能出生死至安樂地欲示衆生立於此道故云未安者令安滅煩惱處名爲涅槃子果不斷獲二涅槃約此起誓故云未得者令得

今世後世如實知之我是一切知者一切見者知道者開道者說道者汝等天人阿修羅衆皆應到此爲聽法故

此是如來自釋出世爲一切衆生開示悟入佛知見之由也今世後世兩句天台云明三明宿命明知過去天眼明知未來漏盡明知現在此中雖未明言過去而意中

已具我是一切知者謂一心具足三智也然此當具六通由一切通達故名一切知也見者即具足五眼也知道者于意不護開道者于身不護說道者于口不護謂如來三業常與智俱故不護也△謂三世知者應成言無虛妄之意是竪論我是二字先指陳自已一切者總世出世一切染淨因果等法是横言知見二字總明佛之知見無不竪照三世横徹一切下知道開道等道字即權實之道亦即佛知見道也開道即開佛知見說道即示佛知見知道即悟入佛知見也故結云汝等天人一切神衆皆應志心聽受是法五者字即人字義皆連我是二字讀如云我是一切知的人我是一切見的人我是開示悟入佛知見道者之人細觀此段語意又舉汝等天人阿修羅衆皆應聽法則藥草一喻似爲下根者說若論中根人前於火宅中業已悟知如來用權明實之意至此不過帶起中根者廣其開解將欲與授成佛之記其本意實令下根人明識如來無有差別如一雨普潤但三草二木各自受潤不同耳

㊂二合土地草木

爾時無數千萬億種衆生來至佛所而聽法

天台云千萬億種該九法界今正語七方便衆生差别耳△以此合前土地者葢地有承載義有生長義今云無數衆生來至佛所是三乘種子將生而聽法者如來說法如雨而聽者受持不失即能承載也

如來於時觀是衆生諸根利鈍精進懈怠

前喻中有草木差別大小不同今合中明根有利鈍行有進怠正是習因淺深與草木義同也天台云於時者若論漸初即是鹿苑初說三乘時若論中間處處得論于時利鈍者若總判三途因惡果苦不能受道名鈍七方便聞教得益名利若別判人天但受果報不肯受道名鈍三乘根性斷惑出界名利又聲聞觀生滅名鈍菩薩觀不生滅名利通別圓三教迭論利鈍可知精進懈怠者三途放逸名怠人天戒善名進又人天不厭苦爲怠二乘怖畏無常爲進二乘貪證不求作佛爲怠菩薩志求佛道爲進△機教相應貴在一時則於時二字乃權實會始本融可謂風雲際會矣正當施教又妙在觀字如不因其時而說者皆是浪言故乘之以進怠利鈍則隨機隨施俱有所益正如一雨普滋而三草二木各得增長矣(寅)二合受潤增長

隨其所堪而爲說法種種無量皆令歡喜快得善利

隨其所堪天台云即是稱會機宜無增減之失歡喜得善利即是各蒙法潤受益也妙樂云無增減之失者稱五乘機故無增減如人機授以十善爲增天機授以五戒爲減如是乃至菩薩展轉相望亦然

是諸衆生聞是法已現世安隱後生善處以道受樂亦得聞法既聞法已離諸障礙於諸法中任力所能漸得入道

聞是法已合上增長之由現生安隱正合增長後生善處者是合增長之相天台云

佛如大雲普覆一切三途亦得增長沾潤如說般若方等亦明地獄得益若火滅湯冷即是現世安隱或生天上人間是後生善處於天人中修道是以道受樂若人天聞法持戒福德扶身鬼龍不犯是現世安隱或天還生天人還生人或天人互生是後生善處生能悟解是以道受樂二乘聞法得有餘涅槃是現世安隱生方便土是後生善處於彼聞經是以道受樂若生身菩薩聞盧舍那佛說法得無生忍是現世安隱生實報土是後生善處得種種殊勝是以道受樂離諸障礙者是現世安隱任力所堪漸得入道即後世以道受樂妙樂云經中但言善處今取惡道者一以爲欲攝十界故二爲三惡有七善機故(丑)二提

譬帖合

如彼大雲雨於一切卉木叢林及諸藥草如其種性具足蒙潤各得生長

此復將喻明法也如彼大雲一句合前迦葉當知如來亦復如是至徧覆三千一段雨於一切合前於大衆中而唱是言至皆應到此爲聽法故一段卉木叢林合前如來于時至精進懈怠四句如其種性具足蒙潤合前隨其所堪至快得善利五句各得生長合前是諸衆生至漸得入道一段合有差別譬已竟

(子)二合無差別譬分二(丑)一正合無別

如來說法一相一味所謂解脫相離相滅相究竟至於一切種智

此承上文言雖昔日隨其所堪而爲說三

一小大之法亦不妨即是今日如來所說一相一味之法也知音云一相者生佛共有一涅槃妙心眞如實相也合前法說中如來觀知一切諸法之所歸趣合喻說中雖一地所生良以大千世界雖有山川谿谷形色不同而同一地也一味者佛說三乘九部言教不同而同一甘露味也合前法說中又於諸法究盡明了示諸衆生一切智慧合譬說中一雨所潤如大千草木雖有辛酸鹹苦不同而所受雲雨同一味也所謂下以昔所說大小乘三解脫門釋今最上一乘之一相謂今云如來說一相者乃是昔所謂解脫等之三相非離昔三相外另有一相也此二乘念空無相無作於菩薩遊戲神通心不喜樂故今明空無相等即遊戲神通也良由解脫即離離即寂滅名雖有三義實一相也究竟下以一切種智釋成一味究竟乃最後義與始初作對謂始先因機小不堪大法故以一乘隨相隨宜說爲三相三味今機緣既增長成大佛亦究竟涅槃最後時至必應稱本懷攝前四十年之權說三相三味法相還歸一切種智之一味道也故方便品云世尊法久後要當說眞實△一相即一乘實相一味即醍醐上味解脫相即無作解脫離相即無相解脫滅相即空解脫也㊂二明差別意分五㊀一衆生不知

其有衆生聞如來法若持讀誦如說修行所得功德不自覺知

此明衆生不達惟一之法而各隨所解故

成差別也衆生舉不知之人法即一音之法若持說者正明不知天台云持說不同修行亦異所以人天作戒善解三乘作諦緣度解此持習不同也功德不自知者由五種人各解不同成有大小竟不知如來原是一相一味而無差別即一實也又不知七方便而有差別原爲權也竟各執已解以爲實證故云不自覺知圜二如來獨知

所以者何唯有如來知此衆生種相體性

此節是徵釋衆生不知而如來獨知之意徵云衆生既能如說修行何故所得功德不自覺知釋云雖言所得功德其實未得一切種智唯有如來具一切智能知此等衆生種相體性也衆生即三乘五性衆生種即種子總則唯一佛種別有善惡利鈍智愚深淺之不同也相即體相總論衆生本具一眞實相別則三乘五性各有利鈍差別之相也體即性體總則是共具眞如實相之體別則三乘五性各有受報好醜之形體也性即情性總則是共具平等覺性別則三乘五乘各具善惡差別之諸性也此唯如來如實知見既云知定當具見此即如來如實知見一切衆生過去事也

念何事思何事修何事

此明如來不但能知一切衆生種相體性而已亦知一切衆生所念所思所修之法無不明了念思修者初動名念相續名思發作名修何事者即小大五乘諦緣度等諸事也如小根衆生念思修人天之事中

根念思修聲聞緣覺之事大根念思修菩薩之事由大小不定故言何事

云何念云何思云何修以何法念以何法思以何法修

如來又知一切衆生有云何因緣而念思修如是不同云何二字是審定之詞謂如念天人乘事有福報之因緣也念二乘事有懼苦求樂之因緣也念菩薩事有自利利他之因緣也以何二字是如來明知此等衆生當以何等法與之念與之思與之修此正是應病與藥之方便也前念何事及云何念等數句是如來觀知衆生有如是機此以何法念等句是觀機與教也此即如來如實知見一切衆生現在事也

以何法得何法

以何法即因得何法即果如以戒善爲因即令得人天果以諦緣爲因即令得聲聞緣覺果以六度爲因即令得菩薩果此即如來如實知見一切衆生未來事也

衆生住於種種之地唯有如來如實見之明了無礙

七方便住於七位故言種種之地此即爲差別也天台云如來如實以佛眼見之如衆流入海失於本味則無差別隨他意語以智方便而演說之則如來能知差別其所說法皆悉到於一切智地則如來能知無差別也(寅)三舉譬帖合

如彼卉木叢林諸藥草等而不自知上中下性

此舉喻結前其有衆生聞如來法等文知

音謂五乘衆生住在諸地各不自知得受如來一乘功德即如卉木等各不自知受天一味雲雨所潤也

㊄四牒前結釋

如來知是一相一味之法所謂解脱相離相滅相究竟涅槃常寂滅相終歸於空

此舉法結前惟有如來知此衆生種相體性等文知音謂衆生雖如諸草木各不自知所得功德爲上中下性而佛則知其初無上中下等差别惟直一乘實相一味甘露之法也所謂下前以三相釋一相者是明菩提果德也故以究竟一切種智爲言以種智即菩提故此復以三相釋一相是明涅槃斷德也故以究竟涅槃等爲言以涅槃即斷德故然始末皆以究竟言者顯非二乘菩提有餘涅槃之不究竟也○問初小果豈不證空乎何至今明大乘才言終歸於空也荅佛初因機小故以一相演爲三相云空無相無作爲解脱相離相滅相是但以人空言也今佛説法到四十年後二乘人授記時至佛涅槃時亦至是謂究竟之終時也故以三相歸於一相乃明法空也雖人法無我初終有異而所證空理則一耳故以終歸於空常寂滅相爲言也此可見三一權實會歸之的旨矣

㊄五釋疑令知

佛知是已觀衆生心欲而將護之是故不即爲説一切種智

此爲釋所疑也天台謂恐疑者云佛昔既知始末唯一何不鹿苑即爲説實釋云觀

衆生心欲隨三悉檀而將護之恐其誹謗故不即說也△佛知是已的是字即指上常寂滅相終歸於空而言謂如來證極妙果唯一空寂示豈二三由觀知一切衆生心有大小欲有重輕但於寂滅相中方便說權將養護持令其漸入佛道故不即爲說一切種智也述成開顯已竟㊄二結歎

希有

汝等迦葉甚爲希有能知如來隨宜說法能信能受所以者何諸佛世尊隨宜說法難解難知

此方結歎四人今日能知方便即一乘道甚爲希有也文中宜將汝等二字於迦葉下則等於空生輩也然所以嘆希有者由如來將護衆生隨宜說法之方便權巧汝等一一能知能解能信能受也何故以此便爲希有以如來隨宜所說之法即一相一味究竟便是常寂滅相乃權實不二之理本爲難解難知汝等既能信知所以甚爲希有也

妙法蓮華經授手卷第三之一

音釋

豁音溪　卉音惠　澍音注　洽音狹

妙法蓮華經授手卷第三之二

清楚衡雲峯沙門智祥集

㊁二偈頌分二㊂一頌法說又二㊃一頌法王不虛

爾時世尊欲重宣此義而說偈言

破有法王出現世間

此先頌如來示法不虛天台云因果不亡爲有以二十五王三昧破二十五有如來已破此有爲法中之王故△有者總三界二十五處衆生有生死輪迴有無明愛欲有貪嗔痴等故總曰有破者謂如來以根本智照窮根本無明根塵迥脫諸識盡空一念成真萬妄頓息故謂之破則如來已破諸有爲法中王出現世間一句是以自所證法乘之而出世間破一切衆生之有

隨順衆生說種種法應知破有是根本智出現是差別智有實智故爲一乘法王不虛有權智故爲三乘法王亦不虛也此頌如來是諸法之王至而演說之

㊃二頌述成開顯分二㊄一頌權實二教

隨衆生欲種種說法如來尊重智慧深遠久默斯要不務速說

隨衆生欲兩句是方便說三之權教即論實也天台云由如來所證智慧廣大深遠故自尊重深鑑小機知其未堪所以四十年秘重妙法而不與說故曰久默今大乘機發特開顯耳知音云如來尊重下頌其所說法皆悉到於一切智地雖以實爲權說種種法然其所說法皆能到于如來尊重實智深遠之地非小乘淺智所能知也

久默下頌如來觀知一切諸法之所歸趣謂所説法皆到智地何不早説以斯要妙是諸法之所歸趣諸佛所重故久默以竢時至不圖速成也(癸)二頌權實二智

有智若聞則能信解無智疑悔則爲永失是故迦葉隨力爲説以種種縁令得正見

此頌亦知一切衆生深心所行而通達無碍義在其中矣知音謂佛既不惜説法是急于救人而返不務速説者以衆生深心所行智信者少而愚疑者多一速説非惟不達而且永失返致受苦無窮是故務速則利衆生也少而返害生故法王所以將教從人隨衆生力之所堪用種種因縁説作小大三一之乘也雖曰用權其實令得究竟一切種智故曰令得正見此并頌於諸法究盡明了等文長行云究盡明了此云隨力爲説惟其隨力衆生方得究了長行云一切智慧此云種種正見意無二也(辛)二頌譬説分二(壬)一頌開譬又二(癸)一頌有差別又三(子)一頌密雲一雨譬

迦葉當知譬如大雲起于世間徧覆一切慧雲含潤電光晃耀雷聲遠震令衆悦豫日光揜蔽地上清涼靉靆垂布如可承攬

天台謂雲譬應身應身隨智慧行故云慧雲能説十二部諸乘故云含潤若應身不説法如須扇多及多寶等即如雲不含潤也身放大光如電耀口震四辯如雷聲聞法得益故令衆悦九十五種邪智隱没故云掩蔽能除九十八種見思熱惱如地上清涼應身降世似同三有有心往取實不

可得故云如可承攬大論云須扇多佛全不說法

其雨普等四方俱下流澍無量率土充洽

○八音四辯宣澍法雨一時俱聞故曰四方俱下凡有心者皆蒙利潤故云率土充洽

㊀二頌土地草木

山川險谷幽邃所生卉木藥草

○此頌上土地即是七方便衆生五陰今蒙法雨身心柔軟如土地得澤也幽邃者頌上衆生習因差別譬衆生久遠所植習因隱在陰入界內故言幽邃今蒙法雨悉得開發故云所生△前云谿谷此云險谷照前山川谿谷土地總譬五陰依次第譬合谿譬想陰論衆生之想善惡差別種種不同則谿與險善惡並舉與幽邃二字同意故知一切善惡種性今蒙法雨潤澤各得隨分生長矣△問一雨普潤各得生長之說似覺法喻不齊喻中論險谷幽邃中所有草木並皆生長故受一雨所潤以法論若幽隱中惡性受法所潤亦得增長則佛法返成長惡之緣豈理也哉答言同意別耳若一切惡性種子不受法化則已纔一受化便立地轉凡爲聖所謂知法常無性佛種從緣起豈有一定之惡性而成增長耶然險谷幽邃中草木尚爲一雨所潤而得增長則田園耘耨者之增長可知矣

㊀三頌受潤增長

大小諸樹百穀苗稼甘蔗蒲萄雨之所潤無不豐足乾地普洽藥木並茂其雲所出一味

之水草木叢林隨分受潤

○百穀語通取五穀譬五乘能生百善也甘蔗蒲萄譬定慧乾地普洽譬未信者令信也餘譬如文可釋妙樂云能生者從果以說若從因說乃是百善生於五乘大小乘因豈過十善故以十善更互莊嚴乃成萬善若不能修互嚴因者今所不論若然者人乘是五戒那言百善答酒防意地通說非無甘蔗等既舉二物應有屬對則甘蔗質一可以譬定蒲萄形多可以譬慧慧約所破定約所緣且分多一耳

一切諸樹上中下等稱其大小各得生長根莖枝葉華果光色一雨所及皆得鮮澤

此頌受益然草樹大小各各種性不同而同受一雨則各隨其分增長無二也直指云生長喻信位枝葉喻解位華果喻行證二位光色喻但空真空之智凡此皆爲如來一音普被也(癸)二頌無差別

如其體相性分大小所潤是一而各滋茂

此總結一教理而普應群機隨機大小受潤是一合上皆悉到于一切智地以明全權即實(壬)二合譬分二(癸)一合差別譬分三(子)一合密雲一雨

佛亦如是出現於世譬如大雲普覆一切既出於世爲諸衆生分別演說諸法之實大聖世尊於諸天人一切衆中而宣是言我爲如來兩足之尊出於世間猶如大雲充潤一切枯槁衆生皆令離苦得安隱樂世間之樂及涅槃樂諸天人衆一心善聽皆應到此覲無上尊

此頌法喻合明第一節知音曰佛亦下先頌有大之實大聖下後頌有大之名如來者十號之一也兩足者十號之第二三四也福足則應供慧足則正徧知又慧足是明福足是行故又攝明行足也出世下頌善逝世間解十號之第五也如大雲下頌無上士調御丈夫十號之第六七也諸天人衆下頌天人師佛世尊爲十號之八九十也長行先名後實頌中先標其實後以名釋也

我爲世尊無能及者安隱衆生故現於世爲大衆說甘露淨法其法一味解脱涅槃以一妙音演暢斯義常爲大乘而作因緣

此勸聽受中又更爲二妙樂云前四句先歎佛爲至尊爲大衆下始明能說人尊則所說法妙也甘露乃不死藥令聞妙法慧命不夭故云甘露淨法其法一味者七善無不皆歸一乘故勸聽受知音云佛本無我順世而稱我也九法界三世間皆以佛爲尊故曰無能及也△佛本無生而亦無相今爲安隱火宅衆生故示相示生也其法一味者雖說種種道其實爲佛乘究竟即解脱涅槃之一味也法本一味而說亦一音令聞者隨類各解故曰妙音斯義即解脱涅槃之義爲大乘作因緣者謂佛非惟一時演暢斯義而已乃於四十年中雖說三乘九部之法無非常爲大乘涅槃作因緣也

㊀二合土地草木

我觀一切普皆平等無有彼此愛憎之心我

無貪着亦無限礙恒爲一切平等説法

此頌如來以等心濟物之故天台云有機爲此無機爲彼植善爲愛憎逆爲憎若有愛憎則有彼此不于佛機者愛餘機者憎故無貪着限礙也知音謂佛所以直爲大乘作因緣者由觀一切衆生普皆平等具足一乘法體所以不存彼此愛憎之心無貪着謂不貪愛執着大乘而自居也無限礙謂不限大機爲廣説不礙小機爲畧説也故四十年恒爲一切人平等説此一乘妙義而已

如爲一人衆多亦然常演説法曾無他事去來坐立終不疲厭克足世間如雨普潤

○佛事爲自魔事爲他應初爲來應後爲去入實爲坐出權爲立佛觀衆生平等是等雨山川之意知音云如爲一人者正以驗明平等之實謂佛爲一人説法無不盡權實智慧盡義盡理即衆多亦然此明佛爲衆之心普也常演説下又明佛爲衆之心與時無間也謂佛出世常以説法教化爲事曾無他餘之事故去來坐立於四威儀中無往不説未曾一念生疲厭想無非欲以一乘之法克足三世間衆生如天之雲雨普潤于三草二木也此佛無貪着無限碍之意見矣

貴賤上下持戒毀戒威儀具足及不具足正見邪見利根鈍根等雨法雨而無懈倦

○貴賤上下約位持戒毀戒約行利根鈍根約智此亦須具歷五乘七善展轉説之知音云貴賤下謂法本平等而機自有不

平等者於人則有貴賤位有上下戒有持毀威儀有具缺見諦有邪正根行有利鈍佛則無有彼此愛憎但等雨法雨而無懈倦此由迦葉前云一切諸佛秘要之藏但爲菩薩演其實事而不爲我說斯真要等故此諄諄以解其疑也然此中有五平等其法一味下法體平等我觀一切下佛心平等恒爲一切下佛說平等如爲一人下一多平等常演說法下久近平等末以貴賤上下諸不平等者一返照之愈見佛無往而不平等矣(子)三合受潤增長

一切衆生聞我法者隨力所受住於諸地或處人天轉輪聖王釋梵諸王是小藥草知無漏法能得涅槃起六神通及得三明獨處山林常行禪定得緣覺證是中藥草求世尊處我當作佛行精進定是上藥草

○此頌明三乘各得增長也人天俱未斷惑合爲小草二乘俱有智斷合爲中草六度菩薩志求作佛化他勝二乘獨爲上草知音云一切衆生下承上文言謂佛法如雲雨之無偏故令聞法者隨力所受各住于種種諸地也地分五等故言諸地或處人天下初人天福報地轉輪聖王人中至貴釋梵諸王天上極尊此釋成貴賤上下四句以釋天爲欲界主在輪王上在梵王下梵王色界主在釋天上空天下故凡在上者貴在下者賤然其因皆由持五戒十善具足威儀而致也諸王則下該四天王上該色究竟天等及人間諸粟散王也是小藥草者合前喻小根莖枝葉之文以人

王天王雖三界中尊貴猶屬生死有漏故然皆可以救人苦與人樂故稱爲藥非佛法棟梁故比之爲草也知無漏者知苦斷集之法也簡別天人釋梵有所不知能得涅槃者謂天人釋梵所不能得即有餘涅槃此中含慕滅修道之意六通者即天眼天耳他心宿命神境漏盡也三明即六通中天眼宿命漏盡也三明既即六通之半奚用重開曰通約自證明約利人廣如法數詳之以上頌聲聞乘地也下明辟支有二種一獨覺二緣覺獨處山林爲獨覺自了之地常行禪定爲獨覺自悟之功標以獨覺而結以緣覺是兼二種人也然經何不明言出聲聞耶曰聲聞有迴心向大分緣覺出無佛世多不迴心故此總明中下之機皆屬小乘合喻中根中莖等也求世尊處謂有等迴心聲聞欲求作佛現世雖不即得當來畢竟成佛故今不取滅定而廣行六度法門修精進定是藥草中之上藥草也

又諸佛子專心佛道常行慈悲自知作佛決定無疑是名小樹

○此頌明通教菩薩已斷通惑誓扶餘習涉有化他望下爲優比上則劣故名小樹

△諸佛子者該攝通別二教之三賢四加諸菩薩也專心者乃發大道心不求權乘小果佛道雖廣不出四無量心故常行慈悲也如來雖未明言作記而自許將來決定成佛雖勝二乘之如藥草猶不及地上之廣大莊嚴故名小樹

安住神通轉不退輪度無量億百千衆生如是菩薩名爲大樹

此頌圓教菩薩也直指云神通是九地十地之相轉不退輪是等覺位之因此一十二位以普門智力示現十界身雲無機不被無生不度故以大樹名之即三車後之大白牛車是也知音云安住神通則知愈于常行慈悲矣轉不退輪度無量衆則超乎自知作佛無疑者矣○問神通與慈悲何分答慈但與樂悲但拔苦神通則不止慈悲即殺盜婬五逆十惡有可度處菩薩亦安心住於其中此非地上等覺菩薩不能淨名云十方大力魔王皆是住不可思議解脱菩薩是也

佛平等説如一味雨隨衆生性所受不同如彼草木所稟各異

此頌長文如彼大雲雨於一切等文結完法喻知音曰明平等在佛不平等在機故佛法如雲雨直一味機稟根莖受用則各有異也此爲所潤

佛以此喻方便開示種種言辭演説一法於佛智慧如海一滴

此頌如來説法一相一味至以何法得何法一節知音云直明釋迦一佛以實爲權之義此喻者即藥草喻方便開示即權智演説屬上權智一法即一乘實智謂佛以此喻明四十年前開示種種權智雖多無非演説實相一乘法也汝等觀之便謂甚多無量然於佛自證實智海中才一滴耳此爲能潤

我雨法雨充滿世間一味之法隨力修行如彼叢林藥草諸樹隨其大小漸增茂好

〇上是受潤此是增長世間即十法界三世間也法本一味修之不同故云隨力修行知音云前云如來功德說不能盡今止說一滴以佛法雲雨雖曰一滴即能充滿于三世間是一爲無量也雖充滿三世間却直是一味之法但隨衆生力所修行各得成實如彼草木大小諸樹各得成實也

諸佛之法常以一味令諸世間普得具足漸次修行皆得道果

〇此明人天乘聞法增長普得具足須現世安隱漸次修行須後生善處以道受樂也

聲聞緣覺處於山林住最後身聞法得果是名藥草各得增長

〇最後身有二解一云二乘若不值佛此身未必無後由見佛故成最後身是增長義二云二乘有餘涅槃住最後身蒙佛五味調熟至法華聞大乘教得入一乘方名增長義也△經文明言二乘人處山林已住最後身而又言聞法得果則是于今會必應增進深修矣故名藥草得增長也

若諸菩薩智慧堅固已達三界求最上乘是名小樹而得增長

知音謂智慧堅固則知不止如上文但云專心佛道常行慈悲而已云了達三界求最上乘則知不止如上文但云自知作佛決定無疑而已以今之了達三界廣大校昔之自知作佛陿小故所以此中法則言

求最上乘喻則合爲小樹而增長爲中樹也準仁王經云此由習忍前十善菩薩增長入三賢位也

復有住禪得神通力聞諸法空心大歡喜放無數光度諸衆生是名大樹而得增長

○住禪者由智慧堅固復住禪定也得通力者謂校前安住神通者更得其力以安住約才入手言得力約久成其用言聞諸法空心大歡喜則知異乎聞人空之喜矣放無數光度諸衆生則知異乎轉不退輪之度衆生矣以轉尚費言說光則照而知之不藉聲言也所以此中校上節喻名中樹而得增長爲大樹異乎求最上乘之求者也應知由三賢位而增長至十地位也

(發)二合無差別

如是迦葉佛所說法譬如大雲以一味雨潤於人華各得成實

此喻佛身雲法雨元無小大先後只一味也潤於人華者知音云人是法華是喻各得成實者實果也通法喻言謂佛法雲雨雖曰不異而小大三乘之機無不由之開心花結道果各自成其小大而已

迦葉當知以諸因緣種種譬喻開示佛道是我方便諸佛亦然今爲汝等說最實事諸聲聞衆皆非滅度汝等所行是菩薩道漸漸修學悉當成佛

此叮嚀告誡以堅其信也大窾云言我四十年中以種種因緣譬喻說法皆是開發指示一佛乘道即權即實也非但我說法因權顯實十方三世諸佛無不皆然但此

權實之法四十年前未曾說破故我今日以最實事爲汝說也諸聲聞衆向來坐守涅槃一事不爲非真滅度當知日用所作折旋俯仰拈匙把箸無非皆是菩薩堂堂大路汝等從此漸漸修學至於功成行滿成最正覺方得名爲究竟滅度耳△此品因迦葉等悟知如來從前隨宜方便之權又知今日說一佛乘無二無三之實故說窮子一喻無不盡其屈折知如來大恩欲報無由故如來重說此喻印可其知權知實知恩感德之不虛也又會衆因聞得悟必能奮發勇猛而直證無上菩提故前來將欲授身子記便出陳身子久遠受化非今日如來有彼此之心而獨記身子也今欲授四大弟子記而又說藥草一喻使千二百及在會人天知如來大法雲雨本皆一味由各各根莖大小受益不同始不謂如來有憎愛之情於此授記之後始與諸未記者說宿世因緣之事以作將來得記之案如來述成開顯已竟

妙法蓮華經授手卷第三之二

音釋

揜音演　靉音靄　靆音代　攬音覽　邃音歲　蔗音這　蒲音葡　萄音陶

槁音考

妙法蓮華經授手卷第三之三

清楚衡雲峯沙門智祥集

授記品第六

品節云此品來意由前四大弟子領悟平等一味之旨巳解本無三乘之實佛知見既開則眞因巳具乃爲四人次第授記故特以此名品直指云天眞自性離相離名報化雙超迷悟不到佛之一字吾不喜聞今云授記正是夢中說夢但因衆生循塵巳久背覺日深全心卽境全智成識謬認身心變爲火宅故煩大悲接引方便提攜至此夢幻見消一眞獨露以心傳心故曰授記梵語和伽羅此云授記聖言說與曰授果與心期日記然記有多種廣如科註中釋㊞四正與作記分二㊅一與中根人授記分二㊐一授迦葉記又二㊒一長行分六㊀一行因

爾時世尊說是偈巳告諸大衆唱如是言我此弟子摩訶迦葉於未來世當得奉覲三百萬億諸佛世尊供養恭敬尊重讚歎廣宣諸佛無量大法

爾時下結前告諸下正授記飮光知音云上頌言汝等所行是菩薩道此則曰奉覲三百萬億諸佛福因巳植廣宣大法慧因巳成正是漸漸修學菩薩之道此授第一因行記也㊀二得果

於最後身得成爲佛名曰光明如來應供正徧知明行足善逝世間解無上士調御丈夫天人師佛世尊

此明迦葉將來正報成就也知音云上頌

言悉當成佛此則曰當得成佛名光明佛授第二果記上正等於諸佛也如來等十號爲諸佛所護念未發心者不與已發心者有此必爲佛所護念也大竅云光明別號也由因中以紫金塗佛形像世世生生身常金色故爲羅漢時名飲光成佛時名光明又在此會領得諸佛平等法光明故△以因招果誠然不昧要知因名飲光者謂自證未得只以此光自用也直待因窮果滿妙發圓明則無所不燭故曰光明然則最後之名非由歷刦增修曷能致耶(壬)三刦國

國名光德刦名大莊嚴

此授第三依報記也知音云依報不出兩儀國屬地理刦屬天時光德者卽常寂光也大莊嚴者卽實報莊嚴土也(壬)四壽命

佛壽十二小刦

此明成正覺後所住之壽與法也直指云十二小刦對應身言葢報身佛三際平等爲應化二身隨機而感機盡而佛壽亦隱約理表根塵我法二執而言衆生着于我法二執則佛住世以度脫之若透脫我法二執佛卽與授記而示涅槃也

(壬)五正像

正法住世二十小刦像法亦住二十小刦

法本是一曰正曰像者因衆生修持之深淺而分耳法卽如來住世所宣示之三一小大法也佛滅後衆生依教明理依理起行依行證果故名正法若但明教理而於行果有修無證名與實差故名像法謂像

者相似也凡弟子中所修行者不過存其名貌似佛而已實則不致也二十小刦但從敎理破我法二執爲言此記住世久近是下正覺于衆生也(壬)六國淨

國界嚴餙無諸穢惡瓦礫荆棘便利不淨其土平正無有高下坑坎堆阜琉璃爲地寶樹行列黄金爲繩以界道側散諸寶華周徧清淨其國菩薩無量千億諸聲聞衆亦復無數無有魔事雖有魔及魔民皆護佛法

此總明國界嚴餙亦卽實報莊嚴也直指以理表法謂根塵識在名穢惡三毒八倒在名荆棘便利我法二執在致國土不平今幸一切俱轉廓然清淨惟一真如故得琉璃爲地萬行圓明故有寶樹參天理智互融故金繩界道若依若正一齊同轉若理若事處處昭彰故有寶華恒散徧界清淨此因開佛知見萬行圓明而得也菩薩下授法屬記無魔下授護法記知音云魔天臣民爲三界必有之事但在光明佛法中不能爲害以光明佛因中行頭陀事故果上亦不招魔而魔返爲護法也然身子記中有授堅滿菩薩記無魔護法記各隨願行彼此互攝耳此飲光未來成佛一大事因緣佛一一授之飲光一一記之矣(辛)二偈頌亦六

(壬)一頌行因

爾時世尊欲重宣此義而説偈言

告諸比丘我以佛眼見是迦葉於未來世過無數刦當得作佛而於來世供養奉覲三百萬億諸佛世尊爲佛智慧淨修梵行供養最

其土清淨琉璃爲地多諸寶樹行列道側金繩界道見者歡喜常出好香散衆名華種種奇妙以爲莊嚴其地平正無有丘坑諸菩薩衆不可稱計其心調柔逮大神通奉持諸佛大乘經典諸聲聞衆無漏後身法王之子亦不可計乃以天眼不能數知

此頌國土嚴淨長行但言菩薩聲聞而頌中詳明菩薩之德皆調柔其心具大神通能隨類現身奉持大乘廣宣法化皆是補處大士則知爲光明如來授記之衆亦不可稱計也㊣四頌壽命

其佛當壽十二小刦

㊣五頌正像

正法住世二十小刦像法亦住二十小刦

㊣六頌總結

上二足尊已修習一切無上之慧

既授而復頌之者何謂爾等最後成佛以及獲報之國土佛法莊嚴淨界種種福慧我皆以佛眼所見真實不虛其意惟恐上智容有不信下根聞之多惑所以重宣之以致叮嚀也則是佛眼見三字不但通貫迦葉全頌直總貫後三大弟子與五百弟子頌言中矣淨修梵行則身心清淨無福不致修習一切無上之慧則一切法門無所不適三覺既圓萬德已具佛果成矣㊣二頌得果

於最後身得成爲佛

最後身非二乘所證有餘之最後身也乃是等覺最後生相無明劃然一空自然成等正覺故曰得成爲佛㊣三頌國淨

光明世尊其事如是

長文以果號居先此則結後正見始終皆正智如如中間則具足十力十願四無量心十波羅密無不圓滿完復光明如來從因至果一大事因緣如是而已頌中缺封與國名乃前後互現成文下三段記文一一準此可知授迦葉記已竟

（庚）二授三人記分二（辛）一三人請記分四

（壬）一正請

爾時大目犍連須菩提摩訶迦旃延等皆悉悚慄一心合掌瞻仰尊顏目不暫捨即共同聲而說偈言

大雄猛世尊諸釋之法王哀愍我等故而賜

佛音聲若知我深心見爲授記者

此明三人驚怖不得授記也葢四人同聞同解故同以窮子喻之所以迦葉述云我等居僧之首年並朽邁言等並者即四人也今見迦葉于人天衆前得授上記而三人皆惶悚驚慄同聲說偈到此田地則自信之心旣切而望證之念益切非如前謂身心疲懈念三三昧之時觀等之一字非徒爲已請而亦有如舍利弗作代請之意也大雄猛者大謂如來智慧威神超過一切雄猛謂有人智力能破一切衆生諸有有大威力能提拔九界人同歸實際具此大雄大力于諸釋中爲法王也此是讚佛智德下即請記謂哀愍我等願於人天衆前賜微妙音宣名與記使驚懼頓息此亦願也若如來憐我今日至誠請記之深心便爲授記則又甚願也（壬）二喻請

如以甘露灑除熱得清涼如從饑國來忽遇
大王膳心猶懷疑懼未敢卽便食若復得王
敎然後乃敢食
此以喻請見各不自安也今見身子飲光
皆已得記此中不勝熱惱若亦得與記正
如灑以甘露則熱惱除而清涼得矣况此
會所聞之言所見之事歷然可信我等聲
聞從前所證皆非真實此後决定作佛我
等豈不十分信任特未嘗親口授記不免
獨懷饑渴之慕正似有人從饑國中來幸
值大王宴賜雖珍饈盈案寶饌羅列但未
得王稱名宣召似不敢卽食若得綸音下
賜然後方敢安心受賞也(壬)三合喻
我等亦如是每惟小乘過不知當云何得佛
無上慧雖聞佛音聲言我等作佛心尚懷憂
懼如未敢便食若嘗佛授記爾乃快安樂
此方陳明所以不自安之心也惟思也無
心向大卽小乘之過謂我等安于小乘時
每常思惟如來無上甚深之慧不知當如
何始得今雖聞佛所說言我等作佛尚未
親知其所以成佛之故未免心懷憂懼若
如來明與授記此心始得快然無慮矣(壬)
四結請
大雄猛世尊常欲安世間願賜我等記如饑
須敎食
此决請必欲授記也如來示相人間如大
雲起本欲爲安穩一切世間故出於世今
我等正在不安穩中豈如來而不明言使
我等如饑得食耶三人請記已竟(辛)二如
來與記分三(壬)一授須菩提記又二(癸)一

長行分五（子）一行因

爾時世尊知諸大弟子心之所念告諸比丘是須菩提於當來世奉覲三百萬億那由他佛供養恭敬尊重讚歎常修梵行具菩薩道

此爲因請而各與授記也請中有云若知我深心此云知諸大弟子心之所念則知深心二字與此所念二字非獨爲自求授記是代爲千二百人作請主也故弟子如是念世尊如是記便是以心印心眞授眞記之時也常修梵行具菩薩道此卽爲廣行六度萬行得福智圓滿之時（子）二得果

於最後身得成爲佛號曰名相如來應供正徧知明行足善逝世間解無上士調御丈夫天人師佛世尊

此世尊親證須菩提也果號名相對因而言須菩提在母胎時卽知空寂爲羅漢時名曰空生乃因中自利也葢時際修行必令纖塵不立若有一法不空不能得證無上菩提今果號名相乃又利人爲急也當其繁興大用必須向無相中廣示諸相始不負一番應運而起然則因中所貴眞空而果中最尊妙有也（子）三刦國

刦名有寶國名寶生其土平正玻瓈爲地寶樹莊嚴無諸丘坑沙礫荆棘便利之穢寶華覆地周徧清淨其土人民皆處寶臺珎妙樓閣聲聞弟子無量無邊算數譬喻所不能知諸菩薩衆無數千萬億那由他

此從正名依也須菩提又名善吉故得刦名有寶也亦名善現故得國名寶生也其土平正以至無有便利等者由達諸空寂

不立一塵也人民皆得處寶臺居妙樓閣者以自性衆生分得空性三昧是不忘因性也聲聞菩薩皆無邊無數者以真空妙性無所不集也(子)四壽命

佛壽十二小劫

旣居空性三昧内得脫根外得脫塵不爲根塵所亂故得住壽十二小劫也(子)五正像

正法住世二十小劫像法亦住二十小劫其佛常處虚空爲衆說法度脫無量菩薩及聲聞衆

此明彼佛說法度生也其佛常處第一義空而說第一義諦所以度脫諸菩薩也又曰及聲聞衆則名相如來亦以方便說三乘法故方便品云未來諸佛亦以種種因緣譬喻言辭演說諸法等又豈外此諸佛耶(癸)二偈頌分六(子)一誡聽

爾時世尊欲重宣此義而說偈言

諸比丘衆今告汝等皆當一心聽我所說

此以頌誡聽祈其善領受也能領納者卽爲將來成佛真因不然所謂一心聽受者何法也

(子)二頌因行

我大弟子須菩提者當得作佛號曰名相當供無數萬億諸佛隨佛所行漸具大道

隨佛所行卽于佛佛無所違也大道卽福智圓滿之果海也漸具者正見其歷多劫侍多佛所由來也(子)三頌得果

最後身得三十二相端正殊妙猶如寶山

此頌明正報前後皆未有三十二相等文

乃互詳互畧也寶山者有光明義凡佛身皆作紫金光色故此喻之㊀四頌國淨

其佛國土嚴淨第一衆生見者無不愛樂佛於其中度無量衆其佛法中多諸菩薩皆悉利根轉不退輪彼國常以菩薩莊嚴諸聲聞衆不可稱數皆得三明具六神通住八解脫有大威德其佛說法現於無量神通變化不可思議諸天人民數如恒沙皆共合掌聽受佛語

此頌國土依報較長行猶詳明菩薩聲聞之德及佛現神通變化與人天至心受法之事也八解脫卽八背捨大智度論云背是淨樂五欲捨諸着心故云背捨天台云若發真無漏斷三界結業盡卽名解脫言八背捨者一內有色相外觀色內有色相者不壞內色不滅內色相也此初背捨位在初禪能捨自他及下地一切諸着故二內無色相外觀色內無色相者壞內色滅內色相也外觀色者不壞外色不滅外色相也由行人入二禪定境漸深內色已滅但欲界結使難斷故猶觀外不淨之相也三淨背捨身作證行者除外不淨相但於定中練八色光明清淨皎潔猶如妙寶之色故名淨以無愛着心而受三禪中徧身妙樂故云身作證四虛空處背捨若滅根本四禪色一心緣無邊虛空入定而不受着也五識處背捨若捨虛空一心緣識入定而不受着也六無所有處背捨若捨識一心緣無所有處入定而不受着也七非有想非無想背捨若捨無所有處一心緣

非有想非無想入定而不受着也八滅受想背捨背滅受想諸心心數法是爲滅受想背捨(子)五頌壽命

其佛當壽十二小刧

(子)六頌正像

正法住世二十小刧像法亦住二十小刧

前此皆頌長行所有至於其中有事佛起塔以至本佛傳法弟子舍利流布等事前後互具此不繁述

(壬)二授迦旃延記分二(癸)一長行分五

(子)一行因

爾時世尊復告諸比丘衆我今語汝是大迦旃延於當來世以諸供具供養奉事八千億佛恭敬尊重諸佛滅後各起塔廟高千由旬縱廣正等五百由旬以金銀琉璃硨磲瑪瑙眞珠玫瑰七寶合成衆花瓔珞塗香末香燒香繒蓋幢幡供養塔廟過是已後當復供養二萬億佛亦復如是供養是諸佛已具菩薩道

長阿含云迦旃延善於議論有外道執斷見謂無後世延云今之日月爲此世耶爲他世耶若果無他世決定無明日矣又云我見人死不還似無他世延云如罪人被囚繫者何可得歸又云生天上者無所拘牽何亦不見有歸還者延云如人墮厠旣出肯復還入厠乎且天上一日人間百年彼三五日未遑計歸設有歸者汝復何存又云鑊煮罪人密蓋其上伺之不見神出故知無有他世延云汝晝眠時或夢遠遊傍人見汝有神出否又云我剝死人從足

至頂細分骨肉求神不得故知無有他世延云柴本生火細分其木火亦何存又云我秤死人重于活者若神出已其人應輕故知無有他世延云如火與鐵火在則輕火退返重人死神出其重亦然又云我見人死返轉求神俱不可得故知無有他世延云如人吹角聲從角出返求其聲寧得聲否又云汝雖種種破我我必不捨所執之相延云如人見麻卽取其質得麻取皮得皮取筋得筋取布得布取銀得銀取金捨劣取勝人之常情汝何固執若是又云如我所執其人甚衆豈我一人作是執耶延云如兩商人路行逢鬼鬼作人形而語商云前路豐米足草載之何爲一商俱棄所載人牛皆饑鬼得其便次商人言若得新者可棄故物于是人牛皆得不饑鬼不得食諸人妄説如鬼誑人汝不受我語必爲鬼所噉今得新者何不棄故其人辯不能勝卽嗔罵云無知愚人何苦勸我延云如人養魚路拾諸糞擎至頭上路逢大雨汁汚其身傍人勸捨返責他人汝與愚人無二無別於是外道敬伏其辯故靈山會上稱之議論最爲第一迦旃延因中供佛起塔文義甚明但前曰供八千億佛後曰供二萬億佛似斷我法二執之功由淺而深之意也由旬此云限量有三不同大者八十里中者六十里小者四十里

(子)二得果

當得作佛號曰閻浮那提金光如來應供正徧知明行足善逝世間解無上士調御丈夫

大人師佛世尊

此明正報由因中勤掃佛地盡除塵垢故至羅漢位中感發辯才然所以談鋒似箭辯口如河者以心地清淨不存塵垢今感果號閻浮金光者由身光似閻浮金色則知除塵去垢之功大有益于將來也㊂三國淨

其土平正玻瓈爲地寶樹莊嚴黃金爲繩以界道側妙華覆地周徧清淨見者歡喜無四惡道地獄餓鬼畜生阿修羅道多有天人諸聲聞衆及諸菩薩無量萬億莊嚴其國

此明依報益世人不修善法惡道增盛而人天減損今言無四惡道則知其國人民皆奉行閻浮如來教化深修戒善故天人熾盛又曰聲聞衆多菩薩無量愈見其善法莊嚴不可思議㊂四壽命

佛壽十二小刼

佛之三身法身無始無終報身有始無終今言佛壽十二小刼者乃應化佛以根塵作佛事故也

㊂五正像

正法住世二十小刼像法亦住二十小刼

正像已具前釋唯此科無刼國名或譯人有脫耳㊋二偈頌分四㊂一誡聽

爾時世尊欲重宣此義而說偈言

諸比丘衆皆一心聽如我所說眞實無異

㊂二頌行因

是迦旃延當以種種妙好供具供養諸佛諸佛滅後起七寶塔亦以華香供養舍利

㊂三頌得果

其最後身得佛智慧成等正覺
後文十方之所供養至閻浮金光共六句
該在此成等正覺下其文更順㊀四頌國
淨
國土清淨度脫無量萬億衆生皆爲十方之
所供養佛之光明無能勝者其佛號曰閻浮
金光菩薩聲聞斷一切有無量無數莊嚴其
國
以萬億衆生接菩薩聲聞上則文意俱到
爲十方所供養者是普應供之名當居上
科光明無能勝者始頌明閻浮金光之實
一切有卽二十五有況等覺位中無明未
盡亦謂之有今謂菩薩斷一切有者無明
亦盡也㊄三授目犍連記分二㊇一長行
分五㊀一行因

爾時世尊復告大衆我今語汝是大目犍連
當以種種供具供養八千諸佛恭敬尊重諸
佛滅後各起塔廟高千由旬縱廣正等五百
由旬以金銀琉璃硨磲碼碯珍珠玫瑰七寶
合成衆華瓔珞塗香末香燒香繒蓋幢幡以
用供養過是已後當復供養二百萬億諸佛
亦復如是
阿含經云目犍連因中曾助辟支佛剃頭
浣染縫袈裟發願求神通至羅漢果始發
諸通有外道師徒五百用咒移山經一月
日欻喊巳動目連念言此山若移多所損
害卽於山頂虛空中結跏趺坐山還不動
外道相謂我法動山計日可移云何不動
此必沙門神力所致自知力弱歸心佛道
其神通事迹廣如彼經△前科與此科詳

陳因中起塔供佛之相非徒謂事成旣侍多佛聞多法則一花一香一動一靜無不事到理到塔之所表前已累明葢塔表一眞智卽法身所在也高千由旬表十度具足廣五百由旬表證五位理體七寶莊嚴卽七覺淨財以嚴法身也事佛必曰八千乃融八正道於一法身後復事二百萬億者卽廣融衆智以成正覺也(子)二得果

當得成佛號曰多摩羅跋栴檀香如來應供正徧知明行足善逝世間解無上士調御丈夫天人師佛世尊

果號以多羅香名者由此香薰徧之力不可思議若燒一銖普薰小千世界此是因中神通速疾所至則知飛行輕舉現火降龍等皆如香力之不可思議也栴檀香此云性無染(子)三刦國

刦名喜滿國名意樂其土平正玻瓈爲地寶樹莊嚴散眞珠華周徧清淨見者歡喜多諸天人菩薩聲聞其數無量

由因中神通廣大故得劫名喜滿運用不盡隨處隨現無不稱心遂意故國名意樂眞珠華者天花也花旣常散香應常有異色異香人誰不樂況多諸賢聖則其國殊勝倍可見矣(子)四壽命

佛壽二十四小刦

前佛但言十二小刦此倍言壽量者乃因果齊具足也衆生根塵卽因爲淨一切根塵故如來住壽十二小刦又住自根塵以益九界衆生亦壽十二小刦是總因果言之也(子)五正像

正法住世四十小刧像法亦住四十小刧

正像刧量兩俱倍者一以因中神用超勝

以果中願力堅持令法不絕所以乘因

乘願也

㊣二偈頌分五㊟一頌行因

爾時世尊欲重宣此義而說偈言

我此弟子大目犍連捨是身已得見八千二

百萬億諸佛世尊爲佛道故供養恭敬於諸

佛所常修梵行於無量刧奉持佛法諸佛滅

後起七寶塔長表金剎花香伎樂而以供養

諸佛塔廟

金剎者法苑云阿育王取金幡金花懸諸

剎上故曰金剎具云剎那此云土田此通

取土名剎也又復伽藍亦號梵剎又西域

以柱表剎示所居處也如此方縉紳已上

皆竪幢以示居處㊟二頌果國

漸漸具足菩薩道已於意樂國而得作佛號

多摩羅栴檀之香

㊟三頌壽命

其佛壽命二十四刧

㊟四頌國淨

常爲天人演說佛道聲聞無量如恒河沙三

明六通有大威德菩薩無數志固精進於佛

智慧皆不退轉

爲人天說佛道卽權實雙運長行但言國

土此頌明眷屬則三乘齊具也㊟五頌正

像

佛滅度後正法當住四十小刧像法亦爾

正像法中皆弟子奉行法藏之時于中持

法起塔供養舍利等此皆必然之事俱不

繁解正與中根授記已竟㊁二許與下根說因緣

我諸弟子威德具足其數五百皆當授記於未來世咸得成佛我及汝等宿世因緣吾今當說汝等善聽

此巳與五百弟子作授記矣至五百弟子受記一品不過詳明因果刦國正像而巳然必欲說宿世因緣者要見如來悲救之久弟子受益之深使人知授記成佛原非偶然會合良以塵點刦前巳下大種子中世世受化積累至今故威德無不成就也

爲中根人作喻說一周巳竟

直指云此品從方便品中第二止後舍利弗再請云今此會中如我等比百千萬億世世巳曾從佛受化如此等人必能敬信長夜安隱多所饒益以此發如來後二周說法之案但彼時四大弟子示同凡小須然不解而身子得記之後乃爲代請故如來重舉譬喻廣明火宅危險指點大小優劣四子始深心信解自舉窮子以陳返妄歸真之譬但爲大小見量未忘如來功德未能盡達故世尊復以藥草一喻盡情掃除始與四人作記以符身子第二所請師資如出一轍完復始終喻說一周之原案也

妙法蓮華經授手卷第三之三

音釋

窾苦管切音欵空也　礫郎狄切音力小石也　繩時征切音成索也　悚音聳　慄力質切音栗懼也　灑所蟹切篩上聲洒水也

妙法蓮華經授手卷第三之四

清楚衡雲峰沙門智祥集

化城喻品第七

品節云此品來意由前五人俱得授記而復欲爲千二百人作記故遠引塵刦前大通佛時爲王子敎化之宿因曾下一乘緣種自是已來生生受化今緣已熟正是印許之時以顯緣因佛性也化城一喻原是虛設以明三乘畢竟是權爲止怖遠疲勞之衆令衆暫息可進寳所以此開發策進頓悟昔因自信成佛乃各得授記也大竅云本無忽有謂之化禦敵防非謂之城此品雖與弟子說宿世因緣其實發譬喻藥草之餘蘊葢喻品意在火宅白牛此品意在化城寳所由火宅而入化城駕白牛而歸寳所兩相合而意始圓又此品雖說如來在大通智勝佛時為王子覆講法華已爲汝等作今日得度因緣然正發明藥草品中法雨等澍各有所受於諸法中任力所能漸得入道等文所謂如來復有無量無邊阿僧祇功德汝等於無量億刦說不能盡者此也然喻品中身子纔悟即爲說因緣云我昔曾于二萬億佛所常敎化汝汝亦長夜隨我受學其爲因緣也近此品爲千二百羅漢說其因緣在不可思議阿僧祇刦前爲十六沙彌已曾開導敎化汝等其爲因緣也遠以因緣有近遠故各自言之使交相發而互相明也文中首標大通智勝佛者是往昔爲釋迦之父所謂毘盧師法身主不落方所不涉數量者是也

其成佛轉法輪事皆是逢場作戲耳至於十六沙彌繞出家時即請大法代佛轉輪其氣象又非瑣瑣者比故能即紹大通之位與大通智勝同一鼻孔出氣豈同下劣小乘若跛驢鴑馬策之而不肯進者哉世尊所以援古證今者亦是激發小乘令彼奮發捨小智而入大通之智也△問此品說因緣文廣喻文少分而已何不名宿世因緣品既從喻立題又何不云寶所返從化城之虛是何意耶荅因緣雖長總是結緣之義皆非究竟所以立名化城者正以完復從前之所謂因緣也又此經首題以蓮華喻法故此亦以喻立品也不言寶所而必曰化城者正欲人因權明實即妄明真既知城之是化則知寶所必實矣斯正為本經開權顯實之大旨當如是知(丁)三為下根說因緣分二(戊)一本品正說因緣分二(己)一先明知見久遠分二(庚)一長行又三(辛)一出所見事

佛告諸比丘乃往過去無量無邊不可思議阿僧祇劫爾時有佛名大通智勝如來應供正徧知明行足善逝世間解無上士調御丈夫天人師佛世尊其國名好城劫名大相諸比丘彼佛滅度已來甚大久遠

此如來欲與未記者作記使知記非虛妄原於無量劫來已下成佛種子則是正因久植而佛果當圓矣佛告下標起過去久遠特明劫數之多爾時下舉智佛為釋迦之父師見釋迦非智佛亦不得以生成也佛名大通智勝者包括萬有曰大圓具十

界曰通能破諸惑曰智超過一切曰勝又大即如如理通即如如智理智圓融故曰智勝則下之十號皆不出此智勝之所具也國名好城者以智勝之正處妙好之依可謂是依是正即體用一如之寂光土也刦名大相即百界千如之無量相亦即智勝所本有也離智勝外豈復别有所謂好城大相之莊嚴乎彼佛滅度下約智勝涅槃後言以起不思議之喻故先標言甚大久遠要解云大通智勝即衆生本源之覺體也衆生覺體本來若此但爲自迷色心之内故小而不大封滯無明之㲉故礙而不通潛伏妄識之陋故劣而不勝夫能了色心之迷滯破無明之封㲉則智勝現前與佛無别矣言過無量不思議刦者明此

智體其來無始非情塵數量所及也㊥二

喻明久遠

譬如三千大千世界所有地種假使有人磨以爲墨過於東方千國土乃下一點大如微塵又過千國土復下一點如是展轉盡地種墨於汝等意云何是諸國土若算師若算師弟子能得邊際知其數不不也世尊諸比丘是人所經國土若點不點盡抹爲塵一塵一刦彼佛滅度已來復過是數無量無邊百千萬億阿僧祇刦

此下喻明彼佛滅度甚大久遠乃以非喻爲喻也此中有三翻較量皆不可思議一以地種爲墨而點如微塵則墨數不可量二盡地種墨所有之國是國數不可量三將點與不點之國盡作微塵以一塵爲一

刧猶不能盡彼佛滅度之刧是刧數不可量也地種者由大千世界之地皆能生長情無情物故云地種假使者即設喻之言假若有人以大千世界之地磨作一池墨水於是持此水先從東方行過千國土纔下一點如微塵許大又從東去過一千國土再下一點如是展轉者或東方界盡展轉向南方南方界盡展轉至北方但以盡此大地種墨水點盡無剩則止而不行矣次下以汝意云何爲問者欲人知此所點之國無量無邊非算師及算師弟子之所能知也是人所經國土下又將所點之國并中九百九十九國之末點者亦如是展轉括盡點與不點之國盡抹微塵然後以一塵算一刧彼智勝佛滅度已來復過微塵之無量無邊百千萬億阿僧祇刧是知刧數甚不可思議乆遠若斯也要解云智勝無古無今未始滅度而云彼佛滅度如是乆遠者對下根迷情言之耳若論吾人失滅智勝迷淪已來不知過若干刧識不可以塵墨數之也(辛)三見昔如今

我以如來知見力故觀彼乆遠猶若今日

因上明智勝如來滅度至今刧數有如是塵點不可思議則一等據迹着相人聞之而驚疑不信故世尊又言以我佛眼心力見知雖彼滅度如斯乆遠亦只如在今日要知十世古今不離當念則上來不可思量之塵點刧與我此念本無内外亦可見無邊刹境不隔毫端矣即此自他不隔是如如智古今不離是如如理推此二種廣

大之境總以顯大通智勝之量也直指云方便品云佛曾親近無量無邊百千萬億諸佛盡行諸佛無量道法彼中但標其總名今畧舉大通爲因地發心第一之本師是爲古今一念故頌云佛智淨微妙無漏無所礙通達無量刦葢可見古今不離自他不隔也要解云以衆生知見迷淪妄計則智勝隔塵點刦以如來知見則古今一時故觀彼久遠猶若今日此又釋迦之大通也

(庚)二偈頌分三(辛)一頌出所見事

爾時世尊欲重宣此義而説偈言

我念過去世　無量無邊刦　有佛兩足尊　名大通智勝

此四句總標頌本因之主我念者即追憶遠大刦前所覩之本師次下出名(辛)二頌喻明久遠

如人以力磨　三千大千土　盡此諸地種　皆悉以爲墨　過於千國土　乃下一塵點　如是展轉點　盡此諸塵墨　如是諸國土　點與不點等　復盡抹爲塵　一塵爲一刦　此諸微塵數　其刦復過是　彼佛滅度來　如是無量刦

此頌以大喻明刦量也非此大喻孰能知此遠刦(辛)三頌見昔如今

如來無礙智　知彼佛滅度　及聲聞菩薩　如見今滅度　諸比丘當知　佛智淨微妙　無漏無所礙　通達無量刦

無礙智乃佛知見也於久遠刦所知見者一一明了無礙所謂不離當念不隔毫端若古今自他之量不泯則有礙矣烏得有

見昔如今之妙哉知彼佛滅度者是知智佛滅度久遠不謬又言及聲聞菩薩者謂不但知佛不謬即彼佛所有聲聞菩薩滅度一一見知無有錯謬則今日當授記者之聲聞菩薩即彼佛之聲聞菩薩也即此愈見其古今不離即彼即此次言比丘當知者當知我如來所知所見決定不謬何故由如來具四智故佛智者即大圓鏡智也淨者平等性智也微妙者妙觀察智也無漏無礙即成所作智也具此四智故能通達無量刧猶今日矣此由釋迦以四智合大通智如水合水既合之為一豈有古今自他久遠之分則知視久如今其理益明矣明知見久遠已竟

(巳)二正明宿世因緣分二(庚)一長行又二

(辛)一結緣由又二(壬)一出遠由分二(癸)一智佛成道又曲分五(子)一佛壽長遠

佛告諸比丘大通智勝佛壽五百四十萬億那由他刧

此明智佛成菩提道從實垂權直指云先明本主壽量長遠見彼佛悲願彌深故住世度生彌久如行願品云惟願久住刹塵刧利樂一切諸衆生也△彼佛出於增刧既壽命長遠則成道必曰十小刧受請之後欲說大經待時待機必曰過二萬刧然後正說法華之時必曰八千刧說經之後入於靜室又曰八萬四千刧及至此後猶未見智佛唱入涅槃則知住世之長遠與入滅已來之長遠皆不可思議且今釋迦出於滅刧壽僅八十年而成道只曰六年

待時待機只四十年正説此經只數年便於此會唱入涅槃雖二佛延促不同其悲願濟世則無二無別矣那由他或云阿庾多此云萬億(子)二成道前事分二(丑)一佛坐道場

其佛本坐道場破魔軍已垂得阿耨多羅三藐三菩提而諸佛法不現在前如是一小刧乃至十小刧結跏趺坐身心不動而諸佛法猶不在前

此正明等覺正證也本坐道場者本即本覺屬如如智道場即如如理理本不動爲智所歸故曰本坐道場此即無修無證之如如佛也今欲接物利生於無身中示身既欲現身則魔事起矣所謂魔事者有作之心也破魔軍者謂最後生相無明盡也據事由菩薩功行遍極震動三千致諸魔軍而來惱亂菩薩以慈心三昧一一摧伏待破此魔後則成等正覺矣言垂得者正證之間也諸佛法者即一理平等也不現前者無容擬議之也況智佛於此時間理智融始本契上無佛可成下無生可度中無行可修煩惱菩提生死涅槃俱不可得盡十方世界赤洒洒沒可把從一小刧至十小刧身心不動所謂一念不生也言諸佛法不現前者是本覺不動未起利物之心也問既曰大通智勝佛本坐道場則本來是佛何更欲經十刧而謂成道豈另有佛外之道而再欲成耶荅豈不見適來謂爲欲利生故於無身中示身則不妨依舊有修有證此化身如來成始成終之必然

事也如今釋迦降生成道轉法輪以至三七思惟籌量行止故方便品云作是思惟時十方佛皆現又云如過去諸佛説法之儀式此便是釋迦之佛法現前矣但此曰三七彼曰十刦乃時節長短不同總皆為出世因緣豈謂另有佛外之道而再欲成哉

㊀二諸天供養

爾時忉利諸天先為彼佛於菩提樹下敷師子座高一由旬佛於此座當得阿耨多羅三藐三菩提適坐此座時諸梵天王雨衆天花面百由旬香風時來吹去萎花更雨新者如是不絕滿十小刦供養於佛乃至滅度常雨此華四王諸天為供養佛常擊天鼓其餘諸天作天伎樂滿十小刦至於滅度亦復如是

此明因果將契也如來妙境即事即理若據事論佛坐道場入定而諸天侍座供養所必然也據理亦有深意佛即一真法界之如如理則真俗之智融而不二此為自受用可謂常樂我淨無作無為今言破魔軍已即欲出生現形説法既有作有為又必真俗齊到體用兼行故前曰如來結跏趺坐身心不動乃本覺真體顯露也此言忉利諸天先為彼佛敷師子座高一由旬是始覺俗用亦到也高一由旬者表佛超十界良以真非俗不顯俗非真不彰此座者乃真俗圓融之地既至此地何法不圓故向後佛坐此座即諸法現前矣不然何忉利諸天便先知佛於此座得菩提耶故知佛即真諦天為俗諦座為天置而佛坐

于此即得諸法現前又是何等明白但前曰佛是如如理眞俗不二屬自利邊説此言佛據座乃眞俗圓融屬利他邊説故曰諸佛如來爲一大事因緣故出現於世也次言梵天雨花至於滅度而猶不止諸天作樂亦至滅度而亦不止此又有所謂也凡言花皆以表因以花供出於梵天而供至佛滅則知因因無盡前來佛坐天座是以果徹因今以花供佛即以因徹果四面各散百由旬者表因中四智俱嚴也吹萎雨新表以妙因欲證妙果也此段經文中始本具而因果彰眞俗融而體用足則欲爲出世利生之事業復何難乎(子)三正明成道

諸比丘大通智勝佛過十小刧諸佛之法乃現在前成阿耨多羅三藐三菩提

此明覺心圓滿也必謂過十小刧者刧乃數之總名十即一之終數大竅云正顯大通智勝始存一念垂得之心即與圓滿菩提歸無所得之心異矣即此一念自生障隔不得大通而智亦不勝直至數量消忘而平等佛慧方得現前方得名爲大通智勝耳然此亦不過爲學家作引緣耳况小乘守滅定而不捨躭小智而不忘又烏能知甚深無量平等之佛慧哉故如來舉此意使小乘知諸佛智慧有如此甚深無量是爲未證作證者言耳若據大通智勝四字於空刧已前那邊更那邊早巳七花八裂更説甚麽佛法現前不現前若於此中有一法不到何謂大通此外有一法不收

何謂智勝既曰大通智勝則包無不容攝無不盡若有佛可成有生可度皆兒孫邊事所謂靈苗異草野父慵鉏豈智勝之尊有如是事學者更須細究

(子)四道後應供

其佛未出家時有十六子其第一者名曰智積諸子各有種種珍異玩好之具聞父得成阿耨多羅三藐三菩提皆捨所珍往詣佛所諸母涕泣而隨送之其祖轉輪聖王與一百大臣及餘百千萬億人民皆共圍遶隨至道場咸欲親近大通智勝如來供養恭敬尊重讚歎到已頭面禮足繞佛畢已一心合掌瞻仰世尊以偈頌曰

此明大用畢彰日月燈有八子皆以意名而又皆師妙光受妙光教化最後者曰然燈是轉識成智乃光光相然之謂也今智勝居俗時有十六子表因果二邊共十六心意在轉小智而成大智故今第十六位即釋迦牟尼是因果齊到也故日月燈八子爲因最後然燈乃釋迦師也故師資皆以光言今之十六乃攝因歸果故最後之佛即然燈子也則師資皆以智稱其第一名智積者謂雖具大智尚有疑滯未至大通也諸子下謂若欲捨俗入真應將平素所有寶惜愛護之心盡情棄捨若有一念聖見不忘即是金鎖玄關況其餘耶故曰聞父出家皆捨所珍是一轉一切轉即屬智德又曰諸母涕泣經云寔智菩薩母言諸者非一母也涕泣者割捨所愛即屬斷德隨送者是智與理冥一切俱到也大通

智勝今既現形益物是大用顯發其祖轉輪聖王與大臣等親近供養是全體契入萬用畢具之際故曰到已一心瞻仰也要解云燈明之子止言領四天下表上根唯四大爲累而已今言各有種種玩好者表下根有種種欲深心所着也捨珍詣佛者以其有積則未能大通能捨欲着可謂智勝矣

大威德世尊爲度衆生故於無量億歲爾乃得成佛諸願已具足善哉吉無上世尊甚希有一坐十小刦身體及手足靜然安不動其心常憺怕未曾有散亂究竟永寂滅安住無漏法今者見世尊安隱成佛道我等得善利稱慶大歡喜衆生常苦惱盲瞑無導師不識苦盡道不知求解脱長夜增惡趣減損諸天衆從冥入於冥永不聞佛名今佛得最上安隱無漏道我等及天人爲得最大利是故咸稽首歸命無上尊

此是會衆讚頌而利賴有歸也大威德下六句頌本坐道場等文如來有折伏之威攝受之德故曰大威德爲欲度脱一切衆生故於無量億刦修諸苦行而證菩提既得成佛而諸願滿足故讚言善哉吉祥無上士也世尊甚希有下八句頌如是十小刦等文大竅云身體二句讚身不動其心二句讚心不動如是身心不動十刦用功至生滅滅寂滅現方得名爲究竟永滅始得安住無漏大菩提法矣今者下四句方出陳我等希遇之緣謂今見如來已超三界安隱得成無上佛道實爲我等得度之

緣必應得大善利以故今朝稱慶而亦大歡喜也次下出陳歡喜之故良由六道衆生常苦常惱處於無明大夜之中如盲瞑之不識道路況乏指示不知盡苦之道不知解脫之方由是長夜昏昏無歸無救所以惡趣增而諸天減出沒三途從冥入冥不唯不見佛抑且不聞名其失利也不勝言矣今佛既已得最上道必興大悲雲普濟群品我等聞名見相幸沾最勝利益所以稱慶歡喜稽首歸命大導師也憺怕者安靜也

（于）五請轉法輪

爾時十六王子偈讚佛已勸請世尊轉於法輪咸作是言世尊說法多所安隱憐愍饒益諸天人民重說偈言

世雄無等倫　百福自莊嚴　得無上智慧　願爲世間說　度脫於我等　及諸衆生類　爲分別顯示　令得是智慧　若我等得佛　衆生亦復然　世尊知衆生　深心之所念　亦知所行道　又知智慧力　欲樂及修福　宿命所行業　世尊悉知已　當轉無上輪

此十六沙彌請轉法輪也大窾云十六沙彌纔得出家見佛便有濟世之心即時請轉法輪其氣槩雄視一世真偉哉大丈夫也言多所安隱者能使愚者智不肖者賢懦者立弱者强倒懸者解故曰多所安隱饒益天人也△偈中先讚佛具足諸智諸德故曰爲世間第一雄猛無有同等無有倫類之大丈夫也等者同也倫者類也百福莊嚴是福足得無上智慧是慧足既爲

兩足之尊宜當普雨法雨度脱我等與一切衆生令人人得佛智慧與佛無殊是謂皆悉到於一切智地此處便見十六沙彌本願所存不爲自求便有與雲布雨普濟群乘之想也世尊知衆生下謂如來具足知見能知衆生種相體性即知現前衆生深心所念是何事也當以何法教化令行何等道法必得何等智樂何等法修何等福又知過去作何等行業此皆爲如來明見無有錯謬應當隨機授敎此是十六沙彌請説三乘之意今我等志在大乘世尊亦知我等深心所念願爲轉無上輪使我等具足二利功德亦轉法輪如今釋迦演大華嚴滿字法輪也智佛成道已竟(癸)二梵王請法分二(子)一威光照動

佛告諸比丘大通智勝佛得阿耨多羅三藐三菩提時十方各五百萬億諸佛世界六種震動其國中間幽冥之處日月威光所不能照而皆大明其中衆生各得相見咸作是言此中云何忽生衆生又其國界諸天宮殿乃至梵宮六種震動大光普照徧滿世界勝諸天光

此敘智佛初坐道場先現六瑞十刦思惟方便權智現前正垂三菩提利生之時也十方各五百萬億佛土六種震動總見十界依報同轉示理無碍也五百萬億明廣遠之極又况十方各具是數而廣遠亦見其不可量也幽冥之趣日月不到今承佛光而皆大明此又見智勝之不可量也獄中衆生背覺已久故無所見今蒙光照則

彼此俱明故咸謂忽生衆生此敘地獄三途之最苦處光明融徹也次言五百萬億佛國中六欲諸天及色界梵天一一六種震動大光普照光勝諸天此又敘三界天道之最樂處光明融徹也以上舉天地二道中巳攝人等諸道良以一切衆生無明自覆故被衆塵隔越今承佛力則一一顯露一一全彰故至十方各五百萬億佛土而皆大明也但智佛得菩提下該有即放眉間白毫相光徧照十方各五百萬億諸佛世界之文此或譯師及潤文者有脱耳何以知然觀今釋迦欲說大法即放眉間白毫相光而中古日月燈明說大法時亦放是光豈上古智勝如來說此大法之際而不放是光明耶故文中叠叠言光謂下照地獄上徹天宫横徧五百萬億佛土則其光有不可甚言者豈無放而云然也然釋迦光中圓具十法界相而此不言者須知此是我如來親舉遠因前既具明十界之相至此不言可知況智佛受請之後初轉法輪便有六百萬億那由他人得無漏解脱此諸人衆豈當時不於智勝光中有見有聞而纔聞三轉四諦便頓然如此悟入之深耶既曰照五百萬億佛土豈容不具十界相乎由此知必然放光而成六瑞也但前二佛先說法入定而後有放光動地雨花衆喜今此先十刦入定即雨花放光動地衆喜而後說法此是從本垂迹乃開張權實之始明最初相也日月燈與釋迦乃攝迹歸本會融權實爲終是最後談

也智佛光照十方各五百萬億者明大通之量是餘不能及故曰智勝若據理表萬八千土表十八界此五百萬億當表五陰其實五陰與十八界開合名耳是異其名不異其體何嘗二也則彼佛此佛擄時論刦似有今古而此理智又何嘗二具眼者審之大窽云釋迦放光爲末後一着大通放光爲最初一句葢最初一句不異末後一着故其光明亦徹上徹下也要解謂夫人以五蘊衆相和合有生而封蔀無明誠非日月威光所能照燭及乎智勝開明乃知衆生之相從芒芴間忽然乃有亦若是矣(子)二十方梵請分二(丑)一九方分四

(寅)先東方分七(卯)一覩光瑞

爾時東方五百萬億諸國土中梵天宮殿光明照曜倍於常明

此敘智佛初成正覺光照十方梵天瑞動之相因佛中道智光一照頓覺宮殿晃耀倍於常明然梵天已不假日月光明而諸天自有身光及宮殿園林俱有光明今以佛光勝萬萬倍故各各驚疑惟問也

(卯)二驚疑念

諸梵天王各作是念今者宮殿光明昔所未有以何因緣而現此相

(卯)三共相問

是時諸梵天王即各相詣共議此事時彼衆中有一大梵天王名救一切爲諸梵衆而説偈言

我等諸宮殿光明昔未有此是何因緣宜各共求之爲大德天生爲佛出世間而此大光

明徧照於十方

此是梵天各見光明有異則疑念競生共一處而議是光畢竟有何因緣也梵中一梵名救一切者此正顯爲地上菩薩示應之名衆天各疑未及出言議事唯救一切天王發聲告衆曰莫是有大德天人來生於此耶莫是有佛出現世間而致有此大光徧照耶梵天修禪定兼修四無量心故曰大德天此天主欲統領諸天尋光見佛是爲諸天中之引導師所謂應以天身得度者現天身說法也設如來不放此光諸天何緣見佛則是光之放也慈濟曷窮雖智佛入定十刦而光照之處所有人天生無限勝心如此者如來何嘗不說法也此處妙在衆梵疑念不疑何有尋光之舉不尋光何有見佛之緣不見佛何得具大通妙智之用哉

㊂四尋光明

爾時五百萬億國土諸梵天王與宮殿俱各以衣裓盛諸天華共詣西方推尋是相見大通智勝如來處於道場菩提樹下坐師子座諸天龍王乾闥婆緊那羅摩睺羅伽人非人等恭敬圍遶及見十六王子請佛轉法輪

此敘東方五百萬億梵王來儀與宮殿俱者梵天宿福深厚故感宮殿隨身如世間王者尚有無窮妙樂況天王耶衣裓盛花以備作供養也世間以金寶爲貴天宮以花爲貴故凡獻供皆以天花共詣西方者乃尋光所向之處如十方人各隨所向之方驀直尋之必得見佛而亦顯此光無處

不周無往不在也見佛處座是親到親見非彷佛知聞者也不唯見佛而又見護法請法之衆則亦將聞轉法輪矣由此光照之緣便頓令梵人入佛知見則又何等徑捷何等簡易(卯)五興供養

即時諸梵天王頭面禮佛繞百千帀即以天華而散佛上其所散華如須彌山并以供養佛菩提樹其菩提樹高十由旬華供養已各以宮殿奉上彼佛而作是言惟見哀愍饒益我等所獻宮殿願垂納處時諸梵天王即於佛前一心同聲以偈頌曰

世尊甚希有難可得值遇具無量功德能救護一切天人之大師哀愍於世間十方諸衆生普皆蒙饒益我等所從來五百萬億國捨深禪定樂爲供養佛故我等先世福宮殿甚嚴飾今以奉世尊惟願哀納受

梵天人等既親見如來則所獻之供無不虔懇頭面禮身至敬也同聲說偈口至敬也散花奉殿皆共一心意至敬也須彌本高八萬四千由旬各以衣裓之花散即與等足見所來者衆且復供樹者樹乃智勝之所依亦所當供也樹高十由旬表智超十界各以宮殿獻者由花供不足以盡其誠故復奉以宮殿也況天人之殿未嘗須臾有間而一旦捐捨表我執已解願佛處中是轉凡依而成慧依處字留也偈中先歎佛權實二智世尊甚希有兩句歎實下二句歎權總明大悲拔苦故云能救護一切天人下四句歎佛饒益廣大總明大慈與樂故云普皆蒙饒益也次下述來儀謂

我等所來之方已經五百萬億國土捨梵宮深禪妙樂遠遠至此無非爲見佛而來據理從凡入聖須經五十位因行具足方得親到佛境捨深禪定即是發回向心頓希佛果妙樂也○問雨花如山樹座猶下其相如何荅不思議事彼此不礙也

㊉六請說法

爾時諸梵天王偈讚佛已各作是言惟願世尊轉於法輪度脫衆生開涅槃道時諸梵天王一心同聲而說偈言

世雄兩足尊惟願演說法以大慈悲力度苦惱衆生

兩足者定慧二嚴也天台云既云度苦惱衆生即是請轉半字如今佛鹿苑中說三藏教度五濁八苦衆生也△長行曰開涅槃道頌中云惟願演說法焉知定請半字況地上應身之士志願佛道故云以大慈悲力且慈能與四聖之樂悲能拔六凡之苦則請意槩可見矣㊉七佛默許

爾時大通智勝如來默然許之

默許者由梵天來意所以合佛放光說法時至之心故口不言而心允矣知音謂世說云世尊以默然爲許可初佛本坐道場已成佛矣但由一乘實相把住大緊不唯諸佛不現即親生十六王子亦不得能親近況十方各五百萬億國土諸梵天王而皆來乎所以謂之垂得菩提也及思惟過十小刦已放開一線以實開權得其諸佛度生方便則王子來而梵天亦來始謂之得成菩提可見得成菩提之言亦只使衆

生見相作佛耳方便權智有如此之妙故諸佛成道必欲先説三乘也葢娑婆世界教體如是衆生利於耳根從聞得入是以下文智佛受十方梵天請訖即先轉四諦因緣然後乃爲十六王子説一乘實相也此雖敘智佛成道來十方梵天之事其實發明方便品我釋迦始坐道場觀樹經行諸梵天王請轉法輪之儀下九方文雖有增損皆不外此可以例通

妙法蓮華經授手卷第三之四

音釋

瑣蘇果切音鎖碎也　跛補火切波上聲　駑農都切音奴駑駘下乘也　萎烏罥切音穢　憺徒濫切談去聲安也　怕普駕切音帕畏懼也　鉏叢租切音祖　芴文拂切音物

妙法蓮華經授手卷第三之五

清楚衡雲峰沙門智祥集

㊢二東南方分七㊦一覩光瑞

又諸比丘東南方五百萬億國土諸大梵王各自見宮殿光明照曜

㊦二驚疑念

昔所未有歡喜踊躍生希有心

㊦三共相問

即各相詣共議此事時彼衆中有一大梵天王名曰大悲爲諸梵衆而說偈言

是事何因緣而現如此相我等諸宮殿光明昔未有爲大德天生爲佛出世間未曾見此相當共一心求過千萬億土尋光共推之多是佛出世度脫苦衆生

諸梵中首有曰大悲者亦是寄位示跡之稱觀其發言皆是決定有知識者之語謂當共一心求又曰多是佛出世度苦惱衆生其意可見

㊦四尋光明

爾時五百萬億諸梵天王與宮殿俱各以衣裓盛諸天華共詣西北方推尋是相見大通智勝如來處於道場菩提樹下坐師子座諸天龍王乾闥婆緊那羅摩睺羅伽人非人等恭敬圍遶及見十六王子請佛轉法輪

東南方人或向西方北方亦未嘗不可而必曰西北方者所謂驀直去也稍有增差則不中矣推尋二字是勤勇無間之功雖尋至千萬億土外得見智勝如來其實此光亦即各各殿中未出門時所見之光也雖然若不尋光何能見佛所謂知即得也

㊀五興供養

時諸梵天王頭面禮佛繞百千匝即以天花而散佛上所散之華如須彌山并以供養佛菩提樹華供養已各以宮殿奉上彼佛而作是言惟見哀愍饒益我等所獻宮殿願垂納受爾時諸梵天王即於佛前一心同聲以偈頌曰

聖主天中王迦陵頻伽聲哀愍衆生者我等今敬禮世尊甚希有久遠乃一現一百八十刦空過無有佛三惡道充滿諸天衆減少今佛出於世爲衆生作眼世間所歸趣救護於一切爲衆生之父哀愍饒益者我等宿福慶今得值世尊

聖中之聖曰主天中之天曰王闞澤云孔老之教奉天而行不敢違天釋迦之教諸天奉行不敢違佛故曰天中王也迦陵頻伽此云妙聲鳥正法念經云山名曠野其中多有迦陵頻伽出妙音聲如是美音若天若人緊那羅等無能及者唯除佛音此亦借之以況勝也非佛音似之直指云一百八十刦表百八煩惱爲衆生障障重則惡多惡多而天減是天之所憂也今幸佛出作人天眼爲九界所歸眞大慈悲父也△已入惡道者如來有種種方便救之令出未入者亦以種種方便護之不入故有大哀愍饒益衆生今者遇佛决非小緣由宿植福有斯慶幸也㊀六請說法

爾時諸梵天王偈讚佛已各作是言惟願世尊哀愍一切轉於法輪度脫衆生時諸梵天王一心同聲而說偈言

大聖轉法輪顯示諸法相度苦惱衆生令得
大歡喜衆生聞此法得道若生天諸惡道減
少忍善者增益
既得見佛必希聞法若但見而無聞亦何
所益故必欲請說法也諸法相者即陰處
界三並諦緣度等諸法之相苦惱即火宅
六道諸衆生也忍善者即七方便人得諸
法忍善道增長必至惡法減損矣(卯)七佛
默許
爾時大通智勝如來默然許之
(寅)三南方分七(卯)一覩光瑞
又諸比丘南方五百萬億國土諸大梵王各
自見宮殿光明照曜
(卯)二驚疑念
昔所未有歡喜踊躍生希有心
(卯)三共相問
即各相詣共議此事以何因緣我等宮殿有
此光曜而彼衆中有一大梵天王名曰妙法
爲諸梵衆而說偈言
我等諸宮殿光明甚威曜此非無因緣是相
宜求之過於百千劫未曾見是相爲大德天
生爲佛出世間
梵主之名曰妙法者似爲已得大通智者
之名故能統衆尋光所謂此非無因緣而
必欲求之又謂過百千劫未曾見此相則
知百千劫前曾已見矣益知其爲示應之
跡也(卯)四尋光明
爾時五百萬億諸梵天王與宮殿俱各以衣
裓盛諸天華共詣北方推尋是相見大通智
勝如來處於道場菩提樹下坐師子座諸天

龍王乾闥婆緊那羅摩睺羅伽人非人等恭敬圍遶及見十六王子請佛轉法輪

(卯)五興供養

時諸梵天王頭面禮佛遶百千帀即以天花而散佛上所散之華如須彌山幷以供養佛菩提樹華供養已各以宮殿奉上彼佛而作是言惟見哀愍饒益我等所獻宮殿願垂納受爾時諸梵天王即於佛前一心同聲以偈頌曰

世尊甚難見破諸煩惱者過百三十刦今乃得一見諸饑渴衆生以法雨充滿昔所未曾覩無量智慧者如優曇鉢華今日乃值遇我等諸宮殿蒙光故嚴飾世尊大慈愍惟願垂納受

頌中先讚佛斷德諸煩惱即五住無明盡也一百三十刦出陳難見之證饑渴者指六道衆生謂佛不出世則無法喜禪悅解脫之漿濟之今既出世使六道衆生皆得法雨充滿而熱惱清凉也昔所未覩下讚佛智德智慧希有難可值遇正如優曇華一切皆愛樂也言宮殿蒙光嚴飾者一皆準華嚴經說有不可思議衆寶莊嚴以此微妙宮殿奉供如來是知虔誠至矣(卯)

六請說法

爾時諸梵天王偈讚佛已各作是言惟願世尊轉於法輪令一切世間諸天魔梵沙門婆羅門皆獲安隱而得度脫時諸梵天王一心同聲以偈頌曰

惟願天人尊轉無上法輪擊於大法鼓而吹大法螺普雨大法雨度無量衆生我等咸歸

請當演深遠音

梵王請法之心不爲自求曰令一切世間者總該六道別舉魔梵是世間善惡一對沙門與婆羅門是世間邪正一對次結云皆獲安隱者謂佛若轉法輪時使世間善惡邪正染淨智愚無不皆獲安穩也擊鼓警其同臻寶所吹螺促其念念不退雨雨澤其六道枯槁此請開三當演深遠音乃請顯一以彰最極之談始完復梵主本名蓋爲請說自家妙法耳(卯)七佛默許

爾時大通智勝如來默然許之

(寅)四總明六方

西南方乃至下方亦復如是

乃至者超畧西方西北方北方東北方并西南與下方共六方亦復如是者謂每方各五百萬億梵天於其光照生疑共議尋光見佛處座及八部王子請法修供等皆如前式故不必繁辭槩如之也已上明九方竟(丑)二明上方分六(寅)一覩光瑞

爾時上方五百萬億國土諸大梵王皆悉自覩所止宮殿光明威曜

(寅)二驚疑念

昔所未有歡喜踴躍生希有心

(寅)三共相問

即各相詣共議此事以何因緣我等宮殿有斯光明時彼衆中有一大梵天王名曰尸棄爲諸梵衆而說偈言

今以何因緣　我等諸宮殿　威德光明曜　嚴飾未曾有　如是之妙相　昔所未聞見　爲大德天生　爲佛出世間

序衆科中曾有尸棄爲娑婆世界主此云頂髻今言向下方過五百萬億國尋光見佛或即此娑婆主也如華藏莊嚴香水海内蓮華中所有二十重世界此娑婆在第十三層内彼中從一層上至二層謂此上過佛刹微塵數世界有世界名種種香蓮花佛號師子光二佛刹微塵數世界圍遶至娑婆便謂過十三佛刹微塵世界則五百萬億國近之近矣

(寅)四尋光明

爾時五百萬億諸梵天王與宫殿俱各以衣裓盛諸天花共詣下方推尋是相見大通智勝如來處於道場菩提樹下坐師子座諸天龍王乾闥婆緊那羅摩睺羅伽人非人等恭敬圍遶及見十六王子請佛轉法輪

(寅)五興供養

時諸梵天王頭面禮佛繞百千帀即以天華而散佛上所散之華如須彌山并以供養佛菩提樹華供養已各以宫殿奉上彼佛而作是言惟見哀愍饒益我等所獻宫殿願垂納處時諸梵天王即於佛前一心同聲以偈頌曰

善哉見諸佛救世之聖尊能於三界獄勉出諸衆生普智天人尊哀愍群萌類能開甘露門廣度於一切於昔無量劫空過無有佛世尊未出時十方常暗暝三惡道增長阿修羅亦盛諸天衆轉減死多墮惡道不從佛聞法常行不善事色力及智慧斯等皆減少罪業因緣故失樂及樂想住於邪見法不識善儀則不蒙佛所化常墮於惡道佛爲世間眼久遠時乃出哀愍諸衆生故現於世間超出成

正覺我等甚欣慶及餘一切衆喜歎未曾有我等諸宫殿蒙光故嚴飾今以奉世尊惟埀哀納受願以此功德普及於一切我等與衆生皆共成佛道

善哉是喜幸意曰見諸佛者顯佛佛道同見一佛即諸佛也救世者佛爲大醫王旣瘳衆生身心等病以三界爲獄者即火宅中人爲煩惱諸結之所囚繫唯如來能勉令出於三界此四句讚佛悲心普智下四句讚如來智德謂如來具無量智爲天人所尊以種種方便哀愍一切也群萌即群生也草之初生曰萌謂群生皆有善種萌于心中特無緣以發之耳今幸如來開甘露門普潤群萌使善道發生也次須久不遇佛善根不萌謂此土從無量刦來空過無佛不蒙聖化久矣至於智勝如來未出已前十方衆生不覩佛光皆在無明黑暗地上起惑造業以惡業增熾故惡道長善不能修故天人滅即有生于天上人間者由善力輕微色力慧力俱皆減少此是薄福德人所招之苦果也下出苦因由不見佛不聞法故常行十惡無明愈重則樂與樂想二俱喪失使智慧莊嚴因忽果喪矣不具正知見故住持邪見以苦捨苦不識善儀其死必墮惡道無疑矣佛爲世間眼下八句慶佛出世開人天正眼超彼群萌出于三界實爲我等深生慶幸矣次四句貢殿求納末四句發心回向不爲自求所謂自未得度先度人者菩薩發心也

(寅)六請說法

爾時五百萬億諸梵天王偈讚佛已各白佛言惟願世尊轉於法輪多所安隱多所度脱時諸梵天王而説偈言

世尊轉法輪擊甘露法鼓度苦惱衆生開示涅槃道惟願受我請以大微妙音哀愍而敷演無量刧習法

此叙諸梵正請法也多所安隱對前佛未出世十方暗暝惡道增長甚不安穩也多所度脱對前超出成正覺喜歎未曾有令一切衆生普皆成佛可謂多所度脱也頌文前四句謂如來出世必説法度生曰開示涅槃道似明權也末四句乃請顯實故曰哀愍敷演無量刧所習法也直指云從前所叙十方梵天來儀雖分次第而實十方一齊同見光照同時共議同時隨方尋光而至中央同時見佛同時獻供同時請法則知光明圓照其境界甚不可思議也結緣遠由已竟㊄二結緣近由分二㊇一先轉半字法輪又三㊉一如來受請

爾時大通智勝如來受十方諸梵天王及十六王子請

此正彰結緣之近由也由佛受請説法故十六王子後得覆講此所以正作結緣也

㊉二正轉法輪

即時三轉十二行法輪

此叙智佛初成正覺受請出定初轉小乘四諦十二因緣法輪也直指云初標法相應機不違故曰即時因説法轉煩惱成菩提轉生死成涅槃故名爲轉三度開示故云三轉法輪者謂如來以法爲輪運載衆

生出生死也大窾云先小後大古佛恒規故先說四諦也言三轉者一示相轉謂此是苦逼迫性此是集招感性此是滅可證性此是道可修性也言示相者謂以四諦之相示之也苦有三苦八苦即三界內外六道生死皆苦也以逼迫爲義由此身相是生老病死之宅因有此身衆苦逼迫不得自在故曰逼迫性也集謂此苦身皆由自己貪愛五欲之所招即發業潤生無明亦乃見思二惑之所集故曰招感性也滅謂欲出苦果須是證寂滅涅槃無爲深法故曰可證性也道謂欲證寂滅須修道品即三十七品助道之法故曰可修性也二勸修者復以四法勸彼修進謂此是苦汝應知此是集汝應斷此是滅汝應證此是道汝應修三作證者復以自己所證以勵之也謂此是苦我已知汝亦應知此是集我已斷汝亦應斷此是滅我已證汝亦應證此是道我已修汝亦應修轉必三者以根有三等差別故也十二行者由示相轉得知苦集滅道有世間出世間因果名見道行由勸修得知苦集應斷滅道應修名修道行由作證得知有學研真斷惑爲賢無學真窮惑盡爲聖之階級名證果行每諦三轉共成十二行法輪也

若沙門婆羅門若天魔梵及餘世間所不能轉

此料簡不能轉者也直指云沙門雖是佛子初非佛說且不自知婆羅門若非僧化尚且不信諸天正樂魔尚破法梵耆禪寂

已上通屬有漏俱不能轉餘謂四果支佛名智正覺世間僅能奉佛自利俱不敢以轉爲言惟佛與佛乃能轉耳

謂是苦是苦集是苦滅是苦滅道

此正示四諦苦指身言示有身則有生老病死等苦逼迫身心非樂也是苦集者集乃招感也示苦果因貪嗔痴慢等見思爲因謂知苦則應斷集此爲世間因果也是苦滅者滅謂法性寂滅可證性也亦連苦言者示此逼迫苦惱身心中即具諸佛菩薩不生不滅之真性也是苦滅道者道即八忍八智三十七品可修性也連苦滅二諦言者謂欲斷諸苦證寂滅樂非修此道法則不可也此所謂慕滅修道爲出世間因果也此三轉中最初示相轉業已具勸修作證二轉故四諦皆以是苦爲言以集滅道三諦皆由先知苦而得故也

及廣說十二因緣法無明緣行行緣識識緣名色名色緣六入六入緣觸觸緣受受緣愛緣取取緣有有緣生生緣老死憂悲苦惱

此明十二緣法爲流轉門也前於序品中曾已畧釋今依天台謂展轉感果爲因互相由藉爲緣無明者過去一切煩惱皆是無明體卽是痴迷暗爲性無所明了故卽是惑也行卽過去世造作諸業作爲運用由惑造業故曰無明緣行此屬過去二支因識有了別義以業成故牽生三界意識妄動投託母胎故曰行緣識既託胎卽有煖息識三事七日一轉而成心色名卽心色卽質故云識緣名色六入謂根爲塵之

所入既有心色即成就六根故云名色緣六入觸乃出胎已後田根對塵而未能了知故云六入緣觸受即領納爲名由根觸境領受好惡等事雖能了別然未能起貪愛之心故云觸緣受自識至受爲現在五支果愛即貪求種種勝妙資具及色欲等境而起貪愛故云受緣愛取謂既於諸境起愛着心必欲追求貪取故云愛緣取有謂既生取着感業重結善惡因果必受後有故云取緣有此復爲現在三支因俱屬煩惱與過去無明緣行并同生謂六道中受生也由現在有此善惡因果未來必定于三界受生故云有緣生老死謂受生之身熟壞也此復爲未來二支果憂悲苦惱即老死中之苦境也已上緣緣相生名流轉門所謂無明愛取三煩惱行有二支屬業道從識至受并生死七事同名一苦道即惑業苦也

無明滅則行滅行滅則識滅識滅則名色滅名色滅則六入滅六入滅則觸滅觸滅則受滅受滅則愛滅愛滅則取滅取滅則有滅有滅則生滅生滅則老死憂悲苦惱滅

此爲還滅門也大竅謂如無明一法先用推因智以推其因次用審因智以審其因次第推審三世皆無自體方得除滅一法既爾諸法皆然故無明滅乃至老死滅也約苦集則有無明乃至有老死約滅道則無明滅乃至老死都滅也○問無明有界内界外粗細之無明此滅何等無明耶答此斷界内之粗相即發業潤生之無明也

若界外無明初住分斷至等覺方能永滅

(子)三聞法得道

佛於天人大衆之中說是法時六百萬億那由他人以不受一切法故而於諸漏心得解脫皆得深妙禪定三明六通具八解脫第二第三第四說法時千萬億恒河沙那由它等衆生亦以不受一切法故而於諸漏心得解脫從是已後諸聲聞衆無量無邊不可稱數

此謂智佛說法令聞者得利益也說是法者即前三轉十二行法輪也六百萬億等明機益之多不受一切法者即根境不偶得入初果不受諸塵迷惑成苦集流轉也諸漏即三漏得解脫者謂于三界諸漏既盡則心無繫子果雙脫得無學道故曰心得解脫既得無學證寂滅果必得具深妙禪定由定深故發諸通謂三明八解也義相一如前釋已上叙第一會說法利益之衆第二三四再叙多會說法由說法久故化機衆但曰不可稱數衆雖多而得益不二皆得不受一切法等故曰從是巳後等也知音謂此雖叙智佛說法之事其實申明方便品偈中我釋迦趣波羅奈爲五比丘說是名轉法輪等文八解脫即八背捨事出大窾甚明(癸)二再轉滿字法輪分七

(子)一王子出家

爾時十六王子皆以童子出家而爲沙彌諸根通利智慧明了已曾供養百千萬億諸佛淨修梵行求阿耨多羅三藐三菩提

此明十六王子聞四諦法捨俗爲僧也沙彌此云息慈謂息惡行慈也諸根者由六

根清淨故云通利此叙夙植慧因也已曾下叙夙植福因求菩提下方叙明由夙植福慧故一出家即欲求上乘也知音云準前請法偈云度脫于我等及諸衆生類爲分別顯示令得是智慧則知上節是度脫衆生分別顯示諦緣之法令得二乘智慧已此節是申請度脫于我等爲分別顯示阿耨菩提令得大乘智慧也(子)二請佛說法

俱白佛言世尊是諸無量千萬億大德聲聞皆已成就世尊亦當爲我等說阿耨多羅三藐三菩提法我等聞已皆共修學世尊我等志願如來知見深心所念佛自證知

此正請求大乘也直指謂彼無量聲聞志願小果皆已得遂亦當遂我等大乘志願說阿耨菩提之法也我等聞已者希聞慧爲大乘因皆共修學者希修慧爲大乘果志願下皆欲開示悟入佛之知見也深心所念該六度四攝等法爲學大乘之本論云一者直心正念真如法故以求菩提即真如也二者深心樂集一切善法故三者大悲心願度一切衆生苦故三俱攝在所念二字中佛自證知者謂我等所念佛無不以現量證知也此爲下文覆說伏案△王子纔出家便有食牛氣矣謂欲求無上道于四弘誓中即佛道誓成皆共修學即法門誓學深心中有大悲心即衆生誓度所念二字即攝煩惱誓斷謂如此弘誓乃我等今欲成就者惟佛自知也(子)三隨衆求度

爾時轉輪聖王所將衆中八萬億人見十六王子出家亦求出家王即聽許

王子儲君既能捨寶位出家則下者宜勉矣八萬億乃侍從之輩既能操高尚之志則上者加勵焉王即聽許是因之而轉甚適所懐也直指云約理前六百萬億人受益表轉六識今十六王子表轉八識真妄同稱以明真俗不二轉輪聖王表轉白淨識與本經妙莊嚴王同旨所將八萬億人表轉八識心所出家表出十八界家此又是智佛一會大關要處㈩四如來受請

爾時彼佛受沙彌請過二萬刧已乃於四衆之中說是大乘經名妙法蓮華教菩薩法佛所護念說是經已十六沙彌爲阿耨多羅三藐三菩提故皆共受持諷誦通利

此明智佛受請經刧而說也然過二萬刧爾乃爲說者亦所謂久默斯要也天台云過二萬刧者上既爲三乘說諦緣等教後受諸子請說法華故知中間不容默然無說於二萬刧中必說方等般若也故下偈文云說六波羅密及諸神通事如今說方等多明不思議神通之事又偈云分别真實法即大品明實相般若也直指謂彼增刧出世故過二萬刧此減刧只四十年二俱是待機成熟方顯寔也約理釋迦先二十年說小教以明出俗入真中二十二年說般若以明真俗雙超後七年說法華湼槃以明真俗一如由此則知智佛二萬刧時以無說而顯說般若爲十六王子蕩除真俗二執皆盡故曰過二萬刧已乃於四

衆說法華經也△說是經已下照上云我等聞已皆共修學之文見行顧其言也受者領納於心不遺一字持者拳拳服膺守而不失諷誦者諷讀而誦習也通利者於權實理事無不融通而成利益也(子)五會衆開解

說是經時十六菩薩沙彌皆悉信受聲聞衆中亦有信解其餘衆生千萬億種皆生疑惑

此又明聞經者信力深淺有得不得之機也天台云十六沙彌及二乘即信解衆是根已成熟之上機也其餘千萬生疑不解即未熟之機屬下根也由此復于十六王子聽覆講作結緣遠因

(子)六說經時節

佛說是經於八千劫未曾休廢

日月燈明六十小劫說此妙法謂如食頃智佛八千劫說此妙法未曾休廢未休廢者不止息也所謂晝夜熾然塵刹靡間其實又促於食頃也此莫是溪聲不盡流今古山色空濛綠大千歷

(子)七說已入定

說是經已即入靜室住于禪定八萬四千劫

智佛說經何嘗不與定俱今言入靜室者即入諸法空室是泯從前所有說相欲十六沙彌忘能所滅影相耳入定必經八萬四千劫者是欲令王子成結緣事而能益已益人也且疑惑之衆機不在佛而在王子者由佛境甚深急難契會故得於差別智中漸漸修學爲遠因也天台云智佛入定正是結緣近由由佛入定故千萬億種

疑惑者無所詰問始得十六沙彌爲其覆講以結緣也直指云入靜室者表攝用歸體也此時生佛一如寂照不二故曰住於禪定爲十六王子我法二執未易融化故佛住定八萬四千刼以待其八識體中生住異滅四相無明漸次破除也結緣之由已竟

妙法蓮華經授手卷第三之五

音釋

驀 莫白切音麥上馬也又越也
闞 苦濫切音瞰闞也
槁 苦老切音考木枯也
瘳 丑鳩切音抽病愈也
僅 具吝切音覲畧能也少也
濛 莫紅切音蒙涳濛日雨也

妙法蓮華經授手卷第三之六

清楚衡雲峯沙門智祥集

㊇二正與結緣分二㊈一法說結緣又二

㊉一明昔結緣又四㊀一知佛入定

是時十六菩薩沙彌知佛入室寂然禪定

既曰菩薩而又以沙彌名者此爲智佛所稱讚也據後云是十六菩薩沙彌甚爲希有況亦是不忘根本爲童眞應法之稱也有云七歲至十三歲爲驅烏沙彌十四至十九爲應法沙彌二十七已上爲名字沙彌準前曰皆以童子出家即應法沙彌也言知佛禪寂者可以得佛心矣佛知疑惑者機不在已故即入室欲令彼諸王子代爲說法使不信不解者得信解耳㊀二王子覆講

各升法座亦於八萬四千劫爲四部衆廣說分別妙法華經

此是王子知佛入寂之意乃乘時乘機而廣說是經也知音曰沙彌知不信者機緣在已而不在佛故代佛揚化各升法座覆講各化衆多令發大心使昔之生疑不信者皆信化令下根成上根矣

㊀三衆得利益

一一皆度六百萬億那由他恒河沙等衆生示教利喜令發阿耨多羅三藐三菩提心

各各於八萬四千劫說法不輟而所度如是衆多令發大心足見前來請法聞經之驗而利人之効速如此也此中靈應在示教利喜四字示教者即以佛知見開示之也利喜者即令悟入佛知見而致法喜充徧也可見十六菩薩善繼化緣不負所學

㊀四佛從定起

大通智勝佛過八萬四千劫已從三昧起往詣法座安詳而坐普告大衆是十六菩薩沙彌甚爲希有諸根通利智慧明了已曾供養無量千萬億數諸佛於諸佛所常修梵行受持佛智開示衆生令入其中汝等皆當數數親近而供養之

此是智佛起定喜歎其法通而得機也直指云按文勢先云說已即入靜室等如此會序品云佛說此經已入於無量義處身心不動同示實相體也智佛過八萬四千劫從三昧起讚十六王子堪爲大乘法器者即如此會方便品世尊從三昧起告舍利弗雙歎權實同示實相用也〇甚爲希有一句是極讚之辭正應此妙法蓮華時一現耳諸根通利兩句即三明六通皆已具足供養多佛歎修福受持佛智明修慧常修梵行一句是兼修福智也由此則三覺將圓萬德將具而自利之功滿矣惟倒駕慈舟利生爲事故曰開示衆生令入其中其中者即佛智海中也此之授記不必更待未來供多佛持多法即現前已等正覺矣汝等下屬囑累但文少唱滅一節正顯智佛無始終相不似今釋迦化身作始終說也言汝等皆當數數親近而供養者是欲成就未來諸佛轉識成智之相故知智佛決定無唱滅義明矣然前謂彼佛滅度已來甚大久遠者乃世尊以古對今爲今會衆明久遠耳非智佛親口唱滅如日月燈與今釋迦也況偈中明言如來無礙智知彼佛滅度及聲聞菩薩如見今滅度

況今應身如來滅度尚爾非實豈智佛有實滅耶其所以示生滅者對五濁衆生具足生滅者爲言不然既佛佛唱滅何獨智佛不自唱滅學者審之

所以者何若聲聞辟支佛及諸菩薩能信是十六菩薩所說經法受持不毀者是人皆當得阿耨多羅三藐三菩提如來之慧

知音云上言汝等皆當數數親近是勉聽衆學沙彌植福因也所以下雖是徵辭其實勉聽衆學沙彌植慧因也是人皆當下爲其聽衆授廣記亦當如沙彌成兩足尊之果也此衆初不信受佛即入定如醫師見子不肯服藥即往他國示寂也今一信受便與其記亦如醫師見子肯服仍舊還歸也此雖述智佛證十六沙彌深心本願其實申明方便品我釋迦從三昧安詳而起因身子爲諸聲聞說妙法授廣記義也是知智佛前受請說妙法如釋迦說華嚴般若方等之時也以華嚴等皆妙法故十六沙彌爲衆廣說如須菩提等四大弟子轉教付財之時也智佛過多劫後從定起證沙彌授衆記亦如釋迦末後說此經之時也故此品訖富樓那亦有唯佛能知我等深心本願之說然後法師品首即授廣記宛相符契思之可見

(癸)二中間值遇

佛告諸比丘是十六菩薩常樂說是妙法蓮華經一一菩薩所化六百萬億那由他恒河沙等衆生世世所生與菩薩俱從其聞法悉皆信解以此因緣得值四萬億諸佛世尊於

今不盡

十六沙彌因智佛對衆證讚其德得其法喜故常樂説妙法以度生也一一下知音謂其聽衆亦因智佛勸勉故常隨沙彌學植二因也從其下學植慧因以此下學植福因於今不盡者謂其多衆尚有學植二因未盡者即後文所謂有住聲聞地者是也此結完釋迦宿世曾爲千二百人植大乘之因爲下節成大乘緣牒文之伏案也

(癸)三還説法華分二(子)一結會古今又二

(丑)一結古今師法

諸比丘我今語汝彼佛弟子十六沙彌今皆得阿耨多羅三藐三菩提於十方國土現在説法有無量百千萬億菩薩聲聞以爲眷屬其二沙彌東方作佛一名阿閦在歡喜國二名須彌頂東南方二佛一名師子音二名師子相南方二佛一名虛空住二名常滅西南方二佛一名帝相二名梵相西方二佛一名阿彌陀二名度一切世間苦惱西北方二佛一名多摩羅跋栴檀香神通二名須彌相北方二佛一名雲自在二名雲自在王東北方佛名壞一切世間怖畏第十六我釋迦牟尼佛於娑婆國土成阿耨多羅三藐三菩提

十六沙彌由因中同求大乘同説大法故今同於十方成大果也於十方有缺上下以上下是八方之上下故知音云此雖述十六菩薩果不昧因有願必成之義其實申明方便品十方佛皆現非別有十方佛也而結完前請轉法輪偈中若我等作佛一句故云其二沙彌東方作佛等也向下

諸比丘我等爲沙彌時起至長行終是結完衆生亦復然一句故此品後千二百羅漢及有學聲聞親如羅睺宛如提婆乃至聞一字一句皆得與記乃是完我世尊爲沙彌時之本願也方便品偈云我本立誓願欲令一切衆如我等無異如我昔所願今者已滿足化一切衆生皆令入佛道是也如其十方佛之名號國土皆隨願力因行所成大察云東震方也震爲雷動萬物者莫疾乎雷歡喜亦動也佛名阿閦此云不動須彌此云妙高巍然突出亦不動之象正顯無明動處有不動智佛也此依根本智而得名也東南巽方也巽爲風撓萬物者莫疾乎風佛名師子音者所說無畏師子相者所示無畏如師音一吼百獸驚魂巽風一鼓萬竅怒號故易曰巽以行權謂佛以權實二智降魔伏外此以威嚴利物震攝羣邪而得名也南離方屬火燥萬物者莫甚乎火佛名虛空住如日處空無所不照故又名常滅以有智日無明常滅故謂如來以一眞實智處第一義空照破羣有故名常滅然此依實智而得名也西南坤方屬地載萬物者莫厚乎地佛名帝相梵相者厚德載物帝相也統王大千梵相也此依如來妙德爲名如來德統羣機慈悲普被故有如梵如帝之相也西兌方爲澤悅萬物者莫越乎澤佛名阿彌陀此云無量壽以慧澤無窮故又名度一切世間苦惱者以慧澤及人除熱惱而得清涼故此依如來眞俗平等妙智得名以眞諦

相融得無量壽俗諦全空度一切苦也西北乾方爲天始萬物者莫神乎天佛名栴檀香神通者不速而疾不行而至故又名須彌相高出萬物故此依如來神力體用爲名由如來有無量神通能不動聲氣而轉凡成聖其體不動如須彌山其用周徧如栴檀之普熏無量也北坎方爲水潤萬物者莫越乎水佛名雲自在又名雲自在王以無心潤物如雲行雨施故此依妙智得名如來以大悲水潤枯槁衆生隨處周徧如雲自在隨處稱尊如雲自在王東北艮方爲山終萬物而始萬物者莫甚乎艮佛名壞一切世間者是能壞滅一切世間法故又名釋迦牟尼此云能仁寂默是能成就一切世間法故所謂災火欲壞之時一吹頓滅世界將成之際舉念全收此萬物之所以成始成終也此亦依智德彰名且如來智德如山如岳能仁寂默者智德雙稱也壞一切怖畏者威德并運也以威德破一切有以智德成一切無故所謂成始成終也要解云天地設位道運乎其中聖人法之以開一物成務冐天下之道故八方之佛各依一方而示一德所以開物所以成務原始要終則天下之道無不冐矣或曰八卦乃中夏之書引配竺教豈佛意耶李長者用釋華嚴呂觀文用釋此章或者非之其義何也曰竺夏一天下也疆畿所及方位所同而卦乃天地之自然而獨不同哉伏羲畫之以示人吾佛象之以說法名默其同耳今經雖無八卦之文顯

有八方之象借事明理烏乎不可而必拘墟詆呰非達士也△如云借事明理則可謂吾佛象之則不可也况經明言於十方國土現在説法今以八卦論方解家意也非佛定以八方象八卦而示人也若以伏羲示之如來象之則如來所象返出伏羲之下豈理也哉如來妙德廣大無比非思量分别所能知安得定以八卦示如來用耶以所居之方遇便説之斯亦不妨幸毋定言佛意如是(丑)二會古今弟子分二(寅)一會現在弟子又三(卯)一不退者

諸比丘我等爲沙彌時各各教化無量百千萬億恒河沙等衆生從我聞法爲阿耨多羅三藐三菩提

此牒上節宿植大因也直指謂世尊與十方諸佛爲沙彌時尚已教化多衆從佛聞法者已植菩提大因此爲後譬喻五百由旬至欲過此難之案

(卯)二退轉者

此諸衆生於今有住聲聞地者我常教化阿耨多羅三藐三菩提是諸人等應以是法漸入佛道

向所植大因者至今不盡成佛或有住聲聞地而佛仍教以阿耨菩提爲因是諸人應以聲聞法漸入菩提作成佛之縁也此爲後喻所將人衆中路懈退生安隱想之案

所以者何如來智慧難信難解

此徵明既夙植大因又常受化何故不盡成佛猶在聲聞地耶曰雖下大種由根鈍

惑深不能極領佛之知見蓋因如來智慧難爲信解只得令其漸入佛道也(卯)三結古今

爾時所化無量恒河沙等衆生者汝等諸比丘及我滅度後未來世中聲聞弟子是也

自入本品已來費盡許多言語至此始將我及汝等宿世因緣兩句顯出謂我往昔爲沙彌時所化無量恒河沙等衆生皆非異人即今現在汝等千二百羅漢及學無學人并未來諸聲聞弟子是也以此結會三世弟子則爾時所化等明過去汝等比丘正指現在我滅度後方舉未來

(寅)二會未來弟子

我滅度後復有弟子不聞是經不知不覺菩薩所行自於所得功德生滅度想當入涅槃我於餘國作佛更有異名是人雖生滅度之想入於涅槃而於彼土求佛智慧得聞是經唯以佛乘而得滅度更無餘乘除諸如來方便說法

此明證上節此諸衆生於今不盡有住聲聞地者我常教化之常義使知現在不盡得記成佛者佛又於未來世度脫成佛也復有弟子者亦即宿植大因今亦聞此妙法未至究竟之四衆八部也於未來世雖有是經而不習聽不知此經是菩薩道故不能得究竟成就也不聞者不領開示佛知見也不覺知者未得悟入佛知見也自於所得生滅度者由不聞此經故不知有菩薩所行之深妙行即取證小果涅槃也然則是人既不聞不知此經便入涅槃則

向去永無入大之時矣雖然我於餘國作佛又以異名而敎化之亦即令能信能聞此妙法華經令其捨小而入大也上言不聞是經此云得聞是經上言於小乘功德生滅度想此言唯以佛乘而得滅度皆小大相翻見昔種不昧也除諸如來者謂旣無餘乘則一皆大乘何未來而亦有聲聞等耶謂此但諸如來因機說法欲爲大乘作方便說則有之也結會古今竟

㊀二還說法華分三㊁一時衆清淨

諸比丘若如來自知涅槃時到衆又清淨信解堅固了達空法深入禪定

此正爲千二百人開權顯實也直指云如來涅槃時到謂能事將畢也衆清淨者則機緣亦熟也前聞因緣一周開佛知見故得信解堅固而亦能達我法二執皆空入眞俗並觀之禪得體用一如之定根性旣純大事堪任故下集諸菩薩付佛法事也

㊁二正說法華

便集諸菩薩及聲聞衆爲說是經世間無有二乘而得滅度唯一佛乘得滅度耳

直指云此與上召集國王大臣而付囑國事同世間無二乘下總結十方諦求惟一佛乘以結大白牛車之案㊁三釋前開意

比丘當知如來方便深入衆生之性知其志樂小法深着五欲爲是等故說於涅槃是人若聞則便信受

此承上文意云若世無二乘得滅度者如來何故施三曰當知如來以方便智深知衆生有樂小之性況着於五塵弊於五濁

爲是等故先説三乘涅槃令破蔽免難後始爲説一乘也此因愚小無智聞便信受非如來故欲説三也知音曰此節雖叙三世因緣然實結完方便品十方國土中唯有一乘法無二亦無三但以假名字引導於衆生之義法説結緣竟㊁二喻説結緣分二㊂一開譬又分二㊀一導師譬

譬如五百由旬

天台云五百由旬譬上未度之衆樂着諸有即擬火宅中之其家廣大約土言之三界同居土爲三百方便土爲四百實報土爲五百約惑言之見惑爲一百思惑五下分惑爲二百五上分惑爲三百塵沙惑爲四百無明惑爲五百此當依惑言爲是險難惡道曠絶無人怖畏之處

○此譬上未度之衆煩惱垢重即擬火宅中之火起分段變易二生死即果險難見思塵沙無明即因險難由此因果故言惡道知音云曠絶無人所以爲險二乘偏空是也怖畏之處所以爲惡三界生死是也

若有多衆欲過此道至珍寶處

○譬上王子所化百千萬億種皆生疑惑不解之衆生也即擬火宅中三十子五百人二乘斷見思出三界故言欲過此道更斷塵沙無明求至無上菩提故言至珍寶處

有一導師聰慧明達善知險道通塞之相

○導師譬第十六王子也眼清淨曰聰意清淨曰達一心三智曰慧具足五眼爲明通塞者妙樂云苦集及流轉因緣六蔽塵

沙無明等爲塞滅道及還滅因緣六度一心三觀等爲通知音云聰慧明達所以爲師善知通塞所以能導故如來爲沙彌至成佛時常爲一切而作導師也

㊀二將導譬分三㊁一所將人衆

將導衆人欲過此難

○譬本結緣未得度者本緣不失故爲導師所將△將導者誘引也如來隨處示現以種種方便調伏衆生超凡入聖故曰將導過此難也

㊁二中路懈退分二㊂一退大

所將人衆中路懈退

○所將人者正譬中間相值退大取小之人中路者非是半途但以發心爲始至佛爲終此兩楹之間而起退大之意也

白導師言我等疲極而復怖畏

○白導師者正譬白結緣導師也以其退大則大滅接小則小生一生一滅感於法身呼此爲白由導師知彼退大即是聞其所白也善根微弱無明所翳故云疲極憚生死名爲怖畏

不能復進前路猶遠今欲退還

○前路猶遠者喻見思塵沙無明難可卒斷也△不能復進者由小乘志弱多生恐怖急欲其修道證滅無向大心所謂於菩薩法不生一念好樂之心也前路猶遠者望佛果尚去五十五位豈能亟至但願希取涅槃一日之價以爲大得是所以必欲退還也㊂二接小

導師多諸方便而作是念此等可愍云何捨

大珍寶而欲退還

多諸方便即譬隱勝現劣從實施權說小乘法也次作念曰唯此等不發大心怯弱無志者最爲深惜只得驚入火宅示同生滅也

作是念已以方便力於險道中過三百由旬化作一城

○此正譬用方便之教說諦緣之法敎化二乘斷見思惑出三界苦令其權證眞空涅槃故云過三百由旬化作一城

告衆人言汝等勿怖莫得退還今此大城可於中止隨意所作若入是城快得安隱若能前至寶所亦可得去

○此譬擬上勸示證三轉也汝等勿怖莫得退還是勸轉勸令進入城也今此大城隨意所作是示轉示城可住也若入是城二句是證轉證城安穩也前至寶所亦可得去者三藏教中未論前進義在衍門約共菩薩實所有二義若用究竟則以極果爲寶所故上文云唯佛與佛乃能究盡諸法實相若分入即以初發心住爲寶所故上文云無上寶聚不求自得又云得佛法分佛子所應得者皆以得之等義△觀若能前至兩句則知如來方便至此眞婆心周旋之苦也

是時疲極之衆心大歡喜歎未曾有我等今者免斯惡道快得安隱於是衆人前入化城生已度想生安隱想

此譬小乘適所願也○大歡喜即聞慧未曾有即煖位免惡道即頂位快安隱即忍

位前入城即見諦位已度想即無學位此與火宅適子願故勇鋭推排出宅同也生已度想如得我盡智安隱想如得無生智又具智德如已度證斷德如安隱也

㊀三即滅化城

爾時導師知此人衆既得止息無復疲倦即滅化城語衆人言汝等去來寶處在近向者大城我所化作爲止息耳

此正喻法華會權歸實也直指云知無疲倦者喻三乘人以二十二年般若之力消融我法二執也即滅化城喻會權也寶處在近喻歸實也末三句結證前四十年來是權△化城既滅則身無所寄是可催其前進矣言去來二字各有意去者謂正滅化城時促令發行則導師在後云去寶處近矣此是令其慕新證而前往正發足時也來者謂已離化城之地躊躅難前則導師在先云來故城休戀我化作耳此是斷其戀故居而速行乃逡巡時也故寶處在近一句應去字邊言是顯實義向者大城等應來字上說是廢權義也㊂二合譬分二㊀一正合又二㊀一合導師

諸比丘如來亦復如是今爲汝等作大導師知諸生死煩惱惡道險難長遠應去應度

此以法合喻知佛意不二故曰亦復如是直指云如來導師知五位聖道懸遠志弱者不易得到故於三界外别立偏空爲二乘衆作小歇場生死煩惱指見思苦集而言惡道險難指三界火宅而言長遠指五位階級而言大乘機應去者從華嚴直到

實所小乘機應度者從阿含而方便滅度也知音云生死有分段變易故曰諸乃苦果也煩惱有見思無明之别乃苦因也惡道地獄等三途受苦果之處也險難者二乘所證空理一得而不迴心於無上菩提故爲險難然未來根境休息不同分段生死有其限齊故曰長遠應去應度者謂佛知此煩惱生死等有應當去者去之應當度者度之也△應去應度句直指依一代時教言知音順煩惱生死論二說各有所長㊀二合將導分二㊁一合中路懈退又二㊂一合退大

若衆生但聞一佛乘者則不欲見佛不欲親近便作是念佛道長遠久受勤苦乃可得成

此正合前白導師等直指云彼以疲極遠道爲艱此以長遠勤苦爲難△若衆生者乃汎指王子處聞法之人由大機不發故聞一乘妙法生艱難想如窮子謂我不相犯也不欲見佛親近者正如窮子謂此或是王或是王等若久住此強使我作疾走而去是也況二乘人聞修菩薩道者經無數劫植福植慧非累經勤苦不可得成所以不欲見佛恐其上求下化也㊂二合接小

佛知是心怯弱下劣以方便力而於中道爲止息故說二涅槃

此合化作大城爲止息也天台云三界惑盡塵沙無明未破於此兩楹判有餘無餘涅槃故云中道說二亦是聲聞緣覺故云二涅槃又分段已盡變易未除二死之間

判爲有餘無餘故言中道說二

㊄二合即滅化城

若衆生住於二地如來爾時即便爲說汝等所作未辦汝所住地近於佛慧當觀察籌量所得涅槃非眞實也但是如來方便之力於佛乘分別說三

衆生住於有餘無餘二地之間生安隱已度之想足見此住字便是悶守化城無實證處古謂百尺竿頭坐的人雖然得入未爲眞也而如來豈忍令作不了人生安隱耶故促其前進云汝等於無上道所作未辦但所住之地去佛慧亦近矣愼勿自謂已得究竟汝試當觀察看是何等境界籌量看是何等受用雖證涅槃原非寶所此正爲開示佛知見也既謂非眞何如來許其得入云但是方便之力將此一乘權分三說豈實有二涅槃哉

㊅二帖合

如彼導師爲止息故化作大城既知息已而告之言寶處在近此城非實我化作耳

此重牒喻以見法不異也△觀三周中師資皆以譬喻彰情無不委屈詳盡則知此經得力處在譬喻耳故佛於火宅之先便謂諸有智者以譬喻得解喻說之後四大弟子說已說佛其情狀何等懇切至於下根如來本欲發明宿世因緣而以化城名品使人易知其爲權爲妄不致有留戀於故居不了之地喻中既已委細詳明開者無不了然到法合處不勞多語歷然可見至此重提前喻再以帖明則權實之情顯

然領悟要知於一佛乘分別說三之語不但獨結化城則三周之旨統攝無餘沉思可見(庚)二偈頌分二(辛)一頌結緣由又二(壬)一頌遠由又曲分二(癸)一頌大通成道又二(子)一頌道成未成之相

爾時世尊欲重宣此義而說偈言

大通智勝佛十劫坐道場佛法不現前不得成佛道諸天神龍王阿修羅衆等常雨於天華以供養彼佛諸天擊天鼓并作衆伎樂香風吹萎花更雨新好者過十小劫已乃得成佛道諸天及世人心皆懷踊躍

此頌宿世大乘之本原由也直指云前四句舉佛已該壽量諸天神龍下八句已該六瑞頌增香風一瑞萎花即先雨者末四句頌垂成正覺諸天世人指好城國人天而言蓋智佛成道以光照十方各五百萬億那由他恒河沙佛世界應是此華藏莊嚴世界毘盧之境故非應化所論△不得成佛道者由佛法不現前故所謂不現前者由全身墮在佛數未透玄關故長行解中云盡十方世界赤洒洒沒可把耳所以雲門云法執不忘已見猶存墮在法身邊爲病者此也須知佛道已成但不得現前非謂凡聖兩隔而不得成佛道耳不然何以致諸天供養如此然香風吹萎雨新足見諸天至敬之切如萎者不去返爲不淨過十小劫得成佛者乃十智圓融滅心佛泯數量全身出現起利濟之心故諸天世人皆得見聞親近也

(子)二頌眷屬請轉法輪

彼佛十六子皆與其眷屬千萬億圍遶俱行至佛所頭面禮佛足而請轉法輪聖師子法雨充我及一切

此頌十六王子返妄歸眞王所俱到既得親見如來自應請轉法輪自利利他智悲并運故云聖師子法雨充我及一切

㊂二頌十方梵請又二㊀一頌威光照動世尊甚難值久遠時一現爲覺悟羣生震動於一切

此頌光照十方各五百萬億世界六種震動其所以放光動地本爲覺悟羣生超諸有海故讚如來與慈運悲度苦衆生甚難值遇也㊀二諸梵尋光

東方諸世界五百萬億國梵宮殿光燿昔所未曾有諸梵見此相尋來至佛所散華以供養并奉上宮殿請佛轉法輪以偈而讚歎佛知時未至受請默然坐三方及四維上下亦復爾散華奉宮殿請佛轉法輪世尊甚難值願以本慈悲廣開甘露門轉無上法輪

前三行頌東方一處所見所尋所供所請以至偈讚諸節文意并如來默然允許向下九方但以亦復爾三字該無不盡也直指云末四句是總頌佛出世難值欠優曇華一喻以甘露門補之願以本慈悲轉無上法輪頌悲智二門此如華嚴世主妙嚴品諸天偈讚同式㊀二頌近由分二㊂一頌轉二乘法輪

無量慧世尊受彼衆人請爲宣種種法四諦十二緣無明至老死皆從生緣有如是衆過患汝等應當知

此頌爲衆依實垂權轉四諦法輪也末句衆過患三字頌苦集二諦應當知頌勸修轉也然旣以無量慧稱則世尊受請所宣諸法染淨因果無不明了如是衆過患一句如是二字指上說苦集所成流轉生滅因緣也由起惑造業生生不盡故曰過患汝等應當知一句正敎知此過患宜捨妄歸眞當修當證也

宣暢是法時六百萬億姟得盡諸苦際皆成阿羅漢第二說法時千萬恒沙衆於諸法不受亦得阿羅漢從是後得道其數無有量萬億劫算數不能得其邊

此頌受益廣衆由如來具無量慧使聞法者轉凡成聖苦盡樂臻也初於三轉四諦時有六百萬億姟人證羅漢果第二三四展轉增多以至萬億劫算之不盡斯皆由佛化所成如今佛四十年中之陶汰也諸法不受者能伏見思也風俗通云十萬曰億十億曰兆十兆曰京十京曰秭十秭曰姟㉂二頌轉大乘法輪分三

㊀一頌求出家請法

時十六王子出家作沙彌皆共請彼佛演說大乘法我等及營從皆當成佛道願得如世尊慧眼第一淨

此頌王子既出家已請演大敎下四句乃深心本願云小乘慧眼未免緣影求其第一清淨無如世尊故我與營從皆願得之也㊀二頌說權實二敎

佛知童子心宿世之所行以無量因緣種種諸譬喻說六波羅密及諸神通事分別眞實

法菩薩所行道說是法華經如恒河沙偈

此頌應請說法也要解云童子心即前深心所念佛自證知也說六波羅密等即前云過二萬劫事也六波羅密即般若教諸神通事即方等教且分別眞實法猶爲大乘之始過是已後乃說法華然有如恒沙偈者妙法應機廣畧不同故釋迦只說一期燈明說六十劫智佛說八千劫釋迦只二十八品常不輕聞威音王二十千萬億偈喜見於日月淨明德則聞八百萬億阿閦婆偈葢各隨其緣各稱其根有廣畧不同其實稱性之法無所終窮所謂一字法門海墨書而不盡則恒沙之偈豈獨爲多哉㊀三頌說經已入定

彼佛說經已靜室入禪定一心一處坐八萬四千劫

古佛說經入定今佛出定說經要知智佛即慧之定故說而後默今佛即定之慧故默而後說其實定慧一體無二致也餘意準長行可知㊁二頌正結緣分二㊂一頌法說分三㊃一頌昔日結緣

是諸沙彌等知佛禪未出爲無量億衆說佛無上慧各各坐法座說是大乘經於佛晏寂後宣揚助法化一一沙彌等所度諸衆生有六百萬億恒河沙等衆

此頌十六王子覆講直指云頌文缺過二萬劫佛出定往詣法座爲十六王子授記一節此單頌十六菩薩轉化助揚及各所化之機明結緣也

㊃二中間值遇

彼佛滅度後是諸聞法者在在諸佛土常與師俱生

此頌所化之機師生常遇直指云世世生生恒與十六菩薩共生一處約教表體用一如約性表眞妄一體(癸)三頌今說法華

是十六沙彌具足行佛道今現在十方各得成正覺爾時聞法者各在諸佛所其有住聲聞漸教以佛道我在十六數曾亦爲汝說是故以方便引汝趣佛慧以是本因緣今說法華經令汝入佛道愼勿懷驚懼

前四句結證昔因以成今緣爾時下四句廣明宿世大乘之緣今在諸佛本座之下受教漸入佛道也我在十六數下六句直指云頌緣熟開權顯實引三百由旬之權故曰是故以方便茲當顯實故曰引汝趣佛慧本因緣者指大通爲因下種爲緣由是因緣故今復爲說法華經又自具者爲正因下種爲緣因說法爲了因末二句是安慰斷疑以明大悲深重也(壬)二頌喻說分二(癸)一頌開譬又二(子)一頌導師譬

譬如險惡道逈絕多毒獸又復無水草人所怖畏處無數千萬衆欲過此險道其路甚曠遠經五百由旬

此頌喻明三界險惡中修行不易也險惡道即生死路也望涅槃城甚爲逈遠不逢佛化是謂之絕毒獸即三毒能喪法身慧命水以譬定草以譬慧既無定慧於生死道中甚爲可畏故曰人所怖畏處無數衆廣攝五道欲過者即發覺初心以凡望聖中間歷五十位故曰曠遠由見思塵沙無

明等惑未斷故曰經五百由旬此總三乘未達之境

時有一導師强識有智慧明了心決定在險濟衆難

此頌如來能種種方便調御三乘故曰導師眞俗並觀曰强識權實一如曰有智四智明了曰決定宜應十方曰在險應病與藥曰濟難

㊀二頌將導譬分三㊀一頌衆人懈退

衆人皆疲倦而白導師言我等今頓乏於此欲退還

頌譬二乘見聖道長遠而生疲勞欲退大取小

㊀二權立化城

導師作是念此輩甚可愍如何欲退還而失大珍寶

頌如來傷失大乘而動悲愍由機不赴教故三七思惟設方便也大珍寶譬佛果一乘

尋時思方便當設神通力化作大城郭莊嚴諸舍宅周帀有園林渠流及浴池重門高樓閣男女皆充滿

此頌從實垂權隱勝現劣直指云諦緣是應變之法無中唱出故曰神通力已轉八識見分故喻大城三十七品互爲正因故曰莊嚴天台云諸舍宅者譬諸空觀境也園林者三乘總持無漏法林也九次第定爲渠流八解脫爲浴池重門是三空門又是重空三昧盡無生智爲樓閣高出也男女是定慧重空三昧者大論云無相無相

無作無作無願無願是也

即作是化已慰衆言勿懼汝等入此城各可隨所樂諸人既入城心皆大歡喜皆生安隱想自謂已得度

此頌如來開權說二涅槃二乘人如本所願生安隱已度之想總明阿含方等般若三時也

㊀三頌滅城勸進

導師知息已集衆而告言汝等當前進此是化城耳我見汝疲極中路欲退還故以方便力權化作此城汝今勤精進當共至寶所

正頌如來開權顯實由前四十年淘汰已成機宜亦純事必欲引入佛乘喻中謂知衆少安勸其前進勿株守化城況城之化也原爲疲極欲退我以方便示其權法汝今既得少安須當復整初心殷勤策勵必至寶所而後已㊀二頌合譬分二㊀一頌正合

我亦復如是爲一切導師見諸求道者中路而懈廢不能度生死煩惱諸險道故以方便力爲息說涅槃言汝等苦滅所作皆已辦

我亦下合時有一導師四句佛爲世出世間引導者故曰一切見諸下合無數千萬衆四句諸求道者指二乘人謂佛道長遠便起退大之心故不能度生死險道如來只得設以方便說二乘得度也爲息說涅槃據直指有二義一爲未出火宅衆生以道諦息三相續之苦二爲已出火宅二乘力不及頓登以權智暫息漸進寶所方便安慰故言所作已辦

既知到涅槃皆得阿羅漢爾乃集大衆爲說
眞實法

前頌垂權此頌顯實召集喻攝用歸體眞實合付囑家業既知下合諸人既入城四句皆得羅漢者即於權說得證可謂眞實不虛矣權既有證則入實不難故集衆爲說也爾乃下合導師知息已四句

諸佛方便力分別說三乘唯有一佛乘息處
故說二

此頌合我見汝疲極四句釋明權實一如直指云即一而三則三是假即三而一則一爲眞三一是數眞假是名名數雙遣是爲實所方便品云若以小乘化乃至於一人我則墮慳貪此事爲不可於不可中而說三乘皆方便耳其實只一佛乘然乘既是一不宜說二爲止息故作是說也

今爲汝說實汝所得非滅爲佛一切智當發
大精進汝證一切智十力等佛法具三十二
相乃是眞實滅

此頌合汝今勤精進等直指云揭示本具正因佛性故曰今爲汝說實斥前小是權謂汝今所得終非依正同轉當體如如之眞實滅也次二句是勉力策進也一切智是總統之辭言欲得證佛妙智當起大精進力欲祈徹證無上妙覺必使具十力十願四無畏四攝法神通三昧等法必得相好嚴身光明等用然後始謂之眞實大寂滅也

(子)二頌帖合

諸佛之導師爲息說涅槃既知是息已引入

於佛慧

初引大通爲息説涅槃次引十六菩薩亦皆爲息説涅槃今云十方諸佛爲十方導師亦復爲息説涅槃則知三世十方法式無二決定先權後實本末一如俾乎開佛知見以便授記故曰引入於佛慧也大約三周於應機處而展演不同究竟同處皆不出因一説三攝三歸一迷悟情亡凡聖見謝便是歸家消息直指云此品重在遠因若非遠因不遇近緣故名因緣一周二重在斥破化城若不斥破化城則三乘人以少爲足終墜戲論三重在開佛知見謂之實所前方便品云惟一佛乘是約教言譬喻品則曰惟一大白牛車是約理言信解品曰窮子是長者之子是約行言化城品曰惟一寶所此約果言四處名異義同總明佛之知見知見既明即堪授記正説因緣已竟

妙法蓮華經授手卷第三之六

音釋

數音朔　窾苦管切音款　姟音該　逡七均切音俊　巡詳倫切音旬

妙法蓮華經授手卷第四之一

清楚衡雲峰沙門智祥集

五百弟子受記品第八

品節云此品來意由五百弟子聞前五人得記復聞宿世因緣之事乃知佛以無量神通方便引導衆生始的信佛心亦信自心決定成佛疑慮頓盡堪荷家業故結集者以受字名品也要解云然此品先記滿慈者以滿慈乃大弟子内秘外現爲衆標領况十大弟子無非上根領悟得記本無先後但各專一德隨機總衆耳滿慈說法第一爲五百阿羅漢常說無上道故號曰普明是當說法之機故以滿慈總之如阿難羅睺羅亦大弟子而總學衆各有以也△問本文授滿慈記畢便言爾時千二百羅漢作是念何獨以五百名品荅經文明言其五百羅漢優樓頻螺等况五百人與佛如影隨形恒常在座其餘七百衆或授記時不在本座故後囑迦葉云五百自在者迦葉汝已知此即爲現在授記者言次云其餘聲聞衆亦當復如是其不在此會汝當爲宜說其意顯然可見曰授記事大何故不逐一標名荅佛語圓妙言中已具舉少該餘避繁文耳㊉二正與授記分二㊂一授千二百人記又二㊊一獨授滿慈記分二㊖一敘默領解又復分二㊀一得解歡喜

爾時富樓那彌多羅尼子從佛聞是智慧方便隨宜說法

此是經家預敘滿慈意中有如是默領也

知音云據前五人得記例今五百人聞因緣說訖當說繫珠喻明其領悟而後佛方與記始爲順也今不如例獨先記滿慈者見富那非下根諸弟子比也爾時下敘當機聞三周說法得益而結盡前文從佛聞是等敘領法說一周結方便品文以品中多說智慧方便隨宜之說故也

又聞授諸大弟子阿耨多羅三藐三菩提記諸弟子指身子及四大弟子此領開權授記正領顯實知音云敘領喻說一周結火宅窮子藥艸授記四品之文以四品喻說皆爲授諸弟子記故

復聞宿世因緣之事復聞諸佛有大自在神通之力

宿世因緣者即佛爲王子時事神通之力者大窾謂十六王子自作沙彌已至成佛各各教化無量百千萬億恒河沙等衆生不卒不暴循循漸誘直至於今未曾休廢猶如一日豈非諸佛之大自在乎又以一心通達無量百千萬億恒河沙等衆生之心隨機逗法令彼各各漸入佛道豈非諸佛之大神通乎知音云敘領因緣一周以結化城一品之文

得未曾有心淨踊躍即從座起到於佛前頭面禮足却住一面瞻仰尊顔目不暫捨

由昔聞未領開權顯實之法而今幸得領悟故言得未曾有天台云除保證涅槃之愛斷破塵沙無明之惑故言心淨開佛知見是故踊躍△踊躍者諸根悅豫喜不自持也起座等攝三業虔誠曰到曰却者知

音云到則進禮雙足感佛恩德如子之就母却則退住一面見佛威德似臣之仰君田佛慈嚴并攝能使進退成禮也(壬)二正敘默領

而作是念世尊甚奇特所爲希有隨順世間若干種性以方便知見而爲説法拔出衆生處處貪着我等於佛功德言不能宣唯佛世尊能知我等深心本願

天台云上二周身子等得悟皆發言領解此何黙念蓋身子等爲下根未悟事須彰言勸動今下根已悟但黙念不言謂世尊希有奇特是領實智親悟法身之理隨順等者謂隨順七方便根性而爲説法是領權智乃悟方便品中開權顯實也拔出等乃領火宅中開權顯實我等於佛功德下乃領藥艸喻中如來有無量功德汝等於無量億劫説不能盡也迦葉等四人既説不盡我豈能逾於四大弟子能説盡耶唯佛下△謂佛功德我不能説而我之功德佛當説也然護持助宣三世佛法是我深心内秘外現引導衆生是我本願如此深心本願佛必爲我宣明之也且滿慈意謂佛功德不能宣者正是親證佛境但於佛境説不能盡也非不知之不能宣也△問黙領之意果滿慈蓄有如是意耶抑經家彷佛描寫耶若果有斯領解夫復何憑荅據佛所稱歎語滿慈之蓄不可言也此亦敘其大槩也論讚佛希有奇特是證佛法身德隨順世間等是明佛般若德拔出貪着乃知佛解脱德明此三德則萬德備具

豈以言能言之也然既聞三周開示則滿慈已得佛知見矣雖不發言意較著也兼彼之深心本願佛悉觀知故云我常稱其說法第一歎其功德助宣我法如是者則亦見其難測量也㊥二如來述記分二㊤一長行又二㊇一述本迹分三㊀一就釋迦行因發迹

爾時佛告諸比丘汝等見是富樓那彌多羅尼子不

此下正明深心本願也直指云世尊欲將尊者三世因行示悟現前令决近疑生遠信以便授記初爲廣明深心本願一句深心不是一日所以遠推三世本願不獨爲已所以廣推爲人惟此四字是續佛慧命之本故召衆告知也

我常稱其於說法人中最爲第一亦常歎其種種功德

前兩句標迹中說法第一也天台云若非法身妙本無以垂於第一勝迹昔來但言迹中說法第一今則顯於無上法久得第一此舉迹顯本也次二句標本地福慧圓彰本地既有種種功德迹中何但僅爲二乘耶此舉本以明迹也

精勤護持助宣我法能於四衆示教利喜具足解釋佛之正法而大饒益同梵行者自捨如來無能盡其言論之辯

此標說法中具種種功德也專念一乘曰精勇行不怠曰勤念念不傷曰護動止不失曰持輔弼曰助敷演曰宣精勤護持四字有諸已助宣佛法益諸人也由此二利

功德故能於四衆隨機示教無不令得利益生歡喜也此論迹中施權具足下四句明本中行實正法者即一乘無上道也既能具足而又能解釋亦具二利功德由此於同梵行中內秘外現之儔侶饒益亦大矣此本迹二種說法功能唯除如來餘皆不能盡究彼之言論辯才無礙也故我常稱彼爲說法第一亦常歎彼具諸功德也

㊀二舉過去佛世顯本

汝等勿謂富樓那但能護持助宣我法亦於過去九十億諸佛所護持助宣佛之正法於彼說法人中亦最第一又於諸佛所說空法明了通達得四無礙智常能審諦清淨說法無有疑惑具足菩薩神通之力隨其壽命常修梵行彼佛世人咸皆謂之實是聲聞而富樓那以斯方便饒益無量百千衆生又化無量阿僧祇人令立阿耨多羅三藐三菩提爲淨佛土故常作佛事教化衆生

上節發明現在本迹已彰因此得論過去內秘外現之由也汝等下出其深心勿謂者乃教會衆須知也若只在此會助宣佛法稱爲第一則心何足以見其深其實於過去九十億諸佛法中亦如是助宣爲第一也雖舉九十億猶爲近論但遠本寘邈爲信良難故作是舉又於諸佛下出其本願若但只於我法上求下化則願何足以見其本其實於諸佛法無不通達明了也空法即眞俗雙超之第一義空精見謂之明透徹謂之了無礙謂之通深造謂之達言其所見諸佛一相一味之法無不精透

此見其造道之淵源是上求自利之功德也四無礙下皆明下化利他之事若準經釋常能審諦則見法精明即法無礙清淨說法則離諸過染即辭無礙無有疑惑必事理融通即義無礙既三者俱備必然樂說則樂說無礙具其中矣菩薩神通非二乘所能擬既曰具足必得遊戲三昧一切無礙即補處位人能繁興大用故下曰隨其壽命即現隨類身與衆同波乃隨諸衆生示涅槃相也自得四無礙至隨其壽命數句皆利人邊事雖則泥水通身而不捨本行故曰常修梵行彼佛世人下謂彼過去九十億佛所之人咸不能知滿慈本是菩薩而皆據迹謂實是聲聞也斯方便指前四辯神通隨壽命等皆迹中示小度小根人如是之多又化下方明本中說大乘度衆生亦無量阿僧祇矣末三句謂滿慈如此權實方便非獨爲化衆生事而亦所以成已之功而嚴淨已之佛土也故維摩經云菩薩隨所化衆生而取佛土

（子）三約三世佛所修因

諸比丘富樓那亦於七佛說法人中而得第一今於我所說法人中亦爲第一於賢刧中當來諸佛說法人中亦復第一而皆護持助宣佛法亦於未來護持助宣無量無邊諸佛之法教化饒益無量衆生令立阿耨多羅三藐三菩提爲淨佛土故常勤精進教化衆生

此即廣推三世深心本願皆爲第一人也知音云七佛舊謂毘婆尸尸棄毘舍浮屬過去莊嚴刧千佛中最後三佛也拘留孫

拘那含迦葉釋迦屬現在賢刦千佛中最初四佛今觀經文既云七佛又云今於我所等復云於賢刦中等則是獨以釋迦一佛屬現在餘屬過去亦於未來下應知此又是賢刦後之未來也即如千二百羅漢成佛滿慈亦爲護持助宣無量無邊佛法爲其弟子則其心之深願之廣可涯量哉所以然者無非爲上求下化故淨佛土結完上求化衆生結完下化以上總爲述其因行向下授其果記

㊀二與授記分四㊀一明因圓果滿

漸漸具足菩薩之道過無量阿僧祇刦當於此土得阿耨多羅三藐三菩提號曰法明如來應供正徧知明行足善逝世間解無上士調御丈夫天人師佛世尊

此明深心本願所成之果也漸漸具足者是總統前歷事多佛於三世無量刦中之行行成則道備矣又言過無量阿僧祇刦者即約如來今日與記而言非漸具菩薩道後又歷如是多刦也於此土者即指今娑婆況此土一是受道發源之處有如是因證如是果二是本願力故向後發願持經中獨不見身子滿慈者以其有本願存故三是始覺智契本覺理莊嚴自性成自性佛故知經無量刦不離者裏行一切行不離者裏侍一切佛不離者裏内秘外現助宣佛法總不離者裏若有一時一事出此土外便爲魔業所以必於此土得菩提矣果號法明者由明了諸佛所說空法則說法無礙是果隨因致也㊀二明國土嚴

淨

其佛以恒河沙等三千大千世界爲一佛土七寶爲地地平如掌無有山陵谿澗溝壑七寶臺觀充滿其中諸天宮殿近處虛空人天交接兩得相見無諸惡道亦無女人一切衆生皆以化生無有婬欲

合恒沙之大千世界爲一土又非止如來以娑婆而三變矣況法明如來既於法無礙則所依之土亦無礙所謂古鏡濶一丈世界濶一丈也七寶爲地者地即性地以七支淨財而爲莊嚴又曰平如掌者手掌不平則非所引謂海底有石名掌無有一微塵許不平者又賢刼經直明如佛掌故毘舍浮佛謂持地菩薩曰當平心地則世間地一切皆平此所謂平如掌也無山林等出成地平之實雖曰此土不似今之高下不平也臺觀爲人民陞之以自樂也而曰充滿則國人無營求奔競之苦可知矣天宮乃人衆之所不見也今曰交接則人未始非天人天一致見國無不修之人也已上畧論依報莊嚴次論國無惡穢諸惡道即三途也由國無是因故不招是果不但異類不居而同類之女人亦不居也人既化生則婬欲已斷既無婬因而婬果亦忘宜其國中無女人也此皆法明如來因中說法開示令人轉愚癡成智慧則無惡道轉有漏證真空則得化生非徒無苦而人民亦與福俱生也

得大神通身出光明飛行自在志念堅固精進智慧普皆金色三十二相而自莊嚴其國

衆生常以二食一者法喜食二者禪悅食此方舉國中衆生正報莊嚴不出色心二種如神通志念精進等皆屬心光明飛行金色相好等皆屬色亦即是六根清淨也國中人民既如是福智莊嚴飛行自在則與天何以異須知彼國所有天衆及二乘菩薩倍倍轉勝槩可見矣二食者天台引月藏經第九明法食喜食禪食經文總言法喜禪悅別分應有三種差別妙樂云法食即聞法也如安養下品生人在蓮花中常聞彌陀觀音說法法喜者聞法歡喜正聞爲法食聞已屬喜禪食者以禪法自資不須段食也

有無量阿僧祇千萬億那由他諸菩薩衆得大神通四無礙智善能教化衆生之類

前是人民此明法屬以如來說法時久故受益者衆直指云權實雙運故得大神通四智圓明故得無礙以師強資盛故能教化衆生以上皆實智所感也之類二字歸在菩薩邊言謂此等菩薩皆是法身大士善能行化之儔非權漸菩薩比也

其聲聞衆算數校計所不能知皆得具足六通三明及八解脫

菩薩中言無量皆大菩薩則三賢衆廣不言可見今聲聞又曰不可校計則緣覺之廣亦可見矣此總明三乘人數皆得具足等是總明其德斯皆如來權智所化也

其佛國土有如是等無量功德莊嚴成就

此總結前依正莊嚴故言有如是等於無量功德說之不盡也曰莊嚴曰成就者如

月藏經第五明十善各有十種功德第一不殺得十功德一於一切衆生得無所畏二於衆生得大慈心三斷惡習業四少病五長命六非人所護七無惡夢八無怨九不畏惡道十命終生善道後作佛時國無殺害之具國人長壽乃至第十不邪見亦得十種功德一心性柔善已至第十死生善道作佛時國人正信如是者皆如來因行成就故曰無量功德

(子)三明刦國壽量

刦名寶明國名善淨其佛壽命無量阿僧祇刦

刦無佛住者尚多今刦既有法明如來住世則佛爲寶矣佛既說法廣開蒙昧而明明無盡故稱其刦曰寶明善淨者由人民智慧精進以禪法爲食而又無惡穢故得是名也佛壽長遠者且因中既能隨其壽命教化衆生而果證法身無在不在也一則願力所成一以機緣所感故

(子)四明流通法化

法住甚久佛滅度後起七寶塔徧滿其國

不言正像刦量而但曰法住甚久斯亦彼佛本願堅持之力超畧言之也住世既久所化益衆則起塔徧滿報恩益衆也(壬)二偈頌分二(癸)一頌上發迹又二(子)一頌總發聲聞迹

爾時世尊欲重宣此義而說偈言

諸比丘諦聽佛子所行道善學方便故不可得思議

知音云此去共二十八句通頌千二百人

深心本願爲滿慈引啓見記有先後人皆大乘三周三根無非法門一時施設次第元無高下也△世尊囑諸比丘諦聽只要人知今會所有一切聲聞爲上首者皆大菩薩内秘外現也故曰佛子曰行道曰善學方便曰不可思議皆是大乘權實雙運混群類而不知入塵勞而不染是誠不可思議也行道是上求學方便是下化

知衆樂小法而畏於大智是故諸菩薩作聲聞緣覺

此下五層皆申明善學方便不思議之故知音謂諸佛子所以即大示小者知衆生根性愛欲小果怖畏大乘故特爲此等示作聲聞緣覺是善學方便不可得而思議者一也

以無數方便化諸衆生類自說是聲聞去佛道甚遠度脫無量衆皆悉得成就

此明以巳引人作方便之則也大窾引迦葉聞說菩薩不思議大解脫法門時謂舍利弗言譬如有人於盲者前現其色相非彼所見一切聲聞聞是解脫法門不能解了爲若此也智者聞之其誰不發無上道心我等何爲永斷其根於此大乘巳如敗種一切聲聞聞是解脫法門皆應號泣聲震三千大千世界等又云我等今日不復堪任發菩提心此皆菩薩化作小乘混入同列旁通曲暢大乘之法度無量衆此是以大名小不可得而思議者二也

雖小欲懈怠漸當令作佛

此以懈爲勤作方便之緣也雖示小乘似

見身體疲懈其實即懈而勤引同列之人策勤精進終不至於半途而廢必令成就大志漸入佛道此不可得而思議者三也

内秘菩薩行外現是聲聞少欲厭生死實自淨佛土

此見外迹内本行方便之巧也大窾云此諸菩薩内秘大行不露神通遊戲之事外現小智樂行貧所樂法知足之行雖則厭生死苦求涅槃樂其實自淨巳之成佛國土爲不可得而思議者四也

示衆有三毒又現邪見相我弟子如是方便度衆生

此是因邪引正作方便之權也知音云前皆順示方便此則逆示三毒所謂順逆皆方便三毒即貪嗔痴三根本惑行則令人墮落三途故謂之毒邪見者即五利使之一乃崇祀水火祭天要福之邪見如孫陀羅阿難示婬舍利弗與羅度爭勝示嗔調達害佛及周利槃特示痴畢陵伽婆之慢三迦葉之崇事水火皆大權方便示現無非要令一切人皈心佛道故曰我弟子如是此爲不可得而思議者五也

若我具足説種種現化事衆生聞是者心則懷疑惑

此結足前善學方便不可思議之實謂我若具足説諸佛子示現方便之事則有無量種種使聞者必致生疑不信也知音云未頌滿慈而先頌諸弟子以五百羅漢内有六群比丘在其數故則六群所作之事亦即種種現化之方便也

(子)二頌發滿慈本迹

今此富樓那於昔千億佛勤修所行道宣護諸佛法爲求無上慧而於諸佛所現居弟子上多聞有智慧所說無所畏能令衆歡喜未曾有疲倦而以助佛事已度大神通具四無礙智知諸根利鈍常說清淨法演暢如是義教諸千億衆令住大乘法而自淨佛土

此二十句別頌當機過去因行詞攝現在頌意不出權實雙運智悲並行自利利他爲淨佛土屬如如理廣宣大法爲如如智

未來亦供養無量無數佛護助宣正法亦自淨佛土常以諸方便說法無所畏度不可計衆成就一切智

此八句頌當機於未來諸佛所上求下化二利功德如文可釋(癸)二頌上授記分三

(子)一頌因果圓滿

供養諸如來護持法寶藏其後得成佛號名曰法明

供養如來是三世中所修福足持法藏即備知一切法門是慧足此總明因圓下二句方明果滿

(子)二頌刼國名字

其國名善淨七寶所合成刼名爲寶明

既以善淨爲名加以七寶合成定是實報土故國中人民皆飛行自在所以得刼名寶明也

(子)三頌國土嚴淨

菩薩衆甚多其數無量億皆度大神通威德力具足充滿其國土聲聞亦無數三明八解脫得四無礙智以是等爲僧其國諸衆生婬

欲皆已斷純一變化生具相莊嚴身法喜禪悅食更無餘食想無有諸女人亦無諸惡道富樓那比丘功德悉成滿當得斯淨土賢聖衆甚多如是無量事我今但略說

前一十七句頌國土嚴淨一一如文可釋富樓那下六句總結尊者本末大案直指云尊者大因大果重在說法爲本諸經皆以財法二施較量定以法施爲尊況法能令人越生死證法身續慧命今約法施功能故得因果殊勝也初授滿慈記已竟㊎二并授餘衆記分三㊕一當機念請

爾時千二百阿羅漢心自在者作是念我等歡喜得未曾有若世尊各見授記如餘大弟子者不亦快乎

此亦經家敘彼所念也直指云千二百羅漢於法說之初尚云不知是義所趣及至喻說中雖知三車是權一乘爲實而猶坐執小果不生一念好樂之心安望有成佛之記佛知其貪戀化城故無問自說因緣爲衆遠引昔緣而千二百人如午夢初回始信衣珠不失今見滿慈得記乃信自作佛故各念希記也天台云不爲見思所惱故曰心自在知音云我等歡喜照方便品心生大歡喜自知當作佛爲言吁因緣一周於千二百人大有功力可見經文三周次第非徒設也㊕二如來與記分二㊏一長行分三㊋一總記千二百

佛知此等心之所念告摩訶迦葉是千二百阿羅漢我今當現前次第與授阿耨多羅三藐三菩提記

此承上千二百人心之所念希望同記而即賜其記者爲重在信力也直指云從三周已來所聞種種開示見地固已明白一信便入住位所以召大迦葉而懸記者意有所托也況此亦結完方便品中千二百羅漢悉亦當作佛之案

(癸)二別記憍陳如

於此衆中我大弟子憍陳如比丘當供養六萬二千億佛然後得成爲佛號曰普明如來應供正徧知明行足善逝世間解無上士調御丈夫天人師佛世尊

陳如最初悟道居衆上首故別與記尊者於得記之後猶供養六萬二千億佛亦即是深心本願欲滿二利功德而果號普明者要解云以智慧明破諸痴暗普使衆生明了法性故也○妙樂問若其居首別記何不初周記耶荅若約實行大小緣別兩初各異身子最初結大緣故初周先悟陳如先結小緣故於鹿苑先悟若約權行引物三意各別垂迹之法不可一準(癸)三後記五百人

其五百阿羅漢優樓頻螺迦葉伽耶迦葉那提迦葉迦留陀夷優陀夷阿㝹樓馱離婆多刧賓那薄拘羅周陀莎伽陀等皆當得阿耨多羅三藐三菩提盡同一號名曰普明

迦留陀夷此云黑光亦云麤黑顏色黑而光故周陀或云周利此云大路邊生佛本行經云其母隨夫往他國久而有孕垂產思歸行至中路即誕其子如是二度凡生二子乃以大小別之小即莎伽陀亦云槃

陀伽亦云槃特此云小路邊生其餘皆如序品中釋△問世尊前許云是千二百我今當現前次第與記及至授陳那記後而獨舉五百於五百中而又獨言三迦葉及迦留等何其許與之不侔也荅廣畧之義品題曾已問明但五百現在本座至於三迦葉與十大弟子爲阿含時衆中首領曾爲千二百之師所以別舉若言許與如來既云次第與又云皆當得又云盡同一號則千二百該無不盡也同號普明者以同證普光明智故也㊀二偈頌分二㊇一先頌授陳如五百記

爾時世尊欲重宣此義而說偈言

憍陳如比丘當見無量佛過阿僧祇刦乃成等正覺常放大光明具足諸神通名聞徧十方一切之所敬常說無上道故號爲普明

前四句頌因圓長行中但曰當供養六萬二千億今言當見無量佛須知當供養者乃從今日得記後事當見無量佛者約三世而言統論三世因行則過阿僧祇者有之下六句方明果滿此申明果德有五一光明二神通三名聞四衆敬五說法由有諸實德故具斯善名也

其國土清淨菩薩皆勇猛咸升妙樓閣遊諸十方國以無上供具奉獻於諸佛作是供養已心懷大歡喜須臾還本國有如是神力

此頌依報清淨法屬勇猛升樓閣而遊諸國者是不出户庭無處不徧也以無上供獻於諸佛者即運心供養也供佛歡喜須臾還國者是萬用俱與不離當處也與彌

陀佛國人供養十方即以食時而便還國同此皆菩薩神力如是故云有是神力佛壽六萬刦正法住倍壽像法復倍是法滅天人憂

知音云此記有四一記佛具壽命二記正法三記像法四記末法以法滅天人憂皆末法之事此皆補長行所未有者頌陳如一人如是

其五百比丘次第當作佛同號曰普明轉次而授記我滅度之後某甲當作佛其所化世間亦如我今日國土之嚴淨及諸神通力菩薩聲聞衆正法及像法壽命刦多少皆如上所說

此一十四句例陳如一人而通頌五百人因果其甲者以五百人展轉授記之稱如陳如滅度曰我滅度後優樓頻那汝當作佛依正莊嚴及所化之世間如我無異其佛及弟子神通威德正法像法壽命刦數俱不必更說亦皆如上所說無二以上五百該盡㊂二總頌授一切聲聞記

迦葉汝已知五百自在者餘諸聲聞衆亦當復如是其不在此會汝當爲宣說

此囑大迦葉補餘七百人記其依正因果刦國莊嚴正像壽命皆無二無別今雖未得耳提面命汝可爲之一一宣說也故華嚴經云現前得授記不現前亦得授記妙哉經文其簡要如是

㊇三會衆領解分二㊀一長行又二㊂一經家敘喜

爾時五百阿羅漢於佛前得受記已歡喜踊

躍即從座起到於佛前頭面禮足悔過自責此領前我及汝等宿世因緣之義結完化城喻一品之文前標記處世尊許與千二百人普記今敘謝只云五百乃約在會面領記者爲言故言於佛前得受記已揀不在本會之七百衆耳歡喜踊躍者内心慶幸前希記云若世尊各見授記不亦快乎今既如本所願故應歡喜無量所以從本座起作禮陳過也此中重在悔過自責一句不信自心作佛不行菩薩大行忘失久遠因緣有負如來悲救皆是從前罪過由今新悟故悔責也自責二字猶重有不啻捐形殞命之態從前屢受佛責猶不知過今既悟明斯道得受妙記故自責執迷之固而不早證眞空悔恨無極(癸)二自陳領解分二

(子)一法説

世尊我等常作是念自謂已得究竟滅度今乃知之

此處并説喻處所稱世尊最親切非無見無得而稱我字即陳如等者等五百人常作念者謂執迷之過非一日也自謂下方是悔過謂得少爲足無大乘志也此正照方便品佛説一解脱義我等亦得此法到於涅槃之意今乃知之一句方是責其根鈍智淺不早悟是妙法也須知陳如等乃在昔宫中久侍之人世尊始末拈弄無不備見如纔出頭便謂天上天下唯我獨尊此處我應當悟至於四十年中頭頭顯露我只頭頭不悟而本會放眉間光出定揚

德法說喻說總皆似奏九韶於聾人及至說因緣化城方得明了可謂愚鈍之極如是自咎與身子自責并四人說窮子喻同出一軌

㊀二喻說又二㊁一畧舉喻

如無智者所以者何我等應得如來智慧而便自以小智爲足

如來於火宅喻前云諸有智者以譬喻得解既經喻說而又經因緣此豈謂有智哉照方便品而今不知是義所趣前云不知而今乃知由知之遲故言如無智者下徵明何故如無智者況如來所有無量智慧本爲我所應得而自不勤求返以小智爲足豈非一大愚耶觀應得二字足知今日新證洞見本覺妙明開佛知見群暗俱盡矣

㊁二正舉喻分二㊂一開譬又二㊃一醉酒不知

世尊譬如有人至親友家醉酒而臥是時親友官事當行以無價寶珠繫其衣裏與之而去

繫珠喻領上王子結緣也天台云有人者即二乘之機親友即第十六王子家即大乘教法醉酒句謂當時大機暫發無明暫伏以得聞經內心微解如至親友家以無明重故還復迯失如醉酒而臥醉有二義一重醉都不覺知二輕醉微覺尋忘亦名不覺雖有二義終成繫珠如毒鼓耳官事當行者明王子餘處機興逗緣往應故云當行弘法化他知非私務故云官事無價

珠者即一乘實相眞如實智也繫衣裏者愧悔忍辱能遮醜恚及防外惡即是外衣信樂之心内裹善根即是内衣於時聞法微信樂欲即了因智願種子也

其人醉臥都不覺知起已遊行到於他國爲衣食故勤力求索甚大艱難若少有所得便以爲足

天台云醉臥不覺明中間懈退不受大法也由無明心重尋復不憶起已遊行下明中間接之以小受三乘化也善根欲發厭苦求樂故云起已遊行無明覆解不知向本求大乘衣食故云向他國求小乘衣食若魔佛相望生死魔界爲他國佛法大小皆爲本國就大小相望小乘未免生死猶是他國大乘永脫生死乃爲本國究竟還源也此正謂背大乘國往小乘土不知從珠取給而傭作自資獲一日價得少爲足也衣食等知音云喻五百人既迷本有墮入五道不免求人天福報之衣食崇水事火持牛狗戒而勤力求索甚大艱難也

(卯)二親友覺悟

於後親友會遇見之而作是言咄哉丈夫何爲衣食乃至如是

自大通繫珠下種以至今四十年後故曰於後遇見直指云此承窮子喻合長者第三翻塵土坌身會遇於除糞之處方便見子彼云咄哉男子是敘般若時眞俗雙超故曰汝常此作此敘未獲眞俗一如故曰何爲衣食乃至如是咄哉喝醒之聲丈夫男子美稱也△既以丈夫見稱則知本具

中天氣槩但未展耳若得福智圓滿爲天人所敬轉無上輪豈不爲偉哉一大丈夫乎何爲衣食句是親友怪甚之言謂若果無珠受此艱難猶爲可耐今本有神珠自能致大饒富若出之尚可以普濟萬方何獨爲衣食以至勤索如是耶故下與示珠

我昔欲令汝得安樂五欲自恣於某年日月以無價寶珠繫汝衣裏今故現在而汝不知勤苦憂惱以求自活甚爲痴也

此申其以無價寶繫衣裏之事所謂我在十六數曾亦爲汝說也知音云某年月者是智佛入定八萬四千刦十六王子爲覆講時上云安樂五欲自恣喻成佛時果上受用即實報莊嚴理智圓滿此言以無價珠等喻佛向因中爲下大種也今故現在者謂昔所指示法性本有元不失也而汝不知爲無明所障雖得小果忘其大因而勤苦憂惱可謂痴亦甚矣上總屬開示此下方教悟入

汝今可以此寶貿易所須常可如意無所乏短

勸貿即譬得記作佛也妙樂云珠雖價値無數必須貿易方有濟用了因內解雖復究竟必以宿種易於現行以昔解一解一切解貿今現行一行一切行珠體不竭貿易無窮故須更聽更修方顯寶之功用如華嚴中得摩尼珠十種瑩治方能雨寶行解相稱方堪佛記從是已後則具有寂滅忍衣首楞嚴食自行化他無量衆寶無功用位彼此不窮知音云以因證果曰貿即

小成大曰易

（寅）二合譬分二（卯）一合醉不知

佛亦如是爲菩薩時教化我等令發一切智心而尋廢忘不知不覺既得阿羅漢道自謂滅度資生艱難得少爲足一切智願猶在不失

前以喻定宗後以法明要法喻一如故曰佛亦如是直指云菩薩時指佛爲十六沙彌時一切智心即法華統收權實萬行但受之彷佛故尋便廢忘既得阿羅漢下通敘昔迷偏小猶在不失正明昔緣道種仍在也天台科合佛亦如是四句合繫珠而尋下兩句合醉不知既得下合起已遊行

（卯）二合友覺悟

今者世尊覺悟我等作如是言諸比丘汝等所得非究竟滅我久令汝等種佛善根以方便故示涅槃相而汝謂爲實得滅度

此正明今悟言覺悟我等敘三周開示并領方便品云我雖說涅槃是亦非眞滅等文餘如前釋合呵責示珠等文

世尊我今乃知實是菩薩得受阿耨多羅三藐三菩提記以是因緣甚大歡喜得未曾有

此正明得記慶謝直指云度自性衆生斷自性煩惱學自性法門成自性如來故曰乃知心佛衆生三無差別根塵識三體用如如故得三菩提記下三句始結明章初踊躍歡喜之意

（壬）二偈頌分二（癸）一頌內心得解

爾時阿若憍陳如等欲重宣此義而說偈言

我等聞無上安隱授記聲歡喜未曾有禮無

量智佛今於世尊前自悔諸過咎

前四句頌今得記欣慶謝法後兩句頌悔過言自悔諸過乃見今日悟入之深慚愧之切也

(癸)二頌自陳領悟分二(子)一頌法説

於無量佛寶得少涅槃分

頌自謂已得滅度今乃知之初聞諸佛智慧甚深無量尚遥隔千萬里外竟不知是何等境界今乃知於無量佛寶皆有所得矣是蒙如來方便引入也(子)二頌喻説分二(丑)一頌畧舉

如無智愚人便自以爲足

(丑)二頌正舉又二(寅)一頌開譬

譬如貧窮人往至親友家其家甚大富具設諸肴膳以無價寶珠繫着内衣裏默與而捨去時臥不覺知是人既已起遊行詣他國求衣食自濟資生甚艱難得少便爲足更不願好者不覺内衣裏有無價寶珠與珠之親友後見此貧人苦切責之已示以所繫珠貧人見此珠其心大歡喜富有諸財物五欲而自恣

此二十四句頌以喻明法其家大富二句承長者窮子二喻中來磊磊落落無非發明迷悟之本天台謂肴膳食已便消如方便教(寅)二頌合譬

我等亦如是世尊於長夜常愍見教化令種無上願我等無智故不覺亦不知得少涅槃分自足不求餘今佛覺悟我言非實滅度得佛無上慧爾乃爲眞滅我今從佛聞授記莊嚴事及轉次受决身心徧歡喜

此十六句頌以法合喻歷然可見但長夜喻生死末四句結前廣記大案授千二百人記竟

妙法蓮華經授手卷第四之一

音釋

踴躍上音勇下音藥　蓄丑六切積也聚也　弼頻入聲與彨同音　儔直由切　槩古代切　窾音款空也　坌蒲悶切塵也　耐奈忍也

妙法蓮華經授手卷第四之二

清楚衡雲峰沙門智祥集

授學無學人記品第九

品節云此品來意由佛三周開示各信自心不疑佛說故常隨弟子自上首以及五百幷千二百皆久受化各得記已業已安慰其心尚有一類新學聲聞若阿難羅睺等各願得記以滿衆望要見佛法不遺之意故各爲授記因以名品也△佛會於總發迹中有善學方便故不可得思議又云我弟子如是方便度衆生則阿難一類居有學中者亦方便示迹不可思議者也若非二人請記則二千人無從得如阿難等所願不然又何以完如來出現一場因緣則二人非實有學但今據本文解釋又不得不盡現今面目也

(巳)二授二千人記分二(庚)一請記又二(辛)

一二人請

爾時阿難羅睺羅而作是念我等每自思惟設得授記不亦快乎

此經家敘置二尊者有如是念也每自思惟者自見身子及四大弟子已至上來千二百人得記已來我皆作是思惟設若今我等有學人皆得授記實爲快活足見今未得記憂鬱在念尚未爲快

即從座起到於佛前頭面禮足俱白佛言世尊我等於此亦應有分唯有如來我等所歸

世尊下方是二尊者之言我等于此此字最重須知便是二尊者悟入之境即前所謂甚深無量處今此境已入而又言亦應

有分是何等襟懷唯有如來是我所歸便是出陳自巳所休寧地謂本從如實中來還從如實中去故言歸也即此兩句便可爲二人授記定案

又我等爲一切世間天人阿修羅所見知識阿難常爲侍者護持法藏羅睺羅是佛之子若佛見授阿耨多羅三藐三菩提記者我願既滿衆望亦足

天台云二人於佛最親時衆所望羅雲是佛之子俗中親重阿難持佛法藏道中親勝勝重兩人不蒙別記則衆望不足也△我願者即前思惟中設得授記之願衆望者即因其於佛最親而望其所獲必厚也記不見授二具成缺須知此段亦二人爲學無學二千衆作先容也㊣二二千人請

爾時學無學聲聞弟子二千人皆從座起偏袒右肩到於佛前一心合掌瞻仰世尊如阿難羅睺羅所願住立一面

二千人妙在一心合掌瞻佛少頃而復立一面以是機投佛敎可謂水投水矣即此行徑便可爲作記之原委足見靈山會裏原來有人亦見佛謂我弟子如是方便度衆生言發即中

㊎二與記分二㊣一與二人記又二㊤一與阿難記分五㊇一長行

爾時佛告阿難汝於來世當得作佛號山海慧自在通王如來應供正徧知明行足善逝世間解無上士調御丈夫天人師佛世尊此記果德號要解云高莫逾於山深莫浚於海阿難宿持法藏多聞博達其智慧故

如山如海矣於諸法中得大通達自在如王故得果以因爲號

當供養六十二億諸佛護持法藏然後得阿耨多羅三藐三菩提

此記因行先曰于未來世未知有多少時今曰供養六十二億則知其數矣一一佛中護持法藏皆如今日無二直到智福雙滿方是成佛之日

敎化二十千萬億恒河沙諸菩薩等令成阿耨多羅三藐三菩提

此記眷屬當來作成如此其多者爲宿持法藏化緣深故

國名常立勝幡其土淸淨琉璃爲地刦名妙音徧滿

要解云幡表尊勝之德阿難多聞第一故國名立勝幡宣傳法藏故刦名妙音徧滿爲由法音宣流故

其佛壽命無量千萬億阿僧祇刦若人於千萬億無量阿僧祇刦中算數校計不能得知

正法住世倍於壽命像法住世復倍正法

佛壽無量刦而正像之法又復倍倍者由其宣傳法藏因力綿遠也要解問壽刦之說猶然不窮何所據依視不覩睫況渺冥乎荅萬物死生而不亡者存壽有終窮乎古今代謝而曾無紀極刦有終窮乎聖人離死生至道無代謝則雖倍倍之刦未足盡其靈長矣

阿難是山海慧自在通王佛爲十方無量千萬億恒河沙等諸佛如來所共讚歎稱其功德

諸佛共讚者讚此佛智勝而神無礙也稱其功德者即護持三世佛法威德具足有自利利他無量功德由多聞廣博故得名稱普聞無量世界

㊇二偈頌

爾時世尊欲重宣此義而説偈言

我今僧中説　阿難持法者　當供養諸佛　然後成正覺　號曰山海慧　自在通王佛　其國土清淨　名常立勝幡　教化諸菩薩　其數如恒沙　佛有大威德　名聞滿十方　壽命無有量　以愍衆生故　正法倍壽命　像法復倍是　如恒河沙等　無數諸衆生　於此佛法中　種佛道因緣

佛有大威德兩句要解云頌諸佛共歎也壽命無有量以愍衆生故非徒羡久生也衆生於法中種佛道因緣者能持法藏故羣類資焉

㊇三菩薩生疑

爾時會中新發意菩薩八千人咸作是念我等尚不聞諸大菩薩得如是記有何因緣而諸聲聞得如是決

此新發意衆前不見列名後不見賜記突然于此騰疑直指云是託相表轉十八界成智也新發意者即圓教十信位中名初發心菩薩爲信力雖具而通力未發所以不識聲聞内秘外現之本而見迹生疑然因此得申二尊者久遠大因也約理此經前是五識將轉故五十心所生疑待五大弟子獲記而五百大衆轉矣今是六七二識將轉而十八界相繼生疑十八界不出八識爲體及八識心所爲用故以八千表

之五六七識既轉而八識亦將轉故假八識心所作念以申六七二識受薰之久六七二識託二公得記而轉則十八界應念化成無上正覺㊇四如來發迹

爾時世尊知諸菩薩心之所念而告之曰諸善男子我與阿難等於空王佛所同時發阿耨多羅三藐三菩提心阿難常樂多聞我常勤精進是故我已得成阿耨多羅三藐三菩提而阿難護持我法亦護將來諸佛法藏教化成就諸菩薩衆其本願如是故獲斯記

此告其遠因以同發心功深願廣宜得是記也要解云校其遠因則功已齊佛但願護持法藏故常樂多聞佛願成道利生故常勤精進由此佛已成道而阿難尚須護法教化然後成佛葢其本願如是非由根智勝劣而有先後也俱舍論說空王佛乃釋迦三僧祇刦中間所逢之佛直指云約理空王表白淨根本智釋迦表八識阿難表六識採集多聞熏習八識故曰護持我法八識受薰淘制習漏故曰常勤精進以能熏之智煩雜故成佛在後由所熏之智堅密故成佛在前此以受熏定先後非與轉識同論㊇五阿難顯本

阿難面於佛前自聞授記及國土莊嚴所願具足心大歡喜得未曾有即時憶念過去無量千萬億諸佛法藏通達無礙如今所聞亦識本願爾時阿難而說偈言

世尊甚希有令我念過去無量諸佛法如今日所聞我今無復疑安住於佛道方便爲侍者護持諸佛法

面聞大記而歡喜者慶其不在轉次授記之例也知音云即時下驗佛告新發意人其言不虛即自憶念過去諸佛法藏而無礙又知本願皆佛神力智力所加被也偈中前四句如長文可解後四句前半明昔同佛發心之本乃實智也後半明爲侍者之迹乃權智也阿難一人本迹權智既自須明後二千人得記新發意人始三緘其口矣

〔壬〕二與羅睺記分二〔癸〕一長行

爾時佛告羅睺羅汝於來世當得作佛號蹈七寶華如來應供正徧知明行足善逝世間解無上士調御丈夫天人師佛世尊

此記果號直指云蹈者履也七寶華表信住等七位之行華謂尊者密行最深操履佛果七位理行故從行得名

當供養十世界微塵等數諸佛如來常爲諸佛而作長子猶如今也

此記因行一三千大千國土爲一化佛世界以一世界大地作微塵已是最多今曰供養十世界微塵數諸佛如來則是因行豈可言哉既爲無量諸佛之子則福慧具足可知矣既未來歷如是不可計刦則過去爲佛長子亦必應歷如是多刦此皆尊者本願所存故今以密行爲第一也

是蹈七寶華佛國土莊嚴壽命刦數所化弟子正法像法亦如山海慧自在通王如來無異亦爲此佛而作長子

此總記依正莊嚴等皆與阿難無二良以多聞與密行互相資發故而又與阿難爲

子乃本願所在也悲華經引佛爲寶海梵志發願時有帝釋名善見是時發願願在在常爲諸佛之子故後偈云羅睺羅密行惟我能知之也

過是巳後當得阿耨多羅三藐三菩提

過是巳後者即供佛爲子本願滿足之後初得記爲自覺供養中兼利人爲覺他過是巳後方名覺滿㊇二偈頌

爾時世尊欲重宣此義而說偈言

我爲太子時羅睺爲長子我今成佛道受法爲法子於未來世中見無量億佛皆爲其長子一心求佛道羅睺羅密行惟我能知之現爲我長子以示諸衆生無量億千萬功德不可數安住於佛法以求無上道

此頌明本迹之不可測也頌中前四句發明眞俗諦中皆是子義乃羅雲現在不離佛矣次言于未來世見多佛爲多子皆出一心無非欲求滿足菩提即此侍佛爲子一心求道是其密行人無能知而我獨知也華嚴經明菩薩有十種如海智第七智云菩薩入未來世觀察分別一切諸刦無量無邊知何刦有佛何刦無佛何刦有幾如來出世一一如來名號何等住何世界世界名何度幾衆生壽命幾何如是觀察盡未來際皆悉了知不可窮盡即此則今日如來目擊其所行密行如是而不誣也後六句又將示現二字提出意在足前總發迹中謂善學方便故不可得思議之語故此言功德不可數欲人知本迹權實之有在也與二人記巳竟㊆二與二千人記

分三(壬)一長行

爾時世尊見學無學二千人其意柔輭寂然清淨一心觀佛

此明世尊見大機已發即可當成佛之記也二千人乃二尊者所統之有學聲聞也經家敘其世尊見又言其意柔輭是佛知彼心行乃爲可記之機方便品云若人善輭心皆已成佛道寂然清淨是內外一如也一心觀佛意有所待也

佛告阿難汝見是學無學二千人不唯然已見

此欲以有學託阿難也前記五百人處召迦葉委付有不在會者欲其爲說今二千人又召阿難而問見不則意亦有所託也況有學人佛雖與記解力未充不可無師

阿難唯然應曰已見則此一見字不獨已同佛見而亦見盡二千人於未來世能作津梁可謂不負所託於將來也

阿難是諸人等當供養五十世界微塵數諸佛如來恭敬尊重護持法藏

此明因行二千人既爲二尊者所統前以二尊者表六七二識則二千人爲二識心所亦宜然也羅雲供養十世界微塵數佛表十界差別通屬意根中法塵今五十世界微塵諸佛當表色等五塵欲人了知五塵同是眞如之體故以恭敬尊重言之既能如是則塵塵是佛念念是智故曰護持法藏

末後同時於十方國各得成佛皆同一號名曰寶相如來應供正徧知明行足善逝世間

解無上士調御丈夫天人師佛世尊

此記果號直指云約理待五塵生相無明轉盡乃得大智現前故曰末後以始覺之智照明五塵全俗即眞乃契本覺之理故同時於十方國各得成佛始名是法住法位世間相常住至此體用如如純是一眞法界故同名寶相

壽命一刦國土莊嚴聲聞菩薩正法像法皆悉同等

此記依正莊嚴之相既悟證法身則眞常獨露而此壽命豈有終窮此言一刦乃無量之量也所證莊嚴悉皆同等者明二千人各居一國而受用悉等乃不同之同也

(壬)二偈頌

爾時世尊欲重宣此義而說偈言

是二千聲聞今於我前住悉皆與授記未來當成佛所供養諸佛如上說塵數護持其法藏後當成正覺各於十方國悉同一名號俱時坐道場以證無上慧皆名爲寶相國土及弟子正法與像法悉等無有異咸以諸神通度十方衆生名聞普周徧漸入於涅槃

頌文照前一一可了末四句結其度生事畢仍入涅槃是出興功成返一無迹佛佛然也(壬)三得記

爾時學無學二千人聞佛授記歡喜踊躍而說偈言

世尊慧燈明我聞授記音心歡喜充滿如甘露見灌

此諸學衆得記慶快也直指云如來威力令有情無情同成正覺故曰慧燈明此是

讚也心歡喜者如其所願得實智甘露法雨充滿此是謝也自方便品訖此迹門正說一大科已竟下五品屬迹門流通

妙法蓮華經授手卷第四之二

音釋

浚音畯深也 渺弭沼切 緘居咸切 誣武扶切欺罔也 灌古玩切漑也

妙法蓮華經授手卷第四之三

清楚衡雲峰沙門智祥集

法師品第十

品節云此品來意由世尊廣讚一乘甚深微妙能信受者即得成佛所以諸大弟子各得授記然此一乘乃衆生本具正因佛性今如來開示方便說此妙法以爲緣因旣得了悟乃堪荷負使知大通智勝因緣至今不失則又知今日之法緣爲未來無盡之因緣也所謂但有聞法者無一不成佛乃至一念隨喜即得菩提故以法師標品意在法華正因要託法師開顯爲未來不盡之勝緣也葢佛性種子要借緣熏則智佛爲昔熏而今乃新熏也且法師有五種謂受持讀誦解說書寫但能一種即名法師況此經有如來全身則能持者即爲荷擔如來故當敬視如佛抑顯殊勝妙法要假人弘使佛種不斷故毀謗者其罪甚重以斷佛種性故也由是見如來出世本懷已周故次此品于授記之末齊此已前判爲開佛知見然開有二種在佛則爲開示開顯使聞者自知自信此心爲佛也在機則爲開悟開明由久迷不信今聞佛顯示則了然明悟如蓮華之開發也經雖通言四種知見約義則前十品總顯如來出世本懷諸弟子一向不知故多疑慮今承開示決信此心是佛故判屬開字△法者軌則也師者訓匠也一以妙法軌持自已則煩惱可斷佛道可成也二以妙法訓人則衆生可度而法門可通也且前三周作

記皆約其人限其數此則普記在會乃至一念隨喜者皆得作佛而又懸記未來凡有聞經隨喜者亦皆普記成佛此正完前但有聞法者無一不成佛之案及酬足衆生無邊誓度之願也由三周收之未盡故繼以此品(丙)一歎美五種法師功深福重以勸流通分二(丁)一歎美能持之人又二(戊)一明弟子功深福重又二(己)一明現世弟子

爾時世尊因藥王菩薩告八萬大士藥王汝見是大衆中無量諸天龍王夜义乾闥婆阿修羅迦樓羅緊那羅摩睺羅伽人與非人及比丘比丘尼優婆塞優婆夷求聲聞者求辟支佛者求佛道者

如求將授廣記而因藥王者要解謂以廣記湫漠法利勝妙非深知宿契無能證知故也況藥王即喜見菩薩久持此經燒身燃臂可謂深知宿契矣告八萬大士者大窾云正欲大士作法師而効藥王也況法師之行在慈悲忍辱法空而已藥王通具諸德故因之而令人取法八萬大士即經首所敘列者

如是等類咸於佛前聞妙法華經一偈一句乃至一念隨喜者我皆與授記當得阿耨多羅三藐三菩提

此是如來欲使盡未來人普皆成佛故有是記也天台云若於佛前當機妙悟者是多聞生解五百及二千是也此等皆已現前與總別記竟今所揀者乃是八部四衆三乘之類故言如是等類咸於佛前者明

其時節値佛在座也一偈一句者聞法極少也乃至一念時節最促也隨喜者自未有行但隨喜其法及隨喜其人也而皆與記者明其聞極少時極促隨喜之功遂得佛果何況具足得聞盡形受持五種流通三業供養普廣若此下周旣爾中上倍然可以意知(巳)二明未來弟子

佛告藥王又如來滅度之後若有人聞妙法華經乃至一偈一句一念隨喜者我亦與授阿耨多羅三藐三菩提記

前科雖爲現在座者作記猶未爲廣但以如是等類一句該無不盡明知現在所有之機總不出四衆八部而已今言滅後有人則其機未兆但意知未來必有如是四衆八部聞經隨喜者旣發如是心必得如是果故佛今預爲授記是意無不圓記無不該也況今日現在得記者由過去沙彌曾已授之今日又與廣記可爲如來異時出世親爲授記之機故此不言果號與封國莊嚴等意有待於將來耳提面命(戊)二顯法師功深福重分二(巳)一長行又二(庚)一別又分二(辛)一明現在

若復有人受持讀誦解說書寫妙法華經乃至一偈於此經卷敬視如佛種種供養華香瓔珞末香塗香燒香繒蓋幢幡衣服技樂乃至合掌恭敬

天台云上明稟道弟子此明授道師門師論上下時談現未幷不出逆之得罪順之得福今明現在下品師相即是五種法師十種供養也妙樂云下品者但約凡位以

判五種者大窾云受持者默默提撕守而不失也讀誦者頻頻諷習六時不廢也解說者解通所說之義使受持者知有歸趣也書寫者流傳梵筴之文使讀誦者知有向慕也供養者即不能受持讀誦解說書寫但能至心精誠供養亦終得此大寶也十供養者一華二香三瓔珞四末香五塗香六燒香七幡蓋八衣服九技樂十合掌

藥王當知是諸人等已曾供養十萬億佛於諸佛所成就大願愍衆生故生此人間藥王若有人問何等衆生於未來世當得作佛應示是諸人等於未來世必得作佛何以故若善男子善女人於法華經乃至一句受持讀誦解說書寫種種供養經卷華香瓔珞末香塗香燒香繒蓋幢幡衣服伎樂合掌恭敬是人一切世間所應瞻奉應以如來供養而供養之當知此人是大菩薩成就阿耨多羅三藐三菩提哀愍衆生願生此間廣演分別妙法華經

此明能敬信者即具成三世因果也呼藥王教知其師門功報殊勝也是諸人等即五種法師謂能深心信樂此經法者是人曾供多佛成就大願即今乃乘願度生故生此人間也設有問未來有何等人成佛應知即現在能受持乃至能供養此經一句一偈者也次下釋成報重得果之相謂此能受持者能以十種供養此經者一切世間應當瞻奉如敬佛想何故乃耳當知此是諸大菩薩已成正覺爲哀愍一切衆生故應眞來此雖則受持一句一偈而意

即爲廣演分別也

何況盡能受持種種供養者

前明受持供養一句一偈者乃下品師也然品劣者尚爲一切世間瞻奉供養以至是乘願度生之人又何況盡能受持全經者盡能具諸供養之上品法師其功報殊勝非心口所宣測也

藥王當知是人自捨清淨業報於我滅度後愍衆生故生於惡世廣演此經

此明乘願來生不躭自樂也是人指前之法師清淨等直指云因法力成就必住於信解聖位之地是清淨樂土因佛滅而生界失依乘願來此五濁惡世廣演此經也此總明前五種法師皆乘悲智而來者也

(辛)二明未來

若是善男子善女人我滅度後能竊爲一人說法華經乃至一句當知是人則如來使如來所遣行如來事

此顯未來即有竊說一句者斷必有來由也竊者非公然對衆是爲私也一人者非千百人是爲獨也一句者非廣分別是爲少也所以不公然對衆廣說者由未及廣聞多學了義故也釋論云有慧無多聞亦不知實相譬如大暗中有目無所見多聞無智慧亦不知實相譬如大明中有燈而無照無聞無智慧譬如人身牛有聞有智慧是所說應受是可知竊說者乏多聞也當知下明其功報如來使者天台云經是如智所說說于如理今行人秉此如教宣於如理故爲如來使也行如來事者如來

以如智照如理爲事今行人依如教行如理即行如來事也此約自行釋又如來以如智如理化衆生爲事行人具大悲願以妙法爲衆生說令得利益亦名行如來事此約化他釋也

何况於大衆中廣爲人說

○略不格量上品功報者以前下品望今上品意可知也（庚）二總分二（辛）一明逆者得罪

藥王若有惡人以不善心於一刦中現于佛前常毀罵佛其罪尚輕若人以一惡言毀呰在家出家讀誦法華經者其罪甚重

此又較量功過以明是法殊勝也直指云佛是果位中人毀讚不受雖罵者自取其罪而罪猶輕若毀呰讀誦者即斷佛慧命故罪甚重也葢爲讀誦者智力未克恐因毀退心所以罪甚况經是人天眼目一無人弘則斯眼滅然所以深罪毀呰者正所以守護是經也（辛）二明順者得福

藥王其有讀誦法華經者當知是人以佛莊嚴而自莊嚴

佛以定慧莊嚴而說此經若人讀誦此經則是能修佛之定慧故以佛嚴而自嚴也

則爲如來肩所荷擔

天台云在背曰荷在肩曰擔若人讀誦此經則能得佛非權非實法身之體即爲如來背之所荷又能得佛能權能實二智之用則爲如來兩肩所擔也

其所至方應隨向禮一心合掌恭敬供養尊重讚歎華香瓔珞末香塗香燒香繒葢幢幡

衣服餚饌作諸技樂人中上供而供養之應持天寶而以散之天上寶聚應以奉獻所以者何是人歡喜說法須臾聞之即得究竟阿耨多羅三藐三菩提故

上明以法爲師此明堪爲物表也天台云此人有所趣向悉皆相應皆可敬順順即是向敬即是禮敬而順與興供等也所以者何下釋上應供之意妙樂云先舉人中上供次以天寶況之尚當以天寶獻況人中供乎△所以應禮應供者無他由此人歡喜說法令人須臾聞之即得究竟無上道果以其利益殊勝故當如法供養也應知須臾聞即一念隨喜義然節節召藥王當知者有二意一爲章初普記之時已一一委付藥王如人子有病再三囑託醫者也二是珍重五種法師行道利生必當效法藥王庶幾有以益乎(巳)二偈頌分三(庚)一頌獎勸二利

爾時世尊欲重宣此義而說偈言

若欲住佛道　成就自然智　常當勤供養　受持法華者　其有欲疾得　一切種智慧　當受持是經　并供養持者

此頌明能供能持者速成就佛智也自然智即本覺眞智也要解云若欲住佛道成就此智必藉師法發明指教故當勤供養持法華經者此勸先敬師次勸自受持一切種智即諸佛果智也然欲求佛果疾證是智必依此經如法修證此所以當持當法而致福慧雙修也(庚)二頌師門總別分二

(辛)一頌別開二世

若有能受持妙法華經者當知佛所使愍念諸衆生

此頌於諸佛所成就大願愍衆生故生此人間

諸有能受持妙法華經者捨於清淨土愍衆故生此當知如是人自在所欲生能於此惡世廣說無上法應以天華香及天寶衣服天上妙寶聚供養說法者

此頌是人自捨清淨業報等自在欲生者即所欲生處隨願自在也

吾滅後惡世能持是經者當合掌禮敬如供養世尊上饌衆甘美及種種衣服供養是佛子冀得須臾聞

此頌于未來世有是持經法師當敬如佛者無他於濁惡世中若得須臾聽受是經則甚爲難有也

若能於後世受持是經者我遣在人中行於如來事

凡能忍惡弘經必有所命是故佛云爲我所遣行我所行也(辛)二頌總結逆順

若於一刦中常懷不善心作色而罵佛獲無量重罪其有讀誦持是法華經者須臾加惡言其罪復過彼

若以佛較持經者則凡聖品位差別極矣以一刦較須臾則長短時分差別極矣而罵佛與罵持經之人雖時分不同其得罪正等者須知佛由法出謗持經者即斷佛種性所以罪極重矣

有人求佛道而於一刦中合掌在我前以無

數偈讚由是讚佛故得無量功德歎美持經者其福復過彼

以罵佛得罪合此讚佛得福較量經功其義可了

於八十億刦以最妙色聲及與香味觸供養持經者如是供養已若得須臾聞則應自欣慶我今獲大利

此頌華香技樂人中上供等文於八十億刦中不倦久持之志以冀得須臾聞經由是須臾聞之即得菩提故自欣得大利矣

(庚)三歎經尊妙

藥王今告汝我所說諸經而於此經中法華最第一

諸經屬權此經爲實以權實對論則此經爲第一也△問旣言此經而又曰法華豈不爲二耶答此經中者乃一眞法界之妙理也法華者乃妙理中之智也理智如如故爲第一豈有二哉歎能持之人已竟(丁)二歎美所持之法分二(戊)一長行又二(己)一深歎經法分五(庚)一約法歎

爾時佛復告藥王菩薩摩訶薩我所說經典無量千萬億已說今說當說而於其中此法華經最爲難信難解

此正歎法也已今當說此經爲最者是約法歎天台云已說者即大品已前漸頓諸說也今者謂無量義經也當者即涅槃也般若大品已前諸說皆帶方便取信爲易無量義雖一生無量而無量未即還一是亦易信今法華論法則一切差別融通歸一論人則師資本迹俱皆久遠人法悉與

昔異故難信解當鋒難事法華已說涅槃在後則可信矣

藥王此經是諸佛秘要之藏不可分布妄授與人

秘要藏者天台云隱而不說爲秘總一切法爲要眞如實相包蘊爲藏不可分布者法妙難信深智可授無智不信謗乃獲罪故不可妄說也

諸佛世尊之所守護從昔已來未曾顯說

從昔未顯說者天台云於三藏中不說二乘作佛亦不明師弟本迹方等般若雖說實相之藏亦未說五乘作佛亦未發迹顯本頓漸諸經皆未融會故名爲秘此法華經具說昔所秘法即是開秘密藏如此秘藏從昔守護今乃顯說也

而此經者如來現在猶多怨嫉況滅度後

四十餘年不得即說今雖欲說而五千尋即退座佛世尚爾何況未來理在難化也障未除者爲怨不喜聞者名嫉㊄二約人歎

藥王當知如來滅後其能書持讀誦供養爲他人說者如來則爲以衣覆之又爲他方現在諸佛之所護念是人有大信力及志願力諸善根力當知是人與如來共宿則爲如來手摩其頭

此約人以歎法也此法在人則人尊衣覆者天台云若能持說此經即是修學大忍是爲如來衣覆即上文以如來莊嚴也佛護念者實相爲子尊崇實相能發生實智即爲諸佛所護念也四信爲信力即三寳

及戒四弘爲願力大智爲善根力信則信理理即法身志願是立行行即解脱善根根因難動此即般若當知三力即是三德秘密之藏初心栖此與佛不殊故名與如來共宿也手摩頭者此人以願力善力自行權實以爲機感機感名頭如來以化他權實名手開發前人自行權實之頭感應道交故言摩頭摩頭即授記也㊉三約處歎

藥王在在處處若說若讀若誦若書若經卷所住處皆應起七寶塔極令高廣嚴飾不須復安舍利所以者何此中已有如來全身此塔應以一切華香瓔珞繒蓋幢幡技樂歌頌供養恭敬尊重讚歎若有人得見此塔禮拜供養當知是等皆近阿耨多羅三藐三菩提

此約處以歎法也此法在處則處貴夫佛生處得道轉法輪入涅槃以及法王遊處皆應起塔天台云此經是法身生處得道之場法輪正體大涅槃窟此經所在須起塔供養不復安舍利者釋論云碎骨是生身舍利經卷是法身舍利既有全身故不必復安也㊉四約因歎

藥王多有人在家出家行菩薩道若不能得見聞讀誦書持供養是法華經者當知是人未善行菩薩道若有得聞是經典者乃能善行菩薩之道

此復約因以歎法也未善行菩薩道者天台云稟前三教未能巧度若聞是經即入圓教名爲巧度巧度即善行也妙樂云聲聞化人苦行頭陀等名拙度菩薩化人觀

諸法實名爲巧度

(庚)五約果歎又五(辛)一明近

其有衆生求佛道者若見若聞是法華經聞已信解受持者當知是人得近阿耨多羅三藐三菩提

此方約果以歎法也當知必近者天台云安樂行中名爲近處此菩提果佛眼佛智知見處爲體則有二種一者初心菩提即初住二者後心菩提即妙覺今言近者正近初住菩提也(辛)二開譬

藥王譬如有人渴乏須水於彼高原穿鑿求之猶見乾土知水尚遠施功不已轉見濕土遂漸至泥其心決定知水必近

此復以喻明法也此喻作兩層看一於高原求水尚遠屬權二於濕土求水屬實有人指在家出家行菩薩道者渴乏須水是總標其求道之切直指云渴喻三界火宅逼迫乏之喻不得如來智慧水喻三平等眞如之理須水喻勤求佛道高原喻阿含方等權教析色明空謂之鑿了悟十二因緣謂之穿所得是偏空之理如乾土二乘坐守偏空以爲究竟惟佛了知非眞滅度故曰知水尚遠施功不已喻二十二年以般若淘汰猶處門外因止宿草菴作字名兒喻轉見濕土因得名兒乃知長者家業喻遂漸至泥旣知家業必定委付喻知水必近決定二字是開佛知見斷疑生信之謂此是借喻明法也(辛)三合譬

菩薩亦復如是若未聞未解未能修習是法華經當知是人去阿耨多羅三藐三菩提尚

遠若得聞解思惟修習必知得近阿耨多羅三藐三菩提

前曰是人今合喻中便言菩薩見聖凡速如返掌也直指云若未聞下是執阿含方等爲究竟故於法華不信不解由不信解則失眞修故於菩薩遊戲神通淨佛國土不生好樂所以去菩提則遠此是違敎合上不善行菩薩道者若得聞下是順敎合上善行菩薩道者因信而聞聞則悟解思惟修習此合轉見濕土遂漸至泥因修習必知得近菩提令决定知水必近近字是信前五品位也

㊕四釋近

所以者何一切菩薩阿耨多羅三藐三菩提皆屬此經此經開方便門示眞實相是法華經藏深固幽遠無人能到今佛敎化成就菩薩而爲開示

此釋得近之意天台云一切菩薩者明諸敎中權因也三菩提明一切菩薩所得權果也△徵釋之意正以還結諸佛智慧甚深無量其智慧門難解難入之旨一切菩薩即能修之人菩提是所修之法今言皆屬者則人法皆不出此經外何故葢此經爲一切衆生開方便門門戶既開則人人可入既入其門即得佛見矣此經爲一切衆生示眞實相實相既顯則人人可悟既悟其旨即得佛知矣故此兩句即完結開示悟入佛之知見而皆屬此經四字其意深矣則前難解難入之門無不通達下重明甚深無量謂此經之藏初從萬有而歸

但空次從但空而歸中道再從中道而歸實際故曰深復自實際而反觀萬有觸不得背不得如須彌山故曰固一切聖凡大小迷悟名號皆悉不到故曰幽從十住而至等覺踰五百由旬方到寶所故曰遠已到等覺尚隔一層是豈人易到哉故曰無人能到末三句謂今蒙佛教化成就而爲諸菩薩已開已示故親到諸佛智慧甚深無量之境所謂必知得近阿耨菩提矣(辛)五揀非

藥王若有菩薩聞是法華經驚疑怖畏當知是爲新發意菩薩若聲聞人聞是經驚疑怖畏當知是爲增上慢者

此應前八千新發意菩薩及五千退席者而來直指云返醒在會并盡未來際聞此而驚疑者怖畏者令其皆得安心如海坐至菩提此運妙容鉗錘爲一切人斬斷命根(巳)二正示方軌分二(庚)一示方法又三(辛)一標章

藥王若有善男子善女人如來滅後欲爲四衆說是法華經者云何應說是善男子善女人入如來室著如來衣坐如來座爾乃應爲四衆廣說斯經

此明末世弘經之方軌也室衣座名爲三軌末世弘經必藉此三自軌軌人方獲大利天台云修無緣慈是入室義修寂滅忍是着衣義修於中空是坐座義(辛)二解釋

如來室者一切衆生中大慈悲心是如來衣者柔和忍辱心是如來座者一切法空是

此釋明三種蔭被謂說法者應先于一切

衆生中起大慈悲心謂之入如來室直指云夫慈能與樂悲能拔苦慈悲廣大能安立衆生故喻爲如來室也次對一切衆生以柔和忍辱心爲着如來衣謂以權實二智說法順眞俗之體莊嚴衆生設有執權背實生怨嫉者又當忍其所辱待其自化故以悲智二門喻如來衣也復指陰處界三眞俗等法當體全空爲如來座以此諸法無我無我所則見三界十二類衆生如鏡像空花始不作衆生見安心爲如幻衆生說法故以諸法空寂爲如來座也上言云何應說復云爾乃應說足見若不爾者非說法之式也三皆言如來者爲此三種法式皆禀如來舊軌○天台問何故約三法名法師答約事必須登堂整衣坐座乃可敷宣又慈悲生一切善柔和遮一切惡法空蕩一切相故約此三

(辛)三勸修

安住是中然後以不懈怠心爲諸菩薩及四衆廣說是法華經

是中即三法中也不怠即以精進嚴此三法則能廣說天台云五種法師用此三法自軌故云安住是中用此化他故云以不懈怠心等此正勸修也

(庚)二明利益分五(辛)一遣化人

藥王我於餘國遣化人爲其集聽法衆

此明如來加被遣衆集聽也天台云若初心未淳止可遣化人未可遣化四衆八部也若見天龍倚此自高妨損其道故不可令見也若心無倚着則尚堪見佛況復天

龍以至總持自證利益耶

(辛)二遣化衆

亦遣化比丘比丘尼優婆塞優婆夷聽其説法是諸化人聞法信受隨順不逆

前謂遣化人未明是何等人但言爲其集聽法衆似爲引領人也此方言弟子衆既爲如來所遣化者是禀佛命爲法而來聞必信受於一切時中一切語中權實大小無不隨順也(辛)三遣八部

若説法者在空閑處我時廣遣天龍鬼神乾闥婆阿修羅等聽其説法

空閑乃寂寞無人處也境寂心閑是謂鬼神來舍矣況此又爲佛所命乃感應道交之驗也直指云前虚遣化衆聽法此實遣天衆護法二俱以神力擁護之也(辛)四見佛身

我雖在異國時時令説法者得見我身

前云遣天衆聽法或隱或顯似未一定此則曰得見即面面相窺也直指云此是法師心契佛心感應道交故如來現身面護令時時見而説法之心誠懇可見(辛)五與總持

若於此經忘失句讀我還爲説令得具足

前云時時令見此言我還爲説皆謂説法者與法身相應若但言見報化身聞報化説法則踈矣

(戊)二偈頌分二(己)一總勸

爾時世尊欲重宣此義而説偈言

欲捨諸懈怠應當聽此經是經難得聞信解者亦難

此總頌善行菩薩道者一節懈怠者指二乘難聞難信承上深固幽遠而來人未得理則懈怠自生凡欲捨懈怠寘與理應須聽此經以此經理智圓融須臾聞之尚得近菩提況久聞乎但此經難聞難信能信受者則可謂如優曇華矣(巳)二頌前分二

(庚)一頌歎經

如人渴須水穿鑿於高原猶見乾燥土知去水尚遠漸見濕土泥決定知近水

此頌喻文得水遠近如前釋

藥王汝當知如是諸人等不聞法華經去佛智尚遠若聞是深經決了聲聞法是諸經之王聞已諦思惟當知此人等近於佛智慧

此頌合譬一節以此經爲深經者謂四十年前所說諸經淺顯明示未談了義至今法華開方便門示眞實相言一切聲聞即是菩薩則較前爲深爲諸經中王若能于此審諦思惟則去佛慧不遠矣(庚)二頌方軌

若人說此經應入如來室著于如來衣而坐如來座處衆無所畏廣爲分別說大慈悲爲室柔和忍辱衣諸法空爲座處此爲說法

此頌標釋一節前已解明無所畏即四無畏也廣分別說乃權實雙行也

若說此經時有人惡口罵加刀杖瓦石念佛故應忍我千萬億土現淨堅固身於無量億劫爲衆生說法

直指云此補出二頌前四句釋成上三蔭被中忍辱二字後四句引已爲證千萬億土攝九界堅固身攝報化以及三十二應

無量億乃竪說施化無窮也

若我滅度後能說此經者我遣化四衆比丘比丘尼及清淨士女供養於法師引導諸衆生集之令聽法若人欲加惡刀杖及瓦石則遣變化人爲之作衛護若說法之人獨在空閑處寂寞無人聲讀誦此經典我爾時爲現清淨光明身若忘失章句爲說令通利若人具是德或爲四衆說空處讀誦經皆得見我身若人在空閑我遣天龍王夜义鬼神等爲作聽法衆

此二十八句通頌如來以五事利益行人初遣四衆供養二遣化人護持三有忘令憶四得見佛身五遣八部聽講三次言在空閑者初謂法師若在空處讀經若有忘記章句我現身爲說二若在空處或說或讀亦皆得見我身所謂處處見佛念念見佛也三曰若在空閑無人聽受我則遣天龍八部爲作聽衆此皆如來爲法重人也

是人樂說法分別無罣礙諸佛護念故能令大衆喜若親近法師速得菩薩道隨順是師學得見恒沙佛

此八句孤起廣明法師具無礙辯心契十方諸佛而諸佛護念如子故所演妙法令聽者見諦獲歡喜位而復囑人天親近大乘師學速得大乘妙果而復因此師得見未來恒沙諸佛此又見燈燈無盡也知音云末四句爲後兩品章本若親近下勸勉伏得此經爲弟子者具因行之案爲後提婆品張本隨順下伏得此經爲弟子者成果德之案爲下見寶塔品張本此一品經

單明教菩薩法一句前半品教菩薩為弟子之法後半品教菩薩為師傳之法下見寶塔一品單明佛所護念一句見護念之佛其三世十方也

妙法蓮華經授手卷第四之三

音釋

湫漠上亡沼切下末各切 促七玉切迫也 鉗鎚上巨淹切下直追切

妙法蓮華經授手卷第四之四

清楚衡雲峯沙門智祥集

見寶塔品第十一

品節云此品判爲示佛知見者以顯示如來常住法身實相真境欲令衆生知此見此乃佛之知見也惟此法身真境經初一光東照圓現法界事相生佛始終乃通示衆生心境之妙由當機未悟自心不達目前便是令嘗如來種種開示當機已信佛言自知作佛各得授記雖信自心然猶未信實相真境故世尊至此將顯法身常住見七寶妙塔從地湧出多寶如來全身現在以消生滅之見即此娑婆三變淨土以祛淨穢之執且十方諸佛充滿其中正顯法界塵剎觸目無非真境此爲真佛之知見也大竅云此品自方便譬喻因緣三門令三根人各得領悟授記爲法王子紹隆聖種以完開悟二字亦完其智慧門難解難入一科既悟之後欲其發願弘經行法師事故先法師品廣讚法師功德又恐不肯受持故假多寶親呈塔樣十方諸佛各將一卷大經作證覿面呈示令人親見一回方肯發願受持然後得入以了示入二字亦完諸佛智慧甚深無量一科故此一品前半示佛知佛見而後半令其發願受持所謂一點水墨兩處成龍也△此品關係非細既見其塔復聞其聲當此聞見之人未必不懷奇特想也既有是想必求開塔由是引起集分身變淨土說壽量現神力如是多多奇特皆是爲新記人擴充見

地以盡佛知見矣故塔表法身是所見之理見字乃能見之人此處既是親見則後變土集佛一切境界無不親知由是不但待未來成佛福智圓滿後有此知見即今便於佛知見得少分矣不然何以完如來出世一大事因緣哉(丙)二顯示一真妙境如來唱募以覓流通分二(丁)一長行分三(戊)一多寶湧現又分六(己)一塔現之相

爾時佛前有七寶塔高五百由旬縱廣二百五十由旬從地湧出住在空中種種寶物而莊校之

此明塔相爾時者是三周人發始覺智見本覺理之時七寶者直指云表信住行向地等妙之智寶塔表實相之境法身所依處也以權實之智契證住等五位圓理故高五百由旬智徹三科七大皆如來藏故廣二百五十由旬約由旬之數量高二萬里表依正同轉迥超真俗二諦廣一萬里表一真實相三周人麤重我法二執無明地破故見塔從地湧以無依智契無依理故塔住空中種種乃衆多定慧也莊校者皆一理之所具也

五千欄楯龕室千萬無數幢幡以爲嚴飾垂寶瓔珞寶鈴萬億而懸其上四面皆出多摩羅跋栴檀之香充徧世界其諸幡蓋以金銀琉璃硨磲瑪瑙真珠玫瑰七寶合成高至四天王宮

天台云欄楯是總持之法龕室千萬者即無量慈悲亦是無量空室幢幡是神通勝相垂寶瓔珞者四十地功德上嚴法身下

被衆生也寶玲萬億即八音四辯四面出香者四諦道風吹四德香也旛葢以七寶合成者表差别萬行皆從七位理智流出高四天王者表法性身逈出四流也已上總明過去如來理智一如成法性之果塔直指云高五百由旬應前過五百由旬至寶所意

㔾二諸天供養

三十三天雨天曼陀羅華供養寶塔餘諸天龍夜义乾闥婆阿修羅迦樓羅緊那羅摩睺羅伽人非人等千萬億衆以一切華香瓔珞幡葢技樂供養寶塔恭敬尊重讃歎

諸天供養事解可知若約理釋天台云住行向爲三十十地爲一等覺爲一妙覺爲一合三十三數同依一實相境如三十三天同居忉利也雨天曼陀羅者必雨四花表初心具四十二地所有因華歸向法身如三十三天雨花供塔也餘諸天龍等供養寶塔即是内凡外凡亦依實相向果行因也㔾三多寶稱讃

爾時寶塔中出大音聲歎言善哉善哉釋迦牟尼世尊能以平等大慧教菩薩法佛所護念妙法華經爲大衆説如是如是釋迦牟尼世尊如所説者皆是真實

此以古佛稱言證法不虚也直指云塔以理智互表而總歸能依之理塔中復有古佛以顯所依之智智能啟悟衆生故出大音聲大音者應上三周普記之音雙歎釋迦權實并説故兩言善哉也△平等有二一法平等二衆生平等大慧即前權實雙

融是謂諸佛智慧也以此大慧稱中道之理即法平等於人不分權漸普皆授記是衆生平等應上等賜大白牛車意須知平等大慧更非別法即是三世十方一切諸佛教授菩薩爲諸佛所護念之妙法華經也今日如來亦以此法爲大衆說則所說之法如所如說誠然如是此是歎佛所說稱實理故爲如是也二歎如來至今第五時說此妙法不差機故如此機教相扣即是稱實理故說亦如是也下又言釋迦牟尼如所說者皆是眞實此三句更有深意由二乘一往不信自心作佛亦不信佛所說法是平等慧而佛於三周法喻二說之間皆言我所說眞實意恐聞者信力不堅故假塔中古佛如是稱讚使會中初入門者因見因聞而得實信矣此節文勢雖爲釋迦作證意在開悟會衆施受不虛也

㊁四會衆驚疑

爾時四衆見大寶塔住在空中又聞塔中所出音聲皆得法喜怪未曾有從座而起恭敬合掌却住一面

此中四衆約豥隨即發起當機影響結緣之四衆約受益即三周新悟有信解行證之四衆今是受益衆同開佛知見同證一眞理眞見頓明故即見寶塔出現也直指云諸佛之法以無住爲本故塔住空中根結頓解眞聞始開故聞塔中音聲所證之理等同三世故皆得法喜從刧至刧無明所覆今始親證故怪未曾有也㊁五樂說請問

爾時有菩薩摩訶薩名大樂説知一切世間天人阿修羅等心之所疑而白佛言世尊以何因緣有此寶塔從地湧出又於其中發是音聲

前品已下節節皆有菩薩助化者是表當人無師智及自然智漸漸開發之相序品光現一眞法界示悟衆生故假彌勒發問以啟三周大業三世平等示眞實相若不窮塔之本新記罔識其始末故此假大樂説發問也知音云樂説乃四辯中之樂説無礙辯此與藥王同行八萬人中一人前品明三世持經非藥王苦行不足以因之此品會十方三世而付囑非大樂説不足以請之問意有三一問何因有塔二問何故地湧三問何故出聲

（巳）六如來爲荅

爾時佛告大樂説菩薩此寶塔中有如來全身乃往過去東方無量千萬億阿僧祇世界國名寶淨彼中有佛號曰多寶其佛行菩薩道時作大誓願若我成佛滅度之後於十方國土有説法華經處我之塔廟爲聽是經故湧現其前爲作證明讚言善哉

此荅第二問何故從地湧出謂此塔中有全身者正與會衆分明顯示所見所聞之境也正應前文此中已有如來全身不須復安舍利之文往過東方者不離動用中也無量阿僧祇世界外而來至此是自他不隔也國名寶淨佛號多寶總表法性眞淨權實一如也次下出陳古佛因中大願不虛故從地涌出也據菩薩處胎經第二

卷全身舍利品佛云此大地種厚八十四萬億里地下有風風下有水水下有火火下有沙沙下有金剛刹各各厚八十四萬億里諸佛全身盡在彼金剛刹中乃至有法皷世界亦厚八十四萬億里過去億千萬佛皆留舍利彼土舍利我亦有分非一非二不住一處亦非不住周旋往來光相具足示現教化等由是而知多寶全身皆在彼金剛刹及法皷世界從地湧出也

彼佛成道已臨滅度時於天人大衆中告諸比丘我滅度後欲供養我全身者應起一大塔

此答第一問以何因緣而有此塔如來爲當機述陳古佛將入滅時囑令起塔供全身者意在於未來凡說經處皆踊現作證而興讚歎不獨今日如是湧現也若照前文諸佛世尊從昔已來之所守護又見三世皆如是湧現也

其佛以神通願力十方世界在在處處若有說法華經者彼之寶塔皆涌出其前全身在於塔中讚言善哉善哉大樂說今多寶如來塔聞說法華經故從地湧出讚言善哉善哉

此答第三問何故發聲佛令荅云彼佛爲作證明故作是音聲也天台云釋論明多寶佛不得說法而取滅度何謂不說當是多寶亦得開三但不得至法華顯實故云不說法耳以是義故雖復滅度在在處處凡說法華經便隨喜作證前曰此塔三世湧現此曰十方湧現足顯此塔無在不在也

(戊)二分身遠集分七(巳)一樂説請見

是時大樂説菩薩以如來神力故白佛言世尊我等願欲見此佛身

三周新記之人向所聞報佛之音所見如如之理尚在彷佛猶不離權乘見解至此欲其如實知見事非偶爾欲得法身親切洗去從前所有知見故必假如來神力加被也要知大樂説此問引發非輕如後集分身佛是何等境界三變娑婆是何等境界分半座而坐接會衆于空如此不思議事皆由此問而致故知此問非如來神力所起何有願欲見多寶耶(巳)二應集分身

佛告大樂説菩薩摩訶薩是多寶佛有深重願若我寶塔爲聽法華經故出於諸佛前時其有欲以我身示四衆者彼佛分身諸佛在於十方世界説法盡還集一處然後我身乃出現耳大樂説我分身諸佛在於十方世界説法者今應當集

大樂説願欲見此佛身世尊云此佛不容易見有深重願力存焉欲待我分身並集一處然後乃得見彼佛也葢集分身者攝用歸體若體用不完而欲求見願則不深矣若三身不具而欲即見願則不重矣此節文雖有彼我差別意實一貫重在深重願三字三身幷集一處畢竟是甚麽處若眞到此處即刺着個佛字見亦是空花看經者好生着眼(巳)三樂説請集

大樂説白佛言世尊我等亦願欲見世尊分身諸佛禮拜供養

樂説今以佛神力又推廣其見而亦欲見

十方諸佛若有一佛見之未得則不成樂說無礙故曰亦願欲見如此則樂說亦以深重願爲新記人圓成無礙妙法矣㊁四

放光遠召

爾時佛放白毫一光即見東方五百萬億那由他恒河沙等國土諸佛彼諸國土皆以玻瓈爲地寶樹寶衣以爲莊嚴無數千萬億菩薩充滿其中徧張寶幔寶網羅上彼國諸佛以大妙音而說諸法及見無量千萬億菩薩徧滿諸國爲衆說法南西北方四維上下白毫相光所照之處亦復如是

此是經家敘置如來欲集分身諸佛但以光名則諸佛隨召而至也序品中放白毫光意爲靈山會裏一切人顯發中道智境故引發三周人各得授記今復放此光是欲爲會衆圓成此段因緣故仍向東方如是照也即見二字有意此謂會衆因光即見也然大通光照五百萬億國以致請法之衆而此光又過恒河沙則所證利益定非三乘所能擬也光中所現皆是如來分身佛所受用境彼諸國土下明諸佛國土莊嚴惟淨無穢也無數千萬下明諸法眷惟大無小也又見諸佛與諸菩薩常宣妙法以化衆生故前云我千萬億土現淨堅固身於無量億劫爲衆生說法至此益信矣此但敘東方所見之相其餘九方準此可知故曰亦復如是然則諸佛國土無古無今無向無背由衆生背覺合塵故對面千里一念塵消無不朗徹學者於此境界不得高推佛境

(巳)五諸佛同集

爾時十方諸佛各告衆菩薩言善男子我今應往娑婆世界釋迦牟尼佛所幷供養多寶如來寶塔

此是十方分身諸佛見本佛光召是聞命即行也各告上首云我今應往正應本佛謂今應當集二應相照是體用不二之意往釋迦佛所表大用歸體幷供養多寶者表用徹三世(巳)六三變娑婆分三(庚)一變娑婆國土

時娑婆世界即變清淨琉璃爲地寶樹莊嚴黄金爲繩以界八道無諸聚落村營城邑大海江河山川林藪燒大寶香曼陀羅華徧布其地以寶網幔羅覆其上懸諸寶鈴唯留此會衆移諸天人置於他土是時諸佛各將一大菩薩以爲侍者至娑婆世界各到寶樹下一一寶樹高五百由旬枝葉花果次第莊嚴諸寶樹下皆有師子之座高五由旬亦以大寶而校飾之爾時諸佛各於此座結跏趺坐如是展轉徧滿三千大千世界而於釋迦牟尼佛一方所分之身猶故未盡

此初變娑婆世界爲方便土也承上光召十方各五百萬億恒河沙諸佛彼佛欲來此土故世尊爲容受諸佛變其忍土候化佛之至也直指云然佛寂土未嘗有淨穢之相但因五趣三乘衆生背覺合塵根塵識三互雜互染遂成火宅謂之同業妄見今承佛四十年漸次教化至此妄融眞現根結將解開佛知見復本眞淨之時故即時見此堪忍之土變成琉璃地也根塵識

三同轉故曰即變眞俗雙融故曰清淨以信解而入故惟見琉璃寶樹表智金繩表理煩惱爲林結使爲藪我慢爲山生死爲河無明爲海六道爲城邑二十五有爲聚落因轉陰處界三成智則三界火宅當下消融故曰無諸聚落然此所轉初因戒而斷三因三緣故燒大寶香因慧起行故雨花布地慈覆衆生故寶網覆上法隨機說故懸諸寶鈴三周新記已獲眞常故唯留此會人天二道有不信者自於理背故置於他土約境此初變本土表三乘人已轉八識賴耶藴三界火宅以八識爲主所謂夢裡明明有六趣覺後空空無大千約後數今變一百萬億那由他恒河沙佛國爲方便土他經云羅漢見大千界如掌中果於此互知不謬△諸佛各將一菩薩爲侍者乃大用中之差別用也亦爲下文遣使問訊之案到寶樹下樹乃所依之境即差別中之理高五百由旬枝葉花果莊嚴表五十位差別妙德嚴大用也座乃法空眞境亦高五由旬者表智能攝五位之因也亦以大寶校飾者是不離衆德也各坐其座是各安其安也如是展轉謂變土雖廣且不能容一方之分身佛況能容諸餘者此見世尊應化之多亦以起下第二第三之變土也天台云此以八背捨三昧之力能變染成淨表除見思惑也(廣)二變二百那由

時釋迦牟尼佛欲容受所分身諸佛故八方各更變二百萬億那由他國皆令清淨無有

地獄餓鬼畜生及阿修羅又移諸天人置於他土所化之國亦以琉璃爲地寶樹莊嚴樹高五百由旬枝葉華果次第嚴飾樹下皆有寶師子座高五由旬種種諸寶以爲莊校亦無大海江河及目眞鄰陀山摩訶目眞鄰陀山鐵圍山大鐵圍山須彌山等諸山王通爲一佛國土寶地平正寶交露幔徧覆其上懸諸旛蓋燒大寶香諸天寶華徧布其地

此是第二翻變同居爲實報土也八方者指娑婆世界以外之八方也每方各更變二百萬億那由他佛國土皆令清淨者此表三周新記至此八識見相二分同轉遂見此依正廣大之境耳知音云此校初變文中敘無有地獄等可見實報土中元無六凡之穢也亦以琉璃下如初變之中可知目眞鄰陀此云石山摩訶即大石山鐵圍山亦有大小用圍小千大千世界者皆以鐵名用表堅固也亦鐵石成故須彌此云妙高七寶所成通爲者因無諸山海所隔爲一淨土具莊嚴也天台云此以八勝處三昧轉變自在之力表淨除塵沙惑也

㊎三變二百萬億

釋迦牟尼佛爲諸佛當來坐故復於八方各更變二百萬億那由他國皆令清淨無有地獄餓鬼畜生及阿修羅又移諸天人置於他土所化之國亦以琉璃爲地寶樹莊嚴樹高五百由旬枝葉花果次第莊嚴樹下皆有寶師子座高五由旬亦以大寶而校飾之亦無大海江河及目眞鄰陀山摩訶目眞鄰陀山鐵圍山大鐵圍山須彌山等諸山王通爲一

佛國土寶地平正寶交露幔徧覆其上懸諸幡蓋燒大寶香諸天寶華徧布其地

此是第三翻變實報爲寂光土也觀當來二字則前度十方諸佛未曾全來佛知有未到之分身故又廣變其土也文中大意俱如前釋直指云已上三變之說乃爲新記三乘人衆外廣開佛見内廣明佛知故以初變此土表轉八識成方便土也二變每方各增廣二百萬億恒河沙佛土表轉八識見相二分心所以成實報莊嚴土也三變每方又各增廣二百萬億恒河沙佛土表轉八識能所以成寂光淨土也蓋爲四聖六凡皆是八識受熏持種今三乘會衆至此以信解開佛知見乃次第轉識成智故佛以三變示其所證之境如此廣大乃符前三翻獲記以至漸離化城頓到寶所之大案也但因信入非由行證故曰變然三聖土不離五趣雜居是即染而淨故曰大衆見燒盡我此土安隱此誠爲開佛知見天台云此以十一切處三昧於境無閒所觀使徧之力表淨除無明惑也

爾時東方釋迦牟尼所分之身百千萬億那由他恒河沙等國土中諸佛各各說法來集於此

此是方便有餘之境相也而集於此此字指靈鷲山約理指寂光土先明此娑婆世界百億須彌之外東方一面之佛各捨本土爲衆說法而來此會也因光照東方故東方先至以表有餘次第之相

如是次第十方諸佛皆悉來集坐於八方

此實報莊嚴景相也次第者指九方而言故曰十方諸佛直指云以靈山爲主而廣坐於大千界内之左右八方也應上布座而坐上言十方今止言八方以上下無佛座表證中道如如之理以顯實報之境也

爾時一一方四百萬億那由他國土諸佛如來徧滿其中

此是寂光大集之景相也前放光每方各照五百萬億恒河沙佛土每方應有五百萬億恒河沙分身佛而來直指云要知最初十方佛來止有一百萬億恒河沙數故今曰一一方有四百萬億合前每方足五百萬億返推三變之時後二變各二百萬億合共四百萬億則知初變不止變娑婆一世界而已應變一百萬億之佛土也故初變所來之佛有百千萬億等由此返推初變之文云娑婆世界即變清淨是舉本以該其餘也不可以辭晦意由此則知大千之土實爲五趣雜居四果出界外已證一百萬億恒河沙佛界是八識已破之量直待八識見相雙融始證實報見相雙泯乃證寂光如此景相非佛眼不能窺也

㊀七與欲開塔分五㊁一諸佛問訊

是時諸佛各在寶樹下坐師子座皆遣侍者問訊釋迦牟尼佛各齋寶華滿掬而告之言善男子汝往詣耆闍崛山釋迦牟尼佛所如我辭曰少病少惱氣力安樂及菩薩聲聞衆悉安隱不

此示十方大集圓行之景相也各從本土而來各坐本座正示是法住法位之果也

不親致敬而遣侍先白者直指云表體用皆如各齎寶華表化佛行中之圓行也滿掬者表萬行圓滿善男子是命侍之言如我辭曰是各敎侍者至佛前依詞問候也其問有四因五趣衆生未出生死爲病因二乘未斷見思爲惱因中乘失於權實二智未接如來氣分失佛十力爲不安樂如來爲此三事示生火宅此三等人病如來亦病令十方化佛問候安樂探其根熟何如也繼問菩薩聲聞悉安隱不謂能安眞際而穩然於萬有不也

以此寶華散佛供養而作是言彼某甲佛與欲開此寶塔諸佛遣使亦復如是

此亦順世權宜事不害理也先散華表遠來之敬而後序陳本事某甲者是分身佛各敎侍者代稱己名之辭此可見分身佛不皆同名釋迦故前文云我於異國作佛更有異名是也與欲者同欲也謂十方大集分身諸佛無不願欲開此寶塔表三乘新記以十種金剛定破最後滅相無明乃見空刦以前自性之主此亦由多寶如來深重本願之所存矣已上三身如來一翻作用而多寶本不動搖是祖父從來不出門釋迦雖放白毫光照亦不曾動着絲毫乃正中偏也分身諸佛有來往相是體用兼至亦不過總爲三周新記圓彰本有如來藏性而已觀其境像儼然華藏莊嚴一幅全圖惟看者子細着眼看得清楚卽自身周徧五百萬億恒河沙國與諸如來把臂同遊毘盧性海何等欣幸於者裡窺看

不明勢必又待當來更問彌勒則可謂鈍滯極矣故前文云能聽是法者斯人亦復難學者珍重(庚)二釋迦開塔

爾時釋迦牟尼佛見所分身佛悉已來集各各坐於師子之座皆聞諸佛與欲同開寶塔即從座起住虛空中一切四衆起立合掌一心觀佛於是釋迦牟尼佛以右指開七寶塔户出大音聲如却關鑰開大城門

此是大集圓證之景十方諸佛同集如來一目周視無餘是佛所見也皆聞與欲開塔是佛所知也非佛知見何以能盡其量此亦爲新記人作知見榜樣座起住空直指云是佛引新記證無依智不許執守初獲真空理境佛纔起立而四衆同起可見藥頭靈妙至此前妄皆空新獲不守惟有一箇見佛之心現前故曰一心觀佛△世尊以右手指開塔此處舉指與最後之拈花無二無別塔户頓開與迦葉之破顏無增無減也三周人從前雖有信解未得脫洒今于如來指處豁然開發狀不止天崩地裂故曰出大音聲將自來所有佛見法見一齊頓忘始知一真法界當體如如則滅相無明瓦解氷消矣卻關鑰者却猶除也關是橫木持其門者鑰即鎖也(庚)三會衆見聞

即時一切衆會皆見多寶如來於寶塔中坐師子座全身不散如入禪定又聞其言善哉善哉釋迦牟尼佛快說是法華經我爲聽是經故而來至此爾時四衆等見過去無量千萬億劫滅度佛說如是言歎未曾有以天寶

華聚散多寶佛及釋迦牟尼佛上

此明開塔後之見聞奇異也直指云一切衆會該十法界見字即見未有生佛已前之本覺也全身不散者乃顯本覺之理無明不能汨刦火不能壞三毒不能侵輪廻不能没也如入禪定者顯本具之智不假修習而安如山不假作觀而照如日也又聞其言讚佛讚法此歎美緣因佛性也正因雖人人本具非世尊歷刦接引衆生不易到此是則緣因爲正因之無上大師故勸釋迦快說也△古佛勸說者由三身體具會衆同臻今正是時宜當快說又此歎前三周開顯法說喻說引古明今所說快然故至會衆利益無窮也次下明會衆有如是見聞故歎未曾有以花散佛表依圓體而起圓行亦是慶幸陳供也(庚)四二佛幷座

爾時多寶佛於寶塔中分半座與釋迦牟尼佛而作是言釋迦牟尼佛可就此座即時釋迦牟尼佛入其塔中坐其半座結跏趺坐

理本不二而言分座乃理智將融之際分而即合是不二之二也智元是一而言入塔爲始本契合之時惟同無異是二而不二也故天台云古佛塔現示滅而不滅釋迦入塔示生而不生不生不滅常住不移廣大法身當處現前故以二佛並座表之

(庚)五四衆請加

爾時大衆見二如來在七寶塔中師子座上結跏趺坐各作是念佛座高遠惟願如來以神通力令我等輩俱處虛空即時釋迦牟尼

佛以神通力接諸大衆皆在虛空會衆雖得親見法身由見量未忘似尚疎隔一層故未即證眞空是猶望佛以神力接之也纔念及此即便見神力顯現住無依智與二如來同歸一處方得謂之妙觀察也又據事論大衆念欲神力而如來便與神力正此之際身不覺而舉空不覺而躋得非神力而何哉分身遠集已竟

(戊)三釋迦唱募

以大音聲普告四衆誰能於此娑婆國土廣說妙法華經今正是時

從三周至此迹門大業已畢所謂群機攝盡生佛消融眞俗圓明古今一色出世本懷於斯已畢故以大音普告冀衆流通大智高賢在斯決志

如來不久當入涅槃佛欲以此妙法華經付囑有在

此爲世尊示涅槃相欲以此法付囑流通也天台云付囑者佛在世時隨機利物不假於人今化緣旣盡欲令此法利益無窮故須付囑流通也此有二意一近令有在付八萬舊住菩薩此土弘宣二遠令有在付本弟子下方千世界微塵數菩薩令觸處流通直指云如來圓證實相凡聖兩忘何生死之有然爲火宅諸子示現受生如空花水月幸諸子得出火宅已證眞常則佛之能事畢矣故有示滅之唱(丁)二偈頌分三(戊)一頌多寶滅度

爾時世尊欲重宣此義而說偈言

聖主世尊雖久滅度在寶塔中尚爲法來諸

人云何不勤爲法此佛滅度無央數劫處處聽法以難遇故彼佛本願我滅度後在在所往常爲聽法

此頌意借古佛而激勵會衆也謂古佛已爲聖中之主世間之尊可謂智德備矣久滅度是二死永息斷德極矣全身不散可謂萬用深藏何所不具尚且不忘本願爲法而來汝等諸人云何返不殷勤爲證此法云何二字怪責之甚此佛下四句謂雖入滅無央數劫凡有說此經處無不在會爲此法難遇故處處往也次下出彼佛本願一如前釋㊂二頌分身普集

又我分身無量諸佛如恒沙等來欲聽法及見滅度多寶如來各捨妙土及弟子衆天人龍神諸供養事令法久住故來至此

知音謂不惟過去一佛爲法而來又我分身之佛數如恒沙亦爲法來并見多寶佛故各捨土衆及供養事無非欲令法久住也

爲坐諸佛以神通力移無量衆令國清淨諸佛各各詣寶樹下如清淨池蓮華莊嚴其寶樹下諸師子座佛坐其上光明嚴飾如夜暗中然大炬火身出妙香徧十方國衆生蒙熏喜不自勝譬如大風吹小樹枝以是方便令法久住

此頌變土較長行甚畧而次第不局其文易曉但此補出諸佛身光如夜暗之然大炬火足見光明廣大也又補出諸佛身香普熏法界足知聞香者不勝喜也次補一喻言十方分身散坐八方如大風之吹小

樹枝無不乘風趣向此皆是我釋迦如來以方便故令三周人圓證妙法故結云以是方便令法久住

㊂三頌釋迦付囑分二㊀一舉三佛以勸流通

告諸大衆我滅度後誰能護持讀說斯經今於佛前自說誓言其多寶佛雖久滅度以大誓願而師子吼多寶如來及與我身所集化佛當知此意

此頌募衆流通立誓以堅其志也直指云初六句宣衆還能者於佛前自誓擔荷次四句言多寶如來不違本誓師子吼者即前如所說者皆是眞實等語末四句一舉多寶二舉自身三舉化佛惟此三句是總攝前十一品所顯大旨以多寶表新記所悟本覺之理以自身表新發始覺之智以分身表新悟圓信圓解圓行圓證三皆以身言即法報化也當知此意句謂我令汝等於三佛前發願甚有深意而此唯三佛共知也

諸佛子等誰能護法當發大願令得久住其有能護此經法者則爲供養我及多寶此多寶佛處於寶塔常遊十方爲是經故亦復供養諸來化佛莊嚴光飾諸世界者若說此經則爲見我多寶如來及諸化佛

如來儘儘敎人發願者意欲未來一切衆生盡得開佛知見也況願足以堅慈濟如多寶無願何能處處現塔釋迦無願何能久默斯要分身非願何能普集靈峰故敎當發大願令得久住必使新記因願護持

作將來眼若有能發願護持此卷大經則爲供養三佛及親見三佛矣

㊁二舉能持法以勸流通又二㊄一正舉勸

諸善男子各諦思惟此爲難事宜發大願諸餘經典數如恒沙雖說此等未足爲難若接須彌擲置他方無數佛土亦未爲難若以足指動大千界遠擲他國亦未爲難若立有頂爲衆演說無量餘經亦未爲難若佛滅後於惡世中能說此經是則爲難

初四句如來釋成教人發願之意謂諸善男子汝等各各審諦思惟於佛滅後能受持此經最爲難事若非願力堅持則無以濟二利之功也故令汝等速發大願知音云由此爲難事一句引起下文二十餘行難不難之校文不出持說二門義不出神通智慧皆以餘經與此經對校也諸餘經典下標起餘經智力神力可及者餘經難而易此經易而難有六翻對校然須彌難以手接大千豈能足動今皆不難者以餘經所詮神通人易信也有頂乃色究竟處與無色相鄰最難以立彼處天人多厭色歸空不能聞法最難說經今皆不難者以餘經所詮智慧人易信也若佛滅後能讀說此經故不假接須彌等之神通智慧眞令聞者知舉手低頭皆成佛道其誰能說能信故曰是則爲難此雙以餘經神力智力單校此經讀說者爲難故宜發大願一也

假使有人手把虛空而以遊行亦未爲難於

我滅後若自書持若使人書是則爲難

知音云空無形相難以手把空既被把難以遊行今皆不難者餘經之神力易爲信也然此經不假把空等神力但能自書及使人書則究竟涅槃常寂滅相佛與大衆已同住于空中矣此單以餘經神力單校書持此經爲難故宜發大願二也

若以大地置足甲上升於梵天亦未爲難佛滅度後於惡世中暫讀此經是則爲難

○大地難置足甲即置亦難升天今皆不難者由餘經之神力易也此經暫時讀說則已三變淨土移天人置他土其誰能哉故宜發大願三也

假使刦燒擔負乾艸入中不燒亦未爲難我滅度後若持此經爲一人說是則爲難

○乾草極易著刦燒非常火入中不燒爲不難者乃餘經之神力也此經但能持說即爲一人則知大衆見燒盡我此土安隱矣故宜發大願四也

若持八萬四千法藏十二部經爲人演說令諸聽者得六神通雖能如是亦未爲難於我滅後聽受此經問其義趣是則爲難

○八萬法藏及十二部經一人難持即持難說即說亦難令聽者得六通今皆不難者餘經所詮說者聽者神力智力也此經若能聽受一問其義即此現前六根皆獲清淨矣故宜發大願五也

若人說法令千萬億無量無數恒沙衆生得阿羅漢具六神通雖有是益亦未爲難於我滅後若能奉持如斯經典是則爲難

○說法令一人得果具通尚難況千萬億等今謂不難者餘經所詮神力智力可謂廣大矣此經但能奉持一念隨喜須臾聞之即得究竟菩提況從法會出即第五十人功德勝供養四百萬億六趣衆生滿八十歲復令得四果亦所不及故宜發大願六也㊄二釋勸意

我爲佛道於無量土從始至今廣說諸經而於其中此經第一若有能持則持佛身

此結顯勸持也則持佛身者所謂此中已有如來全身

諸善男子於我滅後誰能受持讀誦此經今於佛前自說誓言

此處重呼重囑無非要於持說二門立堅固意使此法久住亦以結完宜發大願一句

此經難持若暫持者我則歡喜諸佛亦然如是之人諸佛所歎是則勇猛是則精進是名持戒行頭陀者則爲疾得無上佛道

此及下文皆結顯勸持也要解云所謂持經非手執口誦而已要以此道內自攝持由是得無畏力故是則勇猛超不退地故是則精進內外自正故是名持戒塵勞自淨故是爲頭陀如此乃可疾得佛道所以暫持爲難而諸佛喜歎也若雖能書持讀誦而不能造此其猶蠹虫食木野鳥鳴春風氣宜使曾無意謂又何貴於書持而稱難若此學者當明深旨以盡持經之道則爲疾得無上佛道兩句爲下龍女速得佛果之案

能於來世讀持此經是眞佛子住淳善地佛滅度後能解其義是諸天人世間之眼要解云化澆漓世必藉淳風開人天眼實資解義

於恐畏世能須臾說一切天人皆應供養

○所謂若見此法師生心如佛想此尊師重道勉進弘持也此明植因之大爲提婆品張本直指云三根因信而證眞素法身之理故以法師品收前大要起後從體修證庶不坐執乾慧是以塔從地湧表法身迥出根塵樂說騰疑表自然之智發現佛述多寶本願分身普集圓證光告十方表果體徹於因行諸佛普集表因行該於果海無作因果互信夫體用一如三變土而成寂土二如來總一眞如三身一體四土一心十法界之大夢當下豁開無邊際之佛果刹那成就迹門大業於斯將周召衆流通繼佛慧命

妙法蓮華經授手卷第四之四

音釋

擴 苦郭切張小使大也　晦 呼內切晦昧也　齎 祖稽切持遺人也　汩 于筆切　躋 音賚通也　澆 古堯切薄也　漓 呂支切

妙法蓮華經授手卷第四之五

清楚衡雲峰沙門智祥集

提婆達多品第十二

品節云此品連下十品通爲悟佛知見且前判開佛知見經文九品示佛知見獨一品而悟佛知見則十一品其廣畧不一何也須知開佛知見但約三周開顯三翻授記歷九品即周若示佛知見則直示目前心境之妙令當下情忘法身既顯淨土宛然了則直下知歸何須多說至於悟佛知見者以聲聞人雖了悟自心猶有歷刦無明習氣未盡狹劣知見未忘故須多方調治方得法身淳淨抑恐涉俗利生不善方便故預示種種守護之方使其不墮凡情不生驚怖此正如來廣大慈悲所謂預留醫方之喻也然判悟之初便以達多名品者顯悟有難易也由諸聲聞久懷佛道長遠之怖故不生好樂今既蒙授記且必又歷多刦方得證果恐復引起宿習不肯勤求之念故世尊自引本事不惜身命勤求妙法已至今日始得究竟此悟之難也又恐下劣之輩懼難不進故復引文殊龍宮所化八歲龍女獻珠之頃即成正覺況海爲生死沉溺之地龍乃多嗔極毒之因女爲陰柔垢濁之器可謂最難化者而當下轉凡成聖即證菩提何其易易耶良由親近大智爲所依故意令當機於佛滅後當親最勝知識可保妙悟之極致永不墮二乘地故列此以爲悟首天台云提婆達多此云天授謂從天乞得故是斛飯王子阿

難親兄入大乘論問彼達多世世爲佛怨云何言是大菩薩答若是怨者云何得世世相値如二人行東西各去步步轉遠豈得爲伴大雲經云提婆達多不可思議所修行業同於如來若夫自造三逆及教王害父害母如此等事皆是大士善權設化行於非道通達佛道爲懼惡人令不起惡耳直指云前品現塔見身三變淨土雖爲三根人示圓行證其實如來果境於此全彰夫有果必原其因故於此自叙因中求法忘身之事與上多寶如來爲法而來之本願正相符合所以品居見塔之後即以傳經之師而立品也

(丙)三發明弘經得果舉古勸今以示流通分二

(丁)一昔達多通經釋迦成道分三(戊)一往昔師資又二(巳)一長行分四(庚)一求法時節

爾時佛告諸菩薩及天人四衆吾於過去無量刦中求法華經無有懈倦

前品力勸會衆發願弘經恐人勇力難生故此便將自巳與一切人作求經法式也諸菩薩即前在會及八萬新發心人天人四衆乃變土中未移置者下明時節言無量刦應是大通之前無懈倦句是總標向後皆表不倦之實以至常不輕等皆不倦事也大都懈倦兩字是諸苦的根本一有懈倦不唯佛不能成法不能求即世網亦不能脱矣

(庚)二正明求法

於多刦中常作國王發願求於無上菩提心不退轉爲欲滿足六波羅蜜勤行布施心無悋惜象馬七珍國城妻子奴婢僕從頭目髓腦身肉手足不惜軀命

此明往昔捐身求法乃不倦之實也直指云舉常爲國王發願求道非僅王子之位也爲滿足六度是大乘志勤行布施等是外施頭目等是内施舉此能行乃策受持者之不宜懈倦也

時世人民壽命無量爲於法故捐捨國位委正太子擊鼓宣令四方求法誰能爲我說大乘者吾當終身供給走使

人壽無量時實增刦人世之榮甚長且久國王之樂亦足樂矣乃捐位委政而不顧者總爲法故非世榮比也宣令而必擊鼓者鳴求法之心也求法而及四方者徧求不已也誰能爲我說大乘者見所求非權乘小果也終身供給正應無有懈倦句事

(庚)三求得法師

時有仙人來白王言我有大乘名妙法華經若不違我當爲宣說

感既誠而應必驗仙人之來理固然也但仙人而曰我有大乘亦是隨類顯應非泛常所謂仙人也經名妙法華仙人當必得名於過去之師愈知此經沿流無始矣國王願在得師終身供給仙人願不違我當爲宣說二願相堅妙法自現須知不違一句仙人不啻與王謹立符劵從上百刦千生如來分身於種種類中含冤忍苦畢竟無違是不爽仙人之願也(庚)四受法奉行

王聞仙言歡喜踴躍即隨仙人供給所須采果汲水拾薪設食乃至以身而爲床座身心無倦於時奉事經於千歲爲於法故精勤給侍令無所乏

捐寶位如棄涕等尊貴若奴僕屈巳如此使天下知有最貴存焉足見世尊爲法爲人之苦心又不止於今日矣供給所須須者樂欲也仙人所樂欲者不在果蓏而在磨鍊世尊以爲法爲人故登山躡澗無朝不設身床體座無夕不施如是晝夜靡間可謂極勞苦矣又必經千歲可謂極含忍矣噫無懈倦之心如此堅也

(己)二偈頌分五(庚)一頌求法時節

爾時世尊欲重宣此義而說偈言

我念過去刧　爲求大法故

此頌明求大法於久遠以誌精進堅固也我念者即如來以宿命智通觀過去久遠如今日所見此是說巳事不虛令新記於未來成佛時念因中求法亦猶今日也(庚)二頌正明求法

雖作世國王　不貪五欲樂　椎鐘告四方　誰有大法者　若爲我解說　身當爲奴僕

世人以妄爲真則五欲爲極樂也至人知諸妄而不貪世樂求法師而不惜捐軀可謂貴所當貴也前曰擊鼓此曰椎鐘只是要將殷勤求法之心聲聞於四方也(庚)三頌得說法師

時有阿私仙　來白於大王　我有微妙法　世間所希有　若能修行者　吾當爲汝說

阿私此云無比然達多果號天王人號天

授因號無比三處名義皆合法華故爲法華之師意明有如是因得如是果令新記人知因果昭彰也長行曰不違我頌中曰能修行正見其不違始能修能修方不違也(庚)四頌受法奉行

特王聞仙言心生大喜悅即便隨仙人供給於所須采薪及果蓏隨時恭敬與情存妙法故身心無懈倦普爲諸衆生勤求於大法

即便隨三字見得毫無顧戀毫無濡滯正應捐國委正句情存兩字乃專一懇摯之謂世人作一事便有倦心只是情不存此耳情存妙法身心那得有倦然此忍苦忍勞豈僅爲身心已哉亦以諸衆生各有佛性但勤求的師範自我始耳其意只要新記人毋躭小果當須勇鋭求進成己以成物也樹實曰果草實曰蓏又云果即桃李之屬蓏即瓜瓞之屬(庚)五頌結證勸信

亦不爲己身及以五欲樂故爲大國王勤求獲此法遂至得成佛今故爲汝說

此六句總束前文教會衆當信當學也前言爲衆生求法公心溥矣此言不爲己身欲樂私情絕矣然如是勤求使法容有不獲佛容有不成亦何必反覆絮絮述哉惟一求即獲一獲即成所以不惜口舌爲汝說也亦只是要新記人無有懈倦必得成佛之實(戊)二結會古今分二(己)一正結會

佛告諸比丘爾時王者則我身是時仙人者今提婆達多是

此明古今不異法無二說也直指云我身即是王身形異而心一如也仙人即是達

多名異而法一如也我由法而成佛則法不可思議法由師而傳我則師不可思議

△此下明不思議之師意謂淘成我者即今之達多也磨煉汝者即今之釋迦也今既如是來亦當然豈不信哉(巳)二明功報分二(寅)一明弟子因報圓滿

由提婆達多善知識故令我具足六波羅蜜慈悲喜捨三十二相八十種好紫磨金色十力四無所畏四攝法十八不共神通道力成等正覺廣度衆生皆因提婆達多善知識故

此雖明自已因報而實歸功於師意在教會衆莫辜今日師訓也他經多述求索頭目等是爲佛滿足檀度并前五度惟此經以傳法言是兼滿智慧法也故寶積經云若無提婆達多善知識者終不得知如來具有無量功德故此亦言令我具足等也四攝法者天台云一布施攝若欲財者以財攝取若欲法者以法攝取也二愛語攝以善軟之言隨順衆生安慰開示也三利行攝菩薩隨起身口意行能令衆生各沾利益也四同事攝菩薩以法眼明見衆生根緣即分形散影和光同塵共其事業也四通稱攝者以衆生情所愛者同情接引漸入大乘所謂先以欲鈎牽後入佛智餘皆如方便品釋謂成正覺度衆生二利功德總由師之磨煉所至又見不違師訓之驗也

(寅)二明法師妙果當成分三(辛)一證果

告諸四衆提婆達多却後過無量刧當得成佛號曰天王如來應供正徧知明行足善逝

世間解無上士調御丈夫天人師佛世尊世界名天道

此處如來本舉遠因爲法欲引新記堅固不怠而授記之言不覺隨至矣觀經前後達多未預其會他經云因害佛故感生身入阿鼻獄佛遣阿難致問苦樂達云我在此如三禪天樂阿難云何時方出達云待釋迦入地獄我即出阿難云世尊豈有入地獄分達云我又豈有出地獄分耶由此而知如來與記處正在達多決定不受處異哉此處好生着眼果號天王者大歟云有大威力成就如來大因大果也世界名天道者天道無親常與善人也要知提婆今日之憎心即昔時之妙法釋迦今日之究家乃昔時之知識安可以兩人異視之乎(辛)二化度

時天王佛住世二十中劫廣爲衆生說於妙法恒河沙衆生得阿羅漢果無量衆生發緣覺心恒河沙衆生發無上道心得無生忍至不退轉

依正莊嚴雖不顯記觀其說法受益者槩可知也佛既說法二十中劫而亦廣開三乘以至得果者多多無盡也(辛)三滅後

時天王佛般涅槃後正法住世二十中劫全身舍利起七寶塔高六十由旬縱廣四十由旬諸天人民悉以雜華末香燒香塗香衣服瓔珞幢幡寶蓋技樂歌頌禮拜供養七寶妙塔無量衆生得阿羅漢果無量衆生悟辟支佛不可思議衆生發菩提心至不退轉

正法與住世同劫是彼佛利生之志深且

篤也全身不散亦是令法久住之心不忘塔高六十廣四十正表此理於四聖六凡無不全體顯現人民以十種供養表十度圓成也向下明供塔得果不出三乘權實

㊉三勸淨心信

佛告諸比丘未來世中若有善男子善女人聞妙法華經提婆達多品淨心信敬不生疑惑者不墮地獄餓鬼畜生生十方佛前所生之處常聞此經若生人天中受勝妙樂若在佛前蓮華化生

此處極讚信敬此品者又是如來爲一切人堅其無有懈倦而不違我之符券也世人皆知調達爲極惡人而不知本是大賓伽羅菩薩爲遮衆生起逆罪故示現作惡與華嚴之無厭足王等也今如來已明示其因而復記其果恐擄迹衆生不生實信故復勸敬信勿疑若果能諦信不惟惡道不生而勝處常生要使一切人自心中之調達滅而伽羅現也達多通經竟㊀二令文殊通經龍女成佛分二㊉一文殊通經分五㊁一明智積請退

於時下方多寶世尊所從菩薩名曰智積白多寶佛當還本土

直指云從上涌塔變土引過去大因證提婆妙果皆爲會衆極顯真實雖曰顯實猶屬迹門而本門真實尚未動着其來助化者自藥王大樂說以及智積皆權智也多寶之現本欲爲一切人完美法華三昧而智積但見迹門實顯便催本佛還歸殊不知途路未竟以致本師不對由本門大事

未彰因此一舉便引起世尊發軔顯本之源故留智積以見文殊令會衆更知有本門一大事因緣也△然智積於如來勸信之下便請本師還國試觀智積之意果欲還國耶是別有爲耶看經人須將問荅者與出證者作一人看庶不辜靈山一場局面

(巳)二世尊暫止

釋迦牟尼佛告智積曰善男子且待須臾此有菩薩名文殊師利可與相見論說妙法可還本土

此明佛留智積以待文殊將彰本門大事也天台云如來雖留智積其意在留多寶以證本門開顯佛之密意非菩薩所知△世尊教智積待須臾者是立地得覩此有者即不離當處可與相見乃劃然開發之時也論說妙法兩句便是深談實相究竟還歸也

(巳)三文殊尋來

爾時文殊師利坐千葉蓮華大如車輪俱來菩薩亦坐寶蓮華從於大海娑竭羅龍宮自然涌出住虛空中詣靈鷲山從蓮華下至於佛所頭面敬禮二世尊足修敬已畢往智積所共相慰問却坐一面

直指云佛謂此有文殊令應念而至已剌破一切人眼睛了也序品文殊在座與彌勒問荅今云從大海來所以教人着眼這裏錯過縱有多說秖益勤勞於己何益欲知根本大智不離當處湛然欲知本門實主不離生死大海生死海中撈摝佛性衆生非文殊之大智莫辯佛性衆生在生死海中非釋迦之婆心弗救本智不住於實

理故住在性空本主不涉於今時故安然靈鷲大用現前入生死海大用歸體仍入是山當此之時正是如如智契如如理之境相也但爲新記未解其義故以實就權往智積所而智積遂得問其本門之大事耳△文殊坐華顯往來不出此蓮華藏也俱來者皆如是坐顯人人皆有此蓮華藏也妙樂問三變土中無三惡道及諸大海今何仍言龍從海出荅今以三義通之一者既移天人變大海若從所移處來應無遠弊二者海衆縱移而龍宮不動龍雖不動而所居已變從變而不變處來有何不可三者無緣被移有緣令來此不思議山海宛然

(巳)四智積請問

智積菩薩問文殊師利仁往龍宮所化衆生其數幾何

此爲據迹之問也智積者表理智未融而得是名也意謂龍宮卑濕非說法之場龍性憍慢非受化之機但不知仁之所化幾何數也(巳)五文殊酬荅

文殊師利言其數無量不可稱計非口所宣非心所測且待須臾自當證知

此爲彰本之酬也文殊以實智得名實智之量本爲無量意謂善說法者不擇地而施善度生者不問機而教地愈卑而化愈廣機愈憍而意愈勤此所以非心口可能宣測也即此便見文殊家風逈別且待須臾兩句更見斬釘截鐵使徒有其言不見其實安見如來留智積之驗耶如來教待

須臾文殊即現文殊教待須臾隨衆即現

此中響應多少明白

所言未竟無數菩薩坐寶蓮華從海涌出詣

靈鷲山住在虛空此諸菩薩皆是文殊師利

之所化度具菩薩行皆共論說六波羅蜜本

聲聞人在虛空中說聲聞行今皆修行大乘

空義

此正須臾得證也直指云承上自當證知

以釋非心所測之境前化主與衆俱坐寶

蓮足見實相自具校夫三周新記畢竟行

滿功圓方坐蓮華成佛則權實霄壤矣△

出海詣空等已如前釋皆是文殊化度者

答其所問數也共論說者是互爲賓主說

六度法本聲聞者先禀權教在海修習二

乘道法今聞實法則皆住大乘第一真空

也

文殊師利謂智積曰於海教化其事如是

此質彼所問也言汝謂我所化之數今既

親見親知則汝已心領神會其實如是何

復待吾與言哉

爾時智積菩薩以偈讚曰

大智德勇健化度無量衆今此諸大會及我

皆已見演暢實相義開闡一乘法廣導諸衆

生令速成菩提

前四句是讚謂文殊有大智勇故入生死

而不怯大德健故化衆生而無量如此皆

大會及我所親見者也次四句是問謂但

不知仁者所說之法還是唯闡一乘實相

廣度衆生速證菩提耶抑仍說三乘權漸

法門乎故下文殊有唯常宣說之對

(戊)二明所利益分九(巳)一文殊自叙

文殊師利言我於海中唯常宣說妙法華經

文殊因智積意有權實之問故此荅以唯說妙法是盡洗權執之見(巳)二智積發問

智積問文殊師利言此經甚深微妙諸經中寶世所希有頗有衆生勤加精進修行此經速得佛不

前偈若通爲讚意至此不應作如是問故知後四句另有意焉(巳)三文殊致荅

文殊師利言有娑竭羅龍王女年始八歲智慧利根善知衆生諸根行業得陀羅尼諸佛所說甚深秘藏悉能受持深入禪定了達諸法於刹那頃發菩提心得不退轉辯才無礙慈念衆生猶如赤子功德具足心念口演微妙廣大慈悲仁讓志意和雅能至菩提

此即修行此經速得佛果之證也要解云龍宮無數菩薩皆是文殊化度而獨舉八歲龍女成佛者正顯佛性不間男女不拘老少不擇異類但根智利必所造深刹那回光而菩提可至亦是破三乘遠繫而進其鈍滯也大窾云智慧利根四字是總讚善知下方是別讚言諸根者即信進念定慧五根也行業即善惡業行也此是知機得陀羅尼等下即是知法以智慧具足故知機知法也於刹那下別讚利根初發心時即得不退也辯才無礙即德四無礙智也慈念衆生者以慈修身也功德具足者萬行圓滿也心念口演即自利利他微妙廣大者致廣大而盡精微也仁者不自有其德讓者不自張其功和者無卒暴故能

就物雅者無圭角故能成物由此女衆德具足故能速至菩提也△以八歲女而居異類爲文殊盡力稱揚則往世修因又不啻與如來同叅阿私矣須知文殊假此以破會衆權執二乘之年可謂曰長二乘之類可謂曰尊但此速證菩提一事偏獨歸之龍女豈不大較著哉㔿四智積生疑

智積菩薩言我見釋迦如來於無量刦難行苦行積功累德求菩提道未曾止息觀三千大千世界乃至無有如芥子許非是菩薩捨身命處爲衆生故然後乃得成菩提道不信此女於須臾頃便成正覺

上所敘是舉本而開迹今所疑是執迹而暗本故返引釋迦久遠之因以破龍女當下之果殊不知大心之士悟在刹那中下之機萬刦莫究也要知原是智積故作不信引起龍女忽現以決八萬新記之疑直指云文有三段一舉釋迦於無量刦以苦行求道應前達多而來二舉苦行布施即此大千大地無芥子許非如來捨身命處由是累刦修行然後得成三則不信此女成道之速若果如此說則釋迦不及龍女矣葢爲二乘人不知本有之佛一往外求至此雖開三顯一又坐在權智有修證處所以佛留智積與文殊相見特爲論說此自性本有之佛不假修證故託龍女頓證以遣權迹之執也直將龍女與新記會歸一本始完此一大事因緣耳△須知智積云我見如來於無量刦又云觀三千大千世界如此見量豈攄迹者之所證耶此又

見智積之大智與文殊無間也

(巳)五龍女明圓

言論未訖時龍王女忽現於前頭面禮敬却住一面以偈讚曰深達罪福相徧照於十方微妙淨法身具相三十二以八十種好用莊嚴法身天人所戴仰龍神咸恭敬一切衆生類無不宗奉者

◯龍女不與師俱來必待智積生疑便乘機出現使智積與新記疑滯頓消始見文殊鉗錘妙密方契佛留智積之方便令不虛設也龍女以偈讚釋迦足見非尋常也第一句以實智深明罪福皆空即此一句是將無價珠獻如來矣以下皆爲此句註腳△忽現於前四字最微蓋龍女雖以偈讚如來其實爲會衆發明實智平等也以世情論龍乃罪相菩提福相不達者罪福歷然今曰深達即是實智圓明慧光普照也此約能證是般若德微妙等約所證是法身德法身無相故曰微不妨具相莊嚴故曰妙天人所仰者是報化身乃解脫德也由微故天人所戴由妙故龍神咸敬以此三德具足故爲一切之所宗奉

又聞成菩提唯佛當證知我闡大乘教度脫苦衆生

此四句是龍女將世尊文殊和而爲一極爲新記全身顯露也言我成佛果唯佛與文殊自當證知此外皆不能知也此是圓成三覺之義成菩提是佛闡大乘是法度衆生是僧三覺既圓萬德自具此豈滯迹者所能知耶(巳)六身子權難

時舍利弗語龍女言汝謂不久得無上道是事難信所以者何女身垢穢非是法器云何能得無上菩提佛道懸曠經無量刦勤苦積行具修諸度然後乃成

莫道身子真個有疑葢以女身垢穢佛道懸曠三周新記胸中必有身子故借他疑團作自巳問難引起龍女獻珠成佛更速以決新記必有之疑也文殊顯實令智積生疑便謂我見釋迦等是因他疑他也龍女明圓致身子生疑便謂經刦勤苦是以自疑他也二皆有因故致疑念頓生言汝謂不久得道我言佛道懸曠汝言微妙法身我謂汝身垢穢以垢穢非器之身成大寶最極之位此實不可信以懸遠積行之功爲須臾一念即證是猶不可信也此文兩節一疑非器不成一疑非時不證

又女人身猶有五障一者不得作梵天王二者帝釋三者魔王四者轉輪聖王五者佛身云何女身速得成佛

女身五障不得成佛正新記人胸中所疑之實身子知得故代他歷歷辨駮以俟龍女發明也梵王者以淨修四等四禪爲因女人婬泆無節不得爲也帝釋以勇猛少欲爲因女人雜惡多障不得爲也魔王以十善具足尊敬三寶爲因女人毀失正教不得爲也輪王以慈愍群萌供養三尊爲因女人匿態不淨不得爲也佛以修無量德斷五住惑爲因女人性多色欲不得爲也次總結二疑故曰云何女身速得成佛噫智積爲八萬新發意人決權疑生實信

身子爲三周新記決迹疑生本信意同語别而與世尊文殊可謂唱拍相隨者矣

(巳)七龍女呈珠

爾時龍女有一寶珠價直三千大千世界持以上佛佛即受之龍女謂智積菩薩尊者舍利弗言我獻寶珠世尊納受是事疾不荅言甚疾女言以汝神力觀我成佛復速於此

龍女者即懷大寶之人也今見身子作如是疑亦不與之較論長短但將無上一珠持以奉上是以水投水佛即受之正如空合空也雖曰價直三千試說大千世界價直多少則知此珠畢竟是無上也龍女於呈珠之後始問二尊言是事疾不此欲二尊親口說出方便會衆破男女相破同異相破久近相破生滅相故向下會衆皆見有忽然轉變成等正覺之境

當時衆會皆見龍女忽然之間變成男子具菩薩行即往南方無垢世界坐寶蓮華成等正覺三十二相八十種好普爲十方一切衆生演說妙法

言顯不如相彰當時龍女若向靈山會裡論權說實則轉見遲鈍焉得今日使人人皆見實相真境也忽然者不待作念變成男子者變是轉義男是陽性況純陰無成若不經轉變終不能致繁與大用言具菩薩行者即一念頓超無行不具此巳却二尊無量刦熏修之疑則因行滿矣往南方等表大智圓明纖塵不立之境況坐蓮華具相好而果德圓矣此證讚頌中又聞成菩提之實末三句證讚頌中我闡大乘教

之實由是會衆明見其境復有何疑而不釋哉

㊁八時會得益

爾時娑婆世界菩薩聲聞天龍八部人與非人皆遙見彼龍女成佛普爲時會人天說法心大歡喜悉遙敬禮

此是會衆親見親聞非比量知也證讚須中度苦惱衆生之實始見一切衆生無不宗奉者益明矣

無量衆生聞法解悟得不退轉無量衆生得受道記無垢世界六反震動娑婆世界三千衆生住不退地三千衆生發菩提心而得受記

此述明彼此二土所得利益也無量衆生等彼土蒙益也六反震動者彼土瑞應也娑婆世界等此土蒙益也得受記者即龍女普爲時會緣熟衆生作受記也此即普現色身三昧力耳

㊁九當機默信

智積菩薩及舍利弗一切衆會默然信受

默然者是會衆自證自得之境非辯折屈伏也然衆會信受固已要知智積舍利非至此始信若然者則前番之疑亦真矣須善會之知音問龍女成佛何不通名荅準起信論信極真如者離三種相智積以歷劫久近爲難文殊不辯有龍女忽現示此經離言說相身子以男女垢淨爲難龍女不辯以寶珠奉佛示此經離心緣相成佛不言名字但曰爲衆說法示此經離名字相以三相俱離堪持此經故繼之以持品也弘經得果已竟

持品第十三

品節云此品來意由前叙昔因求法之難引龍女成佛之易以發會衆欣慕之心而次以持品者葢此經爲諸佛之慧命乃衆生之正因如來滅後人多弊惡最難奉持苟失其持則佛種斷絶此世尊之隱憂也故諸菩薩默領佛意安慰於佛曰願不有慮各願奉持廣説此經不惜身命而五百弟子與學無學人亦各發願於餘國説經以娑婆人多上慢自量其力不堪化也然佛姨母及諸尼衆向來自視女身多障不敢希望今見龍女成佛自信有分故特請授記願於他國廣宣此經亦見不退之心有在也世尊復視八十億菩薩而不言者意謂聲聞雖願持經而未習涉俗之行不知遠害之方志力不克恐被留難使緣不廣欲諸菩薩以調護之耳諸菩薩默領佛意齊發誓願於如來滅後周旋往返十方世界唯以忍行能令衆生受持此經也品以持名者持謂守其所有而不失故此品單説持經之事以明悟守之難耳△持是總名别有六種即受持讀誦解説書寫禮拜供養也又有能持所持二種能持即菩薩羅漢及八十萬億大士等所持即妙法華經有三種能持之人亦有三種所持之處謂二萬菩薩於此方持一切聲聞於他方持八十億大士則周旋十方世界持故總曰持品㈣四勸發久修新證奉旨受持以領流通分二㈠一明受持分三㈧一菩薩持經

爾時藥王菩薩摩訶薩及大樂說菩薩摩訶薩與二萬菩薩眷屬俱皆於佛前作是誓言惟願世尊不以爲慮我等於佛滅後當奉持讀誦說此經典後惡世衆生善根轉少多增上慢貪利供養增不善根遠離解脫雖難可教化我等當起大忍力讀誦此經持說書寫種種供養不惜身命

此先舉能持之人藥王是七地菩薩乃法師品中之所因者樂說乃九地菩薩是寶塔品中之請主也因前聞世尊殷殷之意勉勵會衆云我欲以此妙法華經付囑有在又云此爲難事宜發大願而會中竟不見一人領受此經而發願者故二大士領諸菩薩發願云惟願世尊不以爲慮此便是與世尊一肩擔取也當奉持等是舉所持之法於後惡世又是明持說之處此下即明五濁天台云衆生善少即衆生濁多增上慢是見濁貪利供養是煩惱濁增不善根是命濁遠離解脫是刦濁若非深位菩薩忍力成就安能於此濁世弘通是經也

(戊)二聲聞發誓

爾時衆中五百阿羅漢得受記者白佛言世尊我等亦自誓願於異國土廣說此經復有學無學八千人得受記者從座而起合掌向佛作是誓言世尊我等亦當於他國土廣說此經所以者何是娑婆國中人多弊惡懷增上慢功德淺薄瞋濁諂曲心不實故

此是有學無學二種人發願於異國通經是即聲聞得記學菩薩行習法師事之初心也大竅云弊惡者言娑婆世界人實難

化懷增上慢是弊多功德淺少則惡多瞋者謂剛暴無柔和之色濁者謂汙穢無清白之行諂者工媚悦而無丈夫之氣曲者背逢迎而無質直之心其人如此故不可以真實法授之所以不願此國也天台問此諸聲聞既得授記已登初住破無明惑得無生忍成大菩薩何故不能於此惡世苦行通經答爲引初心始行菩薩未能惡世苦行通經復起如來説安樂行也(戊)三

尼衆請記分四(己)一波提請記

爾時佛姨母摩訶波闍波提比丘尼與學無學比丘尼六千人俱從座而起一心合掌瞻仰尊顏目不暫捨

女衆披緇乃波提最爲首唱故先舉也意欲發願持經但未得授記故不敢呈言惟瞻視尊顏希佛宣明而已波闍波提此云大愛道

於時世尊告憍曇彌何故憂色而視如來汝心將無謂我不説汝名授阿耨多羅三藐三菩提記耶憍曇彌我先總説一切聲聞皆已授記今汝欲知記者將來之世當於六萬八千億諸佛法中爲大法師及六千學無學比丘尼俱爲法師汝如是漸漸具菩薩道當得作佛號一切衆生喜見如來應供正徧知明行足善逝世間解無上士調御丈夫天人師佛世尊憍曇彌是一切衆生喜見佛及六千菩薩轉次授記得阿耨多羅三藐三菩提

不稱母名而稱道號是以法爲親也以何故憂色爲問乃所以起授記之端也憍曇彌此云尼衆主我先總記者授五百弟子

後其餘聲聞衆亦當復如是等已悉言之矣次記於多刦中爲大法師者欲其廣宣大法漸具福智也及六千尼衆俱爲法師者由尼衆福易植而慧難成故也號一切衆生喜見者以因植果由因名愛道故果得喜見之稱而其間正像刦國等不言文畧故也轉次授記亦與五百弟子同例(巳)

二耶輸請記

爾時羅睺羅母耶輸陀羅比丘尼作是念世尊於授記中獨不說我名

此如來俗中婦也佛爲太子時有三妃以表三惑悲華經謂佛姨母元爲水神愛佛願大故誓生生爲佛保母耶輸爲須彌山神名善樂華愛佛願重故願生生爲佛婦今蒙佛教俱得道果故此請記

佛告耶輸陀羅汝於來世百千萬億諸佛法中修菩薩行爲大法師漸具佛道於善國中當得作佛號具足千萬光相如來應供正徧知明行足善逝世間解無上士調御丈夫天人師佛世尊佛壽無量阿僧祇刦

果號具足光相者因中作大法師闡明如來大法光明故然旣供無量佛行無量行說無量法故壽至無量阿僧祇刦亦是依因感果也

(巳)三尼衆領解

爾時摩訶波闍波提比丘尼及耶輸陀羅比丘尼并其眷屬皆大歡喜得未曾有即於佛前而說偈言

世尊導師　安隱天人　我等聞記　心安具足

此領記讚謝也長文是經家叙其領記偈

中方是尼衆讚謝前二句讚後二句謝言心安具足者一向自謂女道陰柔於無上大果種種相好必不能得今聞當得成佛則二利圓福智具而此心安矣

㊁四衆尼發願

諸比丘尼說是偈已白佛言世尊我等亦能於他方國廣宣此經

聲聞不願於娑婆弘經之意前已問明但約內秘外現則在此娑婆行道教化累經多刦如來滅後輔化事訖亦宜當入佛所安矣明受持已竟

㊀二明勸持分二㊂一長行分四㊁一佛唯默視

爾時世尊視八十萬億那由他諸菩薩摩訶薩

此明佛意有待於諸菩薩也天台云眼視默勸而不告言者上來雖不別命諸菩薩而如來已舉持經功德深厚引證分明又多寶分身達來勸發此之殷勤事義已足有欲應命宜即發誓無煩復言又將護聲聞他方弘經之願故不稱揚此土弘經之事也㊁二菩薩請告

是諸菩薩皆是阿惟越致轉不退法輪得諸陀羅尼即從座起至於佛前一心合掌而作是念若世尊告勅我等持說此經者當如佛教廣宣斯法復作是念佛今默然不見告勅我當云何

此皆經家敘置前四句明德皆是二字總標智德皆無二也阿惟越即位不退轉不退輪即行不退則所證所得二俱不退矣

今見顧視各從座起事具師資之禮而默識如來之心師不言而言資無聽而聽然意中所有迴環付量雖經家叙語而後云我當周旋往返等便見諸菩薩有斯意矣

㔾三默然知意

時諸菩薩敬順佛意幷欲自滿本願

此兩句便寫盡師資之隱意無餘矣據佛意見二萬菩薩專於此土一切聲聞專於他土是各有所拘則不能盡十方際使法有所偏也據菩薩意旣曰轉不退輪則不拒此而愛彼一有偏拘致本願不滿故曰敬順佛意自滿本願也㔾四發誓通經

便於佛前作師子吼而發誓言世尊我等於如來滅後周旋往返十方世界能令衆生書寫此經受持讀誦解說其義如法修行正憶念皆是佛之威力惟願世尊在於他方遥見守護

此足見諸菩薩知意之言也知音云便於下三句敬順佛意也我等下自滿本願也周旋者無處不到往返者去而復來如是則土不論淨穢人不辯善惡皆可教也皆是佛力者謂我等願雖如此更須仗佛力加庇可也在於他方遥見守護者正要佛踐法師品中之約耳△於佛前作師子吼者自揣其力於淨穢善惡中皆可弘經而無所畏故云爾也在於他方者謂我等雖在他方弘經惟願如來威神遥見而爲守護是則地雖遥而佛不遠也㦯二偈頌分

四㔾一披衣弘經

即時諸菩薩俱同發聲而說偈言

惟願不爲慮於佛滅度後恐怖惡世中我等當廣說

此去是諸菩薩一篇發願文也此四句是總知音謂佛待機四十年而說此經可謂慮之熟矣三周後自知涅槃時到慮滅後人畏惡世不肯廣說故自法師品已來每每勸人發願弘經可謂慮之遠矣今菩薩對佛發願土不問淨穢人不問利鈍皆願教化則佛慮可釋故曰願不爲慮等

有諸無智人惡口罵詈等及加刀杖者我等皆當忍

此下總申惡義然末世中人所作惡行不出乎三業無智則意惡罵詈口惡加刀杖身惡如此等惡皆當忍受者唯忍能化乎瞋此是得弘經正軌

惡世中比丘邪智心諂曲未得謂爲得我慢心充滿或有阿練若納衣在空閑自謂行真道輕賤人間者貪着利養故與白衣說法爲世所恭敬如六通羅漢是人懷惡心常念世俗事假名阿練若好出我等過

此申明有諸無智人一句而形容意業之惡知音云惡世中比丘下四句明動中意惡言比丘者正顯壞法不是白衣乃獅子身中蟲也上言無智此言邪智謂無正智而頗有邪智其心不正故曰諂曲未得言得即生大我慢故曰充滿阿練若下八句明靜中意惡阿練若此云無喧爭即山間林下由其邪智惡增或時居山林着衲衣形服俱似空閑而心實喧爭自謂已是真修而返輕賤持經之者△如此惡人本爲

貪着利養與白衣說法假裝形相誑惑無知彼無知者聞其言見其相則敬之如得通羅漢也是人下四句結明靜中所以爲惡殊不知此等惡人心常懷惡口常念俗田其名假形僞故常於人前返毀持經者有過而被已過下出其所說之過意雖毀人而言言皆陳已肝膈其實仍毀已也

而作如是言此諸比丘等爲貪利養故說外道論義自作此經典誑惑世間人爲求名聞故分別於是經常在大衆中欲毀我等故向國王大臣婆羅門居士及諸比丘衆誹謗說我惡謂是邪見人說外道論義

此申明惡口罵詈等一句是形容口惡知音云而作如是言下惡人反謗弘經比丘爲貪利之人又謗法華爲非佛說謂是弘經者自作以誑世求名而爲人分別者也常在大衆下出所謗之方在大衆中即弘經說法之場國王大臣乃有權勢能生殺之所婆羅門居士能美惡人之處餘比丘能隨世炎凉之士於此諸處皆生誹謗言我爲邪人謂我所說俱非佛法乃外道論義也

我等敬佛故悉忍是諸惡爲斯所輕言汝等皆是佛如此輕慢言皆當忍受之

敬佛忍惡與常不輕意同言彼輕慢之人是佛則見菩薩三業俱淨與彼之心言俱異矣

濁刧惡世中多有諸恐怖惡鬼入其身罵詈毀辱我我等敬信佛當着忍辱鎧爲說是經故忍此諸難事我不愛身命但惜無上道我

等於來世護持佛所囑世尊自當知濁世惡比丘不知佛方便隨宜所說法惡口而顰蹙數數見擯出遠離於塔寺如是等衆惡念佛告勑故皆當忍是事

此釋前總頌中及加刀杖者我等皆當忍二句形容其身業之惡知音謂後惡世中有諸恐怖者以見惡人之類廣皆惡鬼入其心腑不然何辱我之極也辱字含刀杖義我等敬信謂彼雖持毀罵利兵亦無能破我堅甲而我亦能忍此難事也我不愛下轉釋爲說是經等二句我等於來世下轉釋我等敬信佛二句世尊下謂凡我所言佛自當知濁世惡僧所以惱我者由不知佛說三乘原是方便聞我直說一乘犯彼所忌故口則惡罵眉則顰蹙以至數數擯我離於塔寺雖有如是衆惡我等爲敬順於佛滿已所願一一能忍也通篇重在一忍字致使法脉源源不絕

(巳)二入室弘經

諸聚落城邑其有求法者我皆到其所說佛所囑法

聚落句猶俗云惡藪也此是最難忍處苟有求法兆足行矣此所以皆到其所而說所囑法也要知有求法三字是得機施教非販鮮魚輩滿街叫責者比(巳)三坐座弘經

我是世尊使處衆無所畏我當善說法願佛安隱住

處惡衆如何無畏仗世尊威力也於惡衆如何亦善說欲滿佛願也蓋我是世尊使

一句正應法師品如來所遣使等文我當善說法即還復長行作師子吼及轉不退法輪之意願佛安隱住即酬復如來顧視之心所謂願不有慮也（巳）四總結佛知我於世尊前諸來十方佛發如是誓言佛自知我心

此明所願不虛如來既顧視我等敢不受承慈命也況所願於十方國周旋往返忍諸難事不唯獨對如來況有分身諸佛與多寶佛如此多佛證知豈於世尊滅後而不如願奉持耶但此願語佛知我心故不在再四敷呈也然世尊爲欲流通此經殷殷之心而顧視之菩薩本欲流通此經懇懇之誠而領受之是知佛與菩薩各爲此經不啻肝腸血滴滴地凡我等今得見聞宜當深體此意不則辜負多矣勸發久修新證巳竟

妙法蓮華經授手卷第四之五

音釋

捐音員　爽疎兩切明也清快也　蓏音課果蓏　軔音刃　揣初委切量也度量而揣

妙法蓮華經授手卷第五之一

清楚衡雲峯沙門智祥集

安樂行品第十四

品節云此品來意由前諸菩薩等各願持經以末法中多寃患難須以忍行爲先文殊意謂雖能忍難不若使無難爲安故請世尊說四安樂行以爲示悟之多方也四行者一行處二親近處三深心四大悲心即此四行爲末世弘經最妙法門況行處近處專精性戒遠離譏嫌則不犯衆難也深心則不觸衆永離怨恨而自無過患也大慈悲心則不捨衆生常願教化永無疲厭也四行具足乃得悟守之力以盡持經方軌故說髻珠以顯第一之功惟此四行乃世尊垂訓守護家業之軌範則三千威儀八萬細行脩在於此末法比丘能持此行可謂不負深恩矣△安樂對恐怖而言前品雖是諸菩薩以敬順佛故忍諸難事則實覺有難忍之境夫以難忍者而勉力忍之豈能久遠弘通哉故文殊知其勢不可爲只得請佛示行方法也如來因之示以四法使有刀杖而不加有恐怖而不畏身安心樂行之無難而能使行人內明三德外却諸擾如出塵之珠秋毫不染似懸空之日無暗不輝即是住大解脫安樂道場矣天台釋此品有三一依事二附文三法門依事釋者身無危險故安心無憂惱故樂身心安樂則能進行也附文釋者着如來衣則妙法身安入如來室則解脫心樂坐如來座則般若行進此約法師品文

而釋也若附當品住忍辱地故身安而不卒暴故心樂觀諸法實相故行進也法門釋者安名不動謂住持中道不爲六道生死之有二乘涅槃之空二邊所動故樂名無受以不受一切諸受故行名無行謂不行凡夫行不行聖人行以一切無所行故約此三釋名安樂行(丙)五初心欣斯勝福說安樂行以便流通分二(丁)一問又二(戊)一歎深行菩薩

爾時文殊師利法王子菩薩摩訶薩白佛言世尊是諸菩薩甚爲難有敬順佛故發大誓願於後惡世護持讀說是法華經

此歎前品深行菩薩於濁惡世能奉命弘經也文殊謂諸菩薩爲難有者深知其爲末世津梁故不待請求方法而自能弘通也但新得記者見諸菩薩如是不惜身命恐欲効行其事畢竟遭其阻退故不得不請其說安樂行門耳(戊)二代初心請問

世尊菩薩摩訶薩於後惡世云何能說是經

此菩薩卽理智未圓真俗未會僅得事忍而未達理忍但不知於後惡世云何能說此經始不爲人所辱而兩全其化耶(丁)二答分三(戊)一標四行章門

佛告文殊師利若菩薩摩訶薩於後惡世欲說是經當安住四法

此標身口意誓願四安樂也安住者寧靜不動之象卽依下文四法攝心不動觀法無我稱性說法也要解云繼三業以大悲者三業旣正則真智現前必起利物之心智悲相濟弘經無難

(戊)二釋修行方法分四(巳)一身安樂行又二

(庚)一釋方法復二(辛)一長行又二(壬)一標近行

一者安住菩薩行處親近處能爲衆生演說是經

此下初身安樂行也天台云行名進趣近名修習又行處是忍辱衣近處是法空座知音云安住者謂持經人先要安住巳心於行止二處行處照方便品盡行諸佛無量道法親近亦照佛曾親近百千諸佛原說近諸佛故不許近國王等原說行道法故不在徒忍辱等若能如佛所說則可以爲人演說是經也(壬)二釋近行分二(癸)一釋行處

文殊師利云何名菩薩摩訶薩行處若菩薩摩訶薩住忍辱地柔和善順而不卒暴心亦不驚

此明菩薩當如是行自應無難要解云行處者有事理非事無以涉俗非理無以契真事理兼通真俗不礙然後利生弘法觸處安樂矣先明事行且行處必住忍辱者六度適時爲用而涉難莫尚乎忍葢趨事而動則悔吝生焉故須忍以御之惟能忍故於剛能柔和而物不能挫於逆能善順而物不能害於事能審而不卒暴於儆能察而所遇不驚由是克成安樂行也

又復於法無所行而觀諸法如實相亦不行不分別是名菩薩摩訶薩行處

○此明理行法指一切所行法也雖行是

法而不住相名無所住葢有所則有能能所角立物我成敵則患難生而安樂喪矣△法即菩薩所行自利利他世出世法無所行者即不着相謂我能作如是行也此即菩薩得如如智乃爲破惑之本觀諸法如實相者實相無相要觀一切所行之法皆如實相而無有相亦不行者不見有能觀之智即觀諸法而實相之心亦不行也不分別者亦不見有所觀之理即亦不行之心亦無所分別矣此同圓覺云遠離爲幻亦復遠離離遠離幻亦復遠離弘經人如是觀者是名菩薩行處(癸)二釋近處分三(子)一即遠論近復分十(丑)一遠豪勢

云何名菩薩摩訶薩親近處菩薩摩訶薩不親近國王王子大臣官長

此下釋近處明遠十惱亂乃即遠論近此第一遠豪勢以免輕賤之辱也勢位之尊莫若當路我苟以利養爲心彼即以富貴驕我勢所必然也于斯不遠必招輕賤之辱此謗之所以來也故世尊首戒焉天台云亦是附戒門助觀行前行處即正行直緣理境住忍辱地今近處即助行是戒門廣出衆辱之緣應修遠離不同凡夫刀杖自妨亦非二乘棄捨不觀但以正慧而遠離之即遠論近故云親近處(丑)二遠邪人

不親近諸外道梵志尼揵子等及造世俗文筆讚詠外書及路伽耶陀逆路伽耶陀者

此第二遠邪人以絶誹議之辱也從邪者正必滅逞文者行必薄一則守難破之詭僻一則肆無名之毀譽心不可問矣于斯

不遠必招誹議之辱此謗之所以來也故次戒焉天台云人染邪法迷於正理名外道梵志即婆羅門此云淨裔其人種類自謂從梵天口生在家事梵天名梵志出家外道名尼犍等者等於六師又尼犍此云離繫文筆者文即歌詩文筆即銘辭賦頌德爲讃寄情爲詠外書如四韋陀五明論等路伽耶此云惡論逆路者逆君父之論也又路伽耶名善論師破弟子也逆路名惡論弟子破師也慈恩基法師云路伽耶名惡對答逆路即惡徵問㊀三遠兇戲㊀亦不親近諸有兇戲相扠相撲及那羅等種種變現之戲

此第三遠兇戲以免誑惑之累也戲且無益兇何可言乃逞一已之技能徧亂人間之耳目良可歎也于斯不遠必受誑惑之累此謗之所以來也故次戒焉天台云相扠相撲皆兇戲也那羅延此云力士即是角力之戲疏云那羅延上技戲乃彩畫其身作變異之相又云緣幢倒擲之類

㊀四遠旃陀

又不親近旃陀羅及畜猪羊鷄狗畋獵漁捕諸惡律儀如是人等或時來者則爲說法無所希望

此第四遠屠殺以固善根也惟善與惡從不兩立茍取利不辭殺業豈居心尚有仁慈是不待辨也于斯不遠善根漸爲所移此謗之所以來也故次戒焉天台云旃陀羅此云屠者又云嚴熾謂以熾然惡業而自嚴飾也若親近者令人無慈畜猪羊等

皆有殺害之心名惡律儀如是人來當爲善巧說法同其殺心不可有希望意知音云此兩科一以戲取利一以殺取利戒勿近者以遠加刀杖之患也白虎通云四時之畋總名爲獵又取獸曰畋取魚曰漁（丑）五遠二乘

又不親近求聲聞比丘比丘尼優婆塞優婆夷亦不問訊若於房中若經行處若在講堂中不共住止或時來者隨宜說法無所希求

此第五遠二乘恐生懈怠也道岸宜登取法必上其人安于小乘其心必無大志良非法侶也于斯不遠志氣漸流懈怠此謗之所以來也故次戒焉天台云二乘之人沉滯空寂不能發菩提心故須遠離也妙樂云近二乘人令人遠菩提故西域三乘人不雜處故云或來既未受大化不妨順其小志而說故云隨宜說法而亦不可有心希求也

（丑）六遠欲想

文殊師利又菩薩摩訶薩不應於女人身取能生欲想相而爲說法亦不樂見若入他家不與小女處女寡女等共語

此第六遠欲想以防入邪也易惑者女容難鎖者情根念慮稍不自貞法體便成瓦裂良可悲也于斯不遠誠恐入邪不覺此謗之所以來也故如來重喚文殊以加戒焉天台云欲能殺害菩提心故取能生欲想者或有染其形容姿態語咲威儀折旋俯仰皆能生於欲想處女未嫁者也寡女無夫者也△不生欲想則心淨不樂見則

眼淨不共語則口淨三業既淨而弘經有準故知此爲淺行菩薩之最要門也(丑)七遠不男

亦復不近五種不男之人以爲親厚

此第七遠不男以全正氣也形分男女氣稟陰陽彼漏因積於有生而形態變於倏忽皆婬氛所感也于斯不遠恐正氣漸爲所耗此謗之所以來也故次戒焉妙樂云五不男者生劇妬變半也生謂從生以來便無男根劇謂以刀去勢者妬謂因見他婬而起妬意婬心速起者變謂遇男變女遇女變男者半謂半月能男半月能女者亦有五種不女謂螺筋鼓角脉(丑)八遠危害

不獨入他家若有因緣須獨入時但一心念佛

此第八遠危害以謹誤失也俗不宜入入豈容獨倚彼因獨而縱情甚便此亦因獨而忌憚不生惡因成矣于斯不慎難免偶惧之失此謗之所以來也故次戒焉要解云不獨入欲絜身也但念佛欲正心也△佛敕比丘入俗當以上座及闍黎共往阿難由獨行故至招登伽幻術所加今謂有事緣必欲獨入宜以念佛自持可也然念佛非云口念要念念在佛庶正念常存也

(丑)九遠譏嫌

若爲女人說法不露齒咲不現胸臆乃至爲法猶不親厚況復餘事

此第九遠譏嫌以正威儀也口誦法言身即法體況爲女人說法持已猶宜莊嚴何

容輕肆也于斯不慎威儀殊覺多忒此謗之所以來也故次戒焉天台云露齒現臆增他不善之心爲女說法當避譏嫌爲法尚不得以親厚之况餘事乎

(丑)十遠畜養

不樂畜年少弟子沙彌小兒亦不樂與同師

此第十遠畜養恐妨正業也道業精勤多資師友彼少年之閱歷既淺而耳目之嫌隙易生誠何益也于斯不遠正業多爲所累此謗之所以來也故終戒焉沙彌此云息慈謂息世染而慈濟衆生也畜養小兒妨修正業故須遠之知音云年既少小多不省事嚴訓之爲乏慈寬待之爲失敎是皆妨吾修也不樂同師者處之和致師所疑防之切爲師所惱是皆擾於念猶應戒也凡此皆末世持經者杜譏免惡成安樂行也天台云此十種惱亂分爲二邊九是生死一是涅槃二俱遠離得成安樂然以諸教論但不近二乘有異耳須知此是圓教行者弘大乘獨妙之經故亦遠小乘之人也

(子)二即近論近

常好坐禪在於閑處修攝其心文殊師利是名初親近處

天台云此是附定門以助觀也前十種是戒後觀一切空是慧今修空中三意定心定處定門也心即能期之心期於破障顯理即修攝其心也處謂閑居靜處即今在於閑處也門謂修定要門即今常好坐禪也知音云前惡比丘假名阿練若輕賤我

等由我在人間說法敎化今既常好坐禪在於閑處則彼雖假名無喧諍亦不能毀謗說我惡矣

㊀三非遠非近分三㊁一總標

復次菩薩摩訶薩觀一切法空

此即非遠非近而論近也天台云此附慧門助觀也初觀字即標智乃中道觀智也一切法三字標境即十法界境也空字即結成智境則能觀所觀皆不可得而智俱空也㊁二別釋

如實相不顛倒不動不退不轉如虛空無所有性一切語言道斷不生不出不起無名無相實無所有無量無邊無礙無障

如實相三字別釋境也天台云空假二邊對乎中道非一異名如非七方便之權名實以實爲相故云如實相不顛倒等別釋觀也不顛倒者凡夫依正之法本無常而執爲常本是苦而執爲樂本無我而執爲我本不淨而執爲淨此凡夫顛倒也二乘於此四德又執爲苦無常無我不淨此二乘顛倒也菩薩無此八倒故云不顛倒也不動者不爲分段變易二死所動不退者契寂滅理心心不退必至薩婆若海不轉者不如凡夫爲生死轉不如二乘爲涅槃轉如虛空者但有名字求不可得觀智亦然求不可得也無所有性者了一切法無自他共離之性此出性空之相也一切語言道斷者即絕言思爲空相之相也不生者所破之智悉皆稱理故曰不生不出者如來所治全體即是故無可出不起者以

入理故方便理教一切皆寂也然此實相之理名不能名故性空相不能相故相空故曰無名無相此重牒前無所有等也下又云無所有者乃重歎中道觀智之體無二邊之有也無量者非陰界入之有數量也無邊者非如偏小有分限法故無礙者徧入諸法故無障者無能遮止故此中雖有多句其實只是觀境相融一切法空也

(丑)三結成

但以因緣有從顛倒生故說常樂觀如是法相是名菩薩摩訶薩第二親近處

此總結上諸句莫非因緣也天台云上直明中道觀慧非解非惑絕二邊之相今明雙照二邊從惑因緣生生死從解因緣生涅槃以因緣一句義開兩境又因緣有即有涅槃顛倒生即生生死此則雙照義顯知音云前謂一切法空即陰處界一切諸法境智皆空今復言有者但以因緣有非本來有也既皆不無今又言無者從顛倒生故以言無非本來無也不有不無乃真實法身之相持經者常樂如是觀而親近之也

(辛)二偈頌分三(壬)一頌標章

爾時世尊欲重宣此義而說偈言

若有菩薩於後惡世無怖畏心欲說是經

頌上欲說是經當安住四法無怖畏者由住忍地雖則心不驚怖更當要入行處與近處然後乃可(壬)二頌修行

應入行處及親近處常離國王及國王子大臣官長兇險戲者及旃陀羅外道梵志

入者證入也近者謂外遠塵囂内近於理非謂一槩不近此頌一離國王二離兇戲三遠屠兒四遠邪智義如前釋

亦不親近增上慢人貪着小乘三藏學者破戒比丘名字羅漢及比丘尼好戲咲者深着五欲求現滅度諸優婆夷皆勿親近

三藏學者佛在波羅柰國爲陳如等說修多羅藏在羅閱祇爲須那提說毘尼藏在毘舍離獼猴池側爲跋耆子說阿毘曇藏即小乘三藏名字羅漢者謂假其名者非實證得也求現滅度者非大乘器故弘法華者不得與之近也

若是人等以好心來到菩薩所爲聞佛道菩薩則以無所畏心不懷希望而爲說法寡女處女及諸不男皆勿親近以爲親厚

好心者謂小乘欲聞佛道也無畏者由不懷希望也如左溪尊者未嘗爲利說一句法未嘗因法受一毫財如是存心始可謂之無希望也諸不男者意攝黃門形神不淨之流

亦莫親近屠兒魁膾畋獵漁捕爲利殺害販肉自活衒賣女色如是之人皆勿親近

分割其肉曰屠細截其肉曰膾又殺人者亦曰魁膾買賤賣貴曰販自媒其事曰衒以殺自活舉體皆業也以婬自衒舉體皆染也近之豈但無益哉

兇險相撲種種嬉戲諸婬女等盡勿親近莫獨屏處爲女說法若說法時無得戲咲入里乞食將一比丘若無比丘一心念佛是則名爲行處近處以此二處能安樂說

二處者即行近二處也法師能如是行能如是不近則衆難不干說即安樂矣㊄三頌行成

又復不行上中下法有爲無爲實不實法亦不分別是男是女不得諸法不知不見是則名爲菩薩行處

天台云此頌前理行上中下即三乘法今約廢權說故云不行有爲是世間法故不實無爲是出世法故實△世出世間皆是假名既觀一切法皆如實相則唯一真空豈又有生死可斷涅槃可證所謂涅槃生死等空華故實不實之法皆不行矣內既不分實相外豈分其男女既內外一如染淨性空終日行而無所行故曰不得諸法不知不見者非無知見乃一理平等無不知見也如此者可爲菩薩行般若處

一切諸法空無所有無有常住亦無起滅是名智者所親近處

此別頌近處理行也知音云一切下頌觀一切法空如實相及如虛空無所有性無有常住一句長行無文亦無起滅須前不起長行無則頌出之乃前後互現耳△無常住即不住有無起滅即不住空既得空有不住方爲智者所行處也

顛倒分別諸法有無是實非實是生非生在於閑處修攝其心安住不動如須彌山

此再頌行處理行也知音云頌謂無顛倒者固不分別而有顛倒者則分別諸法有無是非虛實生滅也在於下謂持經者既知此顛倒分別則其心不定宜當於閒處

修攝使心安然如須彌之不動始得成安樂行矣

觀一切法皆無所有猶如虛空無有堅固不生不出不動不退常住一相是名近處

前頌云安心如山明智此觀一切法等明境如虛空者是萬法本無不堅固者是諸法如幻不生不出等總結一相常住謂菩薩能如是觀者始得安樂親近也

若有比丘於我滅後入是行處及親近處說斯經時無有怯弱

此標行成事成則外儀無失理成則內心無滯故說經時無怯弱也

菩薩有時入於靜室以正憶念隨義觀法從禪定起爲諸國王王子臣民婆羅門等開化演暢說斯經典其心安隱無有怯弱

此釋安樂之因也天台云因入靜室修禪定故止於過惡得人無我外則不損因正憶念修智慧故離諸取着得法無我內無顛倒是則心不怯弱即名安樂行也△問前教不親近國王等此又教爲國王等開化演說意復何如答前所謂勿親近者由行人自利未克恐爲勢利所動且彼無誠求而我欲親近必致爲人所惡今既從禪定起則以利濟爲心況其心安穩自不見有勢利可尊如此說法始是菩薩弘經大體㊄二結行成

文殊師利是名菩薩安住初法能於後世說法華經

此召文殊結其所問初法者即身安樂標雖獨身文兼語意其實三業互陳汝問於

後惡世云何能說菩薩若安住初法能於
後世可說是經也

妙法蓮華經授手卷第五之一

音釋

揵經天切音堅即牡牛也 畋亭年切音田獵也又耕也 膾古外切音塊膾不厭伊昔切音益細也 臆胷臆之謂也 撲普下切音樸即拂着也

妙法蓮華經授手卷第五之二

清楚衡雲峰沙門智祥集

(巳)二口安樂行分二(庚)一長行又二(辛)一

標章

又文殊師利如來滅後於末法中欲說是經應住安樂行

此即口淨末世弘經若語有不正爲禍亦甚

(辛)二釋行分二(壬)一止行

若口宣說若讀經時不樂說人及經典過

宣說是對衆之語讀經是自課之言若說若讀時皆不可說人與經典過也法華巳前七方便之權法乃佛隨機說不了義人若聽受容有樂偏小之過法本隨機何過之有若言法有過則人懷惱亂非口安樂也

亦不輕慢諸餘法師不說他人好惡長短於聲聞人亦不稱名說其過惡亦不稱名讚歎其美又亦不生怨嫌之心

此教弘經人不可恃圓教而輕小乘法師也天台云不說人長短者凡世人皆惡聞其失故不談短好譽者必善毀故不稱長此是不說一切人次別舉聲聞況聲聞根性不定讚之必退大取小毀之則大小俱失所以毀讚俱不應也不生怨嫌者若謂所承之人及所禀之法妨害我道即是怨心若謂其人法鄙劣即是嫌心心機一動聲說即發杜說過之源故不生怨嫌也(壬)二觀行

善修如是安樂心故諸有聽者不逆其意有

所難問不以小乘法答但以大乘而爲解說令得一切種智

上既觀諸法空心已住於畢竟空理無所取著即善修安樂心也既不執大輕小則所說法不逆聽意有難問而答以大乘者是漸令入佛智故曰令得種智也(庚)二偈頌分三(辛)一頌標章

爾時世尊欲重宣此義而說偈言

菩薩常樂安隱說法於清淨地而施牀座以油塗身澡浴塵穢著新淨衣內外俱淨安處法座隨問爲說

此處頌意與長文各不相涉乃如來無礙慧隨便爲說前謂口淨此又教身心并潔也菩薩欲得安隱說法必須內外俱淨清淨地者謂外離十惱內智如如即入如來室施牀座即觀一切法空以油塗身得身安樂澡浴塵垢除其患惱著新淨衣具其忍力即著如來衣安處法座即登如來座三者俱備乃能說法故曰隨問爲說也(辛)二頌行法

若有比丘及比丘尼諸優婆塞及優婆夷國王王子羣臣士民以微妙義和顏爲說

前未達法相故須依遠離行庶使二俱無過今既達法相乃以微妙義和顏爲說也法華全俗即眞令人樂聞故曰微妙和顏者歡喜說法也

若有難問隨義而答因緣譬喻敷演分別以是方便皆使發心漸漸增益入於佛道

難問有二一是智者設問反復辯論互相激揚發所未發也二是愚者疑決未判故

法師或引因緣或立譬喻爲彼開敷心地分別名相皆使發心從權近實而入佛道也

除懶惰意及懈怠想離諸憂惱慈心說法

慈心說法須無怨嫌謂慈心則不嫌不怨故離諸憂惱也說法則唯精唯進故除諸怠惰也

晝夜常說無上道教以諸因緣無量譬喻開示衆生咸令歡喜衣服臥具飲食醫藥而於其中無所希望但一心念說法因緣願成佛道令衆亦爾是則大利安樂供養

此頌觀門長行但云以大乘法答今言說無上道上言令得一切種智此言願成佛道知音云此由慈心說法故獲大利益也其安樂有五一晝夜無間說二緣喻無量說三咸令歡喜說四不望四事說五齊成佛道說慈心說法一句最重故曰是則大利等(辛)三頌行成

我滅度後若有比丘能演說斯妙法華經心無嫉恚諸惱障礙亦無憂愁及罵詈者又無怖畏加刀杖等亦無擯出安住忍故

末世說法者能如上說不唯不招危害亦且得功德不盡也知音云無危害亦有五一無憂愁二無罵詈三無怖畏四無刀杖五無擯出凡此者皆由說法無嫉恚故諸惱不生也

智者如是善修其心能住安樂如我上說其人功德千萬億劫算數譬喻說不能盡

此明具諸功德也謂千萬億劫說不能盡其効在善修其心一句如不善修其心尚

不能免患況其德耶△問文標口安樂而所言者全歸乎意如云除情懶意慈心說法但一心念心無嫉恚以至善修其心何嘗言口安樂答文雖標三意則無二身非意不行口非意不動意爲身口之本故常言也

(巳)三意安樂行分二(庚)一長行分三(辛)一標章

又文殊師利菩薩摩訶薩於後末世法欲滅時受持讀誦斯經典者

此標章處便言法欲滅時者正在後五百歲鬬諍堅固之時若菩薩法師欲讀誦是經須先正其意意正則法法皆如也(辛)二釋行又二(壬)一止行

無懷嫉妬諂誑之心亦勿輕罵學佛道者求其長短

此釋明行相所以得意安樂也天台云夫二乘欲出生死故先除貪欲菩薩欲化衆生故先除嗔見嫉是嗔垢諂是見垢嫉妬違慈悲之心非化他之法諂誑乖智慧之道非自行之法若智慧被障將何以上求佛果若慈悲有妨將何以下化衆生故菩薩欲正其意最須棄之亦勿輕罵等者此戒不應倚圓呵别求權之短若有輕惡罵詈則退彼善根矣

若比丘比丘尼優婆塞優婆夷求聲聞者求辟支佛者求菩薩道者無得惱之令其疑悔語其人言汝等去道甚遠終不能得一切種智所以者何汝是放逸之人於道懈怠故

此明七衆人等大小乘兼雜當以正眼等

視設各有所執宜因事而治隨機轉化毋令惱之使彼窺見大乘平等法門無所不攝故令永斷疑悔安心於道也語其人言下出所惱之詞謂法師不應以圓理呵責小乘況權人望大本懼迂廻故曰去道甚遠小乘既無志願終不能得佛道既厭生死終不能化衆生故曰放逸懈怠也

又亦不應戲論諸法有所諍競

戲論者不決定説諸法即世出世間染淨等法菩薩於末世弘經須説生死染法決定不淨涅槃聖法決定不凡幸勿混亂而亦不宜主大説小而成諍競如是説法則意安樂矣㊁二觀行

當於一切衆生起大悲想

此正對前無懷嫉妬諂誑之心謂説法者當於三界十二類生宜以大悲拔諸苦惱是其本意而嫉妬之心不宜懷也

於諸如來起慈父想

此對前勿輕罵等諸如來意該三世謂凡學佛道者即是當來成佛之衆如弘經者既以如來爲父又豈于諸來者而反生輕罵求其長短耶

於諸菩薩起大師想於十方諸大菩薩常應深心恭敬禮拜

此對前求三乘人勿得惱之諸菩薩即此土并十方一切菩薩當深心恭敬如大師想豈得於三乘而反生惱亂説其過耶

於一切衆生平等説法以順法故不多不少乃至深愛法者亦不爲多説

此對前不應戲論等謂平等則無諍競順

法則不戲論不多少者隨機器之利鈍也

辛三行成

文殊師利是菩薩摩訶薩於後末世法欲滅時有成就是第三安樂行者說是法時無能惱亂得好同學共讀誦是經亦得大衆而來聽受聽已能持持已能誦誦已能說說已能書若使人書供養經卷恭敬尊重讚歎

此結證第三安樂行也由我能平等說法不唯人不惱我而且自有聲應氣求爲我好同學展轉受持展轉恭敬以至流通不盡也庚二偈頌分二

辛一頌行法

爾時世尊欲重宣此義而說偈言

若欲說是經當捨嫉恚慢諂誑邪偽心常修質直行不輕懱於人亦不戲論法不令他疑悔云汝不得佛

此頌止行止諸惡法不行唯常修質直一句是所當行也

是佛子說法常柔和能忍慈悲於一切不生懈怠心十方大菩薩愍衆故行道應生恭敬心是則我大師於諸佛世尊生無上父想破於憍慢心說法無障礙

此頌觀行言菩薩愍衆行道則不爲自求如是大師我當恭敬也餘則對長行可知

辛二頌行成

第三法如是智者應守護一心安樂行無量衆所敬

頌謂有智之人當守一心心既歸一無行不成也直指云此章大約以正智為體正智現前故意業清淨能慈一切能敬一切

能遠諸惡能生諸善上契佛心下契凡心自然爲人天所敬仰也

㊁四誓願安樂分二㊅一長行又二㊄一明行法又三㊀一標章

又文殊師利菩薩摩訶薩於後末世法欲滅時有持是法華經者

此標示第四誓願安樂行以身口意與慈悲俱則一理平等以一理之智說法無法不圓無生不度其安樂可勝言哉㊀二行法

於在家出家人中生大慈心於非菩薩人中生大悲心

此明當以慈悲徧濟衆生也直指云前三章廣舉七衆今言在家即已發心之優婆塞等出家即已發心之比丘等雖皆發心但信解而已其未證得自覺聖智故應於彼起大慈心與之平等法樂也非菩薩人者即前所戒十種勿近之人爲彼未知如來平等大慧雖具有佛性而三界煩惱深重故應於彼起大悲心與之拔苦使同證菩提也

應作是念如是之人則爲大失如來方便隨宜說法不聞不知不覺不問不信不解

此教菩薩法師於所度之境作念起誓爲度生之由也直指謂三界內外凡小之人有失如來平等大慧此依正因佛性作念也如來方便隨宜說法不聞不知不覺此依緣因佛性作念也不問不信不解此依了因佛性作念作是三念愍彼出家在家之衆故當對十方佛前起大慈悲而自誓

願度彼同住是法之中

其人雖不問不信不解是經我得阿耨多羅三藐三菩提時隨在何地以神通力智慧力引之令得住是法中

此正發誓也直指云因彼凡小不問此經是何義理設得請問而又不信由不信則不解故應發願云我得菩提時隨在何地當以神通智慧之力引之令住實相之中此承上大慈大悲二心所及也何地者即得道後或此方他方乃未定之稱神通智慧即般若解脫德也住是法中即法身德也此四行正與四弘誓等善哉願力不可無也有志者宜深悉之

(壬)三結成分二

(癸)一總結無過

文殊師利是菩薩摩訶薩於如來滅後有成就此第四法者說是法時無有過失

此結誓願安樂行也天台云今總結無過失者以其立大誓願即入如來室則無瞋過知四衆有失即坐如來座則無懈怠過以誓制其心即著如來衣則無諂曲過無此諸過則爲行成

(癸)二別結慈悲

常爲比丘比丘尼優婆塞優婆夷國王王子大臣人民婆羅門居士等供養恭敬尊重讚歎虛空諸天爲聽法故亦常隨侍若在聚落城邑空閑林中有人來欲難問者諸天晝夜常爲法故而衛護之能令聽者皆得歡喜

以慈行成故攝得四衆人天供養聽法誓願成故感佛神力諸天衛護如來座成不著於法故聽者皆歡喜也

所以者何此經是一切過去未來現在諸佛
神力所護故
此釋誓願行成三世諸佛尚皆守護况諸天耶知音云照法師品此經是諸佛秘要之藏不可妄授與人諸佛世尊之所守護等意又應知行處住忍辱地等是著如來衣近處觀一切法空等是坐如來座此節慈悲心是入如來室三法成就是眞安樂行也(辛)二正歎經分二(壬)一法說又二(癸)
一顯昔不得
文殊師利是法華經於無量國中乃至名字不可得聞
此正申明諸佛所護之故爲下立喻章本謂此妙法本來尊重故持經者亦因之而尊重矣十方無量國土欲聞其名尚不可得者由此經是諸佛秘要之藏恒常守護豈妄授于人者耶
(癸)二明今始得
何况得見受持讀誦
因無量國中不聞名字則今日得見聞受持者皆是如來四無量心之所致也若菩薩法師不具諸忍不發誓願豈能爲如來護持守成其化哉
(壬)二譬說分二(癸)一不與珠譬又二(子)一
開譬
文殊師利譬如强力轉輪聖王欲以威勢降伏諸國而諸小王不順其命時轉輪王起種種兵而往討伐
此喻近從上章諸佛護念而無量國中不聞而來蓋舉此一喻以結一十四品開權

顯實之總案也起世經云增刧時有四輪王次第出世一須彌四天下人壽五萬歲時有鐵輪王出世王一天下耆戈始定人壽六萬歲時有銅輪王出世王二天下震威乃服人壽七萬歲時有銀輪王出世王三天下遣使即降人壽八萬歲時有金輪王出世王四天下望風而化皆以正法旋轉應運故曰輪王直指云約事輪王喻佛强力喻佛雄猛威勢喻華嚴權實二智諸國喻二十五有及界外權土降伏喻以智破惑小王不順喻凡小妄執偏邪難化王兵討伐喻用三十七品助道之法及五十五位差別觀行討伐生死魔軍以清一眞法界約理王喻本覺之理威勢喻根本智諸國喻陰處界三及七大等法小王喻諸心王心所兵伐喻依權智從三漸次至五十五位終至等妙二覺徹始徹終一念圓明十方坐斷則根身器界應念化成無上知覺

王見兵衆戰有功者即大歡喜隨功賞賜或與田宅聚落城邑或與衣服嚴身之具或與種種珍寶金銀琉璃硨磲瑪瑙珊瑚琥珀象馬車乘奴婢人民

○兵衆喻權智有功喻破我法二執歡喜喻衆生證初住三平等理隨功賞賜喻依理起行從因感果不爽賞賜有七種喻七聖法財一田宅喻大乘止觀二聚落城邑喻五十五位如如理三衣具喻如如智四珍寶喻差別理行五車乘喻權實二智六人民喻差別智行已上總明四十年間權

智與羊鹿牛車相等

唯髻中明珠不以與之所以者何獨王頂上有此一珠若以與之王諸眷屬必大驚怪

天台云此喻法華非時不說非機不演髻喻權珠喻實實爲權隱如珠在髻也頂上喻極果出分段生死爲小功出變易生死爲大功未有大功而賜髻珠諸臣皆疑怪也喻衆生大機未動爲說法華二乘則疑菩薩必怪也(子)二合譬

文殊師利如來亦復如是以禪定智慧力得法國土王於三界而諸魔王不肯順伏如來賢聖諸將與之共戰

此以法合喻明經功殊勝也直指云佛合輪王禪智合威勢得法性土王於三界合降伏諸國諸魔不伏合小王不順自三乘以上爲賢三賢已上爲聖總以四教及五十五位則如來賢聖悉皆攝盡矣與之共戰者即以五十五位觀智敵破我法二執及五十種陰魔也

其有功者心亦歡喜於四衆中爲說諸經令其心悅賜以禪定解脱無漏根力諸法之財又復賜與涅槃之城言得滅度引導其心令皆歡喜

天台云根力即五根五力也修此根力即不漏落六道生死故名無漏涅槃即小乘眞空能防見思之非禦生死之敵故名城直指云有功者指四教證果而言四衆者對因地言諸經指四十年小乘諸教以因感果各適其意故衆心悅也此合聖王賞賜一節禪定合田宅解脱無漏合聚落根

力合衣具珍寶涅槃城合城邑引導令喜

結上令其心悅

而不爲說是法華經

此合聖王不與髻珠一句葢欲待其時也

(癸)二方與珠譬分二(子)一開譬

文殊師利如轉輪王見諸兵衆有大功者心甚歡喜以此難信之珠久在髻中不妄與人而今與之

解髻喻開權與珠喻顯實四十年秘而不說故云不妄與人(子)二合譬

如來亦復如是於三界中爲大法王以法教化一切衆生見賢聖軍與五陰魔煩惱魔死魔共戰有大功勳滅三毒出三界破魔網爾時如來亦大歡喜

此舉法合喻也直指云如來王於三界非止四天下也佛爲法王非止輪王也以法教化令離苦得樂非止强力成威勢也妙樂云見賢聖等者大集經云知苦壞陰魔斷集離煩惱魔證滅離死魔修道壞天魔今不言天魔者以小乘多斷三魔已有壞天魔義由道成必降魔也有大功者如來見小乘除界內苦集名與陰戰至般若後破無明出變易名大功故今三毒等且在小乘中說三毒即貪嗔痴在見惑中名邪三毒在思惑中名正三毒不出見思二惑如來見諸賢聖已斷見思出三界外不爲魔網籠罩破無明出變易故云大歡喜也

此法華經能令衆生至一切智一切世間多怨難信先所未說而今說之

凡聞此經者普皆成佛故云至一切智多

怨難信者謂此經不易說也多怨如五千退席難信如中下之機故前謂如來現在猶多怨嫉也先所未說者以機未熟故而今說者時節成就也

文殊師利此法華經是諸如來第一之說於諸說中最爲甚深末後賜與如彼强力之王久護明珠今乃與之

此舉法喻雙結惟此一實更無餘事故曰第一惟佛與佛乃能知之故曰甚深慧命既續佛即示滅故云末後賜與末三句引喻雙結以明顯實希有

文殊師利此法華經諸佛如來秘密之藏於諸經中最在其上長夜守護不妄宣說始於今日乃與汝等而敷演之

此以法結盡前文也謂此經乃十方三世如來所共愛樂者長夜守護是秘藏不妄宣說是密藏正以此秘密之法最上最切非他法諸經可比正如輪王髻珠最尊最秘最所護惜非他田宅寶物可比今日既以此最尊最秘之法爲汝等敷揚則汝等得之又安可以他法諸經尋常視之也然此中經意雖歸重於法其實教受持者自生尊重淨身口意而堅固誓願以圓足末世弘經之安樂行也㊄二偈頌分二㊅一頌行法又二㊆一超頌行法

爾時世尊欲重宣此義而說偈言

常行忍辱哀愍一切乃能演說佛所讚經

長行中總明行成令頌中別顯也常行忍辱頌著忍辱衣行成哀愍一切頌入室行成乃能演說頌坐座行成㊆二正頌行成

後末世時持此經者於家出家及非菩薩應生慈悲斯等不聞不信是經則爲大失我得佛道以諸方便爲說此法令住其中

於家出家二句是所度之人慈悲爲能度之心斯等下三句爲起誓之由我得佛道下四句是正行誓願也(辛)二頌歎經分二

(壬)一頌開譬

譬如强力轉輪之王兵戰有功賞賜諸物象馬車乘嚴身之具及諸田宅聚落城邑或與衣服種種珍寶奴婢財物歡喜賜與如有勇健能爲難事王解髻中明珠賜之

此頌譬喻前十二句頌喻權智末四句頌喻實智眞俗雙超曰勇健擔荷大法曰難事(壬)二頌合譬

如來亦爾爲諸法王忍辱大力智慧寶藏以大慈悲如法化世見一切人受諸苦惱欲求解脱與諸魔戰爲是衆生說種種法以大方便說此諸經

此頌法合如來自舉忍辱爲修行大力以釋成頌常行忍辱一句是慰諸菩薩安住忍行自調而調彼也葢如來智慧寶藏皆從忍辱而生也以大慈悲如法化世亦是釋成上章生二種心而於諸法不戲論而來見一切下正示慈悲拔濟也

既知衆生得其力已末後乃爲說是法華如王解髻明珠與之

此頌法喻雙結一章以明顯實希有

此經爲尊衆經中上我常守護不妄開示今正是時爲汝等說

此頌獨舉大法單結以明顯實希有也解

釋修行方法竟（戊）三結行成之相分三（己）一結勸四行

我滅度後求佛道者欲得安隱演說斯經應當親近如是四法

此總結行成以明感徵之相勸修行也四法即四種安樂行法

（己）二三障清淨分三（庚）一報障轉得現報

讀是經者常無憂惱又無病痛顏色鮮白

此下舉三報轉以勸持經天台云此報障轉也無憂惱即無苦受是現世心安報無病色鮮是現世身安報此所以轉現報也

（庚）二業障轉得生報

不生貧窮卑賤醜陋

○此業障轉也貧窮等乃業感之果今因持經從前縱有如是業因至將來必不生如是果此所以轉生報也（庚）三煩惱轉得後報分二（辛）一別明煩惱障轉

衆生樂見如慕賢聖天諸童子以爲給使

○此明貪障轉也多貪者爲人忽慢又障生梵世今既爲人樂見則不忽慢天童給侍則得生梵世此所以轉後報也

刀杖不加毒不能害若人惡罵口則閉塞遊行無畏如師子王

○此明嗔障轉也捨嗔則除内刀箭逢害則外刀不傷故云刀杖不加嗔是害慈悲之毒藥慈悲既隆則毒不能害嗔是惡口腑臟内既無嗔則罵者口自閉塞由無諸恐畏事所以遊行無畏如師子王也

智慧光明如日之照

○此明痴障轉也愚痴能障智慧今痴障

既除使智慧朗徹如日之照△前轉三障滅三毒者由此秘密藏中攝法無盡也然此經在處諸佛歡喜故持者無憂此經能度一切生死故持者無病此經如優曇華一塵不染故持者顏色鮮白此經具無量妙德故持者不窮此經爲諸佛守護使持者不生卑賤此經萬善莊嚴令持者不生醜陋三障既轉三毒潛消所以如慕賢聖如師子王如日之照以三如字顯露此法了無餘矣

(辛)二總明一切障轉

若於夢中但見妙事見諸如來坐師子座諸比丘衆圍遶說法

此下總結前四安樂行就之相但長文秖有長夜守護一句至頌中則廣彰長夜所守護之妙事至奇至妙也又前轉三障等是現生後世晝分功德若於夢中等是現生後世夜分功德然妙事以夢見言者一則驗其行成寤寐恒一二則明諸法空相實無所有正顯持經者理事雙融自他俱寂不爲凡情聖見之所迷而圓證法華三昧矣直指云約事即承上一十四品應念現前於夢寐中約理是行解功勳所至但不作聖解爲上若於夢中兩句總標次別出妙事有七種一夢中見佛處座四衆圍遶△問至人無夢何如來偏以夢言答夢與想皆意識所發況此識於遠行地後得純無漏豈行四行菩薩得無夢耶且引經法師念念以濟人事急正與慈運悲之際豈盡同寒灰枯木之了無生意耶然如來

說如此等夢皆欲興起在會發願弘經之
想想成而夢必至矣
又見龍神阿修羅等數如恒沙恭敬合掌自
見其身而爲說法
二夢中見無數八部恭敬圍遶於我而我
爲彼說法直指云此亦承法師品爲八部
懸記憶念應現於夢中也
又見諸佛身相金色放無量光照於一切以
梵音聲演說諸法
三夢見諸佛應身放光說法○此承寶塔
品分身諸佛雲集應念現於夢中也
佛爲四衆說無上法見身處中合掌讚佛聞
法歡喜而爲供養得陀羅尼證不退智
四夢見佛爲四衆說法見身處彼大會之
中聞法歡喜證入等覺○此承三周說法

開權悟實應念現於夢中也
佛知其心深入佛道即爲授記成最正覺汝
善男子當於來世得無量智佛之大道國土
嚴淨廣大無比亦有四衆合掌聽法
五夢佛知已根熟即爲授記成最正覺○
此承三周普記知子心意泰然等賜大白
牛車并記刦國莊嚴等事應念現於夢中
也
又見自身在山林中修習善法證諸實相深
入禪定見十方佛
六夢見入山修習爲因證實相是果因果
圓成見十方佛○此承序品所見諸聖寘
修之境應念現於夢中也天台判此爲十
行十向十地行相
諸佛身金色百福相莊嚴聞法爲人說常有

是好夢又夢作國王捨宮殿眷屬及上妙五欲行詣於道場在菩提樹下而處師子座求道過七日得諸佛之智成無上道已起而轉法輪爲四衆說法經千萬億刼說無漏妙法度無量衆生後當入涅槃如烟盡燈滅

七夢見佛八相成道天台云此或是初住位之佛仍前次位寄談極果耳夢作國王即是降兜率託胎降生三相捨宮殿五欲詣道場即是出家之相成道必降魔即是成道降魔二相轉法輪入涅槃二相如文烟盡燈滅即機盡應亡也直指云此段大意有三一謂法師能依四行弘經則已貫徹五十五位皆級但因中密行未及至果是將成未成之相故隨心現起於夜夢中令法師歡喜安隱自銳其志取足道果此是如來冥加之力也二者法師既具四行之因定有一眞之果故先夢權行漸次取證至後智滿乃夢八相成道以終道行首尾一如也三者法師雖則依因取果至如來地然亦迹門幻事如水月空花心佛衆生皆是夢事更有本門大旨衆生心佛皆悉不到故重重舉夢以起下文開迹顯本之大案也㊁三總結行成

若後惡世中說是第一法是人得大利如上諸功德

此四句總結一品大案後惡世者畢竟難化之時也第一者即最上妙法畢竟難信之旨也若能於難化之時說難信之法此人必能成就四安樂行教化衆生如上晝夜所具大利功德自應得矣直指云古以

迹本兩門分今時那畔其迹門從序品至此品止謂之開權顯實廣明轉識成智依因取果是有修有證之相亦有序正流通序品挈全經大綱爲序分自方便品至授學無學人記品三周說法三乘人預獲道果之記爲正宗分從法師品至安樂行品迄爲流通分此從古所訓也按法師品召藥王統舉一十八衆凡聞一句一偈皆爲授記則九界攝盡無遺此爲迹門十信位因行然但證十八界全眞之理未與七大融會故於現塔品會歸四智一如三身一體始本不二依正雙融以證眞俗如如之實相至達多品以顯大法有師久受方克復舉龍女當下成佛不在多時於此則難易見消宛覩一致以完迹門顯實大案正宗之旨於此已終故言下召衆流通時新記各誓弘經佛不許可而顧視八十萬億大菩薩衆而自誓忍苦弘經以住持佛法故名持品此是迹門十住位因行文殊知是事忍不及法忍乃代請弘經之式佛爲妙闡四安樂行門令諸菩薩安心忍地直造眞際故名安樂行品此是迹門十行位因行上既云迹則知有本故繼之以涌出品耳迹門開三顯一一大科已竟

妙法蓮華經授手卷第五之二

音釋

嫌（户兼切不平於心也）鬭（丁候切爭也）懱（莫結切輕易也）寤寐（上誤下音媚）挈（苦結切）

妙法蓮華經授手卷第五之三

清楚衡雲峯沙門智祥集

從地湧出品第十五

品節云此品顯自心發悟恒沙性德現前乃盡持經之妙由前得記聲聞雖願持經自力不克難入生死要假他力所以佛令調護其心亦有所未安也今則有八恒河沙菩薩從他方來各願守護持經而如來不許者以從外來故所謂從門入者不是家珍故云我自有六萬恒河沙衆此顯體用雙彰故眷屬同等也以此性德持經方能妙契法身所以詣虛空向二世尊者正顯生滅見謝延促同時故五十小劫謂如食頃由稱性行成故四上首皆以行名意顯以此持經方稱如來本懷也然性德之境殊非心識可知故彌勒與八千恒沙皆生疑念乃云不識一人故與諸佛侍者同時請問也此非小緣所以先勉以被精進鎧發堅固意始能信受而如來自言今欲顯發宣示諸佛智慧自在神通力師子奮迅力威猛大勢力盡在於此豈細事哉是如來之意甚深非口耳知見可能及也然如來謂此諸大衆皆是我成道已來所教化者致令會衆皆起疑念謂我等目擊世尊成道四十年中所教化者無不知之而此地湧之衆昔所未見也況此之大衆皆久植德本福慧雙修之人我等久蒙佛教而行解尚劣弱如此何以少時便能成此勝化故說父少子老之喻以述疑情殊不知此是如來顯本之妙以袪二乘生滅之

見而明法身常住不滅也故次繼以明壽量直指云此下一十四品古科爲開迹顯本蓋前十三品約主伴皆屬迹門主即化身釋迦機則轉凡成聖乃至助化之衆皆從他方來終非法身眞主法性眞機若夫法性眷屬敵破本迹直顯威音那畔無壞無成無修無證體用如如之妙境故曰開迹顯本今此品爲本門之序由安樂行品獲益殊勝故感他方聖衆自誓於此土弘經而佛不許可者正爲涌出品開端其聲未息而無量菩薩從地涌出正爲顯本之相也地表當人本覺性地即前謂忍辱地也涌出者正顯最後生相無明頓破涌出自性恒沙妙德也依事得名故曰從地涌出又迹門爲三乘人開示佛之知見屬今世門頭本門爲地上菩薩悟入佛之知見屬實際理地非迹無以詣本非本無以立迹本迹互融體用一致任運隨心逢源自在故曰從地涌出

（乙）二本門開迹顯本分三（丙）一本門序分從此下至汝等自當因是得聞分爲兩科（丁）一明地涌之相分三（戊）一他方菩薩弘經

爾時他方國土諸來菩薩摩訶薩過八恒河沙數於大衆中起合掌作禮而白佛言世尊若聽我等於佛滅後在此娑婆世界勤加精進護持讀誦書寫供養是經典者當於此土而廣説之

天台云他方菩薩既聞迹門流通弘經福大咸欲發願住此弘宣是故請也△持品

中如來力勸發願持經猶恨其無人新記見慕覓之切只得發願於他方實畏難忍若於娑婆也今幸如是多衆捨彼就此可謂如其所願向下返止而不許者良有故也此諸菩薩曰若聽我等此一聽字便是客得如來顯本之心寔知佛不許可故姑請耳如來亦藉此衆是從他方來而非本有況此妙法從來不借他人力若此處允許弘通何以能召下方本有之衆故知向下說壽量現神力種種妙用皆從此不許中發此即便爲廢迹顯本之原委矣

(戊)二如來止荅不許

爾時佛告諸菩薩摩訶薩衆止善男子不須汝等護持此經所以者何我娑婆世界自有六萬恒河沙等菩薩摩訶薩一一菩薩各有六萬恒河沙眷屬是諸人等能於我滅後護持讀誦廣說此經

此正以顯本而欲召下方菩薩之引也天台云如來止意有三一則他方菩薩各有已任恐住此而廢彼也二則於此土結緣事淺恐無巨益三則若許此則不得召下方衆衆若不來近迹何開遠本何顯由此三意故止耳召下亦有三意一是我弟子應弘我法二以緣深廣能益徧此土三又得開近顯遠故召下也△更須知顯本之意原爲新記人識見狹小未能深窮妙法淵底染淨之見未忘苦樂之相不泯故假下方菩薩以明之也新記人但知離此外別覓淨處樂處故不願居此殊不知此最苦處是最樂之境極染處是極淨之場地

即一眞心地六萬者即六根之數恒沙菩薩即自性本具之稱性功德也各有六萬恒沙眷屬者即顯根根塵塵周徧法界是展轉無盡之意然必謂下方者乃甚深無量處故迹門三止身子便得三根授記今本門一止諸菩薩便要使三根人同臻一眞妙境有此深意故云我自有六萬等也然未召之先而不出者由我未滅故須待我滅之後自能於此廣說是經意更微妙看者當須細省

(戊)三下方涌出之相分二(巳)一經家叙相

佛說是時娑婆世界三千大千國土地皆振裂而於其中有無量千萬億菩薩摩訶薩同時涌出是諸菩薩身皆金色三十二相無量光明先盡在此娑婆世界之下此界虛空中住

此明佛止諸菩薩時隨念即成地震衆湧之相也天台云地裂者開迹顯本也其中者常寂光也下方者法性之淵底也下不屬此空不屬彼即中道也直指云世界振裂者表發本門後得智一念入十種金剛道定頓破生相無明也所謂迷時爲火宅悟後即眞常衆從地出者正示自性心地開顯之相所謂從天降下不爲貴從地涌出始爲奇也身金色者表性具神用皆從中道智體所生下方虛空者表住忍辱謙卑之地△三千國土地皆振裂無量菩薩同時湧出好光境也學者幸勿作文字看過於此明得始見靈山一會儼然未散

是諸菩薩聞釋迦牟尼佛所說音聲從下發

來

所說音聲者即聞我娑婆世界自有六萬恒河沙等語乃聞聲即至也要解云此以眞說彼以眞聞文殊所謂心聞洞十方之意從下發來四字大有關要實由聞字而生則聞爲能發之因從下四字爲所現之境從者有所原本也下者由內及外也發者即一念相應不覺而有也來者即感而遂通一時現前也

一一菩薩皆是大衆唱導之首各將六萬恒河沙眷屬況將五萬四萬三萬二萬一萬恒河沙等眷屬者況復乃至一恒河沙半恒河沙四分之一乃至千萬億那由他分之一況復千萬億那由他眷屬況復億萬眷屬況復千萬百萬乃至一萬況復一千一百乃至一十況復將五四三二一弟子者況復單已樂遠離行如是等比無量無邊算數譬喻所不能知

天台云所將眷屬者若人情往望謂領六萬五萬者爲多三二一者爲少單已者爲隻獨也若依文往尋有況復字則六五萬者少單已者多故偈云單已無眷屬其數轉過上若依法門一一皆是導師能引衆人至於實所當知一已非獨六萬非多直指云數有六層初以六萬減至一萬爲一層次以一恒河減至半恒河四分之一爲二層又次以千萬那由他分之一爲三層又次以千萬那由他減至億萬爲四層又次以千萬百萬減至一萬爲五層又次以一千一百減至五四三二一弟子爲六層

以對六根主伴重重無盡通屬十地已至等覺之境至單巳無眷屬是妙覺果海不墮衆數故曰樂遠離行以妙覺遠離能所眞常獨露之謂也(巳)二菩薩來儀分五(庚)

一三業供養

是諸菩薩從地出已各詣虛空七寶妙塔多寶如來釋迦牟尼佛所到已向二世尊頭面禮足及至諸寶樹下師子座上佛所亦皆作禮右遶三匝合掌恭敬以諸菩薩種種讚法而以讚歎住在一面欣樂瞻仰於二世尊

此經家所叙聖衆來儀也直指云詣空禮二如來足者表妙行一一同向眞如以契本始二覺也禮分身者表後行之契前行也行智冥交故以讚覺者而讚歎之也△欣樂瞻仰四字便是諸菩薩之深心本願欲冀如來一發明之是所以顯如來久遠教化之本也

是諸菩薩摩訶薩從初涌出以諸菩薩種種讚法而讚於佛如是時間經五十小刧是時釋迦牟尼佛默然而坐及諸四衆亦皆默然五十小刧佛神力故令諸大衆謂如半日

此明因契於果無久近相也要解云聖人神智方便法門能延一日以爲一刧能促一刧以爲一日蓋道無遷變情有頃久猶如夢人不移一時而夢歷多歲則頃久之情初無定也故聖人對機示現延促而本無延促所言菩薩讚佛經刧則於促示延耳又令大衆謂半日則於延現促耳所以然者將欲顯發宣示諸佛智慧自在神通之力使忘延促之情而深證實相也華嚴

云一念普觀無量刦無去無來亦無住如是了知三世事超諸方便成十力夫能一念普觀無去來住則了斯延促皆方便耳爾時四衆亦以佛神力故見諸菩薩徧滿無量百千萬億國土虛空

四衆肉眼礙而非通而能見無量國土者假佛通力故也要解云夫於衆一多互陳於時延促互現於境通礙互用者以明物量無窮時無止分無常而警發常情使去其倒心限意依無礙智圓融妙達由是契進壽量祕說而得入佛慧成就佛身故也是故此品事法雖爲顯迹勸持而實爲壽量引發也㊁二陳問訊詞

是菩薩衆中有四導師一名上行二名無邊行三名淨行四名安立行是四菩薩於其衆中最爲上首唱導之師

此明諸菩薩讚畢問安也天台云於恒河沙衆而但舉四人者欲擬開示悟入四十位耳如華嚴但舉法慧功德林金剛幢金剛藏說四十位也唱導者啓發法門名唱引接物機名導知音云四導師應四安樂行爲名住慈悲室名上行據法空座名無邊行無希望名淨行住忍辱地名安立行上標六萬等表師資或具六度此爲四攝法乃六度之綱領故曰於其衆中最爲上首

在大衆前各共合掌觀釋迦牟尼佛而問訊言世尊少病少惱安樂行不所應度者受教易不不令世尊生疲勞耶爾時四大菩薩而說偈言

世尊安樂少病少惱教化衆生得無疲倦又
諸衆生受化易不不令世尊生疲勞耶
天台云世尊已離世間有漏五陰豈有病惱蓋欲示同人法順土常儀故此問耳此但問訊釋迦而不及多寶等者是彼自敘師資之儀也少病惱者佛念六道衆生苦果無窮故病此約身言三乘煩惱不斷故惱此約心言若凡小順化則如來安樂此是問佛自處下所應度者是問化他應以滅度者而令滅度不生疑難可謂易度九界衆生能順佛語意佛則不致有疲勞想耳

(庚)三佛荅安樂

爾時世尊於菩薩大衆中而作是言如是如是諸善男子如來安樂少病少惱

此荅初偈所問也如來荅以二如是者則顯菩薩所問有深意存焉明知世尊不許他方菩薩弘經而召本弟子者意在顯發本門大事故問所應度者受化易不則世尊因之可以顯本故荅云如汝所問恰當我心也

諸衆生等易可化度無有疲勞所以者何是諸衆生世世已來常受我化亦於過去諸佛恭敬尊重種諸善根此諸衆生始見我身聞我所說即皆信受入如來慧

此荅次偈所問也天台云易度有二一根利德厚者世世已來常受大化始見我身即稟華嚴入如來慧果熟易零此一類衆生則易度也

除先修習學小乘者如是之人我今亦令得聞是經入於佛慧

○二根鈍德薄者世世巳來不受大化為此等人故須開頓說漸三藏法中令調伏之此聞法華入於佛慧大竅云所以者何下釋易度之意言利根者我於過去為沙彌時曾教化之今一見我身聞我法即入佛慧若過去學小乘者四十年中徐徐引誘今聞妙法亦入佛慧矣此如來密知菩薩發願持經故密以度生之法授之也㊎四偈讚隨喜

爾時諸大菩薩而說偈言

善哉善哉大雄世尊諸衆生等易可化度能問諸佛甚深智慧聞已信行我等隨喜

此本門聖衆因聞佛述新記遠近因緣二俱殊勝故同聲稱讚也稱善哉讚大雄是知如來將欲顯發宣示諸佛智慧等三種威力也能問諸佛二句是別讚彌勒智積大樂說等之詞我等隨喜者是同志者共慶然此隨喜二字非同泛論故後如來獨歎發隨喜心一句㊎五如來述歎

於時世尊讚歎上首諸大菩薩善哉善哉善男子汝等能於如來發隨喜心

菩薩前來以善哉讚佛曰大雄世尊今如來以善哉歎弟子曰發隨喜心是各善其善也如來善能於久遠刦化度衆生則無生不度也菩薩善能於如來發隨喜心則無行不成也然此獨讚能隨喜者為欲密開壽量之遠本唯此等菩薩乃堪領受也

㊆二彌勒陳疑分二㊍一此土菩薩疑又二㊁一長行疑念

爾時彌勒菩薩及八千恒河沙諸菩薩衆皆

作是念我等從昔已來不見不聞如是大菩薩摩訶薩衆從地涌出住世尊前合掌供養問訊如來

天台云此下是第二疑問序也直指云慈氏及八千恒沙大士以迹疑本故皆共作念序品以權疑實賴之以顯實今復以迹疑本亦復賴之以顯本也蓋慈氏與諸菩薩皆是從因至果位居等覺但爲新記引發故問從昔已來不見不聞亦復不知稱性流出故疑從地涌出也則知開迹顯本乃爲破最後生相無明以成一眞法界始明悟入佛之知見㊀二偈頌正問分五

㊇一問從何所來

時彌勒菩薩摩訶薩知八千恒河沙諸菩薩等心之所念幷欲自決所疑合掌向佛以偈問曰

無量千萬億大衆諸菩薩昔所未曾見願兩足尊說是從何所來

彌勒爲補處尊已是承任之人而妙法中權實本迹無不了了然所以求教請決者意爲將來與諸菩薩作龍華三會授記之原本也故本迹二門皆彌勒陳疑關係非小此言彌勒知八千等心之所念則已爲彼露其頭鼻但以幷欲自決所疑一句爲蓋覆耳然偈中所舉大衆菩薩而不及二乘人天等顯此境是等覺位中生相未忘之見非泛泛可得而疑若權小人天能疑者又不待彌勒問矣須知通經前後彌勒能幾問耶今打頭便問箇此從何來要知此處大好一問豈實不知來處者耶㊇二

問何因緣集

以何因緣集巨身大神通智慧叵思議其志念堅固有大忍辱力衆生所樂見爲從何所來

以何因緣集一句是正問下皆發其所疑謂我觀此諸菩薩身相廣大神通無量福似足矣智慧三昧禪定解脫不可思議慧似足矣兼之志念堅固忍力弘深又爲一切人天二乘權小衆生之所樂見但不知爲何所求而來也前云從何所來是單問來處此云爲何所來謂是何因緣而來至此也益知從地涌出者不爲自求又見彌勒所疑所請亦有關係(庚)三敘其數量

一一諸菩薩所將諸眷屬其數無有量如恒河沙等或有大菩薩將六萬恒沙如是諸大衆一心求佛道是諸大師等六萬恒河沙俱來供養佛及護持是經將五萬恒沙其數過於是四萬及三萬二萬至一萬一千一百等乃至一恒沙半及三四分億萬分之一千萬那由他萬億諸弟子乃至於半億其數復過上百萬至一萬一千及一百五十與一十乃至三二一單巳無眷屬樂於獨處者俱來至佛所其數轉過上如是諸大衆若人行籌數過於恒沙劫猶不能盡知

此問地涌之衆師資皆不可量大菩薩者即所謂神通智慧衆生樂見之大菩薩也將六萬恒沙是所領之眷屬况恒河廣四十里其長不知經幾千萬里也其中沙細如麵今雖曰六萬恒河亦不過隨佛自語豈能知其數哉今若師若資皆來供佛及

護是經頌中唯此兩句是一結局也且大菩薩本有六萬恒沙而所領之資或六萬五萬以至半恒河沙偈中一云其數過於上二曰復過上三曰轉過上是知師者多而弟子亦多增數多而少數亦多至於獨一無眷屬者猶不可數如是多多之衆豈是一佛一師之所成就且彌勒意中疑佛云不須汝等我自有六萬恒沙菩薩今見如是之多豈我世尊一已所化哉

(庚)四問師爲誰

是諸大威德精進菩薩衆誰爲其說法教化而成就從誰初發心稱揚何佛法受持行誰經修習何佛道

若不因彌勒問箇誰字焉得知毘盧有主法身有師闡明無量壽佛而致廣大神通耶謂如是具大威德成大精進者必領受不易但不知與彼說法者爲誰而教化成就至於此也教化成就者乃最後師也又不知最初發心從誰引發至於中間稱揚者何等佛法受持者何等經教修習者何等佛道接連用數番誰何字問得最妙疑得極好致使如來荅處便不可思議也

(庚)五請決衆疑

如是諸菩薩神通大智力四方地震裂皆從中涌出世尊我昔來未曾見是事願說其所從國土之名號我常遊諸國未曾見是衆我於此衆中乃不識一人忽然從地出願說其因緣

此總束前問意再四伸明始見欲悟之心切也如是諸菩薩如是妙神通如是大智

慧此皆等覺位中親見親知之境四方震裂者據理乃生住異滅四相銷鎔而本覺妙理於中道顯發故曰昔所未見也我常遊諸國者明唯識境中無處不周竟未見此今日一旦忽然涌出誠不可思議但不知此恒沙妙性何因而有何緣而具

今此之大會無量百千億是諸菩薩等皆欲知此事是諸菩薩衆本末之因緣

此舉衆會皆欲知此一事者以其見處同疑念亦同總皆欲究明此從地涌出始本二覺之妙智本爲何因末爲何緣也是諸菩薩等即今會生疑者也是諸菩薩衆即地湧之不識者也

無量德世尊惟願決衆疑

彌勒至此可謂明修棧道意謂要知從前無量菩薩即是世尊無量妙德是則前問從何所來以何緣集并及本末因緣而彌勒自荅已竟此後如來對荅之下說壽量現神力但明無量德中之一二德耳㊀二

他土菩薩疑

爾時釋迦牟尼分身諸佛從無量千萬億他方國土來者在於八方諸寶樹下師子座上結跏趺坐其佛侍者各各見是菩薩大衆於三千大千世界四方從地涌出住於虛空各白其佛言世尊此諸無量無邊阿僧祇菩薩大衆從何所來

此正揭示當人本具圓行將來亦如釋迦分身雲集正等無二也直指云諸佛侍者各質本師者欲共知此本地風光也蓋分身是果地涌是因以果證因故如此問不

然則徒成過文矣

爾時諸佛各告侍者諸善男子且待須臾有菩薩摩訶薩名曰彌勒釋迦牟尼佛之所授記次後作佛已問斯事佛今荅之汝等自當因是得聞

分身諸侍者皆大菩薩與今會彌勒等無有二而同疑同問理所應然且各各本師不荅是各推其本故以待釋迦酬荅使之因是得聞也妙樂云彌勒所問不輕世尊一向未曾顯說本門大事因兹荅問廣顯長壽故須如來自開所以分身不應荅也

△問前云四衆承佛神力見無量百千萬億國土既能圓見豈不圓聞況彌勒與八千恒沙菩薩出衆請問可謂驚群動衆何分身侍者竟不此聞又復各問本主耶荅不見道分身侍者與彌勒無二彌勒既如是疑問釋迦則侍者亦當疑問本師也二則因此唱發彌勒後當作佛益知分身侍者皆未來分身諸佛如是開彰使彌勒與諸侍者成未來靈山一會儼然又在目前矣本門序分竟

㊁二本門正宗從此去至分别功德十九行偈止分二㊀一誡許分二㊁一長行

爾時釋迦牟尼佛告彌勒菩薩善哉善哉阿逸多乃能問佛如是大事

如來讚善而當機實有可讚之功若彌勒不同則師資徒然問訊一翻有甚奇特由此一問使本門大業開彰故曰乃能問佛如是大事也阿逸多此云無能勝即彌勒姓也

汝等當共一心被精進鎧發堅固意

直指云迹門是身子等被精進鎧故得打破化城而歸寶所獲三周授記開示佛之知見以取如來極果為報身佛也今本門是等覺人被精進鎧踏翻寶所粉碎太虚以成一眞法界是謂悟入佛之知見乃為一生參學事畢也由此如來以三業加持當共一心是口加持被精進鎧是身加持發堅固意即意加持此是誡勉向下許說如來今欲顯發宣示諸佛智慧諸佛自在神通之力諸佛師子奮迅之力諸佛威猛大勢之力

今欲顯發四字是如來許說本門大事因緣後乃一一宣明指示其文不出壽量品諸佛智慧即如來壽量諸佛與如來俱是通稱智慧與壽量元無異理則知今欲宣示者即壽量也諸佛智慧乃壽量總相下自在神通等三力皆壽量别相言諸佛自在神力者即後文云諸善男子今當分明宣告汝等此正應宣示二字若着微塵及不着者盡以為塵一塵一刧我成佛已來復過於此百千萬億阿僧祇如此長遠壽量豈非自在力耶又云自是已來我常在此娑婆世界說法教化亦於餘處百千萬億阿僧祇國導利衆生豈非神通力耶又云於是中間我說燃燈佛等入於涅槃以種種方便說微妙法能令衆生發歡喜心豈非師子奮迅力耶又云見諸衆生樂於小法德薄垢重者便謂如來難可得見衆生聞如是語生難遭想渴仰於佛便種善

根豈非威猛大勢力耶故知今欲顯發皆
此等力如此則三種力俱有歸屬

(戊)二偈頌

爾時世尊欲重宣此義而說偈言

當精進一心我欲說此事勿得有疑悔佛智
叵思議汝今出信力住於忍善中昔所未聞
法今皆當得聞我今安慰汝勿得懷疑懼佛
無不實語智慧不可量所得第一法甚深叵
分別如是今當說汝等一心聽

當精進一心頌被精進鎧是誡慎之詞我
欲說此事頌諸佛智慧言今欲宣示本門
大事若有疑悔則不能悟入此境佛智叵
思議頌自在神通況諸佛所有自在神通
本不可思議然汝今騰疑啓請便知有本
門大事可證故出於二乘信力之上住於
菩薩忍善之中堪當此法故我今安慰於
汝愼勿懷疑生懼也佛無不實語兩句頌
師子奮迅謂我所說法如師子奮迅捉象
捉兔皆用全力說大說小皆實不妄也所
得第一法兩句頌威猛大勢之力謂如來
威猛大勢最爲第一豈是思議分別所能
知者我故敎汝當精進一心勿得有疑懼
也如是今當說兩句是許說如是二字指
上三種神力今當說者正說如來壽量明
諸佛智慧故令一心聽受(丁)二正說分三
(戊)一正開近顯遠又分二(己)一略開明動
執生疑又二(庚)一略陳開顯又二(辛)一長
行又二(壬)一雙荅

爾時世尊說此偈已告彌勒菩薩我今於此
大衆宣告汝等阿逸多是諸大菩薩摩訶薩

無量無數阿僧祇從地涌出汝等昔所未見者我於是娑婆世界得阿耨多羅三藐三菩提已教化示導是諸菩薩調伏其心令發道意

此去盡壽量品正開近顯遠阿逸多是疑問之機下舉地涌之衆乃今會所不識者向問是誰所化今荅是我問從誰發心荅是我調伏令發道意

此諸菩薩皆於是娑婆世界之下此界虛空中住

向問從何所來今荅云此界虛空中住此界者是不離當處也虛空者即第一義空也(壬)二雙釋

於諸經典讀誦通利思惟分別正憶念

此釋明所荅之義天台云師知弟子修智斷二德於諸經分別是修智正憶念是修斷正荅前稱揚何佛法受持行誰經修習何佛道謂此衆大小乘諸經悉皆通達以正憶念修習佛道也

阿逸多是諸善男子等不樂在衆多有所說常樂靜處勤行精進未曾休息

此申明住下界之義謂汝問常遊諸國未見是衆者由其不樂在衆而樂靜處也

亦不依止人天而住常樂深智無有障礙亦常樂於諸佛之法一心精進求無上慧

汝問不識一人者由不依止人天而住也知音云良以此衆精進彌勤懈怠此衆讀誦通利彌勤棄捨習誦此衆不依人天彌勤常遊族姓一一背馳安得而識之哉此段總荅以何因緣集一句由此大衆常樂

深智以至一心求成佛道是此因緣而來集也㊇二偈頌分二㊈一頌雙荅

爾時世尊欲重宣此義而說偈言

阿逸汝當知是諸大菩薩從無數刦來修習佛智慧悉是我所化令發大道心此等是我子依止是世界常行頭陀事志樂於靜處捨大衆憒鬧不樂多所說如是諸子等學習我道法晝夜常精進爲求佛道故在娑婆世界下方空中住志念力堅固常勤求智慧說種種妙法其心無所畏

前問處節節言誰此荅處歷歷言我方見問荅有據也阿逸下頌荅所習之道所事之師捨大衆憒鬧即是不親近國王大臣及沙彌等不樂多所說即不近外道婆羅門等如是諸子雖樂寂靜似乎小乘而又精進修習佛道晝夜不怠爲求下三句頌所住之處志念下四句頌上求下化一一與長行前後互知㊈二頌雙釋

我於伽耶城菩提樹下坐得成最正覺轉無上法輪爾乃教化之令初發道心今皆住不退悉當得成佛我今說實語汝等一心信我從久遠來教化是等衆

此即爲下節張本知音謂長行云我於娑婆成菩提況娑婆一大千量佛以徧法界身化地涌衆似無可礙故頌以伽耶等言據迹之人但見伽耶一會豈能化其多衆今言是我教化發心以至當來成佛實所難信此彌勒等有父少子老之疑也我從久遠來兩句爲後說壽量伏案既云伽耶得道教化而又言久遠教化使人知此久

衆即是新化則彌勒等益難信也非談法身壽量人惡乎能知(庚)二因疑更請分二

(辛)一長行又二(壬)一疑

爾時彌勒菩薩摩訶薩及無數諸菩薩等心生疑惑怪未曾有而作是念云何世尊於少時間教化如是無量無邊阿僧祇諸大菩薩令住阿耨多羅三藐三菩提

此執迹而疑本以爲顯本之肇端也少時間舉世尊於現生成道未久其所化如是之多而且人人福慧具足由此生疑不信故作念請決也

(壬)二請分三(癸)一法說又二(子)一執近生遠疑

即白佛言世尊如來爲太子時出於釋宮去伽耶城不遠坐於道場得成阿耨多羅三藐三菩提從是已來始過四十餘年世尊云何於此少時大作佛事以佛勢力以佛功德教化如是無量大菩薩衆當成阿耨多羅三藐三菩提

伽耶此云山城去菩提場二十里城甚險固城西南五六里至伽耶山谿谷杳冥峯巒危險印度國俗稱靈山四十年者說法頌云阿含十二方等八二十二年般若談法華在般若後說故云四十餘年直指云此出疑情有三一滯於化迹而晦三世平等二滯於一會化機而晦於恒沙性具三滯於有修有證而晦無修證理故疑詞先舉爲太子時二居伽耶不遠三明成道不久此皆衆所共知云何少時作此大事次下返釋云莫非是佛勢力是佛功德乃能

如是耶此獨疑於佛

㊀二執遠生近疑

世尊此大菩薩衆假使有人於千萬億刧數不能盡不得其邊斯等久遠巳來於無量無邊諸佛所植諸善根成就菩薩道常修梵行

彌勒既不知其人而又言久植善根者則亦見其所疑所請也據本文即因聞佛歎住處德業甚深莫測故此疑也

㊂二譬說分二㊀一開譬

世尊如此之事世所難信譬如有人色美髮黑年二十五指百歲人言是我子其百歲人亦指年少言是我父生育我等是事難信

此因事迹相反故舉返喻徵究以便顯本也直指云譬如有人喻佛色美髮黑喻迹門應身年二十五喻太子出家得道僅四十餘年所謂於少時間此以近迹疑遠指百歲人爲子喻地涌菩薩皆久修德業終非今日新成之佛所化百歲人指年少爲父喻諸菩薩詣空禮讚是以遠本疑近也況父子之義本自相當而父子之年何獨相反故曰是事難信但此中執定迹門化身爲主而疑本門大用非伴初則以迹疑本不期因本破迹此皆是善巧方便之問也惟此主伴相返以爲正意其餘不必謬配㊀二合譬

佛亦如是得道以來其實未久而此大衆諸菩薩等巳於無量千萬億刧爲佛道故勤行精進善入出住無量百千萬億三昧得大神通久修梵行善能次第習諸善法巧於問荅人中之寶一切世間甚爲希有今日世尊方

云得佛道時初令發心教化示導令向阿耨多羅三藐三菩提

此舉法合喻標顯本之致也直指云佛亦下三句合色美至年二十五而此大衆下合百歲人是子此中不出十度無量劫爲佛道即智度勤行精進即進度善入出住即禪度無量三昧即慧度得大神通即願度久修梵行即戒度修諸善法即施度巧問荅即方便度人中寶即力度甚爲希有即忍度以忍居後合住柔和忍地今日世尊下合百歲人指年少爲父天台云九次第定是善入師子奮迅三昧是善出超越三昧是善住此藏通意也從初地至十地名善入十地入重玄門再修凡夫事名善出妙覺徧滿名善住別教意也舉法性三昧名善入首楞嚴三昧名善出王三昧名善住圓教意也(癸)三請荅

世尊得佛未久乃能作此大功德事我等雖復信佛隨宜所說佛所出言未曾虛妄佛所知者皆悉通達

世尊下兩句是實所難信語我等下三句是意知如來發言有準謂我故知如來欲彰遠本是隨宜說化地涌衆皆不妄說知無不達是不謬說此唯我彌勒輩獨所知也若末學初機須要如來宣明乃可

然諸新發意菩薩於佛滅後若聞是語或不信受而起破法罪業因緣唯然世尊願爲解說除我等疑及未來世諸善男子聞此事已亦不生疑

天台云今所請者正爲未來及今新發意

者由行淺信輕喜生誹謗謗則墮苦不退者雖能信而不謗不能增道若爲分別令謗者則生信信者則增道矣△我等雖復信總爲新發意者聞語生疑彌勒自已明明說出則知彌勒之疑原與智積文殊無異反覆辨難無非欲後學决疑堅信以成無上菩提也知音問喻中有少父指老子老子指少父法中但合少指老不合老亦指少何也荅究文應有或譯人忽略然義直重父少子老一邊故不合老指少也問經文何處見老認少爲父荅前初涌出時禮讃三世十方訖然後獨問訊釋迦是老認少處㊉二偈頌分二㊀一頌法說

爾時彌勒菩薩欲重宣此義而說偈言

佛昔從釋種出家近伽耶坐於菩提樹爾來尚未久

此頌執近迹謂見出家成道人所共知其實未久

此諸佛子等其數不可量久已行佛道住於神通力善學菩薩道不染世間法如蓮華在水從地而涌出皆起恭敬心住於世尊前是事難思議云何而可信

此頌疑遠本謂衆不可紀復是久修其神通三昧超過一切皆宿學也以蓮華在水一句上喻不染世法下喻從地涌出如此者皆循循恭謹於如來前則有似爲如來所化論其事實懸遠觀其情又逼真此實所難信者也

佛得道甚近所成就甚多願爲除衆疑如實分別說

此頌結請荅謂世尊成道若久此不足疑所化之衆淺少亦不足疑今以少近之時化此難思之衆不唯未來障深慧淺者爲疑卽今現受化者亦未免不疑也如此之事若非如來宣示顯發則返增其累

(壬)二頌喻說

譬如少壯人年始二十五示人百歲子髮白而面皺是等我所生子亦說是父父少而子老舉世所不信

喻意一如前釋但長文於父言色美髮黑頌中於子言髮白面皺乃前後互現也

世尊亦如是得道來甚近是諸菩薩等志固無怯弱從無量劫來而行菩薩道巧於難問荅其心無所畏忍辱心決定端正有威德十方佛所讚善能分別說不樂在人衆常好在禪定爲求佛道故於下空中住

彌勒既謂不識一人又焉知彼志固無怯遠劫行道以至忍辱心決定十方佛所讚耶其所謂不識正是識之極矣但欲爲新發意及未來實不識者令其證到彌勒不識之境

我等從佛聞於此事無疑願佛爲未來演說令開解若有於此經生疑不信者卽當墮惡道願今爲解說是無量菩薩云何於少時教化令發心而住不退地

如來垂教之心固切而菩薩輔化之誠亦慇彌勒之請詞步步迫切者非謂佛不徹細垂慈只要行人信根堅固洗除心垢漸入佳境稍著疑情便墮惡道其悲愍深懷慈濟苦心眞與佛等矣略開明動執生疑

已竟

妙法蓮華經授手卷第五之三

音釋

鎧(可亥切甲也)袪(邱於切遣也)棧(仕限切)憒(音膾)鬧(鐃去聲)皺(音縐)

妙法蓮華經授手卷第五之四

清楚衡雲峯沙門智祥集

如來壽量品第十六

品節云此品來意由彌勒騰疑世尊說壽以顯本迹之妙竭盡私衷破二乘生滅以極法身之理隨緣普應隱顯無礙始知如來智慧甚深無量其智慧門難解難入也意謂修學人不透法身終非實證不名佛知見也寶塔品中雖遠假多寶如來竅啟法身而諸大衆但信多寶而不識釋迦同是一身一智慧力以諸聲聞所見知鹿苑說法者爲真佛更不知猶有向上事耳又聞將欲滅度重起生滅之心雖聞授記但知佛說未悟佛心終難遠取菩提之果然悟既非真修豈是實則如來出世本懷畢竟不盡前雖多方指示尚是依他至此如來極盡神力露出本懷故示法身壽命無量也且醫師一喻明滅而不滅直使二乘了生而非生親證法身真因已植而此品顯理已圓至下品但分別功德而已大竅云此經自最初說無量經入無量定放無量光以顯如來事事無量在方便譬喻二品顯如來善巧無量藥草品見法雨無量化城品顯刦數無量知見無量所化聲聞弟子無量寶塔品見分身無量地涌品見所化菩薩無量雖然此皆如來應化邊事然未極顯法身慧命平等無量也故此品專言如來壽命無量顯於塵點刦先成道已竟故名如來壽量品△如來是總十方三世之通稱壽量乃聖凡同具之一理衆

生執相妄而分長短如來洞源底而證無生至於降神示生以及唱滅等皆對機示現今欲爲新記人怯生滅知見啟最後玄開故極顯天眞之無量壽也是以名品(巳)二廣開明斷惑生信分二(庚)一誠信重請又分三(辛)一如來誡信

爾時佛告諸菩薩及一切大衆諸善男子汝等當信解如來誠諦之語復告大衆汝等當信解如來誠諦之語又復告諸大衆汝等當信解如來誠諦之語

誠諦卽眞實無妄之謂如來四十年間權巧方便事事說盡獨此遠本未彰非故爲鄭重遲廻也纔一開口茍非信不及便是解不透不信不解不將此段大事向虛妄中了郤耶今見會衆信根旣純時節已至何容特地隱忍然未語之際三番喚醒三番垂誡總要會衆信發解生信得及自解得透解得透由信得及是信之一字實解悟根源也

(辛)二會衆重請

是時菩薩大衆彌勒爲首合掌白佛言世尊惟願說之我等當信受佛語如是三白已復言惟願說之我等當信受佛語

在如來自謂則曰誠諦在彌勒等聞之卽佛語也佛語未有不誠諦者如來三喚彌勒等卽三番願請如來三誡彌勒等卽三番承當胸中已知有一段微妙信得及矣只是世尊不曾說出故解悟無因也所以三請之後又復重懇其求解之念誠切且至矣(辛)三世尊再誡

爾時世尊知諸菩薩三請不止而告之言汝等諦聽

旣三請不止且再四承當非篤信者不能世尊已知彌勒等可堪承受也然必重喚汝等再囑諦聽者良以此事甚深微妙惟恐偶生疑障也

(庚)二正答所問分二(辛)一長行又二(壬)一法說又二(癸)一三世益物又二(子)一明過去益物復二(丑)一出機近情

如來秘密神通之力一切世間天人及阿修羅皆謂今釋迦牟尼佛出釋氏宮去伽耶城不遠坐於道場得阿耨多羅三藐三菩提

如來秘密等正應前品誡許云今欲顯發宣示諸佛智慧以至諸佛自在神通三種之力至此以下正是顯發前言諸佛自在神通此言如來秘密神通正許說相照也如來卽品題所舉十方三世之通稱秘密等卽品題壽量二字此一句總前諸佛智慧等數句秘者唯三世如來之所證密者惟一切諸佛之所護神謂九界不能測通謂三世不可易曰如來壽量曰諸佛智慧意卽一句而本門要義全居此耳一切世間等總舉九界滯近迹而不知遠本故曰皆謂釋迦爲新成之佛此亦牒前彌勒疑辭也(丑)二破近顯遠分二(寅)一特顯久遠又二(卯)一法說

然善男子我實成佛已來無量無邊百千萬億那由他刧

此下正破執遣迷以顯久遠之本上誡諦聽當信者此也如來旣說成佛久遠則謂

伽耶近成父少子老之執可破矣㊉二喻說又分三㊁一舉喻爲問

譬如五百千萬億那由他阿僧祇三千大千世界假使有人抹爲微塵過於東方五百千萬億那由他阿僧祇國乃下一塵如是東行盡是微塵諸善男子於意云何是諸世界可得思惟校計知其數不

天台云餘經明數多但以不可說塵沙等爲喻今經喻於遠壽直下塵被點之界已不可說況不下塵之界寧當可說下塵不下塵之界尚不可說則下塵不下塵世界之塵又寧可說耶然又云復過於此則又寧可說耶那由他此云萬億阿僧祇此云無數△前言大通智勝滅度刼量不過以一三千世界爲塵下塵之處亦不過言千國土下一點今言以五百千萬億那由他之阿僧祇世界爲塵又過如是多多國土乃下一點則其超數量遠矣如來說在智佛所爲王子說法已爲顯本之談但此時爲下根說因緣先露一班以爲此處定案至此正顯本處令新記一聞便領則不費繁詞矣益見前誠許中言諸佛自在神通之力師子奮迅之力大勢威猛之力不出此品矣㊁二以不知荅

彌勒菩薩等俱白佛言世尊是諸世界無量無邊非算數所知亦非心力所及一切聲聞辟支佛以無漏智不能思惟知其限數我等住阿惟越致地於是事中亦所不達世尊如是諸世界無量無邊

此中舉三等人不知阿惟越致亦名阿鞞

跛致此云不退轉彌勒荅以非算數知非心力及則巳剿絕三等人命根矣善哉輔化之誠恩非淺淺次則舉出三等人不知之意謂聲聞縁覺雖有無漏智以之思惟則遠矣限以世界邊際而言數以微塵世界而言不退菩薩雖至等覺位數量不忘亦所不逹謂亦所不達者由一分生相未泯豈識如來秘密神通哉故秖云如是世界無量無邊而已

(辰)三合顯長遠

爾時佛告大菩薩衆諸善男子今當分明宣語汝等是諸世界若着微塵及不着者盡以爲塵一塵一刼我成佛已來復過於此百千萬億那由他阿僧秖刼

此正顯本直指云仍以上着塵之國及中間五百萬億那由他阿僧秖末着塵之國盡是東方着與不着一切國土盡抹爲塵一塵一刼配佛成道巳來復過如此百千萬億等刼也要解云諸佛壽量悉皆無量衆生壽量亦復如是但迷其智故妄逐生死如墮一地獄至無數刼豈非無量壽耶苟不迷墮與佛何殊△分明宣語者以機熟信成非從前權巧逗機秘而不言也言成佛已來單推過去巳有不可思議刼返復推窮則前前無始矣旣知前前無始便識後後無終總三世之壽量曷可終窮哉△問若如此渺漠無終誰復知斯壽量長遠荅不見如來謂今欲顯發宣示諸佛智慧旣曰佛慧則唯佛知見故一切聲聞辟支及不退菩薩皆不能知見而獨覺者知

見耳如此難思難量故謂自在神通之力也

㊢二益物所宜分三㊛一益物處

自從是來我常在此娑婆世界說法教化亦於餘處百千萬億那由他阿僧祇國導利衆生

此明諸佛出世由秘密神通之力也知音云雖示現生而實不生于塵點刦來或在娑婆或化餘國然刹海固有彼此而法身徧在導利衆生此所以成秘密遠本也△愚謂前舉壽量顯法性身歷三世而無窮此舉國土顯法性土徧十方而無際以如是身居如是土說如是法化如是衆於其中間則何法不說何生不度所謂但見皇風成一片不知何處有封疆則從始至終唯一如是也

㊛二拂迹疑

諸善男子於是中間我說燃燈佛等又復言其入於涅槃如是皆以方便分别

知音云從塵刦來以至今日中間或說得燃燈記爲發心之始或說入於涅槃爲究竟之終報化非無生滅皆方便權智之分别此所以爲神通近迹也△上言從是來此言是中間二是字卽秘密神通也看者不可輕忽此中間二字亦非淺近旣舉塵點不思議刦則中間示現生滅亦不可思議燃燈佛舉最後者等字指燃燈已前不思議刦所事之佛此皆言示生之方便也既曰示生仍當示滅故云又復言其入于涅槃則不思議刦中間示滅亦方便也是

知世尊過去無量刧以方便分別如是妙法未來無量刧亦以方便分別是知虛空可盡方便無窮也（節）三明益物

諸善男子若有衆生來至我所我以佛眼觀其信等諸根利鈍隨所應度處處自說名字不同年紀大小亦復現言當入涅槃

上言示生示滅但未明何故欲示至此始明其示生滅之所由也若有衆生即指九界言來至我所者乃理智冥會機發感通之時佛眼即大圓鏡智普照無遺此爲能觀信等即五根乃利鈍之機是其所觀以五根中慧是了因信進念定四根爲緣因則各有利鈍大小之不同也隨所應度者由機感不同則示應有異處處者指上百千萬億那由他阿僧祇國言自說名等不出報化爲體而名隨機變則有不思議名年大小者大即勝應小即劣應此亦隨機示壽長短之不同也即完上中間二字亦即無生示生乃完足我說燃燈佛等一句亦復現言等是應以滅度而化者則非滅現滅亦即完上又復言其入于涅槃也如是者總明迹門佛事如水月空華大窾云究實而論無一物非如來身無一名非如來號無一剎那非如來出現時無一芥子處非如來寂滅地塵塵爾剎剎爾念念爾物物爾豈以一身一名一時一地可限量哉此顯過去時以秘密神通作此現耳

又以種種方便說微妙法能令衆生發歡喜心

上言示生滅不同此明說小大不異種種

方便權也說微妙法實也以權說實同歸真際見法無二也然所說法各稱其性故令歡喜此正完上方便分別四字由是知前四字中攝盡權實二教非尋常所謂分別也

㊀二明現在益物分二㊁一明機感

諸善男子如來見諸衆生樂於小法德薄垢重者

此節完上自從是來我常在此娑婆世界說法教化也見諸衆生者卽鏡智鑑機別指一類根鈍垢重者爲言樂小法者因德薄垢重無大乘想所以但執近迹而不達遠本之秘密也德薄緣了二善功用微劣垢重見思未除也由善因微感垢重不知遠本只得爲彼示生滅也

㊁二明應化分二㊂一非生現生又二㊃一現生

爲是人說我少出家得阿耨多羅三藐三菩提

此申明今日隱勝現劣示八相成道欲令下劣之機方便附近也

然我實成佛已來久遠若斯但以方便敎化衆生令入佛道作如是說

此總結本迹中所有秘密神通作如此說也前二句結示顯本後三句結示明迹㊃二利益分二㊄一明形聲

諸善男子如來所演經典皆爲度脫衆生或說已身或說他身或示已身或示他身或示已事或示他事諸所言說皆實不虛

此明現生形聲益物也說卽聲敎示卽形

覌直指云此廣明本事舉三事攝一切事每一事畧以體用自他釋之說已身者是對十地菩薩廣明法性身之本末也說他身者即對二乘及六道衆生廣說應化二身之本末也又三身總名自身九界悉名他身說者爲發明所有之身因何所感也示已身者是應地上示法性身也示他身者是應九界示應化等身也又三身同示已身其餘隨機應變皆示他身示已事者如法華華嚴之壽量皆爲已事阿含方等般若皆名他事末結皆實不虛者謂自他一如體用一致若權若實皆是化他之法俱不虛也已上明如來事無礙法界（辰）二

釋不虛又二（巳）一照理不虛

所以者何如來如實知見三界之相無有生死若退若出亦無在世及滅度者

此下總釋益物不虛今先釋形益不虛天台云應身不離法身法身無形亦無起滅衆生有起滅之機感於法身如來願力應同起滅故約三界以明所示不虛也直指云此以根本智釋成三界如幻以明所示三事皆夢中佛事總結歸於一眞清淨之理無礙法界耳△三界之相一句爲總則如來於諸相中皆以佛眼如實知見無有錯謬三界衆生有分段變易二種生死如來見知則無也二乘有退出之心有在世滅度之想如來見知則無也故楞嚴云如來自住三摩地中見與見緣并所想相如虛空華本無所有

非實非虛非如非異不如三界見於三界如

斯之事如來明見無有錯謬

此以中道智會歸三界非實非虚直指云已上明所示三事皆是眞常湛寂總結歸眞俗一如爲理事無碍法界△如來旣知三界聖凡生死涅槃總皆如幻是無有矣應不必示生示滅說已說他如上三事又何爲而設耶須知三界之相雖則非實而又非虚六道衆生不達其非異而視之爲異二乘聲聞不識其非如而見之爲如旣虚實同異之見不忘又不得不行施設也以如來智力觀之虚實之相不可得同異之相亦不可得原不似三界人之幻妄知見則如斯所有生死涅槃虚實同異故如來明見皆無錯謬所以於無生示生非滅現滅至于說已說他皆實不虚也明見二字卽根本智該攝五眼㊣二稱機不虚

以諸衆生有種種性種種欲種種行種種憶想分別故

上明二十五有之依土此明所依之有情也直指云二十五有類類善惡根性不一故有種種性依性發業不一故有種種欲隨業所遷不一故有種種行行復起業業復起行故有種種憶想分別已上舉三相續前之二種

欲令生諸善根以若干因緣譬喻言辭種種說法所作佛事未曾暫廢

此正對機施已他聲益欲令漸頓之機生種種善根故現若干已他身事也直指云此明佛四智三身拔火宅衆生之苦使業果不相續也令者卽一大時敎也生諸下

指九界總說以若干下近則四十年來遠則應上文自是已來利生之智如日旋空故曰未曾暫廢已上明如來事事無礙法界△欲令生諸善根則九界人各得其益而又以若干因緣譬喻言詞是方便極多說種種法是法門亦廣況又經塵點劫如此教化則無恠乎所成就涌出之衆甚多初非伽耶近迹可疑也如是者豈非師子奮迅之力耶(寅)二非滅現滅分二(卯)一本實不滅

如是我成佛已來甚大久遠壽命無量阿僧祇劫常住不滅

如是二字指上利生佛事未曾暫廢以明長遠益物也謂我自成佛已來如此方便教化隨其壽命則有無量阿僧祇常住于此娑婆及十方無量諸國土中成就衆生又豈止今一娑婆之地涌衆耶一世界中所成就者汝等尚自難信況無量國中所成就之菩薩數量汝等又豈能信哉

諸善男子我本行菩薩道所成壽命今猶未盡復倍上數

此舉因況果以明常住也因中修積壽量至今不盡益知果壽之難盡也是非大勢威猛力耶天台云佛自修圓因登初住時已得常壽倍上無量阿僧祇劫之數況果壽耶譬如作太子時祿已不盡況登尊極祿用寧可盡乎

(卯)二現滅利益分二(辰)一不滅衆生有損

然今非實滅度而便唱言當取滅度如來以是方便教化衆生

由上言因中所積壽量尚不可窮今何便言滅度故云今非實滅然所以唱言滅度者正爲有一類當示涅槃而得度者作方便耳此正爲後醫父伏案

所以者何若佛久住於世薄德之人不種善根貧窮下賤貪着五欲入於憶想妄見網中

此申明方便唱滅之旨直指謂佛若久住於世其界外薄德之人躭着化城不種善提善根界内五趣衆生貧無福慧窮失衣珠甘爲六道下賤妄貪五欲火宅展轉迷惑矣三因相續曰憶想三緣相生曰妄見由是因緣纒遶故曰網中

若見如來常在不滅便起憍恣而懷猒怠不能生難遭之想恭敬之心

前是如來鑒機此是衆生起惑六道衆生旣爲憶想妄見之所羅籠則于佛不生難遭想不起恭敬心而返生猒怠憍恣實可憐也憍恣卽增見惑猒怠卽生思惑旣不生難遭想則諦理不明見不能斷也不生恭敬心而道品何修思不能息也佛不示滅則有損無益矣(辰)二唱滅於物有益

是故如來以方便說比丘當知諸佛出世難可值遇

謂佛難值者欲衆生速發修心也由衆生樂着小法見思垢重聞三身不滅則不修道何能契證佛果

所以者何諸薄德人過無量百千萬億劫或有見佛或不見者以此事故我作是言諸比丘如來難可得見斯衆生等聞如是語必當生於難遭之想心懷戀慕渴仰於佛便種善

根是故如來雖不實滅而言滅度

此釋明難遇之意謂何故言佛難值遇葢三乘五性之人業輕障淺者或得見佛德薄垢重者過無量刦不能遇佛或見或不見此皆就應化身言也以此事故我說佛難值遇一切衆生聞如是語先不生難遭想今得生矣先懷憍慢今戀慕矣先懷厭怠今渴仰矣先不種善根今得種矣此皆是如來方便示滅之所致也如是者豈非師子奮迅之力耶明三世葢物已竟

（癸）二總結不虛

又善男子諸佛如來法皆如是爲度衆生皆實不虛

此結上文爲下喻本謂示生示滅非釋迦一佛創式乃十方三世一切諸佛度生方便之程法而皆實不虛也知音云皆實不虛一句近應品初誠諦聽之語遠照方便譬喻藥艸等諸品言無虛妄之文應知要有此節始完方便品中諸佛開三顯一前權後實以至後三變土中多寶佛及分身諸佛之示生示滅皆實不虛也（壬）二喻說分二（癸）一開譬又二（子）一良醫治子譬又三（丑）一醫父遠行譬又二（寅）一譬應化

譬如良醫智慧聰達明練方藥善治衆病

此超譬上我以佛眼觀有能應之智也良者善也天台云喻佛內有三達五眼即是八術妙得藥性外識一切衆生起病之根源也智慧者即權實二智深知二諦也聰達者五眼鑒機頓漸不差也十二部教文理甚深如明練方藥依四悉檀徧治頓漸

衆生煩惱之病如善治衆病也△梵語悉檀此云徧布施是如來埀化之門也一世界悉檀隨方異說令生歡喜益也二爲人悉檀生善益也三對治悉檀破惡益也四第一義悉檀入理益也

其人多諸子息若十二十乃至百數

○若十是聲聞二十卽緣覺百數是菩薩△前火宅中以十喻菩薩二十喻二乘百數喻五道乃迹門中全居三界爲言今本門所開顯者皆塵點刦事故上言我常在此娑婆巳至餘國教化原爲發明所成就甚多由薄德之人信之不及故說壽量長遠如是所以定將百數爲菩薩也如天台明菩薩之子凡有三種文繁不備廣如科註中明

㊣二譬現滅

以有事緣遠至餘國

○此譬過去應化中現滅也以此土機生彼方緣熟此見應滅彼見應生名遠至餘國㊣二還巳復去譬分二㊣一譬機感

諸子於後飲他毒藥藥發悶亂宛轉于地

○此下譬現在應化益物也今正譬上機應相關見諸德薄垢重衆生於佛滅後着邪師之法故云飲他毒藥不知出世要道云悶亂輪轉諸趣墮在三界云宛轉于地

㊣二譬應化分二㊣一譬非生現生又二

㊣一譬形聲益物

是時其父還來歸家諸子飲毒或失本心或不失者遥見其父皆大歡喜拜跪問訊善安隱歸我等愚痴誤服毒藥願見救療更賜壽

命

衆生以三界爲家如來垂慈現迹處處示生故曰還來歸家飲毒者貪嗔垢重也失本心者謂失先所種三乘善根也不失者或垢稍輕亦能隨分覺照也遥見者衆生爲見思障故不得親奉法身曰遥見見聞佛出皆生喜敬此明意業淨也拜跪是身問訊是口謂衆生遇佛雖未受化而已得三業淨矣善安隱者如來于法身地上示現受生豈非安隱而歸我等下申明衆生遇佛虔懇求救之辭願見救療即求佛大悲以拔苦也更賜壽命即求證法身是乞佛大慈而與樂也此節譬現形益物下節方明聲益

父見子等苦惱如是依諸經方求好藥草色香美味皆悉具足擣篩和合與子令服

○依諸經方者即二世如來垂權之法也藥草即諸教中所詮八萬法門色以譬戒戒防身口事相顯彰故香以譬定定具諸功德熏一切善法故味以譬慧慧能具足種種法味故又色是般若照一切法香是解脫離一切臭味是法身具一切理空觀如擣假觀如篩中觀如合將此法與一切衆生修行故名令服

而作是言此大良藥色香美味皆悉具足汝等可服速除苦惱無復衆患

大良藥等通喻諸佛所有頓漸聲教禪定解脫知見波羅密皆已具足衆生若能如法修行即頓超諸有故曰速除苦惱苦惱既除衆患永息即得如醫王善安隱歸矣

衆患卽我法二執并一切根本煩惱及分段變易二生死苦㊁二譬利益不虚

其諸子中不失心者見此良藥色香俱好卽便服之病盡除愈

惑淺障輕者不失昔因聞經開解便得生死永盡此由佛形聲所益喻如病愈如今會身子等利根精進聞法得果亦得授記將來成佛之類是也

㊀二譬非滅現滅分二㊁一不久應死譬

餘失心者見其父來雖亦歡喜問訊求索治病然與其藥而不肯服所以者何毒氣深入失本心故於此好色香藥而謂不美

知音云此喻鈍根懈怠者如五千退席人初於序品未嘗不同衆禮讃及三請許說後皆退席而去故先曰見其父來等後又曰然與其藥等所以下謂先旣同禮訊求治後不服藥者何也以入毒深失心久故謂好藥而不美也

父作是念此子可愍爲毒所中心皆顚倒雖見我喜求索救療如此好藥而不肯服我今當設方便令服此藥

此去皆喻諸佛唱入涅槃由秘密神通滅實不滅也父作是念等知音云攝前餘失心者而言喻佛愍念薄德之人於佛起憍怠爲三毒所傷皆成顚倒也雖見下發揮顚倒見父求療業屬其顚與藥不服猶爲其倒故佛不得不以滅度而爲敎化方便也此皆叙父所念

卽作是言汝等當知我今衰老死時已至是好良藥今留在此汝可取服勿憂不差作是

教已復至他國遣使還告汝父已死

此正叙父言天台云化期將竟故云衰老死時已至者當入涅槃也佛雖滅而經教存故云好藥今留至他國者即此方現滅他方現生也遣使者四依菩薩語衆生云佛已滅度但留此法我今宜說汝當奉行知音云如寶塔中以大音聲普告四衆誰能於此娑婆廣說妙法華經今正是時如來不久當入涅槃也好藥今留如佛欲以此妙法付囑有在㊋二諸子惺悟譬

是時諸子聞父背喪心大憂惱而作是念若父在者慈愍我等能見救護今者捨我遠喪他國自惟孤露無復恃怙常懷悲感心遂醒悟乃知此藥色香美味即取服之毒病皆愈

此喻明子悟知非知音云有六義喻滅度化生之妙一聞父喪心憂二念父在能救三惟孤露無恃四因悲感有悟五知藥色香美味六服藥病盡得愈喻斯衆生聞如是語生難遭想心懷戀慕渴仰于佛便肯受持讀誦此經得開示悟入佛知見之善根也△一切衆生未聞正法時皆不覺有本生父母也今雖覺有秖緣曠刦來違背已久似喪不存思之不得見之無由故致心大憂惱然此憂惱便是致悟之由作是念下乃思喪考妣之情未得法身主宰曰孤未得慈悲覆被曰露失父曰無恃失母曰無怙由是感慨情深心遂惺悟既悟其心便識其法心法雙明所以諸惑永滅毒病皆愈也㊃三尋後還來譬

其父聞子悉已得差尋便來歸咸使見之

既承教開解悟佛知見則親證法身常住不滅是尋便來歸意妄盡真融物物全彰父子情忘頭頭演妙是咸使見之意(子)二治子實益譬

諸善男子於意云何頗有人能說此良醫虛妄罪不不也世尊

直指云舉全喻名諸人詢其虛妄正爲剖破迹門疑關直造本門實際會衆被此一投粉碎乾坤故曰不也世尊謂法不虛傳修者必證故無虛妄開譬已竟(癸)二合譬

佛言我亦如是成佛已來無量無邊百千萬億那由他阿僧祇刦爲衆生故以方便力言當滅度亦無有能如法說我虛妄過者

喻既詳陳合法可知故曰我亦如是也成佛已來無量等約法身秘密遠本結其不滅無有虛妄爲衆生下約應身神通近迹非滅現滅結其不生亦無虛妄無有能說虛妄過者是總結益物不虛以完諸佛如來法皆如是一節蓋彌勒疑云如斯之事世所難信又慮佛滅後諸新發意菩薩聞此起破法因緣佛則重重校量誠實不虛欲使聞者生決定信由信得益所以後品如來爲其分別功德也(辛)二偈頌文二(壬)一頌法說又二(癸)一頌三世益物又三(子)一頌過去成道久遠

爾時世尊欲重宣此義而說偈言

自我得佛來所經諸刦數無量百千萬億載阿僧祇

長行最初誡聽許說頌文則畧此但頌章初秘密一句正頌我實成佛已來無量無

邉阿僧祇刦其塵點之喻攝頌其中矣補註云百生千千生萬萬生億億生兆兆生京京生秭秭生該該生壤壤生溝溝生澗澗生正正生載也

常說法教化無數億衆生令入於佛道爾來無量刦爲度衆生故方便現涅槃而實不滅度常住此說法

前四句頌從本垂迹長行謂我常在此娑婆及餘國說法之文後四句頌方便示滅警悟衆生而實眞常湛寂身智如如

我常住於此以諸神通力令顛倒衆生雖近而不見

此頌章初神通之力一句申明佛旣常住不滅衆生何緣不見葢衆生與佛本來無間由法身本體神妙難思衆生由顛倒心不能契證所謂終日行而不自覺故云雖近不見也

(子)二頌現在非生現生

衆見我滅度廣供養舍利咸皆懷戀慕而生渴仰心衆生旣信伏質直意柔輭一心欲見佛不自惜身命時我及衆僧俱出靈鷲山

因衆生不見與佛同體法身近而不滅但見應化佛身有滅故供舍利懷戀慕質直意軟唯願見佛而不惜身命以是虔懇故感佛及僧俱出靈山有此近迹也俱出靈山句更須活看

我時語衆生常在此不滅以方便力故現有滅不滅餘國有衆生恭敬信樂者我復於彼中爲說無上法汝等不聞此但謂我滅度

我時下二句頌顯本以方便下二句頌示

迹雙結現生現滅皆方便耳餘國下四句頌此土緣滅彼土緣興又於餘百千萬億諸國說法也汝等不聞此此字即方便敎也衆生不識如來方便出彼没此便謂我滅度也㊀三頌未來應機不滅我見諸衆生没在於苦惱故不爲現身令其生渴仰因其心戀慕乃出爲說法

天台云此頌未來長行但寄常住不滅四字今頌廣演其文△然我所以示滅者因衆生没於苦惱見佛常在不生恭敬而返生憍恣故不現身待其渴仰戀慕因之又出生爲說法矣此言現身不滅下言現土不滅

神通力如是於阿僧祇劫常在靈鷲山及餘諸住處衆生見劫盡大火所燒時我此土安隱天人常充滿園林諸堂閣種種寶莊嚴寶樹多華果衆生所遊樂諸天擊天鼓常作衆伎樂雨曼陀羅華散佛及大衆

此頌承上或出或没或此或彼皆佛神通之力有如是也其實法身住於阿僧祇劫亦不離此靈山及餘諸處葢見法身徧一切處無在不在也有言三災壞特世界俱壞未審佛又在何處耶然劫壞之見乃衆生見而我此土本來安隱此又見法性土真常不滅亦無存不存也天人下明正報不滅園林下明依報不滅此皆出陳實報莊嚴之境此中亦有無量衆生遊戲快樂非比同居之業報深沉者擊天鼓表佛無問自說也雨花散佛等表佛說賢聖位次也常作衆樂表法樂無盡也如此境界皆

是諸佛智慧神通發揮本門法性妙境亘古恒存亦即拂上三變娑婆之權迹也

我淨土不毁而衆見燒盡憂怖諸苦惱如是悉充滿是諸罪衆生以惡業因緣過阿僧祇刦不聞三寶名

淨土不毁一句明理不變其所以變者由諸衆生惡業因緣之所至也三寶常住世間而衆生自不能聞豈他過哉此頌長行薄德之人不種善根等

諸有修功德柔和質直者則皆見我身在此而說法或時爲此衆說佛壽無量久乃見佛者爲說佛難值

此頌一類不失本心因聞法開解者由久修功德柔和質直則成就四安樂行非罪業衆生不聞三寶者比故能見我真應之身聞我本迹之教爲此等衆故說壽無量也若是久不見佛惡業衆生但只說佛難值以或時二字是不定之詞或時說壽命或時說佛難值總皆對機之方便也此頌結長行如是我成佛已來甚大久遠等久乃見佛下結頌或有見佛或不見等

我智力如是慧光照無量壽命無數刦久修業所得

知音云前云神通力今云智慧力以神則示自他身事智則說自他身事以上頌法身壽量不淺壽命下頌報應身壽量不滅長文所謂我本行菩薩道所成壽命今猶未盡是也故曰久修業所得△此四句總完許說中如來今欲顯發宣示諸佛智慧一節謂我向許汝等顯發宣示之智慧如

上所說而我智力本迹如是而已以慧光照無量結自在神通力以壽命無量結師子奮迅力久修所得結大勢威猛力三皆言力者由此能破惑除疑廢迹顯本使聞者證品獲益唯此四句結盡全品

㊇二頌皆實不虛

汝等有智者勿於此生疑當斷令永盡佛語實不虛

此囑令極生實信謂汝彌勒等旣聞如上說壽長遠說法周徧宜乎於此不疑其得道近而成就多也卽有猶豫當令永盡須知我如來所說不誑不妄也㊀二頌譬說分二㊇一頌開譬

如醫善方便爲治狂子故實在而言死無能說虛妄

此單頌喻意以長行詳譬故頌畧之㊇二頌合譬

我亦爲世父救諸苦患者爲凡夫顛倒實在而言滅以常見我故而生憍恣心放逸着五欲墮於惡道中

此單頌法合我爲世父兩句頌非生示生爲凡夫二句頌非滅現滅以常見我四句釋明現滅之故

我常知衆生行道不行道隨所應可度爲說種種法

常知者卽以佛眼鑑機無不明了隨所應可者卽現隨類身說隨類法此皆不得已而施方便也

每自作是意以何令衆生得入無上慧速成就佛身

此方述成度生本意可見說權實明本迹無非要使一切衆生入無上慧證得本有如來無量壽而巳正開近顯遠巳竟

妙法蓮華經授手卷第五之四

音釋

怯去劫切多畏也 懃子了切 擣刀上聲 篩晒平聲 和音賀 合音葛 差楚懈切病除也又疾小愈 罪不下音浮未定之辭也 不也上分物切與弗同 輭而兖切俗作軟

妙法蓮華經授手卷第五之五

清楚衡雲峯沙門智祥集

分別功德品第十七

品節云此品來意由聞說壽長遠已悟法身常住及見三變淨土了三界唯心之境以此真信爲因可契如來常住真果依此持經方爲妙利况法身常住世間淨土不離當處故勉能作如是觀者是爲深信解相所以分別功德不可思議到此生滅情忘淨穢見泯妙悟已極方爲真實持經故此品天台判五種法師屬觀行位是知持經意在妙悟非文字也故能超越一切有爲功德天台云佛說壽量地涌過去弟子靈山現在弟子得種種益故言功德淺深不同故爲分別此文是本門第二授記段若據聞經功德但屬餘殘今準當得菩提之言復同授記法華論分此文有法力修行力二種法力者由法而成故名爲力有五一證謂六百八十萬億得無生忍乃至一生得菩提者是也二信謂八世界微塵數發菩提心者是也三供養謂是菩薩得大法利時於虛空中雨天華等者是也此三如今品四聞法如隨喜品五讀誦持說讀誦如法師功德品持者追指法師安樂行勸持三品說者如神力囑累二品皆屬法力修行力者苦行如藥王品教化如妙音品護難如觀音陀羅尼二品示功德如莊王品護法如普賢品知音云此亦諸佛自在神通力所加庇也不然何談壽量於少時而功德遍於大會豈不速成就哉正

照藥草喻品如來無量無邊阿僧祇之功
德也(戊)二總授法身記分三(巳)一經家總
序
爾時大會聞佛說壽命刦數長遠如是無量
無邊阿僧祇衆生得大饒益
此總標獲益曰大會者統舉九界也是所
益之機聞佛長遠壽量是能益之法得大
饒益具如下釋
(巳)二如來分別
於是世尊告彌勒菩薩摩訶薩阿逸多我說
是如來壽命長遠時六百八十萬億那由他
恒河沙衆生得無生法忍
佛召當機正爲分別如上聞經所證之功
德也六百下總牒上品所說之法無生忍
者天台云入圓教十住位故華嚴經云初
發心住一發一切發得如來一身無量身
清淨妙法身湛然應一切卽此義也又華
嚴疏云阿者入無生義無生之理統該萬
法菩薩得此無生達諸法空斷一切障也
復有千倍菩薩摩訶薩得聞持陀羅尼門
○聞持陀羅尼入十行位大論明三陀羅
尼一聞持陀羅尼得此者一切語言諸法
耳所聞者皆不忘失卽名聞持二者分別
知陀羅尼三者入音聲陀羅尼具見翻譯
名義△千倍者多如上沙數一千倍也聞
持屬耳根巳上二種皆屬自覺此去位愈
增而數愈廣故此二俱約沙計數
復有一世界微塵數菩薩摩訶薩得樂說無
礙辯才
○得樂說等入十向位華嚴回向品云菩

薩得決定辯才無盡藏演説一切佛平等法是也△此言一世界卽小千世界比上千倍沙數則又無量矣此屬舌根利益

復有一世界微塵數菩薩摩訶薩得百千萬億無量旋陀羅尼

○旋陀羅入初地淨名疏云旋者轉也謂旋轉分别破塵沙惑顯出恒沙佛法也△此一世界卽中千界以初地證三平等理六根中卽意根功德由意能黙容十方三世故曰得旋陀羅尼也

復有三千大千世界微塵數菩薩摩訶薩能轉不退法輪

○不退義見前此入第二地△凖下八生此應十生得菩提果已上叙數從凡至聖自少增多明增數次下又從中千至小千自多減少明減數可見得果大者衆復少矣

復有二千中國土微塵數菩薩摩訶薩能轉清淨法輪

○此入三地數約二中千者一千須彌爲小千千倍小千爲中千千倍中千爲大千今兩倍中千是減數也清淨法輪者前二地既已離垢今第三地能發真如妙光則所轉之法皆清淨無染故

復有小千國土微塵數菩薩摩訶薩八生當得阿耨多羅三藐三菩提

○八生入四地七生入五地六生入六地五生入七地△此約位約數文不次第配說者或當時得功德者不合其位數有之又佛語巧妙舉一隅而三隅在也亦或譯

人省文見其錯綜也
復有四四天下微塵數菩薩摩訶薩四生當得阿耨多羅三藐三菩提
此有四箇四天下之塵衆入八地矣
復有三四天下微塵數菩薩摩訶薩三生當得阿耨多羅三藐三菩提
此有三箇四天下塵衆入九地望妙覺只三生矣
復有二四天下微塵數菩薩摩訶薩二生當得阿耨多羅三藐三菩提
登十地者有兩箇四天下塵衆望妙覺只二生矣
復有一四天下微塵數菩薩摩訶薩一生當得阿耨多羅三藐三菩提
○一生入等覺金剛心自初住至等覺位位各破一品無明總四十一品更破一品微細無明入妙覺位然本門得道數倍衆經非但數多又兼熏修日久緣本垂迹處處開引中間相值數數成熟今世調伏會歸法華也自法華已後有得道者如捃拾耳捃拾者謂如田家收拾餘穗也
復有八世界微塵數衆生皆發阿耨多羅三藐三菩提心
此中舉數以八世界之塵則倍上數多矣衆生但指六根清淨位人聞佛說壽即發正等覺心則真因已植爲未來成佛之人可謂慧燄相繼而無盡也㊁三時衆供養
佛說是諸菩薩摩訶薩得大法利時於虛空中雨曼陀羅華摩訶曼陀羅華以散無量百千萬億寶樹下師子座上諸佛并散七寶塔

中師子座上釋迦牟尼佛及久滅度多寶如來亦散一切諸大菩薩及四部衆又雨細末栴檀沉水香等於虛空中天鼓自鳴妙聲深遠又雨千種天衣垂諸瓔珞珍珠瓔珞摩尼珠瓔珞如意珠瓔珞遍於九方衆寶香爐燒無價香自然周至供養大會一一佛上有諸菩薩執持幡蓋次第而上至於梵天是諸菩薩以妙音聲歌無量頌讚歎諸佛

○時衆聞深遠法得大饒益欲報佛恩而設供養亦是寄事以表領解上迹門開權顯實菩薩所有悟入而未見設供由大事未畢今本門開顯大事既彰彌勒總申領解故以供養表之也△此段亦經家叙置於得大法利時下宜有彼諸菩薩一句或省文也佛既分別諸功德已而諸菩薩卽陳供標喜見得法喜充滿也頌中又明釋梵如恒沙無數佛土來以散供三佛及諸菩薩是表本門事畢以因徹果圓解已證卽前恒沙衆生得無生法忍之瑞也又雨栴檀等香表體具十無盡藏戒香卽千倍菩薩得聞持陀羅尼之瑞也天鼓自鳴而妙聲深遠表具四辯卽一世界塵數菩薩得樂說無礙辯才之瑞也又雨千種天衣表具忍德卽是菩薩得旋陀羅尼之瑞也垂瓔珞表法身體具萬德卽是菩薩轉不退清淨法輪之瑞也徧九方者以下方攝於本會表普利九界也寶爐香徧周至大會表十地菩薩智德普熏也幡蓋次第至於梵天表十地福德普覆是十生得菩提之瑞也妙音讚佛則與佛共處是等覺隣

於極果之瑞也如此者皆由如來分別所有功德至此顯彰故一時出現

㊄三明當機領解分三㊁一頌時衆領解

爾時彌勒菩薩從座而起偏袒右肩合掌向佛而說偈言

佛說希有法昔所未曾聞世尊有大力壽命不可量無數諸佛子聞世尊分別說得法利者歡喜充徧身

如來分別於先彌勒詳頌於後師資道合真異體同情矣然彌勒既受位於將來即已成佛是知彌勒頌即佛頌也初二句頌顯本門大事乃希有法世尊下二句頌諸佛自在神通三種力也無數下總頌佛子得益之多而歡喜無量也

㊁二頌如來分別

或住不退地或得陀羅尼或無礙樂說萬億旋總持或有大千界微塵數菩薩各各皆能轉不退之法輪復有中千界微塵數菩薩各各皆能轉清淨之法輪復有小千界微塵數菩薩餘各八生在當得成佛道復有四三二如此四天下微塵諸菩薩隨數生成佛或一四天下微塵數菩薩餘有一生在當成一切智如是等衆生聞佛壽長遠得無量無漏清淨之果報復有八世界微塵數衆生聞佛說壽命皆發無上心世尊說無量不可思議法多有所饒益如虛空無邊

前八行頌所分別之功德一如前釋後四句結利益無窮葢彌勒領解既深知其利益不可思議因此重舉令滯迹懷疑者了然無礙益知彌勒現迹大有關鍵㊁三頌

會衆供養

雨天曼陁羅摩訶曼陀羅釋梵如恒沙無數佛土來雨栴檀沉水繽紛而亂墜如鳥飛空下供散於諸佛天鼓虛空中自然出妙聲天衣千萬種旋轉而來下衆寶妙香爐燒無價之香自然悉周徧供養諸世尊其大菩薩衆執七寶幡蓋高妙萬億種次第至梵天一一諸佛前寶幢懸勝幡亦以千萬偈歌詠諸如來如是種種事昔所未曾有聞佛壽無量一切皆歡喜佛名聞十方廣饒益衆生一切具善根以助無上心

此頌時會供養皆瑞應也又頌明有無數釋梵諸天各持妙花從無數佛土外來者爲慶法而至也所散香花有如瑞雪而繽紛有如衆鳥而搖逸是皆不思議瑞也餘則如文可解末四句結成前瑞謂如上許多瑞應不可思議者由佛名聞十方故至諸天遠到所以花雨無量也又見所饒益之衆皆不思議所以燒香散花持蓋與讚等種種事業皆不可思議無非助發實相使見聞咸益也故曰以助無上心本門正宗分竟

㊄三本門流通共十一品半經△問諸經流通未有如此之多迹門已有五品而本門又置十一品半共一十七品半矣而序正返少於流通其故何哉答諸佛如來本爲一大事因緣出現於世開示悟入佛之知見衆生不明此者由法未流通故使知見不開無明壅塞此佪如來出世費盡周旋於四十年中方便引接至今會始得一

切人天明證此事故卽各授將來成佛之記便是此同功成事就所以廣說流通者一則欲新記人圓成因中大行二利兼修再則使未來衆生先投大種至再覩如來發明大事庶幾引起不難矣流通廣意其在斯乎但按經文勢本門正宗當在如來現神力後於時十方世界通達無礙如一佛土處止其意方完然此去三品半經不過明其弘經功德利已利人之實證信毀罪福其應驗如此功德既明罪福既驗然後廣現神力慶已慶人而正說之能事始畢方可付囑流通也其間意思儘多臨文始釋今爲不廢古置就此流通分爲兩段

(丁)一從此至不輕品三品半明弘經功德深重以勸流通功德深重者卽後四信五品之功德也分三(戊)一此去至隨喜品明因中功德以勸流通分二(己)一現在四信分四(庚)一一念信解又二(辛)一長行又三(壬)一舉示其人

爾時佛告彌勒菩薩摩訶薩阿逸多其有衆生聞佛壽命長遠如是乃至能生一念信解所得功德無有限量

天台云此去至當知是爲深信解相明現在四信四信者一一念信解未能演說二畧解言趣三廣爲他說四深信觀成直指云一念信解者舉前十二衆之遺流以明佛種三世相繼也因是未來世諸佛故召彌勒委付此中全重能生一念信解信必兼解者解若不明信是彷彿不可入道故前列十二功德以信收後此又補出一解

字而云一念者謂初聞如來壽量境界心中豁然頓開如千年暗室一燈朗照全暗盡消萮千里之程歸在一步刹那三世理不誣也故云所得功德無有限量向下是較量功德㊀二總明功德

若有善男子善女人爲阿耨多羅三藐三菩提故於八十萬億那由他刼行五波羅蜜檀波羅蜜尸羅波羅蜜羼提波羅蜜毘梨耶波羅蜜禪波羅蜜除般若波羅蜜以是功德比前功德百分千分百千萬億分不及其一乃至算數譬喻所不能知

此以深淺相較以見事不勝理也上言一念信解萮能信則遠本確有可據能解則遠本了然洞徹是一念中已得法身之理矣彼行五度者行非不廣歷八十萬億等時非不長以至廣之行行於至長之時而不及一念信解由彼尚屬力求事迹此則豁然理源也須知此一念卽無念般若與一念無二故所以除也㊀三明位不退

若善男子善女人有如是功德於阿耨多羅三藐三菩提退者無有是處

有如是真信解生者於菩提決不退轉妙樂云七信名位不退八信已去爲行不退大品明别教菩薩退位有魔不退無魔圓教初心魔不得便况不退位耶㊃二偈頌分三㊀一格量多少

爾時世尊欲重宣此義而說偈言

若人求佛慧於八十萬億那由他刼數行五波羅蜜於是諸刼中布施供養佛及緣覺弟子幷諸菩薩衆珎異之飲食上服與卧具栴

櫓立精舍以園林莊嚴如是等布施種種皆微妙盡此諸刧數以回向佛道

前四句總頌於多刧中行五度也次十二句分頌施度彼以種種微妙供養三寶歷八十萬億等刧而不少衰布施亦云極矣而况志非小果回向佛道乎回向佛道應上發菩提心一句

若復持禁戒清淨無缺漏求於無上道諸佛之所歎若復行忍辱住於調柔地設衆惡來加其心不傾動諸有求法者懷於增上慢爲斯所輕惱如是亦能忍

此分頌戒忍二度戒則求無上爲諸佛所歎是何等戒行忍則惡類咸恣而增慢俱釋又是何等忍力非勤求佛慧者不能如此

若復勤精進志念常堅固於無量億刧一心不懈息又於無數刧住於空閑地若坐若經行除睡常攝心以是因緣故能生諸禪定八十億萬刧安住心不亂持此一心福願求無上道我得一切智盡諸禪定際

此分頌進禪二度精進志念歷無量億刧而無一息之懈可謂堅固極矣禪則坐卧經行歷八十億萬刧而心不少亂可謂盡禪之邊際矣要皆是勤求佛慧非志趣小果者比禪度前四句明修禪之法以空閑處行坐爲緣除睡攝心爲因中四句明由此因緣而得禪定故安住多刧其心不亂後四句明由定心生福由福發願由願求道得一切智而盡定之邊際也

是人於百千萬億刧數中行此諸功德如上

之所說

此四句結上五度功德如此者其功德可謂廣矣以此殊勝功德起下較量之意㊀

二追頌人相

有善男女等聞我說壽命乃至一念信其福過於彼若人悉無有一切諸疑悔深心須臾信其福爲如此

此正頌行此五度功德百千萬億不及一念之信解也然不但一念信解功德非算喻能知卽須臾間絕疑悔而發深心其獲福亦與一念信解者等總見事理之不相侔也須臾比一念爲極少之時其福亦如此者在悉無深心四字上喫緊無諸疑悔者始得深心信解所以須臾信而福超諸度也疑悔解見譬喻品㊀三行位不退

其有諸菩薩無量刧行道聞我說壽命是則能信受如是諸人等頂受此經典願我於未來長壽度衆生如今日世尊諸釋中之王道塲師子吼說法無所畏我等未來世一切所尊敬坐於道塲時說壽亦如是

此頌得信受之機也發大心者多刧行道是信根已立則能信能受卽此信受之因自能立深願於未來世如佛得長壽以度生如佛坐道塲以無畏說法如佛爲一切天人所敬亦如佛說無量壽也

若有深心者淸淨而質直多聞能總持隨義解佛語如是之人等於此無有疑

深心卽具慈悲淨心卽具智慧直心則衆行具足此三心爲萬行之本加以多聞總持故於佛語若權若實無不隨義能解也

如是之人於此壽量決不生疑(典)二畧解

言趣

又阿逸多若有聞佛壽命長遠解其言趣是人所得功德無有限量能起如來無上之慧

此第二信其所有功德勝前一念信解者也天台云前但言信解未能數説説涉名數須善方言今此具足故言解其言趣卽是爲他解説以説力故能起自他無上之慧也(典)三廣爲他説

何況廣聞是經若教人聞若自持若教人持若自書若教人書若以華香瓔珞幢幡繒葢香油蘇燈供養經卷是人功德無量無邊能生一切種智

此第三信其功德又勝畧解言趣者也天台謂廣聞廣解廣爲他説廣修供養供養外資令内智疾入故能生一切種智也(典)

四深信觀成

阿逸多若善男子善女人聞我説壽命長遠深心信解則爲見佛常在耆闍崛山共大菩薩諸聲聞衆圍遶説法又見此娑婆世界其地琉璃坦然平正閻浮檀金以界八道寶樹行列諸臺樓觀皆悉寶成其菩薩衆咸處其中若有能如是觀者當知是爲深信解相

此第四信其功德增勝可知天台謂具上三信加修觀行入禪用慧想成相現能見有餘實報兩土相貌見佛與僧在耆山者方便土相也見娑婆等實報土相也初二信是聞慧位廣聞廣説是思慧位觀行想成是修慧位自淺至深成六根清淨十信位也現在四信巳竟(巳)二滅後五品分二

㊁一列五品格量四品功德五品者卽隨喜持誦勸持兼六度正六度之五也四品功德者以初品功德在後功德品中校量故此但言四耳文分二㊀一長行又五㊀一直起隨喜心

又復如來滅後若聞是經而不毀呰起隨喜心當知已爲深信解相

天台云此下明如來滅後有五品人前二自利後三化他若作法師名者在三不在五也△如來滅後則現前無佛唯法是依聞經而不毀呰卽具深信起隨喜卽是解生既得深信解生則其功德與親見佛親聞法等也㊁二加自持讀誦

何況讀誦受持之者斯人則爲頂戴如來阿逸多是善男子善女人不須爲我復起塔寺及作僧坊以四事供養衆僧所以者何是善男子善女人受持讀誦是經典者爲已起塔造立僧坊供養衆僧則爲以佛舍利起七寶塔高廣漸小至於梵天懸諸幡葢及衆寶鈴華香瓔珞末香塗香燒香衆鼓伎樂簫笛箜篌種種舞戲以妙音聲歌唄讚頌則爲於無量千萬億刧作是供養已

此格量第二品功德也天台云慮恐初心之人世緣紛動妨修正業但專誦持此經則爲頂戴如來乃至供養衆僧何也葢此經卽是演說如來法身若專讀誦則爲頂戴經文是能詮如塔能盛故不須起事塔實相是所詮卽法身舍利故不須安生身舍利經中已有第一義僧故不須供養相從僧也捨事存理所益弘多相從僧者謂

從佛有法從法有僧也㊂三兼勸他持誦阿逸多若我滅後聞是經典有能受持若自書若教人書則爲起立僧坊以赤栴檀作諸殿堂三十有二高八多羅樹高廣嚴好百千比丘於其中止園林浴池經行禪窟衣服飲食牀褥湯藥一切樂具充滿其中如是僧坊堂閣若干百千萬億其數無量以此現前供養於我及比丘僧是故我說如來滅後若有受持讀誦爲他人說若自書若教人書供養經卷不須復起塔寺及造僧坊供養衆僧

前但自利此兼利他此中校量以理從事理到則事到意非棄事從理葢行人力淺不能兼行故如來但謂我滅度後有如是受持等自他俱利者卽爲起立僧坊以至供養衆僧無異此所以堅其決定受持也

多羅亦名貝多此翻岸形如此方椶樹直而且高極高長八九十尺果熟赤色大如石榴人取食之又有云一多羅樹高七仞七尺一仞則高四十九尺西域記云南印建那補羅國北不遠有多羅林三十餘里其葉長廣其色光潤諸國書寫莫不採用補註云八者表八正道園林表總持浴池表八解脫大涅槃爲禪定窟柔和忍辱以爲衣服法喜禪悅以爲飲食㊂四兼行六度行

況復有人能持是經兼行布施持戒忍辱精進一心智慧

妙玄云上但觀理未遑涉事今正觀稍明卽旁利物能以少施與虛空法界等使一切法趣檀檀爲法界餘五度亦然事相雖

少運懷甚大此則理觀爲正事行爲旁故云兼行六度是爲第四品知音云經雖理勝持經者不嫌理事兼行則功德爲尤勝故又喻如虛空之無邊無量疾至一切智也應知此校上節五度除智此不除也

其德最勝無量無邊譬如虛空東西南北四維上下無量無邊是人功德亦復如是無量無邊疾至一切種智

前但涉理此則事理俱備故致功德如虛空之無邊也不唯功德無邊而能使行人疾至一切種智其最勝可悉領矣此格量第四品功德其殊勝可知㊄五正行六度行

若人讀誦受持是經爲他人説若自書若教人書復能起塔及造僧坊供養讚歎聲聞衆僧亦以百千萬億讚歎之法讚歎菩薩功德又爲他人種種因緣隨義解説此法華經復能清淨持戒與柔和者而共同止忍辱無嗔志念堅固常貴坐禪得諸深定精進勇猛攝諸善法利根智慧善答問難

妙玄云至五品圓觀稍熟理事欲融涉事不妨理在理不隔事故具行六度若布施時無二邊取着十法界依正一捨一切捨財身及命無畏等施若持戒時信重譏嫌等無差別五部重輕無所觸犯若行忍時生法寂滅等忍荷負安耐若行精進身心俱淨無間無退若行禪時遊入諸禪靜散無妨若修慧時權實二智究了通達乃至世智治生產業皆與實相不相違背具足解釋佛之知見而於正觀如火益薪故云

正行六度○六度中不舉布施者爲他解説卽是法施義已兼也五品中前三品是聞慧位兼行六度是思慧位正行六度是修慧位都是十信前耳或云初隨喜品是入信心位分一品爲兩心五品卽十信心是鐵輪六根清淨位也○妙樂問何故現在唯四信滅後立五品答其義旣齊四五無別但是滅後加讀誦爲第一品耳

阿逸多若我滅後諸善男子善女人受持讀誦是經典者復有如是諸善功德當知是人已趣道場近阿耨多羅三藐三菩提坐道樹下阿逸多是善男子善女人若坐若立若行處此中便應起塔一切天人皆應供養如佛之塔

此格量第五品功德也已趣道場者行處也三菩提者近處也持經自利兼復利人其功德已自殊勝如虛空之無邊矣兼復廣行六度事理雙修則是近菩提坐道樹理固然也於行坐處起塔爲天人所敬事亦宜然也所謂箇則全箇收則全收一切具善根廣饒益衆生於斯見矣(辛)二偈頌分四(壬)一頌第二品

爾時世尊欲重宣此義而説偈言

若我滅度後能奉持此經斯人福無量如上之所説是則爲具足一切諸供養以舍利起塔七寶而莊嚴表刹甚高廣漸小至梵天寶鈴千萬億風動出妙音又於無量劫而供養此塔華香諸瓔珞天衣衆伎樂然香油蘇燈周帀常照明惡世法末時能持是經者則爲已如上具足諸供養

此頌明第二品能誦持者卽爲起塔以諸供養經無量刦也何故顯悟法身壽量廣大長遠故不須事相供養也表刹卽塔尖

(壬)二頌第三品

若能持此經則如佛現在以牛頭栴檀起僧坊供養堂有三十二高八多羅樹上饌妙衣服牀卧皆具足百千衆住處園林諸浴池經行及禪窟種種皆嚴好

此頌明第三品兼行利他則爲起塔供養我及衆僧也翻譯名義云栴檀義翻與藥慈恩傳云樹類白楊其質凉冷蛇多附之華嚴經云摩羅耶山出栴檀香名曰牛頭若以塗身設入火坑火不能燒又云修羅戰時爲刀傷以此塗之卽愈有云山峯似牛頭故以爲名(壬)三頌第四品

若有信解心受持讀誦書若復教人書及供養經卷散華香末香以須曼薝蔔阿提目多伽熏油常然之如是供養者得無量功德如虛空無邊其福亦如是況復持此經兼布施持戒忍辱樂禪定不瞋不惡口

此頌第四品兼行六度疾得種智也須曼具云須曼那又云蘇摩羅此云善攝意其花色黃白而極香樹不至大高三四尺下垂如蓋薝蔔亦云瞻博迦此云黃花花小而香阿提目多伽者妙樂云此云龍舐花又云善思夷花草形大如蘇赤花青葉子堪爲油亦堪爲香然以此供養其福巳如虛空況兼六度則福不可量也此不言精進者於諸度不怠是也不言智慧者不瞋不惡口是也

(壬)四頌第五品

恭敬於塔廟謙下諸比丘遠離自高心常思惟智慧有問難不嗔隨順爲解說若能行是行功德不可量若見此法師成就如是德應以天華散天衣覆其身頭面接足禮生心如佛想又應作是念不久詣道樹得無漏無爲廣利諸人天其所住止處經行若坐臥乃至說一偈是中應起塔莊嚴令妙好種種以供養佛子住此地則是佛受用常在於其中經行及坐臥

前八句頌廣行六度次明是人一切衆生皆當恭敬也生心如佛者天台云此第五品初依之人卽號如來故也不久詣道樹者其位已在十信鐵輪不久得入初住銅輪能八相作佛也五品與四品齊同是修慧位若論入位總爲六根清淨位也而有現未佛世滅後之異△此地者卽實相眞境乃一切如來受用之塲今佛子既得事理圓融自他并利廣六度而契眞如則同佛受用故行住坐臥皆在厥中矣列五品格量四品功德已竟

妙法蓮華經授手卷第五之五

音釋

鍵 巨展切 音件

繽 批民切 品平聲

羼 初限切 音鏟

樅 祖冬切 音宗

舐 上紙切 時上聲

妙法蓮華經授手卷第六之一

清楚衡雲峯沙門智祥集

隨喜功德品第十八

品節云此品來意由前分別持經功德已爲殊勝然猶未盡其益今以一念隨喜之功超過八十年中廣以七寶資生布施四百萬億阿僧祇世界六趣衆生又令各得四果之福不如最後人一念隨喜者正欲顯此説殊勝之益以堅二乘願樂之心也天台云隨喜者隨順事理無二無別喜是慶已慶人聞深奥法順理有實功德順事有權功德慶已有智慧慶人有慈悲權實智斷合而説之故曰隨喜功德直指云前品是親聞佛説壽量所獲功德此是佛滅後於流通會中暫聞是法一念惺悟而心生歡喜即獲殊勝功德故名隨喜功德約義有四一隨順於人喜生敬二隨順於法喜生信三隨順於理喜生解四隨順於事喜生行一念之間人法兼收理事圓融故其功德難量廣如行願品釋△前品於五位中唯初隨喜品文但標人相未有校量故彌勒乘機抑佛廣校初品方知後四品功德益見其不可思議也

(庚)二本品格量初位功德分二(辛)一問

爾特彌勒菩薩摩訶薩白佛言世尊若有善男子善女人聞是法華經隨喜者得幾所福

而説偈言

世尊滅度後其有聞是經若能隨喜者爲得幾所福

前諸品已經校量而如來於初品不盡情

發揮者其意待彌勒問及而發也今彌勒所問者正初品人然隨喜衆生皆是未來成佛之人爲彌勒當所授記故此特問且亦爲現在持經者策進深心耳(辛)二荅分二(壬)一長行又二(癸)一荅内心隨喜人又四(子)一展轉相教

爾時佛告彌勒菩薩摩訶薩阿逸多如來滅後若比丘比丘尼優婆塞優婆夷及餘智者若長若幼聞是經隨喜已

此舉能聞之人先標出四衆次汎指一切長幼也餘智者直指云是別指一種利根出如來滅度之後如此諸人親於法師座下聞此經典豁爾神會意有所得故曰隨喜已

從法會出至於餘處若在僧坊若空閑地若城邑巷陌聚落田里如其所聞爲父母宗親善友知識隨力演說

此明能隨喜者自於此經有所領解出至餘處將所聞經隨力爲人而演說也餘處者即隨所到處乃僧坊城邑等處也如所聞者是不增他說不減已聞也隨力演說者乃稱已所聞隨力多寡爲彼說也城即衆民聚處黃帝時始築以盛民也邑即都邑四縣爲都四井爲邑陌乃田間路南北爲阡東西爲陌聚落田里等皆是爲四衆隨力演說之地此是第一層轉教人也

是諸人等聞已隨喜復行轉教餘人聞已亦隨喜轉教

諸人即上父母宗親聞已者即聞隨力演說之少法而亦能發隨喜心轉教他人也

此是第二層轉教人餘人即第三層轉教也

如是展轉至第五十

如是指前展轉起後次第將前人隨力演說者遞相傳諭已至第五十人令但將最後第五十人一念隨喜之心所得功德而校量之(子)二立格量本

阿逸多其第五十善男子善女人隨喜功德我今說之汝當善聽若四百萬億阿僧祇世界六趣四生衆生卵生胎生濕生化生若有形無形有想無想非有想非無想無足二足四足多足如是等在衆生數者

先舉極多世界次舉十類衆生一一世界各具十類則衆生數不可量也六趣衆生是總舉梵語補特伽那此云數取趣即數數於諸趣中受生也又衆法相生故名衆生衆法者即五陰六根結成色心二種故卵生即魚鳥龜蛇等胎生即人畜龍仙等濕生即含蠢蠕動等化生即轉蛻飛行等有形即休咎精明等無形即空散銷沉等有想即神鬼精靈等無想即精神化爲土木金石等非有想者如蒲盧蟲原無蜂想因螟蠃負之而成蜂也非無想者如土梟之類子成而母遭其食如是相生則又非無想也無足等攝盡無餘也如是等收上是總結所當化者之衆生有如是之廣次舉能施之人

有人求福隨其所欲娛樂之具皆給與之一一衆生與滿閻浮提金銀琉璃硨磲碼碯珊瑚琥珀諸妙珍寶及象馬車乘七寶所成宮

殿樓閣等是大施主如是布施滿八十年已而作是念我已施衆生娛樂之具隨意所欲然此衆生皆已衰老年過八十髮白面皺將死不久我當以佛法而訓導之

此標所施之物盡此十類衆生每一衆生各與七寶滿一南洲又各施象馬車乘并七寶宮殿等滿八十年一一衆生亦復如是而作是念下起法施之由

即集此衆生宣布法化示教利喜一時皆得須陀洹道斯陀含道阿那含道阿羅漢道盡諸有漏於深禪定皆得自在具八解脫

即集者是總召集四百萬億諸國十類衆生也宣布者即以四諦法輪開示教化咸得悟入故一時盡證四果斷界內生死證界外涅槃也須陀洹即初果此云預流斯陀含即二果此云一來阿那含即三果此云不來阿羅漢即四果義現序品盡諸漏即離苦也得自在即得樂也

㊉三問答明功

於汝意云何是大施主所得功德寧爲多不彌勒白佛言世尊是人功德甚多無量無邊若是施主但施衆生一切樂具功德無量況令得阿羅漢果

當機因聞所立格量以無量財施無量世界中所有無量衆生而意中領會財施境界已不可量財施功德尚不可量法施功德豈能量乎㊉四正與格量

佛告彌勒我今分明語汝是人以一切樂具施於四百萬億阿僧祇世界六趣衆生又令得阿羅漢果所得功德不如是第五十人聞

法華經一偈隨喜功德百分千分百千萬億
分不及其一乃至算數譬喻所不能知
此以法較必不可量也且如上施主財施
不可校則固是矣至於無限人證羅漢果
得深定具解脱而不及初心人聞一偈況
秖能隨喜者如是算數譬喻不及一分似
乎太過非也要知無量人證四果總屬權
法是不了義今一念隨喜此經一偈植大
乘因决定成佛此正權實不可及也譬如
貧人執天子一字其貴重即時已勝羣臣
其所貴者非在於人而貴在於一字也今
經校量亦復如是
阿逸多如是第五十人展轉聞法華經隨喜
功德尚無量無邊阿僧祇何況最初於會中
聞而隨喜者其福復勝無量無邊阿僧祇不
可得比
前以外校内此以内校内謂最後人展轉
傳説其言最少而所得功德尚不可量又
況最初於法會中聞一句而能隨喜者其
功德豈易量哉
㊂二明外來聽法人分四㊀一自往
又阿逸多若人爲是經故往詣僧坊若坐若
立須臾聽受緣是功德轉身所生得好上妙
象馬車乘珍寶輦輿及乘天宫
若人者即四衆及有智人爲是經故則見
其信往詣僧坊則見其誠若坐若立則見
其恭謹非泛常遊玩造次不修者比須臾
聽雖歷時未久而道種已投此得其真因
轉身者即隔陰易生也得上妙車乘報行
詣之功也珍寶輦輿報立聽之功也乘天

宮殿報入僧坊之功也三者皆由一念誠信聽此妙法爲因兼修十善爲緣

㊀二分座

若復有人於講法處坐更有人來勸令坐聽若分座令坐是人功德轉身得帝釋坐處若梵王坐處若轉輪聖王所坐之處

上科自爲此兼勸他能分座有濟人之德故轉身得處王座以徧濟臣民也

㊀三勸他

阿逸多若復有人語餘人言有經名法華可共往聽即受其教乃至須臾間聞是人功德轉身得與陀羅尼菩薩共生一處利根智慧百千萬世終不瘖瘂口氣不臭舌常無病口亦無病齒不垢黑不黄不踈亦不缺落不差不曲脣不下垂亦不褰縮不麁澁不瘡胗亦不缺壞亦不喎斜不厚不大亦不黧黑無諸可惡

語人勸聽則利人之心切矣故利倍廣而報倍勝陀羅尼乃十地位中菩薩既得與十地位人共生一處受報不輕當知亦具六根功德利根等屬意不瘖瘂屬舌後文鼻修直即鼻根見佛聞法屬眼耳餘皆身根此中單明口報有音不清曰瘖一向絕音曰瘂今由稱名勸聽故報千萬生不瘖瘂也自能聽受即納妙蓮華於口故口無臭此約聲嗅論功德也舌常下約色相言垢黑踈黄缺落皆齒病也差即向外曲即向内今由稱經勸聽於百千生齒無如是諸病此口内相也脣不下垂等皆口外之相下垂即長褰縮則短麁澁形不堪見瘡

胗氣不堪聞鈌壞則露咼斜則歪厚大明其蠢黧黑言其滯今既稱經勸聽皆無此病也口舌俱如此清淨故曰無諸可惡也鼻不匾㔸亦不曲戾面色不黑亦不狹長亦不㡊曲無有一切不可喜相脣舌牙齒悉皆嚴好鼻修高直面貌圓滿眉高而長額廣平正人相具足世世所生見佛聞法信受教誨勸人本屬身口前廣明口報此兼舉身根而眼耳意三根攝在見佛聞法信受教誨中是知發稱勸聽之心於須臾頃而感六根清淨於百千生善哉妙法眞不可思議者也(子)四具聽

阿逸多汝且觀是勸於一人令往聽法功德如此何況一心聽說讀誦而於大衆爲人分別如說修行

舉其旁贊者之功德校量正持說者則功德益難思議矣故曰何況一心聽說等知音云此句伏下品談法師功德之案(壬)二偈頌分二(癸)一頌内心隨喜人分三(子)一頌五十人

爾時世尊欲重宣此義而說偈言

若人於法會　得聞是經典　乃至於一偈　隨喜爲他說　如是展轉教　至於第五十

此頌次第轉教至第五十人前但言聞經而頌云乃至一偈故知前隨力演說者不過三偈五偈乃至一偈而已要知謂聞是經隨喜已則隨喜二字最有得力受用如不然豈能廣益(子)二頌格量本

最後人獲福　今當分別之　如有大施主　供給無量衆　具滿八十歲　隨意之所欲　見彼衰老

相髮白而面皺齒踈形枯竭念其死不久我今應當教令得於道果即為方便說湼槃真實法世皆不牢固如水沫泡燄汝等咸應當疾生厭離心諸人聞是法皆得阿羅漢具足六神通三明八解脫

長文但云宣布法化示教利喜此明世皆不牢如水沫如泡燄正使勿貪世樂而味法樂是說四諦方便使之證有餘湼槃也如謂是身無常無堅速朽之法是身如聚沫不可撮摩是身如泡不得久立是身如燄從渴愛生等也㊀三頌正格量

最後第五十聞一偈隨喜是人福勝彼不可為譬喻如是展轉聞其福尚無量何況於法會初聞隨喜者

此頌較量從最後自遠況近乃至最初展轉殊勝可知

㊇二頌外聽法分四㊀一頌勸聽經

若有勸一人將引聽法華言此經深妙千萬劫難遇即受教往聽乃至須臾聞斯人之福報今當分別說世世無口患齒不踈黃黑脣不厚褰缺無有可惡相舌不乾黑短鼻脩高且直額廣而平正面目悉端嚴為人所喜見口氣無臭穢優鉢華之香常從其口出

此頌勸聽功德前但言可共往聽此言是經深妙萬劫難遇則見切聽之心戀慕之極既能懷慕是經久而得優曇華香從其口出理亦然矣㊀二追頌自往

若故詣僧坊欲聽法華經須臾聞歡喜今當說其福後生天人中得妙象馬車珍寶之輦輿及乘天宮殿

此追頌自往聽法言須臾歡喜即一念信解已乘大乘入如來室故感報如是也

㊀三頌分座聽

若於講法處勸人坐聽經是福因緣得釋梵轉輪座

自聽即得眞因勸聽以爲助緣由此不思議因緣即得坐如來座故感報得天王輪王位也㊁四頌正修行

何況一心聽解說其義趣如說而修行其福不可限

前隨喜勸聽自往分座有如許校量其正意原爲此科而施也一心聽者不止暫時解其義者不止四句如說修行不止隨喜偶聞分座勸聽而已故結云其福不可限以前皆屬少分自利功德既校量已明則下六種法師所有利他之德即知有如是廣大不可思議也

法師功德品第十九

品節云此品由前廣讚持經之大益尚皆自利未見利人者之功德今顯法師得六根清淨以彰法華三昧之勝益現前即登不退欲以發二乘精進不倦之心也前法師品但以法爲師是助發之緣因今品正顯持經功德名同義别然佛性種子要藉緣薫使慧命不斷唯法師功德最爲殊勝所以次於隨喜品也天台云法師義如法師品中說功德者前品隨喜功德謂五品中初品之初功德在相似位前今品功德謂五品之上六根清淨之功德即十信相似位也以此功德内外莊嚴五根清淨名

外莊嚴意根清淨名內莊嚴又從地獄已上至佛一切色相悉於身中現者名內莊嚴十法界一切色相以普現三昧而外化者名外莊嚴身根既爾餘五根亦然讀誦獲六根清淨既爾後之四品加然相似六根清淨既爾分真倍然○知音問法師品有六種法師禮拜供養胡不言之荅實論功德唯受持等四種自他皆得開悟本有佛之知見若夫供養禮拜唯獲福田故不校也若約法供養亦可攝盡故藥王本事品有法供養之校量也(戊)二明果中功德以勸流通分二(巳)一總列六根功德

爾時佛告常精進菩薩摩訶薩若善男子善女人受持是法華經若讀若誦若解說若書寫是人當得八百眼功德千二百耳功德八百鼻功德千二百舌功德八百身功德千二百意功德以是功德莊嚴六根皆令清淨

要解云持法華者開佛知見則見聞覺知無非真覺證諸實相則色香味觸無非真法以真覺對真法則萬象徹照大千一視故圓持功成即得六根清淨功德自非精心不雜進道不倦未易能致故告常精進菩薩也數有千二八百者衆生世界依器世界而立以織妄爲界故有四方身相遝流故有三世惟世與界二者相涉三世四方宛轉十二依十二數流變三疊成千二百圓持功成每根各全其用故有千二百功德然復於中尅定優劣以眼見前旁而不及後鼻息出入缺於中交身合能覺離不知觸皆三分缺一故惟八百功德此乃

權依世論數量以顯妙用大畧而已使由常眼對色而開佛知見常耳聞聲而得其實相則衆塵不隔十方廓然萬象莫逃大千圓照則千二八百之功無足論矣如經云父母所生眼悉見三千界何復三分之缺八百之劣耶故知此體本絕數量也

㊁二別作六章解釋分六㊄一眼根又二

㊅一長行

是善男子善女人父母所生清淨肉眼見於三千大千世界內外所有山林河海下至阿鼻地獄上至有頂亦見其中一切衆生及業因緣果報生處悉見悉知

○父母所生即人人本具者清淨肉眼即衆塵不隔者衆塵不隔則正智現前故大千內外一切色相悉見悉知所謂應眼時如千日萬象不能逃影質者此也○問理則固然矣事復如何荅六湛圓明本所功德現量如是但隨所證耳夫羅漢見大千辟支見百佛世界菩薩見百千界如來見微微塵國非獨果體也如阿那律不離父母生身而能觀大千猶如掌果則其中一切烏乎不見葢塵消覺淨眞極則一夫何理然而事不然也知音云見於下依報橫豎世界相續也亦見下正報善惡衆生相續也及業下業果相續也下五根準此

㊅二偈頌

爾時世尊欲重宣此義而說偈言

若於大衆中　以無所畏心　說是法華經　汝聽其功德　是人得八百　功德殊勝眼　以是莊嚴故　其目甚清淨　父母所生眼　悉見三千界　內

外彌樓山須彌及鐵圍并諸餘山林大海江河水下至阿鼻獄上至有頂處其中諸衆生一切皆悉見雖未得天眼肉眼力如是以無所畏心一句正顯得六根清淨之所以也大窾云大抵恐畏皆生於不足道力未克安得無畏今法師涵養既久道力既充神氣亦滿即有刀杖罵詈不足以干其慮稍有動搖則目眩心馳安得清淨乎○彌樓此云光明即七金之一也有云須彌即彌樓以其梵音有異若據今經云內外彌樓山須彌及鐵圍則是兩山名體皆異也△準後耳根聞十法界則見亦有之文缺故也或佛說巧妙攝於悉見悉知之間不然下五根皆有聲聞菩薩諸佛等豈獨眼根見不能及耶○知音問持經者多功德未驗何也荅不常精進故即常精進文字者尚少況如說修行乎釋明眼根功德竟（庚）二耳根分二（辛）一長行

復次常精進若善男子善女人受持此經若讀若誦若解說若書寫得千二百耳功德

初標耳根之德以耳周聽十方無移故感功德有千二百

以是清淨耳聞三千大千世界下至阿鼻地獄上至有頂其中內外種種語言音聲

此下明功衆塵不隔故曰清淨常耳者顯非聖得即尋常人所共有者此一句爲能聞之根次明所聞之境種種等是總標

象聲馬聲牛聲車聲啼哭聲愁歎聲螺聲鼓聲鐘聲鈴聲咲聲語聲

此別明四聖六凡發明種種語言音聲一

句先明雜類象馬及愁歎等皆苦聲螺皷及語咲等皆樂聲

男聲女聲童子聲童女聲法聲非法聲苦聲樂聲凡夫聲聖人聲喜聲不喜聲

此又明六對皆三界人所有之聲循道合理名法聲非道非理名非法此處言聖人聲爲對凡夫而言也後另開四聖方爲正舉喜不喜聲與苦樂有别苦者如爲生老病死等諸苦所逼而發聲也樂者如衆生得最樂境而發聲也喜不喜乃逆順二境所以不同苦樂之聲

天聲龍聲夜叉聲乾闥婆聲阿修羅聲迦樓羅聲緊那羅聲摩睺羅伽聲

此八部聲也其中亦有前六對諸聲此不繁叙

火聲水聲風聲地獄聲畜生聲餓鬼聲

此三大聲也雖曰此三乃舉大分其實此中亦有喜不喜等聲四大中不言地者葢地本無聲作之在人雖於十八變動時皆地有聲而非常聲故不及也三途聲可以易知

比丘聲比丘尼聲

此出家二衆所發之聲也由多諸善行故此另舉

聲聞聲辟支佛聲菩薩聲佛聲

此四聖聲也法師由受持此經則深入法流必得如如真智現前使聞性稱真法界故聞十界如月臨江無所不現也以要言之三千大千世界中一切内外所有諸聲雖未得天耳以父母所生清淨常耳皆

悉聞知如是分別種種音聲而不壞耳根

此總結諸聲成圓聞也要解云信知謂應耳時如幽谷大小音聲無不足也不壞耳根者雖分別種種而耳根於中本相如故無壞無雜此耳之實相也㊫二偈頌

爾時世尊欲重宣此義而說偈言

父母所生耳清淨無濁穢以此常耳聞三千世界聲象馬車牛聲鐘鈴螺鼓聲琴瑟箜篌聲簫笛之音聲清淨好歌聲聽之而不著無數種人聲聞悉能解了又聞諸天聲微妙之歌音及聞男女聲童子童女聲山川險谷中迦陵頻伽聲命命等諸鳥悉聞其音聲地獄衆苦痛種種楚毒聲餓鬼飢渴逼求索飲食聲諸阿修羅等居在大海邊自共言語時出於大音聲如是說法者安住於此間遥聞是衆聲而不壞耳根十方世界中禽獸鳴相呼其說法之人於此悉聞之其諸梵天上光音及徧淨乃至有頂天言語之音聲法師住於此悉皆得聞之一切比丘衆及諸比丘尼若讀誦經典若爲他人說法師住於此悉皆得聞之

此頌三界六凡一切情無情聲長行畧而詳頌之但缺水火風聲乃前後互現也

復有諸菩薩讀誦於經法若爲他人說撰集解其義如是諸音聲悉皆得聞之諸佛大聖尊教化衆生者於諸大會中演說微妙法持此法華者悉皆得聞之

此頌四聖而缺聲聞緣覺以勝攝劣須知法師不動跬步而能聞十方諸佛說微妙法其智慧福業隱隱增長此豈泛泛人可

共知耶

三千大千界内外諸音聲下至阿鼻獄上至有頂天皆聞其音聲而不壞耳根其耳聰利故悉能分別知持是法華者雖未得天耳但用所生耳功德已如是

此結頌中既言大千内外又不止聞一三千世界中矣況聞性周徧本無邊表今既由法力薰成則界外圓聞猶不可量也補註云迦陵頻伽此云好聲鳥其鳥在㲉聲壓羣羽命命即共命一身兩頭神識互別報命則同故曰命命光音二禪中第三天也徧淨三禪中第三天也有頂即色界究竟天也釋明耳根功德竟

(庚)三鼻根分二(辛)一長行

復次常精進若善男子善女人受持是經若讀若誦若解說若書寫成就八百鼻功德

初標鼻根之德由鈌中交故少四百

以是清淨鼻根聞於三千大千世界上下内外種種諸香

此叙鼻根之功初一句標根聞於下標境種種下是總標向後別釋諸香清淨由衆塵不隔湛圓故大千俱聞也

須曼那華香闍提華香末利華香薝蔔華香波羅羅華香赤蓮華香青蓮華香白蓮華香華樹香果樹香栴檀香沉水香多摩羅跋香多伽羅香及千萬種和香若末若丸若塗香持是經者於此間住悉能分別

此先明人間種種諸香有麁妙二種今出其妙須曼那此云善稱意闍提云金錢末利云鬘其華可作鬘故薝蔔云黃花波羅

羅云重生花多摩羅云性無垢多伽羅云
根
又復別知衆生之香象香馬香牛羊等香男
香女香童子香童女香及草木叢林香若近
若遠所有諸香悉皆得聞分別不錯
此言人間一切麄濁者雖種類若干而法
師分別一一不錯
持是經者雖住於此亦聞天上諸天之香波
利質多羅拘鞞陀羅樹香及曼陀羅華香摩
訶曼陀羅華香曼殊沙華香摩訶曼殊沙華
香栴檀沉水種種末香諸雜華香如是等天
香和合所出之香無不聞知
此明聞知天上諸香△問鼻以合中知今
云住此而聞彼還是香來耶鼻往耶不然
何以得知荅此皆持經不思議功力使然
若以鼻香往來疑者是未得經功之思量
取着耳豈不聞是經非思量分別之所能
解唯佛與佛乃能究盡乎波利質多云圓
生樹其根莖枝葉逆風能聞五十由旬拘
鞞陀羅云大遊戲地樹
又聞諸天身香釋提桓因在勝殿上五欲娛
樂嬉戲時香若在妙法堂上爲忉利諸天說
法時香若於諸園遊戲時香及餘天等男女
身香皆悉遙聞如是展轉乃至梵世上至有
頂諸天身香亦皆聞之并聞諸天所燒之香
此明諸天所有身香并所燒之香法師無
不了知
及聲聞香辟支佛香菩薩香諸佛身香亦皆
遥聞知其所在
此明四聖人香法師無不了知問香無形

色何以別知凡聖差別曰雖無形色而貴賤上下各得其用此亦持經不思議力乃能知耳次下總結

雖聞此香然於鼻根不壞不錯若欲分別爲他人說憶念不謬

不壞不錯言無壞無雜也要解云華嚴鬻香長者善能別知天人龍鬼所有諸香治諸病香斷諸惡香乃至一切菩薩差別地位香悉皆了達得調和香法門表於善惡薰習之法一切通達而調治和融以成萬德法身香也今鼻根功德能知天上人間諸香乃至菩薩諸佛身香亦表持法華者能通達異習和融衆妙而證萬德法身之香歟○知音問受持讀誦書寫本屬眼舌身意四根耳鼻似無干也而返於聲香廣衍其文何也答以初時全藉耳聞聲是此方教體鼻出入息以便讀誦況香爲聖凡同樂故所詳陳也(辛)二偈頌

爾時世尊欲重宣此義而說偈言

是人鼻清淨於此世界中若香若臭物種種悉聞知

此四句總頌前但言香未言其臭今頌云種種悉聞知則臭亦種種聞知也

須曼那闍提多摩羅栴檀沉水及桂香種種花果香及知衆生香男子女人香說法者遠住聞香知所在大勢轉輪王小轉輪及子羣臣諸宮人聞香知所在身所着珍寶及地中寶藏轉輪王寶女聞香知所在諸人嚴身具衣服及瓔珞種種所塗香聞香知其身

此別明三界一切諸香先頌人間勝香該

情無情輪王有七寶女寶居一

諸天若行坐遊戲及神變持是法華者聞香悉能知

此頌天人文合在後天女所着衣上意則順暢

諸樹華果實及蘇油香氣持經者住此悉知其所在諸山深嶮處栴檀樹華敷眾生在中者聞香悉能知鐵圍山大海地中諸眾生持經者聞香悉知其所在阿修羅男女及其諸眷屬鬬諍遊戲時聞香皆能知曠野嶮隘處師子象虎狼野牛水牛等聞香知所在若有懷妊者未辯其男女無根及非人聞香悉能知以聞香力故知其初懷妊成就不成就安樂產福子以聞香力故知男女所念染欲痴恚心亦知修善者地中眾伏藏金銀諸珍寶銅器之所盛聞香悉能知種種諸瓔珞無能識其價聞香知貴賤出處及所在

此頌人間雜類情無情香兼修羅眾

天上諸華等曼陀曼殊沙波利質多樹聞香悉能知天上諸宮殿上中下差別眾寶華莊嚴聞香悉能知天園林勝殿諸觀妙法堂在中而娛樂聞香悉能知諸天若聽法或受五欲時來往行坐臥聞香悉能知天女所着衣好華香莊嚴周旋遊戲時聞香悉能知如是展轉上乃至於梵世入禪出禪者聞香悉能知光音徧淨天乃至於有頂初生及退沒聞香悉能知

此廣頌諸天展轉以盡四禪初生退沒皆言聞香能知者乃香隨事顯也

諸比丘眾等於法常精進若坐若經行及讀

誦經典或在林樹下專精而坐禪持經者聞香悉知其所在菩薩志堅固坐禪若讀誦或爲人說法聞香悉能知在在方世尊一切所恭敬愍衆而說法聞香悉能知衆生在佛前聞經皆歡喜如法而修行聞香悉能知

此頌四聖香比丘即聲聞緣覺在在方即十方所在也衆生入法會得利益以及修行品位無不聞香悉知也

雖未得菩薩無漏法生鼻而是持經者先得此鼻相

要解云菩薩離分段身則六根皆依無漏法生故鼻身意皆言無漏此鼻相者即持經功力能知種種之鼻相也天台云聖人有六根互用之妙如鼻知好惡別貴賤覩天宮莊嚴等則鼻有眼用讀經說法聞香能知則鼻有耳用知諸華果實及蘇油香氣則鼻有舌用入禪出禪禪有八觸五欲嬉戲亦是觸法聞香能知則鼻有身用知染欲痴恚心亦知修善本則鼻有意用鼻根自在勝用若茲例五根亦若是也釋明鼻根竟(寅)四舌根分二(辛)一長行

復次常精進若善男子善女人受持是經若讀若誦若解說若書寫得千二百舌功德

此總標其德以舌能宣揚世出世法故具千二百

若好若醜若美不美及諸苦澁物在其舌根皆變成上味如天甘露無不美者

此別示其功先明變味功能世人皆知舌惟了味而不知功德全在說法也由說法功力了別好醜苦澁皆屬妄塵既入清淨

舌根則塵銷覺淨皆成上味矣

若以舌根於大衆中有所演說出深妙聲能入其心皆令歡喜快樂

正出舌根說法功能以所出之音深是法無礙故能入心由所發之聲妙是詞無礙故令喜樂也

又諸天子天女釋梵諸天聞是深妙音聲有所演說言論次第皆悉來聽及諸龍龍女夜叉夜叉女乾闥婆乾闥婆女阿修羅阿修羅女迦樓羅迦樓羅女緊那羅緊那羅女摩睺羅伽摩睺羅伽女爲聽法故皆來親近恭敬供養

此明法音感至諸天八部而來聽法因法師得四無礙故致親近供養也已上皆天龍外護

及比丘比丘尼優婆塞優婆夷國王王子羣臣眷屬小轉輪王大轉輪王七寶千子內外眷屬乘其宮殿俱來聽法以是菩薩善說法故婆羅門居士國內人民盡其形壽隨侍供養

此明人間內外護也知音云有四等一僧俗四衆二國王王子衆三羣臣衆四小大輪王衆乃至一時雲集衆也故曰乘其宮殿等以是菩薩下又出常隨影響衆也故曰盡其形壽等

又諸聲聞辟支佛菩薩諸佛常樂見之是人所在方面諸佛皆向其處說法悉能受持一切佛法又能出於深妙法音

不唯但得六凡衆聽法且又得四聖衆加護也又不唯諸聖加護亦且得十方諸佛

偏向說法致能受持而又能傳說也
(辛)二偈頌
爾時世尊欲重宣此義而說偈言
是人舌根淨終不受惡味其有所食噉悉皆
成甘露
初頌變味舌淨故味亦淨一切浮塵皆融
爲法味
以深淨妙聲於大衆說法以諸因緣喻引導
衆生心聞者皆歡喜設諸上供養
此頌說法功德也諸緣喻等乃權巧分別
諸天龍夜叉及阿修羅等皆以恭敬心而共
來聽法是說法之人若欲以妙音遍滿三千
界隨意即能至
頌感天人八部也是說法下四句長行缺
文以此妙法冥通三際法師欲令聲遍三
千則隨意即至
大小轉輪王及千子眷屬合掌恭敬心常來
聽受法諸天龍夜叉羅刹毘舍闍亦以歡喜
心常樂來供養梵天王魔王自在大自在如
是諸天衆常來至其所諸佛及弟子聞其說
法音常念而守護或時爲現身
前三行如文可解後四句頌四聖加護也
常念守護是智力加持或時現身是身面
加持也釋明舌根竟
(庚)五身根分二(辛)一長行
復次常精進若善男子善女人受持是經若
讀若誦若解說若書寫得八百身功德
此總標其德由身根離中不知故缺四百
得清淨身如淨琉璃衆生喜見
此別明其功身本不淨而言得者乃持經

不思議力也喻如琉璃者顯是父母所生之身非指法身也且琉璃內外明徹不容纖翳得如是身孰不喜見

其身淨故三千大千世界衆生生時死時上下好醜生善處惡處悉於中現

此明身能應現先標應現衆生生死之相是身既如琉璃則不爲情塵所蔽如大明鏡無不朗然所以一切皆現也欲得此身清淨應物須是受持讀誦解說書寫此經

及鐵圍山大鐵圍山彌樓山摩訶彌樓山等諸山及其中衆生悉於中現下至阿鼻地獄上至有頂所有及衆生悉於中現

上言三界衆生依正昇沉善惡好醜悉於中現此申明善惡好醜之處鐵圍等在下乃醜惡處也彌樓等在上爲善好處也此單約欲界而言阿鼻有頂方通三界上下好醜善惡之處一切有情無情悉於中現者以持經者色身合乎法身而法身不外乎色身也

若聲聞辟支佛菩薩諸佛說法皆於身中現其色相

不唯能現六凡色相而四聖說法之相無不明現可見是身含徧十虛寧有方所此皆持經不思議力也(辛)二偈頌

爾時世尊欲重宣此義而說偈言

若持法華者　其身甚清淨　如彼淨琉璃　衆生皆喜見

須身淨喜見以驗持經之功也

又如淨明鏡　悉見諸色相　菩薩於淨身　皆見世所有　唯獨自明了　餘人所不見

須能應現補出如淨明鏡則鑑無不燭餘人不見顯未持此經不得如是功德非已智力所能見也

三千世界中一切諸羣萌天人阿修羅地獄鬼畜生如是諸色像皆於身中現

須生死報應等總三界依正善惡好醜

諸天等宮殿乃至於有頂鐵圍及彌樓摩訶彌樓山諸大海水等皆於身中現

此又別申諸相補出大海水一句則無不俱舍也是總頌六凡

諸佛及聲聞佛子菩薩等若獨若在衆說法悉皆現

此頌明四聖或處靜定或爲說法皆現身中也

雖未得無漏法性之妙身以清淨常體一切於中現

此結明身相爲能現之本知音云法師雖未得無漏法性之身而於此父母所生之體有類乎果覺現相也○問蕞爾眇躬胡能若是荅彈丸之鏡能持萬仞之山須剎之夢能現百年之境然皆有爲法生滅心也今經詮佛與衆生平等共有佛之知見持經者能常精進自然反常合道復何疑哉釋明身根竟(庚)六意根分二(辛)一長行

復次常精進若善男子善女人如來滅後受持是經若讀若誦若解說若書寫得千二百意功德

此總標其德以意默容十方世界故具一千二百

以是清淨意根乃至聞一偈一句通達無量

無邊之義

此別明其功先明深達衆義聞一句而能通達無量義者以無量義原出一句故得一而知廣也△問意根何以言聞荅意以通達爲能然通達必假聞而後得也又况此經功德不可思議得六根互用之妙而於意根說聞何礙又五根有同時意識所以言聞也

解是義已能演說一句一偈至於一月四月乃至一歲諸所說法隨其義趣皆與實相不相違背若說俗間經書治世語言資生業等皆順正法

要解云或一月一際一歲而演說一句偈者由意根精了達無量義也九句談妙葢得諸此西天歲分三際謂雨際熱際寒際四月即一際也證意實相則諸所說法無非實相故不相違背雖說俗事亦順正法解是義者即一句中解無量義故演此一句得至歲月不盡所以華嚴云於一文字語言中演說無邊契經海正此義也俗間經書即五經諸史等治世語言即調理陰陽安置邦國等資生業者即醫卜數命經營田疇等凡所發言無不與理契此皆意具圓說之功耳

三千大千世界六趣衆生心之所行心所動作心所戲論皆悉知之

要解云此明意根知機由意清淨故通於他心也所行者尋常心也動作者感變心也戲論者分別心也

雖未得無漏智慧而其意根清淨如此是人

有所思惟籌量言說皆是佛法無不眞實亦是先佛經中所說

上是凡心通達此是經功勝力未得無漏慧者不能如佛無漏而持經勝福聖性寘通則凡有思量皆合佛語也㊦二偈頌

爾時世尊欲重宣此義而說偈言

是人意清淨明利無濁穢以此妙意根知上中下法乃至聞一偈通達無量義

頌前總標上中下即三乘法前於一句達無量義則三乘法在其中矣

次第如法說月四月至歲是世界内外一切諸衆生若天龍及人夜叉鬼神等其在六趣中所念若干種持法華之報一時皆悉知

此頌別明其功皆由持法華之報所以能圓說能知機也

十方無數佛百福莊嚴相爲衆生說法悉聞能受持思惟無量義說法亦無量終始不忘錯以持法華故悉知諸法相隨義識次第達名字語言如所知演說此人有所說皆是先佛法以演此法故於衆無所畏

頌前總結前四句頌明意根見佛聞法思惟下明聞而後思知諸法相下是思而後行末四句結所說無他以所演說皆一乘實相故得無畏也

持法華經者意根淨若斯雖未得無漏先有如是相

頌雖結顯根勝而畢竟見經功殊勝也

是人持此經安住希有地爲一切衆生歡喜而愛敬能以千萬種善巧之語言分別而說法持法華經故

頌雖結顯經勝而又見意根通達若此也要解云此經純談諸法實相開佛知見故於六根功德一一發明倘能脫去情塵以清淨根照清淨境遂見山林周帀禽獸鳴呼醭鼻沾唇殊形異意無非實相無非妙法即一身而圓證遍六處而常彰本不欠虧曾無窒礙經文方便駢旁開示行人應須克擴悟入也知音云此品影起下品常不輕迹以便現神力囑累上行等菩薩於佛滅後在此娑婆世界廣其持說也明果中功德以勸流通竟

妙法蓮華經授手卷第六之一

音釋

胗音軫　咼快平聲　蹇堅上聲　匾音貶　㔸音梯　窊音蛙

妙法蓮華經授手卷第六之二

清楚衡雲峰沙門智祥集

常不輕菩薩品第二十

品節云此品由前明持經功德殊勝故特示堅持之行所以如來自叙昔爲常不輕時受持此經唯以平等佛慧教化衆生雖多遭毁辱絶無一念疲厭之心故至今日得菩提果此持經驗也以此勸進二乘當遵此範末世持經可無厭患則退墮之心無由起矣又見如來往昔爲此妙法悟守之難且不唯如來悟守之難於惡世弘經又爲難之極難故世尊憂懸之意深叮嚀之誠切也由是歷說持經之行自提婆達多以來皆明悟守之事至此遵如來行然後乃爲精持也前後諸品文雖不一而意實一貫泰會經文自得其旨具見如來說法之本意耳大窾云前迹門欲諸菩薩聲聞弟子發願持經故如來引自已曾爲國王忍苦求法以勵新記也今欲地涌之衆決志持經故復引自已曾行道法忍辱如是以勵今會也然此品論忍辱則含三忍四樂之行論持經則顯一句全經之益論功德則始得六根清淨終得無上菩提由此一品攝前數品之義又前品明所證此明能證能證之人名常不輕者由彼尊法重人不生輕慢故能修忍辱而成菩提也

要解云常不輕者釋迦前身威音王時精持妙法廣施利導之迹也以佛性義遍記四衆於善則拜逢恚不怒一切見敬故號不輕不專讀誦以持無相經確忍罵辱以

持無我行無相無我所謂精持也於萬億歲廣說是經化萬億衆令住正道使上慢者信伏隨從使畢罪者還得道果所謂廣利也蓋前之持經其五種功雖圓而未精前之嘗利獲六千德雖勝而未廣以其有人法之緣影存焉必斷造於無相無我之妙其於讀誦不知所專不知所忘其於四衆不知所敬不知所慢使妙行遍彰億衆自化敬慢之心罪福之迹凡所謂人法緣影者皆淊然於正遍正等之域然後爲精持廣益茲實持經之盡道也故勸持之文終於此品然品以常不輕名者天台云內懷不輕之解外敬不輕之境身立不輕之行口宣不輕之教人作不輕之目故云爾也(戊)三此品引信毀罪福證勸流通分二

(巳)一長行又三(庚)一雙指前品罪福

爾時佛告得大勢菩薩摩訶薩汝今當知若比丘比丘尼優婆塞優婆夷持法華經者若有惡口罵詈誹謗獲大罪報如前所說

涌出品後世尊荅彌勒將欲顯發宣示諸佛三力則壽量一品爲自在神通力分別功德至法師功德皆獅子奮迅之力故告常精進也今品明大勢威猛之力故首告得大勢以爲當機得大勢即大勢至也與常精進藥王等通在序品衆隨內以待夫此作流通大行菩薩模範耳如前所說者法師品云若有惡人以不善心常毀罵佛其罪尚輕若人以一惡言毀呰在家出家讀誦法華經者其罪甚重是也

其所得功德如向所說眼耳鼻舌身意清淨

此指得福如向所說者即法師功德品也要解云將顯精持先舉此者所以警衆使知持毀之報不謬而深信精持廣利也(庚)二雙開今品信毀分二(辛)一明事本事本者指威音王佛時爲不輕行之事本也

得大勢乃往古昔過無量無邊不可思議阿僧祇劫有佛名威音王如來應供正徧知明行足善逝世間解無上士調御丈夫天人師佛世尊劫名離衰國名大成

因叙事本先叙本師以師顯本其本有源也先叙時代次叙佛名知音云威以形言音以聲言王者自在義兼形聲而王於威音那畔也由威故得劫名離衰由音故得國名大成如來舉昔因而徧告得大勢者大窾云以末世持經自非真得大法勢力具天空海潤之懷霽月光風之度則爲境風飄動心海與波作浪不得寧帖不能忍辱故特告之也△又威音者不徒全事以智德超勝法音徧布也故威以自全音以全生於自他無礙故稱王也

其威音王佛於彼世中爲天人阿修羅說法爲求聲聞者說應四諦法度生老病死究竟涅槃爲求辟支佛者說應十二因緣法爲諸菩薩因阿耨多羅三藐三菩提說應六波羅蜜法究竟佛慧

此叙威音亦說三乘也因無上道爲說六度使由是而趣證菩提究竟佛慧

得大勢是威音王佛壽四十萬億那由他恒河沙劫正法住世劫數如一閻浮提微塵像法住世劫數如四天下微塵其佛饒益衆生

已然後滅度

此舉威音如來之壽量無窮以及正像刧量無際者爲如來救濟之心與時無間也故後云饒益衆生已然後滅度又此兩句更當活看況衆生無盡佛亦無終而云益已滅度者皆屬一期功勲言耳此叙最初一威音王佛也

正法像法滅盡之後於此國土復有佛出亦號威音王如來應供正徧知明行足善逝世間解無上士調御丈夫天人師佛世尊如是次第有二萬億佛皆同一號

自一佛相繼而有第二佛也但言此國而不標名者直指云是一真清淨之寂光土也謂佛與衆生等同一體故從上能度之主并所度之生總不離此土也二萬佛同一號正同二萬燈明表真俗圓融之相此叙佛之多以見釋迦往因之曠遠也

㊖二明本事本事者即如來因中本所修行之事也

最初威音王如來既已滅度正法滅後於像法中增上慢比丘有大勢力

此謂二萬億之最初佛正像法滅而人極惡也增上慢是意惡有大勢力是身口惡

爾時有一菩薩比丘名常不輕

此自叙因名本是比丘而以菩薩稱者顯内秘外現欲使一切衆生普皆作佛是人惡而已固善也

得大勢以何因緣名常不輕是比丘凡有所見若比丘比丘尼優婆塞優婆夷皆悉禮拜讚歎而作是言我深敬汝等不敢輕慢所以

者何汝等皆行菩薩道當得作佛

此出得名之由也要解云以佛性遍記四衆四衆容行不等而不輕以佛性等之故皆悉禮拜深敬者謂皆行菩薩道皆當作佛豈可輕慢之也

而是比丘不專讀誦經典但行禮拜乃至遠見四衆亦復故往禮拜讚歎而作是言我不敢輕於汝等汝等皆當作佛

此出所行之行也天台云讀誦經典即了因性皆行菩薩即緣因性不敢輕慢即正因性又不輕深敬是如來座忍於打罵是如來衣以慈悲心常行不倦即如來室也又深敬是意業不輕之說是口業故往禮拜是身業此三與慈悲俱即誓願安樂行也不專讀而但禮拜正是持無相經行無相行但誠願在遠見故往四字中發現非偶然行也

四衆之中有生嗔恚心不淨者惡口罵詈言是無智比丘從何所來自言我不輕汝而與我等授記當得作佛我等不用如是虛妄授記如此經歷多年常被罵詈不生嗔恚常作是言汝當作佛說是語時衆人或以杖木瓦石而打擲之避走遠住猶高聲唱言我不敢輕於汝等汝等皆當作佛

此明得名之緣也直指云緣四衆不知菩薩以平等慧普利一切而反謂無智故生打罵言我不用如是妄記也雖歷多年常被打罵而仍高聲稱讚此可見內不以自悟而輕自心外不以他迷而輕衆生透頂徹底以佛知見爲知見也△此又見達多

品云於多劫中無有懈倦是真不違仙人所願也

以其常作是語故增上慢比丘比丘尼優婆塞優婆夷號之爲常不輕

常不輕名既從四衆口授則四衆人皆知有所常知有所重決非痴迷不信者等也不然常不輕三字自何而得況四衆甚廣而後獨限千五百衆遇佛授記者無非要局面圓成耳菩薩如是授記四衆如是不受針來線去多少觀瞻此處又見達多一翻磨煉也(寅)三雙明信毀果報分三(辛)先明信者果報

是比丘臨欲終時於虛空中具聞威音王佛先所說法華經二十千萬億偈悉能受持即得如上眼根清淨耳鼻舌身意根清淨得是六根清淨已更增壽命二百萬億那由他歲廣爲人說是法華經

此明功極而驗應也要解云始則不專讀誦而終能聞持多偈增億萬壽廣爲人說者由其無相無我緣影俱忘故神智真明慧命不夭而冥契若此也威音雖滅而法音不滅故先所說經可以具聞然於空中聞者示其忘能所絕影像然後能具此法故得二十千萬億偈也以能所忘影像絕故即得六根清淨功德也前舉六根功德方明所證之法今舉不輕乃示能證之人

於時增上慢四衆比丘比丘尼優婆塞優婆夷輕賤是人爲作不輕名者見其得大神通力樂說辯力大善寂力聞其所說皆信伏隨從是菩薩復化千萬億衆令住阿耨多羅三

藐三菩提

向所以爲人輕賤者由保惜未忘只得久忍疲勞今一旦功深力極如風躍雲開妙行徧彰始轉輕賤爲尊重矣若不因輕賤復何以得大神通力具聞增壽也樂說辯力者即億歲廣說也大善寂力者即六根清淨真常功德也菩薩既增那由他而四衆隨從者壽亦與等也此處又見四衆與

菩薩終非兩箇

命終之後得值二千億佛皆號日月燈明於其法中說是法華經以是因緣復值二千億佛同號雲自在燈王於此諸佛法中受持讀誦爲諸四衆說此經典故得是常眼清淨耳鼻舌身意諸根清淨於四衆中說法心無所畏

命終者法執盡也前言臨欲終時尚未捨命乃將證將斷時也由初聞此經得一念歡喜故不能疾斷而反增法喜如那由他也今既得命終始能盡斷盡證所以得真俗融事理俱而發本明耀故有如日月燈與雲自在燈也日月燈乃二無差別之智雲自在燈乃無礙妙智由是正智如如故能於衆中說法無畏

得大勢是常不輕菩薩摩訶薩供養如是若干諸佛恭敬尊重讚歎種諸善根於後復值千萬億佛亦於諸佛法中說是經典功德成就當得作佛

此皆行不輕行後所事之佛所修之善以此福智莊嚴始成無上正覺要解云引威音王日月燈雲自在意明不輕積德致道

宣布法華源流之遠也要使說是經則如威音王而得大無畏明是道則如日月燈而相繼無窮布是利則如雲自在而潤覆無極凡精持廣利期造乎此天台云是比丘是菩薩皆指不輕也此文就信者論三報一現報謂得六根清淨二生報謂值燈明佛三後報謂值二千億佛等

得大勢於意云何爾時常不輕菩薩豈異人乎則我身是

此結會古今出權實本迹皆一人也

若我於宿世不受持讀誦此經爲他人說者不能疾得阿耨多羅三藐三菩提我於先佛所受持讀誦此經爲人說故疾得阿耨多羅三藐三菩提

此舉往行以勸當修也其文一反一正先用反言以勸信順謂我於往昔若不持說此經則佛果胡能克證次則正言由我於先佛世持說故今我疾得無上菩提也前云命終後值四萬億佛末後又值若干諸佛則所歷之時可謂久矣而今自謂猶爲疾得可見菩提事不易成也

(辛)二明毀者果報

得大勢彼時四衆比丘比丘尼優婆塞優婆夷以嗔恚意輕賤我故二百億劫常不值佛不聞法不見僧千劫於阿鼻地獄受大苦惱畢是罪已復遇常不輕菩薩教化阿耨多羅三藐三菩提

此明毀者得善惡兩果報也天台云由謗毀故千劫受苦是惡果報由聞佛性名下大乘種復遇不輕教化菩提是善果報也

妙樂云逆之得罪順之得果今日入會由遠因不忘也以是義故上慢尚成遠因聞信寧無現益也○問若因謗墮苦菩薩何故爲作苦因答其無善因不謗亦墮因謗墮惡必由得益如人倒地還從地起故以正謗接於邪墮也

得大勢於汝意云何爾時四衆常輕是菩薩者豈異人乎今此會中跋陀婆羅等五百菩薩師子月等五百比丘尼思佛等五百優婆塞皆於阿耨多羅三藐三菩提不退轉者是比結會古今處更好看要知從前若信若毀若忍若辱苦樂邪正輕賤者不輕者總只是今日一箇瞿曇面目故今信口道出豈異人乎天台云跋陀婆羅云善守謂衆生若聞名畢竟得三菩提故云善守又云賢首位居等覺爲衆賢之首也補註云有作五百比丘尼節句者大有所妨其意謂出家二衆但舉比丘在家但舉優婆塞又謂千佛因緣經但云思佛等恐鈌畧尼字若據正法華云師子月等五百比丘比丘尼又加優婆夷乃成四衆則師子月自是比丘不應稱尼故云有所妨也今考因緣經云思佛千優婆塞得無生忍㲲多羅母善賢比丘尼等五百比丘尼不受諸漏成阿羅漢且因緣經亦是什譯豈敢定謂鈌畧尼字又尼思佛之名未見他經所出故不敢定言後若見尼思佛名方爲允當

㊉三結饒益勸持

得大勢當知是法華經大饒益諸菩薩摩訶薩能令至於阿耨多羅三藐三菩提是故諸

菩薩摩訶薩於如來滅後常應受持讀誦解說書寫是經

此見經功殊勝全品得力處正屬此段無非教人當信當持也天台云經實有力終感大果務當勤習五種之行五種行者即五種法師行也(巳)二偈頌分二(庚)一頌信毀因果分二(辛)一頌事本

爾時世尊欲重宣此義而說偈言

過去有佛號威音王神智無量將導一切天人龍神所共供養

此頌該盡二萬億佛知音云神智無量法身也威也將導一切般若也音也天人下解脫也王也即名以頌其實(辛)二頌本事又四(壬)一頌雙標二人

是佛滅後法欲盡時有一菩薩名常不輕時諸四衆計著於法

此頌最初佛滅便有此二種人不輕是持經之師四衆是慢法之人乃信毀對舉也著法者即執我著相之流佛藏經云刀輪害閻浮提人其失尚少有所得心說大乘者其罪過彼(壬)二頌明其得失

不輕菩薩往到其所而語之言我不輕汝汝等行道皆當作佛諸人聞已輕毀罵詈不輕菩薩能忍受之

菩薩往其所而受法言是以真熏妄也具不輕之實諸人罵詈而忍受之是真能融妄也得不輕之名(壬)三頌信毀果報

其罪畢已臨命終時得聞此經六根清淨神通力故增益壽命復為諸人廣說是經諸著法衆皆蒙菩薩教化成就令住佛道不輕命

終值無數佛說是經故得無量福漸具功德
疾成佛道
補註云由四衆輕賤作不輕名又以杖石
打擲一皆能忍所有罪業因茲畢盡是故
臨終具聞妙法便得六根清淨矣
㊀四頌結會古今
彼時不輕則我身是時四部衆著法之者聞
不輕言汝當作佛以是因緣值無數佛此會
菩薩五百之衆并及四部清信士女今於我
前聽法者是我於前世勸是諸人聽受斯經
第一之法開示教人令住涅槃世世受持如
是經典
此頌明古今人法不二也知音云彼時下
頌昔因今果之師見傳法之功德不虛也
時四下頌昔因今果之衆見今佛前聽法

非無故也我於前世下見佛昔由勸人聽
經爲因今復開示令住涅槃爲果也世世
下明久持不倦應前若我於宿世不受持
讀誦此經等文㊁二結頌勸持
億億萬刧至不可議時乃得聞是法華經億
億萬刧至不可議諸佛世尊時說是經是故
行者於佛滅後聞如是經勿生疑惑應當一
心廣說此經世世值佛疾成佛道
此總訓於此妙法得見得聞即勿視此見
聞爲易易也我自世世勸持此經不知經
億億萬刧以至不可思議刧乃得一聞是
此法聞不易也又經如許多刧乃得一佛
出世一演是法是此法說亦不易也是故
我力勸汝等菩薩於我滅後應一心持說
勿生疑惑必至速證無上極果我爲汝等

保任此事終不虛也世尊囑人到此可謂斬釘截鐵不啻泣血吾人誠不可自輕自忽也已前三品半明弘經功德流通已竟

妙法蓮華經授手卷第六之二

音釋

窾苦管切音款　斮同期　溜音閏　打音頂　詈音利　鐵音鉄

妙法蓮華經授手卷第六之三

清楚衡雲峰沙門智祥集

如來神力品第二十

品節云此品由前廣說持經之功復示自持之行則當機圓悟已極已遂如來出世本懷且又得地涌持經之衆故如來歡喜乃極盡神力而印證之也且欲令當機達平等法界直令覩佛境於目前見淨土於當下法利既圓法王之家業可付然品初必以地涌之衆而發起者正顯自心性德滿足乃爲法華全體故如來即現神力遍身毛孔皆放光明舌至梵天地皆震動所謂通身吐露徹底掀翻也諸佛同放光明以顯佛佛道同十方諸佛同坐光中空中出聲遥讚釋迦說法華經者顯十方諸佛心心相應也十方世界通達無礙如一佛土乃昭廓法身真境以消二乘限量之心世尊至此極盡神力發揚此經功德不盡者由如來所有一切之法一切自在神力一切秘密之藏一切甚深之事皆於此經宣示顯說故久默斯要今乃說之以其難信難解者今已信解所謂悟佛知見而奉持之功德亦非思量可及開示至此顯理已圓故盡佛神力以印證之所以判此品爲顯理之極也顯理既圓故次囑累舊判自此已下俱屬流通直指云自從地涌出品至此七品皆是顯本門事業涌出品顯本門大用壽量品顯本大體分别隨喜法師三品顯本大功不輕品顯本大行今神力品顯本大果言大果者應譬喻品云如

來成就無量知見力無所畏有大神力及智慧力具足方便智慧波羅蜜等此皆是大果所攝葢迹門一十四品通屬如來智慧自本門至此七品又屬如來神力但前六品是神力與智慧並行惟此品是終本門大全之旨而欲掃蕩慧力之跡故獨現十種神力於刹那頃直使十方世界通爲一土九界衆生齊登佛地以完長者身手有力之案也天台云如來義如前釋神力者神名不測力名幹用不測則天然之體深幹用則轉變之力大爲欲付囑深法現十種神用故名神力品㊀此去八品總明付囑流通分爲三段㊁一此與囑累二品明囑累流通分二㊂一明菩薩受命弘經又二㊃一長行分三㊄一菩薩受命又二㊅一經家敘儀

爾時千世界微塵等菩薩摩訶薩從地涌出者皆於佛前一心合掌瞻仰尊顔

地涌之衆本爲弘通大法而來當時由會衆陳疑請問佛爲顯本門大事開導未畢故不暇陳來意而發願也然迹本二門流通之機各有兩層如迹門如來唱募流通而新記皆已發願此方他方實未恰佛本意但顧視八十萬億菩薩始有持品及安樂行而成如法流通也今本門亦有兩層前囑累隨喜法師三品亦不盡如來本意今得涌出大衆各陳本念則如來懸懷可罄而此心無慮矣須知二門流通之衆前位僅可自利而後位得眞如大用全身擔荷故使如來雪釋所懷現神喜幸爲付囑

耳㊣二發誓弘經

而白佛言世尊我等於佛滅後世尊分身所在國土滅度之處當廣說此經所以者何我等亦自欲得是眞淨大法受持讀誦解說書寫而供養之

知音云究其語意于處之廣狹心之緩急較前有兩不同於持品諸發願者何故藥王等雖各發願此方他方周旋往返十方持經然但奉佛命不得佛心故佛不放心瞑目而付囑也惟此千世界塵衆發願舉其處則曰於佛滅後世尊分身所在國土滅度之處是持經之處無量擴乎其不止於周旋往返一佛滅後之十方世界也以佛分身無量世界亦無量故舉其心則曰我等亦自欲得是眞淨大法是持經之心無倦恹乎其不同於八十萬億那由他菩薩言我等敬信佛悉忍是諸惡惟願世尊在於他方遥見守護以畏惡求護終是賴佛行事今此大衆自欲得眞淨法則上不恃佛下不畏惡故得佛命而愜佛心即現神力而囑累也

㊣二佛現神力分二㊣一所對之衆

爾時世尊於文殊師利等無量百千萬億舊住娑婆世界菩薩摩訶薩及諸比丘比丘尼優婆塞優婆夷天龍夜叉乾闥婆阿修羅迦樓羅緊那羅摩睺羅伽人非人等一切衆前

此去皆經家敘置佛以十種神力爲囑累也知音言文殊等爲舊住顯上行等爲新住況文殊在過去日月燈佛爲妙光法師教八王子其第八曰燃燈則釋迦於燃燈

始發大心故稱文殊爲舊住娑婆之耆宿也今對此衆前現大神力是欲將此經付囑本土也

壬二正現神力分爲十科癸一出舌表眞

現大神力出廣長舌上至梵世

此如來以廣長舌現超世間徧覆一切大神力也天台云現大神力一句爲總下十種是别吐舌相者顯今經所演開三顯一權實本迹授記聲聞因緣譬喻等一皆誠諦不虛不然胡能現此廣長舌相耶三世不妄語舌能至鼻三藏佛舌至髮際今至梵天出過凡聖之外極於淨天之頂相既殊常説彌可信癸二放光顯妙

一切毛孔放於無量無數色光皆悉遍照十方世界衆寶樹下師子座上諸佛亦復如是出廣長舌放無量光

此如來以毛孔光現克周十方無遮障大神力也經凡三會放光最初於眉間白毫放光但照東方萬八千土者特於淺近中示現此境爲一切未知者令其知且識也次於三變土處亦放是光照東方五百萬億那由他恒河沙國如是次第遍照八方較前方土增勝是擴克前境令其知識深增廣達耳前但一毛今則一切毛前只一色今無數色前照少方今則十方此所謂以無數方便漸令入佛智先則曰甚深無量難解難入至此則透頂透底無餘蘊矣天台云通身毛孔遍體放光周遍十方無處不明表二門理一智境究竟也上迹門白毫吐耀始在東方表七方便初見一理

今本門既竟放一切光照一切土能令初心因位終於等覺究竟佛慧分身諸佛亦復如是此相既同各於其土利益亦然○

三延促同時

釋迦牟尼佛及寶樹下諸佛現神力時滿百千歲然後還攝舌相

此如來以暫作久幻變三際現延促同時大力也一時吐舌延百千歲非大神力而何攝收也還攝對上出舌言直指云諸佛證得三際平等眞俗一如乃能延刹那爲一刧促一刧爲刹那以其心量不存則法界量滅法界無量而延促如幻是佛尋常受用三昧但對新機故曰神力○四謦欬彈指

一時謦欬俱共彈指是二音聲遍至十方

此如來以彈欬聲現普徧十方無隔礙大神力也攝舌相後將欲發聲故曰謦欬謦欬彈指何言神力神力在一時俱共四字中見得蓋三變土中之分身佛數量無際如是多佛俱共一時謦欬彈指釋迦不先分身不後二種音聲齊遍十方此非大神力耶要知我如來以全體大用直顯本地風光使一切人透脱玄關金鎖具頂門眼所謂咳吐掉臂皆向上機此正涅槃會上拈花旨也前此四大神力係佛身自出諸分身佛亦然以下六神力乃佛聲光之力及被佛聲光之力轉次所現也

○五地六種動

諸佛世界地皆六種震動

此佛聲光威神之力動彼十方諸地相也

神力不在震動而在諸佛世界地皆六種八字上見如來出世大事本迹二門開彰已畢故出舌相以表眞實會衆見相已信如來言無虛妄佛復欲完白毫中圓具十界之相使人更知不唯一毫如是則毛毛孔孔無不皆然如此者則色遍十方矣色既如是聲亦皆然所以有謦欬彈指俱遍十方之聲也且色聲但屬眼耳而鼻舌身意未嘗顯示故于此又現大神力致諸佛世界此感彼應以至六種震動則是六種震動正顯六根大用全彰使會衆因知自已根根塵塵周遍法界始不疑諸佛智慧何故甚深無量難解難入也(經)六普見大會

其中衆生天龍夜叉乾闥婆阿修羅迦樓羅緊那羅摩睺羅伽人非人等以佛神力故皆見此娑婆世界無量無邊百千萬億衆寶樹下師子座上諸佛及見釋迦牟尼佛共多寶如來在寶塔中坐師子座又見無量無邊百千萬億菩薩摩訶薩及諸四衆恭敬圍遶釋迦牟尼佛既見是已皆大歡喜得未曾有

此佛聲光不思議之力開彼十方衆生見勝相也衆生即指前所震動之十方普佛世界中所有一切衆生也衆生何由得見娑婆世界無量諸佛及菩薩四衆等以佛神力故也惟佛以神力現示故頓使一切衆生同於一時齊成正覺開佛知見知見既開則無所不見雖世界如是廣遠諸聖如是衆多無不分明顯現圓見無移那得不大歡喜得未曾有耶(經)七空中出聲

即時諸天於虛空中高聲唱言過此無量無邊百千萬億阿僧祇世界有國名娑婆是中有佛名釋迦牟尼今爲諸菩薩摩訶薩説大乘經名妙法蓮華教菩薩法佛所護念汝等當深心隨喜亦當禮拜供養釋迦牟尼佛

此佛聲光不思議力令彼十方諸天見勝歡供相也諸天何由得聞娑婆世界有釋迦牟尼爲諸菩薩説此大法亦以佛神力故也惟佛以神力現示故於眞俗圓融中有此聲作此語知此三寶告此衆生教令深心隨喜則知如此深境非此深心不能契會此禮拜供養所以不容已也

癸八聞聲至敬

彼諸衆生聞虛空中聲已合掌向娑婆世界作如是言南無釋迦牟尼佛南無釋迦牟尼佛以種種華香瓔珞幡蓋及諸嚴身之具珎寶妙物皆共遥散娑婆世界

此十方衆生藉佛光被聞虛空之音遂知于佛與供相也彼諸衆生一聞空中之聲何以便合掌稱名且遥呈種種寶物共散娑婆亦以佛神力故也惟佛以神力現示故於盡十方法界若巳若人總得開佛知見彼此不分故各於自所住處作諸供養也若論此中本始二覺則一切人於第六神力中巳見釋迦與多寶同居一塔至於分身諸佛一切菩薩皆巳明見又何用天人再告須知由聞此聲又得一翻親切所以説向娑婆於處親切稱如來名於理親切既有所向有所尊則知無不明此可謂眞得佛知矣癸九供物成蓋

所散諸物從十方來譬如雲集變成寶帳遍覆此間諸佛之上

此娑婆衆生亦因佛神力故遂得見于十方各各與供變現之相也彼花香瓔珞等來如雲集何由變成寶帳覆我諸佛此非佛神力斷不能也要知諸物來從十方是攝大用於一處變成寶蓋是散而復聚正應如來說無量義經已又入無量義定此間諸佛即全體也徧覆者無佛不俱也徧覆此間諸佛之上始是攝大用歸全體所作已辦知見已圓所謂慈陰妙雲覆涅槃海㊟十通一佛土

於時十方世界通達無礙如一佛土

此總繳由佛神力十方世界與娑婆世界皆悉融通爲一佛土相也世界是依正二報之總名且器界本無分限疆域皆是强名而正報衆生固爲一理由知見妄生致令衆塵隔越所謂無同異中熾然成異者皆妄也慮妄既立知見妄分所以在眼分爲見在耳隔爲聞故謂元以一精明分成六和合也世尊於無量刦證此無礙妙理觀一切人大夜難曉故特爲此大事因緣出世開示之也今既開示已極而一切人知見亦極是翻前迷境爲大覺塲故于十方世界昔所不通不達最滯最礙之所而今豁然貫徹故曰通達無礙如一佛土也如來始自放光現瑞出定歎德開權顯實廢迹顯本共二十品經文妙法深談至此神力妙現至此本迹融會至此生佛同證至此轉虛妄知見成諸佛知見至此無一

針鋒處不是佛知無一微塵裏不是佛見始完如來出世爲一大事因緣開示悟入之本心本願也按經意本門正宗當終於此佛現神力已竟㊥三結要勸持分四㊤一稱歎付囑

爾時佛告上行等菩薩大衆諸佛神力如是無量無邊不可思議若我以是神力於無量無邊百千萬億阿僧祇刦爲囑累故說此經功德猶不能盡

從前既將出世本懷顯發已竟而會衆亦一一圓證已竟故但召下方弟子而付囑也且現神力時於文殊衆前者由文殊於日月燈明時已領命流通藥王於日月淨明德佛前亦已受命流通矣但於此諸菩薩前現如是神力以彼皆耆宿曾見先佛亦如是現今復覩相而流通之意復新上行等昔所未見今一見如是神力則受命流通之念轉切必祈滿足菩提而後已亦使新記聲聞安心萬行更無餘想故告云諸佛神力此其少分尚有不思議者存焉此結證本門正宗大業也若我以是神力下方起付囑流通謂若我以此神力現於無量刦中刦刦爲囑累故宣說此經功德猶不能盡是知前段結上後節起下則於正宗流通兩極之中始有分結若作一氣解釋則此神力獨爲流通而舉也看者當須斟别且諸佛如來凡現神變相皆有大因緣故最初欲開權顯實授三根人記但略放一光迹門將畢而復欲開顯本門大事則又廣放斯光今正宗事畢故現如是

十種神力則興起流通之意有在於茲㊄

二結要付囑

以要言之如來一切所有之法如來一切自在神力如來一切秘要之藏如來一切甚深之事皆於此經宣示顯說

此總束前正宗權實本迹所說過者今皆並舉總結一經大要以付囑地湧菩薩使之得其關要以便處處流通也故曰以要言之如來乃通舉十方三世所有之佛法即諸佛如來各各於道場所證之法而言一切所有者即指前正宗最初出定歎德十界十如大小權實三周開顯授聲聞記以至歎美法師說安樂行地涌因緣壽量長遠等皆是如來所有一切法也此屬佛之智慧自在神力者即前放光動地延促同時八十小刧謂如半日接大衆於虛空變娑婆於頃刻以至如上十種神用皆是如來一切神力也此屬佛之神通秘要藏者為諸佛守護秘即秘密要乃緊要如前光中所現十法界相豈非秘要地中所涌多寶妙塔豈非秘要下方所出一一菩薩豈非秘要龍宮涌出無量化衆等此皆向所未現者今於法華一一顯露令見聞者畢到菩提皆是如來秘要之藏故謂久默斯要也此屬如來三昧甚深之事者即如文殊明日月燈佛之事世尊說大通智勝事提婆達多事龍女成佛事化地涌衆事常不輕行事開權顯實事廢迹顯本事皆爲難測難知是如來甚深事也此屬如來知見故譬喻品云有無量三昧智慧神通

知見波羅蜜皆已具足今欲付囑諸菩薩如此四法但撮要而言故云皆於此經宣示顯說更須知此四法即五重立義所建立者一切法即妙法名也自在神通既已明見則疑斷信生用也秘要之藏即融萬有而歸一實相體也甚深之事因果該徹一乘所尚宗也唯此四句攝盡一經全旨斯可見經意完正宗而總要義以付囑諸菩薩始是流通㊄三勸獎付囑

是故汝等於如來滅後應一心受持讀誦解說書寫如說修行所在國土若有受持讀誦解說書寫如說修行若經卷所住之處若於園中若於林中若於樹下若於僧坊若白衣舍若在殿堂若山谷曠野是中皆應起塔供養

是故汝等下召上行等守護流通然流通畢竟要一心受持讀誦解說書寫如說修行具此六事堪當責任所在國土下謂凡有此經之處凡有修行此經之人逐一命上行等皆應起塔供養此是應上四殊勝力悉屬此經咸在此人而繼起慧命也故當恭敬㊄四釋成付囑

所以者何當知是處即是道場諸佛於此得阿耨多羅三藐三菩提諸佛於此轉於法輪諸佛於此而般涅槃

此正釋其意上云經卷所在之處便應起塔者以經中要說要在四事是處者天台云即經在處以道場釋上甚深之事得菩提釋上秘藏轉法輪釋上一切法入涅槃釋上神力此之四要攝經文盡故皆應起

塔也所言要者得菩提是法身轉法輪是般若入涅槃是解脱三法成秘密藏佛住其中即是塔義(庚)二偈頌分二(辛)一頌十種神力

爾時世尊欲重宣此義而說偈言

諸佛救世者住於大神通爲悅衆生故現無量神力舌相至梵天身放無數光爲求佛道者現此希有事諸佛謦欬聲及彈指之聲周聞十方國地皆六種動以佛滅度後能持是經故諸佛皆歡喜現無量神力

前四句總頌諸佛當其出世住大神通無非爲救此未聞佛道者其所以顯現神力不止於此有無量也亦不過悅樂衆生令其深造耳舌相等四句頌色徧十方令新舊住娑婆以及他方雲集九界衆生咸得聞此正宗大業各發二利之心其求是道何等諄切故爲之吐舌放光現此希有以結證前文之所受也謦欬等頌聲徧十方普諭此界他方令知佛滅度後流通得人如來出世本懷不大慰耶所以現無量神力以起後付囑流通也於前十種神力中但出此四餘皆攝於無量二字中

(辛)二頌結要付囑分三(壬)一總頌四法

囑累是經故讚美受持者於無量劫中猶故不能盡是人之功德無邊無有窮如十方虛空不可得邊際

此總頌四法但云囑累是經故以至不可得邊際具含四義義既無邊則受持之人功德亦無邊也(壬)二別頌四法分四(癸)一頌一切之法

能持是經者則爲巳見我亦見多寶佛及諸
分身者又見我今日教化諸菩薩
此頌故來一切所有之法天台云持法即
持佛身一切法不出能化能證及所化所
證故也
㊇二頌自在神力
能持是經者令我及分身滅度多寶佛一切
皆歡喜十方現在佛并過去未來亦見亦供
養亦令得歡喜
神力動相從歡喜中生若有能持此經不
唯即令諸佛現神稱讚使三世十方如來
無不如是現神稱讚也㊇三頌秘要之藏
諸佛坐道場所得秘要法能持是經者不久
亦當得
諸佛於菩提道場所得秘密微妙難解之

法唯佛與佛乃能知之今若能持誦此經
則去道場不遠不久亦當得此妙法矣㊇
四頌甚深之事
能持是經者於諸法之義名字及言詞樂說
無窮盡如風於空中一切無障礙於如來滅
後知佛所說經因縁及次第隨義如實說如
日月光明能除諸幽冥斯人行世間能滅衆
生暗教無量菩薩畢竟住一乘
上言不久當得此法是自利此言樂說無
窮盡方是利他謂若能持誦此經則得於
法於義言詞樂說以成四無礙辯說法無
滯如風入空了無障礙既得如是辯才於
如來滅後凡佛所說一切經法隨其次第
亦能如佛以種種因縁譬喻言詞而爲衆
生說此實相妙法也自覺覺他破愚痴暗

喻如日月光明無所不燭故能教化無量菩薩究竟一乘妙果豈非如來甚深之事耶㊤三頌總結勸

是故有智者聞此功德利於我滅度後應受持斯經是人於佛道決定無有疑

此頌總結四法言若能持此四法信受斯經畢竟成佛無疑也從現神力之後如來正説流通故告上行等諸菩薩總一經要義不出四法而重疊發明本爲囑累故此結云是人於佛道決定無有疑則此段長文並頌在囑累流通之前亦是結前起後盡此之後立囑累品也

囑累品第二十二

品節云此品因前開示顯理已圓當機悟心已徹信解已眞而成佛之正因已具則如來出世之本懷已滿正若長者父子情忘即當委付家業故説囑累以終諸弟子之信解也○自提婆達多至此十一品經總爲悟佛知見合前二十二品通爲信解總屬顯理爲因下六品顯行以明證入爲果要解云以言託之曰囑以法系之曰累欲使傳續妙法利達無窮故曰囑累而爲付授流通也然法會未終遽説囑累者此經以智立體以行成德前之開佛知見明一大事立體之法既備故説囑累以明佛佛授手之要止此而已後之以行成德者唯體前法推而行之更無別法既無別法則於此囑累宜矣㊁二明如來摩頂付囑分二㊍一特明付囑又三㊎一如來付囑

爾時釋迦牟尼佛從法座起現大神力以右

手摩無量菩薩摩訶薩頂而作是言我於無量百千萬億阿僧祇刼修習是難得阿耨多羅三藐三菩提法今以付囑汝等汝等應當一心流布此法廣令增益如是三摩諸菩薩摩訶薩頂而作是言我於無量百千萬億阿僧祇刼修習是難得何耨多羅三藐三菩提法今以付囑汝等汝等當受持讀誦廣宣此法令一切衆生普得聞知

前品神力是慶悦衆生以成法喜故就座而現以顯果體自在今爲付囑流通雖是成就菩薩自行然佛爲續慧命是佛已事故從座起立而復現神力也直指云舉手表權摩頂表實藉諸佛之權顯自性之實始契流通之旨舉一手而普摩無量諸菩薩頂是大神力此如來以身業加持也已上是經家敘置結證法師品則爲如來手摩其頭之案二曰我於無量刼修習是難得法今以付汝等是以口業加持也三曰汝等應當一心流布此法廣令增益是意業加持也此結證法師品則爲如來所遣行如來事之案即此三處如被見如來大展慈悲無慳無畏顯矣△細玩付囑之詞曰我於無量刼修習是難得之法此中勤苦有不忍具説者豈獨於阿私仙處千歲忍苦爲常不輕時億刼行道耶須知歷塵點刼之捨身命又豈止一娑婆而無芥子許空處耶總爲得此法之難耳今以此難得之法付囑汝等汝等但憶已之勤苦難得當思吾之勤苦難得豈不盡力流通哉此爲佛囑上行等之苦切至矣再觀初曰

廣令增益後曰令一切衆生普得聞知此又爲吾佛不捨一衆生之苦切至矣讀者當深生慚愧

所以者何如來有大慈悲無諸慳悋亦無所畏能與衆生佛之智慧如來智慧自然智慧如來是一切衆生之大施主汝等亦應隨學如來之法勿生慳悋

此正出囑累之意所以者何下至大施主是佛自舉大體爲宗教上行等効法而行也直指云大慈悲即如來室應安樂品生二種心無慳悋即如來衣應方便品若以小乘化我則墮慳貪無所畏即如來座應前以無畏心說是經典天台云佛智慧即一切智如來智慧即道種智自然智慧即一切種智於如來室中能施衆生三種智慧乃至座中亦復如是此即衣座室中各具三智以此三事弘經益他令他各得果地三智之用也汝等下是囑累上行等効之而普利也一曰應學又曰勿悋如此囑累可謂諄諄矣

於未來世若有善男子善女人信如來智慧者當爲演說此法華經使得聞知爲令其人得佛慧故若有衆生不信受者當於如來餘深法中示教利喜汝等若能如是則爲已報諸佛之恩

此正囑於未來世而流通也天台云若根深智利直說佛慧若不堪者於餘深法中示教利喜佛慧是深而非餘方便是餘而非深別教次第是餘亦深汝能以餘深之法助申佛慧即善巧報佛之恩也此名誠

付始完寶塔品中付囑有在之案

㊃二菩薩領受

時諸菩薩摩訶薩聞佛作是說已皆大歡喜徧滿其身益加恭敬曲躬低頭合掌向佛俱發聲言如世尊勅當具奉行唯然世尊願不有慮諸菩薩摩訶薩衆如是三反俱發聲言如世尊勅當具奉行唯然世尊願不有慮

天台云佛既三業付囑菩薩亦三業領受俱發聲是口領曲躬等是身領歡喜是意領如世尊勅者領受如來是大施主即入室也當具奉行者領教無諸慳悋即著衣也願不有慮者領教無所畏即坐座也△此經本迹二門如來屢屢教人發願通經意在大法難行人亦難信誰能悟此妙法徹古通今誰能以此妙法益人自益四十年中血心苦口到法華會上始有回心向此法門者既能信受即與記成佛而急急乎使之流通會中諸菩薩聲聞亦疊疊發願受持於中或抑或揚皆是大權方便策進新行其實一往尚未決定至此始摩頂安慰而再三付囑矣況摩頂是上愛下之意曲躬低頭乃下敬上之儀上行等至此喜徧通身益加恭敬是何等慶快故亦三番承任可謂全身擔荷矣此方結完如來不許他方菩薩弘經之案

㊃三事畢唱散

爾時釋迦牟尼佛令十方來諸分身佛各還本土而作是言諸佛各隨所安多寶佛塔還可如故

此見能事既周則各安所安也直指云初

爲三周召集以表圓行圓證自變土以來分座而坐共助法化至神力品與佛同放寶光同現舌相以表主伴體用一如由此迹本兩門一切大會同見同聞佛知佛見無不了了大功佐畢故命各還本土導利本土衆生多寶是本覺之理理無來去故曰還可如故△分身諸佛向從十方來者爲利衆生從無去來中示諸來相今既大功告竣則退藏於密矣多寶佛塔向出現時但曰爾時佛前有七寶塔竟不言從何所來昔既不來今亦何往所以云還可如故此一故字當須著眼向如來未放光出定時看向彌勒文殊未問答時看向分身諸佛未動步時看向寶塔未涌現已前看於此等處看得親切始知還可如故的境界甚不可思議也

(庚)二時衆歡喜

說是語時十方無量分身諸佛坐寶樹下師子座上者及多寶佛并上行等無邊阿僧祇菩薩大衆舍利弗等聲聞四衆及一切世間天人阿修羅等聞佛所說皆大歡喜

世尊爲大事出世開示衆生本覺妙明自放光出定已來若聖若凡是依是正無不從頭變弄一過至今三根同證十界普圓生界既空世界相滅總爲一眞法界而復流通有託慧燄繼於將來克紹得人道種遍於沙界出世本懷於斯已畢故至諸佛同慶海會共歡當此之時正是諸佛演圓滿修多羅教共入普光明殿天台云昔慈恩基師安國涉師並移此品於勸發品後

若在於此有八相違十不可之説荆溪尊者於記文中一一敘破文繁不錄知音問何不命多寶塔還歸下方答尚欲留證宿王華之請藥王本事教妙音來見文殊受觀音之分瓔珞成無盡意之福田故也又云本分流通於此已訖支別流通更有六品首置藥王本事者藥王持此經爲一切衆生所喜見不惜燒身然臂見法師品之所因及持品之發願也藥王持經於此方之行則著矣於他方之音則未妙故受之以妙音來往品見八十萬億那由衆周旋往返之軌範矣周旋於世界爲人雖妙往返於自身爲已則不自在故受之以觀音普門品見上行等六萬恒沙之衆自欲得眞淨大法無非普門自在之業矣流通至普門自在則可謂總一切法持無量義故受之以陀羅尼品流通既至總持則上合十方諸佛本妙覺心下合六道衆生同體悲仰莊嚴妙覺王刹之行至矣而無以加矣故受之莊王本事品妙莊嚴王乃成佛之果普賢勸發爲成佛之因欲明此經因該果海果徹因源則無越乎内樹四德外全萬行不捨寶威德上王佛國而來遊戲於娑婆世界故受之以普賢勸發品而告終焉然此六品於本經各爲一支別明一行故名支別流通也

妙法蓮華經授手卷第六之三

音釋

謦（輕上聲）　欬（音慨）　斟（音眞）

妙法蓮華經授手卷第六之四

清楚衡雲峯沙門智祥集

藥王菩薩本事品第二十三

品節云此品來意前既顯理已圓今當顯行以明入佛知見也以藥王明行者意謂雖悟圓理然於俗諦利生必資止觀之藥調治之方淨治無明煩惱以破我法二執方爲妙行而可證入妙果矣故首問藥王云何遊於娑婆世界而行百千萬億難行苦行者正示二乘初涉生死險道全仗止觀之力故以藥王因昔聞妙法華經得現一切色身三昧破我法二執乃能以神力供佛得受付囑也然以身供佛表破我執以臂供塔表破法執二執全空皆因法華三昧之力顯持經之功見妙法最勝故廣讚經功凡有修者無不獲益也執有分別俱生二種初破分別二執即登初地破俱生二執即登佛地今明破二執而登地之行至此乃顯故判爲入佛知見明矣楞伽明菩薩以止觀力進破二障實證眞理從初地至第七地頓捨藏識乃入八地自此即得三種意生身一者謂三昧樂意生身二者覺法自性意生身三者種類俱生無作意生身此當八地得現一切色身三昧正三昧樂意生身也妙音觀音二品如次配二種身以得此身乃實證之驗也然此意生身入定則有出定則無故云三昧樂天台云藥王本事者觀經云昔名星光從尊者日藏聞說佛慧以雪山上藥供養衆僧願我未來能治衆生身心兩病舉世歡

喜號曰藥王今此經云名一切衆生喜見
頓捨一身復燒兩臂蝩生重法命殞道存
舉昔顯今故言本事品也
㊀二後五品約化他流通分五㊁一出藥
王本事勗弘經法師以勸流通分四㊅一
請問
爾時宿王華菩薩白佛言世尊藥王菩薩云
何遊於娑婆世界
理既圓而行必彰故有宿王華出請妙行
也直指云宿即如如理是眞諦華即如如
智是俗諦王即理智互融是中道以三諦
一心爲理事無礙之妙行與本迹兩門會
衆發藥王本事以啟大行關鍵故如此問
也知音云當機意謂娑婆爲五濁惡世人
所畏憚而藥王於持品獨發願遊於此土
者未審有何本事妙樂云通問遊者遊必
具足十法界身並如妙音觀音但别舉苦
行以逗所宜故請荅之言意在苦行也
世尊是藥王菩薩有若干百千萬億那由他
難行苦行善哉世尊願少解説諸天龍神夜
叉乾闥婆阿修羅迦樓羅緊那羅摩睺羅伽
人非人等又他國上諸來菩薩及此聲聞衆
聞皆歡喜
擄當機請詞巳知藥王有若干苦行必難
具説今請世尊於難説中説其少分使此
方他方一切會衆聞而歡喜必倣風行之
以持此經也
㊅二對荅分二㊆一荅苦行又二㊇一明
事本
爾時佛告宿王華菩薩乃往過去無量恒河

沙劫有佛號日月淨明德如來應供正徧知明行足善逝世間解無上士調御丈夫天人師佛世尊

此舉藥王本事之始也直指云一悟圓教初住之時定證心佛衆生三無差別之理是以所師之佛號日月淨明德表三身不住我法雙忘之相即此佛號謂之藥也

其佛有八十億大菩薩摩訶薩七十二恒河沙大聲聞衆佛壽四萬二千劫菩薩壽命亦等

此叙大小乘法屬然壽等如來而獨謂菩薩者要知皆是補處位人其日月淨明之德亦具矣

彼國無有女人地獄餓鬼畜生阿修羅等及以諸難地平如掌瑠璃所成寶樹莊嚴寶帳覆上垂寶華幡寶瓶香爐周徧國界七寶爲臺一樹一臺其樹去臺盡一箭道此諸寶樹皆有菩薩聲聞而坐其下諸寶臺上各有百億諸天作天伎樂歌歎於佛以爲供養

此叙依報莊嚴女人爲污染之緣佛既名淨明宜其無女人也三途爲愚痴覆慧佛既名日月淨故無三途苦處也修羅等以嗔毒爲因佛既名淨德所以無修羅與諸難也地以琉璃而平如掌者爲淨德而成也樹即智行臺即理觀寶帳以表慈悲華幡以喻弘辯瓶爐周遍乃衆德畢具樹臺間隔乃理智互嚴樹坐菩薩聲聞臺作歌讚伎樂此皆以明如來妙德依不出正故一一皆從日月　明德所建立也天台問文無修羅而下何言修羅等見其無臂耶

荅國中無實報修羅權現容亦有之〇補註引嘉祥云箭道二里也或取射垛一百二十步一百三十步一百五十步者

(壬)二明本事分三(癸)一明佛說法

爾時彼佛爲一切衆生喜見菩薩及衆菩薩諸聲聞衆說法華經

藥王往刦受此妙法薰心而致德潤其身故爲一切衆生之所喜見所以說此經者其聲清雅令人樂聞持此經者其相端嚴令人樂見古佛爲大會說法華經乃喜見爲之當機也(癸)二喜見修供分二(子)一現在又二(丑)一修行得法

是一切衆生喜見菩薩樂習苦行於日月淨明德佛法中精進經行一心求佛滿萬二千歲已得現一切色身三昧

此初叙藥王本事也喜見得聞經已即能如說修行言精進經行一心求佛即修禪定而兼五度滿萬二千歲者大窾云違現業而根塵清淨也現一切色身三昧者此精進求佛之驗也補註云現一切色身三昧即普現色身三昧也有三義一者內現如今經說身根清淨十界依正於身中現如淨明鏡現諸色相也二者外現如妙音觀音隨機示現十法界色身三內外現如大集經觀於已身衆生身諸佛身悉於已身中現又見已身衆生身現於佛身中衆生身中亦如是現(丑)二作念報恩分二(寅)一用法身力

得此三昧已心大歡喜即作念言我得現一切色身三昧皆是得聞法華經力我今當供

養日月淨明德佛及法華經

此是喜見修行得證知恩報恩也三昧非聞法無以得證法華非佛說何以得聞今正作念供佛及法是所以報恩也

即時入是三昧於虛空中雨曼陀羅華摩訶曼陀羅華細末堅黑栴檀滿虛空中如雲而下又雨海此岸栴檀之香此香六銖價直娑婆世界以供養佛

此叙以神力供養也前言得三昧乃妙用初發之時今言入三昧正運用無礙之時也於虛空中雨花香供養顯此供物不假外緣於定中運用自然而有補註云海此岸者妙高山海南岸有栴檀香此爲最貴六銖者二十四銖爲一兩六銖只重二錢五分乃四分之一也

(寅)二用報身力分三(卯)一以神力燃身

作是供養已從三昧起而自念言我雖以神力供養於佛不如以身供養即服諸香栴檀薰陸兜樓婆畢力迦沉水膠香又飲薝蔔諸華香油滿千二百歲已香油塗身於日月淨明德佛前以天寶衣而自纏身灌諸香油以神通力願而自然身光明遍照八十億恒河沙世界

前以三昧力運心供養但盡於理事則未全故今以身作供養也服諸香所以淨諸穢也飲諸油所以益諸火也以神通力願者妙樂云不以世火還依所得三昧起利他願以智觀火焚難思境故使光明起斯照彼補註云薰陸云乳香出大乘國葉似棠梨兜樓婆云草香出鬼神國舊云白茅

香畢力迦云丁香沉水出阿那婆達多池邊名蓮華藏紫如麻子許普熏閻浮世界膠香即白膠香云即松香㉜二恒沙佛共讚

其中諸佛同時讚言善哉善哉善男子是真精進是名真法供養如來若以華香瓔珞燒香末香塗香天繒幡蓋及海此岸栴檀之香如是等種種諸物供養所不能及假使國城妻子布施亦所不及善男子是名第一之施於諸施中最尊最上以法供養諸如來故作是語已而各默然

其中諸佛即八十億恒河沙世界中之諸佛也同時者見無先後異口同音也由喜見我執破後則法身當體顯現親見佛身親聞佛語盡十方世界無不是佛斯所謂

同時也真精進者由喜見聞經之後精進經行一心求佛滿萬二千歲至此行德圓成親見諸佛故諸佛讚言如此修行是可謂真精進矣真法供養者證上神力供養不如以身供養之言况神力所現者亦不過香華等之事相今以身然則捨心成就不執有我也我既空而慧自具慧具而法真矣故曰真法供養然彼華香繒幡之勝特外物耳國城妻子之重特愛緣耳皆非真法故所不及善男子下結證然身爲第一之施最尊最上既稱讚已而各默然者一是證得真法供養亦是諸佛神用加被而各默然受此法供養也欲顯真際之理離言說相要解云夫爲法不顧其身非特佛世也至人得道皆能外形骸忘死生或

喪之若遺土或喜之如決疣若楊雄不羨久生孔聖甘於夕死凡以達本知常恃有不忘者存而斬脫乎塵垢患累也且大聖人又能固以悲願濟以神力故燒身然臂曾無憂悋世俗或駭其所為而至人與遺土決疣一而已矣若識見未忘諸蘊違礙不達法行空慕其迹者是徒增業苦為妄作之凶矣○天台別傳云智者大師初見南嶽思大禪師於光州大蘇山思授以普賢道場令修法華三昧誦經至此是真精進是名真法供養如來寂而入定見靈山一會儼然未散豁然大悟獲旋陀羅尼○問律制燒身得偷蘭遮罪燒指得突吉羅罪此經讚燒何也荅大小開制敎法不同如梵網經云若不燒身臂指供養諸佛非出家菩薩故知順小行易從大誠難也(卯)

三明身然時節

其身火然千二百歲過是以後其身乃盡

此明身然所歷之時節也知音謂所然之身隨所服香油之力盡而盡也要解謂直使六根六塵一切洞徹故千二百歲其身乃盡(子)二未來分五(丑)一生王家

一切衆生喜見菩薩作如是法供養已命終之後復生日月淨明德佛國中於淨德王家結跏趺坐忽然化生

此又明然身之後轉生化生也知音云依晉譯先云忽然化生後云結跏趺坐其文乃順化生者照前彼國無有女人之案△喜見既得真法以供如來是生佛已泯故曰命終法執尚未極忘故又生日月淨明

國中淨德王家也由此淨明之相未窮淨德之念未了故又與然臂之舉表忘法執也

㊄二說本事

即爲其父而說偈言

大王今當知我經行彼處即時得一切現諸身三昧勤行大精進捨所愛之身

箋難云有本於此偈後更添供養於世尊以求無上慧兩句乃後人擅加耳笈多所譯亦但六句法護譯只四句△前云於日月淨明德佛法中精進經行今既生此國而言經行彼處者即捨身處也我執是其故居今執破智現以此望先爲彼處也下皆叙於彼行成之相

說是偈已而白父言日月淨明德佛今故現在我先供養佛已得解一切衆生語言陀羅尼復聞是法華經八百千萬億那由他甄迦羅頻婆羅阿閦婆等偈大王我今當還供養此佛

此以昔所行者歸功於佛法也知音云晉譯偈後有父王讚善欲同詣佛之文有此義更足也一切衆生即十二類語言最難曉解補註引寶積經云得此三昧者善能宣說一切語言於一字中說一切字一切字同於一字俱舍論云甄迦羅亦云矜羯羅五十二數中即第十六數也頻婆羅即第十八數也阿閦婆即第二十數也或云那由他是百百萬億甄迦羅是千千萬億頻婆羅是百千千萬億阿閦婆是萬千千萬億△再生佛處而再欲與供養者由念

未盡故也念未盡即法執未忘故云今故現在而復聞經八百千萬億偈正是俱生法執現前之相今復與供宜其與父同行也(丑)三往佛所

白已即坐七寶之臺上升虛空高七多羅樹往到佛所頭面禮足合十指爪以偈讚佛容顏甚奇妙光明照十方我適曾供養今復還親覲

爾時一切衆生喜見菩薩說是偈已而白佛言世尊世尊猶故在世

此明復見前佛之禮讚也白父是將斷法執之相臺表行德乘臺處空而見佛即行與理冥讚佛奇妙而光照十方是理與智合昔供而今復覲亦明由功勲力也次言世尊今故現在正是斷法執之時故下佛即唱滅(丑)四佛付囑

爾時日月淨明德佛告一切衆生喜見菩薩善男子我涅槃時到滅盡時至汝可安施床座我於今夜當般涅槃又勅一切衆生喜見菩薩善男子我以佛法囑累於汝及諸菩薩大弟子並阿耨多羅三藐三菩提法亦以三千大千七寶世界諸寶樹寶臺及給侍諸天悉付於汝我滅度後所有舍利亦付囑汝當令流布廣設供養應起若干千塔如是日月淨明德佛勅一切衆生喜見菩薩已於夜後分入於涅槃

唱言時至而命敷床座正顯法執將亡開敷如如正寢之理夜即正位涅槃乃大寂滅一真法界之境又勅下明付囑大法總依正二事並舍利流通分明交閣所以夜

後分入涅槃也故後文起塔燃臂皆是不違師囑此處文雖日月淨明唱入涅槃之語其實是敎喜見破法執之執也夜後分乃最後一念執盡真顯之時一真獨露故言入如此境界全是一段工夫若未得實履終不親切

㊀五專任持分四㊁一起塔

爾時一切衆生喜見菩薩見佛滅度悲感懊惱戀慕於佛即以海此岸栴檀爲積供養佛身而以燒之火滅已後收取舍利作八萬四千寶瓶以起八萬四千塔高三世界表刹莊嚴垂諸幡蓋懸衆寶鈴

此喜見依命奉行也而生悲感戀慕者由法難捨故以栴檀爲闍維具見法之至重而未能易融故以至重之功融至重之法也火以表智今破法執乃重空智火滅煙消是理智俱忘收取舍利者即法身顯露也作八萬四千建立乃圓具八萬四千法門使法性周徧於一切處也補註云高三世界者即三千世界也小千至初禪中千至二禪大千至三禪云高三者至四禪也○此正表法身高出三界之上下所明一切莊嚴乃衆德具足之義

㊁二燒臂

爾時一切衆生喜見菩薩復自念言我雖作是供養心猶未足我今當更供養舍利便語諸菩薩大弟子及天龍夜义等一切大衆汝等當一心念我今供養日月淨明德佛舍利作是語已即於八萬四千塔前然百福莊嚴臂七萬二千歲而以供養

前云見佛滅而生悲感以火盡而收舍利乃喜見頓忘法執之時今對衆然却百福莊嚴之手借事以表欲引諸未得者得故曰汝等當一心念此便是受付囑以法利九界人天也然我執重而法執輕本是一翻麄細二執中各有分別俱生而又各具一重麄細故假藥王苦行而表破除之前以喜見於淨明法中精進修行滿萬二千歲得現一切色身三昧者乃是分別我執已盡而俱生我執現前故云得現一切色身須知色身即我也及至飲諸華香等又滿千二百歲以神通而自然身始得我執俱生盡矣至此便曰命終命終則我無存次曰復生以法執猶在故也所以又近淨明德又聞妙法華及至淨明亦滅而亦燒之佛既不存而分別法執乃盡喜見至此云心猶未足者則知俱生法執未盡故不免將百福莊嚴之妙手一齊燒却始得執盡情忘安家樂業矣但文字鋪張處處言破我執法執等其實證斷之時功窮力極只一念間耳△問上燒身但經千二百歲今燒臂何故七萬二千歲耶荅我執麄而法執極細麄者易融故只千二百歲細者難盡故經時久而融煉深也況前爲自行此屬受付囑而利一切所以有無量人得現身三昧也(實)三利益

令無數求聲聞衆無量阿僧祇人發阿耨多羅三藐三菩提心皆使得住現一切色身三昧

法執既盡則可以繁興大用一了一切了

一證一切證故使會衆皆得我盡而現一切色身照上汝等一心念語不虛發也(寅)四現報

爾時諸菩薩天人阿修羅等見其無臂憂惱悲哀而作是言此一切衆生喜見菩薩是我等師教化我者而今燒臂身不具足

此是大衆示同憂患以啟喜見之立誓也學道人如此憂惱悲哀不得不生前喜見聞佛欲滅而生悲感故得然身身復然臂臂生所以不捨不得令人天大衆亦有如是悲感焉知異日不得如是妙證耶

於是一切衆生喜見菩薩於大衆中立此誓言我捨兩臂必當得佛金色之身若實不虛令我兩臂還復如故作是誓已自然還復由斯菩薩福德智慧淳厚所致

要解云兩臂表我執法執根本也我執能生煩惱續生死法執能生所知礙正見捨一存一則為二乘故捨兩臂必當得佛身也還復如故者若果得佛即無所捨矣此非淺薄所能知故稱淳厚所致

當爾之時三千大千世界六種震動天雨寶華一切人天得未曾有

以非常之事感非常之瑞人天因是得大法利也知音云此雖叙藥王本有之事實欲佛滅後諸持經者取法之然自佛滅度後誰行精進哉唯二祖立雪斷臂甚彷彿耳特修供養已竟

(亥)三結會古今分二(子)一結會

佛告宿王華菩薩於汝意云何一切衆生喜見菩薩豈異人乎今藥王菩薩是也其所捨

身布施如是無量百千萬億那由他數

此結酬所問也直指云當機初問云何遊此二問若干苦行佛荅不舉藥王果號而惟舉因名至此結會處始見古今原一人也又欲結完本事二字亦欲使之效法而行也次云其所捨身等言此尚爲一時而藥王累刧之行則有無量此亦結若干難行苦行之問也㊀二勸修

宿王華若有發心欲得阿耨多羅三藐三菩提者能燃手指乃至足一指供養佛塔勝以國城妻子及三千大千國土山林河池諸珍寶物而供養者

此勸信處以內外較量必見所重也天台云一指內身也妻子外身也國城等外財也外輕內重故功福有異補註云一指有三節足一指者三節俱燒也故知能燃手指是燒一節也楞嚴云我滅度後其有比丘身燃一燈燒一指節等與此勸修不異要解云夫聖人言行動必有法非徒敎末代燃身手以求福也苟不明此殘形焚穢竟何益耶故藥王將欲燃身且以法行淨治根塵使功行滿足然後以神通力化火自焚其光能照河沙佛界後人欲睎其迹如斯可矣荅苦行竟㊁二正嘆經分三㊀一歎能持之人

若復有人以七寶滿三千大千世界供養於佛及大菩薩辟支佛阿羅漢是人所得功德不如受持此法華經乃至一四句偈其福最多

此雖歎人其實人因法勝亦即歎法也天

台云七寶奉四聖不如持一偈此以財況法也葢法是聖師能生能養能成能榮故人輕而法重也○四句偈者凡長文名散華偈四五言名貫華偈云一四句者以少況多也㊀二歎所持之法分二㊁一歎法體

宿王華譬如一切川流江河諸水之中海爲第一此法華經亦復如是於諸如來所說經中最爲深大

天台云無量義經云川流河海四水譬教藥艸喻中一雲能雨譬說今別舉四者譬乳酪生酥熟酥四味教法此法華教譬醍醐海也說窮本地爲深徧一切處爲大純明佛法不說餘法譬如大海同一醎味最爲深大也△海之深廣容衆流而得大名經之殊勝攝群教而成妙法然諸經所說未必不深雖深而未廣也此經所談妙法推過去無始一切如來無一不說那未來無窮所有諸佛無一不演則竪窮橫徧佛佛共演可謂最深最廣矣至於諸根品類總攝一乘十界聖凡總成圓解授成佛之廣記發本迹之玄宗皆無越於此經故曰最爲深大

又如土山黑山小鐵圍山大鐵圍山及十寶山衆山之中須彌山爲第一此法華經亦復如是於諸經中最爲其上

○土山者土石諸山也黑山者俱舍論云南洲從中向北各有三重黑山鐵圍山遶小千界名小鐵圍遶中千名大鐵圍十寶山者華嚴云一雪山二香山三柯利羅山

四仙聖山五乾陀山此云持雙六溫縛拏此云馬耳七尼民陀此云持邊謂護持七金山邊八斫迦羅山應法師云即輪圍也九宿慧山十須彌山土黑鐵圍故非是寶十山雖寶或一或二神與龍雜居譬餘教說能依之人即十地四十心或凡或賢或聖說所依之理或俗或眞或中是爲卑下須彌乃四寶所成純天所住譬此法華所說諦理常樂我淨如四寶所成開示悟入者之所依是故此義最爲高上△前明深廣此言高上見此經是諸佛守護教菩薩法非餘經所仰望也

又如衆星之中月天子最爲第一此法華經亦復如是於千萬億種諸經法中最爲照明

○星月同是陰精俱於夜現星無虧盈不及於月譬諸教說於權智權不即實不得自在此經明權即實實亦即權如月能盈虧相指不二而二如此即權即實之法故勝餘教也○月能照夜明喻衆星此經照無明長夜喻於衆經也

又如日天子能除諸暗此經亦復如是能破一切不善之暗

○日是陽精獨能破暗以譬諸經明實智破惑並是權外之實破疑不偏不及此經說施權之意是即實而權已破諸疑所以權實之語非獨今經相即之言出自於此知音云日能照晝明破諸暗此經破一切不善之暗此衆經不同以衆經破暗乃費修證此經不特修證但知舉手低頭皆已成佛則一切惡業黑暗舉着皆化成佛知

見矣

又如諸小王中轉輪聖王最爲第一此經亦復如是於衆經中最爲其尊又如帝釋於三十三天中王此經亦復如是諸經中王又如大梵天王一切衆生之父此經亦復如是一切賢聖學無學及發菩薩心者之父

○輪王號令止在四域帝釋號令齊三十三天梵王號令統上冠下譬餘經說三諦三昧各不相收不得自在此經所說以實相入真決了聲聞法是諸經之王實相入俗一切治生産業不相違背實相入中一切諸法無非佛法故云一切學無學及發菩薩心者之父妙樂云三教菩薩爲發心者今經爲彼父能生彼故昔謂非子至此方知

又如一切凡夫人中須陀洹斯陀含阿那含阿羅漢辟支佛爲第一此經亦復如是一切如來所說若菩薩所說若聲聞所說諸經法中最爲第一

○一切凡夫四果皆以支佛爲第一者以明任運無功用意也餘經要因功用乃得入流如四果人因聞思修方乃得悟此經明無作四諦不離方便自然入於薩婆若海如辟支佛無師自悟不立分果斷結成聖也

有能受持是經典者亦復如是於一切衆生中亦爲第一

此標於六凡四果之後者以能持者爲勝明此經不思議力也六凡於此經故不足論而四果雖聖尚是小乘爲化城悶守之

流亦不足校也

一切聲聞辟支佛中菩薩爲第一此經亦復如是於一切諸經法中最爲第一如佛爲諸法王此經亦復如是諸經中王

○菩薩爲第一者此明因第一也餘經明因是七方便今經明因出方便外故云最爲第一如佛爲法王此方言果第一也餘經明果近在寂場此經明果遠指本地故最第一也(癸)二歎法用分三(子)一歎拔苦用

宿王華此經能救一切衆生者此經能令一切衆生離諸苦惱

○一切衆生該九界離苦惱者離分段變易二種苦也△前歎法體殊勝言極於佛則無可踰是謂尊之極矣今歎其用則亦知其無可能踰以此經大悲無盡蓋在佛知見也知見旣開何苦不離非唯以凡情麄垢即微細變易生死塵垢亦無所不盡也(子)二歎與樂用

此經能大饒益一切衆生充滿其願如清凉池能滿一切諸渴乏者如寒者得火如裸者得衣如商人得主如子得母如渡得舡如病得醫如暗得燈如貧得寶如民得王如賈客得海如炬除暗

大竅云此經是無盡藏故能饒益一切衆生此經如清凉池令渴乏者皆得甘露醍醐上味遍體清凉故此經如火能令寒灰枯木者發智慧燄故此經如衣能令無功德莊嚴者着如來衣故此經如主能令無依怙者識眞主故此經如母能令弱喪他

鄉不知歸者得慈母故此經如舡能載衆生到彼岸故此經如醫能療衆生身心病故此經如燈能破生死長夜暗故此經如寶能令窮子所須如意故此經如王生死苦中得附大願王故此經如海煩惱海中得大智寶故此經如炬慧燄一發無明頓盡故△葢此經大慈無盡亦在佛知見也知見旣開何樂不具不唯凡情得解脱樂亦令諸聖得佛果無上妙樂也㊀三總結

此法華經亦復如是能令衆生離一切苦一切病痛能解一切生死之縛

此總結拔苦與樂二妙用也大竅云一切苦者五衰八苦也一切病即身心二病也生死縛即分段變易也已上雖說種種譬喻以明此法然畢竟比類不及故大經云佛子如來以一切譬喻說種種事無有譬喻能喻此法何以故心智路絶不思議故△此雖結拔苦苦盡而樂自生則與樂之義在其間矣

㊁三明持經福深分二㊂一舉聞全經得福

若人得聞此法華經若自書若使人書所得功德以佛智慧籌量多少不得其邊若書是經卷華香瓔珞燒香末香塗香幡葢衣服種種之燈蘇燈油燈諸香油燈薝蔔油燈須曼那油燈波羅羅油燈婆利斯迦油燈那婆摩利油燈供養所得功德亦復無量

此處雖舉聞經書寫其實具足六種法師十種供養是勸修持此經者福德無量也

言以佛智籌量不得其邊者無非極顯經功難量非謂佛智見之不到也薝蔔云金色花又云黃花須曼云善攝意花波羅羅云重生花婆利斯迦云雨花雨時方生故又云夏生花那婆云雜花摩利云奈花又云鬘以其花可作鬘故以花薰油取其香故（癸）二舉聞本品得福分二（子）一格量

宿王華若有人聞是藥王菩薩本事品者亦得無量無邊功德若有女人聞是藥王菩薩本事品能受持者盡是女身後不復受若如來滅後後五百歲中若有女人聞是經典如說修行於此命終即往安樂世界阿彌陀佛大菩薩衆圍遶住處生蓮華中寶座之上

上明受持書寫供養全經功德此又獨顯聞持一品功德亦無有量以此一品亦該全經故不但一品該攝全經即藥王二字亦該攝全經也大窾云若有人聞下乃通舉一切人次獨約女人顯女人智劣能信能持者便即轉女成男矣何以故況捨身捨臂非空我空法之大丈夫不能爲也後五百歲者大集經云佛滅後初五百歲解脫堅固二五百歲禪定堅固三五百歲多聞堅固四福德堅固五鬪諍堅固即後五百歲也唯此之時善根鮮少若女人能持即大丈夫故得福殊勝命終生極樂者以能捨娑婆之極愛故

不復爲貪欲所惱亦復不爲嗔恚愚癡所惱亦復不爲憍慢嫉妬諸垢所惱得菩薩神通無生法忍得是忍已眼根清淨以是清淨眼根見七百萬二千億那由他恒河沙等諸佛

如來是時諸佛遥共讚言善哉善哉善男子汝能於釋迦牟尼佛法中受持讀誦思惟是經爲他人説所得福德無量無邊火不能焚水不能漂汝之功德千佛共説不能令盡汝今已能破諸魔賊壞生死軍諸餘怨敵皆悉摧滅

因得生佛國則遠離三界生因也得菩薩神通顯非小果神通也無生忍即八地眼根淨者以佛知見開發明了故也言見諸佛聞諸音皆持説此經功德力也然則法力如此難思者非他由體踰金剛水火不能渝其德也惟能破諸魔殺諸賊壞諸軍除諸怨故致千佛共歎不能令盡也

善男子百千諸佛以神通力共守護汝於一切世間天人之中無如汝者唯除如來其諸聲聞辟支佛乃至菩薩智慧禪定無有與汝等者

持經者入如來室坐如來座爲佛眞子故十方諸佛共守護也斯人智慧出過三界故世智不如權實並融則二乘不及得最上乘致使權敎菩薩無能與等也如此者由持經功力爲佛所護故唯除如來也

宿王華此菩薩成就如是功德智慧之力若有人聞是藥王菩薩本事品能隨喜讚善者是人現世口中常出青蓮華香身毛孔中常出牛頭栴檀之香所得功德如上所説

此菩薩即指藥王成就如是功德者結證前受持此品功德無盡之意良以藥王不惜身命原爲流通此經人能隨喜讚善者則妙蓮開敷故香從口出矣人能聞此品

而隨喜者則通身慶快如牛頭栴檀之罕遇也人能生心隨喜則難得之法俱得而身毛孔中生如是香矣然此身不淨今能生香亦是菩薩輕身重法破執之驗且不唯生香而亦得菩薩如上所有一切諸功德也補註云育王經言阿育王請僧供養有一比丘名優鉢羅口中作鉢羅華香王疑此丘年少含香即勅以水洗口洗已倍香王云久近含此香耶荅非含香也吾於過去迦葉佛時人壽二萬歲我爲高座法師讚歎佛法故四十九億歲生人天中口中常出此香王聞是已益加恭敬今言隨喜讚善者口出其香乃現報也㊀二囑累是故宿王華以此藥王菩薩本事品囑累於汝我滅度後後五百歲中廣宣流布於閻浮提無令斷絕惡魔魔民諸天龍夜叉鳩槃茶等得其便也

如來獨以此品囑當機者末法中唯苦行可以全正命而致信樂後五百歲時極惡矣南閻浮提人極苦矣唯此動佛深慈故專囑也惡魔魔民上該有亦不欲令一句流通正法者一爲魔鬼所着其害非淺故方順惡魔鬼神多不欲正恐有行苦行而又特以此爲囑也

宿王華汝當以神通之力守護是經所以者何此經則爲閻浮提人病之良藥若人有病得聞是經病即消滅不老不死

前囑以一品此囑以全經言以神力護者令彼行人不覺不知其所以成就也然末世惡魔鬼等非菩薩神力加持亦難使行

人無諸留難也獨謂此經爲閻浮提人病之良藥者以閻浮提人病在不信而此經能斷諸疑生諸信也病在無智而此經能使悟入佛知見也病在剛强而此經教人着忍辱衣也病在躭諸欲境而此經能拔衆生處處貪着也凡有諸病者一聞此經無不消除病除而法身長養故曰不老不死

宿王華汝若見有受持是經者應以青蓮華盛滿末香供散其上

前教當機尊重此經今敎供養持經之人重人實所以重法也華以表因香以表德以華盛香而供散者表慶持經者因德芬芳也

散已作是念言此人不久必當取草坐於道場破諸魔軍當吹法螺擊大法鼓度脫一切衆生老病死海

教當機作供必應内外具潔也外獻香華内存妙解幸勿以已爲聖彼爲凡也當知持經者於不久間可以入聖流矣可以證菩提矣言取草等不唯理到亦即依事而成等正覺也如世尊於菩提樹下坐吉祥草座而成佛道破魔軍乃成道前事轉法輪乃成道後事吹螺擊鼓即名集九界衆生說法利益也

是故求佛道者見有受持是經典人應當如是生恭敬心

此總結勸持前囑當機一人如是尊重流通今普囑凡有求佛道者若見有受持是經典人當如上所說生恭敬心也正荅已

竟㊉三利益

說是藥王菩薩本事品時八萬四千菩薩得解一切衆生語言陀羅尼

要解云喜見聞經即得現身三昧及然身之後即得語言總持爲證得法身離諸相見而洞契妙圓故至其然臂則令聲聞得住現色身三昧也今說本事則菩薩得解語言總持者葢由悟其然身然臂之事可能離諸見執洞契妙圓此所謂以苦行成圓通也然皆得三昧又得總持者現身三昧隨類分形語言總持隨類說法二者葢常相需而皆由妙法所證故說妙音品時菩薩衆亦得是三昧及陀羅尼㊉四多寶結讃

多寶如來於寶塔中讚宿王華菩薩言善哉善哉宿王華汝成就不可思議功德乃能問釋迦牟尼佛如此之事利益無量一切衆生

末世中人以有爲爲上如來欲此妙法流通五濁唯苦行易起其心唯苦行易堅其事故宿王亦知唯此可以行閻浮提可以驅有爲習特請如來說藥王本事所以欲堅固新記之流通也多寶如來原爲證經而至今見宿王作如是請世尊作如是對兼讃經殊勝囑付流通故至八萬四千菩薩得藥王之得者是皆宿王功德所成就也故稱其善明其德非久修實證豈能作如是問致如是益哉

妙法蓮華經授手卷第六之四

音釋

銖音殊　甄音真　積音恣

妙法蓮華經授手卷第七之一

清楚衡雲峯沙門　智祥集

妙音菩薩品第二十四

品節云此品正顯法華三昧實證八地平地眞如已從此得進證九地發眞如大用色心自在得如幻三昧居法師位至等覺則分身說法故特以妙音名也如來於此放肉髻白毫二光者髻乃頂相表果毫以表因由今因果契證故以二光表之也藏識盡淨故國名淨光淨智契果故佛號淨華宿王智也況此地菩薩妙契佛心因供佛而得恒沙三昧以果會因所以釋迦光照其身從體起用故願往娑婆以無作妙力作諸佛事故不起於座以三昧力化作衆寶蓮華意顯復作眞因也由此地菩薩淨智妙圓能轉塵勞而爲妙行故與八萬四千菩薩圍遶而來以因契果故問訊世尊妙契法身故相見多寶然此經以智立體初因文殊發起是以果覺爲本因心今既證眞如而復見文殊乃始本契合而因果冥符所以能現身說法也宜矣更須知所現之身乃覺法自性意生身也與後觀音應身不同此由出入三昧故有往來之象若夫觀音普門示現則靡不周徧觀者應須知此要解云妙音者深體妙法能以妙音隨應演說而流通是道者也名雖妙音實彰妙行觀其往昔植因於雲雷音王佛所獻樂奉鉢蘄在妙音說法妙行隨應故報生宿王智佛國果能有是神力令使學者體其妙行而隨應說法闡揚斯道故

說妙音品爲妙行流通夫體妙音則不滯言詮能隨應則不局心迹不滯不局所以爲妙行也繼此復有圓行常行而次前苦行者將欲以行成德必精心苦志然後造妙造妙然後能圓能圓然後眞契也

(巳)二明妙音來往勵受學弟子以廣流通分六

(庚)一放光東召

爾時釋迦牟尼佛放大人相肉髻光明及放眉間白毫相光徧照東方百八萬億那由他恒河沙等諸佛世界過是數已有世界名淨光莊嚴其國有佛號淨華宿王智如來應供正徧知明行足善逝世間解無上士調御丈夫天人師佛世尊爲無量無邊菩薩大衆恭敬圍遶而爲說法釋迦牟尼佛白毫光明徧照其國

爾時者如來說藥王本事之後欲召妙音來此之時從此至文殊問佛是何因緣先現此瑞止皆是經家結集之文佛於此特放肉髻光者以彼淨光莊嚴國中佛身六百八十萬由旬菩薩之身四萬二千由旬雖身量如此總不出如來大人相光又是佛欲以菩薩所證大果而示於人也放眉間光者欲以菩薩所修大因而示人也前一光照東方萬八千世界是欲使守寂聲聞破陰界也今此二光照東方百八萬億那由他恒河沙等諸佛國土是欲持經菩薩破盡塵沙無明方得到淨光莊嚴世界成一眞法界也佛號淨華宿王智者乃是淨除法愛方得行無所染智無所著成法

身智佛也釋迦牟尼光照其國一是表極果同證一是顯世尊之光遠大不可思議天台云大人相者大相海也遍體毛功德不及一好功德衆好功德不及一相功德諸相從下向上展轉相勝不及白毫功德白毫不及肉髻功德今放最上頂光名本弟子以明最極妙法也此肉髻相從孝順師長而得白毫從一道清浄而得今放此光所以令弘此法也問佛有弟子布滿十方何故但放光名東方妙音説西方觀音而不論八方耶答此有所表浄名云日月何意行閻浮提欲以光明除衆暗瞑東是光始西是其終有始有終者其唯聖人乎未發心者令其發心未究竟者令其究竟一菩薩既爾諸衆亦然一方既爾諸方亦然聖不煩文舉一蔽諸故但言東西耳(庚)二奉命西來分二(辛)一發來緣又五(壬)一經家叙福慧

爾時一切淨光莊嚴國中有一菩薩名曰妙音久已植衆德本供養親近無量百千萬億諸佛而悉成就甚深智慧

爾時下叙浄光莊嚴之佛國無數故曰一切有一下謂彼一切國中皆有一妙音身爲當機也前段但叙妙音所居之國所事之師此處正叙妙音也植德既久供佛既多則其福備可知福既備而慧斯廣故曰成就甚深智慧也

得妙幢相三昧法華三昧淨德三昧宿王戲三昧無緣三昧智印三昧解一切衆生語言三昧集一切功德三昧清淨三昧神通遊戲

三昧慧炬三昧莊嚴王三昧淨光明三昧淨藏三昧不共三昧日旋三昧得如是等百千萬億恒河沙等諸大三昧

妙樂云三昧屬定對慧名福尚異三教豈同世有又此十六並是法華三昧異名得字通冠一十六句即證得也知音云此亦福慧兩足所致下經文自有一十六節而解俾見三昧之實不然此中徒訓字面於義無涉此十六爲首其餘三昧尚多故以等字言也要解云三昧此云正定亦名正受謂正定中受用之法也妙幢相者摧邪表正而不住相也補註云三千體寂竪超一切無相而相名妙幢相法華三昧者深入一乘證諸實相也淨德三昧者衆德眞淨物莫能染也宿王戲者本智自在無所滯著宿王乃月之異名權智照機善巧逗會故無緣則照而常寂不緣生法偏小之慈不緣而緣緣於平等大慈故智印則叅合萬法一心三智印一切法故解一切語言者謂了皆眞說集一切功德者謂萬德圓備大品經云住是三昧能集諸三昧功德故清淨三昧者纖塵不立也六根無染互用自在故神通遊戲者變現自在也化物自在遊諸世間猶如兒戲故慧炬以能破痴暗平等大慧如炬除暗故莊嚴王以總攝妙行性具萬德緣了莊嚴融通自在故淨光明者得妙智明大品經云住是三昧不得諸三昧垢又悲華經云於諸法中不見有垢故淨藏者得法眼藏一念淨心具足權實功德含攝一切故不共者謂二

乘不及也日旋者則大千圓照實智依空而不住空故得如是等恒沙三昧謂交徹融攝重重無盡皆妙音所具也由具此故能成妙行而流通妙法也

㊀二被照辭本師

釋迦牟尼佛光照其身即白淨華宿王智佛言世尊我當往詣娑婆世界禮拜親近供養釋迦牟尼佛及見文殊師利法王子菩薩藥王菩薩勇施菩薩宿王華菩薩上行意菩薩莊嚴王菩薩藥上菩薩

妙音之來爰佛所命若非如來光及則娑婆無從往矣故知妙音來往咸在光中雖曰過百八萬億那由他恒河沙世界而實不出此一光則妙音乃一光中之本有也此中提出釋迦牟尼光照其身一句正使人知有所本而人多忽之其誰咎歟妙音既作而白主乃妙行將與從體作用也既曰往詣曰親近是不動而動曰供養釋迦是行復歸體也妙音之來圓行已成而又曰見文殊者乃智行成就也藥王見行能徧治勇施表萬行繁興宿王華即如如之體用莊嚴王乃妙行之眞修以無上行徧濟衆生其藥上矣此妙音辭主之本志也

㊀三師誡勿輕想

爾時淨華宿王智佛告妙音菩薩汝莫輕彼國生下劣想善男子彼娑婆世界高下不平土石諸山穢惡充滿佛身卑小諸菩薩衆其形亦小而汝身四萬二千由旬我身六百八十萬由旬汝身第一端正百千萬福光明殊妙是故汝往莫輕彼國若佛菩薩及國土生

下劣想

此本師誡命乃勵行專精也天台云然妙音乃法身大士故不肅而成至此見穢寧生劣想或恐未達者故寄彼而規此耳夫佛身與理相稱不得見卑小而忽尊嚴此約如來座爲誡也且師及弟子智斷具足師既施權資當隱實此約如來衣爲誡也然依報爲正報所感如來慈臨大千宜須高須下勿覩依而忽正此約如來室爲誡也△動相既與事作無際故臨行而本師誡重也況如來放光本爲勵弟子之眞修懸發妙音以唱流通而流通妙法則人不可簡尊卑而處不可言高下淨穢之情不忽人我之心便起自行不圓焉能廣益故智佛誡曰莫輕善男子下別釋莫輕依報佛身下別釋莫輕正報而汝身下用彼顯此是故如來現大人相智佛說大人相總欲大小俱忽而流通始克也(壬)四受旨承師力

妙音菩薩白其佛言世尊我今詣娑婆世界皆是如來之力如來神通遊戲如來功德智慧莊嚴

本師以莫輕依正爲示而妙音謂我今詣娑婆近釋迦見文殊等非我之力乃如來力也是我今日之行無非承如來神通遊戲而行既得佛遊戲何高下不平之入吾目即我身四萬二千由旬亦皆如來功德智慧所莊嚴也既得佛智慧莊嚴又何彼佛菩薩形相卑小之翳我心哉須知此如來二字乃妙音能入娑婆之本領所以現

種種形説種種法亦皆不離此如實中事也

(壬)五正現發來相分六(癸)一遣蓮華至

於是妙音菩薩不起於座身不動搖而入三昧以三昧力於耆闍崛山去法座不遠化作八萬四千衆寶蓮華閻浮檀金爲莖白銀爲葉金剛爲鬚甄叔迦寶以爲其臺

知音云此節叙妙音來儀釋第一妙幢相三昧也以妙即妙心幢有催邪輔正功能故以蓮華而表相也於是下標起入三昧之式明妙音與釋迦以法身相見所謂不動而昇塵刹俱徧也故華嚴云菩薩在一佛國聞法受持其身不動以三昧力於不可說佛會中在在現身亦不起定各各出生不可說三昧身如是次第一切諸刹不可窮盡是也以三昧下謂妙幢相三昧之力能即遠而近故隔百八萬億那由他恒沙界外於靈鷲法座不遠而能現寶蓮華也華以八萬四千言者一則擴此心之量而合法門之數一則見妙音法屬如是之多也閻浮下叙其華相西域閻浮河畔有此檀樹滴水入地土成金色他金入類失色如墨此其最勝者金剛者以金成剛具堅利二義堅則物不能壞利則能壞一切也甄叔迦此云鸚鵡嘴西域記云有甄叔迦樹其華赤色大如手此寶似之臺即蓮華中臺也然妙音將來先現此相正相應此經也故下節文殊問何緣而有此瑞佛答以聽法華故其旨可了(癸)二文殊問瑞

爾時文殊師利法王子見是蓮華而白佛言

世尊是何因緣先現此瑞有若干千萬蓮華閻浮檀金爲莖白銀爲葉金剛爲鬚甄叔迦寶以爲其臺

文殊見相發問所以啟妙音之來意以便發妙音之所蓄也(癸)三如來酬答

爾時釋迦牟尼佛告文殊師利是妙音菩薩摩訶薩欲從淨華宿王智佛國與八萬四千菩薩圍遶而來至此娑婆世界供養親近禮拜於我亦欲供養聽法華經

知音云此節雖問答上節其實即以妙幢相三昧而示法華三昧也△然文殊爲諸人顯示以發問者明法華三昧非根本智不能究竟

(癸)四文殊請見

文殊師利白佛言世尊是菩薩種何善本修何功德而能有是大神通力行何三昧願爲我等說是三昧名字我等亦欲勤修行之行此三昧乃能見是菩薩色相大小威儀進止惟願世尊以神通力彼菩薩來令我得見

○此節即法華三昧致申問答示第三淨德三昧也然淨即法身本來無染德即報化且色相威儀皆法身中本具之功德也文殊問種何善本者欲爲人顯出法身清淨即諸善之本也問修何功德者亦不離此淨法身所起之行而成功德也而能有是神通者即具如上善根功德始能即遠而近即無而有現諸蓮華而成此神通也文殊又問三昧名字示已欲從淨德之名入淨德之實而修行之庶同聲相應乃能見妙音之報化身也以色相等屬報化故

惟願下謂即菩薩之身自非佛力加被亦不能見也古云彩雲影裏仙人現手把紅羅扇遮面急須著眼看仙人莫看仙人手中扇今文殊求見妙音而兼色相大小者是不唯見仙人而扇亦欲見之者也△文殊非謂已不見而必欲求見意在警覺未證此理者而進趣也言種何善根修何功德行何三昧意中多少趣向而能有是大神通力多少謹仰我等意欲勤修行之多少興致此豈文殊自明所求耶(癸)五推功多寶

爾時釋迦牟尼佛告文殊師利此久滅度多寶如來當爲汝等而現其相

○文殊求佛示相佛不親命而推重多寶佛者示第四宿王戲三昧也(癸)六古佛促行

時多寶佛告彼菩薩善男子來文殊師利法王子欲見汝身

○淨光莊嚴與娑婆遙隔百八萬億那由他恒河沙國妙音既入定於彼此以一音名來何其易且近哉非宿王戲三昧而何△此更有說世尊不自名行者前以光名而蓮華俱現則妙音已至矣今文殊欲令更見色身若非古佛名行則色身何從可見故曰文殊師利欲見汝身然文殊欲見妙音是智非行不顯妙音欲見文殊是行非智不行也(辛)二正發來分六(壬)一主伴同至

於時妙音菩薩於彼國沒與八萬四千菩薩俱共發來所經諸國六種震動皆悉雨於七

寶蓮華百千天樂不鼓自鳴

○此示第五無緣三昧也△無緣者不緣一切諸所緣故若有所緣何能没彼出此又何能使諸菩薩俱共發來又何能令華自雨地自動而衆樂自鳴耶始知無緣慈力覆群生如月影臨千澗水也

㊀二敘相登臺

是菩薩目如廣大青蓮華葉正使和合百千萬月其面貌端正復過於此身眞金色無量百千功德莊嚴威德熾盛光明照曜諸相具足如那羅延堅固之身入七寶臺上升虛空去地七多羅樹諸菩薩衆恭敬圍遶而來詣此娑婆世界耆闍崛山到已下七寶臺以價直百千瓔珞持至釋迦牟尼佛所頭面禮足奉上瓔珞

○此示第六智印三昧也智即妙音成所作智與佛妙觀察智也印謂佛菩薩二智相印而不改易也△又智印者即妙音欲來娑婆現蓮華奉瓔珞示種種身說種種法已至今八萬四千來者俱得現一切色身三昧此界無量菩薩亦得是三昧及陀羅尼者是也所謂森羅及萬象一法之所印是菩薩下正應文殊欲見色相大小也有八種一目如青蓮天竺有青蓮其葉修長青白分明如眼之狀故也二面逾多月文語似倒宜云其面貌端正正使和合百千萬月復過於此乃爲正以百千萬月合爲一月可謂大矣而云復過於此則妙音來此四萬二千由旬之身未隱益知文殊所問色相大小豈不知之問耶三身皆金

色然金色之身唯佛乃具令菩薩有此正所以得智印三昧也四身具莊嚴此莊嚴非瓔珞等外相莊嚴乃過去所修報具無量百千功德之所莊嚴如佛莊嚴也五威德熾盛謂此菩薩慈嚴并攝如所經之國地皆震動者威也天雨寶花衆樂自鳴者德也舉此餘可類推六光明照曜此非放光乃紫金身中所有之常光也七諸相具足既曰諸相又曰具足則應有三十二相八十種好不然何謂具足八色身堅固凡色身多皆敗壞而此菩薩之身如那羅延肇法師云那羅延天力士名端正殊妙勇健無比而身極堅固也入七寶臺下觀而來詣此等三句此臺非向所現八萬四千之蓮華臺也況前曰甄叔迦此言七寶或妙音於彼國没與諸菩薩所乘之七寶臺故曰詣此娑婆也前曰入臺後曰下臺足見文殊問威儀進止益明矣以價下明以至重之寶而供至尊之佛即表以法寶嚴法身也正應世尊答文殊語謂供養親近禮拜於我也凡此所有皆不出妙智一法所印故曰示智印三昧也

㊀三問訊傳旨

而白佛言世尊淨華宿王智佛問訊世尊少病少惱起居輕利安樂行不四大調和不世事可忍不衆生易度不無多貪欲嗔恚愚痴嫉妬慳慢不無不孝父母不敬沙門邪見不善心不攝五情不世尊衆生能降伏諸魔怨不久滅度多寶如來在七寶塔中來聽法不又問訊多寶如來安隱少惱堪忍久住不

○此示第七解一切語言三昧也傳彼土之言問此土之佛而問訊之辭皆衆生語言唯妙音能解故少病約身問少惱約心問起居下問身之少病世事下問心之少惱已上問能教化主無多下問所化機宜能不具大小隨眠諸惑不無不孝下問衆生俗諦事不敬下問衆生出俗事能降伏下問衆生真俗修行魔障有無事皆問現在生佛也久滅度下問過去佛往來事又問訊下亦問過去佛身心事天台云今經三處問訊病惱先達以三義通之一順同居施化本境生身示同人法故二約禮儀法爾而然故三約三身通大小故如涅槃疏云華嚴是大乘生相涅槃是大乘滅相安樂行下諸不字除不孝不敬外餘皆否音無多貪欲至無慳慢否句上無字通貫於下謂無貪欲乃至無慳無慢否無不孝至邪見否三句其無字亦貫讀之謂無不孝乃至無邪見否善心不一句攝五情不一句能攝即意所攝即眼等五情之根謂攝令寂靜不放逸也安樂行行字平聲△衆生易度以下皆妙音藉問訊之言爲會衆說法也以貪嗔痴慢鈍使之四嫉慳隨煩惱之二邪見利使之一諸魔即煩惱與陰魔也此皆二乘所不能疾斷者有此諸障則衆生不易度矣又貪欲至慳慢等十字是總謂不孝即瞋恚亦即是不善心也不敬即愚痴亦即邪見所使也攝五情即貪欲多不伏諸魔乃慳嫉盛此皆堪忍界中人所熟習故妙音借如來鼻孔爲他出

氣也又問訊多寶聽法乃警人切聽堪忍久住是伐人疲勞藉此發彼使一切衆生各聽妙音各解妙語始見菩薩得解衆生語言之實證耳不然妙音辭本師時彼佛曾無寄言問訊也倘有此語必譯人避繁影畧其言也㊀四請見多寶

世尊我今欲見多寶佛身惟願世尊示我令見

○此示第八集一切功德三昧也△妙音既出於淨華宿王智中普利群機凡所經到處無不天搖地震及至娑婆以瓔珞上佛可謂功德集矣若不親見古佛不爲古佛稱善又何以名集一切功德耶㊀五世尊通致

爾時釋迦牟尼佛語多寶佛是妙音菩薩欲得相見

妙音欲見古佛若不假釋迦通致又何由得見則相見二字正是始本圓融妙音顯露而得一切功德集聚之時看教人須好生體認所謂鴛鴦繡出從君看也㊀六塔中稱善

時多寶佛告妙音言善哉善哉汝能爲供養釋迦牟尼佛及聽法華經并見文殊師利等故來至此

古佛謂供佛聞經并見文殊可謂三寶并集正此之時塔户未開而弘音已震且道妙音果有見耶果無見耶但得皇風成一片不知何處有封疆妙哉是法眞不可思議者也問妙音未發足時則已爲古佛名

發及至到此為何不見而必欲如來通致耶答妙音始作若不因古佛何由得起及至舉作之時用既彰而體似隱今欲假如來契證使新記人不忘所自始見妙音有在要知故來至此四字字皆有隱意正是體用俱到全彰聖化之時也奉命西來已竟(庚)三十方弘經分二(辛)一問答善根神力又二(壬)一問

爾時華德菩薩白佛言世尊是妙音菩薩種何善根修何功德有是神力

○此示第九清淨三昧也前文殊見蓮華興起二問一問種何德本有大神力二問行何三昧已欲効之三欲求佛加被見彼色相逮妙音來直完第三請前兩問猶未結案故華德復請垂示善根功德也△問意有二一問始先種何等善根二問中間修何等功德以至今日有是神通力用也然此問意本文殊所發而文殊及見色相大小威儀進止便擲之不完所問必假華德重請復何意耶曰文殊之請本欲顯發妙音故釋迦不名而推功古佛是益見妙音難發也今既古佛宣名使妙音遐唱已得妙音宣揚即可以完妙吉祥之本智也至於華德本居因位雖見妙音未證妙智是必欲尋因求證又不得不再請垂示耳

(壬)二答又二(癸)一答善根

佛告華德菩薩過去有佛名雲雷音王多陀阿伽度阿羅訶三藐三佛陀國名現一切世間封名喜見妙音菩薩於萬二千歲以十萬種伎樂供養雲雷音王佛並奉上八萬四千

七寶鉢以是因緣果報今生淨華宿王智佛國有是神力

前是文殊問妙音行體故佛推多寶今華德故問行因因行屬權所以佛自說也言過去者直指云以妙覺望九地而言其佛號雲雷音正九地十地善慧法雲之相與不輕命終之後值二千億佛同號雲自在燈同旨國號現一切世間刦名喜見二俱是法雲善慧實報之境以法雲周徧十方說法所謂現一切世間也以法施一切無不喜見也萬二千歲下正示妙行之因按藥王燃身火然千二百歲過是已後其身乃盡是破俱生法執能所兩忘便入九地今云於萬二千歲亦是表俱生法執能所俱盡乃入九地然九地名善慧故以伎樂供佛表善慧之法音也十萬種表十波羅密門雲雷音者謂九地證百萬種三昧十方諸佛所說世界海法門皆悉領納不失所以周旋法界吼震十方故借師而表其資也此是九地因行之相復供八萬四千七寶鉢此表十地之行相也至十地時八萬四千煩惱習氣盡成眞如大用故以法器表之由此二事因緣故生淨華宿王智佛國此表已入等覺地也末句結云如是大因今生佛家獲如是大神通也引此一段俾本迹兩門知其九地十地功勲不凡應宜効之

華德於汝意云何爾時雲雷音王佛所妙音菩薩伎樂供養奉上寶器者豈異人乎今此妙音菩薩摩訶薩是

此結會古今所種善根所修功德因果如是下則廣推因行

華德是妙音菩薩已曾供養親近無量諸佛久植德本又值恒河沙等百千萬億那由他佛

直指云此段作兩節看已曾下是佛叙妙音從七地逆至初地因行止故曰已曾供養無量諸佛久植德本也又值下是追叙向行住信四十位因行故曰又值恒河沙等諸佛也舉所侍佛定見能行之行校本經藥王與常不輕三處十地及等妙因行或以行顯或以所侍之佛而顯或以所經刦量而顯前後照應互見可知△此節所示妙音善根功德如是之多所歷之刦所侍之佛如是之廣始見所證清淨三昧如是之妙也(癸)二答神力

華德汝但見妙音菩薩其身在此而是菩薩現種種身處處爲諸衆生說是經典或現梵王身或現帝釋身或現自在天身或現大自在天身或現天大將軍身或現毘沙門天王身

○此下皆示第十神通遊戲三昧也以所現身皆神通遊戲故謂華德汝但見妙音菩薩一身而不知彼於種種類中皆能現身說法也欲界舉帝釋自在二天則夜摩兜率化樂攝入其中矣色界舉梵王大自在餘皆攝盡不叙空界者以無形色故天大將軍者天台釋散脂修摩爲天大將軍其形八臂騎孔雀擎鷄持鐸捉赤幡統轄三十八部巡遊世界賞善罰惡故稱天大

將軍也此或統欲色諸天有此勇健之軍以天大二字揀異毘沙門諸小將軍也毘沙門者智論謂福德之名多聞四方乃北方天王也攝東南西等三軍此明妙音示現於三界二十八天現一一形說此妙法也

或現轉輪聖王身或現諸小王身或現長者身或現居士身或現宰官身或現婆羅門身或現比丘比丘尼優婆塞優婆夷身或現長者居士婦女身或現宰官婦女身或現婆羅門婦女身或現童男童女身

輪王以聖言者揀諸小爲凡也小王者對輪王稱之也名粟散王又中國名大附庸名小傳傳相望小大自異長者有長人之德備說有十故稱長者詳見譬喻品居士乃愛談名言清淨自居者宰官者謂三台以功能宰政於主郡縣亦稱宰官宰即主義官乃功能義也婆羅門云淨行此上皆現世間男子身下明僧俗四衆身或現長者居士婦女等單明現女子身已上明妙音於人道中示種種身說此妙法也

或現天龍夜义乾闥婆阿修羅迦樓羅緊那羅摩睺羅伽人非人等身而說是經

釋文皆見序品然前已叙現天身此復言天者乃現一切天衆身也故列於八部之前是見菩薩無類不現無處不說也

諸有地獄餓鬼畜生及衆難處皆能救濟

要解云諸應皆言現身說經獨於惡趣不言者惡趣方沉幽昏無由聞經但以神力救濟而已

乃至於王後宮變爲女身而說是經
知音云此應譯著現長者婦女之前而置於末者以王宮禁制不便遊化故也△天人最樂之地三途極苦之塲而菩薩一一皆能現身說法豈王宮返不能令此法流通耶但王宮嚴禁之所非泛泛可得而行唯菩薩能現女身乃可說法故加乃至二字及變爲女身句以見難說而能說者妙音力也直指云已上皆是九地十地證法華三昧能於六道周旋往返以此法華普接十類衆生至如來地故名爲妙然此二地於機不擇者乃悟衆生平等於法則有所擇而獨說大乘所謂一相一味三昧也至普門品則隨位隨機即俗而真故爲妙行

華德是妙音菩薩能救護娑婆世界諸衆生者是妙音菩薩如是種種變化現身在此娑婆國土爲諸衆生說是經典於神通變化智慧無所損減
○此去皆示第十一慧炬三昧也以下有若干智慧照明娑婆世界等語△前兩句明妙音實爲娑婆衆生之恃怙也救護衆生者者字最重即指妙音能爲現形說法之主是妙音下謂華德汝但知妙音現種種身在此娑婆處處說經而不知彼一切淨光莊嚴國中亦如是現身說法神通智慧亦無所損減也若於說是經典下加一切淨光莊嚴國中八字其義更顯
是菩薩以若干智慧明照娑婆世界令一切衆生各得所知於十方恒河沙世界中亦復

如是
前言救護是隨類說法令其脫苦此言各得所知是隨類各解使其得樂謂菩薩慈悲普及也若千智慧明照者顯菩薩方便之多於十方恒沙下推廣其益又不止娑婆與淨光莊嚴中使一切衆生離苦得樂更於十方恒河沙世界中而神通智慧亦無所損也足見以神通遊戲現種種身以智慧照明說此妙法其三昧威神眞不可思議者也
若應以聲聞形得度者現聲聞形而爲說法
應以辟支佛形得度者現辟支佛形而爲說法
應以菩薩形得度者現菩薩形而爲說法
應以佛形得度者即現佛形而爲說法如是種種隨所應度而爲現形

知音云前叙六凡重所應機說世間人天乘五戒十善之妙法也此叙四聖重能應教說出世間小中大頓圓之妙法也爲欲得小乘者則法身應機作聲聞形說四諦法欲得中乘者則法身應機作辟支形說十二縁法欲得大乘者則法身應機作三賢十地菩薩形說諸度法欲得最上一乘不涉階漸頓作佛者則法身應機作報化佛形說十力無畏等法也此土彼土十方恒河沙土同時遍應無不皆然故曰如是種種等也問菩薩何以能現佛身答初住尚能分身百界況妙音之深位耶須知佛界有三教果頭佛有圓教分證佛究竟佛今所現者或果頭與分證佛似非究竟佛也△前段明菩薩現六凡身爲說妙法於

此界他方已見神通遊戲之不可思議也今於四聖人中亦能現身說法則慧炬照明猶不可思議也若但現凡而聖不能現又何以當妙音之稱

乃至應以滅度而得度者示現滅度

知音云上明妙音證獲法身般若此方明證獲解脫德也謂菩薩不唯現身在此即應以涅槃得度者亦於無生滅中示生滅也此如本會如來唱滅大衆感悟同意

華德妙音菩薩摩訶薩成就大神通智慧之力其事如是

此以結成所問善根功德也謂如汝所問而妙音所修所種成就如是大神通遊戲如是大慧炬照明普益有情其事如是也

㊄二問答令住何定又二㊀一問

爾時華德菩薩白佛言世尊是妙音菩薩深種善根世尊是菩薩住何三昧而能如是在所變現度脫衆生

此問令果德住何三昧也謂如妙音菩薩之善根功德及神通之相我已悉知但未審即令住於何定能如是自在變現於十方剎海利益衆生也但因果乃二利之要關故當細問㊁二答

佛告華德菩薩善男子其三昧名現一切色身妙音菩薩住是三昧中能如是饒益無量衆生

○此示第十二莊嚴王三昧一切色身爲所現即前十法界身是也法身爲能現即前不起於座身不動搖者是也然法身爲一切色身之主一切色身爲法身之莊嚴

故此問答明莊嚴王三昧雖酬華德亦是答文殊所問行何三昧願爲我等說是三昧名字也明十方弘經已竟㊄四二土得益

說是妙音菩薩品時與妙音菩薩俱來者八萬四千人皆得現一切色身三昧此娑婆世界無量菩薩亦得是三昧及陀羅尼

○此雖叙兩土大衆聞法得益其實示第十三淨光明三昧也自住法身曰淨普照衆生曰光明令一說妙音神智即令人同得豈非三昧及總持乎並結訖文殊云我等亦欲勤修行之之案天台云三昧與陀羅尼用異而體同也寂用名三昧持用爲陀羅尼又色身變現名三昧音聲辯說爲陀羅尼又舌根清淨名陀羅尼餘根清淨名三昧俱是六根清淨法門耳妙樂云現色身名三昧音聲名陀羅尼者語言與色身但是身口之異耳豈現身不能說法耶從事雖別其理必同三昧從定陀羅尼從慧即不思議定慧故得互用耳

㊄五還歸本國

爾時妙音菩薩摩訶薩供養釋迦牟尼佛及多寶佛塔已還歸本土所經諸國六種震動雨寶蓮華作百千萬億種種伎樂

○此示第十四淨藏三昧也以還歸本土表一切色身神智變現皆藏於淨法界身之藏海故問妙音既彼此二土及十方恒河沙世界皆同時徧在又奚重煩來往答菩薩本具三身應化身則隨十法界現有大有小報應身則見有往來法身則遍一

切處而無往無不往無來無不來也妙音於諸土隨類現者應化身也彼此往來者報身也

既到本國與八萬四千菩薩圍遶至淨華宿王智佛所白佛言世尊我到娑婆世界饒益衆生見釋迦牟尼佛及見多寶佛塔禮拜供養又見文殊師利法王子菩薩及見藥王菩薩得勤精進力菩薩勇施菩薩等亦令是八萬四千菩薩得現一切色身三昧

○此雖叙復命之辭其實示第十五不共三昧以復命之辭不叙共二乘人得益故所以然者一則二乘人皆已受大乘記無非菩薩也一則明妙音來往智慧神通皆是化菩薩法不與一切二乘人共也經文其深玄哉△妙音作此舉止其二利功德甚深到本國者即究竟還歸也八萬四千圍遶者乃體用兼到也下叙白本師得利益謂我到娑婆使無量衆生得三昧總持證不思議定慧可謂饒益無量也見釋迦即始覺顯露於多寶而言見塔乃本覺無相但言禮拜供養而已見文殊即得大智見藥王即得大行如此行智非勤精進力不能作大勇施由此智行進勇一切具足故八萬四千妙用法門無不備彰使化功歸已無不圓滿如此運爲豈徒然哉(興)六聞品進道

說是妙音菩薩來往品時四萬二千天子得無生法忍華德菩薩得法華三昧

○此雖通結一品之文其實示第十六日旋三昧也以娑婆去一切淨光莊嚴佛國

有百八萬億那由他恒河沙等世界之遥而妙音來往可謂如杲日麗中天也吾人能得此品妙義者亦如日麗中天有目有趾者無不待是而成功也故叙得益以四萬二千天子得法忍言明菩薩報應身之日雖有往來而法身之天曾無生滅也法華三昧其體相如是故華德問此而亦證此也問前已叙得益此奚復叙答前叙兩土菩薩是深位有益也今叙天子及當機則知見聞之益亦廣矣三昧之名亦異矣

明妙音往來已竟

妙法蓮華經授手卷第七之一

音釋

甄（居延切 陶也）鸚（於莖切）鵡（文甫切）觜（祖委切）趾（諸氏切 趾足也）

妙法蓮華經授手卷第七之二

清楚衡雲峯沙門智祥集

觀世音菩薩普門品第二十五

品節云此品意以法華三昧始覺因圓妙埶果海逆流而出現十法界身雲無思而應所謂聖種類身一時俱現乃得種類俱生無作意生身之象也由永滅根本無明鏡智顯現故曰普門示現良以大士初因如幻聞熏金剛三昧力故得生滅滅寂滅現超越世出世間上同慈力下合悲仰能以一身普應一切獲三種妙用所以有三十二應十四無畏十九說法七難二求無不感應此見妙行圓滿法華三昧之功德成就妙極於此故以三種意生身證行成德也聖旨昭然深觀可見然而妙行雖圓誠恐行人餘習緣影難盡則又說三種加持乃可克成妙果故次以三品終焉天台引別行玄云觀世音者西土正音名阿耶婆婁吉低輸此云觀世音能所圓融有無兼暢照窮正性察其本末故稱觀也世音是所觀之境萬像流動隔別不同類音殊唱俱蒙離苦菩薩弘慈一時普救皆令解脫故曰觀世音此即境智雙舉能所合標也普門者普是徧義門曰能通用一實相開十普門無所障礙故稱普門此總釋也別釋有通別二種通有十雙別有五隻十雙者一人法爲名此品有兩翻問答人即觀世音依前問答而名也法即普門依後問答而立也二以慈悲爲名觀世音者即大悲拔苦依前問答百千苦惱皆得解脫

也普門者大慈與樂依後問答應以得度而爲說法也三以福慧爲名觀世音者智慧莊嚴智能斷惑如明時無暗普門者福德莊嚴福能轉壽如珠雨實故知前問答應機拔苦是慧莊嚴後問答住首楞嚴定普現色身是定莊嚴四以真應爲名觀世音者觀宜於境即眞身也普門者隨所應現即應身也五以藥珠爲名觀世音者如藥王樹徧體愈病也普門者譬如意珠隨意所與也六以宜顯爲名觀世音者宜作利益無所見聞三毒七難皆離二求兩願俱滿普門者顯作利益目覩三十二身耳聞十九尊教也七以權實爲名觀世音者隨自意照實智境普門者隨他意照權智境也八以本迹爲名觀世音者不動本際

也普門者迹任方圓也九以緣了爲名觀世音者根本是了因種子普門者根本是緣因種子也十以智斷爲名觀世音者究竟是智德普門者究竟爲斷德也經文兩翻問答義含無盡略用十雙釋品通名其義如是別論五隻者即以觀世音普門五字訓也第一觀者亦有多種謂析觀體觀次第觀圓觀也析觀者滅色入空體觀者即色是空次第觀者從析觀乃至圓觀圓觀者即析觀乃至次第觀皆實相也今揀前三觀唯論圓也第二世者亦有多種謂有爲世無爲世二邊世不思議世有爲世者即三界世無爲世者即有餘無餘二涅槃世二邊世者即生死涅槃世不思議世者即實相境今揀前三但取不思議也第

三音者音即機也亦有多種人天機二乘機菩薩機如來機人天機者即諸惡不作衆善奉行二乘機者即厭畏生死欣尚無爲菩薩機者即先人後已慈悲仁讓佛機者一切諸法中悉以等觀入一切無爲人一道出生死今揀前三唯取佛音機也以是因緣故名觀世音第四普者周徧也諸法無量若不得普即是偏法法若成偏焉能圓應略約十法明普一慈悲普二弘誓普三修行普四斷惑普五入法門普六神通普七方便普八說法普九成就衆生普十供養諸佛普得此意已類一切法無不普也釋明十義廣如科註茲不繁引第五門者從假入空空通而假壅從空入假假通而空壅偏通則非普壅故則非門中道非空非假正通實相雙照二諦故曰普門是故此品爲普現三昧化他流通也(巳)三以觀音普門示現周徧流通分三(庚)一長行又二(辛)一明兩翻問答復二(壬)一問觀世音名分二(癸)一當機致請又二(子)先經家叙

爾時無盡意菩薩即從座起偏袒右肩合掌向佛而作是言

此以無盡意當機者顯前品妙音雖於神通智慧無所損減由往來之意未泯則意猶有盡若觀音以圓照三昧上同下合現一一形說一一法又不似妙音但說此經若此經流通則妙音亦止故知普門示現意無有盡故當機以無盡意而發問也爾時者即東方之妙音既竟而西方之觀音

又發正此之時始見有無盡意從座起也

㊀二正興問

世尊觀世音菩薩以何因緣名觀世音

下有兩翻問答初問觀世音人也後問普門法也此是初問觀字當作平聲讀乃根本智若作去聲則屬功勲此爲能觀世音乃所觀境智則唯一而境有萬殊世字該有情世至正覺世乃十界正報音字即十界衆生所發之言音也音當耳聞而言觀者顯菩薩不思議力用無根不聞也以何因緣者謂前妙音故知奉樂供鉢以爲因緣所以得妙音名今菩薩名觀世音者觀本屬眼宜以對色世音乃聲宜乎對耳今根境旣不相侔未審有何因緣得是名也

㊀二如來詳答分三㊀一總稱名答又四

㊀一人數

佛告無盡意菩薩善男子若有無量百千萬億衆生

此正答因緣也天台云十法界機實是無量而言百千萬億者非謂十界共有此數葢指一業有如許人如一地獄同受一苦以苦驗人知同一業以例諸趣亦皆如是故知此數是標同業之意也此舉境衆機多以顯觀深應大△舉數處以若有字是不定語或一人十人百千人已至無量人是其正意㊀二遭苦

受諸苦惱

○此明現遭苦厄也自有多苦苦一人多人受一苦一人受多苦一人受少苦今言萬億衆生多人也受諸苦多苦也舉多顯

少無不來應(丑)三稱名

聞是觀世音菩薩一心稱名

此以善惡相帶合爲機也由惡遭苦因善聞名大竅云一心二字是脫難之本正謂攝心一處便是觀音出現時也蓋菩薩與衆生同體徧在一切衆生心中菩薩之名徧在一切衆生耳裏但不肯一心注念循聲流轉刦與菩薩遠隔千里若能一心稱名則觀音不離當處若百千萬億受苦衆生同時一心稱名則同時離諸苦惱也(丑)四解脫

觀世音菩薩即時觀其音聲皆得解脫

天台云上聞即稱是機速令稱即驗是應速皆得解脫者即是衆應利益皆者非但顯於多機衆益亦顯圓徧之應也△楞嚴云一者由我不自觀音以觀觀者令彼十方苦惱衆生觀其音聲即得解脫即時者於一心稱名無間無斷時四相俱空不覺不知則得觀其音聲如從梦覺菩薩即時顯現身心相滅豈不皆得解脫耶

(子)二別脫苦答分三(丑)一口機應物又二(寅)一明七難分七(卯)一大火難分四(辰)一稱名

若有持是觀世音菩薩名者

○此別答中不出三業應機令七難是口機以稱名故三毒是意機令常念故二求是身機常禮拜故△若有持者謂一向持名之人應無火災下出設遇不燒乃見持則通靈所應不虛也(辰)二遇苦

設入大火

天台云此下釋諸難例爲三意一貼文二舉事三觀行貼文者若有設有等皆不定之辭餘皆難起方始稱名今先舉稱名而後遺難者或前後互説耳又或火灾卒暴須預憶持不入此難也二舉事證晉時謝敷作觀音應驗傳載祝長舒晉元康年中於洛陽爲延火所及草屋下風豈有免理甘一心稱名風回火息隣房亦滅又僧法力者於魯郡起精舍從上谷乞麻一車法力疲極小卧於空野遇火比覺火勢已及纔舉聲稱觀未及稱世音而火已滅傳載非一姑畧引耳觀行釋者火有多種果報火從地獄至初禪皆有洞然燒炙無能免者業火通三界故經云燒諸善根無過瞋恚能破善根退上墮下皆名爲火煩惱火通三乘聲聞畏三界如火宅競共馳走趣有餘涅槃支佛及藏通別圓菩薩修道之時並爲五住煩惱之所燒害若能稱菩薩名即得解脱又三火中果報是事火眼見身覺業與煩惱但有燒義通名爲火(復)三得脱

火不能燒

不能燒者由一心稱名之時自心火滅況一切諸境皆從心生心若不生妄緣自息然正當大火猛燄之際其能相忘於無事之境不驚不怖有幾人哉遇火不燒斯由菩薩神力及自心念力故也

(原)四明應

由是菩薩威神力故

楞嚴云二者知見旋復以脱塵内伏故今

一切遇火衆生一心稱名頓免其難然大火到時勢不可救而云不燒者菩薩威神之力也△更須知火本屬眼發於所見境至而神投自然勢也如見愛則欲火頓生見憎而瞋火疾作若不旋見還明何由得滅

(卯)二大水難

若爲大水所漂稱其名號即得淺處

天台釋亦有三一貼文者遭水是苦稱名是善即爲機也得淺處即應也言大水者以小水不成難故二引證應驗傳云海鹽有人溺水同伴皆沉此人稱觀音遇得一石忽然如夢見兩人乗船喚入開眼果見人船及送達岸人船俱隱又僧道冏三人乗氷度孟津垂半一人前陷一人次没冏進退氷上度死無疑但一心稱觀世音脚如踏板夜遇赤光竟得達岸此皆神力所應也三觀釋者果報水自地獄以至二禪無能免者惡業水通三界諸惡破壞善業悉名惡業波浪煩惱水亦通三乗所謂煩惱大河能漂香象無明所盲不能得出聲聞發二三果名淺處無學爲彼岸支佛侵習爲淺處通教正習盡爲彼岸別教斷四住惑爲淺處斷無明爲彼岸圓教十信位中六根清淨爲淺處入初住爲彼岸△楞嚴云三者觀聽返入致令持名衆生水不能害然水本屬耳出於所聞愛則水生怒即淚注菩薩由旋聞聲脫使稱名者無水難也

(卯)三羅刹難

若有百千萬億衆生爲求金銀琉璃硨磲碼

碯珊瑚琥珀珍珠等寶入於大海假使黑風吹其船舫飄墮羅刹鬼國其中若有乃至一人稱觀世音菩薩名者是諸人等皆得解脱羅刹之難以是因緣名觀世音

天台釋難亦三一貼文者入海求珍結伴無定然亦非獨往今舉總數但曰百千萬億也爲求下出其所求之名以等字攝諸異寶必入大海者以海爲衆寶所聚賢愚經云田殖百倍商賈千倍仕宦萬倍入海吉還得無量倍故必應入海也△假使者偶然值遇未必入海者盡然也此科應重在黑風二字照前水火此當風難不然與後鬼難爲重叠矣大海遇風甚爲可畏況其風黑則向往皆迷必至於墮墮鬼國無疑矣羅刹乃食人鬼其畏猶甚次下明機謂

正當大怖畏時於多人中乃至一人稱名則一切人俱免斯害豈不爲菩薩威力之所至哉獨是一人稱名是一人靈顯衆感未彰應何濫及然衆口雖默而求救之心必切心切而神現理亦宜然此亦菩薩不思議大悲所被也二引證外國有百餘人從師子國泛海向扶南遇惡風墮鬼國中俱大怖稱聖號中有一小乘沙門不信觀音鬼遂取沙門食由是狼狽學稱亦得免難三觀釋者不但明世界中風黑業亦名風華嚴云嫌恨猛風吹罪心火常令熾然吹諸行商人墮落惡趣果報風至三禪惡業風通三界煩惱風通三乘廣如科註中明然一稱名俱得脱苦此見尋聲救苦之實也楞嚴云六者聞薰精明明徧法界則

諸幽暗性不能全旣無黒風即不墮諸鬼國矣以是下並上水火以結答當機所問以何因緣此謂以是因緣也(卯)四王者難

若復有人臨當被害稱觀世音菩薩名者彼所執刀杖尋段段壞而得解脱

○釋王難亦三一貼文遭難是苦稱名是善即機也而得解脱即蒙應也二引證應驗傳云昔大元中彭城有人被枉爲賊其人本供金像常納髻中及伏法刀下但聞金鐵聲三斫而頸無傷詢之得髻中金像頸有三痕其他不及廣引三觀釋者果報刀杖從地獄至欲天惡業刀杖通三界煩惱刀杖通三乘謂凡所修善因爲三毒刀箭惡業破壞善心割斷戒皮定肉慧骨微妙心髓等若能至心稱名如是刀杖無不解脱△言臨當被害正當戮時乃能所境對一稱名而刀段段壞即能所消忘也楞嚴云五者熏聞成聞六根銷復同於聲聽使其兵戈猶如割水亦如吹光性無揺動神力所致也(卯)五惡鬼難

若三千大千國土滿中夜叉羅刹欲來惱人聞其稱觀世音菩薩名者是諸惡鬼尚不能以惡眼視之況復加害

○釋鬼難亦三一貼文若三千下標處欲來下明遭難是苦聞其下稱名是善此即機也鬼不能害是蒙應也△前言漂墮是人入鬼國此言欲來惱人是鬼到人所言大千滿中俱鬼而亦實有事也不見教中道娑婆世界有揷針不入的鬼但人能稱名鬼心即滅豈不如紅爐之點雪耶二引

證上羅刹難中已彰其事兹不繁叙三觀釋者若果報鬼自地獄至天宮皆有此難如地獄中有大力鬼惱諸罪人餓鬼中有惡鬼害諸小鬼畜生中有惡鬼食噉天中如阿含經云有大力鬼坐帝釋床帝釋大瞋鬼光亦熾等惡業鬼遍三界如貪瞋癡俱是鬼義煩惱鬼通三乘如謂見心爲男鬼愛心爲女鬼見使歷三界有八十八愛即思也有八十一其大千滿中俱鬼亦不虛也二乘人有斯鬼難菩薩有無明鬼愚癡羅刹等若能至心念菩薩名無不解脱楞嚴云四者斷滅妄想心無殺害令諸衆生鬼不能害使持名者得益之時不唯不敢加害即欲以惡眼偏視亦不敢也㈣六枷鎖難

設復有人若有罪若無罪杻械枷鎖檢繫其身稱觀世音菩薩名者皆悉斷壞即得解脱

○釋枷鎖難亦三一貼文設復下先標有罪無罪杻械下明遭難是苦稱觀音下稱名是善此爲機也皆悉斷壞等明應也有罪無罪者或實有罪或果無罪又或推檢未定皆被囚執也△無罪者當然有罪者亦免何也此明聖心平等本以救囚執爲應不論罪之有無也在手名杻在脚名械在頸名枷連身名鎖此則三木一鏁之名繫即繫礙檢是封檢繫未必檢檢必被繫也繫而被檢憂怖亦深若能稱名者重關自開鐵木易壞矣二引證應驗傳云蓋護山陽人繫獄應死三日三夜心無間息即眼見觀音放光照之鏁脱門開尋光而去

行二十里其光乃息三觀釋一果報枷鎖三途及人不言可知修羅亦有五縛唯北洲及天上自無此難二惡業枷鎖若人修習善法被惡業覆心使善法敗壞即爲惡業所縛於三界中無由解脫三煩惱枷鎖三乘人未至究竟皆爲煩惱所縛不得自在若能至心念菩薩名而一切枷鎖無不解脫楞嚴云七者音性圓消離諸塵妄塵既離夫復何繫所以令持名者得解脫也(卯)七怨賊難

若三千大千國土滿中怨賊有一商主將諸商人齎持重寶經過險路其中一人作是唱言諸善男子勿得恐怖汝等應當一心稱觀世音菩薩名號是菩薩能以無畏施於衆生汝等若稱名者於此怨賊當得解脫衆商人聞俱發聲言南無觀世音菩薩稱其名故即得解脫

○釋怨賊難亦三一貼文大千國土者標難處也滿中怨賊明難事也滿中者顯國曠賊多聖力能救也怨必奪命賊乃奪財今賊而復怨其財命俱奪必矣甚爲恐懼

△寶重而路險賊臨而復怨害豈淺鮮耶此中一人力勸稱名謂菩薩能以無畏施人若稱者必當脫苦何異久旱中之聞巨雷衆商共稱何異孤旅中之遇父母是諸知契而二知泯豈不能成解脫哉商主等乃遭難之人商者能擇貴賤善解財利商量得宜堪爲商人之主一人下明機一明安慰二勸稱名三歎聖德四俱發聲所以安慰者止其恐怖也勸稱者設其上策也

歎德者獎令定膽也二引證應驗傳云僧慧達以晉隆安二年於隴上掘甘草時餓羌正捕人食即獲慧達閉於柵中擇肥者先食達怖但一心稱名並誦是經人食已盡唯達與一小兒次擬明晨取食達竟夜稱誦似無所感向曉羌來取達忽一猛虎從草透出哮吼不已諸羌散走虎齧柵作一穴而去達並小兒俱得免害三觀釋一果報冤賊自地獄至六天俱有鬬爭二惡業冤賊若修善時惡多是冤三煩惱冤賊三乘以一切煩惱是出世怨心般若是商主五度衆行是商人法性實相是重寶六蔽是怨賊若能一心稱名一切怨賊俱得解脫楞嚴謂八者滅音圓聞遍生慈力益音聞兩立則物我成敵音滅聞圓則內外無待故能遍慈而却敵也(寅)二結神力

無盡意觀世音菩薩摩訶薩威神之力巍巍如是

天台云觀音智力既大加護亦廣矣豈止但應七難當知徧法界皆能救護故言巍巍巍巍者重明高累之辭也觀音之力出於同居分段二死之外竪應方便實報二土之間故言重明載沭神應故言高累口機應物已竟(丑)二意機應物分二(寅)一離三毒

若有衆生多於婬欲常念恭敬觀世音菩薩便得離欲若多瞋恚常念恭敬觀世音菩薩便得離瞋若多愚癡常念恭敬觀世音菩薩便得離癡

天台云此三通稱毒者以能侵害行人故

但有單複言耳若云貪瞋癡名單今從複列故云婬欲等也自愛爲欲愛他爲婬自忿爲恚忿他爲瞋自惑爲愚惑他爲癡今明三毒多者而菩薩威力尚令得離況少者耶要解云離欲者由菩薩熏聞離塵色所不刼之力也葢衆生以欲習合塵故爲色刼一蒙妙力則欲愛乾枯根境不偶雖有妖色不能刼動也離瞋者由根境圓融無能所對之力也葢瞋由違情而起對境而生圓融則無違無對而瞋可離矣離癡者由消塵旋明朗徹無礙之力也葢癡爲妄塵所蔽無明所覆消塵則無蔽朗徹則無覆故能旋復真明永離癡暗也(寅)二顯威神

無盡意觀世音菩薩有如是等大威神力多所饒益是故衆生常應心念

此言如是者指前三毒等字攝慢疑及諸見也然十結使皆爲三界深惑而三毒猶重故特舉也令離三毒而曰大威神曰多饒益者以前七難尚是外境而三毒乃一切衆生無始無明之固結根深蒂固若非大威神大猛力豈易斷哉三毒不除生死何出今旣諸妄銷忘自應一真顯露其悟入佛之知見亦不難矣故曰多所饒益前七難中但曰一心稱名或曰稱其名號今必曰常應心念者由三毒幽微防之應密衆生若能常念常敬毒從何發稍一忘念則妄塵競集而三毒起矣故使行人於菩薩聖境常當心念也(丑)三身機應物分二

(寅)一正明誠求又二(卯)一求男

若有女人設欲求男禮拜供養觀世音菩薩便生福德智慧之男

知音云凡女人身以夫貴而貴然色難常好夫愛莫恒唯有生男乃可永賴故女人必欲求男也若生男無福家不足興無德名不足盛無智身不足貴無慧道不能行故求菩薩即欲生福德智慧之男也然求必有遂者由菩薩融形復聞不動道場乃至各各佛邊爲法王子之力益菩薩於諸佛既具子道故令求即得也△世人不求而生男女者尚多今言欲求者是有所願欲也禮拜供養是誠求之行便生福德等乃明感應道交也(卯)二求女

設欲求女便生端正有相之女宿植德本衆人愛敬

知音云女不端正色雖美而內政莫立不有相貌心雖端而外見罔貴不宿植德本則不知敬重三寶亦令人不生愛敬也然菩薩使誠求人必生如是女者由六根圓通名照無二乃至承順十方微塵如來秘密法門領受無失故也易云至哉坤元乃順承天今菩薩以圓通妙體既能明照又能承受有坤道焉坤厚載物故令求者便生含弘光大端正有相之女也然三毒乃衆生所常有之正性多則爲害也深二求乃衆生常有之正情少則爲嗣也絕故或惡其多或慮其絕一念敬聖名供聖像皆響應者乃不思議之妙用也(寅)二結福不虛

無盡意觀世音菩薩有如是力若有衆生恭

敬禮拜觀世音菩薩福不唐捐

此結身業應機之不虛也恐疑者謂自有禮拜不蒙願者故此云若能恭敬禮拜而所得福必不虛棄唐捐者虛棄也其所以不蒙應者由感之未至非應之不及也別答脫苦已竟

(子)三勸持名答分三(丑)一勸持

是故衆生皆應受持觀世音菩薩名號

天台云上說觀音得名因緣其力廣大既不辯形質但述名論德若欲歸崇宜奉持名號故舉持名為勸也△是故者指前救七難離三毒應二求種種威神之故皆應者廣勸持名也謂菩薩有如是大威神力不唯有難有毒有求者當持即一切衆生皆應受持也向下較其所當持之福(丑)二格量

無盡意若有人受持六十二億恒河沙菩薩名字復盡形供養飲食衣服臥具醫藥於汝意云何是善男子善女人功德多不無盡意言甚多世尊佛言若復有人受持觀世音菩薩名號乃至一時禮拜供養是二人福正等無異於百千萬億劫不可窮盡

此明持菩薩名如食金剛非食他物可比也直指謂初舉一人廣大之福為本六十二億福田多盡形壽時節多四事具足供養多持名號恭敬多舉此四事為校量本於汝下問也無盡意下答也佛言下又單舉一人稱觀音名正格量也還舉四大以格四多而其功德正等○問何故持諸菩薩之功多而福返少持觀音之功少而福

返多答諸菩薩尚在五十四位中而觀音
已居等覺如二人者一入多奉諸臣一人
尊敬于主則其承恩之差等可知矣又圓
通中自陳謂我一名號與彼衆多名號無
異由我修習得眞圓通以是則知自他正
等也㊀三結歎
無盡意受持觀世音菩薩名號得如是無量
無邊福德之利
○一時稱名福不可盡大品云一華散空
乃至畢苦其福不盡義疏云一華供佛以
類一時持觀音名言畢苦者二死永盡也
謂直至成佛而散花之福猶尚不盡必以
六十二億爲校量者乃攝六根而言也已
上總成十四無畏即是與諸衆生共一悲
仰也問答人名已竟

妙法蓮華經授手卷第七之二

音釋

踏他合切　舫音訪舟師也

妙法蓮華經授手卷第七之三

清楚衡雲峰沙門智祥集

(壬)二問普門示現分二(癸)一問施三業

無盡意菩薩白佛言世尊觀世音菩薩云何遊此娑婆世界云何而爲衆生說法方便之力其事云何

天台云前問何緣得名佛荅衆生三業顯機爲境法身靈智冥契爲應由此境智因緣而得名也今問云何遊等佛荅以普門示現三業顯應以荅冥機云何遊是身云何說是口方便是意聖人三業無謀而徧應一切亦名三輪不思議化也義疏云衆生稱名常念及以禮拜三業現前故言顯機法身靈智即始本二覺分合之真身也乃以智拔苦故曰冥應今明菩薩意鑑機身現相口說法令衆生有覺知見聞故曰顯應然且不說衆生三業修行之相此由宿善冥伏在懷乃能致感故曰冥機又以方便問意業者非是道前取理方便此爲證後鑒機之方便也(癸)二荅其妙應分二

(子)一荅所現身

佛告無盡意菩薩善男子若有國土衆生應以佛身得度者觀世音菩薩即現佛身而爲說法

此並荅三問也天台云應以二字荅意蓋意地觀機見其所宜當示何身說何法也現身即身業說法即口業也此別荅中凡現三十二身十九說法束爲十界身而缺菩薩地獄二界菩薩即是本身豈復言缺地獄應有但文畧耳別荅雖無總中亦具

謂以種種形遊諸國土者是也三十二身文分爲八一聖身二天身三人身四四衆五婦女六童男七八部八金剛身聖身中先明佛身者或是應佛或是化佛但聖人逗物具有二義若一時歘有爲化應同始終名應然應佛卽有兩相一勝應二劣應勝應圓别之機劣被藏通之衆知音云國土衆生者約大千依正二報總言機也應當也以用也謂大千土中若有一圓頓機衆生欲不涉階漸直下成佛則此人當用佛身得度故卽現其身爲說圓滿果法也楞嚴云若諸菩薩入三摩地進修無漏勝解現圓我現佛身而爲說法者是也

應以辟支佛身得度者卽現辟支佛身而爲說法

○如文殊二萬億刦作辟支佛教化衆生現身說法楞嚴云若諸有學寂淨妙明勝解現圓等則所說乃寂靜妙明緣覺法也

應以聲聞身得度者卽現聲聞身而爲說法

○或作藏通聲聞或作隨五味轉聲聞內秘外現引導衆生也楞嚴云若諸有學得四諦空修道入滅等則所說乃四諦聲聞法也此明現四聖身次明現六凡身

應以梵王身得度者卽現梵王身而爲說法

○瓔珞經云四禪皆有王此言梵者應是初禪頂猶有覺觀語法得爲大千世界主葢言觀音修白色三昧不取不捨不取故不隨禪生不捨故應爲梵王說出欲論以權引實也楞嚴云若諸衆生欲心明悟不犯欲塵等則所說離欲法也

應以帝釋身得度者卽現帝釋身而爲說法
○以菩薩修白色三昧不取不捨說種種勝論以權引實楞嚴云若諸衆生欲爲天主統領諸天等則所說者五戒十善法也
應以自在天身得度者卽現自在天身而爲說法
○梵語婆舍跋提此云他化自在假他所作以成已樂卽魔王也淨名經云多是不思議解脫菩薩住赤色三昧不取不捨應爲魔王令諸魔界卽入佛界楞嚴云若諸衆生欲身自在等則所說遊行十方之法此下凡所現身皆是菩薩住於三昧以權引實例此可知
應以大自在天身得度者卽現大自在天身而爲說法
○樓炭經名阿迦尼吒華嚴稱色究竟釋論云摩醯首羅稱大自在騎白牛八臂三眼乃諸天之將未知與此同名耶爲卽指此天耶又釋論云過靜居天有十住菩薩號大自在爲大千界主依此則將非指此也楞嚴云若諸衆生欲身自在飛行虛空等則所說欲身自在之法也
應以天大將軍身得度者卽現天大將軍身而爲說法
○金光明經卽以散脂爲大將又云鳩摩伽此云童子楞嚴云若諸衆生愛統鬼神救護國土等則所說救護國土法也
應以毘沙門身得度者卽現毘沙門身而爲說法
楞嚴謂若諸衆生愛統世界保護衆生等

則所説保護衆生法也然楞嚴有現四天王及太子此以毘沙門該之葢此爲四王之一也解現妙音品巳上叙現天乘主帥下叙人間王臣

應以小王身得度者卽現小王身而爲説法

小王者對輪王言也楞嚴云若諸衆生樂爲人王等則所説十善道法也然人王故非平人之所樂爲而菩薩亦與説法以遂樂爲之願者爲欲理治邦國風化人民使道法流通所以亦應求也

應以長者身得度者卽現長者身而爲説法

解見前品則所説主族姓世間推讓法也

應以居士身得度者卽現居士身而爲説法

此有德無位以道自處者也則所説名言清淨自居法也

應以宰官身得度者卽現宰官身而爲説法

三台輔相州牧縣長悉曰宰官則所説治國土斷邦邑法也

應以婆羅門身得度者卽現婆羅門身而爲説法

西域四姓此其一也名淨行亦名梵志則所説數術攝衛法也數術卽占相等攝衛卽調護身壽醫藥等

應以比丘比丘尼優婆塞優婆夷身得度者卽現比丘比丘尼優婆塞優婆夷身而爲説法

此應僧俗四衆則所説五戒十戒及二百五十戒與五百戒之法也

應以長者居士宰官婆羅門婦女身得度者卽現婦女身而爲説法

知音云此與楞嚴少異彼一現女主二現國夫人三現命婦四現大家孤山云女主卽天子之后國夫人如論語邦君之妻曰君夫人命婦謂妻因夫榮者大家如後漢扶風曹世叔妻者同郡班彪之女名昭字惠姬和帝數召入宮令皇后貴人師事焉號曰大家此中長者宰官婦女合彼命婦不云現女主國夫人者以妙音於王後宮變爲女身而說是經已叙之矣則所說內政立身以修家國之法也

應以童男童女身得度者卽現童男童女身而爲說法

取妙莊嚴王二子釋及華嚴童子算沙嬉戲等是也則所說不壞男根不求侵暴等也已上現世間男女竟次現八部

應以天龍夜乂乾闥婆阿修羅迦樓羅緊那羅摩睺羅伽人非人等身得度者卽皆現之而爲說法

楞嚴開叙爲九科則所說樂出其倫之法也

應以執金剛神得度者卽現執金剛神而爲說法

梵語跋闍羅此云金剛梵語波膩此云手手有執義卽以執金剛杵爲名正法念經云昔有國王夫人生千子欲試當來成佛次第故拘留孫佛探得第一籌乃至樓至如來得千籌第二夫人生二子一願爲梵王請千兄說法一願爲金剛神護千兄佛法故有此也荅所現身已竟(子)二總荅度生

無盡意是觀世音菩薩成就如是功德以種種形遊諸國土度脫衆生

此結上總別荅問也天台云諸名不一橫則周徧十方竪則冠通三土隨緣變現何止三十二身託化逐緣豈局娑婆世界以種種形總明示現身廣遊諸國土明所化處廣度脫衆生明所得益廣言雖畧於上義則廣於前也知音謂楞嚴云是名妙淨三十二應入國土身皆以三昧聞熏聞修無作妙力自在成就准彼無作自在妙淨之言則此中十九說法皆存機感上論於菩薩法身如鏡應像如月現水此正所謂上合十方諸佛同慈力也明兩翻問荅已竟

㊉二勸至誠供養分二㊀一如來勸供

是故汝等應當一心供養觀世音菩薩是觀世音菩薩摩訶薩於怖畏急難之中能施無畏是故此娑婆世界皆號之爲施無畏者

是故者指前兩翻問荅之故前荅問中先總後別以難是衆生苦境意恐菩薩應不普被故先總曰受諸苦惱一心稱名皆得解脫是明菩薩悲心無極而下合衆生也前重一心稱名以菩薩眞身冥應無可尋求只可稱名而已後荅問中先別後總以現身是衆生樂緣意恐菩薩旣普現十法界身雲其妙應不過此耳故後總云以種種形遊諸國土是明菩薩慈心無盡而上同諸佛也今此復勸一心供養者由菩薩於一切衆生前現身說法則見種種色聞種種聲旣聞見分明所以當一心供養也

前曰一心稱名是知有菩薩可供後曰一心供養是見有菩薩可敬如是一心如是恭敬久而不退則可以入佛知見矣楞嚴以十四無畏即救七難赴二求免三毒等爲無畏今於三十二應之後又言怖畏急難中能施無畏則是總前兩翻問荅以離苦得樂皆名無畏今言娑婆稱施無畏而楞嚴云十方微塵國土皆名施無畏者葢見其所當供養也(壬)二無盡受旨分六(癸)一奉命

無盡意菩薩白佛言世尊我今當供養觀世音菩薩即解頸衆寶珠瓔珞價直百千兩金而以與之作是言仁者受此法施珎寶瓔珞

此見當機奉命不惜所珎得法自在爲法施也佛云汝等當供養則下出其無畏當機云我今當供養則下解其所珍所以見至重忘而無畏得矣言衆寶者乃間錯而成也瓔珞經云從初住銅寶乃至等覺摩尼寶今曰寶珠其位例可知矣天台云頸表中道一實之理以衆多無着法門莊嚴實相如瓔珞嚴頸也解者表菩薩於一切行願功德乃至佛智涅槃皆不住着也百千表一地有萬功德地地增多也法施如法而施即佛智涅槃俱能捨故(癸)二不受

時觀世音菩薩不肯受之

解頸瓔珞正菩薩所嘉與但無不肯受三字何以申無盡之解代衆而解衆亦不喻解之之意矣自無盡意以愍我等言之佛又以愍無盡意及愍八部等勸之而解瓔珞之意斯人人喻之矣故觀音之不受無

盡意之懇受世尊之勸受俱是令衆知解一意千佛萬佛只要人知解故也(癸)三求愍

無盡意復白觀世音菩薩言仁者愍我等故受此瓔珞

以愍我等三字爲可受之本當機以愍衆而施菩薩以愍衆而受則二俱法施也(癸)四佛勸

爾時佛告觀世音菩薩當愍此無盡意菩薩及四衆天龍夜叉乾闥婆阿修羅迦樓羅緊那羅摩睺羅伽人非人等故受是瓔珞

直指云佛所以勸觀音愍衆而受之者正爲四衆八部未入妙行所以囑觀音大悲攝取乃得終始究竟四衆該本迹正記者八部該本迹外護遺流者始見意無窮盡

至此則開示悟入佛知見已畢(癸)五卽受

卽時觀世音菩薩愍諸四衆及於天龍人非人等受其瓔珞分作二分一分奉釋迦牟尼佛一分奉多寶佛塔

此明菩薩奉命卽受乃愍諸衆而受法施也知音云遵佛命愍四衆八部者表受法施下合一切衆生同悲仰也分瓔珞供佛及塔表上合三世諸佛同慈力也天台云以一瓔珞分二分者表事理二因供二佛者將趣二果也理圓證法身佛事圓證報身佛又表一行必具二因理則正因事卽緣了理事不二故曰妙因能成法報之妙果也不論應身者何也曰因人趣果合表二身法報若成應用自現(癸)六總結

無盡意觀世音菩薩有如是自在神力遊於

娑婆世界

此總結前問以荅當機也本以菩薩獲二種殊勝發三種妙用則三十二應十四無畏四不思議皆名自在神力而遊娑婆世界也但此文缺四不思議而知音謂具於四翻結荅文中初云威神之力巍巍如是次云有如是等大威神力多所饒益三曰是故娑婆世界皆名施無畏者四曰有如是自在神力所以然者以同體形咒異體形咒破慳感求供養佛生此四不思議皆大自在威神之力故此四荅攝無不盡也

長行已竟

(庚)二偈頌分三(辛)一雙頌二問

爾時無盡意菩薩以偈問曰

義疏記云頌文什師不譯諸師皆謂梵本中有荊溪尊者云此亦未測什師深意續高僧傳云偈是闍那掘多所譯智者出時此偈未行故無所解荊溪亦於輔行記中引還着於本人之文故知具釋理亦無妨近有天竺寺式法師分節其文對於長行問荅宛如符契故依彼分釋

世尊妙相具我今重問彼佛子何因緣名爲觀世音

此頌先歎佛德世尊萬德相好一切畢具故云妙相具我今句頌前二問以彼字該人法二種後二句單問名頌長行以何因緣名觀世音也

(辛)二雙頌二荅分二(壬)一經家敘荅

具足妙相尊偈荅無盡意

式師云此頌似緝綴之語宜當如來直荅

或集經者乘便頌之或掘多以偈翻之貫散隨言亦無不可(壬)二正頌佛荅分二(癸)一加頌總歎行願

汝聽觀音行善應諸方所弘誓深如海歷刦不思議侍多千億佛發大清淨願

知音云汝聽者勅令諦聽總頌下合六道之願深謂聖行能應諸方雖是神通亦由深大之願所使然願深由經刦多亦不可以心思口議者次總頌上合諸佛之願淨謂經多刦發大願不可思議者由侍佛多而無染着也△諸方卽微塵國土三世間也善應者於十法界聞稱卽應也弘誓下四句文似間錯宜云發大清淨願弘誓深如海侍多千億佛歷刦不思議以願大清淨故曰如海此明願也由侍佛千億故刦量難思此明行也弘誓卽四弘誓言清淨者是不爲自求人天權小福報等

(癸)二別頌正明二荅分二(子)頌荅觀世音名又二(丑)一總荅

我爲汝畧說聞名及見身心念不空過能滅諸有苦

式師云畧說者舉要言也聞名故稱口機也見身故禮身機也心念卽意機聞名是冥應見身是顯應諸有二十五有也△聞名卽頌前問荅七難二求一稱名而得滿願也見身卽頌後問荅三十二應一注念而得成就也心念二字總二荅中一心稱名一心供養然稱名供養若不一心則空過處多所謂暫時不在還同死人豈能疾滅諸有苦哉又諸有若指二十五有則不

能盡十法界機然四聖流中求不遂願者亦是苦當知諸有苦即一切苦也(丑)二別荅又二(寅)一頌七難加餘就分十二(卯)一頌火難

假使興害意推落大火坑念彼觀音力火坑變成池

知音云此下皆申頌畧說火坑嗔所變起人以嗔害聖以慈忍故念聖力火坑而化爲池此以性火真空而救之也△此科云假使後言或漂或被等皆非實有非常有事設有是事但念得彼菩薩名自不爲難此所謂感應道交之力也(卯)二頌水難

或漂流巨海龍魚諸鬼難念彼觀音力波浪不能没

○巨海貪所成就貪財似龍貪婬似魚貪殺似鬼一念聖力五欲頓息則波浪不没此以性水真空而救之也要解云於水言漂言浪則兼風災自此至雹雹消散皆頌外業在長行爲十四無畏而頌文事相不同又加旁頌者十四無畏特舉大畧實具一切功德故也(卯)三加頌須彌難

或在須彌峯爲人所推墮念彼觀音力如日虛空住

○自高大之我慢踰於須彌我慢人人猶慢我是爲人所推墮也菩薩謙光照物故一念聖力如杲日住空此以性空真覺而救之也

(卯)四加頌金剛難

或被惡人逐墮落金剛山念彼觀音力不能損一毛

○痴惡逐人如墮金剛山無有不傷者菩薩永絶痴愛故念者得力即使墮落不能損一毛此亦性空真覺而救之也大嵙引阿含云三千大千世界復有大金剛山繞大海水金剛山外復有第二大金剛山二山中間窈窈冥冥有八大地獄日月威光所不能照者是也㊞五超頌怨賊難

或值怨賊繞各執刀加害念彼觀音力咸即起慈心

○冤賊纏於疑暗是各執刀加害也菩薩視冤同親毫無疑害故念得力者皆起慈心而救之也

㊞六追頌刀杖難

或遭王難苦臨刑欲壽終念彼觀音力刀尋段段壞

○王難生於身見有此身生則有彼身死是爲臨刑壽終也菩薩身見消忘故念得力者彼身見之刀即段段壞也㊞七追頌枷鎖難

或囚禁枷鎖手足被杻械念彼觀音力釋然得解脫

○譬邊見爲桎梏也生此有無斷常等邊見爲財産所囚禁妻子所枷鎖六親伎倆所杻械也菩薩邊見頓空故令持名者得解脫也

㊞八加頌咒藥難

咒詛諸毒藥所欲害身者念彼觀音力還着於本人

○咒藥等邪見所發也害人而返自害聖無邪見故令念得力者不遭毒横也○譬

如經云有清信士初持五戒後時衰老多有廢忘爾時山中有渴梵志從其乞飲田家事忙未如所願遂恨而去梵志能起尸使鬼召得殺鬼勅曰彼辱我往殺之山中有羅漢知之往田家語云汝今夜早然燈勤三自皈口誦守身口莫犯偈慈念衆生可得安穩主人如教鬼莫能害由不能害其鬼乃恚欲害梵志羅漢救之令鬼不見輔行引此云正是觀音經中還着本人意

(卯)九追頌羅剎難

或遇惡羅剎毒龍諸鬼等念彼觀音力時悉不敢害

○卽諸見取所與也菩薩諸見消忘故令念者得力斷諸見龍鬼則無所害也(卯)十加頌惡獸難

若惡獸圍遶利牙爪可怖念彼觀音力疾走無邊方

○譬戒禁取爲惡獸具利牙爪可怖也菩薩無戒禁之取着故令念者得力而持牛狗等之惡獸疾走無邊方也(卯)十一加頌蛇蝎難

蚖蛇及蝮蝎氣毒烟火燃念彼觀音力尋聲自迴去

○蚖蛇等具忿恨之惡氣毒如烟火之燒然觸之卽殺菩薩無是毒害故令念者得力諸惡蟲自迴避也(卯)十二加頌雲雨難

雲雷鼓掣電降雹澍大雨念彼觀音力應時得消散

○諂媚如雲之覆日憍傲如雷之震驚嫉妬人之所長求索人之所短如掣電之快

駛毫不容隱也好害人之善如雹之傕害物也狂言譖毀於人如澍雨之傾於物而浸潤也菩薩無是諸惡故念者得力凡遇諸害應時消散也式師云已上頌七難共爲十二不出地水火風空識之六種須彌金剛是地雲雨亦水蛇獸咒詛是有情屬識由菩薩色身旋復使求之必遂也更須知一切色心依正皆是菩薩妙色妙心衆生於聖色心中而自爲難求救之誠亦是觀音是故機成卽時能應當以此義觀之何患不同觀音利物哉頌七難加餘己竟

(寅)二頌三毒二求

衆生被困厄無量苦逼身觀音妙智力能救世間苦

前頌救諸外難此頌脫其內業良以衆生爲貪嗔等十結使於三界中妄作妄受六凡爲麁惑所纏四聖由細惑所蔽惑之麁細不同而輕重衆苦逼迫則一也故曰無量苦逼身凡此衆機菩薩以妙智神通之力於三世間中無不能救也則此中衆生與世間皆具十法界義須荅觀音名巳竟

(子)二頌荅普門示現分二(丑)一正頌示現又二(寅)一超頌總荅

具足神通力廣修智方便十方諸國土無刹不現身

此頌長行總荅以種種形遊諸國土等直指云亦是廣讚觀音神通智慧方便皆悉具足乃能於十方國土普應群機以示圓行等虛空界之相

(寅)二追頌別荅分三(卯)一頌身業普應

種種諸惡趣地獄鬼畜生生老病死苦以漸悉令滅

式師云長行中別列諸身身皆三業頌中三業別示而業周遍見頌之功也此頌身業普應合具十界今止示三途以劣况勝也九界二死皆有四相漸漸令滅歸於常寂斯亦觀音之妙用也長行中未見現地獄等身頌文補之(卯)二頌意業普觀分二

(辰)一明本觀慈悲

眞觀清淨觀廣大智慧觀悲觀及慈觀常願常瞻仰

此頌妙行之體觀字當作平聲屬根本智要解云眞以息妄淨以治染智以破惑悲以拔苦慈以與樂以是五觀加被羣迷故妄染惑苦應念消滅所以樂當瞻也大窾云眞觀觀聲聞根清淨觀觀緣覺根廣大智觀菩薩根悲觀下合衆生慈觀上同諸佛具此五觀觀五衆機念念不離故應常瞻仰也△此頌荅普門示現其實顯菩薩上合諸佛本妙覺心以此五觀名異體同而實即是本妙覺心體用兼至所以能於十方微塵國土現種種身說種種法如月臨空無所不應也(辰)二明智光徧照

無垢清淨光慧日破諸暗能伏災風火普明照世間

光乃發之於外用也能破暗伏災顯大用無限用既大而體必周所以曰無垢曰清淨曰慧日者體不離本妙覺心也雖然現十界身雲其實二俱不着故慧日光明得無垢清淨以應無盡意之嘗解瓔珞觀世

音之不受而奉上如來也諸暗乃三惑無明即內障灾風火意含多種即外障內外障除大千洞照故曰普明照世間(卯)三頌

口業普說

悲體戒雷震慈意妙大雲澍甘露法雨滅除煩惱燄

式師云說雖惟口必假身意爲受法之本爲法現形本期救苦故名悲體說法必以戒行爲先故曰戒雷震菩薩興無緣慈濟作不請之談無物不覆無機不被故曰慈意妙大雲也甘露乃諸天不死之神藥也所宣至理解必無生若非無生焉能不死於慈雲中注大法雨衆生受之三惑燄滅故曰澍甘露等大雲是慈悲普注雨是說法普滅燄是利益普正當頌普門義也(丑)

二加頌顯機

諍訟經官處怖畏軍陣中念彼觀音力衆冤悉退散

式師云前長行三業顯應以被冥機疏以施瓔珞彰顯機義今重頌普門示現中有此念觀音之人亦顯機也益見天台冥契聖旨事係訟庭身臨戰陣心憂刑罰命慮兵殘今昔冤仇此時合會但一心致感而衆難皆袪也雙頌二荅已竟

(辛)三雙頌二勸分二(壬)一頌勸受持又二

(癸)一明境智深妙以勸常念

妙音觀世音梵音海潮音勝彼世間音是故須常念

說法不滯爲妙音尋聲救苦爲觀音音性無着爲梵音應不失時爲海潮音具此所

以勝世間音也直指云此承上常顧瞻仰而來畢竟教人瞻仰者爲菩薩境智深妙雖隨類現身隨機說法而更真俗雙融故曰妙音外觀九界之音不逐聲流轉返觀觀者卽令彼解脫於已則不着法故以梵音名中道之智也然九界一時稱名菩薩亦一時圓應不先不後故曰海潮音以如上三音隨機說法自在無礙勝過彼五十一位智正覺世間之法音所以教人常瞻仰也△詳夫菩薩忘音塵而修聞性及至稱名勸持乃獨取音而不取聞何也正顯圓人不壞法相而初心忘塵但圖解根而圓通之後所彰妙用全在於音也故三十二應中之說法四不思議中之說咒皆妙音之力也十四無畏中之救八難四不思議中之施無畏皆觀世音之力也十四無畏中之除三毒四不思議中之破慳悋皆梵音之力也三十二應中之赴徧求十四無畏中之赴二求四不思議中之赴廣求皆應不失時潮音之力也以持觀音一名而勝六十二億恒河沙法王子名卽勝彼世間音也故前以一觀而爲五觀觀無異觀今以一音而爲五音音無二音以不異之觀觀不二之音則境智俱深非心可測也

(科)二明感應難測以勸勿疑

念念勿生疑觀世音淨聖於苦惱死厄能爲作依怙

且菩薩不唯觀聽返入離諸塵妄兼之三空越而二死脫於聖類身可謂淨矣惟其

淨聖故能隨類應感使一切分段變易生死之厄麁細塵惑之苦凡有希求靡不成就故能於九界衆生爲依爲怙所以力勸持名而勿疑也前云念念不空過能滅諸有苦此言念念勿生疑能爲作依怙然纖疑在念則本體觀音聖不淨矣聖不淨卽爲空過於生死中而失父母則無可依怙者也(壬)二頌勸供養

具一切功德慈眼視衆生福聚海無量是故應頂禮

要解云具一切功德則所求必應不止十四無畏也慈眼視衆生則無所不度不止三十二應也其福聚如海利澤無窮故應皈命頂禮也偈頌已竟

(寅)三明益分二(卯)一持地歎功德

爾時持地菩薩卽從座起前白佛言世尊若有衆生聞是觀世音菩薩品自在之業普門示現神通力者當知是人功德不少

知音云前以無盡意當機明耳根圓通持經其意無盡也今以持地結證顯圓通無盡之意不離一切衆生常住心地也○寶雲經云地有十義得名一者廣大二衆生依三無好惡四受大雨五生草木六種子所依七生衆寶八出諸藥九風不動十獅子吼不能驚菩薩亦爾故名持地式師云聞是觀音等是聞初翻冥益問荅也普門示現等是聞次翻顯益問荅也自在業者卽不思議力用也△當知功德不少有況顯意然聞有菩薩此普門示現之神通者而功德尚是無量況受持名者供養形者

讀誦解說書寫此普門示現經者則其福倍倍轉增益不可量也(辛)二聞品獲利益

佛說是普門品時衆中八萬四千衆生皆發無等等阿耨多羅三藐三菩提心

此經家叙置印證持地功德不少之文無等者卽物無與等稱無上者下等字卽與物爲等正等覺義也然物無與等而又能與物爲等此如來最上德也觀音體此而成普門行隨類應化與物爲等故聞其風者皆能發如是心此所謂以圓行成最上德也觀音普門示現周徧流通已竟

妙法蓮華經授手卷第七之三

音釋

家音姑　掘渠勿切　譖側蔭切譖去聲譖讒也　仇渠尤切音求怨敵也

妙法蓮華經授手卷第七之四

清楚衡雲峰沙門智祥集

陀羅尼品第二十六

品節云此品由前妙行巳圓當克妙果第藏識幽深歷刦餘習潛伏其中雖有止觀之功而智有所困神有所不及者若非神咒加持不易斷也故有後三品三種加持也一神力二法力三現身而言說楞伽惟一今多法力此品正神力加持也以咒乃諸佛秘密心印如天子秘符大將執之無敵不克況藏識爲生死窟穴最極幽深習氣潛伏止觀之力所不及者必須仗如來秘密心印之力以攻之所以楞嚴云若修行人習氣未除應當誦我神咒是也楞伽亦云若不以神力建立者則墮外道惡見妄想及諸聲聞衆魔希望故七地巳前不加則墮外道八地不加則墮二乘九至等覺不加不得入妙故修行者所當加也大窾云自地湧菩薩持經如來囑累心事巳竟復恐諸菩薩久居下界常處空閑初入塵寰利生接物難堪難忍故復將此界也方諸大菩薩所證法門一一拈出如藥王之忍辱妙音之法空觀音之慈悲與彼下方菩薩恒爲模範若忍辱而不得法空則心量不廣若證法空而不行慈悲則教化不圓必須入此三種法門方得流通此經不斷持經典型也而復加此品者正恐末世邪師熾盛魔事實多使持經難爲廣益故諸菩薩說咒護持不令侵毁此法師者益見諸菩薩慈悲無盡也要解云陀羅尼

此云總持卽念慧妙力諸佛密語有一字多字無字之異能以一字總無量法持無量義摧邪立正殄惡生善皆能總而持之之謂也△凡佛說法必兼顯密二門顯以生慧密以得福施此二門使修學人福慧齊到也如世醫人或顯說方或密授藥其瘳病之驗一也然咒者祝也使持咒人念念無間祝邪者正祝染者淨祝迷者醒祝凡者聖無不遂其心滿其願也咒語或諸佛弘名或神王聖號持其佛名神鬼擁護持其王名神鬼皈崇必至受持者福智莊嚴而永無魔事也又神咒乃諸佛密語非心識可能測知故曰是大神咒無等等咒於五不翻中乃秘密不翻不唯凡者不知其實下位菩薩不識上位密語此皆從如來不思議妙智流出宜敬心奉持焉（巳）四以衆聖神咒加持堅固流通分四（庚）一問

持經功德

爾時藥王菩薩卽從座起偏袒右肩合掌向佛而白佛言世尊若善男子善女人有能受持法華經者若讀誦通利若書寫經卷得幾所福

此是藥王欲使此經流通不盡故致此問也直指云此品復以藥王當機是以諸佛心光爲藥守護地前信等五位治五蘊結使微細煩惱之病然又以持經功德爲問者是欲爲發心說咒之端也△此問非從前泛常所謂受持者言讀誦通利是得證法身之人讀誦若不通利去佛尚遠雖有福利猶不足較書寫卽註釋是經能註釋

者神入佛心深契妙理當爲神咒之所守護者也故問得幾所福(庚)二荅功德無量

佛告藥王若有善男子善女人供養八百萬億那由他恒河沙等諸佛於汝意云何其所得福寧爲多不甚多世尊佛言若善男子善女人能於是經乃至受持一四句偈讀誦解義如說修行功德甚多

此如來荅得多福明識藥王之心普也八百萬億下舉多佛是田勝能供如是多佛是福廣以此勝田廣福較一持四句偈者之功德不可比也何故佛雖多供雖廣事也持經者不惟徒誦而又能解義不獨解義而又能如說修行解義者心悟實相修行者妙契法身如此等福寧有量哉四句者不必定指須知全經字字皆佛心光受持讀誦一句一字者無不獲益所謂析栴檀片片皆香也

(庚)三請以說咒護分五(辛)一藥王請說分四(壬)一求請說

爾時藥王菩薩白佛言世尊我今當與說法者陀羅尼咒以守護之

前校功德處以受持讀誦書寫爲問今說咒處又以說法者爲言乃前後互彰也非說法者無功而受持書寫者咒不護也(壬)二正說咒

即說咒曰

安爾 曼爾 摩禰 摩摩禰 旨隸 遮黎第 賒咩 賒履多瑋 羶帝 目帝 目多履 娑履 阿瑋娑履 桑履 娑履 叉裔 阿叉裔阿耆膩 羶帝 賒履

陀羅尼　阿盧伽婆娑蘇奈切　簸蔗毘乂膩禰毘剃　阿便哆邏禰履剃　阿亶哆波隸輸地　歐究隸　牟究隸　阿羅隸　波羅隸　首迦差初几切　阿三磨三履　佛陀毘吉利袠帝達磨波利差帝　僧伽涅瞿沙禰婆舍婆舍輸地　曼哆邏　曼哆邏乂夜多郵樓哆　郵樓哆憍舍畧　惡乂邏　惡乂冶多冶　阿婆盧　阿摩若那多夜

天台云咒是諸佛密語如王索先陀婆無有能識惟有智臣乃能知耳洗時奉水飯時奉噐食時奉鹽遊時奉馬咒亦如是秖是一法徧有諸力病愈罪除善生道合爲此義故皆存本音又孤山所引四悉檀釋一世界悉檀隨方異說令生歡喜益二爲人悉檀令生善益三對治悉檀令破惡益四第一義悉檀令入理益悉者徧也檀者施也謂聖人以此四種徧施衆生也○入理者意欲令人人入佛知見所謂惟一大事因緣也破惡者倘人未能悟入且與第二斷除煩惱種習故云破惡其人又未能破惡且與第三令其生起善心建立善事善力漸生惡習自退故曰生善其人又未能與善且與第四令生歡喜種少善根爲上三種作遠因緣故云歡喜益也今以咒論四悉檀者從劣向勝如持咒脫難求財等旣遂其心無不歡喜此世界悉檀也又持咒求戒求慧者無不滿願善法成就卽爲人悉檀也持咒者斷除三毒惡業消除卽對治悉檀也又以持咒求證菩提入諸三昧而得成就卽第一義悉檀也大端明

四悉檀秘密利益非如顯說可知其故若可測知又何以謂神咒也行人但當一心諦信則所有願求無不遂意

(壬)三歎護持

世尊是陀羅尼神咒六十二億恒河沙等諸佛所說若有侵毀此法師者則爲侵毀是諸佛已

此歎咒力不可思議咒旣出於六十二億諸佛所說則藥王亦代佛宣揚也若有下明非人不可侵毀然則經是顯咒咒是密經持經者卽持咒也經咒在處卽佛現在所以侵持經人卽毀諸佛矣

(壬)四佛印可

時釋迦牟尼佛讚藥王菩薩言善哉善哉藥王汝愍念擁護此法師故說是陀羅尼於諸衆生多所饒益

此如來喜法流通故極口稱讚也大窾云旣於惡世不惜身命護持此經而又愍念持經法師說咒寘加令彼諸魔不敢侵淩毀謗是亦能以無畏施無量衆生矣此藥王能止衆病者也

(辛)二勇施請說分三(壬)一求請說

爾時勇施菩薩白佛言世尊我亦爲擁護讀誦受持法華經者說陀羅尼若此法師得是陀羅尼若夜叉若羅刹若富單那若吉蔗若鳩槃荼若餓鬼等伺求其短無能得便

藥王說咒故以瘥衆生之心病則藥王於此經致力大矣今復勇施請說亦是本會上首故妙音詣娑婆禮覲釋迦而必欲見文殊藥王勇施者槩可見也前藥王云我

與說法者陀羅尼今勇施云我與受持者陀羅尼是於六種法師中前後互出也富單那此云臭餓鬼主熱病鬼也吉蔗此云所作即起尸鬼也鳩槃茶舊名冬瓜由陰如冬瓜行置肩上坐便踞之即魘魅鬼也凡此諸鬼皆惱害人有此咒力不得其便

(壬)二正說咒

即於佛前而說咒曰

痤隸　摩訶痤隸　郁枳　目枳　阿隸
阿羅婆第　涅隸第　涅隸多婆第　伊緻
柅　韋緻柅　旨緻柅　涅隸墀柅　涅犂
墀婆底

(壬)三歎護持

世尊是陀羅尼神咒恒河沙等諸佛所說亦皆隨喜若有侵毀此法師者則爲侵毀是諸佛已

此先歎咒力亦皆隨喜者此咒是諸佛所說即諸佛亦順此咒而生歡喜也次歎護持不致令侵毀法師也(辛)三多聞請說

爾時毘沙門天王護世者白佛言世尊我亦爲愍念衆生擁護此法師故說是陀羅尼

大論云毘沙門此云多聞福德之名聞四方故居半須彌北水晶埵主夜叉羅刹二部光明疏云西域以北方爲首次東南西故先舉此

即說咒曰

阿梨　那梨　㝹那梨　阿那盧　那履
拘那履

世尊以是神咒擁護法師我亦自當擁護持是經者令百由旬內無諸衰患

說咒而又自護是受囑深而悲救切也百由旬内顯驅邪之力廣凡一行人居此持說修行爲人演說不惟邪不入身而亦使不能入境邪惑既離衰患何至(辛)四持國請說

爾時持國天王在此會中與千萬億那由他乾闥婆衆恭敬圍遶前詣佛所合掌白佛言世尊我亦以陀羅尼神咒擁護持法華經者

大論云梵語提頭賴吒此云持國以能護持國土故又云安民爲上升之元首乃下界之初天居半須彌東黄金埵主乾闥婆毘舍闍言在會者以護法聞經故恒不離也蓋天人乘急戒緩處處聞經無不在會乾闥圍遶是主臣隨至也言我亦者謂不但前天我亦說之也一以受佛付囑一以不忘本願所以當爲護持也此既言東北而西南已攝其中非祇二天獨說也

即說咒曰

阿伽禰 伽禰 瞿利 乾陀利 旃陀利 摩蹬耆 常求利 浮樓莎柅 頞底

世尊是陀羅尼神咒四十二億諸佛所說若有侵毁此法師者則爲侵毁是諸佛已

藥王勇施皆言咒爲恒沙佛說而多聞不言所說惟持國祇言四十二億者足見菩薩因行廣遠侍佛必多而天王宜乎祇四十二億也

(辛)五諸女請說分五(壬)一列名

爾時有羅刹女等一名藍婆二名毘藍婆三名曲齒四名華齒五名黒齒六名多髮七名無厭足八名持瓔珞九名皐帝十名奪一切

衆生精氣是十羅刹女與鬼子母并其子及眷屬俱詣佛所

要解云害人之鬼無甚於羅刹女鬼子母等今既誓護持則餘神可知故王道興而守在四夷佛道備而防在魔外也晋譯云一名有結縛二名離結三名施積四名施華五名施黒六名被髮七名無着八名持華九名何所十名取一切精教中謂鬼子母有九十一子及眷屬者則羅刹女與鬼子母各各眷屬也(壬)二請説

同聲白佛言世尊我等亦欲擁護讀誦受持法華經者除其衰患若有伺求法師短者令不得便

法師短者卽心念中稍有空處偶一時怠照而邪得其便然邪之與正如明暗然明少退而暗便興此所以伺得其便也伺求得遂衰患隨與故知念念不空過能滅諸有若亦非外得

卽於佛前而說咒曰

伊提履　伊提泯　伊提履　阿提履　伊提履　泥履　泥履　泥履　泥履　泥履　樓醯　樓醯　樓醯　樓醯　多醯　多醯　多醯　兜醯　㝹醯(壬)三明護

寧上我頭上莫惱於法師若夜义若羅刹若餓鬼若富單那若吉蔗若毘陀羅若犍馱若烏摩勒伽若阿跋摩羅若夜义吉蔗若人吉蔗若熱病若一日若二日若三日若四日若至七日若常熱病若男形若女形若童男形若童女形乃至夢中亦復莫惱

此正出其所護之心至誠至切也寧上我

頭者况其持經者不可惱亂人之頭而極爲尊貴而女人猶以此爲鍾愛者且鬼以嗔毒爲懷尚無敢犯其嗔寧敢犯彼之頭而哉故此况云我頭可上法師不可惱也毘陀羅赤色鬼犍陀黄色鬼烏摩勒黒色鬼阿跋摩青瞼鬼夜义與人吉遮者謂此鬼此人皆能爲起尸也若熱下謂鬼之害人有間者自一日或至七日無間者則常爲病男女下明鬼之變相也乃至夢中者謂持經者有此咒力則卧安覺安無不適意也

卽於佛前而說偈言

若不順我咒　惱亂說法者　頭破作七分　如阿棃樹枝　如殺父母罪　亦如壓油殃　斗秤欺誑人　調達破僧罪　犯此法師者　當獲如是殃

知音云此述不順命者得五逆罪阿棃樹此云蘭香蒴其枝墮地自成七段敢犯法師者頭破如之如殺父母二逆罪也壓油者外國壓油之法擣麻使生蟲蟲多益肥則壓之是殺命之衆三逆罪也斗秤欺誑謂小出大入也此方率以爲常西域其嚴戒者四逆也破僧罪者破和合僧也調調達妄搆五法謗佛五百新衆而行是五逆也事出科註所引甚明茲不繁録次總結云犯此法師者當獲如是五逆罪也㊄四誓言

諸羅刹女說此偈已白佛言世尊我等亦當身自擁護受持讀誦修行是經者令得安隱離諸衰患消衆毒藥

觀前之寧上我頭及此中身自擁護之言

益見諸女忘身爲法之誠此或諸大菩薩示身而引同類不然其誠懇何其乃爾(壬)五佛讚

佛告諸羅刹女善哉善哉汝等但能擁護受持法華名者福不可量何況擁護具足受持供養經卷華香瓔珞末香塗香燒香幡蓋伎樂燃種種燈酥燈油燈諸香油燈蘇摩那華油燈薝蔔華油燈婆師迦華油燈優鉢羅華油燈如是等百千種供養者皐帝汝等及眷屬應當擁護如是法師

此結讚能護者功德大也文有四節一但能護持名者福不可量二況顯擁護具足受持者其福猶不可量三復能擁護種種供養者四召名珍重如法擁護十羅刹女中獨呼皐帝準晉譯名何所者是無所不具之義此必福智超勝於衆故如來特召令統其同例及眷屬作擁護也○蘓摩那即須曼那華也婆斯迦即波利師迦優鉢羅即青蓮華請說咒護已竟(庚)四聞品得利益

說是陀羅尼品時六萬八千人得無生法忍

此六萬人聞陀羅尼證無生忍多是積劫承秘咒功能熏習所至今一聞宜演直證無生則秘密功能其益人之不可思議正如醫人不顯說方法但以一丸授彼令服病即消除也神咒加持堅固流通已竟

妙莊嚴王本事品第二十七

品節云此品意明轉識成智之象以顯法力加持也莊嚴王乃如來在纏爲八識心王之名二子乃六七 一識轉染令淨之象

夫人乃柔順內助爲止觀內熏之體淨治無明故名淨德二子先已出家以六七因中轉故二子轉父邪心一同出家正顯本覺出纏之象也然此止觀之力乃法身菩薩得無分別心與諸佛智用相應依法力修行眞如熏習滅無明故是所謂法力加持也大竅云藥王本事是顯藥王因中求法供佛之德本此品雖名莊王本事實顯藥王藥上度生之善功也知音云莊王乃華德菩薩前身不言華德本事者以因名成果德彰持此經者因該果海也由華德曾問妙音因地故今爲彼說其本事天台云昔有四比丘結契山林精持妙法以餒乏之故一人分衛見王者出遊忽生愛着由功德熏修隨念受報人間天上常得爲王其三友得道欲救其失以其邪着非愛緣無能感動於是一爲端正婦二爲聰明兒托生設化轉其邪心令歸正覺今叙本事欲使行人以道自衛外防見魔內絕惡覺消息邪緣入佛知見此實諸佛究竟進修最後垂範如楞嚴法會將終說過去佛覺明分析微細魔事使行人諸識心垢洗除與此同意(巳)五由莊王出陳本事轉邪流通分六(寅)一特明事本

爾時佛告諸大衆乃往古世過無量無邊不可思議阿僧祇刼有佛名雲雷音宿王華智多陀阿伽度阿羅訶三藐三佛陀國名光明莊嚴刼名喜見

前品藥王雖引天神等說咒護持此經尚隱而未顯今又假莊王本事因二子神力

以轉邪心則是藥王顯然以身擁護也然能使轉邪歸正令王與後宮皆悉堪任受持法華經者藥王力也經云淨眼菩薩於法華三昧久已通達故知藥王於此經悲救之切護持之至故如來不待請而自說莊王本事其實亦即藥王之本事也乃往古下據理顯妙法之無始佛名雲雷音宿王華是雙舉妙音因果所覲之佛乃顯妙法莊嚴因果如如不二之體也國名光明莊嚴示大圓鏡之境也刦名喜見示一真法界之相也㊄二雙標能所

彼佛法中有王名妙莊嚴其王夫人名曰淨德有二子一名淨藏二名淨眼是二子有大神力福德智慧久修菩薩所行之道所謂檀波羅蜜尸羅波羅蜜羼提波羅蜜毘離耶波羅蜜禪波羅蜜般若波羅蜜方便波羅蜜慈悲喜捨乃至三十七品助道法皆悉明了通達

知音云彼佛下具大事因之人以前之王即今之華德也其王下成大事緣之人前之夫人二子即今之光照莊嚴相與藥王藥上也作大事因緣訓者準後文善知識者是大因緣故是二子下敘所以能成大事因緣者以具神力及福智故所謂下釋福智十度此中具七前五度福德後二度權實二智也三十七品者謂四念處四正勤四如意足五根五力七覺支八正道皆是助成無上菩提之道直指云當人於無始已前一念背覺遂成無明心王故引莊王而表八識也夫人表五識淨藏淨眼表

六七二識八識染以二十五有莊嚴淨以權實二智莊嚴五識與八識同體非造所造故名淨德能生育萬善有夫人義七識染汚轉則成平等性智故名淨藏六識分別十界依正轉則成妙觀察智故名淨眼二子有大神力久修行者謂六七因中先轉也

又得菩薩淨三昧日星宿三昧淨光三昧淨色三昧淨照明三昧長莊嚴三昧大威德藏三昧於此三昧亦悉通達

要解云淨三昧淨藏淨眼之所本也日星宿表根本差別二智之照用也淨光能現衆像淨色不爲形礙淨照照了萬法長莊嚴非素法身大威德藏具大神用知音云前已釋福德智慧今正釋神力以凡神力皆由三昧而成神力卽下十八變等三昧七種下文次第自訓於此三昧者卽指上七種照前段六度四攝等法云皆悉明了通達故此結於諸三昧亦悉通達也

(庚)三能化方便分三(辛)一明時至

爾時彼佛欲引導妙莊嚴王及愍念衆生故說是法華經

○彼佛出世常宣正法於王緣弱則非其時今說法華是其時矣故云引導又云愍念衆生則知非獨爲莊王說此妙法也(辛)二出論議分四(壬)一白母時至

時淨藏淨眼二子到其母所合十指爪掌白言願母往詣雲雷音宿王華智佛所我等亦當侍從親近供養禮拜所以者何此佛於一切天人衆中說法華經宜應聽受

○先白母者據其本實母子元知今爲化儀機熟應發正是槌碪相扣物噐方成也知音云淨藏謂淨如來藏之三性淨眼乃淨如來之五眼經以二淨字釋成二王子得菩薩淨三昧之名也不先白父而白母者維摩經云智度菩薩母方便以爲父善根成實男今妙莊嚴旣以方便爲二菩薩父示墮邪見然非先智度則邪見莫除淨德雖爲二菩薩母然非先善根成實則智慧何與故經上節叙六度訖復叙方便波羅蜜此節叙二王子得淨三昧先白其母意有在也勸母往聽照隨喜品勸人往聽得與陀羅尼菩薩共生一處之功德也

(壬)二母遣化父

母告子言汝父信受外道深着婆羅門法汝等應往白父與共俱去

外道者不達惟心之理從心外强修者也婆羅門法者西域九十六種惟佛一種爲正餘皆名邪應往白父與俱去者知音謂男女不得雜處況國母爲世儀型不先奏準詎敢擅便故云汝父信受等此又見持經者雖有善根智慧苟無方便亦不能得證妙法也(壬)三愍生邪見

淨藏淨眼合十指爪掌白母我等是法王子而生此邪見家

知音云雖爲白母嘆傷之辭其實明二菩薩得日星宿三昧也△佛智如日世智如星今愍生邪見是覺破世間智不及佛智由菩薩二智俱融故謂得日星宿三昧也直指云五識因六七二識休息乃於二六

時中理觀內燭始知八識習氣濃厚必用六七採集種智之藥念念內熏乃空賴耶種子益五八同體必不親緣真如故以母勸子念父表之如五識頌云果中猶自不詮真也父信外道指賴耶我法二執名外道法與共俱去者表五八同轉也子悲生邪表六七因五識轉始見八識過患此是一位證一位工夫非彷彿之詞

(丑)四母囑當念

母告子言汝等當優念汝父為現神變若得見者心必清淨或聽我等往至佛所

徒自憂念於事無益既憂念父當現神變使伊見而醒悟則有補於行也直指云此理智觀行互嚴之相(弟)三現化身

於是二子念其父故涌在虛空高七多羅樹現種種神變於虛空中行住坐臥身上出水身下出火身下出水身上出火或現大身滿虛空中而復現小小復現大於空中滅忽然在地入地如水履水如地現如是等種種神變令其父王心淨信解

知音云此雖叙二子奉慈旨以現神變照前文有大神力其實明二菩薩得淨光淨色二種三昧也以所現神變總不出地水火風空見識七大所變之光色故十八變者身上下各出水火為四兩脇各出水火為四共八變九履水如地十入地如水十一從空沒而復在地十二從地沒而復處空又於空中行住坐臥為四兼前成十六復現大小身共十八變也直指云此表六七已轉十八界之相然不與八識同轉而

六七轉者爲八識本體原淨所有種子皆六七所積故須是六七知非方可轉也能化方便已竟

(庚)四所化利益分十(辛)一信子伏師

時父見子神力如是心大歡喜得未曾有合掌向子言汝等師爲是誰誰之弟子二子白言大王彼雲雷音宿王華智佛今在七寶菩提樹下法座上坐於一切世間天人衆中廣說法華經是我等師我是弟子父語子言我今亦欲見汝等師可共俱往

知音云方便之父不出智母所料則權符其實故問師之爲誰二子白言下雖是敘荅父王之辭其實明二菩薩得淨照明三昧也是以淨佛法而照明父王之信心故寶積第三經云菩薩成就三法得不退轉於阿耨菩提父母不信令其生信一也父母毀戒令其住戒二也父母慳貪勸令住施讚歎菩提三也今二菩薩正是其人○問品中曾未敘二子先以佛爲師今奚云是我等師荅經雖未敘其義暗合前文云久修菩薩之道旣云久修焉知不爲彼佛弟子問二子旣有如上神通奚不卽以神力度王必爲子耶荅二菩薩於王有子之緣而亦是父子情同爲信易生也(辛)二稱慶願放

於是二子從空中下到其母所合掌白母父王今已信解堪任發阿耨多羅三藐三菩提心我等爲父已作佛事願母見聽於彼佛所出家修道爾時二子欲重宣其意以偈白母願母放我等出家作沙門諸佛甚難值我等

隨佛學如優曇鉢華值佛復難是脫諸難亦難願聽我出家母卽告言聽汝出家所以者何佛難值故

二子覆母命復從空下故知前對父辭猶處空未下觀莊王合掌向子則向字猶相去七多羅樹也父王已信解者謂母命我等現通化父今父見神變則往昔之心隆隆復起矣於無上正等覺心已堪任能發善心既生邪心已除而我等化父之能事畢矣但今願母見聽宜速出家故復說偈云願母放我等出家作沙門大窾云放字作上聲讀猶劾也此說方是有云作不留之意似與前後文義欠妥前云二子久修菩薩所行之道故莊王亦言汝等師爲是誰誰之弟子則見二子已出家矣後云莊王與群臣眷屬俱夫人與釆女眷屬俱此正是引父母出家之實若但言放我等二人出家則是父母俱不出家矣我等隨佛學者是勸父母同修梵行之言如優曇下喻佛之難值優曇華三千年尚有可待而值佛之難則果難矣何也輪王雖聖尚且輪迴若得遇佛衆苦皆脫也前來率母見佛而母不輕諾者以父邪未轉今王既見信於子故母亦得見許於子故曰聽既佛難值遇我必當出家矣然佛難值故四字當味所以智度之母非善根成實之男不能發起也

㊃三重明難值

於是二子白父母言善哉父母願時往詣雲雷音宿王華智佛所親近供養所以者何佛難得值如優曇鉢羅華又如一眼之龜值浮

木孔而我等宿福深厚生值佛法是故父母當聽我等令得出家所以者何諸佛難值時亦難遇

父邪既轉母亦見聽而二子之誠意始遂至此則雙白父母催其速出是践前言放我等出家之意所以下再申偈中諸佛難值一句又如下再申脫諸難亦難之句阿含經云須彌山下有一眼之龜大海之中有一孔之木龜得木可以得達彼岸而免沉溺之患然一投不及必待浮木繞山三千年而復值木一孔喻佛法一乘龜一眼喻衆生偏見以偏見值一乘一投不及萬刦難逢知音云此雖請父母践前言出家其實明二菩薩得第六長莊嚴三昧也以王及夫人二子先世為僧莊嚴佛法今生復求出家是長莊嚴義直指云此喻五八二識深遠實際故地地克志進前必假六七催發故也我等宿福深厚者意在宜發遠因若非先世受持法華焉得此生復值佛法是故父母宜當出家何故以佛之難值不止優曇華也時之難遇不啻浮木孔也是故的故字最重意要莊王發宿命通知前世一念妄動躭王樂而至墮邪見陰狥如此也(辛)四化功已著

彼時妙莊嚴王後宮八萬四千人皆悉堪任受持是法華經淨眼菩薩於法華三昧久已通達淨藏菩薩已於無量百千萬億刦通達離諸惡趣三昧欲令一切衆生離諸惡趣故其王夫人得諸佛集三昧能知諸佛秘密之藏二子如是以方便力善化其父令心信解

好樂佛法

此方顯昔緣成熟皆是菩提眷屬所謂大家團圞頭共說無生話也天台云法華三昧者攝一切法歸一實相離惡趣者一往以三途爲惡趣具論二十五有皆乖眞起妄悉是惡趣今皆離之郎是破二十五有也諸佛集者郎三德秘密之藏佛集其中也知音云二子如是下雖結上文其實明二菩薩得第七大威德藏三昧也以廣大威德皆藏於子道中矣○此申明已轉之相八萬四千人表八識中我法二執已成全體大用故曰皆悉堪任六識至八地開佛知見故曰淨眼已證十界十如之理故曰通達法華六識頌云遠行地後純無漏觀察圓明照大千是也七識至八地賴耶種子已喪故曰淨藏自三賢位已離三界生死染污之習故曰通達離惡三昧而復能現他受用身應十地機故云令一切離惡趣也五識至八地轉成所作智同證諸佛無生法忍迥觀覺體具足如來智慧德相故曰得諸佛集三昧也自八地而望九十二地及等妙極果一切種智皆悉現前故曰能知諸佛秘密之藏

㊄五俱詣佛所分二㊀一見佛而得法力

於是妙莊嚴王與羣臣眷屬俱淨德夫人與後宮采女眷屬俱其王二子與四萬二千人俱一時共詣佛所到已頭面禮足繞佛三匝却住一面爾時彼佛爲王說法示教利喜王大歡悅

此叙王等受二子化導踐見佛聞法之言

以明二子具足菩薩所行之道故令父母證得檀波羅密也各攜眷屬一時詣佛者所謂轉則同轉而體用俱到也然修敬畢而却住一面者正待本覺開彰而成法利也下言彼佛爲王說法竟不出其所演者何經而謂示教利喜者即是爲說此妙法也乃結前二子所對今在七寶菩提樹下廣說法華經是我等師之語也王大歡悅者向聞子言難值之佛如優曇華難聞之時如浮木孔今一旦聞見俱妙宜應慶幸無量故知前見二子神力雖曰心大歡喜是淨藏之初開淨眼之初明見聞尚在彷佛所以即問誰爲師誰之子也今所言大歡悅者乃親見親聞也㊀二興供而增瑞應

爾時妙莊嚴王及其夫人解頸眞珠瓔珞價直百千以散佛上於虛空中化成四柱寶臺臺中有大寶牀敷百千萬天衣其上有佛結跏趺坐放大光明爾時妙莊嚴王作是念佛身希有端嚴殊特成就第一微妙之色

知音云王等因聞法喜捨身莊嚴行檀度也瓔珞成四柱臺表即檀度具四無量心兆王他日得佛之依報也以牀爲坐卧所依衣爲行住所依故其上有佛即雲雷音之化身坐於臺上者爲後王升虛空之案兆王他日得佛之正報也王作念等乃爲後讚佛相好之案亦爲後捨位出家之兆也○瓔珞供佛表行歸於理成四柱臺者表圓行於法性空中而成四智即莊王淨德淨藏淨眼也而四智中本具法空之座

忍辱之衣由此四智圓融則本覺之佛放大光明所謂大圓無垢同時發普照十方塵刹中也以上是如來引莊王一生取證四智三身以證當人於一念中具此妙法耳

㊄六佛與授記

時雲雷音宿王華智佛告四衆言汝等見是妙莊嚴王於我前合掌立不此王於我法中作比丘精勤修習助佛道法當得作佛號娑羅樹王國名大光刦名大高王其娑羅樹王佛有無量菩薩衆及無量聲聞其國平正功德如是

王未出家而便得記者由見佛聞法卽作是念佛身希有端嚴殊特成就第一微妙之色便有希望成佛之志則隱然有佛道誓成之四弘願也而此之志人無能知故佛特爲明告以授成佛之顯記亦表卽俗而明眞也然後作比丘精勤修習助宜道法是滿足福智二嚴方得成佛佛號娑羅樹王者取其廣被羣生無所不蔭也國名大光乃破諸一切不善之暗也刦名大高王乃超諸高貴而得自在也次記菩薩聲聞無量者由今日一念淨信風化臣妾使皆得法喜成廣蔭也其國平正者由捨諸邪見直取菩提必無不平之想也梵語娑羅此云堅固㊄七出家修行

其王卽時以國付弟與夫人二子并諸眷屬於佛法中出家修道王出家已於八萬四千歲常勤精進修行妙法華經過是已後得一切淨功德莊嚴三昧

以國付弟是捨家出家厭塵勞而忻佛道也弟乃副貳之名則應緣赴物皆第二頭也八萬四千歲修行法華所以淨治塵勞也過是巳後謂塵勞既淨則三昧現前遂轉邪見染莊嚴爲功德淨莊嚴也(卒)八稱歎二子

卽升虛空高七多羅樹而白佛言世尊此我二子巳作佛事以神通變化轉我邪心令得安住於佛法中得見世尊此二子者是我善知識爲欲發起宿世善根饒益我故來生我家

由精進修行此經故得禪定以定故發通卽能升虛空也向佛稱歎二子者由今具定發通知宿世事而昔時結契之原委始知矣由是知二子過去修習此經致有如是神變爲欲起我宿世修習此經所植善根而饒益於我則二子實我眞善知識也此是莊王欲引起宿王智佛顯二菩薩深本以完藥王修習此經之深心本願也(卒)

九佛述行高

爾時雲雷音宿王華智佛告妙莊嚴王言如是如是如汝所言若善男子善女人種善根故世世得善知識其善知識能作佛事示教利喜令入阿耨多羅三藐三菩提大王當知善知識者是大因緣所以化導令得見佛發阿耨多羅三藐三菩提心大王汝見此二子不此二子巳曾供養六十五百千萬億那由他恒河沙諸佛親近恭敬於諸佛所受持法華經愍念邪見衆生令住正見

彼佛知莊嚴語意潛通那畔欲露本因故

以二如是應之如汝所言下是將莊王之語廣明而已謂凡世間一切善心男女以一生發起善心爲因世世値善知識爲緣况爲知識者能種種方便漸漸引攝至於菩提故曰能作佛事示教利喜也此是通論一切爲善知識者皆如是也大王當知下方説莊王今日因緣前來王叙二子神變是得佛知而未明佛見故今與發明使王亦得是見所謂汝見此二子不而此二人非但一生修習此經爲善知識已曾於恒河沙刦供養諸佛受持此經爲愍念邪見衆生令住正見而廣爲善知識也天台云佛讚知識有大義能作佛事是外護知識示教利喜是教授知識化導見佛是同行知識令入菩提是實相知識(辛)十歎佛自誓

妙莊嚴王即從虚空中下而白佛言世尊如來甚希有以功德智慧故頂上肉髻光明顯照其眼長廣而紺青色眉間毫相白如珂月齒白齊密常有光明脣色赤好如頻婆果爾時妙莊嚴王讚歎佛如是等百千萬億功德已於如來前一心合掌復白佛言世尊未曾有也如來之法具足成就不可思議微妙功德教戒所行安隱快善我從今日不復自隨心行不生邪見憍慢瞋恚諸惡之心説是語已禮佛而出

前來升空讚二子神智是始契法身而得佛知今承彼佛述其高行則不住眞際復從空下而讚佛發願是已得佛見既得具佛知見所以廣讚一體三寶也知音云如

來甚希有下讚佛法身頂上肉髻下讚佛報身畧明三十二相之五一頂髻二目廣三白毫四齒密五脣好如是等下總讚八十種好及諸功德也已上通讚佛寶於如來前下讚法寶明由二子之力故令已證得慈悲喜捨乃至三十七品所謂具足成就又云不可思議等者是無量法門悉皆明了得佛所得故曰微妙功德也教戒所行者即依教修行得妙法之實證所以得安隱快善也此皆通讚法寶我從今日下歎巳由見佛聞法而成僧寶發願永斷一切大小隨眠煩惱也此文通具四弘誓願讚佛是佛道誓成讚法即法門誓學歎僧乃煩惱誓斷然成佛必當度生故以攝衆生誓度也禮佛而出者乃出離本處而徧入他處即有興慈運悲之想非辭佛而歸國也頻婆此云相思果色丹而潤已上所化利益已竟

(庚)五結會古今分二(辛)一正以結會古今

佛告大衆於意云何妙莊嚴王豈異人乎今華德菩薩是其淨德夫人今佛前光照莊嚴相菩薩是哀愍妙莊嚴王及諸眷屬故於彼中生其二子者今藥王菩薩藥上菩薩是

知音云此正爲會通今古前王者而今菩薩古今無二人也益見華德之問妙音因果彼此雖殊夫婦父子所受持之妙法則同也○佛前光照天台謂佛前放光東召光照妙音之身故也言莊嚴相者謂妙音有無量百千功德莊嚴其身光明照耀諸相具足故是即指妙音菩薩也於彼中生

者卽指淨光莊嚴國中(幸)二再得結歎藥
王
是藥王藥上菩薩成就如此諸大功德已於
無量百千萬億諸佛所植衆德本成就不可
思議諸善功德若有人識是二菩薩名字者
一切世間諸天人民亦應禮拜
知音云此益見陀羅尼品中與持妙法者
之陀羅尼爲六十二億恒河沙等諸佛所
說之不虛也故曰已於無量等若人下有
況顯意謂但識名字者尚爲一切天人之
所敬禮況能學二大士之持經豈不蒙諸
佛所護而與之說陀羅尼耶
(圓)六聞品進道
佛說是妙莊嚴王本事品時八萬四千人遠
塵離垢於諸法中得法眼淨

妙樂云法眼淨有云初果然王及夫人與
八萬人等皆持此經皆當作佛豈聞品者
得小果耶名同義殊須善斟酌當須判爲
六根清淨法眼位耳卽七信已上知音云
佛五眼中法眼淨爲十地菩薩所具明莊
王本事轉邪流通竟

妙法蓮華經授手卷第七之四

音釋

型 奚經切音刑模範也　瘳 丑鳩切音抽病瘉也　簸 烏果切音駊　袠 音姪
伺 音四　臯 音高　窾 苦管切音款

妙法蓮華經授手卷第七之五

清楚衡雲峰沙門智祥集

普賢菩薩勸發品第二十八

品節云此品顯以行成德乃現身而言說加持也此經以智立體故文殊發起以行成德故普賢成終而明入佛知見也釋普賢有二意一道前屬因二道後屬果謂行彌法界曰普隣極亞聖曰賢此在等覺屬因又稱真法界曰普彌綸萬化曰賢此在妙覺屬果也以此普賢乃法界之全體爲毗盧十身之願身故菩薩依此信解修行而還證此體所謂無不從此法界流無不還歸此法界也然菩薩因圓至等覺已而復須加持者是必假果接乃得入妙故此菩薩乃爲證入之終而以普賢願力守護必得是經也所以菩薩必問云何能得是經而如來告以四法成就也然此四法正與起信論信成就中發三種心義實相同論云一者直心正念真如法故此中云諸佛護念也二者深心樂集一切善法故此中謂植衆德本也三者大悲心欲拔一切衆生苦故此中謂救一切衆生也又云如是信心成就得發心者入正定聚此中所謂入正定聚也然此品顯證而言信成就者謂初以文殊發信依信生解依解發行行起解絶故爲證入則此證入亦卽信之所成就也所謂發心究竟二不別如是二心先心難故須藉普賢終以四法必得是經耳論依最初發心說此乃約成就說故論在初而經居後也凡有持是經者普賢

卽自現身而謂現身而言說加持也由有三種加持乃可證成得果之象故判此品爲入佛知見無疑矣別行疏云梵語三曼多跋擴羅此云普賢準本經自在神通曰普威德名聞曰賢乃十方三世一切諸佛之長子也故經云一切如來有長子彼名號曰普賢尊若準彼疏有人法五訓法有二一體性周徧曰普隨緣成德曰賢二一卽一切曰普一切卽一曰賢此二正同此經之妙法也人有三一位前信住行向菩薩曲濟無遺曰普隣極亞聖曰賢正同此經諸新得記菩薩二當位十地等覺菩薩德周法界曰普至順調善曰賢正同此經八十萬億那由他發願持經菩薩三位後謂已成佛竟行德周備障累永祛上無所求唯不捨悲願務在度生隱實現權果無不極曰普不捨衆生曰賢正同此經八品流通分當機諸大菩薩也故以普賢爲流通之終勸謂勸佛重宣四法發謂發心說咒護持成就四法得此經之人故曰普賢勸發品此經以彌勒文殊爲開章觀音普賢爲奉行明妙法慈智爲始悲行爲終○又上判流通爲三從分別功德品半已後三品半舉經力大以勸流通藥王品下五品舉菩薩化道力大以勸流通此品舉普賢誓願力大以勸流通也(戊)三普賢勸發自行流通分四(己)一經家叙其發來

爾時普賢菩薩以自在神通力威德名聞與大菩薩無量無邊不可稱數從東方來所經諸國普皆震動雨寶蓮華作無量百千萬億

種種技樂

此明發來之相要解云普賢統事法界圓具萬行即事而眞其應身無乎不在且於法會之終示從東方來者東方震地之所出也以法會至此因地智圓果地覺滿十一地妙圓之行倫則進修之功已盡妙覺之體已成於是依無功用行出震利物故示從東方來華嚴過十一地說佛海功德既終即說如來出現利世間行即此意也以不離常行無為應物故曰自在神通以德無不徧名無不聞故曰威德名聞與無邊菩薩俱來者示萬行圓攝無盡也所經諸國下妙音來儀亦雨華作樂皆所以彰顯妙行宣流法音也

又與無數諸大龍夜叉乾闥婆阿修羅迦樓羅緊那羅摩睺羅伽人非人等大眾圍遶各現威德神通之力

上敘同來菩薩是本眷屬與普賢同行則自在神通威德名聞無不同也今敘八部乃為外護而曰各現威德神通力者是敘其所具之德亦有斯行也此皆是普賢神通三昧所致

到娑婆世界耆闍崛山中頭面禮釋迦牟尼佛右遶七匝

○此敘見佛三業恭敬之儀西域以圍遶為至敬今言七匝者表信住行向地等妙七位圓行歸如如理(己)二問荅勸發行相分二(庚)一請問勸發又二(辛)一普賢問

白佛言世尊我於寶威德上王佛國遙聞此娑婆世界說法華經與無量無邊百千萬億

諸菩薩衆共來聽受惟願世尊當爲說之若善男子善女人於如來滅後云何能得是法華經

此普賢陳所事佛與所居之界爲陳請之由也知音云初開法會白毫相光自西照東今法會畢普賢菩薩從東至西示一大事因緣相首尾也遥聞者心聞洞十方不爲形隔業聞序正二分經已惟願下承流通分中五品言謂現在過去持經者既如藥王等或以苦行或以妙音或以陀羅尼或以妙莊嚴無非普門自在之業是爲極難之事教未來世人云何能得極省力易簡之法以持此經是我普賢與衆菩薩共來聽受之意也故云如來滅後云何能得等華嚴會終普賢爲善財說十大願此經會畢普賢請佛說其四行二經始終如出一轍要解云前之所問唯受持讀說而已獨此問云何能得是欲人人自證自得也

㊌二如來荅分三㊏一總標四法

佛告普賢菩薩若善男子善女人成就四法於如來滅後當得是法華經

此標陳四法爲得法之本也○得者謂得此七卷經文受持讀誦卽得開悟佛知見也經云若有聞法者無一不成佛又無論佛現在滅後但聞一偈一句者皆得與記

㊏二別開四行

一者爲諸佛護念二者植衆德本三者入正定聚四者發救一切衆生之心

知音云此別釋四法一佛護念者夫末世之人去佛既遠安能得其護念所謂護念

者由行人發菩提心則得法身佛所護念也法身者即吾人本有之心性既見是心時刻照晉即是護念然修此行須以大慈悲爲室若欲以慈與衆生樂以悲拔衆生苦惟見證法身者能耳二植德本者吾人既得法身已即是佛何須更植德本也縱植又以何爲德本也然行人雖得法身不植德本如有地不種則爲無用之卯是以理性具苟不廣修六度必缺莊嚴亦不得報化圓滿而度生亦有限矣是故見法身後更須培植萬行也且涉行既深魔障滋廣必當以柔和忍辱衣爲植德之本則魔業無能爲礙矣三入正定者既培六度禪定在中又奚用入正定耶然非六度外别有正定但修德本於忍辱苟不達諸法空座則忍難持久是故見得一切法空以爲正定則忍而無忍諸度聚矣四救一切衆生者既定聚法空則已與衆生皆空又奚用發救生之心也約性而觀自他本空約相而言衆生無盡苟不發救度之心則懈怠爲業願力不克果海何圓況等覺菩薩尚用發心經云然後以不懈怠心爲諸菩薩及四衆廣說是經也應知具前三法始能發後一心發後一心始能成前三行也末世行人欲得此經須行此四法如目足相資缺一不可故後始云成就四法必得是經也

(壬)三總結成就

善男子善女人如是成就四法於如來滅後必得是經

此結成末世中人若圓四行卽便爲得此經矣大鈔云所謂成就四法必得是經者如藥王得此而然身妙音得此而化座觀音得此而普應莊王得此而轉邪普賢得此而勸發是皆成就此四法者之驗也○問此與四安樂行同别耶荅四安樂是說經之法此是持經之方總是二利之德亦同亦别也(庚)二誓願勸發分二(辛)一護人又分六(壬)一攘其外難而彰總别又二(癸)一總

爾時普賢菩薩白佛言世尊於後五百歲濁惡世中其有受持是經典者我當守護除其衰患令得安隱使無同求得其便者

此總中言除衰患得安隱則如觀音之能救七難也衰約形貌枯悴生計蕭條言患約身心病苦事端侵害言故知遠來勸發意不在當會葢爲後五百歲時愈下而信愈淺聖愈遠而邪愈興若非普賢之神力加持其不退失者鮮矣若不爲威力擁護必爲衆邪留難者多矣故此品中多叙現身而言說以堅受持讀說者之弱力是知末世有能堅人信力勸進深修不使墮諸見稠林者得非普賢威神之所被哉(癸)二别

若魔若魔子若魔女若魔民若爲魔所着者若夜叉若羅刹若鳩槃茶若毘舍闍若吉蔗若富單那若韋陀羅等諸惱人者皆不得便

此於攘難中單叙魔鬼者由諸魔鬼愛戀塵勞行人持此妙法本欲出離以定力深重故多招致也况魔鬼多伺過隙倘行人

一時總照縱有滲漏一爲菩薩護念諸鬼雖惡亦不便行惱亂事也帝陀羅云厭禱鬼

(壬)二教其內法而明誦習分四(癸)一行立讀誦

是人若行若立讀誦此經我爾時乘六牙白象王與大菩薩衆俱詣其所而自現身供養守護安慰其心亦爲供養法華經故

末世行人若能行立讀誦此經是念念常存必爲菩薩之所守護故曰我爾時等也象表如如理白者純潔精真也六牙表六度法王者即能統攝萬事萬理成普賢行也菩薩不惟守護行人而又曰供養者由行人受持妙法已爲十方諸佛之所護念故供行人即供佛與經也然行人既爲佛護念菩薩又發心守護此節即成就一者諸佛護念也(癸)二端坐思惟

是人若坐思惟此經爾時我復乘白象王現其人前其人若於法華經有所忘失一句一偈我當教之與共讀誦還令通利爾時受持讀誦法華經者得見我身甚大歡喜轉復精進以見我故即得三昧及陀羅尼名爲旋陀羅尼百千萬億旋陀羅尼法音方便陀羅尼得如是等陀羅尼

前行立中雖蒙現身守護所謂安慰其心者以行人功力未純不免打失故菩薩現身守護使外境不入令得安穩修習離諸苦患爲菩薩大悲拔苦也今於靜定中思惟此經即是入理而言我復乘象王者謂前於行立處已得見身而今於定中又現

其身與共讀誦必使行人得無限樂生無限喜由此因緣故得三昧及陀羅尼得三昧是定深陀羅尼是慧具此爲菩薩大慈與樂也旋陀羅者要解云由得此經故卽見普賢常行之體於一切法返本還源名旋陀羅尼然得總持之體既能旋末歸本卽復旋體入用於一塵一法一切時處方便利生逆順自在名百千萬億旋陀羅尼此卽普賢徧一切處之行也前旋爲轉物所謂旋假入空後旋爲應物所謂旋空入假轉物爲體應物爲用若未能轉物而遽然應物則爲物所轉矣然則二旋異用而相需也法音方便者卽隨應說法之行轉復精進卽成就第二植衆德本也卽得三昧是成就第三入正定聚也㊣三三七精進

世尊若後世後五百歲濁惡世中比丘比丘尼優婆塞優婆夷求索者受持者讀誦者書寫者欲修習是法華經於三七日中應一心精進滿三七日已我當乘六牙白象與無量菩薩而自圍遶以一切衆生所喜見身現其人前而爲說法示教利喜亦復與其陀羅尼咒得是陀羅尼故無有非人能破壞者亦不爲女人之所惑亂我身亦自常護是人

此叚總束前未得者令得未解者令解未修者令修未證者令證也於受持前加求索是未得令得也於讀誦後加書寫是未解令解也前於行坐中思惟未得者今教限三七一心精進是未修令修也至三七期終現身說法示教利喜是未證令證也

前兩度但曰乘象現形此復叙與無量菩薩及現衆生所喜見身者是行人功深力極一心精進之所致也一切衆生義該九界喜見身者卽十身相海淨妙色身也三處論現身必曰乘象是體不離用之謂前言魔鬼不便此曰非人女人益見其爲初心信樂之人作守護也然魔鬼無定力者不能引動所謂賊不打貧家下曰我身自護是人是人者卽初心行人也所以菩薩勸發之心後後無盡誠爲恩大難酬〔發〕四正與說咒

惟願世尊聽我說此陀羅尼咒卽於佛前而說咒曰

阿檀地　檀陀婆地　檀陀婆帝　檀陀鳩舍隷　檀陀修陀隷　修陀隷　修陀羅婆底　佛陀波羶禰　薩婆陀羅尼阿婆多尼　薩婆婆沙阿婆多尼　修阿婆多尼　僧伽婆履叉尼　僧伽涅伽陀尼　阿僧祇　僧伽婆伽地　帝隷阿惰僧伽兜畧阿羅帝波羅帝　薩婆僧伽地三摩地伽蘭地　薩婆達磨修波利刹帝　薩婆薩埵樓陀憍舍畧阿㝹伽地　辛阿毘吉利地帝〔主〕三覆以神力而使聞持

世尊若有菩薩得聞是陀羅尼者當知普賢神通之力若法華經行閻浮提有受持者應作此念皆是普賢威神之力

菩薩既自現身守護則一切外難無容可入惟恐行人自心魔礙隱隱作障故復說咒使誦此咒則沉業亦殞矣今言菩薩得聞者卽指修行四法受持此經之人謂能

聞此咒須知卽爲普賢神通所護若非菩薩神通威力咒尚無有聞復何生故今日得聞實菩薩力也又言此經行閻浮提有受持等者閻浮處極濁人極惡所以普賢從寶威德上王佛國入此娑婆爲勸發者意在佛滅後之最後五百世乃良知將泯國土將壞之時一切佛法俱不出現若此時有妙法存有能信持豈非菩薩神力之所在耶故曰皆是普賢威神之力

㊄四特示勝因而進修持

若有受持讀誦正憶念解其義趣如說修行當知是人行普賢行於無量無邊諸佛所深種善根爲諸如來手摩其頭

此明修行此經之功德也知音云不出六種法師義一受持二讀誦三正憶念謂因讀誦純熟而得正心默念也要解云持經之要在正憶念蓋憶不正則雜想變亂念不正則邪習汩擾欲成深行亦難矣四解義趣謂因正憶思惟則義理炳現也五如說而行乃依理起行以上皆行人之功當知下方明其德亦有二一因如說而行則此人不遠法相卽普賢行也二因具足修行此人而無疲厭則知於無量佛所深種善根也三由具足修行卽是眞因故感果佛以手摩頭而安慰其心也此約具行五法所感現世之功德如是

㊄五復示近果而明利益

若但書寫是人命終當生忉利天上是時八萬四千天女作衆伎樂而來迎之其人卽着七寶冠於采女中娛樂快樂

知音云此明不能全具五種但能書寫此人命終未來功德卽得生欲界第二天受諸欲樂其樂有三一天樂來迎二着七寶冠三采女娛樂△問妙法有不思議勝功旣得具書此經則應爲諸聖冥加當令至不生滅解脫之塲胡爲使生欲界於采女中受諸欲樂天福若盡未必不墮也荅此亦隨因感果非經力欲使爲此樂也且書寫者由不能受持讀誦無正憶思惟但聞知此經功深力重或爲宿習濃厚不能捨諸世間恩愛秖好書寫而已由此功力於世樂中而增天樂可謂增上緣也其實爲下文作校量章本耳

何况受持讀誦正憶念解其義趣如說修行

若有人受持讀誦解其義趣是人命終爲千佛授手令不恐怖不墮惡趣卽往兜率天上彌勒菩薩所彌勒菩薩有三十二相大菩薩衆所共圍遶有百千萬億天女眷屬而於中生有如是等功德利益

知音云何况二字是以劣校勝也謂書寫二種其功德尚乎如此則全具五法其得勝報可知也功德亦三一命終爲千佛授手勝前但天女相迎也授手者提接之義二無墮惡趣恐怖返顧忉利樂盡尚有墮惡之怖也三由千佛接引得生彌勒內院親近補處之尊故卽往兜率也三十二相大菩薩者乃與慈氏如來爲同行侶天女百千者乃侍從慈氏如來者非同忉利之爲欲樂也有如是等是總結廣畧功德以勸發修持也如是者指前所出之相等者

等於未舉之功德猶不可量也此節即成就第四發救一切衆生之心以親近補處之尊即能發是心也（壬）六總結一心而使修行

是故智者應當一心自書若使人書受持讀誦正憶念如說修行

此總結修持也舉智者謂重在一心也心若不一豈能致普賢而爲守護是知此經非智者不能書持非智者不能憶念所以華嚴經中亦顯非智者不能剖微塵而出大千經卷也上節護人已竟

（辛）二護法

世尊我今以神通力故守護是經於如來滅後閻浮提内廣令流布使不斷絶

此以神力守護佛法也閻浮爲佛發心修因得果之土故雖濁惡利根亦衆其中衆生不信則已信則必至成佛所謂蓮華不生淨地卑濕淤泥乃生之意也故經中每每言閻浮提流通其經意在於此問答勸發已竟（己）三述發久修實證分二（庚）一述護法

爾時釋迦牟尼佛讚言善哉善哉普賢汝能護助是經令多所衆生安樂利益汝已成就不可思議功德深大慈悲從久遠來發阿耨多羅三藐三菩提意而能作是神通之願守護是經我當以神通力守護能受持普賢菩薩名者

天台云如來舉勝述成其劣增進行者勇銳弘宣令先述護法謂汝能如是外多利益内積慈悲又久刧已來作如此護則汝

之功德無以加矣凡有衆生持汝名者我亦以神力守護是人爲彼堅其信力使法有所賴也(庚)二述護人分五(辛)一述身教法

普賢若有受持讀誦正憶念修習書寫是法華經者當知是人則見釋迦牟尼佛如從佛口聞此經典當知是人供養釋迦牟尼佛當知是人佛讚善哉當知是人爲釋迦牟尼佛手摩其頭當知是人爲釋迦牟尼佛衣之所覆

此述其示身教法也天台云然此六種得法之人尚乎見我萬德果身豈獨見汝乘六牙象耶尚爲佛口讚手摩以衣所覆豈獨爲汝以陀羅尼護之耶知音云此節印證當機遵一者爲諸佛護念

(辛)二述舉勝因

如是之人不復貪着世樂不好外道經書手筆亦復不喜親近其人及諸惡者若屠兒若畜猪羊鷄狗若獵師若衒賣女色是人心意質直有正憶念有福德力是人不爲三毒所惱亦不爲嫉妬我慢邪慢增上慢所惱是人少欲知足能修普賢之行

知音云此節承上明末世六種法師得如佛現在護念故成第二植衆德本以結文修普賢行是衆德之本其德有六一不貪世樂德世樂卽財色名食睡之五欲也二不好外道人法德法卽經書手筆人卽外道六師也三不親惡者德惡亦有三一畜猪等二獵師三女色衒賣者卽開彰行市也四正直福力德五不爲根本大小隨眠

所惱德三毒謂貪嗔痴根本惑也屬鈍使嫉妬小隨也我慢等大隨也屬利使於七慢中舉三慢以攝其餘六知足德謂於五欲中隨分受用也次下總結若能具此六德即名能修普賢之行也㊄三述示近果

普賢若如來滅後後五百歲若有人見受持讀誦法華經者應作是念此人不久當詣道場破諸魔衆得阿耨多羅三藐三菩提轉法輪擊法鼓吹法螺雨法雨當坐天人大衆中師子法座上

○通節印證末世六種法師當得菩薩護助使人信其不久成佛冥照三者入正定聚也以詣道場等是正定聚處故亦結法說一周之文以轉法輪等是序品方便品文殊荅彌勒之文故上節修普賢六種法師具大因也此節得阿耨菩提等六種法師具大果也

普賢若於後世受持讀誦是經典者是人不復貪着衣服卧具飲食資生之物所願不虚亦於現世得其福報

○此印證得經者爲菩薩護助直應恭敬獲福不宜輕毀致罪以成四者發救一切衆生之心也故其人雖不貪世樂然於資生之物有所願求亦必不虚而現世得其福報也㊄四述攘外難

若有人輕毀之言汝狂人耳空作是行終無所獲如是罪報當世世無眼若有供養讚歎之者當於今世得現果報

此用善惡相對讚毀互形先明毀者之罪謂無知者不知此經圓具十法界因果返

謂受持者爲狂人言彼空作持經之行終不能得成就妙果由此之言失佛知見故報彼世世無眼也下明供讚者得福凡見持經者不貪衣食等愈與讚歎轉加供養則此人雖未持經而知此經深利故其償報亦同持經者得現生果報也

若復見受持是經者出其過惡若實若不實此人現世得白癩病若輕咲之者當世世牙齒踈缺醜唇平鼻手脚繚戾眼目角睞身體臭穢惡瘡膿血水腹短氣諸惡重病

此舉賢不賢行人俱不可毀設於未持已前有諸過咎一持此經如湯銷氷即實有過以持經故其善大焉或持經者有過無過若於他人前非毀是障持者之莊嚴法身所以報得癩病也又或輕弄叱咲持經之者感世世牙齒踈缺等然一輕咲而致罪如此者由一根舉而諸根隨故如是報也手繚脚戾乃卷曲不伸也眼角睞者瞳子不正也臭穢者無知見香也水腹者由空腹高心無顧無忌也短氣者由輕咲之聲無狀無畏也諸惡重病總結一切不善之業㊂五述信功德

是故普賢若見受持是經典者當起遠迎當如敬佛

此囑敬信受持者也必曰見而遠迎敬而如佛者以持經行人有諸佛菩薩守護而又能發救衆生之心是則因果二佛齊在焉得不如是迎敬耶知音謂此上乃結喻說一周之文以喻說後多明罪相故明久修實證已竟

(巳)四述發聞者利益分二(庚)一聞品得益

說是普賢勸發品時恒河沙等無量無邊菩薩得百千萬億旋陀羅尼三千大千世界微塵等諸菩薩具普賢道

知音云此節經家敘置聞品得益之衆結因緣說一周以恒沙衆及微塵衆各具佛知見之因遇佛說普賢道爲緣故證旋陀羅尼或具普賢道各隨機契也直指云獨聞此品而獲益者衆是大法已終之境界也言無量得旋陀羅者當是得十地果微塵等具普賢道當是得佛果位所以言道而不言行也知音以此三段結盡三周者乃了完如來出世爲一大事因緣之案葢三周事畢即說法師品以流通焉雖結其迹而本門之大事亦具其中矣如此結歸不無其見(庚)二通結聞經

佛說是經時普賢等諸菩薩舍利弗等諸聲聞及諸天龍人非人等一切大會皆大歡喜受持佛語作禮而去

說是經者即前三大分本迹二門皆說已竟此是結所說之教次結能聽之機舉普賢以等該文殊彌勒藥王觀音及無量大菩薩是本門之衆舉舍利弗即攝目連須菩提富樓那等一切聲聞是迹門之衆亦攝盡三乘及四衆等也末舉八部收後是舉無不盡則六道法界俱攝盡無餘矣然序衆中詳演此結處畧標則詳畧見矣復舉一切大會則又該此界他方一切本迹三乘及人天等無不結盡舍利弗仍存聲聞名者乃依今迹位而結以便統攝諸聲

聞也皆大歡喜一句是統收在會此界他方聖凡大衆得開示悟入佛知見之慶幸也其喜踴應有無量總不出全經本迹兩門之利益也受持佛語者受即領承拜受持即執守奉行佛語者即前迹本二門正說流通之語也作禮而去者一則儀法之所當行聞教之後必應禮謝去者乃各歸一所如前序衆中有恒沙菩薩來有長者居士來有天龍八部來前既有來今必有去二則禮者盡其誠敬也既聞三周開顯本迹全彰實相一乘朗然開悟而感謝之私無以爲喻但只作禮而已去者即各各依教修行歸自本心所謂一真寂滅場地亦古謂一念萬年去一條白練去冷秋秋地去古廟香爐去如是去者可謂中中流入也直指云先德言一法若有毘盧墮在凡夫萬法若無普賢失其境界斯語正符此經之旨葢此經總一代時教徹底爲九界衆生不離當處全身證入但爲三乘紐於權小等地猶墮偏枯故首以文殊大智掃蕩羣疑揭轉八識心王令根身器界當體圓明直下開佛知見記授刧國莊嚴於是以法師品統收在會則九界該羅同入信位矣正信既凝乃於寶塔品圓會三身四土今古一如復舉提婆達多品重明心佛衆生三無差別則四智融而十信滿矣信滿則住故繼以持品畧明十住之相由住而行故繼以安樂品深示十行良模而迹門之能事于焉畢矣自湧出至隨喜乃顯本門真常湛寂彌勒頓破迹疑聲聞同

登實際遂說法師功德品以明十回向位以回真向俗遂得六根清淨以上爲衆廣示三賢因行而如來復自舉爲常不輕菩薩時所行行住向地等妙二覺次第因行節目以示新記令其觀光而入也大因必有大果故現十種神力以結如來自覺聖智因果一周之大案遂於焉囑累流通復爲新記者重示十地行相故舉藥王本事品始登初地而燃身終至八地而燃臂則俱生我法二執謝矣藥病兩亡入法師位故說妙音來往品以示九地十地行縣發眞如大用紹繼聖種就中從初地至十地步步是捨俗歸眞至觀音普門品乃示等妙二位回眞向俗因行之相至此回視迹門法師品十信滿心首尾如如於佛則一大事因緣顯矣於衆則一生叅學之事畢矣時爲凡情雖盡聖解未忘故以陀羅尼品蕩滌五十五位修證總歸如來秘密妙輪俾乎迷悟雙超始末同泯而復舉莊王父子一段光明總顯全經大旨妙在當人一念之中四智圓明十方坐斷一生取證更不移易末上舉普賢大行成就四法該括因果以爲最後流通大結允矣妙法不可思議自三周開權顯實二乘有學同成正覺繼復開迹顯本九界衆生共證眞常語因果則三世一如論修證則前後際斷圓融行布月皎空沉行布圓融古今一色正所謂出息不涉衆緣入息不居陰界常轉如是經百千萬億卷斯爲法華妙旨耳

妙法蓮華經授手卷第七之五

音釋

擦初戞切音察　遽巨御切音詎急卒也　繚音了曲狀也　睞郎代切音徠耶視也　吪咲吪火跨切音化吪咲開口解頹貌